LOS OJOS AMARILLOS DE LOS COCODRILOS

Katherine Pancol

LOS OJOS AMARILLOS DE LOS COCODRILOS

Traducción
Juan Carlos Durán Romero

la esfera de los libros

Primera edición: enero de 2010
Decimonovena edición: noviembre de 2011

Título original: *Les yeux jaunes des crocodiles*
Publicado originalmente por Éditions Albin Michel, 2006

Avenida de Alfonso XIII, 1, bajos
28002 Madrid
Tel.: 91 296 02 00 • Fax: 91 296 02 06
www.esferalibros.com

ISBN: 978-84-9734-923-9
Depósito legal: M. 44.911-2011
Fotocomposición: J. A. Diseño Editorial, S.L.
Fotomecánica: Unidad Editorial
Impresión: Anzos
Encuadernación: De Diego
Impreso en España-*Printed in Spain*

Índice

Primera parte 9

Segunda parte 89

Tercera parte 233

Cuarta parte 387

Quinta parte 481

Agradecimientos 551

PRIMERA PARTE

Joséphine dejó escapar un grito y soltó el pelador. La hoja había resbalado sobre la patata produciéndole un gran corte en la piel, en el nacimiento del puño. Sangre, había sangre por todos lados. Se miró las venas azules, la incisión roja, el fregadero blanco, el barreño de plástico amarillo en el que permanecían, blancas y relucientes, las patatas peladas. Las gotas de sangre caían de una en una, salpicando el revestimiento blanco. Apoyó las manos en el borde de la pila y se echó a llorar.

Necesitaba llorar. No sabía por qué. Tenía demasiadas buenas razones. Ésta serviría. Buscó un trapo con la mirada, lo cogió y lo comprimió sobre la herida. Me voy a convertir en fuente, en fuente de lágrimas, fuente de sangre, de suspiros, voy a dejarme morir.

Sería una solución. Dejarse morir, sin decir nada. Se apagaría como una vela que se agota.

Dejarse morir erguida sobre la pila. No morimos erguidos, rectificó enseguida, morimos tumbados o arrodillados, la cabeza dentro del horno o en la bañera. Había leído en el periódico que el método de suicidio más corriente en las mujeres era el de tirarse por una ventana. Los hombres prefieren colgarse. ¿Por la ventana? Nunca podría hacerlo. Pero desangrarse llorando, ignorar si el líquido que sale de una es rojo o blanco. Dormirse lentamente. Entonces... ¡suelta el trapo y mete los puños en la pila! Y aun así, aun así... tendrías que quedarte de pie, y no morimos de pie.

Salvo en combate. En las guerras...

Y aún no estamos en guerra.

Suspiró, se colocó el trapo en la herida, enjugó sus lágrimas y miró su reflejo en la ventana. Todavía tenía el lápiz enganchado en el pelo. ¡Venga! —se dijo—. ¡Pela patatas! ¡Ya pensarás después en lo demás!

* * *

Esa mañana de finales de mayo, en la que el termómetro marcaba veintiocho grados a la sombra, en el quinto piso, resguardado bajo el toldo del balcón, un hombre jugaba al ajedrez. Solo. Reflexionaba ante el tablero. Para hacerlo lo más verídico posible incluso se cambiaba de sitio y, al hacerlo, se amparaba en una pipa que empezaba a aspirar. Se inclinaba, resoplaba, levantaba una pieza, la volvía a soltar, resoplaba de nuevo, volvía a coger la pieza, la desplazaba, movía la cabeza, soltaba la pipa y se sentaba en el otro lado.

Era un hombre de estatura mediana, de aspecto muy cuidado, pelo castaño y ojos marrones. El pliegue de su pantalón caía recto, sus zapatos brillaban como recién salidos de la caja, la camisa remangada dejaba ver unos antebrazos y unos puños finos, y las uñas lucían el pulido y el brillo que sólo se consigue a partir de una concienzuda manicura. Su piel estaba teñida de un ligero bronceado, que se adivinaba permanente, y completaba su imagen de persona rubia. Se parecía a esos recortables de cartón vestidos con calcetines y ropa interior de los juegos infantiles y que podían vestirse con todo tipo de trajes: piloto de aviación, cazador, explorador... Era un hombre de esos que podían meterse en el decorado de un catálogo para inspirar confianza y subrayar la calidad del mobiliario expuesto.

De pronto, una sonrisa iluminó su rostro. «Jaque mate —murmuró a su imaginario adversario—. ¡Ay, amigo! ¡Estás perdido! ¡Apuesto a que ni siquiera lo has visto venir!». Satisfecho, se dio un apretón de manos a sí mismo y moduló su voz para dirigirse algunas felicitaciones. «¡Bien jugado, Tonio! Has estado muy bien».

Se levantó, se estiró frotándose el pecho y decidió servirse una copita aunque no fuera la hora. Normalmente tomaba un aperitivo hacia las seis y diez, por la tarde, mientras veía «Cuestión para un campeón». El programa de Julian Lepers se había convertido en una cita que aguardaba con impaciencia. Le irritaba perdérselo. A las cinco y media ya estaba esperándolo, anhelando conocer a los cuatro concursantes con los que iba a medirse. También quería saber qué traje llevaría el presentador, y la camisa y la corbata con las que lo combinaría. Se decía que debería tentar a la suerte e inscribirse. Se lo decía cada tarde, pero no hacía nada. Habría tenido que pasar pruebas eliminatorias, y había algo en esas dos palabras que le desalentaba.

Levantó la tapa de una cubitera, cogió cuidadosamente dos cubitos, los dejó caer en un vaso y vertió Martini blanco. Se agachó para recoger un hilo sobre la moqueta, se incorporó y mojó sus labios en el vaso, bebiendo a ligeros sorbos como expresión de su satisfacción.

Cada mañana, jugaba al ajedrez. Cada mañana, seguía la misma rutina. Se levantaba a las siete al igual que los niños, desayunaba rebanadas de pan integral, tostadas a temperatura cuatro, con mermelada de albaricoque sin azúcar añadido, mantequilla salada y zumo de naranja recién exprimido a mano. Después, treinta minutos de gimnasia: ejercicios para la espalda, abdominales, pectorales, muslos... Lectura de la prensa que sus hijas, por turno, iban a buscarle antes de irse al colegio. Atento estudio de los anuncios por palabras, envío de currículum cuando una oferta le parecía interesante, ducha, afeitado con maquinilla, jabón y brocha, elección de la ropa para la jornada y, por fin, la partida de ajedrez.

La elección de la vestimenta era el momento más delicado de la mañana. Ya no sabía cómo vestirse. ¿Con ropa de fin de semana, ligeramente informal, o con traje? Un día en el que se había vestido apresuradamente con un chándal, su hija mayor, Hortense, le había dicho: «¿Ya no trabajas, papá? ¿Estás siempre de vacaciones? Me gustas más cuando te pones guapo, con una chaqueta bonita, camisa y corbata. No vuelvas a buscarme al colegio vestido con chándal». Y después, más dulcemente porque, esa mañana, esa primera mañana en la que ella le había hablado en ese tono él había palidecido, añadió: «Te digo esto por ti, papaíto, para que sigas siendo el papá más guapo del mundo».

Hortense tenía razón, los demás le miraban de forma distinta cuando iba bien vestido.

Terminada la partida de ajedrez, regaba las plantas colgadas de la barandilla del balcón, arrancaba las hojas muertas, podaba las ramas viejas, vaporizaba con agua los nuevos brotes, aireaba la tierra sirviéndose de una cuchara y abonaba cuando era necesario. Un camelio blanco le tenía muy preocupado. Le hablaba, le dedicaba una atención especial, limpiándolo hoja por hoja.

Todas las mañanas, desde hacía un año, la misma rutina.

Esa mañana, sin embargo, se había retrasado con respecto a su horario habitual. La partida de ajedrez había sido dura, debía tener cuidado y no dejarse llevar; resulta difícil cuando no se tiene ocupación alguna. No se debe perder el sentido del tiempo que pasa y que se va sin que nos demos cuenta. Ten cuidado Tonio, ten cuidado. No te dejes llevar, sobreponte.

Se había acostumbrado a hablar en voz alta y frunció el ceño al oír su propia recriminación. Para recuperar el tiempo perdido, decidió abandonar las plantas.

Pasó delante de la cocina donde su mujer pelaba patatas. Sólo veía su espalda, y notó, una vez más, que estaba ganando peso y que en sus caderas iban acumulándose nuevos michelines.

Cuando se mudaron a esa casa de las afueras, cerca de París, ella era alta y fina, sin michelines...

Cuando se mudaron, las niñas llegaban a la altura de la pila.

Cuando se mudaron...

Eran otros tiempos. Él levantaba su jersey, colocaba sus manos sobre sus senos y suspiraba «¡querida!» hasta que ella cedía y se inclinaba tirando con las dos manos de la colcha para no arrugarla. Los domingos, ella cocinaba. Las niñas pedían cuchillos «¡para ayudar a mamá!» o los restos de los cazos para «limpiarlos con la lengua». Las observaban con ternura. Cada dos o tres meses, las medían y marcaban su altura con lápiz en la pared; había numerosas rayitas con las fechas y los dos nombres: Hortense y Zoé. Cada vez que se apoyaba en el quicio de la puerta de la cocina se sentía invadido por una profunda tristeza. El sentimiento de un tiempo perdido para siempre, el recuerdo de una época en la que la vida le sonreía. No le pasaba nunca ni en el dormitorio ni en el salón, sólo en la cocina, siempre en esa estancia que, en otro tiempo, era un oasis de felicidad. Calurosa, tranquila, aromática. Las cacerolas humeaban, los trapos se secaban sobre la barra del horno, el chocolate se fundía al baño maría y las niñas troceaban nueces. Blandían un dedo coronado de chocolate, se dibujaban bigotes que se lamían a lengüetazos, y el vaho de los cristales dibujaba bordados nacarados que le transmitían la impresión de ser el papá de una familia esquimal en un iglú del Polo Norte.

En otro tiempo... la felicidad había estado allí, sólida, reconfortante.

Sobre la mesa permanecía abierto un libro de Georges Duby. Se inclinó para leer el título: *El caballero, la mujer y el cura*. Joséphine trabajaba sobre la mesa de la cocina. Lo que, en otro tiempo, había sido un ingreso suplementario, ahora servía para mantenerles. Investigadora en el CNRS, ¡especializada en la vida de las mujeres del siglo XII! Antes no podía evitar burlarse de sus estudios, hablaba de ellos con condescendencia, «mi mujer es una apasionada de la historia, ¡pero sólo del siglo XII! ¡Ja! ¡Ja! ¡Ja!...». Le parecía que aquello tenía algo de aristocrático. «No es muy sexy el siglo XII, querida», decía pellizcándole el trasero. «Pero si fue entonces cuando Francia se embarcó en la modernidad, el comercio, la moneda, la independencia de las ciudades y...».

Y la besaba para hacerla callar.

Hoy, el siglo XII les daba de comer. Carraspeó para que ella se girara. No se había peinado y tenía el pelo recogido con un lápiz en lo alto del cogote.

—Voy a dar una vuelta...

—¿Vendrás a comer?

—No lo sé... Hazte la idea de que no.

—¡Y por qué no me lo has dicho antes!

No le gustaban las peleas. Hubiera sido mejor salir directamente mientras gritaba «me voy, ¡hasta luego!», y ¡hala! alcanzaba la escalera, y ¡hala! ella se quedaba con sus preguntas en la punta de la lengua, y ¡hala! sólo tendría que inventarse algo cuando volviese. Porque siempre volvía.

—¿Has consultado los anuncios por palabras?

—Sí... hoy no había nada interesante.

—¡Siempre hay trabajo para el que quiere trabajar!

Trabajar sí, pero no en cualquier cosa, pensó sin decírselo, pues ya conocía lo que seguiría. Habría tenido que irse, pero seguía pegado al quicio de la puerta.

—Ya sé lo que me vas a decir, Joséphine, ya lo sé.

—Lo sabes, pero no haces nada para que cambie. Podrías hacer cualquier cosa, simplemente para aportar algo al puchero...

Él hubiera podido continuar la conversación, se la sabía de memoria, «socorrista, jardinero en un club de tenis, vigilante nocturno, empleado de una gasolinera...», pero sólo retuvo la palabra «puchero». Sonaba extraño relacionado con la búsqueda de empleo.

—¡Te parecerá gracioso! —gruñó ella apuñalándole con la mirada—. ¡Debo parecerte muy prosaica cuando te hablo del sucio dinero! ¡El señor quiere una montaña de oro! ¡El señor no quiere cansarse por cuatro perras! ¡El señor quiere estima y consideración! Y, por ahora, el señor sólo tiene una única forma de existir, ¡irse a casa de su manicura!

—¿De qué estás hablando, Joséphine?

—¡Sabes muy bien de QUIÉN estoy hablando!

Ella le miraba ahora de frente, envarada, con un trapo anudado en el puño, desafiándole.

—Si te refieres a Mylène...

—Sí, me refiero a Mylène... ¿Todavía no sabes si va a hacer un descanso a la hora de comer? ¿Por eso no sabes responderme?

—Jo, detente... ¡esto va a acabar mal!

Demasiado tarde. Ella ya sólo pensaba en Mylène y en él. ¿Quién se lo habría contado? ¿Un vecino, una vecina? No conocían a mucha gente en el edificio pero, cuando se trataba de chismorrear, los amigos aparecían rápidamente. Alguien ha debido de verle entrar en el edificio de Mylène, a dos calles de allí.

—Vais a comer en su casa... Ella te habrá preparado una quiche y una ensalada, una comida ligera porque, después, ella tiene que trabajar, ella...

Rechinó los dientes para marcar la palabra «ella».

—Y después os echaréis una pequeña siesta, ella cerrará las cortinas, se desnudará dejando su ropa por el suelo e irá a tu encuentro bajo el grueso edredón de bordado blanco...

Él escuchaba, estupefacto. Mylène tenía un edredón grueso de bordado blanco. ¿Cómo lo sabía?

—¿Has estado en su casa?

Ella lanzó una risa sarcástica y se ajustó el nudo del trapo con su mano libre.

—Ajá, tenía razón. ¡El bordado blanco va con todo! Es bonito y práctico.

—Jo, déjalo.

—¿Dejar qué?

—Deja de imaginar cosas que no existen.

—¿Acaso no tiene un edredón de bordado blanco?

—Deberías dedicarte a escribir novelas. Tienes mucha imaginación.

—Júrame que no tiene un edredón de bordado blanco.

De pronto le invadió la cólera. Ya no podía soportarla. Ya no soportaba su tono de maestra de escuela, siempre con algo que reprocharle, diciéndole lo que tenía que hacer, cómo hacerlo; ya no soportaba su espalda encorvada, su ropa sin forma ni color, su piel enrojecida por la falta de cuidado, su pelo castaño, fino y lacio. Todo en ella olía a esfuerzo y parsimonia.

—¡Prefiero irme antes de que esta discusión vaya demasiado lejos!

—Prefieres irte con ella, ¿eh? Ten al menos el valor de decir la verdad, ya que no lo tienes para buscar trabajo ¡holgazán!

Esa fue la gota que colmó el vaso. Sintió cómo la cólera le bloqueaba la frente y golpeaba sus sienes. Escupió las palabras para no tener que arrepentirse:

—¡Pues sí! Nos vemos en su casa, todos los días a las doce y media. ¡Ella me calienta una pizza y nos la comemos en la cama, bajo el edredón de bordado blanco! Después recogemos las migas, le quito el sujetador, que también es de bordado blanco, y la beso por todos lados ¡por todos lados! ¿Estás contenta? ¡No deberías haberme obligado a decírtelo, te lo advertí!

—¡Tú tampoco deberías haberme obligado! Si te vas con ella, no te molestes en volver. Haces tus maletas y desapareces. No será una gran pérdida.

Él se separó del quicio de la puerta, giró los talones y, como un sonámbulo, entró en su habitación. Sacó una maleta de debajo de la cama, la colocó sobre la colcha y comenzó a llenarla. Vació sus tres cajones de camisas, sus tres cajones de camisetas, calcetines y calzoncillos en la gran maleta roja con ruedas, vestigio de su esplendor cuando trabajaba en Gunman and Co., el fabricante americano de fusiles de caza. Había ocupado el puesto de director comercial de la zona europea durante diez años, acompañando a sus ricos clientes cuando iban a cazar a África, a Asia, a América, por la selva, la sabana o la pampa. En aquel tiempo creía, todavía creía en la imagen de ese hombre blanco de bronceado eterno, siempre entusiasta, que bebía con sus clientes, los hombres más ricos del planeta. Se hacía llamar Tonio. Tonio Cortès. Sonaba más masculino, más responsable que Antoine. Nunca le había gustado su nombre, tan suave y afeminado. Era necesario estar a la altura de aquellos hombres: industriales, políticos, millonarios ociosos, hijos de... Él hacía tintinear los cubitos de su vaso dibujando una sonrisa infatigable, escuchaba sus historias, prestaba atención a sus quejas, opinaba, moderaba, observaba el baile de hombres y mujeres, la mirada aguda de los niños, viejos antes de haber tenido tiempo de crecer. Se felicitaba de frecuentar ese mundo sin formar parte de él. «¡Ah!, El dinero no hace la felicidad», repetía a menudo.

Tenía un excelente salario, una paga extraordinaria triplicaba su sueldo a finales de año, un buen seguro médico, periodos de descanso superiores casi a los de sus vacaciones. Se sentía feliz cuando volvía a su casa en Courbevoie, construida en los años noventa para una población de directivos jóvenes como él, que todavía no tenían suficientes ingresos para vivir en París pero que esperaban, al otro lado del Sena, a poder entrar en los barrios ricos de la ciudad cuyas luces adivinaban por las noches. Un brillante pastel de neón que les desafiaba de lejos. El edificio había envejecido mal, y rastros imperceptibles de óxido procedentes de los balcones manchaban la fachada, y el naranja brillante de los toldos se había marchitado con el sol.

Siempre regresaba de viaje sin avisar: abría la puerta, esperaba un segundo en la entrada antes de anunciarse con un corto silbido que quería decir: «¡Estoy aquí!». Joséphine estaba enfrascada en sus libros de historia, Hortense corría hacia él y metía su manita en los bolsillos buscando su regalo. Zoé aplaudía. Las dos niñas en camisón, la una rosa, la otra azul, Hortense, la guapa, la intrépida, su ojito derecho; y Zoé, redonda, lisa, glotona. Entonces se inclinaba hacia ellas y las cogía en sus brazos repitiendo: «¡Ay, mis niñas! ¡Ay, mis niñas!». Se había convertido en un rito. A veces sentía una punzada de remordimiento al recordar otro abrazo, el día anterior... las enlazaba más fuerte, y el recuerdo se desvanecía. Soltaba sus maletas y se consagraba a su papel de héroe. Inventaba cazas y persecuciones: un león herido al que había rematado con un machete, un antílope que había atrapado con un lazo, un cocodrilo al que había noqueado. Ellas le miraban con la boca abierta. Sólo Hortense se impacientaba y preguntaba: «¿Y mi regalo, papá?, ¿y mi regalo?».

Un día, Gunman and Co. fue absorbida por otra compañía y él despedido. De un día para otro. «Con los americanos es así —le había explicado a Joséphine— el lunes eres director comercial con un despacho de tres ventanas y el martes ¡estás en la cola del paro!». Así que le habían echado. Había recibido una buena indemnización que le había permitido durante cierto tiempo pagar las letras del piso, el colegio de los niños, los cursos de inglés en el extranjero, el mantenimiento del coche, las vacaciones en la nieve. Él se lo había tomado con filosofía. No era el primero al que le pasaba algo así, no era un cualquiera, pronto encontraría trabajo. No de cualquier cosa, por supuesto, pero un trabajo... Y después, uno por uno, sus antiguos compañeros habían encontrando empleo, aceptando salarios inferiores, puestos de menor responsabilidad, traslados al extranjero, y él se había convertido en el único que seguía consultando las ofertas de empleo.

Ahora y ya sin ahorros, sentía cómo vacilaba su optimismo. Sobre todo por la noche. Se despertaba hacia las tres de la mañana, se levantaba sin hacer ruido, iba a servirse un whisky en el salón y encendía la tele. Se tumbaba en el sofá y zapeaba, con un vaso en la mano. Hasta entonces siempre se había sentido lleno de fuerza, de sabiduría, dotado de una gran perspicacia. Cuando veía a sus compañeros cometer errores no decía nada, pero se decía en voz baja: «¡A mí eso no me hubiese pasado¡ ¡Yo sé de qué va esto!». Cuando oyó hablar de fusión y de posibles despidos, se dijo que diez años de dedicación en Gunman and Co. era un contrato de los de verdad, ¡no le echarían tan fácilmente!

Fue uno de los primeros en ser despedidos.

Había sido incluso el primero en ser convocado.

Hundió un puño de rabia en el bolsillo de su pantalón y la costura cedió con un crujido agudo que le hizo rechinar los dientes. Hizo una mueca de disgusto, sacudió la cabeza, se volvió hacia la cocina, hacia su mujer, para pedirle si podría reparar el daño, y entonces recordó que se marchaba. Estaba haciendo las maletas. Dio la vuelta a los bolsillos: los dos forros estaban rotos.

Se dejó caer sobre la cama y miró fijamente la puntera de sus zapatos.

Buscar trabajo era descorazonador: no era más que un número en un sobre con un sello pegado. Pensaba en ello en brazos de Mylène. Él le contaba que llegaría un día en el que sería su propio jefe. «Con mi experiencia, explicaba, con mi experiencia...». Había recorrido el mundo, hablaba inglés y español, sabía llevar un libro de contabilidad, soportaba el frío y el calor, el polvo y el monzón, los mosquitos y los reptiles. Ella le escuchaba. Ella confiaba en él. Ella tenía algunos ahorros que le habían dejado sus padres. Él todavía no se había decidido. No perdía la esperanza de encontrar un compañero más seguro con quien compartir la aventura.

La había conocido cuando acompañó a Hortense a la peluquería, el día que cumplía doce años. Mylène se sintió impresionada por el aplomo de la jovencita que le había regalado una manicura. Hortense le había tendido la mano como si le concediera un privilegio. «Su hija es una princesa», le dijo cuando pasó a buscarla. Desde entonces, cuando tenía tiempo, pulía las uñas de la niña, y Hortense salía, con los dedos separados, mirando sus brillantes uñas.

Se sentía bien con Mylène. Era una rubita vivaracha, melosa hasta decir basta. Con un pudor y una timidez que le relajaban y le daban seguridad.

Descolgó sus trajes, todos del mejor talle, todos del mejor paño. Sí, había tenido dinero, bastante dinero. Y le gustaba gastárselo. «Y volveré a tenerlo, dijo en voz alta. A los cuarenta, la vida no se ha acabado, ¡no se ha acabado en absoluto!». Terminó de hacer la maleta. Sin embargo, simuló buscar un par de gemelos gruñendo en voz alta con la esperanza de que Joséphine viniese en su ayuda suplicándole que se quedara.

Avanzó por el pasillo y se detuvo delante de la puerta de la cocina. Esperó, confiando todavía en que ella diese un paso hacia él, que hiciera amago de querer una reconciliación... Como no reaccionaba y seguía dándole la espalda, anunció:

—Bueno, pues... ¡ya está! Me voy...

—Muy bien. Puedes quedarte con las llaves. Seguramente habrás olvidado cosas y tendrás que volver a buscarlas. Avísame para que no esté aquí. Será lo mejor.

—Tienes razón, me las guardo... ¿Qué vas a decir a las niñas?

—No lo sé. No lo tengo pensado.

—Preferiría estar presente cuando lo hicieses.

Ella cerró el grifo, se apoyó en la pila y, siempre de espaldas, dijo:

—Si no tienes inconveniente, les diré la verdad. No tengo ganas de mentir... Esto ya es lo bastante doloroso.

—Pero ¿qué vas a decirles? —preguntó angustiado.

—La verdad: papá no tiene trabajo, papá no está bien, papá necesita un cambio de aires, así que papá se ha ido...

—¿Cambio de aires? —repitió como un eco tranquilizador.

—¡Eso es! Se lo diré así. Un cambio de aires.

—Está bien «cambio de aires»... No suena definitivo. Está bien.

Había cometido el error de apoyarse en la puerta y se sentía invadido de nuevo por la nostalgia, que le mantenía allí clavado, privándole de todas sus fuerzas.

—Vete, Antoine. No tenemos nada más que decirnos. Te lo suplico... ¡vete!

Se había dado la vuelta señalándole el suelo con los ojos. Siguió su mirada y vio su maleta con ruedas, colocada a sus pies. Se había olvidado completamente de ella. Entonces era definitivo: ¡se iba!

—Pues... Adiós... Si quieres ponerte en contacto conmigo...

—Ya me llamarás... o dejaré un mensaje en la peluquería de Mylène. Supongo que ella sabrá dónde encontrarte, ¿no?

—En cuanto a las plantas, hay que regarlas una vez por semana y abonarlas una...

—¿Las plantas? ¡Que se mueran! Es la menor de mis preocupaciones.

—Joséphine, ¡por favor! No te pongas así... Puedo quedarme si quieres...

Ella le fulminó con la mirada. Él se encogió de hombros, agarró su maleta y se dirigió hacia la puerta.

Entonces ella se echó a llorar. Apoyada en el borde de la pila, lloró y lloró. Su espalda temblaba en sollozos. Primero lloró por el vacío que ese hombre iba a dejar en su vida, dieciséis años de vida en común, su primer hombre, su único hombre, el padre de sus dos hijas. Después lloró pensando en las niñas. Ya no tendrían el sentimiento de seguridad, la certidumbre de tener un papá y una mamá que velasen por ellas. Por fin lloró aterrorizada ante la idea de encontrarse sola. Antoine se ocupaba de las cuentas, Antoine hacía la declaración de la renta, Antoine se encargaba del pago de la hipoteca del piso, Antoine elegía el coche, Antoine desatascaba el lavabo. Siempre contaba con él. Ella se ocupaba de la casa y del colegio de sus hijas.

El timbre del teléfono la arrancó de su desesperación. Suspiró y descolgó, tragándose las lágrimas.

—¿Eres tú, cariño?

Era Iris, su hermana mayor. Hablaba siempre con voz alegre y placentera, como si fuera la encargada de anunciar las ofertas del supermercado. Iris Dupin, cuarenta y cuatro años, alta, morena, delgada, de largos cabellos negros que se peinaba como si fueran un velo de novia perpetuo. Iris debía su nombre al color de los dos grandes lagos de intenso azul que le servían de ojos. Cuando eran pequeñas, la paraban en la calle. «¡Ay, Dios! ¡Ay, Dios!», repetían los paseantes al cruzarse con la mirada sombría, profunda, aureolada de violeta con un minúsculo brillo dorado. «¡Es increíble! ¡Ven a ver, querido! ¡Nunca has visto unos ojos como éstos!». Iris se dejaba contemplar hasta que, satisfecha y harta, cogía a su hermana de la mano murmurando entre dientes «¡Qué pandilla de pueblerinos! ¡Parece que nunca han salido de casa! ¡Hay que viajar, señores! ¡Hay que viajar!». Esta última frase hacía que Joséphine estallara de alegría y corriera como un helicóptero, con los brazos abiertos, girando sobre sí misma y riendo a gritos.

Iris, en su época, había lanzado todas las modas, cosechado todos los diplomas, seducido a todos los hombres. Iris no vivía, Iris no respiraba, Iris reinaba.

Con veinte años, se fue a estudiar a Estados Unidos, a Nueva York. A la Universidad de Columbia, Facultad de Cinematografía. Pasó allí seis años, terminó la primera de su promoción ex aequo y con la posibilidad de realizar un medio metraje de treinta minutos. Al final de cada curso, a los dos mejores estudiantes se les ofrecía un presupuesto para rodar una película. Iris había sido uno de ellos. El otro laureado, un joven húngaro, gigante tenebroso y rudo, había aprovechado la ceremonia de entrega de premios para besarla detrás del escenario. La anécdota había quedado grabada en los anales de la familia. El porvenir de Iris se inscribía en letras blancas en las colinas de Hollywood. Y un día, sin avisar, sin que nadie hubiese previsto esa posibilidad, Iris se había casado. Tenía apenas treinta años, volvía de Estados Unidos, donde había obtenido un premio en el Festival de Sundance, con un proyecto para realizar un largometraje del que se hablaba de maravilla. Ya contaba con el acuerdo de un productor cuando... Iris presentó su renuncia. Sin dar explicación alguna; nunca justificaba sus actos. Volvió a Francia y se casó.

Con velo blanco, ante el alcalde y el cura. El día de su boda, el salón del ayuntamiento estaba repleto. Hubo que añadir sillas y tolerar que algunos se encaramaran sobre el alféizar de las ventanas. Todos retenían el aliento, a la espera de que se arrancase el vestido y apareciese desnuda gritando: «¡Era una broma!». Como en una película.

Pero no ocurrió.

Parecía completamente prendida de él. De un tal Philippe Dupin, que ronroneaba dentro de su traje de chaqué. «¿Quién es? ¿Quién es?», preguntaban los invitados mirándole de reojo. Nadie le conocía. Iris contaba que se habían conocido en un avión y que fue «*love at first sight*». Un hombre guapo, ese Philippe Dupin. Manifiestamente guapo, a decir de las devoradoras miradas que las mujeres le lanzaban, ¡uno de los hombres más bellos en la faz de la Tierra! Dominaba entre la muchedumbre de amigos de su mujer con una suficiencia teñida de cierta actitud divertida. «Pero ¿a qué se dedica?». «Es un hombre de negocios». «¿Y por qué tanta prisa? ¿Crees que...?». Las lenguas se afilaban entre ellas como puñales, a falta de informaciones precisas. Los padres del novio se plantaron ante los asistentes con la misma actitud ligeramente altiva de su hijo, lo que parecía significar que creían que este cometía un error. Los invitados se marcharon derrotados. Iris ya no divertía a nadie. Ya no hacía soñar. Se había convertido en alguien terriblemente normal, y eso era, en su caso, de muy mal gusto. Algunos no volvieron a verla. Había caído y su corona no dejaba de rodar por tierra.

Iris declaró que todo aquello le importaba un rábano y decidió dedicarse en cuerpo y alma a su marido.

Philippe Dupin era un hombre colmado de certidumbres. Había fundado su propio gabinete de derecho internacional de negocios y después se había asociado a los nombres más grandes de los parqués de París, Milán, Nueva York y Londres. Era un abogado maquiavélico, al que sólo le gustaba defender los casos imposibles. Había triunfado y no podía entender que el resto del mundo no actuara como él. Su divisa era lapidaria: «Cuando se quiere, se puede». Articulaba esas palabras envarándose en su gran sillón de cuero negro, estirando los brazos y haciendo crujir sus falanges, mirando a su interlocutor como si entonara una verdad fundamental.

Ese espíritu había terminado por calar en Iris, que había tachado de su vocabulario las palabras duda, angustia e indecisión. Iris se había convertido, también, en una persona entusiasta y categórica. Los niños son obedientes y brillantes en el colegio, los maridos ganan dinero y mantienen a la familia, las mujeres se ocupan de la casa y de honrar a sus maridos. Iris seguía siendo guapa, despierta y seductora, alternaba las sesiones de masaje con las de jogging, peeling del rostro y tenis en el Racing. Era una mujer ociosa, cierto, pero «hay mujeres sobrepasadas por la ociosidad y otras que dominan la ociosidad. La ociosidad es un arte». Afirmaba. Resultaba evidente que ella se consideraba de esa última clase y sentía el más profundo desprecio por las ociosas desbordadas.

Debo pertenecer a otro mundo, pensaba Joséphine mientras escuchaba la cháchara imparable de su hermana, que abordaba ahora el tema de su madre.

Un martes de cada dos, Iris recibía a su madre para cenar, y esa noche tocaba mimar a la progenitora. La regla de esas cenas de familia eran la felicidad y la sonrisa. Inútil decir que Antoine se preocupaba, con cierto éxito, de evitarlas, y encontraba siempre una buena excusa para ausentarse. No soportaba a Philippe Dupin, que se creía obligado a poner subtítulos cuando se dirigía a él, «la COB, la Comisión de Operaciones Bursátiles, Antoine», ni a Iris, que, cuando se dirigía a él, daba la impresión de hacerlo a un chicle pegado a la suela de sus sandalias. «Y cuando me saluda —se quejaba—, tengo la impresión de que me aspira con su sonrisa para catapultarme a otra dimensión». Iris, había que admitirlo, tenía a Antoine en muy baja estima. «Recuérdame en qué trabaja tu marido», era su frase favorita: «Todavía nada, todavía nada. Bueno... ¡Así que el tema no se ha solucionado! Habría que preguntarse cómo podría solucionarse, tantas pretensiones con tan pocos medios». Todo es artificial con mi hermana, se dijo Joséphine apoyando el auricular en el hombro, cuando Iris siente un brote de simpatía o de atracción hacia alguien, consulta el diccionario médico Vidal por si está enferma.

—¿Te pasa algo? —preguntó Iris—. Tienes una voz extraña hoy.

—Estoy resfriada...

—Ah, bueno, ya me parecía... Para mañana por la noche... La cena con nuestra madre. ¿La habías olvidado?

—¿Es mañana?

Se había olvidado por completo.

—Pero bueno, querida, ¿dónde tienes la cabeza?

Si tú supieras, pensó Joséphine, buscando con la mirada un papel de cocina con el que sonarse.

—¡Vuelve a este siglo y deja a tus trovadores! Eres demasiado despistada. ¿Vienes con tu marido o ha encontrado el modo de eclipsarse?

Joséphine sonrió con tristeza. Llamémoslo así, se dijo, eclipsarse, cambiar de aires, evaporarse, desaparecer como el humo. Antoine se estaba transformando en gas volátil.

—No irá.

—Bueno, habrá que encontrar una nueva excusa para nuestra madre. Ya sabes lo poco que aprecia sus ausencias...

—Francamente Iris, ¡si supieses lo poco que me importa!

—¡Eres demasiado buena con él! Yo le hubiese dado con la puerta en las narices hace mucho tiempo. En fin... Tú eres como eres, no hay quien te cambie, pobrecita mía.

Y ahora, la compasión. Joséphine suspiró. Desde que era niña, ella era Jo, el patito feo, la intelectual, un poco ingrata, siempre metida en sus oscuras tesis, sus palabras complicadas, las largas búsquedas en la biblioteca juntándose con otros cerebritos con granos. La que sacaba buenas notas pero no sabía hacerse un trazo de contorno de ojos. La que se torcía el tobillo bajando las escaleras porque estaba leyendo *La teoría de los climas* de Montesquieu o enchufaba la tostadora al grifo mientras escuchaba una emisión de France Culture sobre los cerezos en flor en Tokio. La que se pasaba la noche con la luz encendida, inmersa en sus apuntes, mientras que su hermana mayor salía, triunfaba, creaba y embrujaba. Iris por aquí, Iris por allá, ¡podría componer un aria de ópera!

Cuando Joséphine se licenció en letras clásicas, su madre le había preguntado cuáles eran sus planes. «¿Qué vas a hacer con eso, pobrecita mía? ¿Servir de tiro al blanco a los alumnos de algún liceo del extrarradio de París? ¿Para que te violen sobre la tapa de un contenedor de basura?». Y cuando continuó con sus estudios, redactando su tesis y artículos que se publicaban en revistas especializadas, sólo había encontrado preguntas y escepticismo. «"Auge económico y desarrollo social en la Francia de los siglos XI y XII". Hija mía, pero ¿cómo quieres que alguien se interese por eso? Harías mejor escribiendo una biografía picante de Ricardo Corazón de León o de Felipe Augusto, ¡eso interesaría a la gente! ¡Podrían hacer una película o una serie! ¡Rentabilizar todos esos años de estudios que he financiado con el sudor de mi frente!». Después lanzaba un silbido de víbora irritada por el lento reptar de su retoño, se encogía de hombros y suspiraba: «¿Cómo he podido traer al mundo a una hija así?». Su señora madre siempre se lo había preguntado. Desde que Joséphine había echado a andar. Su marido, Lucien Plissonnier, tenía por costumbre replicar: «Fue la cigüeña, que se equivocó de casa». Y ante el poco humor con el que se acogían sus intervenciones, había terminado por callar. Definitivamente. Un 13 de julio por la tarde se llevó la mano al pecho y tuvo tiempo de decir: «Es un poco pronto para hacer explotar los petardos» antes de expirar. Joséphine e Iris tenían diez y catorce años. El entierro había sido magnífico, y su señora madre había estado majestuosa. Había organizado hasta el último detalle: las flores blancas en grandes ramos depositadas sobre el féretro, una marcha fúnebre de Mozart, la elección de los textos leídos por cada uno de los miembros de la familia. Henriette Plissonnier se había puesto un velo idéntico al de Jackie Kennedy y pedido a sus hijas que besaran el féretro antes de que lo cubriesen de tierra.

También Joséphine se preguntaba cómo había podido pasar nueve meses en el vientre de esa mujer que decía ser su madre.

El día en el que había sido contratada por el CNRS —estaba entre los tres candidatos elegidos de los ciento veintitrés que optaban al puesto— y se había precipitado hasta el teléfono para anunciárselo a su madre y a Iris, se había visto obligada a repetirlo, a desgañitarse, pues ni la una ni la otra comprendían su entusiasmo. ¿CNRS? ¿Qué iba a hacer ella en aquel antro?

Tuvo que hacerse a la idea: ella no les interesaba en absoluto. Hacía tiempo que estaba convencida de ello, pero aquello fue la confirmación. Sólo su boda con Antoine las había estimulado. Al casarse, se hacía por fin inteligible. Dejaba de ser un genio desgarbado para convertirse en una mujer como las demás, con un corazón que conquistar, un vientre que fecundar, un piso a decorar.

Pronto, la señora madre e Iris se sintieron defraudadas: Antoine no daría nunca la talla. La raya de su pantalón estaba demasiado marcada —falta de encanto—, sus calcetines eran demasiado cortos —falta de clase—, su sueldo insuficiente y de procedencia dudosa —vender fusiles, ¡eso es una infamia!— y sobre todo, sobre todo, se sentía tan intimidado por su familia política que se ponía a sudar profusamente en su presencia. No una ligera sudoración que dibujara aureolas delicadas en sus axilas, sino un sudor abundante que empapaba su camisa y que le forzaba a ausentarse para enjuagarse. Un defecto manifiesto que no podía pasar desapercibido y que ponía a todo el mundo en una situación incómoda. Sólo le pasaba delante de su familia política. Nunca había sudado en Gunman and Co. Nunca. «Debe de ser porque te pasas la vida al aire libre —intentaba justificarle Joséphine mientras le tendía la camisa de recambio que llevaba a todas las reuniones familiares—. ¡Nunca podrías trabajar en un despacho!».

De pronto, Joséphine sintió un arrebato piadoso hacia Antoine y, olvidando su actitud de reserva que se había prometido adoptar, se dejó llevar y se lo contó a Iris.

—¡Acabo de echarle! ¡Oh, Iris! ¿Qué nos va a pasar ahora?

—¿Has puesto de patitas en la calle a Antoine? ¿Definitivamente?

—Ya no podía más. Es bueno, no resulta fácil para él, es cierto, pero... Ya no aguanto verle sin hacer nada. Quizás me faltó valor, pero...

—¿Estás segura de que eso es todo? No habrá otra razón que no me estás contando...

Iris había bajado el tono. Usaba ahora su voz de confesor, la que empleaba cuando quería arrancarle confidencias a su hermana. Joséphine no podía ocultarle nada a Iris. Siempre se rendía, incapaz de disimular el más diminuto de sus pensamientos. Peor aún: le ofrecía su secreto. Tenía la impresión de que era la única forma de atraer su atención, la única forma de ser amada.

—Tú no sabes lo que es vivir con un marido en paro... Cuando trabajo, llego a tener mala conciencia. Trabajo a escondidas, entre la piel de las patatas y las cacerolas.

Miró la mesa de la cocina y se dijo que tendría que recogerla antes de que las niñas volviesen del colegio para comer. Había hecho cálculos, le salía más barato que el comedor del colegio.

—Creía que al cabo de un año te habrías acostumbrado.

—¡Qué mala eres!

—Perdóname, querida. Pero parecías haberlo aceptado. Siempre le defendías... Bueno, ¿y qué vas a hacer ahora?

—No tengo la menor idea. Voy a seguir trabajando, eso seguro, pero necesito encontrar algo más... Alguna clase de francés, de gramática, de ortografía, no lo sé, yo...

—No debería de ser muy difícil, ¡hay tantos malos estudiantes hoy en día! Empezando por tu sobrino. Alexandre volvió ayer del colegio con un cero con cinco en dictado. ¡Un cero con cinco! Si hubieses visto la cara de su padre... ¡Pensé que iba a morirse de un ataque!

Joséphine no pudo evitar sonreír. El excelente Philippe Dupin, ¡padre de un mal estudiante!

—En su colegio, la maestra quita tres puntos por falta, ¡la nota baja muy rápido!

Alexandre era el hijo único de Philippe e Iris Dupin. Tenía diez años, la misma edad que Zoé. Siempre estaban conversando debajo de la mesa, con aspecto serio y concentrado, o construyendo, en silencio, maquetas gigantes, alejados de las reuniones familiares. Se comunicaban intercambiando guiños y signos que utilizaban como un auténtico lenguaje, lo que irritaba a Iris, que predecía un desprendimiento de retina para su hijo o, cuando se enfadaba de verdad, una segura idiotez. «¡Mi hijo va a terminar idiota y lleno de tics por culpa de tu hija!», pronosticaba señalando a Zoé con el dedo.

—¿Las niñas están al corriente?

—Todavía no...

—Ah... ¿Y cómo se lo vas a decir?

Joséphine permaneció en silencio, rascando con la uña el borde de la mesa de formica, formando una bolita negra que tiró al fuego de la cocina.

Iris insistió. Había cambiado otra vez de tono. Ahora hablaba con voz dulce, envolvente, una voz que a la vez la tranquilizó y la relajó, dándole ganas de echarse a llorar.

—Estoy aquí, cariño, sabes que siempre estoy a tu lado y que nunca te abandonaré. Te quiero como a mí misma, y eso significa mucho.

Joséphine ahogó una carcajada. ¡Iris podía llegar a ser tan divertida! Hasta su boda habían compartido numerosos ataques de risa. Y después se había convertido en una señora, una señora responsable y muy ocupada. ¿Que tipo de pareja formaba ella con Philippe? Nunca les había sorprendido abandonándose, intercambiando una mirada tierna o un beso. Parecían siempre representar un papel.

En ese momento, sonó el timbre de la puerta y Joséphine se interrumpió.

—Deben de ser las niñas... Te dejo. Y te lo suplico: ni una palabra mañana por la noche. ¡No tengo ganas de que sea el único tema de conversación!

—Vale, hasta mañana. Y no lo olvides: ¡Cric y Croc se comieron al gran Cruc, que creía poder comérselos!

Joséphine colgó, se secó las manos, se quitó el delantal, el lápiz del pelo, se tocó el cabello para ponerlo en orden y corrió a abrir la puerta. Hortense fue la primera en entrar en casa sin decir hola a su madre ni siquiera mirarla.

—¿Está papá? ¡Me han puesto un notable alto en expresión escrita! ¡Con esa puta de Ruffon, además!

—Hortense, por favor, ¡sé más educada! Es tu profesora de lengua.

—Una tía asquerosa, eso es lo que es.

La adolescente no se precipitó para besar a su madre o darle un mordisco a un trozo de pan. No dejó caer su mochila ni su abrigo en el suelo, sino que depositó la primera y colgó el segundo con la gracia distinguida de una debutante que abandona su largo abrigo de baile en el vestuario.

—¿No le das un beso a mamá? —preguntó Joséphine comprobando con molestia un tono de súplica en su voz.

Hortense tendió una mejilla suave y aterciopelada en dirección a su madre, mientras levantaba la masa de su pelo color caoba para ventilarse.

—¡Hace un calor! Tropical, diría papá.

—Dame un beso de verdad, cariño —suplicó Joséphine perdiendo toda dignidad.

—Mamá, ya sabes que no me gusta que te me pegues así.

Rozó la mejilla que su madre le tendía para decir inmediatamente después:

—¿Qué hay de comer?

Se acercó a la cocina y levantó la tapa de una cacerola esperando oler un plato cocinado. Con catorce años, tenía ya la gracia y el aire de una mujer. Vestía ropa bastante simple, pero se había remangado la camisa, cerrado el cuello, añadido un broche y ajustado el talle con un cinturón ancho, transformando su ropa de estudiante en un figurín de moda. Su pelo cobrizo enmarcaba una piel clara, y sus grandes ojos verdes expresaban una ligera extrañeza, matizada por un imperceptible desdén que mantenía a los demás a distancia. Si había una palabra que parecía estar inventada para Hortense, esa era «distancia». ¿De quién ha sacado esa indiferencia?, se preguntaba Joséphine cada vez que observaba a su hija. No de mí, desde luego. ¡Parezco tan desastrosa al lado de mi hija!

Es fría como un témpano, pensó después de abrazarla. Y como se arrepintió inmediatamente de haber formulado esa idea, la volvió a abrazar, lo que molestó a la chica, que se zafó de ella.

—Huevos fritos con patatas...

Hortense hizo una mueca.

—Muy poco dietético, mamá. ¿No hay un filete a la plancha?

—No, yo... Cariño, no he podido ir a la...

—Entiendo. No tenemos suficiente dinero, ¡la carne es cara!

—Es que...

Joséphine no tuvo tiempo de terminar su frase porque otra niña apareció en la cocina y se lanzó contra sus piernas.

—¡Mamá! ¡Mamaíta querida! ¡Me he encontrado con Max Barthillet en la escalera y me ha invitado a ver *Peter Pan* en su casa! Tiene el dvd... ¡Se lo ha traído su padre! ¿Puedo ir esta tarde después del colegio? No tengo deberes para mañana. ¡Di que sí, mamá, di que sí!

Zoé alzó un rostro repleto de confianza y amor hacia su madre, que no pudo resistirse y la abrazó fuertemente diciendo: «Claro que sí, claro mi niña, mi muñequita, mi bebé...».

—¿Max Barthillet? —se lamentó Hortense—. ¿La dejas ir a su casa? ¡Tiene mi edad y está en la clase de Zoé! No para de repetir, terminará siendo aprendiz de carnicero o de fontanero.

—No hay de qué avergonzarse por ser carnicero o fontanero —protestó Joséphine—. Si no se le dan bien los estudios...

—No me gustaría que se metiera en la familia. ¡Tengo miedo de que se sepa! Tiene muy mala reputación, con esos pantalones enormes, sus cinturones con tachuelas y su pelo demasiado largo.

—¡Oh, la miedica! ¡Oh, la miedica! —gritó Zoé—. Primero, no es a ti a quien ha invitado, ¡sino a mí! ¡Sí que voy, ¿eh, mamá?! Porque a mí ¡me da igual que sea fontanero! ¡Incluso le encuentro muy guapo! ¿Qué comemos hoy? Me muero de hambre.

—Huevos fritos con patatas.

—¡Ummmm! ¿Me dejarás romper la yema del huevo, mamá? ¿Podré aplastarla con el tenedor y poner un montón de ketchup encima?

Hortense se encogió de hombros ante el entusiasmo de su hermana pequeña. Con diez años, Zoé tenía todavía los rasgos de un bebé: mejillas redondeadas, brazos regordetes, pecas en la nariz y hoyuelos que marcaban sus mejillas. Era toda redonda, le gustaba dar besos fuertes que marcaba ruidosamente tras haber cogido carrerilla y placado al feliz destinatario como un defensa de rugby. Tras lo cual se acurrucaba contra él ronroneando mientras jugaba con un mechón de su cabello castaño claro.

—Max Barthillet te invita porque quiere acercarse a mí —declaró Hortense masticando una patata frita con la punta de sus blancos dientes.

—¡Oh, la chulita! Se cree siempre que hay alguien detrás de ella. Me ha invitado ¡solamente a mí! ¡Na, na, na! Ni siquiera te ha mirado en la escalera. Ni queriendo.

—La ingenuidad roza a veces la estupidez —contestó Hortense, mirando a su hermana por encima del hombro.

—¿Y eso qué quiere decir, mamá? Dime.

—¡Quiere decir que os calléis y comáis en paz!

—¿Es que tú no comes? —preguntó Hortense.

—No tengo hambre —respondió Joséphine, sentándose a la mesa con sus hijas.

—Ese Max Barthillet puede seguir soñando —dijo Hortense—. No tiene ninguna posibilidad. Lo que yo quiero es un hombre guapo, fuerte, tan viril como Marlon Brando.

—¿Quién es Marion Bardot, mamá?

—Es un actor americano muy famoso.

—¡Marlon Brando! Es guapo, ¡pero qué guapo es! Salía en *Un tranvía llamado deseo*, fue papá el que me llevó a ver esa película... Papá dice que es una obra de arte.

—¡Ummm! Tus patatas fritas están riquísimas, mamaíta.

—Por cierto, ¿papá no está? ¿Tiene una cita? —se preguntó Hortense secándose la boca.

Era el momento que tanto temía Joséphine. Posó sus ojos en la mirada interrogante de su hija mayor y después sobre la cabeza inclinada de Zoé, absorta mientras mojaba sus patatas fritas en la yema de huevo manchada de ketchup. Tenía que decírselo. De nada serviría dejarlo para más tarde o mentir. Tarde o temprano se enterarían. Habría sido mejor hablarles por separado. Hortense estaba tan unida a su padre, lo veía tan «chic» y con tanta «clase», y él hacía cualquier cosa por complacerla. No había querido que se hablara delante de sus hijas de la falta de dinero o la angustia de un futuro incierto. Sólo se comportaba así con su hija mayor, no con Zoé. Ese amor sin fisuras era todo lo que le quedaba de su pasado esplendor. Hortense le ayudaba a deshacer las maletas cuando volvía de viaje, acariciando la tela de sus trajes, alabando la calidad de las camisas, alisando las corbatas con la mano, alineándolas una a una en las varillas del ropero. ¡Qué guapo eres, papá! ¡Qué guapo! Él se dejaba querer, se dejaba alabar, cogiéndola a su vez en sus brazos y dándole un pequeño regalo sólo para ella, un secreto compartido. Joséphine les había sorprendido varias veces en sus conciliábulos conspirativos. Ella se sentía excluida de su complicidad. En su familia existían dos estamentos: los señores, Antoine y Hortense; y los vasallos, Zoé y ella.

Ya no podía dar marcha atrás. La mirada de Hortense se volvía pesada y fría. Esperaba una respuesta a su pregunta.

—Se ha ido...

—¿Y a qué hora vuelve?

—No va a volver... En fin, al menos aquí.

Zoé había levantado la cabeza y Joséphine leyó en sus ojos que intentaba comprender lo que su madre había dicho pero no lo conseguía.

—Se ha ido... ¿para siempre? —preguntó Zoé, con la boca abierta de estupor.

–Me temo que sí.

—¿Y ya no será mi papá?

—Pero ¡claro que sí! Pero ya no vivirá aquí, con nosotras.

Joséphine tenía miedo, mucho miedo. Habría podido indicar con exactitud dónde sentía el miedo, medir su longitud, su grosor, el diámetro del nudo que le apretaba el plexo y le impedía respirar. Le hubiese gustado acurrucarse entre los brazos de sus hijas. Le hubiese gustado que se abrazaran las tres e inventasen una frase mágica como las de los cuentos infantiles. Le hubiese gustado tantas cosas, poder rebobinar el tiempo, volver a los tiempos felices, el primer bebé, la vuelta de la maternidad, el segundo bebé, las primeras vacaciones los cuatro, la primera discusión, la primera reconciliación, el primer silencio que lo dice todo y que desemboca en el silencio que ya no significa nada, que finge; darse cuenta de cuándo se ha roto la cuerda, cuándo el chico encantador con el que se había casado se había convertido en Tonio Cortès, marido cansado, irritable, en paro, detener el tiempo y volver atrás, atrás...

Zoé se echó a llorar. Su rostro se arrugó, se torció, enrojeció y se llenó de lágrimas. Joséphine se inclinó hacia ella y la abrazó. Escondió su cara entre los cabellos suaves y rizados de la niña. Sobre todo debía evitar ponerse a llorar también. Debía ser fuerte y decidida. Mostrarles a las dos que no tenía medio, que las iba a proteger. Se puso a hablar sin temblar. Les repitió lo que todos los manuales de psicología aconsejan decir a los padres cuando se separan. Papá quiere a mamá, mamá quiere a papá, papá y mamá quieren a Hortense y a Zoé, pero papá y mamá no pueden vivir juntos más tiempo, así que papá y mamá se separan. Pero papá querrá siempre a Hortense y a Zoé y siempre estará allí a su lado, siempre. Tenía la impresión de estar hablando de gente que no conocía.

—En mi opinión, no se ha ido muy lejos —declaró Hortense con un tonillo afectado—. ¡Qué decadencia! ¡Hay que estar muy perdido y no saber qué hacer!

Suspiró, dejó en el plato la patata frita que estaba a punto de morder y, mirando a su madre, añadió:

—Pobre mamaíta, ¿qué vas a hacer?

Joséphine se sintió deplorable, pero le alivió recibir una prueba de conmiseración por parte de su hija mayor. Sobre todo le hubiese gustado que Hortense fuese más lejos y la consolase, pero se recuperó inmediatamente: era ella la que debía abrazar. Tendió un brazo hacia Hortense que le acarició la mano por encima de la mesa.

—Mi pobre mamá, mi pobre mamá... —suspiró Hortense.

—¿Os habéis peleado? —preguntó Zoé, los ojos llenos de pavor.

—No, mi niña, hemos tomado esa decisión como dos adultos responsables. Papá está muy triste porque os quiere mucho, mucho. No es culpa suya, sabes... Un día, cuando seas mayor, comprenderás que no siempre hacemos lo que queremos en la vida. A veces, en lugar de decidir, los acontecimientos deciden por nosotros. Desde hace algún tiempo a papá le han pasado muchas cosas desagradables y prefiere marcharse, alejarse para no imponer su estado de ánimo. Cuando encuentre trabajo, os explicará por lo que ha pasado...

—Y entonces volverá, di mamá, ¿volverá?

—No digas tonterías, Zoé —le interrumpió Hortense—. Papá se ha ido, punto y final. Y no para volver, si quieres mi opinión. En cuanto a mí, no lo entiendo... Ella es una zorra, nada más.

Había pronunciado esa palabra con tono asqueado, y Joséphine comprendió que lo sabía. Conocía la infidelidad de su padre. Debía de saberlo desde mucho antes que ella. Quería decírselo pero, en presencia de Zoé, dudó.

—El único problema es que vamos a ser realmente pobres ahora... Espero que papá nos dé algo de dinero. Estará obligado ¿no?

—Escucha, Hortense... No hemos hablado de eso.

Se detuvo, consciente de que Zoé no debía oír el resto.

—Deberías ir a sonarte la nariz, cariño, y a lavarte un poco la cara —aconsejó a Zoé levantándola de sus rodillas y empujándola fuera de la cocina.

Zoé salió gruñendo y arrastrando los pies.

—¿Cómo lo sabías? —preguntó Joséphine a Hortense.

—¿Saber qué?

—Saber lo de... esa mujer.

—Bueno... mamá. ¡Lo sabe todo el barrio! ¡Me sentía molesta por ti! Me preguntaba cómo hacías para no ver nada.

—Lo sabía pero hacía como que no lo veía.

No era cierto. Lo había sabido el día anterior, se lo había dicho su vecina de rellano, Shirley, que le había hecho los mismos reproches que su hija: «Pero bueno, Joséphine, ¡abre los ojos, joder! ¡Te ponen los cuernos y ni te enteras! ¡Despierta! ¡Hasta la panadera se aguanta la sonrisa cuando te da el pan!».

—¿Quién te lo dijo? —insistió Joséphine.

La mirada que le lanzó Hortense en ese momento la dejó helada. Era una mirada fría, llena del desprecio de la mujer sabia a la que no lo es, la mirada de una cortesana avisada hacia una tontita.

—Pobre mamá, ¡abre los ojos! ¿Has visto cómo te vistes? ¿Cómo te peinas? ¡Te has descuidado completamente! ¡No es extraño que busque en otro sitio! Ya va siendo hora de que dejes la Edad Media para vivir en nuestra época.

La misma voz, el mismo tono divertido, los mismos argumentos que su padre. Joséphine cerró los ojos, se puso las manos en los oídos y empezó a gritar.

—¡Hortense! Te prohíbo que me hables en ese tono... Si podemos comer últimamente ¡es precisamente gracias a mí, y al siglo XII! Te guste o no. Y te prohíbo que me mires así. Soy tu madre, no lo olvides nunca, ¡tu madre! Y debes... Y no debes... Debes respetarme.

Balbuceaba, se sentía ridícula. Una nueva preocupación se le subió a la garganta: jamás conseguiría educar a sus dos hijas, no tenía la autoridad suficiente, nunca podría estar a la altura.

Cuando volvió a abrir los ojos, vio cómo Hortense la examinaba con curiosidad, como si la viese por primera vez, y lo que percibió en la mirada extraña de su hija no la tranquilizó. Se sintió terriblemente avergonzada de haber perdido el control. No nos confundamos, se dijo, soy yo la que debo dar ejemplo ahora que sólo me tienen a mí como punto de referencia.

—Lo siento, hija.

—No te preocupes, mamá, no importa. Estás cansada, en tensión. Ve a acostarte un poco, después te sentirás mejor...

—Gracias, gracias hija... Voy a ver qué hace Zoé.

* * *

Después de la comida y de que sus hijas volviesen al colegio, Joséphine llamó a la puerta de Shirley, su vecina. Tan pronto, y ya no soportaba estar sola.

Fue Gary, el hijo de Shirley, el que abrió. Tenía un año más que Hortense y estaba en su misma clase, pero ella no quería volver con él del colegio con la excusa de que vestía desastrosamente. Para no deberle nada, prefería no pedirle los apuntes cuando estaba enferma y faltaba a las clases.

—¿No estás en el colegio? Hortense se ha ido ya.

—No tenemos las mismas optativas. Yo los lunes entro a las dos y media... ¿Quieres ver mi nuevo invento? Mira.

Y le mostró dos Tampax que movió sin que los hilos se enredaran. Era extraño: cada vez que un tampón se aproximaba al otro, a punto de tocarse los hilos de algodón blanco, se ponía a oscilar, y después a girar primero en pequeños círculos y luego en círculos cada vez más amplios sin que Gary moviese los dedos. Joséphine le miró, atónita.

—He inventado el movimiento perpetuo sin fuente de energía contaminante.

—Me recuerda al diábolo —dijo Joséphine por decir algo—. ¿Está tu mamá?

—Está en la cocina, recogiendo...

—¿No la ayudas?

—No quiere, prefiere que invente cosas.

—¡Buena suerte, Gary!

—¡Ni siquiera me has preguntado cómo lo hago!

Parecía decepcionado y sostenía los dos Tampax como dos puntos de interrogación.

—No eres guay...

En la cocina, Shirley estaba en plena actividad. Con un gran delantal anudado a la cintura, recogía los platos, amontonaba los restos, los tiraba a la basura, los aclaraba bajo el agua corriente mientras que, en el fuego, se cocinaba lo que, a juzgar por los delicados aromas que desprendían, debían de ser un conejo a la mostaza y un potaje de verduras. Shirley era una incondicional de los productos naturales y frescos. No comía ningún tipo de conserva, ningún congelado, leía atentamente las etiquetas de todos los productos lácteos y autorizaba a Gary a comer un alimento químico a la semana para, decía, inmunizarle contra los peligros de la alimentación moderna. Lavaba la ropa a mano y con jabón de Marsella, la dejaba secar extendida sobre grandes toallas, veía poquísimo la televisión, escuchaba la BBC todas las tardes, la única radio inteligente, en su opinión. Era una mujer alta, ancha de hombros, el pelo rubio, corto y tupido, de grandes ojos dorados, la piel de un bebé tostado al sol. De espaldas, la llamaban señor y la empujaban, de frente, se apartaban con deferencia para dejarla pasar. Mitad hombre, mitad vampiresa, decía divertida, puedo darle a alguien un puñetazo en el metro y reanimar a mi agresor parpadeando. Shirley era cinturón negro de jiu-jitsu.

Escocesa de origen, contaba que había venido a Francia para estudiar en una escuela de hostelería y que se había quedado para siempre. ¡El encanto francés! Se ganaba la vida dando clases de canto en el conservatorio de Courbevoie, clases particulares de inglés a directivos hambrientos de éxito, y confeccionaba deliciosos pasteles que vendía a quince euros la unidad a un restaurante de Neuilly que le encargaba una decena semanal. Y a veces, más. Su casa olía a verdura que se rehoga, pastelería que se hincha, chocolate que se funde, caramelo que cristaliza, cebollas que se confitan y picantones dorándose. Criaba, sola, a su hijo Gary; nunca hablaba del padre del niño, emitiendo, cuando se aludía a él, ciertos murmullos que indicaban la pobre opinión que tenía de los hombres, en general, y de este último, en particular.

—¿Sabes con qué está jugando tu hijo, Shirley?

—No...

—¡Con dos Tampax!

—Ah... no se los estará metiendo en la boca, espero.

—No.

—Perfecto. Al menos no se asustará la primera vez que una chica le ponga uno debajo de sus narices.

—¡Shirley!

—Joséphine, ¿de qué te extrañas? Tiene quince años, ¡ya no es un bebé!

—Tu hijo no tendrá nada de poesía si le dices todo, le muestras todo, le explicas todo.

—¡A la mierda la poesía! Eso es algo que han inventado para pegárnosla. ¿Sabes tú de alguna relación poética? Yo sólo sé de fraudes y escabechinas.

—¡Eres dura, Shirley!

—Y tú, Joséphine, eres peligrosa con tus ilusiones... Bueno, ¿en qué punto estás?

—Tengo la impresión de vivir a cien por hora desde esta mañana. Antoine se ha marchado. Bueno, le he echado... Se lo he dicho a mi hermana, ¡se lo he dicho a mis hijas! ¡Por Dios, Shirley! Creo que he hecho una enorme tontería.

Se frotó los brazos como para entrar en calor, a pesar de las altas temperaturas de ese día de mayo. Shirley le acercó una silla y la obligó a sentarse.

—¡No eres la primera mujer abandonada del siglo XXI! ¡Somos un montón! Y te voy a contar un secreto: sobrevivimos, y, aún más, sobrevivimos muy bien. Al principio es difícil, cierto, pero después, ya no podemos dejar de vivir solas. Ponemos de patitas en la calle al macho una vez que nos ha satisfecho, como las hembras del reino animal. ¡Una auténtica delicia! A mí, a veces, me entran ganas de organizarme cenas a la luz de las velas, sola conmigo misma...

—No he llegado a ese punto...

—Ya veo. Venga, cuenta... ¡Hace tanto tiempo que tenía que pasar! ¡Gary! Va a ser la hora de ir al colegio, ¿te has lavado los dientes? Todo el mundo lo sabía menos tú. Resultaba indecente.

—Es lo que me ha dicho Hortense... ¿Te das cuenta? ¡Mi hija de catorce años sabía lo que yo ignoraba! Debían de pensar que era una imbécil, además de cornuda. Pero te voy a decir una cosa, ahora me da igual e incluso me pregunto si no hubiese preferido no saber nada de nada...

—¿Estás enfadada conmigo por habértelo contado?

Joséphine contempló el rostro tan puro, tan suave de su amiga, las minúsculas pecas sobre su nariz, corta y ligeramente torcida, los ojos color miel tachonados de verde, rasgados y grandes como los de una máscara y sacudió lentamente la cabeza.

—No podría enfadarme contigo. No tienes ninguna malicia. Debes de ser la persona más buena del mundo. Y además, esa chica, Mylène, ¡no tiene la culpa! Y él, si hubiese seguido trabajando, ni siquiera la habría mirado. Es... lo que ha pasado con su trabajo, el hecho de que lo hayan dejado en la cuneta con cuarenta años, ¡eso es inhumano!

—Déjalo, Jo. Estás ablandándote. ¡Dentro de poco va a ser culpa tuya!

—En todo caso soy yo la que le he echado. Me siento mal, Shirley. Hubiera debido mostrar más comprensión, más tolerancia.

—Lo estás mezclando todo. Lo que ha pasado hoy es lo que tenía que pasar... ¡Era mejor acabar antes de que no pudieseis soportaros más! Venga, anímate... *Chin up!*

Joséphine sacudió la cabeza, incapaz de articular palabra.

—Pero mira esta mujer excepcional: ¡está a punto de morirse de miedo porque un hombre la ha dejado! Venga, un cafetito, una buena onza de chocolate y ya verás, todo irá mejor.

—No lo creo, Shirley. ¡Tengo tanto miedo! ¿Qué pasará ahora? Nunca he vivido sola. ¡Nunca! No lo conseguiré. ¿Y las niñas?

Voy a tener que criarlas sin la ayuda de su padre... Tengo tan poca autoridad.

Shirley se detuvo, se acercó a su amiga y, cogiéndola por los hombros, la obligó a mirarla.

—Jo, dime de qué tienes miedo exactamente. Cuando se tiene miedo, siempre hay que mirarlo a la cara y darle un nombre. Si no, te aplasta y te arrastra como una ola gigantesca.

—¡No, ahora no! Déjame... No tengo ganas de pensar.

—Sí. Dime exactamente qué te da miedo.

—¿No habías dicho algo de un café y una onza de chocolate?

Shirley sonrió y giró la cabeza hacia la cafetera.

—*Okay*... pero, aun así, no te vas a librar.

—Shirley, ¿cuánto mides exactamente?

—Un metro setenta y nueve, pero no intentes cambiar de conversación... ¿Lo quieres con arábica o de Mozambique?

—Lo que quieras. Me da igual.

Shirley sacó un paquete de café, un molinillo de madera, lo llenó, se sentó en un taburete, se encajó el molinillo entre sus largos muslos y se puso a moler sin dejar de mirar a su amiga a los ojos. Decía que moler los granos a mano molía también los pensamientos.

—Me pareces tan guapa sentada así, con el delantal y...

—No te vayas por las ramas con cumplidos.

—Y yo me encuentro tan fea.

—¡No va a ser eso lo que te da miedo!

—¿Quién te ha enseñado a ser tan directa? ¿Tu madre?

—La vida. Se gana tiempo. Pero sigues haciendo trampas... Sigues evitando el tema.

Entonces Joséphine levantó la mirada hacia Shirley y, escondiendo sus puños entre los muslos, se puso a hablar, a hablar a toda velocidad, farfullando, volviendo a empezar, repitiendo las mismas cosas.

—Tengo miedo, tengo miedo de todo, soy una montaña de miedo... Me gustaría morir, aquí, ahora, y no tener que ocuparme de nada nunca más.

Shirley la contempló un buen rato, animándola con los ojos que decían: venga, venga, vamos, adelante.

—Tengo miedo de no conseguirlo, tengo miedo de terminar debajo de un puente, de ser desahuciada, tengo miedo de no volver a amar, tengo miedo de perder mi trabajo, tengo miedo de que se me acaben las ideas para siempre, tengo miedo de envejecer, tengo miedo de engordar, tengo miedo de morir sola, tengo miedo de no volver a reír, tengo miedo del cáncer de mama, tengo miedo del mañana...

Vamos, vamos, decía la mirada de Shirley mientras manejaba el molinillo de café, vacíalo todo, dime cuál es tu mayor miedo... lo que te paraliza y te impide crecer, convertirte en Jo la magnífica, Jo la imbatible sobre la Edad Media y las catedrales, los señores y los castillos, los siervos y los comerciantes, las damas y las damiselas, los clérigos y los prelados, las brujas y las horcas, la que cuenta tan bien la Edad Media que, a veces, tengo ganas de que vuelva... Siento algo que falta, una herida, una locura dentro de ti que te haga cojear, que te haga encogerte de hombros. Te observo desde hace siete años, los que llevamos compartiendo el mismo descansillo y los cafés y las charlas cuando él no está aquí...

—Venga —murmuró Shirley—, suéltalo todo.

—Me encuentro fea, muy fea. Me digo a mí misma que un hombre nunca volverá a enamorarse de mí. Estoy gorda, no sé vestirme, no sé peinarme. Y cada día voy a ser más vieja.

—Eso le pasa a todo el mundo.

—No, a mí me va a pasar el doble de rápido. Porque, ya lo ves, no hago ningún esfuerzo, me abandono. Lo sé...

—¿Quién te ha metido esas ideas negativas en la cabeza? ¿Él antes de irse?

Joséphine sacudió la cabeza sorbiéndose los mocos.

—No necesito que me ayuden. Sólo tengo que mirarme al espejo.

—¿Y qué más? ¿Qué es lo que te da más miedo del mundo? ¿Qué es lo que te parece imposible de afrontar?

Joséphine alzó hacia Shirley una mirada interrogante.

—¿No lo sabes?

Joséphine negó con la cabeza. Shirley la miró detenidamente a lo más profundo de los ojos y suspiró:

—Cuando hayas identificado ese miedo, ese miedo que es el origen de todos lo demás, entonces ya no tendrás ningún miedo y, por fin, te convertirás en ti misma.

—Shirley, hablas como una predicadora.

—O como una bruja. ¡En la Edad Media me habrían quemado!

Y es que, ciertamente, era un espectáculo extraño el de esas dos mujeres en la cocina entre cacerolas humeantes de tapas saltarinas; la una, con un largo delantal ceñido a la cintura, la espalda recta, apretando un molinillo de café entre sus largos muslos; y la otra, arrugada, roja, doblada sobre sí misma, acurrucándose a medida que hablaba... hasta que dejó de hablar del todo y terminó por echarse sobre la mesa y llorar, llorar mientras la otra la miraba, afligida, para tender después una mano y acariciarle la cabeza como se hace con los bebés para consolarles.

* * *

—¿Qué haces esta noche? —preguntó Bérengère Clavert a Iris Dupin alejando el trozo de pan de su plato—. Porque si estás libre, podríamos ir juntas a la inauguración de Marc.

—Tengo una cena familiar en casa. ¿La inauguración de Marc es esta noche? Creí que era la semana que viene...

Se habían citado en ese restaurante de moda como hacían todas las semanas. Para hablar y para seguir la actualidad que surgía y desaparecía bajo sus ojos. Políticos que se susurraban información, una actriz que agitaba sus densos cabellos para impresionar a un director de cine, una, dos, tres modelos extraplanas cuyas caderas acababan de golpear contra la mesa, un anciano habitual, solo, sentado a la mesa alerta, como un cocodrilo en la ciénaga, ante cualquier chisme que llevarse a la boca.

Bérengère había vuelto a coger el trozo de pan y lo vaciaba excavándolo con golpecitos impacientes de su dedo índice.

—Todo el mundo tiene puestos sus ojos en mí. Cada mirada ajena, atenta a mis cambios de humor. No van a decir nada, los conozco. ¡Demasiado educados! Pero podré leer perfectamente en sus ojos: ¿qué tal le va a la pequeña Clavert? ¿Un poco triste por haber sido abandonada? ¿Dispuesta a abrirse las venas? Marc desfilará en brazos de su nueva novia... Y yo me pondré enferma. De humillación, de rabia, de amor y de celos.

—No te creía capaz de tanto sentimiento.

Bérengère se encogió de hombros. La ruptura con Marc había sido, como decía ella, suficientemente dolorosa para no añadir los dardos de una humillación pública.

—Los conozco, ¿sabes? ¡Vendrán con la artillería preparada! Van a dejarme en ridículo...

—Sólo tienes que aparentar que estás relajada, y te dejarán tranquila. Se te da tan bien poner cara de mala, querida. ¡No tendrás que hacer ningún esfuerzo!

—¿Cómo puedes decir eso?

—Porque no conseguirás que confunda amor propio y amor. Estás molesta, no herida...

Bérengère comprimió la miga de pan con su índice derecho, la aplastó con un golpe seco y después la enrolló hasta que se convirtió en una larga serpiente que ennegrecía el mantel blanco; después, levantando bruscamente la cabeza, lanzó una mirada de hembra herida a su amiga, que se había inclinado para coger el teléfono que sonaba en su bolso.

Bérengère dudó entre derramar lágrimas por su destino o defenderse. Iris soltó el aparato que había dejado de sonar y le lanzó una mirada irónica. Bérengère eligió responder. Mientras se dirigía a esa comida, se había prometido no decir nada, preservar a su amiga del rumor persistente que corría por París. Pero Iris acababa de herirla con tal desenvoltura, tanto desprecio que no le dejaba otra opción: tenía que golpear. ¡Venganza! ¡Venganza!, gritaba todo su ser. Después de todo, se dijo para terminar de convencerse, es mejor que lo sepa por mí. Todo París habla de ello, y ella no se ha enterado.

No era la primera vez que Iris la hería. Incluso cada vez era más frecuente. Bérengère no soportaba la crueldad indolente de Iris, que soltaba las cuatro verdades como quien suelta la regla de tres a un mal estudiante. Ella había perdido a su amante, cierto, y su marido la aburría, desde luego, sus cuatro hijos eran una enojosa carga, le encantaban los chismes y las calumnias, algo evidente, pero rechazaba el dejarse acosar sin protestar. Decidió, sin embargo, tomarse su tiempo antes de lanzar la primera flecha, puso los codos sobre la mesa, el mentón sobre sus manos y con una sonrisa remarcó:

—No es muy amable eso que acabas de decir.

—No es muy amable pero es estrictamente cierto, ¿no? ¿Quieres que disimule, que te mienta? ¿Que llore por ti también?

Hablaba con voz monocorde y cansina. Bérengère atacó, melosa.

—No todo el mundo puede tener, como tú, un marido guapo, amable y rico. Si Jacques se pareciese a Philippe, no tendría ningunas ganas de irme con otros. Sería fiel, hermosa, buena... ¡Y serena!

—La serenidad no engendra deseo, deberías saberlo. Son dos nociones completamente ajenas la una a la otra. Se puede ser serena con el marido y ardiente con el amante...

—¡Ah! ¿Es que tienes un amante?

La sorpresa provocada por la respuesta de Iris había precipitado la pregunta cruda y directa de Bérengère. Iris la miró a la cara, sorprendida. Bérengère solía ser más sutil. Estaba tan sorprendida que se echó hacia atrás en la silla y respondió:

—¿Y por qué no?

En una fracción de segundo, Bérengère se estiró y se inclinó hacia Iris con los ojos convertidos en dos rendijas ardientes de curiosidad; sus labios se contrajeron, dispuestos a degustar el divino cotilleo. Iris la miró y se dio cuenta de que un extremo de la boca se levantaba sobre el lado izquierdo. La mujer juzga sin piedad el físico de otra mujer, aunque sea su amiga. Nada se le escapa y busca en la otra los signos del declive que ella misma sufre. Iris había pensado siempre que esa mirada era el cimiento más sólido de la amistad femenina: ¿qué edad tiene? ¿más joven, más vieja? ¿por cuánto? Todos esos cálculos rápidos, furtivos, hechos y vueltos a hacer entre dos bocados, dos comentarios, para consolarse o por el contrario desesperarse, establecen connivencias silenciosas y solidaridades tácitas.

—¿Te has operado los labios?

—No... pero dime... dime.

Bérengère no podía esperar más, suplicaba, casi pataleaba, toda ella parecía decir: soy tu mejor amiga, me debes la exclusividad de la noticia. Esa impaciencia provocó cierta repugnancia en Iris, que intentó disiparla pensando en otra cosa. Su mirada cayó sobre el arco de la boca, hinchado en un lado.

—Y entonces ¿qué es ese pliegue?

Puso el dedo en la comisura izquierda de los labios de Bérengère y golpeó el pequeño montículo. Bérengère, molesta, sacudió la cabeza para liberarse.

—Te juro que te hace rara, ahí, a la izquierda, tienes el labio hinchado. ¿O es la curiosidad la que te deforma la boca? ¿Tanto te aburres como para agarrar el más pequeño chisme y devorarlo?

—¡Deja de ser malvada!

—No te preocupes, en eso nunca te llegaré a la suela de los zapatos.

Bérengère se dejó caer sobre el respaldo de la silla y miró hacia la puerta de entrada, con aire desenvuelto. El restaurante estaba a rebosar de gente, pero no había ni una cara conocida. Poder ponerle nombre a una cabellera o a un perfil la tranquilizaba, pero ese día no encontraba ningún nombre que echarse a la boca de su curiosidad. «¿Soy yo o es que este sitio ha pasado de moda?», se preguntó presionando los brazos de la silla cuyo respaldo le martirizaba la espalda.

—Comprendería perfectamente que necesitases... compañía. Llevas mucho tiempo casada... El deseo no resiste al lavado de dientes matinal codo con codo en el cuarto de baño.

—No te equivoques, nuestros codos fornican aún bastante a menudo.

Bérengère se encogió de hombros.

—Imposible... No después de tantos años de matrimonio.

Y pensó, ¡no después de lo que me acabo de enterar!

Dudó un instante y después, con una voz ronca y sorda que intrigó a Iris, añadió:

—¿Sabes lo que se murmura en París a propósito de tu marido?

—No me creo nada.

—Yo, de hecho, tampoco. ¡Es terrible!

Bérengère sacudió la cabeza como si no pudiera creérselo. Sacudió la cabeza para alargar un poco más el tiempo y la espera de su amiga. Sacudió la cabeza, por fin, para saborear una vez más la dulzura del veneno que destilaba. Frente a ella, Iris no rechistaba. Sus largos dedos de uñas rojas jugaban con el pliegue del mantel blanco, y esa era la única manifestación que podía parecerse a la impaciencia. A Bérengère le hubiese gustado que Iris la acosara, pero recordó que esa no era para nada la forma de ser de su amiga. La gran fuerza de Iris residía en aquella inercia que rayaba en la indiferencia absoluta, como si nada, nunca, pudiese alcanzarla.

—Se dice... ¿quieres saberlo?

—Si eso te divierte.

Había en los ojos de Bérengère un brillo de felicidad contenida a punto de estallar. Debía de ser serio, pensó Iris, no se pondría en ese estado por un rumor sin importancia. Y decir que pretende ser mi amiga. ¿En qué cama va a meter a Philippe? Philippe es un hombre al que las mujeres constantemente hacen guiños: hermoso, brillante, forrado. Los tres pilares, según Bérengère. Pelmazo, también, añadió Iris mientras jugaba con el cuchillo. Pero hay que vivir con él para saberlo. Y ella era la única que compartía la somnolienta vida cotidiana de ese marido tan codiciado. Resulta gracioso, esa amistad que consiste en no tratar bien a la persona que se quiere, sino en localizar el lugar más doloroso en donde hundir la estaca mortal.

Se conocían desde hacía mucho tiempo. Intimidad cruel entre dos mujeres que se juzgaban sin poder pasar la una sin la otra. Amistad a veces malhumorada y otras veces tierna, en la que cada una se medía con la otra, dispuesta a morder o a curar la herida. Según el estado de ánimo. Y la importancia del peligro. Ya que, se decía Iris, si me pasara algo grave, Bérengère estaría a mi lado. Rivales mientras tuviesen garras y dientes para morder, unidas si una de ellas empezara a tambalearse.

—¿Quieres saberlo?

—Me espero lo peor —articuló Iris con una sonrisa divertida.

—Bueno, sabes, seguramente es una tontería...

—Date prisa, o pronto me habré olvidado de quién hablamos y será mucho menos divertido.

Cuanto más tardaba en hablar Bérengère, más molesta se sentía Iris, pues esa precaución oratoria significaba, sin duda alguna, que la información valía su peso en oro. Si no Bérengère la habría soltado sin dudar, echándose a reír ante la enormidad de la falsa noticia. Pero se estaba tomando su tiempo.

—Se dice que Philippe tiene una relación seria y... especial. Me lo ha dicho Agnès.

—¡Esa arpía! ¿Todavía sigues viéndola?

—Me llama de vez en cuando...

Hablaban por teléfono todas las mañanas.

—Pero si no dice más que tonterías.

—Si hay alguien bien informado, esa es ella.

—¿Puedo saber con quién retoza Philippe?

—Eso es lo que más duele.

—¿Y donde se convierte en algo serio?

La cara de Bérengère se arrugó como el morro de un pequinés disgustado.

—Serio hasta el punto de...

Bérengère asintió con la cabeza.

—Y por esa razón has tenido la deferencia de avisarme.

—De todas formas te hubieses enterado y, en mi opinión, es mejor que estés preparada para enfrentarte...

Iris estrechó sus brazos contra su pecho y esperó.

—Tráigame la cuenta, pidió al camarero que pasaba cerca de su mesa.

Iba a invitar, imperial y magnánima. Le gustaba la elegancia glacial de André Chénier subiendo al cadalso y marcando la página del libro que estaba leyendo.

Pagó y esperó.

Bérengère se retorcía de disgusto. Le hubiese gustado borrar sus palabras. Se arrepentía de haberse dejado llevar por el chismorreo. Su placer había durado poco, pero preveía que haría falta mucho tiempo para borrar los daños. Era más fuerte que ella: tenía que escupir el veneno. Le encantaba hacer daño. A veces prometía resistirse, no calumniar. Se esforzaba por retener su lengua. Podía cronometrar su tiempo de resistencia. Como los buceadores de apnea. No aguantaba mucho.

—Oh, Iris, lo siento... No tendría que... Me odio a mí misma.

—¿No crees que es un poco tarde? —respondió Iris, glacial, mirando su reloj. Lo siento pero, si quieres seguir jugando a alargarlo, no voy a poder esperar mucho tiempo.

—Bueno, ahí va... Se dice que sale con... un... un...

Bérengère la miraba fijamente, desesperada.

—Un... un...

—¡Bérengère, deja de tartamudear! ¿Un qué?

—Un joven abogado que trabaja con él... —soltó Bérengère a toda velocidad.

Hubo un instante de silencio y después Iris miró de arriba abajo a Bérengère.

—Es original —dijo con una voz que se esforzó en mantener neutra—. No me lo esperaba... Te lo agradezco, gracias a ti voy a ser un poco menos estúpida.

Se levantó, agarró el bolso, se puso los guantes rosas de ganchillo muy fino, hundiendo cada dedo como si cada intervalo correspondiera a uno de sus pensamientos, y después, recordando quién se los había regalado, se los quitó y los dejó sobre la mesa delante de Bérengère.

Y salió.

No había olvidado ni la letra del pasillo ni el número de la plaza de aparcamiento y se metió en el coche. Permaneció allí un momento. Recta por educación, envarada por orgullo e inmóvil, atravesada por un dolor que aún no sentía pero que adivinaba inminente. No sufría, estaba perdida. Dispersa en mil trozos, como si una bomba hubiese explotado dentro de ella. Permaneció diez minutos sin moverse. Sin pensar. Insensible. Preguntándose qué era lo que realmente había que pensar, qué era lo que realmente sentía. Al cabo de diez minutos, sintió, extrañada, cómo su nariz se estremecía, su boca temblaba y dos gruesas lágrimas brillaban en el ángulo de sus grandes ojos azules. Las secó, resopló y arrancó el motor.

* * *

Marcel Grobz extendió el brazo por la cama para atraer hacia él el cuerpo de su amante, que se había separado con un vigoroso movimiento de caderas dándole la espalda de forma ostensible.

—Déjalo, bomboncito, no te enfurruñes. Sabes bien que no lo soporto.

—Te hablo de algo superimportante y no me escuchas.

—Que sí... Que sí... Venga, vamos... Te prometo que te escucho.

Josiane Lambert se relajó e hizo rodar su salto de cama en bordado malva y rosa contra el majestuoso cuerpo de su amante. Su amplio vientre se desbordaba de sus caderas, el vello rojo ornaba su pecho y una mata de pelo rubio rojizo coronaba su calva cabeza. Marcel no era un jovencito, pero sus ojos de un azul vivo, despiertos, penetrantes, lo rejuvenecían considerablemente. «Tus ojos tienen veinte años», le susurraba Josiane al oído después de hacer el amor.

—Muévete, coges todo el sitio. Has engordado, ¡estás lleno de grasa! —le dijo ella pellizcándole la cintura.

—Demasiadas comidas de negocios en este momento. Son tiempos duros. Hay que convencer, y para convencer hay que adormecer la desconfianza del otro, hacerle comer y beber... ¡comer y beber!

—¡Bueno! Te voy a servir una copa y así me escucharás.

—¡Quédate aquí, bomboncito! Venga... te escucho. ¡Vamos!

—Bueno, entonces...

Había plegado la sábana por debajo de sus grandes senos blancos marcados por sus venas de un delicado violeta, y a Marcel le costaba separar la vista de aquellas dos esferas que había chupado ávidamente segundos antes.

—Hay que contratar a Chaval, darle responsabilidades e importancia.

—¿Bruno Chaval?

—Sí.

—¿Y por qué? ¿Estás enamorada de él?

Josiane Lambert soltó esa risa profunda y ronca que le volvía loco, y su mentón desapareció en tres collarines de grasa alrededor del cuello que se pusieron a temblar como gelatina inglesa.

—¡Ummmmm! Cómo me gusta tu cuello... —gruñó Marcel Grobz hundiendo su nariz en uno de los círculos flácidos del cuello de su amante—. ¿Sabes lo que le dice un vampiro a la mujer a la que acaba de morder?

—Ni idea —respondió Josiane, que tenía más interés en no perder el hilo de su razonamiento y soportaba mal las interrupciones.

—Te lo agradezcuello.

—¿Te lo agradezco qué?

—Te lo agradez... cuello.

—¡Ah, qué gracioso! ¡Pero que muy gracioso! ¿Has terminado ya con tus jueguecitos de palabras y tus chistes? ¿Puedo hablar?

Marcel Grobz puso cara de arrepentido.

—No lo haré más, bomboncito.

—Como te iba diciendo...

Y como su amante volvía a hundirse una vez más en uno de los numerosos pliegues de su voluptuoso cuerpo:

—Marcel, si continúas me voy a poner en huelga. ¡Te prohíbo tocarme en cuarenta días y cuarenta noches! Y esta vez te prometo que lo cumplo.

La última vez, él, para romper la cuarentena, tuvo que regalarle un collar de treinta y una perlas cultivadas de los mares del sur, un broche cubierto de diamantes y una montura de platino. «Con certificado —había exigido Josiane—, sólo así me rendiré y te dejaré poner tus zarpas sobre mí».

A Marcel Grobz le volvía loco el cuerpo de Josiane Lambert.

A Marcel Grobz le volvía loco el cerebro de Josiane Lambert.

A Marcel Grobz le volvía loco el sentido común campesino de Josiane Lambert.

Así que aceptó escucharla.

—Hay que contratar a Chaval, si no se irá a la competencia.

—Ya casi no hay competencia, ¡me los he comido a todos!

—Abre los ojos, Marcel. Los has liquidado, es cierto, pero un buen día pueden resucitar y liquidarte a ti también. Sobre todo si Chaval les echa una mano... Venga... En serio, ¡escúchame!

Se había incorporado completamente, el busto ceñido a una sábana rosa, el ceño fruncido y la expresión seria. Tenía la expresión seria tanto para los negocios como para el placer. Era una mujer que nunca hacía trampas.

—Es muy sencillo: Chaval es un excelente contable además de un excelente vendedor. Odiaría verte un día enfrentado a un hombre que maneje a la perfección esas dos cualidades: la habilidad del vendedor y el rigor financiero del contable. El primero gana dinero con los clientes y el segundo lo rentabiliza al máximo. Sin embargo, la mayoría de la gente sólo posee uno de esos talentos...

Marcel Grobz también se había incorporado sobre un codo y, atento, escuchaba a su amante.

—Los comerciales saben vender, pero pocas veces dominan los aspectos financieros más sutiles de la transacción: el modo de pago, los vencimientos, los gastos de transporte, los descuentos. A ti mismo, si yo no estuviera allí, te costaría...

—Sabes muy bien que no podría vivir sin ti, bomboncito.

—Eso es lo que pretendes. Me gustaría tener unas cuantas pruebas tangibles.

—Lo que pasa es que soy un contable muy malo.

Josiane esbozó una sonrisa que mostraba que no la engañaba con esa salida por la tangente, y volvió a su razonamiento.

—Y, sin embargo, son esos hechos precisos, ¡esos aspectos financieros son los que marcan la diferencia entre un margen de tres cifras, de dos cifras o de cero cifras!

Marcel Grobz estaba ahora sentado, el torso desnudo, la cabeza apoyada contra los barrotes de la cama de bronce, y continuaba por su cuenta el razonamiento de su amante.

—Eso quiere decir, bomboncito, que antes de que Chaval comprenda todo eso, antes de que se enfrente a mí y me amenace...

—¡Hay que atarle!

—¿Y dónde lo meto?

—En la dirección de la empresa, y mientras él la hace crecer, nosotros nos dedicamos a diversificar, a desarrollar otras líneas... En este momento ya no tienes tiempo de anticiparte. Ya no actúas, reaccionas. Ahora bien, tu verdadero talento es el de vivir el presente, sentirlo, prever los deseos de la gente... Si contratamos a Chaval, le dejamos deslomarse con las tareas del presente mientras nosotros navegamos sobre las olas del mañana. ¿No está mal, eh?

Marcel Grobz agudizó el oído. Era la primera vez que ella decía «nosotros» cuando hablaba de la empresa. Y lo había dicho varias veces seguidas. Se separó de ella para observarla: estaba en tensión, el rostro enrojecido, la expresión concentrada y sus cejas unidas en una uve profunda y erecta de vello rubio. Pensó que esa mujer, esa amante ideal que no rechazaba ningún condimento sexual y poseía todo tipo de talentos, tenía, además, muchas ambiciones. ¡Qué diferencia con mi mujer, que me la chupa con los ojos cerrados, y eso con motivo de la elección de un nuevo papa! Por mucho que le dirija la cabeza, no viene. En cambio, Josiane no se andaba con chiquitas. A grandes golpes de caderas, de lengua, de peras, le enviaba al séptimo cielo, le hacía gritar ¡ay, Dios!, le volvía a excitar entre polvo y polvo, le lamía, le acariciaba, le enganchaba entre sus poderosos muslos y, cuando el último espasmo moría entre sus labios, le acurrucaba dulcemente entre sus brazos, le calmaba, le ponía a tono con un fino análisis de la marcha de la empresa antes de enviarle de nuevo al séptimo cielo. ¡Qué mujer!, se dijo. ¡Qué amante! Generosa. Hambrienta. Cariñosa en momentos de placer, dura en el trabajo. Blanca, lechosa, voluptuosa hasta el punto de preguntarse dónde esconde los huesos de su esqueleto.

Josiane trabajaba para él desde hacía quince años. Había acabado en su cama poco después de ser contratada como secretaria. Mujercita flacucha y triste cuando entró en la empresa, había prosperado con su ayuda. Poseía, como único título, el de una academia de tercera donde había aprendido mecanografía y ortografía —bueno... ortografía básica—, además de un currículum caótico en el que destacaba que nunca permanecía mucho tiempo en un trabajo.

Marcel había decidido confiar en ella. Había en aquella mujercita un punto de hipocresía, de terquedad, que le gustaba sin que supiera bien por qué. Estaba llena de dientes y de espinas. Podía convertirse tanto en una aliada como en un enemigo temible. Cara o cruz, se dijo Marcel. Le gustaba jugar y la contrató. Procedía del mismo ambiente que él. La vida la había educado a base de bofetadas, de brutos pegándose contra ella; la habían manoseado, la habían penetrado sin derecho a defenderse. A Marcel le había bastado observarla un momento para comprender que sólo quería que la librasen de ese lodazal. «Mi salario llora de pobre que es, habría que devolverle la sonrisa», había declarado nueve meses después de su ingreso. Le concedió el aumento y algo mejor: la convirtió en una odalisca astuta y lista, desbordante de carne e inteligencia. Poco a poco ella había eliminado a sus otras amantes, las que le consolaban de la triste compañía conyugal. No las echaba de menos. Nunca se aburría con Josiane. De lo que se arrepentía era de haberse casado con Henriette. Esa escoba estreñida. Nunca dispuesta a gozar pero pronta a gastar, que derrochaba alegremente su dinero sin dar nada a cambio, ni físico ni sentimental. Pero ¡qué idiota fui casándome con ella! ¡Creí que iba a ascender socialmente! ¡Menudo ascensor! Siempre se quedó en el primer piso.

—Marcel, ¿me estás escuchando?

—Claro, bomboncito.

—¡Se terminó el tiempo de los especialistas! Las empresas están llenas de ellos. Faltan de nuevo los generalistas, generalistas geniales. Y ese Chaval es un generalista genial.

Marcel Grobz sonrió.

—Te recuerdo que yo mismo soy un generalista genial.

—¡Por eso te quiero, Marcel!

—Háblame de él.

Y mientras Josiane relataba la vida y carrera de ese empleado en el que él apenas se había fijado, Marcel Grobz revivía la suya. Padres judíos, inmigrantes polacos, que se instalaron en París en el barrio de la Bastilla, el padre sastre, la madre planchadora. Ocho hijos. En un piso con dos habitaciones. Pocos mimos, muchas tortas. Poca ternura, mucho pan seco. Marcel había crecido solo. Se había inscrito en una oscura escuela de química para obtener un diploma, y había encontrado su primer trabajo en una empresa de velas.

Allí fue donde aprendió todo. El dueño sin hijos le tomó cariño. Le prestó dinero para comprar una primera empresa en dificultades. Después una segunda... Hablaban los dos, por las noches, después de cerrar la tienda. Él le aconsejaba, le animaba. Así fue como Marcel se convirtió en «liquidador de empresas». No le agradaba mucho esa palabra, pero le gustaba comprar negocios moribundos que volvía a poner en pie con su buen hacer y su capacidad para el trabajo. Contaba que se dormía a menudo encendiendo una vela y se despertaba antes de que se hubiese consumido. Contaba también que todas sus ideas las había tenido mientras caminaba. Recorría las calles de París, observaba a los pequeños comerciantes detrás del mostrador, los escaparates, las mercancías desbordantes sobre las aceras. Escuchaba a la gente hablar, gruñir, gemir y con ello deducía sus sueños, sus necesidades, sus deseos. Predijo, mucho antes que el resto, las ganas de replegarse en el nido, el miedo al exterior, a lo extraño, «el mundo se está volviendo demasiado duro, la gente tiene ganas de meterse en su casa, en su hogar, rodeado de accesorios como una vela, un juego de mesa, un plato o un camino de mesa». Había decidido concentrar todos sus esfuerzos en el concepto hogar. Casamia. Ese era el nombre de su cadena de establecimientos repartidos por París y provincia. Uno, luego dos, tres, cinco, seis, nueve negocios se habían reconvertido de esta forma en tiendas Casamia de velas perfumadas, de centros de mesa, de lámparas, canapés, marcos, perfumes de interior, de estores y cortinas, de accesorios para el cuarto de baño, la cocina. Y todo, a precios bajos. Fabricado en el extranjero. Había sido de los primeros que crearon fábricas en Polonia, en Hungría, en China, Vietnam, en la India.

Pero un día, un día maldito, un proveedor le había dicho: «Están muy bien sus artículos, Marcel, pero en las tiendas, al decorado le falta algo de clase. Debería contratar a una estilista que diera homogeneidad a sus productos, ese no sé qué que añadiese valor a su empresa». Él había meditado profundamente ese asunto y, sin pensárselo dos veces, había contratado a...

Henriette Plissonnier, viuda seca pero con clase, que sabía, mejor que nadie, colocar el drapeado de una tela o crear un decorado con dos briznas de paja, un trozo de satén y una cerámica. «¡Qué clase!», se había dicho al verla cuando se presentó en respuesta al anuncio. Acababa de perder a su marido y educaba sola a sus dos niñas. No tenía ninguna experiencia, «sólo una excelente educación y el sentido innato de la elegancia, de las formas y los colores —le había dicho mirándolo de arriba abajo—. ¿Quiere que se lo demuestre, señor?». Y sin que tuviese él tiempo de responder, había desplazado dos jarrones, desenrollado una alfombra, colocado una cortina, cambiado tres naderías en su despacho, que, de repente, pareció surgido de una revista de decoración. Después se había sentado y había sonreído satisfecha. La contrató primero como encargada de accesorios, para después ascenderla a decoradora. Ella concebía los escaparates, se ocupaba de destacar la promoción del mes —copas de champán, guantes de cocina, delantales, lámparas, tulipas, candelabros—, participaba en la elección de pedidos, se ocupaba de la «tonalidad» de la temporada: temporada azul, temporada bronce, temporada blanca, temporada dorada... Él se enamoró de aquella mujer que representaba un mundo inaccesible para él.

Cuando la besó por primera vez, creyó rozar una estrella.

Durante la primera noche juntos, la fotografió con una Polaroid mientras dormía y guardó la foto en su cartera. Ella nunca lo supo. El primer fin de semana la llevó a Deauville, al hotel Normandy. Ella no quiso salir de la habitación. Él pensó que era pudor, todavía no estaban casados; más tarde comprendió que le había dado vergüenza que la viesen con él.

Él le propuso matrimonio. Ella respondió: «Tengo que pensármelo, no estoy sola, tengo dos hijas pequeñas, como sabe». Se empecinaba en tratarlo de usted. Le había hecho esperar seis meses sin hacer nunca alusión a su demanda, lo que le volvía loco. Un día, sin que él supiese por qué, le había dicho: «¿Se acuerda usted de la proposición que me había hecho? Pues bien, si sigue en pie, la respuesta es sí».

En treinta años de matrimonio, nunca la llevó a casa de sus padres. Ella les vio una sola vez, en un restaurante. Al salir, mientras se ponía los guantes y buscaba con la mirada el coche con chófer que él había puesto a su disposición, le había dicho simplemente: «De ahora en adelante, les verá por su lado si quiere, pero sin mí. No creo que sea necesario continuar con esta relación...».

Fue ella la que le bautizó Chef, jefe. Le parecía que Marcel era demasiado común. Ahora todo el mundo le llamaba Chef. Salvo Josiane.

Si no, él era Chef. Chef que firmaba los cheques. Chef que presidía la mesa en las cenas de compromiso. Chef al que se le interrumpía cuando hablaba. Chef que dormía aparte en una habitación minúscula, en una cama diminuta, en una esquina del inmenso apartamento.

Y, sin embargo, le habían prevenido. «Te equivocas con esa mujer —le había dicho René, su encargado y amigo con el que bebía al salir del trabajo—. ¡No debe de ser fácil de ordeñar!». Él había tenido que reconocer que René tenía razón. «A duras penas me deja montarla. Y ni te cuento lo que me cuesta que se incline hasta el canario, ¡muerto de hambre! Hay que sujetarla fuerte y con la nuca bien apoyada. Muchas veces me tengo que dormir con las ganas, con esa mujer, y el pobre canario, la mayor parte del tiempo a media asta. Ni hablar de manoseos o mamadas. Se hace la remilgada». «Pues entonces... déjala», le había dicho René. Y, sin embargo, Chef dudaba: Henriette le mantenía en sociedad. «Sólo tengo que llegar con ella a una cena para que los invitados me miren de otra manera... ¡Y te juro que hay contratos que nunca habría firmado sin ella!». «Pues yo, si fuera tú, ¡pagaría a una profesional! Una puta con estilo, que las hay. Sólo tienes que encontrar una que te valga para la cena y para la cama. ¡Al precio que pagas por la legítima...!».

Marcel Grobz se partía de la risa.

Pero había seguido con Henriette. La había nombrado finalmente presidenta del consejo de administración. Bien a su pesar: si no, ella se exacerbaba. Y cuando Henriette se exacerbaba, de insoportable pasaba a ser detestable. Así que había cedido. Se habían casado con un contrato de separación de bienes, y él había realizado una donación a su nombre. Cuando muriese, ella heredaría todos sus bienes. Había caído en la trampa. Cuanto peor le trataba, más se ataba a ella. Llegó a decirse que le habían dado demasiadas tortas de pequeño, y que le había cogido el gusto; el amor no estaba hecho para él. Era una explicación que le convenía.

Y entonces llegó Josiane. El amor había entrado en su vida. Pero hoy, con sesenta y cuatro cumplidos, era demasiado tarde para volver a empezar. Si se divorciaba, Henriette reclamaría la mitad de su fortuna.

—Y de eso nada —protestó en voz alta.

—Pero ¿por qué, Marcel? Le podemos hacer un buen contrato sin darle participación o simplemente una pequeña para que se sienta implicado y no tenga ganas de irse a otra parte.

—Pequeñita, entonces.

—Bien.

—¡Joder, qué calor! Se me están derritiendo las bolas. ¿Podrías ir a buscarme una naranjada helada...?

Ella salió de la cama entre siseos de bordados y muslos frotándose. Había engordado otra vez. Marcel no pudo evitar sonreír. Le gustaban las mujeres jamonas.

Sacó tabaco de su pitillera sobre la mesita de noche, se puso a cortarlo, a enrollarlo, a aspirarlo para después encenderlo. Pasó la mano sobre su calva. Hizo una mueca de disgusto. Habrá que vigilar a ese Chaval. No darle demasiado poder ni importancia en la empresa. También habrá que comprobar que la pequeña no esté colada por él... ¡Señor! Con treinta y ocho años, debe de tener ganas de carne fresca. Y de un buen sitio en primera fila. Siempre escondida, obligada a la ilegitimidad por culpa de la Escoba, eso no es vida ¡pobre Josiane!

—No puedo quedarme esta noche, bomboncito. Tengo cena en casa de la hija de la Escoba.

—¿La puntiaguda o la redonda?

—La puntiaguda... Pero la redonda también estará. Con sus dos hijas. De las que una, no te digo que no, está bien espabilada. Tiene una forma de mirarme... Qué quieres que te diga: me cae bien, esa chavalilla. Me gusta, tiene mucha clase, ella también...

—Me tienes frita con tu clase, Marcel. Si no estuvieses allí haciendo de banca, estarían pasándolas canutas, esas. Harían como todo el mundo, ¡poner la boca o el culo!

Marcel prefirió no armarla y le dio una palmadita en el trasero.

—No importa —siguió ella—, tengo que terminar las nóminas e invitaré a Paulette a venir a ver una película. Tienes razón, ¡hace un calor! No soporta una ni las bragas.

Le acercó un vaso de naranjada helada que él se bebió de un solo trago, y después, rascándose la barriga, emitió un sonoro eructo y se echó a reír.

—¡Ay, si Henriette me viese! Se le caerían las medias.

—No me hables de esa si quieres que siga siendo tu cariñito.

—Vamos, bomboncito, no te enfades... Sabes bien que ya no la toco.

—¡Faltaría más! ¡Que te encontrase en la cama con la señora marquesa!

Le faltaban palabras y estaba a punto de ahogarse de indignación.

—¡Esa golfa, esa puta!

Ella sabía que a él le gustaba oír insultar a la Escoba. Le excitaba que ella encadenara invectivas como quien desgrana un viejo rosario. Él comenzó a retorcerse en la cama mientras ella continuaba con su voz grave y ronca: «Esa estirada con el culo seco, esa señoritinga amarilla como un membrillo, ¿es que se tapa la nariz cuando va al váter? ¿Es que no tiene nada entre las piernas, esa inmaculada? ¿Es que nunca se deja empalar por una buena pértiga bien afilada que la penetre hasta los dientes y le haga saltar los plomos?».

Esa él nunca la había oído. Fue como si un sablazo le atravesara los riñones y le proyectara hacia delante, las piernas estiradas, el cuello y la nuca proyectado contra la cabecera de la cama. Atrapó los barrotes de bronce con sus peludas manos, extendió las piernas, tensó el vientre, sintió cómo su sexo se endurecía hasta el dolor y, mientras ella continuaba soltando invectivas cada vez más groseras, cada vez más soeces, soltando insultos como quien tira de la cadena del váter, sintió que no podía más y la atrapó y la pegó contra él jurando que iba a comérsela una y otra vez.

Josiane se dejó caer en la cama suspirando de placer. Ella amaba a su osito. Nunca había visto otro hombre más generoso y vigoroso. ¡A su edad! Y dispuesto varias veces al día. No era del tipo de los que se aliviaban solos mientras que la otra contaba las moscas del techo. A veces había que ponerle a tono. Ella tenía miedo de que un día se le quedase tieso entre sus piernas, con su apetito de ogro hambriento.

—Qué haría yo si no estuvieses aquí, Marcel.

—Encontrarías a otro tan gordo, tan feo y tan tonto para que te mimara. Eres una llamada al amor, tortolita. Serían miles los que querrían relamerse contigo.

—No me hables así. ¡Me da miedo! Me sentiría tan indefensa si te fueses.

—Que no... que no... Venga, ven con papaíto... Se está poniendo triste...

—¿Seguro que me has dejado algo si alguna vez tú...?

—¿Si estiro la pata? ¿Es eso, tortolita? Por supuesto, y puedo incluso afirmar que estarás en la primera fila de los mejor servidos. Quiero que ese día te pongas guapa. Que te cuelgues tus perlas blancas y tus diamantes. Que estés a mi altura en el despacho del notario. Que se mueran todos de rabia. Que no se diga «¡y es esa golfa a la que ha dejado toda esa pasta!». Al contrario: ¡que se inclinen! Ay, me gustaría tanto estar allí para verle la jeta a la Escoba. No os haríais amigas...

Y Josiane, más contenta, descendió ronroneando hasta el sexo adornado de pelos blancos de su amante y se lo metió con apetito en su boca de tragona impenitente. No tenía ningún mérito: había aprendido desde muy pequeña lo que aplacaba a los hombres y les hacía felices.

* * *

Iris Dupin volvió a casa, dejó caer las llaves del coche y de la casa en la copa prevista para ese uso sobre el pequeño velador de la entrada. Después se libró de su chaqueta, tiró sus zapatos, su bolso y sus guantes sobre el gran kilim comprado en Drouot una tarde de invierno lúgubre y fría en compañía de Bérengère, pidió a Carmen, su fiel asistenta, que le trajera un whisky bien cargado con dos o tres hielos y un chorro de Perrier, y fue a refugiarse en la pequeña habitación que le servía de despacho. Nadie tenía permiso para entrar, salvo Carmen, una vez a la semana, para limpiar.

—¿Un whisky? —preguntó Carmen, los ojos como platos. ¿Un whisky en plena tarde? ¿Está usted enferma? ¿Se le ha caído el mundo encima?

—Algo parecido, Carmen, y sobre todo, sobre todo ninguna pregunta. Necesito estar sola, pensar y tomar una decisión...

Carmen se encogió de hombros y murmuró «y ahora se pone a beber sola. Una mujer tan bien educada».

En el pequeño despacho, Iris se acurrucó en el sofá.

Su mirada recorrió su guarida como si buscara argumentos para una respuesta inmediata o un perdón distraído. Pues, se dijo extendiendo sus piernas sobre el sofá de terciopelo rojo cubierto con un chal de cachemira, la cosa es simple: o me enfrento a Philippe, declaro que la situación es insoportable y emprendo la fuga llevándome a mi hijo, o espero, sufro, me aguanto, rezando para que este mal asunto no crezca demasiado. Si me voy, daré la razón a las malas lenguas, expondré a Alexandre al escándalo y perjudicaré los negocios de Philippe, y por ende los míos... Además, me convertiré en objeto de una piedad insana y malintencionada.

Si me quedo...

Si me quedo, prolongo un malentendido que dura mucho tiempo. Prolongo un confort en el que llevo adormilada desde hace mucho tiempo también.

Su mirada recorrió la pequeña habitación, elegante, refinada, de boiserie clara en la que le gustaba refugiarse. La mesa baja Leleu de tres patas con tabla redonda de vidrio transparente, el jarrón pico de loro Colotte de cuerpo ovalado en cristal blanco con detalles tallados a mano, la lámpara de techo Lalique de vidrio soplado y cordones dorados, el par de lámparas de cristal opalescente retorcido. Cada objeto le transmitía belleza y nada le gustaba más que permanecer encerrada en su despacho y desplazarse con la vista por la habitación para contemplarlos. Esa belleza me la enseñó Philippe, y ahora no puedo estar sin ella. Su mirada se detuvo en una foto que los representaba, a Philippe y a ella, el día de su boda, ella toda de blanco, él en traje gris. Sonreían a la cámara. Él había colocado su brazo sobre su hombro, en un gesto de protección amorosa, ella se abandonaba como si nunca pudiese pasarle nada. Se distinguía el sombrero de su suegra en una esquina de la foto, arriba a la izquierda: una gran pamela rosa con lazos de gasa fucsia y malva.

—¿Y ahora se ríe sola? —preguntó Carmen que entraba en el despacho, trayendo la bandeja con un vaso de whisky, una botellita de Perrier y una cubitera.

—Mi querida Carmen... Créeme, es mejor que me ría.

—¿Tan grave es, que podría usted llorar?

—Si yo fuese normal, sí, Carmencita.

—Pero usted no es normal...

Iris suspiró.

—Déjame, Carmencita...

—¿Pongo la mesa para esta noche? He preparado un gazpacho, una ensalada y un pollo a la vasca. Hace tanto calor. No tendrán hambre... No he pensado nada para el postre, ¿fruta, quizás?

Iris lo aprobó y le hizo una señal con la mano para que la dejase sola.

Sus ojos se posaron sobre el cuadro que le había regalado Philippe cuando nació Alexandre: *Los enamorados* de Jules Breton. Ella había sentido un flechazo ante ese óleo durante una subasta en beneficio de la Fundación para la Infancia, y Philippe, forzando la puja, se lo había regalado. Representaba a dos enamorados en el campo. La mujer pasaba el brazo alrededor del cuello del hombre, y él, arrodillado, la atraía hacia sí. Gabor... La fuerza de Gabor, el cabello negro y espeso de Gabor, los brillantes dientes de Gabor, las caderas de Gabor... Ella no habría renunciado a ese cuadro por nada del mundo. Se agitaba sobre su silla, y la mano de Philippe vino a posarse sobre su nuca. Él había hecho una ligera presión para decirle: cálmate, querida, tendrás ese cuadro.

Iban a menudo a las salas de subasta. Compraban cuadros, joyas, libros, manuscritos y muebles. Compartían la pasión por descubrir, por catalogar y por pujar. *La Naturaleza muerta con flores* de Bram van Velde, la habían comprado en Drouot, hacía diez años. *El ramo de flores* de Slewinski, el Barceló adquirido después de la exposición en la fundación Maeght, los dos jarrones del mismo artista, de cerámica, completamente abollados que ella misma había ido a buscar a su taller en Mallorca. Y la larga carta manuscrita de Cocteau en la que habla de su relación con Nathalie Paley... Sus palabras resonaron en la memoria de Iris. «Él quería un hijo, pero se comportaba conmigo de forma tan eficaz como lo puede ser un perfecto homosexual atiborrado de opio...». Si abandonaba a Philippe, quedaría privada de toda esa belleza. Si abandonaba a Philippe, debería empezar de nuevo.

Sola.

Esa única palabra le provocó un escalofrío. Las mujeres solas le horrorizaban. ¡Había tantas! Siempre corriendo, desviviéndose, el rostro pálido, el gesto ávido. La vida de la gente es terrible hoy en día, se dijo mojando los labios en su whisky. Flota en el aire una angustia espantosa. ¿Cómo podría ser de otro modo? Les agarran por el cuello, les obligan a trabajar de sol a sol, les embrutecen, les producen necesidades que no tienen nada que ver con ellos, que les pierden, que les pervierten. Se les prohíbe soñar, rezagarse, perder el tiempo. Se les usa y se les tira. La gente ya no vive, se gasta. A fuego lento. Gracias a Philippe, al dinero de Philippe, ella disfrutaba de ese privilegio incomparable: no se gastaba. Se tomaba su tiempo. Leía, iba al cine, al teatro, no tanto como hubiese podido, pero se divertía. Desde hacía algún tiempo, en el mayor de los secretos, escribía. Una página cada día. Nadie lo sabía. Se encerraba en su despacho y garabateaba palabras, en torno a las cuales, si la inspiración no llegaba, dibujaba alas, patas de mosca, estrellas. Avanzaba a duras penas. Copiaba fábulas de La Fontaine, releía *Los caracteres* de La Bruyère o *Madame Bovary* para ejercitarse en encontrar la palabra exacta. Se había convertido en un juego, a veces una delicia, a veces una tortura, el encontrar el sentimiento y vestirle con la palabra justa que debía envolverle, como un abrigo. Se encerraba entre las cuatro paredes de su despacho. E incluso si tiraba muchas de las hojas que escribía, debía reconocer que ese trabajo minucioso añadía cierta intensidad a su vida. Ya no tenía ganas de dejarla pasar entre comidas insípidas o tardes de compras.

Ya había escrito antes. Guiones que quería rodar. Lo había dejado todo cuando se casó con Philippe.

Si quisiera, podría volver a escribir... Si tuviese valor, claro. Porque hace falta valor para permanecer encerrada durante horas triturando palabras, dibujando patitas velludas o alas para que se echen a andar o a volar.

Philippe... Philippe, repitió estirando ampliamente una larga pierna bronceada mientras tintineaban los hielos de su whisky con Perrier, ¿para qué abandonarle?

¿Para meterme en esa estúpida carrera? ¿Para parecerme a esa pobre Bérengère que bosteza después de hacer el amor? ¡Ni hablar! Ahí no hay más que llanto y rechinar de dientes. ¿Dónde están los hombres? Gritan las mujeres amotinadas. Ya no hay hombres. Ya no puede una enamorarse.

Iris se sabía de memoria su lamento.

O bien son guapos, viriles e infieles ¡y lloramos!

O bien son vanidosos, fatuos e impotentes ¡y lloramos!

O bien son cretinos, pegajosos, idiotas ¡y les hacemos llorar!

Y lloramos por quedarnos solas llorando.

Pero continúan buscándoles, siempre esperándoles. Hoy son las mujeres las que buscan a los hombres, son las mujeres las que los reclaman a voz en grito, son las mujeres las que están en celo. ¡Y no los hombres! Contratan agencias y rebuscan en Internet. Es la última moda. Yo no creo en Internet, creo en la vida, en la carne de la vida, creo en el deseo que arrastra la vida, y si el deseo se agota, es que ya no eres digna de él.

En otro tiempo amaba la vida. Antes de casarse con Philippe Dupin, había amado la vida con locura.

Y en esa vida anterior, había deseo, esa «fuerza misteriosa que hay detrás de cada cosa». ¡Cómo le gustaban esas palabras de Alfred de Musset! El deseo que hace que toda la superficie de la piel se alumbre y desee la superficie de otra piel de la que no se sabe nada. Antes de conocerse ya son íntimos. Ya no se puede vivir sin la mirada del otro, sin su sonrisa, sin su mano, sin sus labios. Se pierde el rumbo. Se vuelve uno loco. Se le seguiría al fin del mundo, mientras la razón dice: Pero ¿qué sabes tú de él? Nada, nada, ayer mismo no sabíamos ni su nombre. ¡Qué hermoso ardid inventado por la biología para el ser humano, que se creía tan fuerte! ¡Qué triunfo el de la piel sobre el cerebro! El deseo se infiltra en las neuronas y las embota. Nos encadenamos, nos privamos de libertad. En la cama, en todo caso...

El último eslabón de vida primitiva.

No existe la igualdad sexual. No estamos en igualdad porque nos volvemos salvajes. La hembra vestida con pieles bajo el macho vestido con pieles. ¿Qué era lo que decía Joséphine el otro día? Hablaba de la divisa del matrimonio en el siglo XII y eso me hizo estremecer. Yo la oía sin escucharla realmente, como de costumbre y, de pronto, fue como si me diera un hachazo entre las piernas.

Gabor, Gabor...

Su altura de gigante, sus largas piernas, su inglés duro y violento. «*Iris, please, listen to me... Iris, I love you, and it's not for fun, it's for real, for real, Iris...*».*

Su forma de decir Iris. Ella oía Irish...

Su forma de arrastrar las erres le daban ganas de arrastrarse bajo él.

«Con él y bajo él». ¡Esa era la divisa del matrimonio y el siglo XII!

Con Gabor y bajo Gabor.

Gabor se extrañaba cuando me resistía, cuando quería conservar mis privilegios de mujer liberada, hacía estallar su risa de hombre agreste: «¿Quieres excluir la fuerza?, ¿la dominación?, ¿la capitulación? Pero si es lo que produce la llama entre nosotros. Estás loca, mira en lo que se han convertido esas feministas americanas: en mujeres solas. ¡Solas! Y eso, Iris, es la desgracia de la mujer...».

Se preguntaba qué habría sido de ese hombre. A veces se dormía soñando que venía a llamar a su puerta y ella se echaba a sus brazos. Mandaba todo al garete: los chales de cachemira, los grabados, los dibujos, los cuadros. Se iba con él, a recorrer el mundo.

---

* Iris, por favor, escúchame... Iris, te amo, no estoy bromeando, te lo digo en serio, en serio, Iris...

Pero entonces... dos pequeñas cifras gemelas venían a romper la superficie de su sueño. Dos cangrejos en rojo vivo cuyas pinzas cerraban con grandes cerrojos la puerta entreabierta de su fantasía: 44. Ella tenía cuarenta y cuatro años.

Su sueño se estrellaba. Demasiado tarde, se reían sarcásticamente los cangrejos blandiendo sus pinzas-candado. Demasiado tarde, se decía ella misma. Estaba casada ¡y seguiría casada! Eso era lo que tenía intención de hacer.

Pero para ello tendría que defender la retaguardia. No fuera a suceder que su marido se encendiera y se fugara con ese joven vestido de negro. Tendría que pensar en ello.

Ante todo, lo urgente era esperar.

Hundió sus labios en el vaso que le había traído Carmen y suspiró. Habrá que empezar a disimular desde esta misma noche...

* * *

Joséphine constató, aliviada, que no tendría que coger el autobús (dos transbordos) para ir a cenar a casa de su hermana: Antoine le había dejado el coche. Se sintió rara al sentarse frente al volante. Para salir del garaje había que teclear un código. Como nunca lo había hecho, metió la mano en su bolso en busca de su agenda, donde lo había anotado.

—2513 —resopló Hortense, sentada a su lado.

—Gracias, cariño...

El día antes Antoine había llamado; había hablado con sus hijas. Primero Zoé, luego Hortense. Después de dejar el teléfono, Zoé había entrado en la habitación de su madre, que leía tumbada en la cama, y se había echado a su lado, el pulgar en la boca y Néstor, su peluche, pegado a su mentón. Habían permanecido las dos en silencio durante un buen rato y después Zoé había suspirado «hay tantas cosas que no entiendo de la vida, mamá, es aún más difícil que el colegio...». Joséphine había sentido ganas de decirle que ella tampoco entendía ya nada de la vida. Pero se había reprimido. «Mamá, cuéntame la historia de Mi Reina», había pedido Zoé estrechándose con fuerza contra ella. «Ya sabes, la que nunca tenía frío, que nunca tenía hambre, la que nunca tenía miedo, la que defendía su reino contra las hordas de soldados y había sido la madre de príncipes y de princesas. Cuéntame otra vez cómo ella se había casado con dos reyes y había reinado en dos países a la vez...». A Zoé le gustaba por encima de todas la historia de Leonor de Aquitania. «¿Empiezo por el principio?», había preguntado Joséphine. «Cuéntame la primera boda —dijo Zoé, el pulgar en la boca—, cuéntame el día en que, con quince años, se casó con Luis VII, el buen rey de Francia... Cuéntamelo empezando por el baño de tomillo y romero, ya sabes, que le había preparado su sirvienta trayendo grandes jarros de agua hirviendo a la bañera de madera. Cuéntame el emplaste de trigo que se puso en la cara para tener buen aspecto y esconder los granitos... Y las hierbas frescas que se extendieron en torno a la bañera para que no mojara el parqué. ¡Cuenta, mamá, cuenta!».

Joséphine había empezado y la magia de las palabras había inundado la habitación como un cuento de Navidad: «Ese día, todo Burdeos era una fiesta. En los muelles de la ciudad, instalado en el campamento de tiendas arlequinadas tocadas con penachos, Luis VII, el heredero de la corona de Francia, acompañado por sus caballeros, sus pajes y sus escuderos, esperaba a que su novia, Leonor, hubiese terminado de prepararse en el castillo de l'Ombrière». Relató después con detalle el baño de Leonor, las hierbas, los ungüentos, los perfumes que le presentaban sus camareras y sus damas de compañía para que fuese la mujer más hermosa de Aquitania. Cuando dio suficientes detalles para encender la imaginación de Zoé, Joséphine sintió su peso sobre su brazo y continuó durante unos minutos. «Estamos en julio de 1137 y el sol ilumina las murallas del castillo. La fiesta de los esponsales durará varios días y varias noches como es costumbre en esa época, y Luis, sentado junto a la deslumbrante joven de vestido escarlata con largas mangas abiertas y bordadas con armiño blanco, parecía un rey bastante frágil, joven y enamorado entre escupefuegos, tambores y tamboriles, domadores de osos y equilibristas, pajes que servían el vino y llenaban los platos de carnes asadas que llegaban casi frías de la cocina, pues, en aquella época, las cocinas estaban muy lejos de la sala de fiestas. Hermosa y llena de frescura, Leonor canturreaba el estribillo que le había enseñado su nodriza en su boda:

Mi corazón es vuestro,
mi cuerpo es vuestro,
cuando mi corazón se metió en vos,
el cuerpo os dio y prometió.

Repitió varias veces esos versos como quien reza una oración en la noche y se promete convertirse en una reina perfecta, una reina justa, buena y dulce para todos sus súbditos».

Joséphine había bajado la voz hasta convertirla en un murmullo, y el peso de su hija, apoyada en su seno, le indicó que la niña dormía y que podía callarse sin despertarla.

Hortense había hablado un largo rato con su padre, después había colgado, se había acostado y apagado la luz sin ir a darle un beso. Joséphine había respetado su necesidad de soledad.

—¿Sabes cómo ir a casa de Iris? —preguntó Hortense mientras bajaba el parasol para verificar el brillo de sus dientes y la corrección de su peinado.

—¿Te has maquillado? —observó Joséphine, percibiendo los labios brillantes de su hija.

—Un poco de gloss que me ha dado una amiga... No es lo que yo llamo maquillarme. Sólo un mínimo de respeto hacia los demás.

Joséphine no respondió a la insolencia de su frase y prefirió concentrarse en el camino que debía tomar. A esta hora, la avenida del General de Gaulle estaría llena, pero no había otra forma de llegar al puente de Courbevoie. Una vez pasado el puente, la circulación sería más fluida. Bueno, eso esperaba.

—Os propongo que no hablemos de la partida de papá esta noche durante la cena —dijo a sus hijas.

—Demasiado tarde —respondió Hortense— se lo he dicho a Henriette.

Las niñas llamaban a su abuela por su nombre. Henriette Grobz rechazaba los «abuelita» o «abuela». Lo encontraba vulgar.

—Ay, Dios, ¿por qué?

—Escucha mamá, seamos prácticas: si hay alguien que puede ayudarnos, es ella.

Hortense está pensando en Chef. En el dinero de Chef, se dijo Joséphine. Dos años después de la muerte de su padre, su madre se había vuelto a casar con un hombre muy rico y muy bueno. Fue Chef el que las había educado, Chef el que les había pagado los estudios en buenos colegios privados, Chef quien les había permitido esquiar, hacer vela, equitación, tenis, viajar al extranjero. Chef quien había financiado los estudios de Iris, Chef quien alquilaba el chalet en Megève, el barco en las Bahamas, el piso en París. Chef, el segundo marido de su madre. El día de su boda, Chef lucía una chaqueta brillante verde manzana y una corbata escocesa de piel. ¡Nuestra señora madre estuvo a punto de desmayarse! Al recordarlo, Joséphine dejó escapar una risita y fue llamada al orden por un imperioso claxon porque no arrancaba con el semáforo en verde.

—¿Y qué ha dicho?

—Que no le extrañaba. Que ya había sido un milagro que hubieses encontrado marido y que si lo hubieses conservado, habría sido un supermilagro.

—¡Eso ha dicho!

—Palabra por palabra... y no se equivoca. Te has comportado como una idiota con papá. Porque, mamá, francamente, para que papá se largue con...

—¡Hortense, ya basta! No quiero oírte hablar así. Espero que no hayas dado detalles.

Joséphine se preguntó, en el mismo momento en el que planteaba la cuestión, por qué se rebajaba a hacerla. ¡Por supuesto que ha debido de decírselo! Y sin omitir nada: la edad de Mylène, la altura de Mylène, el cabello de Mylène, el trabajo de Mylène, la blusa rosa de Mylène, su sonrisa falsa para ganarse propinas... Debió incluso de exagerarlo para dar lástima, pobrecita niña abandonada.

—De todas formas se sabrá, así que mejor decirlo enseguida. Pareceremos menos tontas.

—¿Por qué estás segura de que papá se ha ido? —preguntó Zoé.

—Oye, eso es lo que me dijo ayer por teléfono.

—¿De verdad te dijo eso? —preguntó Joséphine.

Se maldijo una vez más. Había caído en la trampa tendida por Hortense.

—Creo que ha pasado la página definitivamente... En fin, eso es lo que me pareció entender. Me dijo que iba a meterse en un proyecto que «la otra» financiaría.

—¿Tiene dinero?

—Ahorros de familia que pondría a disposición de papá. ¡Parece loca de amor! Papá ha añadido incluso que ella le seguiría al fin del mundo. Está buscando un trabajo en el extranjero, dice que no hay futuro para él en Francia, que este país está acabado, que necesita cambiar de aires. De hecho, tiene ya una ligera idea que me ha contado y que me parece muy interesante. Tenemos que volver a hablar de ello los dos...

Joséphine estaba atónita: Antoine se confiaba con más libertad a su hija que a ella. ¿La consideraba pues como una enemiga? Prefirió concentrarse en el trayecto. ¿Paso por el Parque o cojo el periférico en Puerta Maillot? ¿Qué camino tomaba Antoine? Cuando conducía, nunca miraba por dónde pasaba, confiaba totalmente en él, me dejaba llevar mientras soñaba con mis caballeros, mis damas, mis castillos, en las jóvenes novias que viajan en su litera cerrada echadas al camino para encontrarse con un hombre que no conocían y que iba a acostarse desnudo contra ellas. Sintió un escalofrío, sacudió la cabeza y volvió a su itinerario. Decidió cortar por el Bois esperando que no hubiese demasiada circulación.

—Eso no quita que hubieras podido preguntarme antes de hablarlo —retomó Joséphine tras haber cogido la ruta del Bois.

—Escucha, mamá, no vamos a andarnos con chiquitas, no tenemos medios para eso. Vamos a necesitar el dinero de Henriette, así que mejor metérsela en el bolsillo haciéndonos los cachorrillos perdidos al borde del camino. Ella adora que la necesiten...

—Pues no. No nos haremos los cachorrillos perdidos. Nos las arreglaremos solas.

—¡Ah! ¿Y cómo esperas arreglártelas con tu sueldo miserable?

Joséphine dio un volantazo y aparcó al borde del camino del Bois.

—Hortense, te prohíbo que me hables así, si te empeñas en ser desagradable, me voy a ver obligada a castigarte.

—¡Ay, ay, ay! ¡Qué miedo! —rio Hortense—. No sabes hasta qué punto tengo miedo.

—Sé que no me crees capaz, pero puedo apretarte las tuercas. Siempre he sido amable y buena contigo, pero ahora te estás pasando de la raya.

Hortense miró a Joséphine a los ojos y vio una firmeza nueva que le hizo pensar que su madre podría poner en práctica sus amenazas y enviarla a un internado, por ejemplo, cosa que ella temía. Se echó atrás en su asiento, puso cara de ofendida y soltó, desdeñosa:

—Vamos, encadena frases. Eres muy buena en ese jueguecito. Pero lo de desenvolverte en la vida, eso es harina de otro costal.

En ese momento Joséphine perdió la calma y el dominio de sí misma. Golpeó el volante gritando tan fuerte que la pequeña Zoé, asustada, se echó a llorar y a gemir «¡quiero volver a casa, quiero mi osito! ¡Sois malas las dos, muy malas, me dais miedo!». Sus llantos ahogaban la voz de su madre y, en un momento, se produjo un concierto de gritos en el pequeño coche que, antaño, sólo había conocido trayectos silenciosos o acompañados por la voz de Antoine al que le gustaba explicar el origen de los nombres de las calles, la fecha de construcción de un puente o de una iglesia, o la evolución de una vía y de su trazado.

—Pero ¿qué te pasa desde ayer? ¡Estás insoportable! ¡Tengo la impresión de que me detestas! ¿Qué te he hecho yo?

—Lo que me has hecho es que mi padre se ha largado porque eres fea y asquerosa, y para nada quiero empezar a parecerme a ti. Y por eso estoy dispuesta a todo, incluso a hacerme la niña guapa y sumisa delante de Henriette para que nos dé dinero.

—¡Ah! ¿Y qué piensas hacer? ¿Arrastrarte a sus pies?

—¡Me niego a ser pobre, me horrorizan los pobres, la pobreza apesta! Sólo tienes que mirarte. Eres fea a más no poder.

Joséphine la contempló con la boca abierta por el estupor. No podía pensar, no podía decir palabra. Apenas podía respirar.

—¿Es que no lo comprendes? ¡No entiendes que la única cosa que ahora importa a la gente es el dinero! ¡Pues yo soy como todos, salvo que no me avergüenza decirlo! ¡Así que deja de jugar a las desinteresadas porque eres tonta, mamaíta, tonta!

Era necesario que hablase, pronunciar alguna réplica a lo que su hija estaba diciendo.

—Te olvidas de algo, hija mía, ¡y es que el dinero de tu abuela pertenece a Chef! Que no está a su disposición. Vas demasiado deprisa...

No es eso lo que debería haber dicho. En absoluto. Tengo que darle una lección, forjarle una moral y no decirle que ese dinero no le pertenece. ¿Pero qué me sucede? ¿Qué me pasa? Todo va mal desde que se fue Antoine... Ni siquiera soy capaz de pensar correctamente.

—El dinero de Chef es el dinero de Henriette. Como Chef no tiene hijos, ella lo heredará todo. No soy idiota, lo sé. Punto y final. ¡Y deja de hablar del dinero como si fuera mierda, sólo es un medio de ser feliz, y yo no tengo ninguna intención de ser desgraciada!

—Hortense, ¡en la vida hay más cosas que el dinero!

—Qué anticuada puedes llegar a ser, mamaíta. Hay que volver a educarte. Venga, ¡arranca de una vez! Sólo faltaría que llegásemos tarde. Ella lo odia...

Y después, volviéndose hacia Zoé, sentada en el asiento trasero, llorando en silencio con el puño en la boca:

—¡Y tú deja de lloriquear! Me pones de los nervios. ¡Joder, la que me ha tocado con vosotras dos! Entiendo que papá se haya largado.

Bajó el parasol y verificó su imagen una vez más, gruñendo en voz alta:

—¡Ya está! Con todo esto se me ha borrado el gloss. Y no tengo más. Si encuentro uno por ahí en casa de Iris, se lo robo. Ni siquiera se dará cuenta, los compra por docenas. He nacido en el sitio equivocado. ¡Qué mala suerte!

Joséphine contempló a su hija mayor como si fuera una criminal evadida de la cárcel, sentada en el asiento a su lado: la aterrorizaba. Quiso protestar pero no encontró palabras. Todo iba demasiado deprisa. Se encontraba en la pendiente de un tobogán por el que caía sin ver el final. Así que, a falta de aliento y de argumentos, volvió su vista a la carretera. A los árboles en flor a lo largo de la avenida del Parque, a los poderosos troncos, a las largas ramas cargadas de hojas nuevas de un verde vivo, de capullos a punto de germinar que se inclinaban ante ella dibujando una bóveda florida que la luz de esa tarde de verano atravesaba manchando de blanco cada rama, cada hoja, cada capullo tierno. El lento balanceo de las ramas tranquilizó a Joséphine y, mientras Zoé, las manos tapándose las orejas, los ojos cerrados y la nariz arrugada, lloraba en voz baja, arrancó el motor y puso en marcha el coche rezando para que no se hubiese equivocado y que la avenida que había tomado desembocase en la puerta de la Muette. Después sólo tendría que aparcar... Y eso sería otro problema, se dijo suspirando.

* * *

La cena de familia, esa noche, se desarrollaba sin contratiempos.

Carmen velaba por la sucesión perfecta de los platos y la chica que había contratado como ayudante para la velada parecía muy espabilada. Iris, vestida con una larga blusa blanca y pantalones de lino azul lavanda, permanecía en silencio la mayor parte del tiempo y sólo intervenía en la conversación para animarla, cosa que debía hacer a menudo, porque nadie parecía muy hablador. Había algo de obligado y ausente en su actitud, de ordinario tan llena de gracia con sus invitados. Había peinado y atado su larga cabellera negra que caía en espesas y brillantes ondas sobre sus hombros.

¡Qué magnífica cabellera!, pensaba Carmen cuando hundía sus dedos entre sus espesos cabellos. A veces, Iris le permitía cepillarlos y a ella le gustaba oírlos crepitar bajo el cepillo. Iris había pasado la tarde encerrada en su despacho, sin atender ninguna llamada. Carmen lo había visto en la pantalla del teléfono cuya centralita se encontraba en la cocina. Ningún botón se había encendido. ¿Qué haría en su despacho, sola? Aquello era cada día más frecuente. Antes, cuando volvía a casa, con los brazos llenos de paquetes, gritaba: «¡Carmencita! ¡Un buen baño caliente! Salimos esta noche». Dejaba caer los paquetes, corría a besar a su hijo en su habitación, preguntando: «¿Te ha ido bien el día, Alexandre? Cuéntame, cariño, cuéntame. ¿Te han puesto buenas notas?», mientras Carmen, en el cuarto de baño, llenaba la gran bañera de mosaico azul y verde, mientras mezclaba aceites de tomillo, salvia y romero. Comprobaba la temperatura introduciendo el codo en el agua, añadía sales perfumadas de Guerlain y, cuando todo estaba perfecto, encendía pequeñas velas y llamaba a Iris para que se introdujese en el agua cálida y perfumada. A veces, Iris la dejaba asistir a su baño, frotarle los pies con la piedra pómez, masajearle los dedos de los pies con aceite de rosa mosqueta. Los firmes dedos de Carmen envolvían los tobillos, las pantorrillas y los pies, presionando, pellizcando, apretando para después relajar con *savoir faire* y voluptuosidad. Iris se relajaba y le hablaba de su jornada, de sus amigas, de un cuadro visto en una galería, de una blusa cuyo cuello le había gustado, «sabes, Carmen, no realmente roto, sino recto y con una caída por los hombros como si lo sostuviesen unas varillas invisibles...», de un pastelito de chocolate degustado con la boca pequeña, «así no me lo como realmente y no engordo», de una frase escuchada en la calle o de una vieja que mendigaba en la acera y que le había dado tanto miedo que había dejado caer las monedas sobre la palma de su mano apergaminada. «Ay, Carmen, me dio tanto miedo el poder terminar como ella, un día. No tengo nada. Todo pertenece a Philippe. ¿Qué tengo yo a mi nombre?». Y Carmen, acariciando los dedos de sus pies, alisando la suave palma de sus largos pies finos y curvados, suspiraba: «Nunca, señora, nunca terminará como esa vieja arrugada. ¡No mientras yo viva! ¡Limpiaré casas, moveré montañas, pero nunca se sentirá abandonada!». «Vuelve a decírmelo, Carmencita, ¡dímelo otra vez!». Y se abandonaba, cerraba los ojos y se adormecía, apoyada sobre la toalla enrollada que Carmen había dispuesto bajo su cuello.

Esa noche no había habido ceremonia del baño.

Esa noche Iris se había duchado rápidamente.

Carmen se tomaba como algo personal el que cada comida fuera perfecta. Sobre todo cuando Henriette Grobz venía a cenar.

—¡Ah!, esa mujer... —suspiró Carmen mirándola por la puerta entreabierta del office desde el que dirigía las operaciones—, ¡qué vieja arpía!

Henriette Grobz se sentaba al final de la mesa, tiesa y erguida como una estatua de piedra, los cabellos atrapados en un moño lacado del que no escapaba ningún mechón. ¡Hasta los santos de las iglesias demuestran más abandondo que ella!, pensó Carmen. Vestía un traje sastre ligero, en el que cada pliegue estaba almidonado. Habían colocado a Hortense a su derecha y a la pequeña Zoé, a su izquierda, y hablaba a la una y la otra inclinándose como una vieja institutriz. Zoé tenía las mejillas enrojecidas, los párpados hinchados y las pestañas pegadas. Debía de haber llorado en el coche antes de llegar. Joséphine apenas comía su plato. Sólo parloteaba Hortense, haciendo sonreír a su tía y a su abuela, lanzando alabanzas a Chef, que ronroneaba de placer.

—Te aseguro que has adelgazado, Chef. Cuando has entrado en la habitación, me he dicho ¡qué guapo está! ¡Cómo ha rejuvenecido! A menos que te hayas hecho algo... ¿quizás un lifting?

Chef se echó a reír y se frotó el cráneo de placer.

—¿Y para quién haría yo eso, preciosa?

—Eh, no lo sé... Para gustarme a mí, por ejemplo. Me daría pena que te volvieses viejo y arrugado... Yo quiero un abuelo fuerte y bronceado como Tarzán.

Sabe cómo hablar a los hombres esa niña, pensó Carmen. Está hinchado de orgullo, el señor Grobz. Hasta tiene la piel de su cráneo calvo erizada de placer. Como de costumbre, le soltará un buen billete cuando se vaya. Cada vez, sin faltar una, le desliza un billete en la mano sin que nadie se dé cuenta.

Serenado por su conversación con Hortense, Marcel se había vuelto hacia Philippe Dupin e intercambiaba algunas informaciones sobre el estado de la Bolsa. ¿En alza, en baja los próximos meses? ¿Vender o, por el contrario, invertir? ¿En qué? ¿En acciones o en divisas? ¿Qué dice la prensa económica? Philippe Dupain escuchaba sin atender, su suegro parecía en plena forma. Diría incluso que más vivo, que rejuvenece a ojos vista; tiene razón la niña, se dijo Carmen, ¡debería andarse con cuidado, la señora Grobz!

Su ayudante arrancó a Carmen de su disección de los invitados preguntándole si convenía servir el café en el salón o en la mesa.

—En el salón, querida... Yo me ocuparé de eso, quita la mesa y pon todo en el lavavajillas, salvo las copas de champán, que hay que lavar a mano.

En cuanto terminó el postre, Alexandre se llevó a su prima Zoé a su cuarto, dejando a Hortense en la mesa. Hortense permanecía siempre junto a los mayores, conseguía pasar desapercibida, tan chispeante ella, tan audaz un minuto antes, se fundía con el decorado y escuchaba. Observaba, descifraba cada frase en suspenso, un lapsus, una exclamación indignada, un silencio pesado. Esa niña es una auténtica arpía, pensaba Carmen. ¡Y nadie se da cuenta! Sé lo que trama. Y ella ha comprendido que la he descubierto. No le gusto, pero me teme. Esta noche voy a tener que ocuparme de ella, llevarla al saloncito para que vea una película.

Como la conversación languidecía, la misma Hortense se aburrió y siguió a Carmen sin resistencia.

En el gran salón, Joséphine tomó su café rezando para que las preguntas no le cayesen encima como ráfagas. Intentó conversar con Philippe Dupin, pero este se excusó: su móvil sonaba, era algo importante y si ella no tenía inconveniente... Se refugió en su despacho para responder.

Chef leía un periódico económico que había en la mesita. La señora madre e Iris hablaban de cambiar las cortinas de un dormitorio. Hicieron una seña a Joséphine para que fuese a sentarse con ellas, pero Jo prefirió ir a hacer compañía a Marcel Grobz.

—¿Qué tal, mi pequeña Jo? ¿Tienes buenas vibraciones?

Tenía una extraña forma de hablar: empleaba expresiones en desuso. Con él se viajaba a los años sesenta o setenta. Debe de ser la única persona que conozco que todavía dice «estar en la onda» o «tienes buenas vibraciones».

—Más o menos, Chef.

Chef le guiñó el ojo, volvió un instante a su lectura y, viendo que ella no se iba, comprendió que estaba obligado a darle conversación.

—Y tu marido, ¿todavía en dique seco?

Ella inclinó la cabeza sin responder.

—Resulta difícil en este momento. Hay que apretarse el cinturón, esperar a que pase...

—Pero sigue buscando. Mira los anuncios por palabras todas las mañanas.

—Si no encuentra nada, siempre puede venir a verme... Lo pondría en algún sitio.

—Eres muy amable, Chef, pero...

—Pero tendrá que inclinarse un poco. Porque tu marido es orgulloso ¿eh, Jo? Y a día de hoy, hay que inclinarse. Hay que inclinarse y decir ¡gracias, jefe! Incluso el gran Marcel, que se deja la piel para encontrar nuevos mercados, ideas nuevas y da gracias al cielo cuando firma un nuevo contrato.

Se golpeaba la barriga mientras hablaba.

—Hay que decirle eso a Antoine. La dignidad es un lujo. Y él no puede darse ese lujo. Mírame, Jo, lo que me salva es que yo procedo de la pobreza. Así que no me molesta volver a ella. Hay un proverbio senegalés que dice: «Cuando no sepas adónde vas, párate y mira de dónde vienes». Yo vengo de la miseria, así que...

Joséphine hizo un esfuerzo para no confesar a Marcel que ella misma no estaba lejos de la miseria.

—Pero ya ves, Jo, pensándolo bien... Si tuviera que contratar a alguien de la familia, preferiría que fueses tú. Porque tú tienes pinta de trabajar duro... Mientras que tu marido, no estoy seguro de que quiera mancharse las manos. En fin, yo me entiendo...

Emitió una risa franca.

—No le pido que se convierta en mecánico.

—No, Chef, ya lo sé. Lo sé...

Joséphine le acarició el brazo y lo miró con bondad. Él se sintió incómodo, interrumpió su risa bruscamente, carraspeó y volvió a la lectura de su periódico.

Ella permaneció un momento sentada a su lado, esperando que él retomara la conversación escapando así de la curiosidad de su madre y su hermana, pero Marcel no parecía querer retomar el diálogo. Chef siempre se comporta así, se dijo Joséphine, cuando me habla diez minutos, considera que ya ha hecho su parte y pasa a otra cosa. No le intereso. Estas reuniones familiares deben de ser una verdadera tortura para él. Como para Antoine. Los hombres están excluidos de ellas. O más bien están autorizados a fingir, nada más. Se sabe que el auténtico poder pertenece a las mujeres. Bueno, ¡no a todas! Yo estoy de adorno. Joséphine se sentía aislada. Echó un rápido vistazo a Iris, que hablaba con su madre mientras jugueteaba con sus largos pendientes que se había quitado y balanceaba sus pies de uñas pintadas a juego con las uñas de las manos. ¡Qué gracia! Parece mentira, se dijo, considerar que ese ser resplandeciente, exquisito y refinado pertenezca al mismo sexo que yo. Habría que inventar subcategorías en la clasificiación de los seres humanos en dos sexos. Sexo femenino, categorías A, B, C, D... Iris pertenecería a la categoría A y yo, a la D. Joséphine se sentía excluida de esa feminidad voluptuosa y tranquila que rodeaba a cada gesto de su hermana. Cada vez que había intentado imitarla, la experiencia había terminado en terrible humillación. Un día, se había comprado unas sandalias de piel de cocodrilo verde almendra —que había visto llevar a Iris— y caminaba por el pasillo de su casa, esperando que Antoine se diese cuenta. Él había exclamado: «¡Qué manera de andar! Con esas cosas en los pies pareces un travestido». Las preciosas sandalias se habían convertido en cosas, y ella, en un travesti...

Se levantó y fue a apoyarse cerca de la ventana, lo más lejos posible de su madre y de su hermana. Contempló los árboles de la plaza de la Muette que se balanceaban con la brisa todavía húmeda del final de la tarde. Los abrumadores edificios de piedra tallada enrojecían bajo el ocaso, los portales de hierro forjado dibujaban jambas de prosperidad, de los jardines en verde apagado, amarillo cálido y blanco grisáceo subía un vapor irisado. Todo sugería riqueza y belleza, riqueza liberada de todo lo material para hacerse evanescente, delicia, sugestión. Chef es rico, pero grueso. Iris es rica y ligera. Ha adquirido el increíble sosiego que da el dinero. Su madre puede intentar ponerse a la altura de su hija, pero será siempre una nueva rica. Su moño demasiado apretado, su lápiz de labios demasiado espeso, su bolso demasiado brillante, ¿y por qué no lo suelta? Es como las viejas pobres: tiene miedo de que se lo roben. Cena con el bolso en las rodillas. Ha podido engañar a Chef, pero no habría podido engañar a otro, aquel al que le hubiese gustado engañar. Ha tenido que contentarse con Chef, Chef el mal vestido, Chef el que se mete el dedo en la nariz y abre las piernas para despegarse el pantalón. Ella es consciente de ello y se lo reprocha. Él le recuerda que ella, como él, es imperfecta y limitada. Mientras que Iris posee una desenvoltura hecha de misterio, de secreto, una naturalidad inexplicable que la coloca por encima de los demás seres humanos, convirtiéndola en un ejemplar único y raro. Iris ha sabido cambiar de mundo y nacer por segunda vez.

Es lo que convertía a Antoine en torpe y sudoroso: esa frontera invisible entre Philippe y él, entre Iris y él. Una diferencia sutil que nada tiene que ver con el sexo, el nacimiento o la educación, que separa la verdadera elegancia de la del nuevo rico y que ponía a Antoine al nivel de un papanatas.

La primera vez que Antoine se había transformado en fuente, había sido allí, en este balcón, una tarde de mayo... Contemplaban juntos los árboles de la avenida Raphaël; debió de sentirse tan petrificado, tan impotente frente a la perfección de los árboles, de los edificios, de las cortinas del salón, que había perdido el control de su termostato interior y había empezado a derretirse. Habían corrido hasta el cuarto de baño e inventado una explosión de grifos para explicar el lamentable estado de su chaqueta y de su camisa. Esa noche quizás nos creyeron, pero después no fue posible. Y yo, ¡con lo que le quería! Lo entendía muy bien, porque sudaba por dentro.

Sólo se escuchaba el ruido de las páginas que pasaba Chef en el mayor de los silencios. ¿Qué hará mi pastelito de miel en este momento?, se preguntaba excitado. ¿Estará tendida en el sofá del salón viendo una de esas malas comedias que le gustan tanto? ¿O tumbada en la cama como una enorme torta rubia, en la misma cama donde hemos retozado esta tarde y donde... Voy a tener que dejar esto inmediatamente. ¡Me estoy poniendo a cien y se va a ver! Se había puesto, por orden de la Escoba, un pantalón en tela de gabán, gris, ligero, que le apretaba y que no dejaría de subrayar una erección intempestiva. Esa eventualidad le produjo un ataque de risa que ahogó tan bien que se asustó cuando Carmen se inclinó sobre él y preguntó:

—¿Un pastelito con su café, señor?

Le presentaba un plato de dulces de chocolate, de mazapán y caramelo.

—No, gracias, Carmen, ¡tengo los dientes traseros en remojo!

Al escuchar esas palabras, Henriette Grobz sintió un escalofrío de asco y su nuca se erizó. Chef se alegró. Había que recordarle con quién estaba casada. Y él disfrutaba de lo lindo recordándoselo. Como para marcar esa reprobación muda y poner distancias entre Chef y ella, Henriette Grobz se levantó y fue al encuentro de Joséphine cerca de la ventana. La vulgaridad de ese hombre era su castigo, la cruz que debía llevar. Había conseguido dejar de compartir su despacho, dejar de compartir habitación, dejar de compartir su cama, y seguía temiendo que ese hombre la contaminara, como si fuese portador de un virus peligroso. ¡Tenía que estar desesperada para casarse con un hombre tan vulgar! Y fuerte como un roble, además. Ese vigor la hacía cada vez más irritable. A veces estaba tan irritada de verle alegre y saludable que respiraba penosamente y sentía palpitaciones. Tomaba pastillas para relajarse. ¿Cuánto tiempo debería soportarle todavía? Lanzó un largo suspiro y prefirió concentrar su atención en su hija que, apoyada en la ventana, contemplaba el balanceo de los árboles por la brisa que acababa de levantarse, repartiendo por fin un poco de aire fresco en esa velada.

—Ven aquí, querida, para que hablemos las dos —le dijo llevándosela a un sofá, al fondo del salón.

Iris se unió inmediatamente a ellas.

—Bueno, querida —atacó Henriette Grobz—, ¿qué piensas hacer ahora?

—Continuar... —respondió Joséphine con obstinación.

—¿Continuar? —preguntó Henriette Grobz sorprendida—. ¿Continuar qué?

—Pues... eh... Continuar con mi vida...

—En serio, querida...

Cuando su madre la llamaba «querida», la cosa se ponía fea. La piedad, el sermón, la condescendencia iban a sucederse como los cuplés de una cantinela gastada.

—En fin... ¡Eso no es asunto tuyo! —balbuceó—. Es problema mío.

Joséphine había dado a su respuesta, demasiado rápida para controlarla, un tono agresivo al que no estaba acostumbrada la autora de sus días, que se ensombreció inmediatamente.

—¡Así es como me contestas! —replicó Henriette Grobz alterada.

—¿Qué has decidido? —retomó Iris con su voz dulce y envolvente.

—He decidido arreglármelas completamente sola —respondió Joséphine de una forma más brusca de lo que hubiese querido.

—¡Ah! Resulta realmente ingrato rechazar la ayuda que se te propone —dijo Henriette Grobz afectada.

—Quizás, pero así son las cosas. No quiero que se hable más de ello, ¿de acuerdo?

Su voz había ido aumentando de volumen y el final de su frase se convirtió en un grito agudo que desentonó en la atmósfera acolchada de aquella velada tranquila.

Vaya, vaya, ¿qué es ese jaleo?, pensó Chef aguzando el oído. ¡Se me esconde todo! En verdad, soy el último mono en esta familia. Abandonó como si nada el periódico sobre la mesa baja para acercarse al sitio en el que se sentaban las tres mujeres.

—¿Arreglártelas cómo?

—Trabajando, dando clases particulares... ¡yo qué sé! Por el momento estoy saliendo, creedme, ya es bastante duro así. Todavía no me he repuesto, creo.

Iris miró a su hermana y admiró su coraje.

—Iris —preguntó su madre—, ¿tú que piensas?

—Jo, tiene razón, todo está aún muy reciente. Dejémosla reponerse antes de preguntarle lo que piensa hacer.

—Gracias, Iris... —suspiró Joséphine, que se atrevió a pensar que la tormenta había pasado.

Pero no había contado con la obstinación de su señora madre.

—Yo, cuando me encontré sola para educaros, me remangué y me puse a trabajar, trabajar...

—¡Pero si yo trabajo, mamá, trabajo! Pareces olvidarlo siempre.

—A eso no lo llamo yo trabajar.

—¿Porque no tengo despacho, jefe ni cheques restaurante? ¿Porque no se parece a nada de lo que tú conoces? Yo me gano la vida, lo quieras o no.

—¡Un sueldo de miseria!

—Me gustaría saber cuánto ganabas con Chef cuando empezaste. No debía de ser más.

—No me hables en ese tono, Joséphine.

Chef, excitado, se incorporó. Cojones, amenaza tormenta, se dijo. La velada empezaba a ser, por fin, divertida. La marquesita iba a enganchar sus mejores caballos, apilar mentira tras mentira, rebuscar en su memoria y exhibir la vieja imagen de viuda piadosa y madre protectora que se había sacrificado por sus hijas. Se sabía el numerito de víctima de memoria.

—Cierto que fue duro. Que nos apretamos el cinturón, pero mis cualidades hicieron que Chef me promocionase enseguida... y pude hacer frente...

Se pavoneaba aún emocionada por aquella victoria increíble ante la adversidad, y una imagen se impuso sobre su discurso: la de una mujer hermosa, alta, heroica, haciendo frente al fuerte oleaje como un mascarón de proa, arrastrando a las dos huérfanas de nariz enrojecida por el llanto. Había sido mérito suyo el haber sabido educar, sola, a sus dos hijas, su Marsellesa, su Legión de Honor.

Pudiste hacer frente porque yo te pasaba sobres llenos de billetes con pretextos absurdos, y que tú hacías como si no te dieses cuenta para no tener que agradecérmelo, pensó Chef mojando su índice para pasar la página de su periódico. Pudiste hacer frente porque eras pérfida de nacimiento, más fría y sin piedad que la más materialista de las putas. Pero ya me tenías enganchado, y yo hubiese hecho cualquier cosa para gustarte, para ayudarte.

—...Y que inmediatamente fue reconocido mi trabajo por todos, incluida la competencia de Chef, que quiso conservarme a cualquier precio...

Tenía tantas ganas de seducirte que te habría propuesto un salario de director general sin que tuvieses que pedírmelo. Te hice creer que todos te querían para que aceptases el dinero que te daba sin ofenderte. ¡Qué tonto fui, pero qué tonto! ¡Tonto hasta decir basta! Y hoy te haces la virtuosa. ¿Por qué no le dices a tu hija cómo me sedujiste? ¿Cómo me dabas de comer en la palma de tu mano? Creía ser un marido y me he convertido en un sirviente. Te supliqué que me dieses un hijo y te echaste a reír en mis narices. ¡Un hijo! ¡Un pequeño Grobz! Tu boca vomitaba mi nombre como si ya estuvieses abortando. ¡Te reías! ¡Y eres tan fea cuando te ríes, tan fea! ¡Cuéntales eso también! ¡Diles la verdad! ¡Que lo sepan! ¡Que los hombres son niños grandes! ¡Que los llevan de acá para allá agitando una zanahoria! ¡Que marchan como un pelotón de soldados! De hecho, debería desconfiar de Bomboncito... Esa historia de Chaval no me gusta mucho.

—Haré como tú. Trabajaré. Y me las arreglaré sola.

—¡No estás sola, Joséphine! Tienes dos hijas, te lo recuerdo.

—No hace falta que me lo recuerdes. Lo sé. Lo sé muy bien.

Iris escuchaba esa conversación y pensaba que, quizás muy pronto, se encontraría en la misma situación. Si Philippe se llenara de valor insensato, reclamaría su libertad... Le imaginó de repente disfrazado de mosquetero intrépido y la idea le hizo sonreír. ¡No! Ambos estaban atrapados en la misma red, en la de la respetabilidad. No tenía nada que temer. ¿Por qué temía siempre que el cielo se desplomara sobre su cabeza?

—Me parece que estás en las nubes, Joséphine. Siempre he pensado que eras demasiado ingenua para la vida de hoy en día. Demasiado débil, mi pobre hija.

Entonces Joséphine enrojeció. Años y años de ese tono lacrimógeno empleado con ella se dispararon de pronto como balas que le alcanzan el corazón, y estalló.

—¡No me jodas, mamá! ¡No me jodas con tu discurso benefactor! ¡Ya no lo aguanto más! ¿Te crees que me trago tus historias edificantes de viuda meritoria? ¿Te crees que no sé lo que hiciste con Chef? ¿Que no he adivinado tus maniobras rastreras? ¡Te casaste con Chef por su dinero! ¡Así fue cómo te las arreglaste, y no de otra forma! No porque fueses valerosa, trabajadora y meritoria. Así que no me des lecciones. Si Chef hubiese sido pobre, ni le habrías mirado. Habrías encontrado a otro. Nunca me he chupado el dedo, ya ves. Yo lo habría aceptado, habría entendido que lo hacías por nosotras, lo habría encontrado incluso hermoso y generoso si no te hubieses hecho siempre la víctima, si no hubieses empleado ese tono condescendiente cuando te diriges a mí como si fuese una fracasada, una despreciable... Ya no aguanto más tu hipocresía, ya no aguanto más tus mentiras, ya no aguanto tus brazos en cruz, tu sacrificio... Esa forma de darme lecciones en cada momento, ¡mientras que tú te has limitado a ejercer el oficio más viejo del mundo!

Y después, volviéndose hacia Chef, que escuchaba ya sin disimular:

—Lo siento, Chef...

Y ante la franca figura con la boca abierta de la que ella percibía el ridículo pero también, de pronto, toda la bondad y la generosidad, se sintió llena de remordimientos y sólo supo repetir:

—Lo siento, lo siento... No quería hacerte daño.

—No te preocupes, mi pequeña Jo, no me he caído de un guindo.

Joséphine enrojeció. Hubiese querido ahorrarle la escena, pero no había podido controlarse.

—¡Me salió de golpe!

Enunció esa evidencia mientras su madre, muda y lívida, se había dejado caer en el sofá y se abanicaba con una mano, amenazando con desmayarse con la finalidad de atraer la atención sobre ella.

Joséphine le lanzó una mirada exasperada. Pronto pediría un vaso de agua, se incorporaría, pediría que le pusiesen un cojín en la espalda, empezaría a gemir, a temblar, a lanzarle una mirada oscura, asesina y desfilarían los subtítulos que se sabía de memoria: «Después de todo lo que he hecho por ti, tratarme así, no sé cómo podré perdonarte, si es mi muerte lo que quieres, no tendrás que esperar mucho, prefiero morir a soportar una hija como tú...». Sabía de maravilla cómo crear un sentimiento de culpabilidad atroz en el otro con el fin de tenerlo a sus pies pidiendo perdón por haber osado contradecirla, enfrentarse a ella. Joséphine se lo había visto hacer, primero, con su padre y, después, con su padrastro.

Por un instante pensó en abandonar el gran salón para ir a reponerse a la cocina con Carmen. Echarse un poco de agua en la cara y pedirle una aspirina. Estaba agotada. Agotada pero... feliz, había osado ser ella misma, Joséphine, esa mujer que no conocía muy bien, con la que convivía desde hacía cuarenta años sin prestarla realmente atención, pero ante la que se moría de ganas, ahora, de conocerla. Era la primera vez que esa mujer se enfrentaba a su madre, la primera vez que le levantaba la voz, que se atrevía a decir lo que pensaba. La forma no había sido muy elegante, un poco grosera, un poco embrollada, lo reconocía, pero en el fondo le había encantado. Así que, por esa mujer, antes de dejar la habitación, decidió dar el golpe de gracia y, enfrentándose a su madre que gemía en el sofá, añadió con una voz suave pero segura:

—¡Ah! Lo olvidaba, mamá... no te pediré nada, ni un sólo céntimo ni el menor consejo. Voy a arreglármelas sola, completamente sola, ¡aunque nos muramos mis hijas y yo! Escúchame bien, hoy te voy a hacer una promesa: ¡nunca, nunca más seré el pajarito perdido al borde del camino al que tú des lecciones y pongas en el buen camino! Porque ¿sabes qué? Soy una mujer, madura y responsable, y te lo voy a demostrar.

Debería tener cuidado: no podía dejar de hablar.

Henriette Grobz apartó violentamente la cabeza como si la vista de su hija le fuese insoportable y emitió algunos gruñidos que decían ¡que se vaya! ¡Que se vaya! ¡No puedo más! Me quiero morir...

Joséphine, divertida por lo previsible de las reacciones de su madre, se encogió de hombros y salió del salón. Cuando empujó la puerta, oyó un pequeño grito, era Hortense que escuchaba, con la oreja pegada a la puerta que había abierto.

—¿Qué haces aquí, hija?

—¡Estamos buenos! —le contestó—. ¿Ya has montado tu numerito? Ahora te sentirás mejor, espero.

Joséphine prefirió no responder y se refugió en la primera habitación al lado del salón. Era el despacho de Philippe Dupin. No lo vio enseguida pero escuchó su voz. Estaba de pie, en parte ocultado por las pesadas cortinas de terciopelo rojo bordadas de pasamanería, y hablaba en voz baja con el teléfono pegado al oído.

—¡Oh, perdón! —dijo ella cerrando la puerta tras de sí.

Él se interrumpió inmediatamente. Ella le oyó decir «te llamaré luego», y colgó.

—No quería molestarte...

—Ha sido un poco más largo de lo que pensaba...

—Quería solo descansar un poco... lejos de...

Se secó la frente cubierta por un ligero sudor y colocó un pie tras otro esperando a que la invitase a sentarse. No quería fastidiarle, pero tampoco quería volver al gran salón. Él la contempló un momento preguntándose lo que convenía decir y cómo debía enlazar la conversación que acababa de dejar con esa mujer, incompetente, farfullante, que le contemplaba esperando algo de él. Siempre se sentía torpe ante la gente que esperaba algo de él. Le repugnaba. Era incapaz de sentir la menor empatía cuando le obligaban o se la mendigaban. La menor irrupción en su intimidad le volvía frío y colérico. Joséphine le inspiraba piedad. Y sentir piedad le daba asco. Claro que se decía que había que ser amable, ayudarla, pero sólo quería una cosa: quitársela de encima lo antes posible. De pronto, tuvo una idea.

—Dime, Joséphine, ¿hablas inglés?

—¿Que si hablo inglés? ¡Claro que sí! Inglés, ruso y español.

Aliviada de que por fin se dirigiese a ella, que le hiciese una pregunta personal, había usado una vocecita aflautada para recitar sus habilidades. Tosió y se recuperó. Había presumido de manera evidente. No estaba acostumbrada a ensalzarse, pero la cólera, esa noche, había acabado con sus inhibiciones.

—He oído decir a Iris que...

—¡Ah! ¿Te lo ha contado?

—Podría encontrarte un trabajo para que ganases algo de dinero. Se trataría de traducir contratos importantes, contratos de negocios. ¡Oh, muy aburrido! Pero no está mal pagado. Teníamos en el gabinete una colaboradora que se encargaba de ello, pero acaba de marcharse. ¿Has dicho ruso? ¿Lo hablas suficientemente bien como para conocer las sutilezas del lenguaje de los negocios?

—Lo hablo bastante bien, sí...

—Podríamos ver eso juntos. Te pediría que hicieses una prueba...

Philippe Dupin permaneció un largo rato en silencio. Joséphine no osaba interrumpirlo. Ese hombre tan perfecto la intimidaba y, sin embargo, de forma extraña, nunca le había parecido tan humano. El móvil de Philippe volvió a sonar y no respondió. Joséphine se lo agradeció.

—La única cosa que te pido, Joséphine, es no decírselo a nadie. Absolutamente a nadie... Ni a tu madre ni a tu hermana ni a tu marido. Preferiría que todo esto quedase entre nosotros. Entre nosotros dos, quiero decir.

—A mí también me gustaría —suspiró Joséphine—. Estoy harta, sabes, de tener que justificarme todo el tiempo ante toda esa gente que piensa que soy blandengue y lela...

Las palabras «blandengue» y «lela» le hicieron sonreír, y la tensión desapareció de golpe. Ella no se equivoca, pensó él. Hay algo de insípida en ella. Son exactamente las palabras que yo emplearía para describirla. Sintió de pronto una oleada de simpatía hacia esa cuñadita torpe pero enternecedora.

—Te aprecio mucho, Jo. Y también te estimo mucho. ¡No te sonrojes! Me pareces muy valiente, muy buena...

—A falta de ser bella y enigmática como Iris...

—Es cierto que Iris es guapa, pero tú tienes otra clase de belleza...

—¡Oh, Philippe, para! Me voy a echar a llorar... Me siento frágil en este momento. Si supieses lo que acabo de hacer...

—Antoine se ha ido, ¿es eso?

No es eso en lo que ella estaba pensando, pero sí, ahora lo recordaba: Antoine se había ido. Contestó:

—Sí...

—Son cosas que pasan...

—Sí —profirió Joséphine con una sonrisa—, ya ves, en mi desgracia, ni siquiera tengo el consuelo de la originalidad.

Se sonrieron y permanecieron un momento silenciosos. Después Philippe Dupin se levantó y fue a consultar su agenda.

—Digamos mañana a las tres de la tarde. ¿Te viene bien? Te presentaré a la persona encargada de supervisar las traducciones...

—Gracias, Philippe. Muchas gracias.

Se llevó el dedo a la boca para recordarle el secreto que se había comprometido a guardar. Ella afirmó con la cabeza.

En el salón, sentada sobre las rodillas de Marcel Grobz, pasando una y otra vez la mano sobre su calva cabeza, Hortense Cortès se preguntaba lo que su madre y su tío podrían estar contándose para permanecer encerrados tanto tiempo en el despacho, y cómo podría reparar la enorme metedura de pata cometida esa noche por su madre.

SEGUNDA PARTE

Joséphine echaba cuentas sobre la mesa de la cocina.

Octubre. La vuelta al colegio había pasado. Lo había pagado todo: el material escolar, las batas de laboratorio, las carpetas, la ropa de gimnasia, el comedor de las niñas, los seguros, los impuestos y las letras del piso.

—¡Yo solita! —suspiró soltando el bolígrafo.

Un auténtico desafío.

Por supuesto, había contado con las traducciones para el gabinete de Philippe. Había trabajado encarnizadamente en julio y agosto. No se había ido de vacaciones y se había quedado en el piso de Courbevoie. Su única distracción había sido regar las plantas del balcón. La camelia blanca le había dado muchos problemas. Antoine se había llevado a las niñas en julio, según lo convenido, e Iris las había invitado a su casa en Deauville en agosto. Jo se había tomado apenas una semana de descanso a mediados de agosto para estar con ellas. Las niñas parecían en plena forma. Bronceadas, descansadas, más altas. Zoé había ganado el concurso de castillos de arena y blandía su premio: una cámara de fotos digital. ¡Guau!, había dicho Jo, se ve que esto es un lugar de ricos. Hortense había adoptado cierto aire reprobador. «Ay, mi niña, ¡sienta tan bien relajarse y decir tonterías!». «Sí, pero, mamá, puedes molestar a Iris y a Philippe, que han sido tan buenos con nosotros...».

Joséphine se había prometido tener cuidado y nunca más dejarse llevar y decir lo que pensase. Estaba mucho más cómoda con Philippe. Se sentía como una colaboradora, aunque la palabra estuviese muy por encima de sus funciones. Un anochecer, se habían encontrado los dos, solos, sobre el pontón de madera que se introducía en el mar; él le había hablado de un asunto que acababa de concluir y del que ella sería la primera en traducir las primicias. Habían brindado a la salud de ese nuevo cliente. Ella se había emocionado.

Era una hermosa casa, suspendida entre el mar y las dunas; había fiestas todas las noches, iban a pescar, se asaba pescado en grandes barbacoas, improvisaban nuevos cócteles y las niñas se dejaban caer sobre la arena simulando estar borrachas.

Había vuelto a París con pena. Pero cuando vio el montante del cheque que le había enviado la secretaria de Philippe, no se arrepintió. Creyó que era un error. Sospechaba que Philippe le pagaba de más. Le veía pocas veces; siempre era su secretaria la que la recibía. A veces, él escribía unas palabras o le decía que estaba muy satisfecho con su trabajo. Un día, había añadido: «P.D.: No me extraña de ti».

Su corazón estaba lleno de alegría. Recordaba la conversación en el despacho de Philippe la noche en la que... la noche en la que discutió con su madre.

Y después, recientemente, una colaboradora de Philippe, la que le entregaba el trabajo, le había preguntado si se sentía con fuerzas para traducir obras del inglés. «¿Libros de verdad?», había preguntado Jo con los ojos como platos. «Sí, claro». «¿Pero libros... libros?». «Sí», había respondido la empleada, un poco molesta por las preguntas de Jo. «Uno de nuestros clientes es editor y necesita una traducción rápida y de calidad de una biografía de Audrey Hepburn; he pensado en ti...». «¿En mí?», había contestado Joséphine con una voz ligeramente áspera que demostraba hasta qué punto estaba sorprendida. «¡Pues, sí! ¡En ti!», había respondido Caroline Vibert, que mostraba ahora signos reales de exasperación. «Oh, sí... ¡por supuesto!», había dicho Jo para intentar arreglarlo. «No hay problema. ¿Para cuándo la quiere?».

La abogada Vibert le había dado el teléfono de la persona a la que debía dirigirse y todo se había acordado muy deprisa. Tenía dos meses para acabar la traducción de *Audrey Hepburn, una vida,* ¡352 páginas en letra pequeña! Y dos meses, calculó, ¡significa que tengo que terminarla a finales de noviembre!

Se secó la frente. No era su única tarea. Se había inscrito para dar una conferencia en la universidad de Lyon; tenía que redactar más de cincuenta páginas sobre el trabajo femenino en los telares en el siglo XII. En la Edad Media, las mujeres trabajaban casi tanto como los hombres, pero no realizaban el mismo tipo de trabajo. Según los libros de cuentas de los pañeros, de cuarenta y un obreros, veinte eran mujeres y veintiuno hombres. A ellas les estaban prohibidos los trabajos considerados demasiado cansados. Así como la tapicería en lizo, porque obligaba a trabajar con los brazos extendidos. A menudo tenemos ideas preconcebidas sobre esta época, imaginándonos a las mujeres retiradas en sus castillos, escondidas entre su sombrero de capirote y su cinturón de castidad, y sin embargo eran activas, sobre todo entre los sectores populares y artesanos. Mucho menos en la aristocracia, por supuesto. ¿Cómo empezar? ¿Con una anécdota? ¿Con una estadística? ¿Con una visión general?

Joséphine pensaba con el bolígrafo en mano. Cuando, de pronto, le vino una idea a la cabeza que estalló como una bomba: ¡Había olvidado preguntar cuánto le pagarían por lo de Audrey Hepburn! He realizado mi trabajo como una buena obrera y lo he olvidado. La inundó una oleada de pánico y se imaginó caída en una trampa. ¿Qué hacer? ¿Volver a llamar y decir: «Perdón, me gustaría saber cuánto me van a pagar, porque, mire usted, he olvidado preguntárselo antes»? ¿Preguntar a la abogada Vibert? Imposible. Blandengue y lela, blandengue y lela, blandengue y lela. ¡Todo va demasiado deprisa! Se lamentó. Pero ¿qué hacer si no? La gente no tiene tiempo que perder, tiempo para pensar. Habría tenido que anotar en un papel todas mis dudas antes de presentarme a la cita. Tengo que aprender a actuar deprisa, a ser eficaz. Yo, que llevaba una vida de ratón de biblioteca...

Shirley le ayudaba con la traducción de la biografía de Audrey Hepburn. Joséphine subrayaba las palabras o expresiones que le daban problemas y se las planteaba a Shirley. Sus puertas no paraban de abrir y cerrarse.

Pero allí, sobre el papel, las cifras no mentían. Se las arreglaba bastante bien. Sintió una sensación de euforia y extendió sus brazos para representar su triunfo. ¡Feliz! ¡Feliz! Después se calmó e invocó al cielo para que durase el milagro. Ni por un segundo pensó: es porque trabajo, porque no paro de trabajar. ¡No! Joséphine no relacionaba nunca el esfuerzo con la recompensa. Nunca se concedía una felicitación. Daba gracias a Dios, al cielo, a Philippe o a la abogada Vibert. Nunca pensaba en ponerse algún laurel por las horas pasadas inclinada sobre el diccionario o la hoja de papel.

Tendría que comprarme un ordenador si sigo haciendo esta clase de trabajo. Otro gasto, pensó, y borró el pensamiento con la mano.

Había puesto los ingresos en una columna y en otra, los gastos. Marcaba a lápiz las eventuales entradas y salidas, con bolígrafo rojo lo que era seguro. Y redondeaba, redondeaba mucho. En su contra. Así, se decía, las sorpresas sólo podrán ser positivas y tendría un pequeño margen. Es lo que le aterrorizaba: no tener margen. Cualquier golpe duro significaría la catástrofe.

Ya no tenía a nadie en quien apoyarse.

Debe de ser ese el auténtico sentido de la palabra «sola». Antes eran dos. Antes, sobre todo, Antoine se encargaba de todo. Ella firmaba allí donde él le indicaba. Él reía y decía: «¡Podría hacerte firmar lo que quisiera!», y ella contestaba: «Sí, claro, confío en ti». Él la besaba en el cuello mientras ella firmaba.

Ya nadie la besaba en el cuello.

Todavía no habían hablado de separación ni de divorcio. Había continuado, dócilmente, firmando todos los papeles que él le presentaba. Sin hacer preguntas. Cerrando los ojos para que ese lazo durara todavía. Marido y mujer, marido y mujer. Para lo bueno y para lo malo.

Él continuaba «cambiando de aires». Con Mylène. Va a hacer seis meses que se airea, pensó, sintiendo cómo montaba en cólera. Hundirse en esos ataques de rabia era cada vez más frecuente.

Cuando él vino a buscar a las niñas a principios de julio, fue doloroso, muy doloroso. La puerta del ascensor que se cierra. «¡Adios, mamá, trabaja bien!». Y después el silencio en el hueco de la escalera. Y después... había corrido hasta el balcón y visto a Antoine que cargaba el coche, abría el maletero, colocaba las dos maletas y... delante, en el lugar que antes ocupaba ella, un codo que sobresalía. Un codo de algodón rojo.

¡Mylène!

Se la llevaba de vacaciones con sus hijas.

¡Mylène!

Estaba sentada en su sitio.

¡Mylène!

Sin esconderse, el codo apoyado fuera del coche. Su codo rojo.

Jo sintió, por un instante, ganas de correr y coger a sus hijas por el cuello y arrancarlas de las garras de su padre, pero se lo pensó. Antoine tenía todo el derecho, el más estricto derecho. No había nada que decir.

Se había dejado caer sobre el suelo de cemento del balcón. Se había tapado la cara con los puños y llorado, llorado. Un buen rato. Sin moverse. Pasando y repasando sin parar la misma película. Antoine presentando a Mylène a sus hijas, Mylène sonriéndolas. Antoine conducía. Mylène llevaba el mapa. Antoine proponía detenerse en un restaurante, Mylène lo elegía. Antoine había alquilado un piso con las niñas y Mylène. La habitación de sus hijas, su habitación con Mylène. Él dormía con Mylène y sus hijas, en la habitación de al lado. Por la mañana, preparaban el desayuno juntos. ¡Todos juntos! Antoine iba al mercado con sus hijas y Mylène. Corría por la playa con sus hijas y Mylène. Llevaba a la feria a sus hijas y a Mylène. Compraba algodón de azúcar a sus hijas y a Mylène. Las palabras formaban una única cantinela que recitaba «sus hijas y Mylène, Antoine y Mylène». Entonces había respirado profundamente y gritado: «¡Familia recompuesta y una mierda!». Se había extrañado de oírse gritar así y había dejado de llorar.

Ese día, Joséphine había comprendido que su matrimonio había terminado. Un codo de tela roja había sido más eficaz que todas las palabras dichas entre Antoine y ella. Se acabó, se había dicho dibujando sobre una hoja de papel un triángulo que había coloreado de rojo chillón. Se a-ca-bó. Punto y final.

Había colgado el triángulo rojo en la cocina encima de la tostadora con el fin de contemplarlo todas las mañanas.

Al día siguiente, había retomado sus traducciones.

Más tarde, cuando viajó a Deauville, a casa de Iris, supo que Zoé había llorado mucho durante ese mes de julio. Se había enterado por Iris, que lo sabía por Alexandre, a quien Zoé se había confiado. «Antoine les ha dicho que tendrían que ir acostumbrándose a Mylène porque pensaba vivir con ella, y tenían un proyecto para después del verano... ¿Qué proyecto? Nadie lo sabe...». Las niñas no hablaban de ello. Joséphine se había mordido la lengua para no hacerles preguntas.

«¡Esas pobres niñas han empezado mal la vida!», había declarado su madre a Iris. «¡Dios mío, lo que se obliga a sufrir a los niños en nuestros días! Y luego nos extrañamos de que la sociedad vaya mal. Si los padres no saben comportarse, ¿qué se puede esperar de los hijos?».

Su madre. Ya no la veía. Desde el mes de mayo. Desde su enfrentamiento en el salón de Iris. Ni una palabra. Ni una llamada de teléfono. Ni una carta. Nada. No pensaba en ello continuamente, pero cuando oía, en la calle, a una mujer de su edad inclinada sobre una anciana a la que llamaba «mamá», sentía cómo sus rodillas flojeaban y buscaba un banco para sentarse.

Y, sin embargo, se negaba a dar el primer paso. Y, sin embargo, no quitaba ni una sola coma al discurso que había pronunciado esa noche.

Se preguntaba incluso si no había sido esa escena con su madre la que le había dado la energía para trabajar. Nos sentimos muy fuertes cuando dejamos de hacer trampas. Esa noche dejaste de fingir y, desde entonces, ¡mira cómo avanzas! Esa teoría era de Shirley. Y Shirley podía no estar equivocada.

Sola. Sin Antoine, sin su madre. Sin hombre.

En la biblioteca, en los estrechos pasillos, entre los estantes de libros, había chocado contra un hombre que caminada en sentido contrario. Ella llevaba los brazos cargados de libros y no lo había visto. Todos los volúmenes habían caído al suelo con gran estruendo, y el desconocido se había agachado para ayudarla a recogerlos. Él la había mirado con los ojos como platos, lo que había provocado a Joséphine un ataque de risa que le obligó a salir para calmarse. Cuando volvió, él le guiñó un ojo en señal de connivencia. Se había sentido turbada. Toda la tarde estuvo buscando su mirada, pero él había mantenido los ojos fijos en sus papeles. Una de las veces que levantó la mirada, él ya se había ido.

Lo había vuelto a ver y él le había hecho una señal con la mano con una sonrisa muy dulce. Era alto, flaco, el pelo castaño le caía en los ojos, y sus mejillas parecían aspiradas de lo hundidas que estaban. Colocaba delicadamente su parka azul marino sobre el respaldo de la silla antes de sentarse, le quitaba el polvo, la alisaba y se dejaba caer como un bailarín sobre la silla girando el respaldo. Tenía las piernas largas y delgadas. Jo le imaginaba bailando claqué. Con medias negras, chaqueta negra y chistera negra. Su rostro cambiaba a menudo de apariencia. A ella le parecía guapo y romántico, y un instante después pálido y melancólico. Nunca estaba segura de recordarlo. A veces, perdía su imagen y debía mirar varias veces antes de reconocerlo, en carne y hueso.

No se había atrevido a contarle la historia del hombre joven a Shirley. Se habría reído de ella. Pero tendrías que haberle invitado a un café, preguntado su nombre, saber sus horarios. ¡Qué tonta eres!

Pues, sí... ¡Soy tonta y eso no es nada nuevo!, suspiró Joséphine, garabateando en su hoja de cuentas. Lo veo todo, lo siento todo, capto miles de detalles como astillas que me despellejan viva. Miles de detalles que a otros no les afectan porque tienen la piel de cocodrilo.

Lo más duro era el no dejarse invadir por el pánico. El pánico llegaba siempre por la noche. Sentía crecer dentro de ella el peligro del que no podría huir. Daba vueltas y vueltas en su cama sin conseguir dormirse. Pagar la letra del piso, la comunidad, los impuestos, la bonita ropa de Hortense, el mantenimiento del coche, los seguros, la factura del teléfono, el abono de la piscina, las vacaciones, las entradas de cine, los zapatos, los aparatos dentales... Enumeraba los gastos y, con los ojos abiertos, aterrorizada, se acurrucaba entre las mantas para dejar de pensar. A veces se despertaba, se sentaba en la cama, y hacía y rehacía las cuentas de arriba abajo y constataba que no, que no lo conseguiría a pesar de que, de día, las cifras habían dicho que sí. Encendía la luz, presa del pánico, iba a buscar el trozo de papel en el que había escrito sus cuentas y las repasaba de arriba abajo hasta conseguir cuadrar... su conciencia, y apagaba la luz, agotada.

Tenía miedo de la noche.

Echó un último vistazo a las cifras a lápiz y a las escritas a bolígrafo rojo y constató, tranquilizada, que por el momento no se desbordaban. Su mente voló hacia la conferencia que debía preparar. Recordó un pasaje que había leído. Se había dicho que sería útil copiarlo y servirse de él. Fue en su busca y lo encontró. Decidió colocarlo al principio de su conferencia.

«Los trabajos de historia económica destacan toda la etapa que va desde 1070 hasta 1130 en Francia: encontramos en aquel entonces tanto abundantes fundaciones de burgos en entornos rurales como los primeros signos de desarrollo urbano, tanto la penetración de la moneda en el campo como el establecimiento de corrientes comerciales interurbanas. Y ese tiempo de dinamismo e innovación es también aquel en el que la extorsión señorial se hace sistemática. ¿Cómo abordar la relación entre estos dos hechos: despegue económico a pesar de los señoríos o gracias a ellos?».

Con el codo resbalando sobre el mantel de hule, Jo se preguntó si esa cuestión no sería aplicable también a su propio caso. Desde que estaba sola, agobiada por las facturas que pagar, crecía en conocimiento y sabiduría. Como si el hecho de estar en peligro la empujara a redoblar el esfuerzo, a trabajar, trabajar...

Si todo ese dinero no se evaporara tan deprisa, podría alquilar una casa para las niñas el verano próximo, comprarles la ropa que desean, llevarlas al teatro, a los conciertos... Podríamos cenar en un restaurante una vez a la semana y ponernos guapas. Yo iría a la peluquería, me compraría un vestido, Hortense no se avergonzaría de mí...

Se dejó llevar por la ensoñación durante un momento y después despertó: había prometido a Shirley que le ayudaría a entregar los pasteles para una boda. Un gran pedido. Shirley la necesitaba para que los pasteles no se desparramaran en el coche y para quedarse al volante, durante la entrega, en el caso de que no pudiese aparcar.

Recogió sus cosas, su libro de cuentas, su lápiz y su Bic rojo. Permaneció todavía un instante pensativa, chupando el tapón del Bic, y se levantó, se puso el abrigo y se fue con Shirley.

* * *

Shirley la esperaba en el descansillo golpeando el suelo con el pie. Su hijo Gary permanecía de pie en el quicio de la puerta. Saludó con la mano a Jo y cerró la puerta. Joséphine ahogó una exclamación de sorpresa que no pasó desapercibida para Shirley.

—¿Qué te pasa? ¿Has visto un fantasma?

—No, es que Gary... acabo de ver en él un hombre, el hombre que será dentro de unos años. ¡Qué guapo es!

—Sí, lo sé, las mujeres comienzan a echarle el ojo.

—¿Lo sabe?

—¡No! Y no soy yo la que se lo va a decir... No tengo ganas de que se le ponga en la cabeza.

—Se le suba a la cabeza, Shirley, no ponga.

Shirley se encogió de hombros. Había apilado las cajas en las que había guardado, envueltos en tela blanca, los pasteles que debía entregar.

—Oye... Su padre no debía de estar mal, ¿no?

—Su padre era el hombre más guapo del mundo... Era su principal cualidad, de hecho.

Frunció el ceño y sacudió el aire con la mano como para borrar un mal recuerdo.

—Bueno... ¿cómo lo hacemos?

—Como quieras... Eres tú la que sabes, tú decides.

Joséphine la dejó bosquejar un plan.

—Bajamos al portal, tú vigilas los pasteles mientras voy a buscar el coche, cargamos y ¡hala! Nos vamos. Llama al ascensor y bloquea la puerta.

—¿Gary viene con nosotras?

—No. Su profesor de lengua está enfermo, siempre está enfermo. Y mejor que quedarse estudiando, ¡prefiere volver a casa y leer a Nietzsche! Hay quien soporta adolescentes llenos de granos, yo soporto a un intelectual. ¡Venga! Estamos perdiendo el tiempo charlando, *move on!*

Joséphine se puso en marcha. En unos minutos el coche estaba cargado, los pasteles apilados detrás y Jo con una mano puesta en las cajas para sostenerlas.

—Consulta el plano —dijo Shirley— y dime si hay otro camino para evitar la avenida Blanqui.

Joséphine cogió el plano que estaba sobre el salpicadero y lo estudió.

—Qué lenta eres, Jo.

—No soy yo la lenta, eres tú que tienes prisa. Dame tiempo para mirar.

—Tienes razón. Es un detallazo el querer acompañarme. Debería agradecértelo en vez de echarte la bronca.

Eso es exactamente por lo que me gusta esta mujer, se dijo Jo mientras consultaba el plano. Cuando se pasa, lo reconoce, cuando se equivoca, lo reconoce también. Siempre es exacta. Sus palabras, sus gestos, sus actos coinciden con lo que piensa. Nada en ella es falso o artificial.

—Puedes ir por la calle Artois, girar en Maréchal-Joffre y tomar la primera a la derecha, y sales a Clément-Marot.

—Gracias. Debía entregarlos a las cinco, y van y me llaman para decirme que llegue a las cuatro o que me puedo meter los pasteles donde yo me sé. Es un buen cliente, así que sabe que voy a hacer lo que él cuente.

Cuando se enfadaba, cometía faltas gramaticales. En caso contrario, hablaba muy bien.

—La sociedad se ríe de la gente. Les roba su tiempo, la única cosa a la que no se ha puesto precio y que cada uno posee para hacer lo que quiera con él. Todo pasa como si debiésemos sacrificar nuestros mejores años en el altar de la economía. ¿Qué nos queda después, eh? Los años de vejez, más o menos sórdidos, en los que llevamos dentadura postiza y pañales. No me dirás que no hay algo que falla.

—Quizás, pero no veo cómo podemos actuar de otro modo. A menos que cambiemos la sociedad. Otros lo han intentado antes que nosotros, y no se puede decir que los resultados sean satisfactorios. Si envías a paseo a tu sociedad, encontrarán a otro y perderás tu negocio de pasteles.

—Lo sé, lo sé... Pero gruño porque me sienta bien. Evacuo la tensión. Y soñar no es pecado.

Una motocicleta cortó el paso de Shirley, que lanzó una salva de palabrotas en inglés.

—¡Menos mal que Audrey Hepburn no hablaba como tú! Me costaría mucho traducirla.

—¿Y tú qué sabes? Quizás se aliviase a veces soltando palabrotas. No están en su biografía, eso es todo.

—Parecía tan perfecta, tan bien educada. ¿Te has dado cuenta de que no tuvo una sola historia de amor que no terminase en boda?

—¡Eso es lo que dice tu libro! Cuando rodó *Sabrina,* estuvo tonteando con William Holden y él estaba casado.

—Sí, pero le dejó. Porque él le confesó que se había hecho esterilizar y ella quería muchos niños. Adoraba a los niños. El matrimonio y los niños...

Como yo, añadió Jo en voz baja...

—Hay que reconocer que después de la adolescencia que pasó, debía de soñar con un *home, sweet home*.

—¡Ah! ¿También te ha extrañado? Nunca lo hubiese creído de ella, tan menuda, tan frágil.

A los quince años, durante la Segunda Guerra Mundial, en Holanda, Audrey Hepburn había trabajado para la Resistencia. Llevaba mensajes escondidos en las suelas de sus zapatos. Un día, cuando volvía de una misión, fue detenida por los nazis y embarcada junto a una docena de mujeres hasta la Kommandantur. Logró huir y se refugió en el sótano de una casa, con su cartera de la escuela y tan sólo con un zumo de manzana y un trozo de pan. Pasó un mes en compañía de una familia de ratas famélicas. Fue en agosto del 45, dos meses antes de la liberación de Holanda. Muerta de hambre y de angustia, terminó saliendo en plena noche, erró por las calles hasta que encontró su casa.

—¡Me encanta la prueba de la chica más sexy del mundo! —añadió Jo.

—¿Y eso qué es?

—Una prueba que hacía en las fiestas, cuando empezó su carrera en Inglaterra. Estaba muy acomplejada porque tenía los pies grandes y nada de pecho. Se ponía en una esquina y se repetía: «Soy la chica más deseable del mundo. Los hombres se arrastran a mis pies, sólo tengo que agacharme a recogerlos...». Se lo repetía tantas veces que acababa funcionando. Antes del fin de la fiesta, estaba en el centro de una marea de hombres.

—Deberías intentarlo.

—¡Oh! Yo...

—Sí, ya sabes... Tu tienes un poco de Audrey Hepburn.

—Deja de burlarte de mí.

—Que sí... ¡Si perdieses unos kilos! Tienes los pies grandes, los pechos pequeños, los grandes ojos de avellana y el cabello castallo liso.

—¡Qué mala eres!

—Nada de eso. Ya me conoces: digo siempre lo que pienso.

Joséphine dudó un momento, y se tiró a la piscina:

—He visto a un tipo en la biblioteca...

Le contó a Shirley el encontronazo, los libros desparramados, el ataque de risa y la complicidad inmediata que estableció con el desconocido.

—¿Qué aspecto tiene?

—Parece un estudiante tardío... Viste una parka. Un hombre no lleva parka a menos que sea un estudiante tardío.

—O un cineasta que investiga o un explorador friolero o un licenciado en historia que prepara una tesis sobre la hermana de Juana de Arco... Hay muchas hipótesis, ¿sabes?

—Es la primera vez que me fijo en un hombre desde que...

Jo se detuvo. Todavía le costaba hablar de la partida de Antoine. Tragó y se repuso.

—Desde que Antoine se fue.

—¿Os habéis vuelto a ver?

—Una vez o dos... cada vez, él me sonríe. No se puede hablar en la biblioteca, todo el mundo está en silencio... Así que nos hablamos con la mirada... Es guapo, ¡qué guapo es! ¡Y romántico!

El semáforo se puso en rojo y Jo aprovechó para sacar papel y lápiz de su bolso y preguntó:

—¿Sabes cuando Audrey rueda con Gary Cooper... y él habla un inglés raro?

—Era un auténtico cowboy. Venía de Montana. No decía *yes* o *no*, decía *yup* y *nope*. Ese hombre que ha hecho soñar a millones de mujeres hablaba como un granjero. Y, sin intención de decepcionarte, era más bien soso.

—Él dice también: «*Am only in film because ah have a family and we all like to eat!*». ¿Cómo traducirías eso en lenguaje cowboy, precisamente...?

Shirley se rascó la cabeza y metió una marcha. Dio un volantazo a la derecha, otro a la izquierda y consiguió, tras insultar a dos o tres automovilistas, salir del atasco.

—Podrías poner: «Yo hago pelis pa dar de comé a mi familia, que todos tienen buen saque...». Algo así. Mira en el plano si puedo girar a la izquierda, porque todo está atascado.

—Puedes, pero luego tendrás que volver a girar a la izquierda.

—Giraré a la izquierda. Es el lado del corazón, mi lado.

Joséphine sonrió. La vida se transformaba en centrifugadora con Shirley. Nunca se detenía en las apariencias, las convenciones, los prejuicios. Sabía exactamente lo que quería; iba derecha al grano. La vida según Shirley era sencilla. A veces, se sorprendía de la forma en la que educaba a Gary. Hablaba a su hijo como si fuese un adulto. No le ocultaba nada. Le había dicho a Gary que su padre se había volatilizado cuando nació, le había dicho también que, el día que se lo pidiese, le daría su nombre para que lo buscase si quería. Había añadido que estuvo locamente enamorada de su padre, que había sido un niño deseado, amado. Que la vida era muy dura para los hombres de hoy en día, que las mujeres les exigían mucho y que no siempre tenían las espaldas lo suficientemente anchas para cargar con todo. Entonces, a veces, preferían darse a la fuga. Eso parecía haberle bastado a Gary.

Durante las vacaciones, Shirley se iba a Escocia. Quería que Gary conociese el país de sus antepasados, que hablara inglés, que conociese otra cultura. Ese año, cuando volvieron, Shirley estaba sombría y huraña. Se le había escapado esta reflexión: «El año que viene iremos a otra parte...». Después no volvió a mencionarlo.

—¿En qué piensas? —preguntó Shirley.

—Pienso en tu lado misterioso, en todo lo que no sé de ti.

—¡Mejor! Saberlo todo del otro es aburrido.

—Tienes razón... Sin embargo, a veces me gustaría ser vieja porque pienso que entonces sabría exactamente quién soy yo.

—En mi opinión, y sólo es una opinión, tu misterio reside en la infancia. Hay algo que pasó que te ha bloqueado. Me pregunto por qué te haces tan poco caso a ti misma, por qué tienes tan poca seguridad...

—Figúrate, yo también me lo pregunto.

—¡Haces muy bien! Eso es un principio. La pregunta es la primera pieza del puzle a colocar. Hay gente que nunca se hace ninguna pregunta, que vive con los ojos cerrados y que nunca encuentra nada.

—No es tu caso.

—No... Y va a ser cada vez menos el tuyo. Hasta ahora te habías atrincherado en tu matrimonio, en tus estudios, pero estás empezando a sacar la nariz fuera y van a pasar cosas, ¡ya verás! Cuando empezamos a movernos, empezamos también a remover la vida a nuestro alrededor. Y no te vas a librar. ¿Nos queda mucho?

A las cuatro en punto, avistaron la puerta de la empresa Parnell Traiteur. Shirley aparcó en el vado, impidiendo la entrada y salida de vehículos.

—Quédate en el coche y muévelo si molesta, ¿vale? Yo voy a hacer la entrega.

Joséphine asintió. Se colocó en el asiento del conductor y contempló a Shirley hacer juegos malabares con las cajas de pasteles. Las colocaba con el hombro, las apilaba bajo el mentón, las sostenía con los brazos y avanzaba a grandes zancadas. De espaldas parecía un auténtico hombre. Llevaba un peto de trabajo y una chaqueta gruesa. Pero sólo tenía que darse la vuelta para convertirse en Uma Thurman o Ingrid Bergman, una de esas rubias altas, cuadradas, la sonrisa franca, la piel clara y los ojos rasgados como los de un gato.

Volvió dando brincos y besó las dos mejillas de Jo.

—¡Pasta! ¡Pasta! ¡Voy a poder salir a flote! Me toca bastante las narices este cliente, pero me paga bien. ¿Vamos a la cafetería y nos premiamos con una cervecita?

A la vuelta, mientras se dejaban arrullar por el traqueteo de la furgoneta, y Joséphine pensaba en el esquema de su conferencia, una silueta que cruzaba frente a ella la sacó de sus pensamientos.

—¡Mira! —gritó Jo agarrando a Shirley por la manga—. Allí delante.

Un hombre en parka, con media melena castaña, las manos en los bolsillos, cruzaba sin prisas.

—No puede decirse que sea nervioso. ¿Le conoces?

—¡Es él, el hombre de la biblioteca! Ese... ya sabes... mira qué guapo e indolente.

—Como indolente, sí, es indolente.

—¡Qué presencia! Está aún más guapo que en la biblioteca.

Joséphine se echó hacia atrás en su asiento por miedo a que él la viese. Después, sin poder aguantar, se acercó y pegó la nariz al parabrisas. El chico de la parka se había vuelto y hacía grandes gestos mostrando el semáforo que iba a pasar a verde.

—¡Ay! —dijo Shirley—. ¿Ves lo que yo veo?

Una chica rubia, delgada, encantadora, se lanzó hacia él y le agarró. Le metió una mano en el bolsillo de la parka y le acarició la mejilla con la otra.

Joséphine bajó la cabeza y suspiró.

—¡Ya está!

¿Ya está qué? —rugió Shirley— . Ya está que no sabe que estás aquí. Ya está que puede cambiar de opinión. Ya está que te vas a convertir en Audrey Hepburn y seducirle. Ya está que dejas de comer chocolate mientras trabajas. Ya está que adelgazas. Ya está que él no ve más que tus grandes ojos, tu talle de avispa y ya está que cae a tus pies. Ya está que eres tú la que metes la mano en el bolsillo de su parka. Y ya está que echáis una canita al aire. Es así como debes pensar, Jo, y no de otro modo.

Joséphine la escuchaba todavía con la cabeza gacha.

—No debo de estar hecha para vivir grandes historias de amor.

—No me digas que ya te habías imaginado toda una novela.

Jo, lastimosa, afirmó con la cabeza.

—Me temo que sí...

Shirley metió una marcha, empuñó el volante, y arrancó de un golpe seco y violento, descargando toda su rabia contra la calzada y dejando en ella la huella de sus neumáticos.

* * *

Esa mañana, al llegar al despacho, Josiane había recibido una llamada de su hermano para informarle de que su madre había muerto. A pesar de que sólo recibió golpes de su madre, lloró. Lloró por su padre muerto diez años antes, por su infancia salpicada de sufrimiento, por la ternura que nunca tuvo, la risa que nunca compartió, los cumplidos que nunca escuchó, sobre todo por ese vacío que tanto le dolía. Se sintió huérfana. Después se dio cuenta de que era realmente huérfana y redobló su llanto. Era como si recuperase el tiempo perdido: de pequeña no tenía derecho a llorar. Un gesto de llanto y venía la bofetada, que silbaba en el aire y llegaba para quemarle la mejilla. Comprendió, mientras derramaba las lágrimas, que estaba tendiendo la mano a esa niña que nunca había podido llorar, que era una manera de consolarla, de tomarla en sus brazos, de hacerle un pequeño sitio a su lado. Es extraño, se dijo, tengo la impresión de desdoblarme: la Josiane de treinta y ocho años, astuta, determinada, que sabe llevar las riendas de la vida sin ser vapuleada, y la otra, la niña de cara sucia y torpe a la que le duele la tripa de miedo, de hambre, de frío. Llorando, las reunía a las dos y se sentía bien con ese encuentro.

—Pero ¿qué pasa aquí? ¡Esto se ha convertido en el despacho de los llantos! ¡Y no respondes al teléfono!

Henriette Grobz, tiesa como un paraguas, con una gran tortilla a modo de sombrero puesto en la cabeza, miraba a Josiane que, en efecto, oyó que el teléfono estaba sonando. Esperó un instante y, cuando se paró, sacó un pañuelo de papel usado del bolsillo y se sonó.

—Es por mi madre —suspiró Josiane—. Ha muerto.

—Eso es muy triste, claro, pero... Todos perdemos a nuestros padres un día u otro, hay que estar preparado.

—¡Pues bien! Digamos que yo no estaba preparada...

—Ya no eres una niña. Recupérate. Si todos los empleados trajeran sus problemas personales a la empresa, ¿hacia dónde iría Francia?

Los estados de ánimo en el trabajo son un lujo del patrón, no del empleado, pensó Henriette Grobz. ¡No tiene más que aguantar las lágrimas y en casa podrá llorar todo lo que quiera! Nunca le había gustado Josiane. No le gustaba su insolencia, su forma de moverse cuando caminaba, ligera, moviendo sus carnes, felina, su hermosa cabellera rubia, sus ojos. ¡Ay, esos ojos! Excitantes, audaces, vivos y a veces acuosos, lánguidos. Había pedido muchas veces a Chef que la echara, pero él se negaba.

—¿Está mi marido? —preguntó a Josiane, quien, con la mirada perdida, se había incorporado y fingía seguir el vuelo de una mosca para no tener en frente a esa mujer que aborrecía.

—Está en el piso de arriba, pero va a volver. No tiene más que esperarle en su despacho, no debería de tardar... ¡ya conoce usted el camino!

—Un poco de educación, hija, no te permito que me hables así... —replicó Henriette Grobz con un tono dominante que hería.

Josiane respondió como una serpiente de cascabel.

—No me llame usted hija. Soy Josiane Lambert y no su hija. ¡Por suerte! Me moriría.

No me gustan esos ojos, pensó Josiane. Esos ojitos fríos, duros, avaros, llenos de sospechas y cálculos. No me gustan esos labios finos, secos, sus comisuras blanquecinas. Esa mujer tiene la boca de escayola. No soporto que se dirija a mí como si fuese su criada. ¿En qué consiste su éxito, en haberse casado con un hombre estupendo que la ha sacado de la miseria? Ha puesto el culo bien al abrigo, pero yo podría hacer que volviese a la calle. Quien ríe el último ríe mejor.

—Tenga cuidado, mi pequeña Josiane, tengo influencia sobre mi marido y podría decidir que ya no tiene usted nada que hacer en esta empresa. Secretarias las hay a miles. Yo que usted, cuidaría mis palabras.

—Y yo si fuera usted, no estaría tan segura de mí misma. Mientras tanto, déjeme trabajar y vaya a instalarse en su despacho —la espetó Josiane con un tono tan autoritario que Henriette Grobz, con su paso rígido y mecánico, la obedeció.

Ya en la puerta, se dio la vuelta y, apuntando con el dedo amenazante a Josiane, añadió:

—Esto no acabará así, mi querida Josiane. Vas a oír hablar de mí y si quieres un consejo, empieza a guardar tus cosas.

—Eso ya lo veremos, mi querida señora. Las he conocido más miserables que usted y hasta ahora nadie ha podido conmigo. ¡Métase eso en la cabeza, bajo su gran sombrero!

Oyó la puerta del despacho de Chef cerrarse violentamente y esbozó una sonrisa satisfecha. ¡Está rabiosa, la vieja bruja! Un punto a mi favor. Desde la primera vez que se vieron, no soportaba a la Escoba. Ella había cogido la costumbre de no bajar nunca la mirada ante ella. La desafiaba directamente a los ojos. Un duelo de hembras feroces. La una seca, arrugada y gruñona; y la otra llena de chispa, rosada y tierna. ¡Y tan tenaces la una como la otra!

Marcó el número de su hermano para saber cuándo serían las exequias, esperó un instante, comunicando, volvió a marcar y esperó otra vez. ¿Podría ponerla de verdad de patitas en la calle?, se preguntó de pronto escuchando el teléfono que hacía tu-tu-tu. Podría... Quizás sí, en verdad. ¡Los hombres son tan cobardes! Él me diría simplemente que me coloca en otro lado. En una sucursal. Y me encontraría lejos de la dirección. Lejos de todo lo que he trabajado con tanta paciencia y que está a punto de dar sus frutos. Tu-tu-tu... ¡Tendré que abrir bien los ojos! Tu-tu-tu... ¡Va a tener que emplearse bien para hacerme tragar la píldora! El bueno de Marcel.

—Hola, Stéphane. Soy Josiane...

El entierro tendría lugar el sábado siguiente en el cementerio del pueblo en el que vivía su madre. Josiane, presa de un ataque de sentimentalismo, decidió asistir, quería estar presente cuando la pusieran bajo tierra. Necesitaba ver a su madre meterse en un gran agujero negro para siempre. Entonces quizás podría decirle adiós, quizás podría murmurar que hubiese querido poder quererla.

—Pidió que la incineraran...

—Ah, bueno... ¿y por qué? —preguntó Josiane.

—Tenía terror a despertarse en la oscuridad...

—La entiendo.

Mi madre querida que tiene miedo a la oscuridad. Sintió una oleada de amor hacia su madre. Y se echó a llorar. Colgó, se sonó y sintió una mano posarse sobre su hombro.

—¿Algo va mal, bomboncito?

—Es por mamá. Ha muerto.

—¿Y estás triste?

—Pues, sí...

—Venga, ven aquí.

Chef la había cogido por la cintura y sentado sobre sus rodillas.

—Rodéame el cuello con tus brazos y relájate, como si fueras un bebé. Ya sabes cuánto me hubiese gustado tener un niño, un niño mío.

—Sí —suspiró Josiane acurrucándose contra sus brazos regordetes.

—Ya sabes que ella nunca quiso darme uno.

—Al final, tanto mejor —dijo Josiane mientras se sonaba.

—Por eso lo eres todo para mí. Mi mujer y mi niña.

—¡Tu amante y tu niña! Porque tu mujer está esperándote en tu despacho.

—¿Mi mujer?

Chef saltó como si le hubiesen pinchado el trasero con un clavo oxidado.

—¿Estás segura?

—Hemos cruzado unas palabras...

Él se frotó el cráneo con aire molesto.

—¿Os habéis peleado?

—¡Venía buscándome, y me ha encontrado!

—¡Ay, ay, ay! ¡Y yo que necesito su firma! He conseguido endosarle a los ingleses ese asco de sucursal, ya sabes, la de Murepain, de la que me quería desembarazar. ¡Voy a tener que engatusarla! Bomboncito, ¡podrías haber elegido otro día para buscarle las cosquillas! ¿Cómo voy a hacerlo ahora?

—Te va a pedir mi cabeza...

—¿Hasta ese punto?

Parecía preocupado, se puso a recorrer la habitación, dando vueltas, con grandes aspavientos, golpeando la mesa con la palma de la mano, girando sobre sí mismo, hablando solo y, por fin, agitando los brazos y dejándose caer sobre una silla.

—¿Tanto miedo te da?

Él le dedicó una triste sonrisa de soldado vencido, con las manos arriba, los pantalones por las rodillas.

—Haría mejor yéndola a ver...

—Sí, a saber qué está maquinando sola en tu despacho.

Chef adoptó un aire contrito y se alejó, separando los brazos, batiendo los flancos como si se disculpase por esa retirada vergonzante. Después, agachado, deshecho, se volvió y, con una vocecita sin rastro de temeridad, preguntó:

—¿Estás enfadada, bomboncito?

—Venga, ve...

Conocía el valor de los hombres. No esperaba que la defendiese. Le había visto demasiadas veces salir temblando de una entrevista con la Escoba. No esperaba nada de él. Quizás dulzura, ternura cuando estaban en la cama. Ella daba el placer que tanta falta le hacía a ese buen gordito y eso la llenaba de alegría, pues, en el amor, dar es tan bueno como recibir. Qué deliciosa sensación tumbarse sobre él y sentir cómo se volvía loco de alegría entre sus muslos. Verle poner los ojos en blanco, su boca torcerse. Su vientre se llenaba de emoción, de un sentimiento de poder... casi maternal. Y además, ¡habían pasado tantos entre sus muslos! ¡Qué mas da uno más que uno menos! Este era bueno. Le había tomado el gusto a ese poder, a ese intercambio de amor entre ella y su bebé gordito. Quizás hubiera hecho mejor callándose, después de todo... Josiane no tenía confianza alguna en los hombres. De hecho, tampoco en las mujeres. ¡Apenas tenía confianza en sí misma! A veces, se veía sobrepasada por sus propias acciones.

Se levantó, se estiró y decidió ir a tomar un café para ordenar las ideas. Echó una última mirada de sospecha hacia el despacho de Chef. ¿Qué estaría pasando entre él y su mujer? ¿Cedería al chantaje y la sacrificaría sobre el altar del parné? El rey Parné. Así llamaba su madre al dinero. La adoración al rey Parné. Sólo nosotros, los pobres y los humildes conocemos esa postergación ante el dinero. No lo guardamos como algo merecido o como un botín, lo ensalzamos, lo idolatramos. Nos precipitamos sobre el más mínimo céntimo que cae y rueda por el suelo. Lo recogemos, lo frotamos hasta que brilla y lo olfateamos. Lanzamos una mirada de perro apaleado sobre el rico que lo ha dejado caer y que no se ha tomado la molestia de agacharse a recogerlo. Y yo con esos aires de mujer liberada, yo he sido explotada toda mi vida por el rey Parné, le debo la pérdida de mi virginidad, los primeros puñetazos en la nuca, las primeras patadas en el vientre, he sido humillada y golpeada, en cuanto veo un rico no puedo impedir mirarle como a un ser superior, levanto los ojos hacia él como si fuera el Mesías, me postro ante él para llenarle de incienso y mirra.

Furiosa contra sí misma, se colocó la falda y fue a echar una moneda en la máquina de café. El chorro hirviendo cayó sobre el vaso y esperó a que la máquina hubiese terminado de escupir su bilis negra. Agarró el vaso con las dos manos y disfrutó del calor que desprendía.

—¿Qué haces esta noche? ¿Vas a ver al Viejo?

Era Bruno Chaval, que acababa de hacer una pausa frente a la máquina de café. Había sacado un cigarrillo que golpeaba sobre el paquete antes de encenderlo. Fumaba cigarrillos sin filtro, lo había visto hacer en las películas.

—Ay, no lo llames así.

—¿Tienes un ataque de amor, chata?

—No aguanto que le llames el Viejo, así de simple.

—¿Así que al final estás enamorada del gordito?

—Pues, sí.

—¡Ah! Nunca me lo habías dicho.

—La conversación nunca ha sido una prioridad entre nosotros.

—Entiendo: estás de mala leche. Me callo.

Ella se encogió de hombros y frotó su mejilla contra el vaso caliente.

Permanecieron en silencio durante un rato, sin mirarse, bebiendo café a pequeños sorbos. Chaval se aproximó, pegó su cadera contra la de ella y dio un golpe de riñón, como si nada, para verificar que estaba realmente enfadada. Después, como no se movía, como no le rechazaba, hundió la nariz en su cuello y suspiró:

—Hummm, hueles a jabón del bueno. Tengo ganas de tumbarte y tomarme mi tiempo para olerte.

Ella se apartó dando un suspiro. Como si se tomase su tiempo. ¡Como si la acariciase! ¡Se dejaba querer, eso sí! Era él el que se tumbaba y ella debía hacer todo el trabajo hasta que gemía y se relajaba. Con suerte, después se lo agradecía o la abrazaba.

Cínico y encantador, arqueando su fino talle, encendiendo su cigarrillo, quitándose un mechón de pelo molesto, no dejaba de mirarla contemplándola con la satisfacción de un propietario contento con su adquisición. Sabía doblegarla, seducirla. Desde que se la había metido en el bolsillo —o más bien en la cama—, se había vuelto vanidoso. ¡Como si fuera una proeza! Se apropiaba del triunfo de su conquista y se le estiraba el cuello. Tenía acceso al jefe gracias a ella y el poder estaba al alcance de su mano. No era más que un vulgar empleado ¡e iba a convertirse en socio! Los hombres son así, no saben aceptar el éxito o la gloria sin extender las plumas y pavonearse. Y desde que Josiane le había prometido que hablaría con el Viejo y que conseguiría su ascenso, echaba humo de impaciencia. La buscaba por todos lados, en los pasillos, en los recodos, en los ascensores, para que ella le tranquilizase. ¿Ha firmado ya? ¿Ha firmado? Ella le rechazaba, pero siempre volvía. ¿Qué te has creído? La incertidumbre me pone de los nervios. ¡Ya me gustaría verte a ti!, gemía.

Esta vez también le hubiese querido preguntar: «¿Y bien? ¿Te ha dicho algo?». Pero se veía perfectamente que no era el momento. Esperó.

A Josiane no le duraban mucho los enfados. Era más bien simpática con los hombres. ¿Cómo es que no los odio más?, se preguntaba. ¿Cómo es que todavía me gusta hacer el amor? Incluso a los gordos, los feos, los violentos que me forzaron no los odio. No se puede decir que me hayan dado mucho placer, pero siempre vuelvo a caer. Y si disfrazan sus sucios vicios de suavidad y ternura, me pongo a cien. Basta con que me hablen suavemente, que me consideren un ser humano con alma, cerebro, corazón, que me concedan un sitio en la sociedad, para que me vuelva a convertir en una niña. Todas mis cóleras, mis rencores, mis venganzas desaparecen, estoy dispuesta a sacrificarme para que continúen hablándome con respeto y consideración. Que me digan palabras bonitas. Que me pidan mi opinión. ¡Qué tonta soy!

—Venga, guapita, ¿hacemos las paces? —susurró Chaval apoyando su mano sobre la cadera de Josiane y haciéndola girar contra él.

—Para, nos va a ver.

—¡Que no! Diremos que somos buenos compañeros y que estábamos bromeando.

—Que no, te digo. Está en el despacho con la Escoba. Si sale y nos ve, la cago.

A lo mejor ya la he cagado. A lo mejor ya me ha sacrificado en el altar de la empresa. Con el tiempo que hace que quiere deshacerse de la fábrica de Murepain, estará dispuesto a todo para que ella firme. Va a prometerle mi cabeza en una bandeja. Yo no valgo mucho en comparación con ese contrato. Y entonces todo se irá al garete, Chef, Chaval y el dios Parné. Todos se pondrán al abrigo y yo me encontraré en la calle con el culo al aire, como siempre. Al pensar eso, Josiane perdió todo su valor y sintió cómo se reblandecía. Se apoyó contra Chaval y perdió valentía.

—¿Al menos me quieres un poco? —preguntó con una voz que mendigaba ternura.

—¿Que si te quiero, preciosa? ¿Acaso lo dudas? Estás loca. Espera un poco y verás cómo te lo demuestro.

Deslizó una mano bajo su trasero y se lo cogió.

—No, pero... si al final no sale bien, por suerte o por desgracia, ¿seguirás conmigo?

—¿Qué? ¿Ha dicho algo contra mí? Dime, dime...

—No, pero de pronto tengo miedo...

Ella sintió cómo el dios Parné blandía un enorme cuchillo para rebanarle el cuello. Le temblaba todo el cuerpo y sintió un enorme vacío en su interior. Cerró los ojos y se acurrucó contra él. Él reculó un instante, pero, viendo que se había puesto lívida, la sostuvo y la cogió por el talle. Ella se dejó llevar mientras murmuraba «sólo unas palabras, dime unas palabras bonitas, es que tengo tanto miedo, lo entiendes, tengo tanto miedo...». Él comenzó a enfadarse. Dios, ¡qué complicadas son las mujeres! pensó. Hace apenas un minuto, me manda al cuerno, y un minuto después me pide que la consuele. Molesto, la tenía contra él, casi la sostenía porque la sentía sin fuerzas y abandonándose. Tan débil, a punto de desmayarse. Le acariciaba el pelo distraídamente. No se atrevía a preguntar si el Viejo había firmado su ascenso, pero eso le carcomía por dentro, así que la sostenía como quien tiene un paquete del que no puede desembarazarse. Sin saber muy bien qué hacer: ¿apoyarla en la máquina de café?, ¿sentarla? No había sillas... ¡Ay!, refunfuñó, eso es lo que pasa cuando pone uno su futuro en manos de una tía. Lo único que deseaba era librarse de los brazos de esa mujer. Follar vale, pero nada de chorradas después. Nada de juramentos de amor, de besos lacrimógenos. En cuanto nos acercamos demasiado, pillamos todos los miasmas de la afección.

—Venga, Josy, ¡domínate! A ver si al final sí que nos van a ver. Venga, ¡vas a estropearlo todo!

Ella se enderezó, se separó titubeando, con los ojos enrojecidos por las lágrimas y pidió perdón... Pero era demasiado tarde.

Henriette y Marcel Grobz esperaban delante del ascensor y, mudos, les miraban fijamente. Henriette, con un rictus en la boca y el rostro crispado bajo su gran sombrero. Marcel, mudo, deshecho, con las mejillas temblando por una pena que no desmentía el resto de su fisonomía.

Herniette Grobz volvió la cabeza la primera. Después agarró a Marcel por la chaqueta y lo metió en el ascensor. Una vez se cerraron las puertas, ella dejó escapar su rebosante alegría.

—Ya lo has visto, ¡sabía que esa chica era una cualquiera! Cuando pienso en la manera en la que me ha hablado, y tú la defendías, además. Qué ingenuo puedes llegar a ser, mi pobre Marcel.

Marcel Grobz, con los ojos fijos en la moqueta del ascensor, contaba los agujeros hechos por las quemaduras de cigarrillo y luchaba por contener las lágrimas que se acumulaban en su garganta.

* * *

La carta llevaba un sello de colorines, con un matasellos de más de una semana. Estaba dirigida a Hortense y Zoé Cortès. Jo reconoció la letra de Antoine, pero se abstuvo de abrirla. La colocó en la mesa de la cocina en medio de los papeles y los libros, la dio vueltas y vueltas, se la llevó a los ojos intentando percibir fotos, un cheque... En vano. Tuvo que esperar a que sus hijas volvieran del colegio.

Fue Hortense la primera que la vio y la cogió. Zoé se puso a dar saltos gritando: «¡Yo también! ¡Yo también quiero la carta!». Joséphine las hizo sentarse y pidió a Hortense que la leyera en voz alta. Después sentó a Zoé sobre sus rodillas y, abrazándola fuertemente, se dispuso a escuchar. Hortense abrió el sobre con la ayuda de un cuchillo y sacó seis hojas de papel fino, las desplegó y las colocó en la mesa de la cocina alisándolas con ternura con el dorso de la mano. Después empezó a leer:

Mis queridas niñas:
Como habréis comprendido seguramente al ver el sello en el sobre, estoy en Kenia. Desde hace un mes. Quería daros una sorpresa y por eso no os he dicho nada antes de irme. Pero cuento con vuestra visita en cuanto esté completamente instalado. Podríamos prever eso para las vacaciones escolares. Ya veré eso con mamá.

Kenia es (si miráis en un diccionario) un estado que linda con Etiopía, Somalia, Uganda, Ruanda y Tanzania, en la costa este de África, frente a las islas Seychelles, en el océano Índico... ¿Eso os dice algo? ¿No? Vais a tener que repasar la geografía. La banda costera en la que vivo, entre Malindi y Mombasa, es la región más conocida de Kenia. Dependió del sultán de Zanzíbar hasta 1890. Los árabes, los portugueses y, después, los ingleses se disputaron Kenia, y no fue independiente hasta 1963. Pero ¡basta de historia por hoy! Estoy seguro de que sólo os preguntáis una cosa: ¿qué hace papá en

Kenia? Antes de responder, una recomendación: ¿estáis sentadas, mis niñas? ¿Estáis bien sentadas?

Hortense esbozó una sonrisa indulgente y suspiró: «Ese es papá en estado puro». Jo no se lo podía creer: ¡se había ido a Kenia! ¿Solo o con Mylène? El triángulo rojo, encima del tostador, se burlaba de ella. Parecía que le estaba guiñando un ojo.

¡Me dedico a la cría de cocodrilos...

Las niñas abrieron la boca sorprendidas. ¡Cocodrilos! Hortense retomó su lectura resoplando entre líneas de lo desconcertada que estaba.

... para los industriales chinos! Ya debéis de saber que China se está convirtiendo en una potencia industrial, que posee una variedad extraordinaria de recursos naturales y comerciales que van desde la fabricación de ordenadores hasta motores de coche, pasando por todo lo que se produce en el mundo, y he aquí que los chinos han decidido explotar a los cocodrilos como materia prima. Un tal señor Wei, mi jefe, ha instalado en Kilifi una granja piloto y espera que, pronto, esa granja produzca carne de cocodrilo, huevos de cocodrilos, bolsos de cocodrilo, carteras de cocodrilo en cantidades industriales. Os sorprenderíais si os contara todos los planes de mis inversores y la genialidad de sus instalaciones. Así que han decidido «cultivarlos» masivamente dentro de un parque natural. El señor Lee, mi ayudante chino, me ha contado que llenaron enormes Boeing 747 con decenas de miles de cocodrilos procedentes de Tailandia. Los granjeros tailandeses, afectados por la crisis asiática, se vieron obligados a desembarazarse de ellos: ¡el precio del cocodrilo había caído un setenta y cinco por ciento! Los compraron por casi nada. Estaban de rebajas.

—¡Qué gracioso es papá! —interrumpió Zoé mientras se chupaba el dedo—. Pero a mí no me gusta que trabaje con cocodrilos. Los cocodrilos son un asco.

Los han instalado en cauces de ríos aislados por redes de acero y han buscado a un «*deputy general manager*»... Ese es mi puesto, mis niñas. ¡Soy el *deputy general manager* del Croco Park!

—Es algo así como un Presidente Director General —declaró Hortense tras reflexionar—. Es lo que había escrito en mis fichas al principio del curso cuando me preguntaron la profesión del padre.

¡Y reino sobre setenta mil cocodrilos! ¿Os dais cuenta?

—¡Setenta mil! —dijo Zoé—. Mejor que no se caiga al agua cuando se pasee por la granja. No me gusta nada de nada.

Ha sido un antiguo cliente de los tiempos en los que trabajaba en Gunman and Co. el que me encontró este trabajo. Me crucé con él, en París, una tarde de junio, mientras tomaba algo en el bar panorámico de Concorde Lafayette, puerta Maillot. Lo recordaréis, os he llevado varias veces. Le dije que buscaba trabajo, que tenía ganas de salir de Francia y pensó en mí cuando oyó hablar de la granja de cocodrilos. Lo que me llevó a embarcarme en esta aventura es la increíble revolución económica que está sucediendo en China. Es como el Japón de los años ochenta. Todo lo que tocan los chinos se transforma en oro. Incluidos los cocodrilos. En fin, lo de hacer prosperar los cocodrilos es tarea mía. E incluso, por qué no, hacer que coticen en Bolsa. Sería extraño, ¿no? Los obreros chinos enviados aquí trabajan largas jornadas y se hacinan en bungalós de adobe. Pasan el tiempo riéndose. Incluso llego a preguntarme cómo es que no se ríen mientras duermen. Resultan tan graciosos con sus piernecitas delgadas que salen de sus pantalones cortos anchos. El único problema es que hay muchos ataques de cocodrilos y reciben muchas dentelladas en los brazos, en las piernas e incluso en la cara. Y ¿sabéis qué? Se cosen ellos mismos. Con aguja e hilo. ¡Son impagables! Tenemos una enfermera que se encarga de coserlos, pero se ocupa principalmente de los visitantes.

Porque he olvidado deciros que el Croco Park está abierto a los turistas. A los europeos, americanos y australianos que vienen

> a hacer safaris a Kenia. Nuestra granja figura como lugar destacado en el catálogo de excursiones que les proponen. Pagan una entrada mínima y reciben una caña de pescar de bambú y dos esqueletos de pollo para atarlos al final del sedal. Así pueden divertirse metiendo los trozos de pollo en el agua de los pantanos y dar de comer a los cocodrilos, que, hay que reconocerlo, son bastante glotones. ¡Y también muy peligrosos! Por mucho que recomiendes a los visitantes que sean prudentes, a veces se confían, se aproximan y son mordidos, porque el cocodrilo es muy rápido y tiene filas de dientes tan afilados como una sierra. Han llegado a golpear a alguien con la cola y romperle el cuello. Intentamos que no se dé demasiada publicidad a esos incidentes. Pero no les quedan muchas ganas de volver cuando les han mordido gravemente, y no puedo reprochárselo.

—Normal —reconoció Hortense—. Yo cuando vaya los miraré con unos prismáticos.

Jo escuchaba atónita. ¡Una granja de cocodrilos! ¿Y por qué no un criadero de escarabajos?

> Pero estaos tranquilas: yo no corro ningún riesgo porque, de los cocodrilos, me ocupo desde lejos. No me acerco a ellos. Eso se lo dejo a los chinos. El negocio promete ser muy próspero. Primero porque China produce así la materia prima que necesita para fabricar todos los diseños franceses e italianos —bolsos, zapatos y accesorios— que copia. Además, porque los chinos adoran la carne y los huevos de cocodrilo, que son cuidadosamente embalados y enviados a China por barco. Veis, tengo medios para organizar este asunto y no estoy parado. Vivo en lo que llaman aquí «la casa del jefe», una gran vivienda de madera situada en medio de la granja con piso superior, varios dormitorios y una piscina rodeada de alambre de espino por si a un cocodrilo se le ocurriese entrar a darse un baño. ¡Ya ha ocurrido! El director del parque, que vivía allí antes que yo, se encontró un día cara a cara con un cocodrilo, y, desde entonces, la seguridad ha sido reforzada. En cada esquina de la granja se han colocado garitas con guardias armados que barren la zona con grandes proyecto-

res; a veces, durante la noche, los indígenas vienen a robar los cocodrilos, cuya carne, como sabéis, es deliciosa.

Bueno, mis niñas, ya conocéis todo o casi todo de mi nueva vida. Se hace de día y voy a reunirme con mi ayudante para preparar las tareas de hoy. Os escribiré dentro de poco y muy a menudo, porque os echo de menos y pienso mucho en vosotras. He colocado vuestras fotos sobre la mesa de mi despacho y os presento a todo el que me pregunta: «Pero ¿quiénes son estas señoritas tan guapas?». Y contesto con orgullo: «Son mis hijas, las chicas más guapas del mundo». Escribidme. Decidle a mamá que os compre un ordenador, así podré mandaros fotos de la casa, de los cocodrilos y de los chinitos en pantalón corto. Ahora hay equipos muy baratos y no debería de suponer un gran gasto. Os envío un beso tan fuerte como mi amor por vosotras, papá.

P.D.: Adjunto una carta para mamá...

Hortense tendió una última hoja a Joséphine, quien la dobló y la metió en un bolsillo de su delantal de cocina.

—¿No la vas a leer ahora? —preguntó Hortense.

—No... ¿Queréis que hablemos de la carta de papá?

Las niñas la miraron sin decir nada. Zoé se chupaba el pulgar. Hortense pensaba.

—¡Qué estupidez eso de los cocodrilos! —dijo Zoé—. ¿Y por qué no se ha quedado en Francia?

—Porque en Francia no se crían cocodrilos, como bien dice. —suspiró Hortense—. Y, además, no paraba de decir que quería irse al extranjero. Cada vez que le veíamos, sólo hablaba de eso... Sólo me pregunto si ella se ha ido con él...

—Espero que le paguen bien y que le guste su trabajo —añadió Joséphine rápidamente para que las niñas no se pusiesen a hablar de Mylène—. Es muy importante para él salir a flote, tener de nuevo responsabilidades. Un hombre que no trabaja no puede sentirse bien consigo mismo... Y, además, está en su elemento. Siempre le gustaron los grandes espacios, los viajes, África...

Joséphine intentaba conjurar con palabras la aprensión que sentía. ¡Qué locura!, se decía. Espero que no haya invertido en ese negocio... ¿Qué dinero podría invertir? ¿El de Mylène? A mí me hubiese costado ayudarle. No iba a ser yo la que le echase una mano. Recordó entonces que tenían una cuenta común en el banco. Se propuso hablar con el señor Faugeron, su interlocutor en la entidad.

—Yo me voy a ver en mi libro sobre reptiles lo que fabrican los cocodrilos —declaró Zoé saltando de las rodillas de su madre.

—Si tuviésemos Internet, no necesitarías consultar un libro.

—Pero no tenemos Internet —dijo Zoé—, así que yo miro en los libros...

—Estaría bien que nos comprases un ordenador —dejó caer Hortense—. Todas mis amigas tienen uno.

Y si ha pedido prestado dinero a Mylène, es que su historia es seria. Quizás vayan a casarse... ¡Pero no, idiota, no puede casarse con ella, no está divorciado!, suspiró Joséphine en alto.

—¡Mamá, no estás escuchándome!

—Sí, sí...

—¿Qué te he dicho?

—Que necesitabas un ordenador.

—¿Y qué piensas hacer?

—No lo sé, cariño, tengo que pensármelo.

—Pensándotelo no vas a poder pagarlo.

¡Estará tan guapa como ama de casa! Rosada, fresca y delgada, esperando a Antoine, saltando al jeep para dar la vuelta al parque, preparando la comida, hojeando un periódico en una gran mecedora... Y por la noche, cuando él vuelve, un boy les sirve una buena cena que degustan a la luz de las velas. Él debe de tener la impresión de reconducir su vida. Una nueva mujer, una nueva casa, un nuevo trabajo. Nosotras tres debemos de parecerle grises en nuestro pequeño piso de Courbevoie.

Esa misma mañana, la señora Barthillet, la madre de Max, le había preguntado: «Y bien, señora Cortès, ¿sabe algo de su marido?». Ella había respondido una tontería. La señora Barthillet había adelgazado mucho y Joséphine le había preguntado si estaba a régimen. «Se va usted a reír, señora Cortès, ¡hago la dieta de la patata!». Joséphine se había echado a reír y la señora Barthillet había continuado: «En serio, una patata cada noche tres horas después de la cena, y todas las ganas de dulce desaparecen. Parece ser que la patata, tomada antes de dormir, libera dos hormonas que neutralizan las ganas de azúcar y de glúcidos en el cerebro. Ya no se tienen ganas de picar entre horas. Así que se adelgaza, científicamente. Fue Max el que me encontró eso en Internet... No tiene usted Internet, ¿no? Porque si no le hubiese dado el nombre de la página. Curioso ese régimen, pero funciona, se lo aseguro».

—Mamá, no es un lujo, es una herramienta de trabajo... Podrías utilizarlo para tu trabajo y nosotras para los estudios.

—Lo sé, cariño, lo sé.

—Eso dices, pero no te interesa. Y, sin embargo, se trata de nuestro futuro...

—Escucha, Hortense, yo haré lo que sea por vosotras. ¡Lo que sea! Cuando digo que me lo voy a pensar, es para no hacerte promesas que no pueda cumplir, pero quizá lo consiga.

—¡Oh, gracias mamá, gracias! Sabía que podría contar contigo.

Hortense se echó al cuello de su madre e insistió en sentarse sobre sus rodillas como Zoé.

—¿Todavía puedo, mamá, no soy demasiado vieja?

Joséphine se echó a reír y la estrechó contra ella. Se sintió más emocionada de lo que hubiese debido. Tenerla contra ella, sentir su calor, el dulce olor de su piel, el ligero perfume que subía de su ropa llenaba sus ojos de lágrimas.

—Ay, mi niña, te quiero tanto, si supieras. Me siento tan desgraciada cuando nos enfadamos.

—No nos enfadamos, mamá; discutimos. No vemos las cosas de la misma forma, eso es todo. Y sabes, si a veces me enfado es porque, desde que papá se fue, estoy triste, muy triste, así que lo pago contigo gritándote, porque tú sí que estás...

A Joséphine le costó mucho contener sus lágrimas.

—Eres la única persona con la que puedo contar, ¿lo entiendes? Así que si te pido mucho es porque para mí, mamaíta, tú lo puedes todo... Eres tan fuerte, tan valiente, tan tranquilizadora.

Jo se llenaba de valor escuchando a su hija. Ya no tenía miedo, se sentía capaz de todos los sacrificios para que Hortense siguiese acurrucada contra ella y le diese toda su ternura.

—Te prometo que tendrás tu ordenador, cariño. Para Navidad... ¿podrás esperar hasta Navidad?

—Oh, gracias mamaíta. No podrías darme una alegría más grande.

Rodeó con sus brazos el cuello de Joséphine y apretó tan fuerte que ésta gritó: «¡Piedad! ¡Piedad! ¡Me vas a romper el cuello!». Después corrió a reunirse con Zoé en su habitación para anunciarle la buena noticia.

Joséphine se sentía aliviada. La alegría de su hija se reflejaba en ella y la liberaba de sus preocupaciones. Desde que había aceptado las traducciones, había apuntado a Hortense y Zoé al comedor del colegio y por las noches casi siempre cenaban lo mismo: jamón y puré. Zoé comía haciendo muecas, Hortense mordisqueaba. Joséphine rebañaba sus platos para no tirar nada. Por eso engordo, pensó, como por tres. Terminada la comida, lavaba los platos —el lavavajillas se había estropeado y no tenía dinero para arreglarlo o reemplazarlo—, limpiaba el mantel de hule de la mesa de la cocina, sacaba sus libros del estante y se ponía a trabajar. Dejaba que sus hijas encendiesen la tele y retomaba la traducción.

De vez en cuando oía sus comentarios. Cuando sea mayor seré diseñadora, decía Hortense, montaré mi propia casa de modas... Pues yo coseré vestidos para mis muñecas..., respondía Zoé. Ella levantaba la cabeza, sonreía, y volvía a zambullirse en la vida de Audrey Hepburn. Sólo se detenía para asegurarse de que se habían lavado los dientes e iba a darles un beso cuando se iban a la cama.

—Max Barthillet ya no me invita a su casa, mamá... ¿Por qué crees que es, mamá?

—No lo sé, cariño —respondía Joséphine, ausente—. Todos tenemos nuestras preocupaciones...

—Mamá, si quiero ser diseñadora —aseguraba Hortense—, tengo que empezar a vestirme muy bien... No puedo llevar cualquier cosa.

—¡Venga, a dormir, niñas! —clamaba Joséphine, impaciente por retomar su trabajo. Mañana a las siete en pie.

—¿Crees que los padres de Max Barthillet se van a divorciar? —preguntaba Zoé.

—No lo sé, cariño, duérmete.

—¿Podrías darme algo de dinero para comprarme una camiseta Diesel? Vamos mamá —suplicaba Hortense.

—¡A dormir! No quiero oír una sola palabra más.

—Buenas noches, mamá.

Retomaba su traducción. ¿Qué hubiese hecho Audrey Hepburn en su situación? Habría trabajado, habría permanecido digna, habría pensado en el bienestar de sus hijos. PERMANECER DIGNA Y PENSAR EN EL BIENESTAR DE LOS HIJOS. Así hubiese llevado su vida, digna, amante y delgada como un clavo. Esa noche, Joséphine decidió comenzar la dieta de la patata.

* * *

Era una noche fría y lluviosa de noviembre. Philippe e Iris Dupin volvían a casa. Habían sido invitados a casa de uno de los socios de Philippe. Una gran cena, una veintena de invitados, un *maître* de hotel sirviendo los platos, suntuosos centros de flores, un fuego crepitando en la chimenea del salón, conversaciones tan triviales que Iris podría haberlas recitado con antelación. Lujo, esplendor y... aburrimiento, resumía abandonada en el asiento delantero de la confortable berlina que atravesaba París. Philippe conducía, silencioso. Ella no había conseguido que la mirase ni una sola vez en toda la velada.

Iris observaba París y no podía evitar admirar los edificios, los monumentos, los puentes sobre el Sena, la arquitectura de las grandes avenidas. Cuando vivía en Nueva York, echaba de menos París. Las calles de París, la piedra amarillenta de los edificios, los paseos llenos de árboles, las terrazas de los cafés, el curso tranquilo del Sena. Llegaba a cerrar los ojos e imaginar instantáneas de la ciudad.

La vuelta de las veladas era lo que más le gustaba: el trayecto en coche. Quitarse los zapatos, estirar sus largas piernas, apoyar la nuca en el respaldo, cerrar los ojos a medias y dejarse invadir por el espectáculo de la ciudad que las farolas hacían temblar.

Se había aburrido mortalmente en esa cena, sentada entre un joven abogado entusiasta que empezaba en la profesión y uno de los más grandes notarios parisinos que hablaba del alza del mercado inmobiliario. El aburrimiento le provocaba accesos de cólera. Sentía ganas de levantarse y volcar la mesa. En lugar de eso, se desdoblaba y dejaba a «la otra», la hermosa señora Dupin, realizar su trabajo de «señora de». Dejaba oír su risa, la risa de una mujer feliz, para borrar su rabia interior.

Al principio de su matrimonio, se esforzaba en participar en las conversaciones, se interesaba por el mundo de los negocios, en la Bolsa, en los beneficios, los dividendos, las alianzas de los grandes grupos, en las estrategias proyectadas para vencer a un rival o ganar un aliado. Ella procedía de un mundo diferente, el de la Universidad de Columbia, las discusiones acaloradas sobre una película, un guión, un libro, y se sentía tan torpe y dubitativa como una debutante. Después, poco a poco, había comprendido que estaba fuera de juego. La invitaban porque era guapa, encantadora, la mujer de Philippe. Salían en pareja. Pero bastaba que su vecino de mesa le preguntara «y usted, señora, ¿a qué se dedica?» y que ella respondiese «a poca cosa. Me consagro a la educación de mi hijo...», para que insensiblemente le volviese la espalda y se dirigiese a otra invitada. Eso le había entristecido, herido y, después, se había acostumbrado. Algunos hombres flirteaban discretamente con ella, pero cuando las conversaciones se animaban, ella pasaba a un segundo plano.

Esa noche había sido distinta...

Cuando el invitado sentado frente a ella, un atractivo editor, conocido tanto por su trabajo como por su éxito con las mujeres, le había lanzado lleno de ironía: «Y bien, mi querida Iris, ¿sigues en el papel de Penélope encerrada en casa? ¡Pronto te van a tapar con un velo!», ella se había picado y había respondido sin pensar: «Te vas a sorprender: ¡he empezado a escribir!». Apenas había pronunciado esa frase, los ojos del editor se iluminaron. «¿Una novela? ¿Y qué tipo de novela?». «Una novela histórica». Sin pensarlo, se acordó de Joséphine, en sus estudios sobre el siglo XII. Su hermana había aparecido interponiéndose entre ella y ese hombre. «¡Ah! Eso me interesa. A los franceses les vuelve locos la historia y la historia novelada... ¿Has empezado ya?». «Sí», había replicado con aplomo, llamando en su ayuda a la ciencia de su hermana. Una novela ambientada en el siglo XII... En los tiempos de Leonor de Aquitania. Existen un montón de ideas falsas sobre la época. Es un periodo crucial de la historia de Francia. Una época que se parece extrañamente a la actual: el dinero reemplaza al trueque y se coloca en un lugar preponderante en la vida de la gente, los pueblos se vacían, crecen las ciudades, Francia se abre a influencias extranjeras, el comercio se expande por toda Europa, la juventud, que no encuentra su lugar en la sociedad, se rebela y se vuelve violenta. La religión tiene un lugar predominante, a la vez fuerza política, económica y legislativa. En el clero existen actitudes extremistas y cuenta con numerosos fanáticos que se meten en todo. Es también la época de las grandes obras, de la construcción de catedrales, universidades, hospitales, de las primeras novelas románticas, de los primeros debates de ideas... Improvisaba. Todos los argumentos de Jo salían de su boca como ríos de diamantes, y el editor, entusiasmado, olía el gran filón sin bajar la mirada.

—Apasionante. Dime, ¿cuándo comemos juntos?

Resulta tan reconfortante existir y dejar de ser sólo la «señora de» y madre de familia... Sentía que le crecían alas.

—Iré a verte. En cuanto tenga algo consistente que enseñarte.

—No se lo enseñes a nadie antes que a mí, ¿me lo prometes?

—Te lo prometo.

—Cuento contigo. Te haré un buen contrato, no quiero tener que enfrentarme a Philippe.

Le había dado el número de su línea directa y, antes de irse, le había recordado su promesa.

Philippe la dejó frente al portal de su casa y fue a aparcar.

Ella corrió a refugiarse en su dormitorio y se desvistió recordando su fabulación. ¡Qué audacia! ¿Qué voy a hacer ahora? Después se calmó: se olvidará o le diré que sólo estoy empezando, que hay que darme tiempo...

El reloj de bronce colocado sobre la chimenea del dormitorio dio las doce campanadas de medianoche. Iris tembló de placer. ¡Había sido maravilloso inventarse un papel! Convertirse en otra persona. Inventarse una vida. Se había sentido transportada al pasado, a sus tiempos de estudiante en Columbia, cuando estudiaban en grupo una puesta en escena, un papel, el emplazamiento de la cámara, la forma de los diálogos, la eficacia de un montaje. Ella mostraba a los aprendices de actor cómo interpretar su personaje. Ella interpretaba al hombre, después a la mujer, la víctima inocente y la manipuladora perversa. La vida no le parecía nunca lo suficientemente grande como para contener todas las facetas de su personalidad. Gabor la animaba. Juntos escribirían guiones. Formaban un buen equipo.

Gabor... siempre volvía a él.

Sacudió la cabeza y se contuvo.

Por primera vez desde hacía mucho tiempo, se había sentido viva. Por supuesto, había mentido, pero no era una mentira muy gorda.

Sentada a los pies de la cama, vestida con un camisón de encaje color crema, empuñó su cepillo y lo pasó por su largo cabello negro. Era un ritual que nunca se saltaba. En las novelas que leía de niña, las protagonistas se cepillaban el pelo, por la mañana y por la noche.

El cepillo crepitaba y, con la cabeza inclinada, Iris pensaba en su larga y monótona jornada. Otro día más en el que no había hecho nada. Desde hacía algún tiempo, se quedaba encerrada en casa. Había perdido el gusto por distraerse bailando en el vacío. Había comido sola, en la cocina, escuchando el parloteo de Babette, la mujer de la limpieza que ayudaba a Carmen por las mañanas. Iris observaba a Babette como quien disecciona una ameba, en el laboratorio. La vida de Babette era una novela: abandonada de niña, violada, viviendo en familias de acogida, rebelde, delincuente, casada a los diecisiete, madre a los dieciocho, su vida era un rosario de fugas y delitos sin abandonar a su hija, Marilyn, a la que siempre llevaba bajo el brazo, llenándola del amor que ella no había recibido. Con treinta y cinco años, había decidido «dejar de hacer tonterías». Rehabilitarse, trabajar honradamente para pagar los estudios de su hija que acababa de terminar el bachillerato. Sería empleada de hogar. No sabía hacer otra cosa. Una excelente empleada de hogar, la mejor empleada de hogar. Su «tarifa para los ricos» era de veinte euros la hora. Iris, intrigada por esa rubita de ojos azules de fresca insolencia, la había contratado. Y desde entonces adoraba escucharla. El diálogo era a menudo extraño entre esas dos mujeres sin nada en común y quienes, en la cocina, se volvían cómplices.

Esa mañana, Babette había dado un mordisco demasiado fuerte a una manzana, y uno de sus dientes delanteros se había quedado clavado en la fruta. Estupefacta, Iris vio cómo recuperaba el diente, lo limpiaba bajo el grifo, sacaba un tubo de cola de su bolso y lo volvía a poner en su sitio.

—¿Te pasa a menudo?

—¿El qué? Ah, ¿mi diente? De vez en cuando...

—¿Y por qué no vas a un dentista? Vas a terminar perdiéndolo.

—¿Sabe usted cuánto cuestan los dentistas? Se nota que no le falta a usted el dinero.

Babette vivía en concubinato con Gérard, empleado en una tienda de electrodomésticos. Era ella la que proveía a la casa de bombillas, ladrones, tostador, hervidor, freidora, congelador, lavavajillas y demás. A precios sin competencia: cuarenta por ciento de descuento. Carmen lo apreciaba. Los amores de Gérard y Babette eran un culebrón que Iris seguía con avidez. No paraban de pelearse, de separarse, de reconciliarse, de engañarse y... de amarse. ¡Lo que debería escribir es la vida de Babette! Pensó Iris cepillándose más lentamente.

Esa mañana, Iris había comido en la cocina mientras Babette limpiaba el horno. Entraba y salía del horno como un pistón bien engrasado.

—¿Cómo haces para estar siempre contenta? —había preguntado Iris.

—Nada excepcional, sabe usted. Gente como yo hay a patadas.

—¿Con todo lo que has vivido?

—No he vivido más que cualquiera.

—Oh, sí.

—No, es usted a la que no le ha pasado nada.

—¿No tienes miedos o angustias?

—Para nada.

—¿Eres feliz?

Babette había cerrado el horno y había mirado a Iris como si acabara de preguntarle sobre la existencia de Dios.

—¡Qué pregunta más tonta! Esta noche vamos a tomar algo en casa de unos amigos y estoy contenta, pero mañana será otro día.

—¿Cómo lo haces? —había suspirado Iris con envidia.

—No me diga que usted es infeliz.

Iris no había respondido.

—Estamos buenos... Si yo estuviera en su lugar, ¡lo que iba a divertirme! Sin preocupaciones a final de mes, un piso hermoso, un marido guapo, un hijo guapo... Ni siquiera me lo plantearía.

Iris sonrió con desgana.

—La vida es más complicada que eso, Babette.

—Quizás... Si usted lo dice.

Y se había sumergido de nuevo, de cabeza, dentro del horno. Iris la había oído refunfuñar contra estos hornos pirolíticos que no se limpiaban nada de nada. Había creído escuchar «aceite», seguido de otros gruñidos, y por fin Babette había vuelto a aparecer para concluir:

—Quizás no se puede tener todo en la vida. Yo me río sin parar y soy pobre, y usted se aburre soberanamente y es rica.

Esa mañana, tras haber dejado a Babette en el horno, Iris se había sentido muy sola.

Si solamente hubiese podido llamar a Bérengère... Ya no la veía y se sentía amputada de una parte de ella misma. No de la mejor parte, por supuesto, pero debía reconocer que echaba de menos a Bérengère. Sus chismes, el olor a cloaca de sus chismes.

Yo la miraba por encima del hombro, me decía que no tenía nada en común con esa mujer, pero me encantaba cotillear con ella. Es como algo salvaje dentro de mí, una perversión que me empuja a desear lo que más detesto. No me puedo resistir. Hace seis meses que no nos vemos, calculó, seis meses que ya no sé lo que pasa en París, quién se acuesta con quién, quién está arruinado, quién está en declive.

Había permanecido buena parte de la tarde encerrada en su despacho. Había releído un cuento de Henry James. Le había llamado la atención una frase que había copiado en su libreta: «¿Qué es lo que caracteriza generalmente a los hombres? Simplemente la capacidad que tienen de malgastar indefinidamente su tiempo con mujeres aburridas, de pasarlo, diría, sin aburrirse pero, lo que viene a ser lo mismo, sin darse cuenta de que se aburren, sin incomodarse tanto como para tomar la tangente».

—¿Soy una mujer aburrida? —murmuró Iris al gran espejo que cubría las puertas de su armario.

El espejo permaneció mudo. Iris volvió a la carga aún más bajo:

—¿Philippe va a tomar la tangente?

El espejo no tuvo tiempo de responderle. Sonó el teléfono, era Joséphine. Parecía muy excitada.

—Iris... ¿Podemos hablar? ¿Estás sola? Sé que es muy tarde, pero tenía que hablar contigo.

Iris la tranquilizó: no la molestaba.

—Antoine ha escrito a las niñas. Está en Kenia, criando cocodrilos.

—¿Cocodrilos? ¿Se ha vuelto loco?

—Ah, piensas lo mismo que yo.

—No sabía que los cocodrilos se criaran.

—Trabaja para unos chinos y...

Joséphine le propuso leerle la carta de Antoine. Iris la escuchó sin interrumpirla.

—¿Y bien?, ¿qué piensas?

—Francamente Jo: ha perdido la cabeza.

—Y eso no es todo.

—Se ha enamorado de una china en pantalón corto que ha perdido una pierna.

—No, nada de eso.

Joséphine se echó a reír. Iris sonrió. Prefería oír a Joséphine reírse de este nuevo episodio de su vida conyugal.

—Me ha escrito una hoja sólo para mí, al final de la carta a las niñas y... no te lo vas a creer...

—¿Qué? Venga Jo...

—Pues bien, la había puesto en el bolsillo de mi delantal, ya sabes, el gran delantal blanco que me pongo cuando cocino... Cuando me acosté, me di cuenta de que la había dejado en el bolsillo del delantal... Lo había olvidado... ¿No es formidable?

—Al grano, Jo, al grano. A veces es muy difícil seguirte.

—Escucha, Iris: me he olvidado de leer la carta de Antoine. No me he precipitado ávidamente para leerla. Eso quiere decir que me estoy curando, ¿no?

—Cierto, tienes razón. ¿Y qué decía esa carta?

—Espera, que te la leo...

Iris escuchó un ruido de papel desplegándose y después se elevó la voz clara de su hermana:

—«Joséphine... Lo sé, soy un cobarde, he huido sin decirte nada, pero no he tenido el valor de enfrentarme a ti. Me sentía demasiado mal. Aquí voy a empezar mi vida desde cero. Confío en que todo salga bien, que ganaré dinero y que podré devolverte multiplicado por cien lo que haces por las niñas. Tengo una oportunidad de conseguirlo, de ganar mucho dinero. En Francia me sentía aplastado. No me preguntes por qué... Joséphine, eres una mujer buena, inteligente, dulce y generosa. Has sido muy buena esposa. No lo olvidaré nunca. He sido injusto contigo y me gustaría compensártelo. Facilitarte la vida. Tendréis noticias mías con regularidad. Te adjunto al final de la carta mi número de teléfono, al que podrás llamarme para lo que sea. Un beso, con todos los buenos recuerdos de nuestra vida en común, Antoine». Hay dos posdatas. La primera dice: «Aquí me llaman Tonio, en caso de que me llames y lo coja un boy», y la segunda: «Es curioso, aquí nunca sudo y, sin embargo, hace calor». Eso es todo, ¿qué piensas?

La primera reacción de Iris fue pensar: ¡Pobre chico! ¡Resulta patético! Pero no sabía si Joséphine había llegado a ese grado de indiferencia sentimental, así que prefirió utilizar la diplomacia:

—Lo importante es lo que pienses tú.

—Antes eras más dura.

—Antes él formaba parte de la familia. Se le podía maltratar...

—¡Ah! ¿Así es como concibes tú la familia?

—Hace seis meses tú te sobrepasaste con nuestra madre. Fuiste tan violenta que ya no quiere oír hablar de ti.

—¡Y no te imaginas hasta qué punto me siento mejor desde entonces!

Iris reflexionó un instante y después preguntó:

—Tras la lectura de la carta dirigida a las niñas, ¿cómo te sentiste?

—No muy bien... Pero, sin embargo, no me precipité para leer mi carta, eso es un signo de que estoy mejor, ¿no? Que ha dejado de obsesionarme.

Joséphine hizo una pausa y después añadió:

—Es cierto que con la de trabajo que tengo, no dispongo de mucho tiempo para pensar.

—¿Te va bien? ¿Necesitas dinero?

—No, no... estoy bien. Acepto todos los trabajos que me proponen. ¡Todos!

Después, cambiando bruscamente de tema, preguntó:

—¿Cómo va Alexandre? ¿Hace progresos con el dictado?

A Alexandre le habían puesto largos dictados, durante todo el verano, mientras sus primas se iban a la playa o a pescar.

—He olvidado preguntárselo. Es tan reservado, tan silencioso. Resulta extraño: me intimida. No sé cómo hablar a un chico. Quiero decir: ¡sin seducirlo! A veces te envidio por tener dos hijas. Debe de resultar bastante más fácil...

Iris se sintió de repente increíblemente impotente. El amor maternal le parecía una montaña que no culminaría nunca. Es increíble, pensó, no trabajo, no tengo nada que hacer en la casa salvo elegir las flores y las velas perfumadas, tengo un único hijo y ¡apenas me ocupo de él! Alexandre sólo conoce de mí el ruido de los paquetes que dejo en la entrada o el del frufrú de mi falda cuando me inclino para darle las buenas noches antes de salir. Es un niño educado a distancia.

—Voy a tener que dejarte, querida, estoy oyendo los pasos de mi marido. Un beso y, no lo olvides: ¡Cric y Croc se comieron al gran Cruc que creía poder comérselos!

Iris colgó y levantó la mirada hacia Philippe que la observaba desde el quicio de la puerta de la habitación. A este tampoco le entiendo, suspiró retomando la danza de su cepillo. Tengo la impresión de que me espía, que me sigue de cerca, que tengo sus ojos pegados a mi espalda. ¿Me hará seguir, quizás? ¿Está buscando cogerme en falta para negociar un divorcio? El silencio se había instalado entre ellos como una evidencia, un muro de Jericó que ninguna trompeta haría caer nunca, pues nunca gritaban, ni cerraban las puertas de golpe, ni nunca alzaban la voz. Felices las parejas que discuten, pensó Iris, todo es más fácil tras una buena pelea. Se desgañitan, se agotan y se echan en los brazos el uno del otro. Un tiempo de reposo en el que bajan las armas, en el que los besos dulcifican los rencores, borran los reproches, firmando un breve armisticio. Philippe y ella sólo conocían el silencio, la frialdad, la ironía hiriente que escarbaba día tras día la fosa de una separación cierta. Iris no quería pensar en ello. Se consolaba diciéndose que no eran la única pareja que derivaba como la suya en una indiferencia educada. No todos se divorciaban. Se trataba de un mal momento que pasaba, un momento que podía ser largo, ciertamente, pero que a veces progresaba lentamente hacia una vejez pacífica.

Philippe se dejó caer sobre la cama y se quitó los zapatos. Primero el derecho, después el izquierdo. Después el calcetín derecho y el calcetín izquierdo. A cada gesto le correspondía un ruido. Ploc, ploc, pff, pff.

—¿Tienes un día duro, mañana?

—Citas, una comida, lo de siempre.

—Deberías trabajar menos. Los cementerios están llenos de gente indispensable.

—Es posible... Pero no veo cómo podría cambiar de vida.

Habían tenido ya esa conversación numerosas veces. Como un rito obligado antes de acostarse. Siempre terminaba de la misma forma: un punto de interrogación en el aire.

Y ahora entrará en el cuarto de baño, se lavará los dientes, se pondrá su camiseta larga para dormir y vendrá a acostarse suspirando «creo que me voy a dormir enseguida...». Y ella dirá... Ella no dirá nada. Él depositará un beso sobre su hombro y añadirá: «Buenas noches, querida». Cogerá su antifaz para dormir, se lo ajustará y, en su lado de la cama, le dará la espalda. Ella guardará los cepillos, encenderá la lámpara de su mesita de noche, cogerá un libro y leerá hasta que se le cierren los ojos.

Y después inventará una historia.

Una historia de amor o cualquier otra. Algunas noches, se envuelve en las sábanas, abraza su almohada contra su pecho, hace un hueco en la pluma ligera y vuelve con Gabor. Están en el Festival de Cannes. Caminan por la arena, al borde del mar. Él está solo, lleva un guión bajo el brazo. Ella está sola, expone su rostro al sol. Se cruzan. Ella deja caer las gafas. Él se agacha a recogerlas, se levanta e... «¡Iris!». «¡Gabor!». Se abrazan, se besan, él dice, ¡cuánto te he echado de menos! ¡No he dejado de pensar en ti! Ella murmura: yo tampoco. Recorren las calles y hoteles de Cannes. Él ha venido a presentar su película, ella le acompaña a todos los lados, suben juntos la escalinata, juntos de la mano, ella pide el divorcio...

Otras noches, elige una historia diferente. Ella acaba de escribir un libro, es un gran éxito, ofrece entrevistas a la prensa internacional reunida en el hall del Palace donde la esperan. La novela ha sido traducida a veintisiete lenguas, los derechos comprados por la MGM, Tom Cruise y Sean Penn se disputan el papel protagonista. Los dólares se amontonan en paquetitos verdes hasta perderlos de vista. Las críticas son buenas, hacen fotos de su despacho, de su cocina, se le pide opinión para todo.

—Mamá, ¿puedo venir a dormir con vosotros?

Philippe se volvió de golpe y la respuesta fue fulminante.

—¡No, Alexandre! ¡Ya hemos tenido mil veces esta discusión! Con diez años, un niño no duerme con sus padres.

—Mamá, di que sí, por favor.

Iris descubrió un brillo de angustia en los ojos de su hijo e, inclinándose hacia él, le tomó en sus brazos.

—¿Qué te pasa, cariño?

—Tengo miedo, mamá... Mucho miedo. He tenido una pesadilla.

Alexandre se había acercado e intentaba meterse entre las sábanas.

—¡Vete a tu habitación! —rugió Philippe quitándose el antifaz azul.

Iris leyó el pánico en los ojos de su hijo. Se levantó, le cogió de la mano y declaró:

—Voy a ir a acostarle.

—Esas no son formas de educar a este niño. ¿En qué vas a convertirle? ¿En un niño de mamá? ¿Un hombre que tendrá miedo de su sombra?

—Simplemente voy a meterlo en la cama... No hay que hacer un drama.

—¡Es escandaloso! ¡Escandaloso! —repitió Philippe dándose la vuelta en la cama—. Este niño no va a crecer nunca.

Iris cogió a Alexandre de la mano y le llevó hasta su habitación. Encendió la lamparita fijada en la cabecera de la cama, abrió las sábanas e indicó a Alexandre que se acostara. Él se metió bajo la manta. Ella posó la mano sobre su frente y preguntó:

—¿De qué tienes miedo, Alexandre?

—Tengo miedo...

—Alexandre, todavía eres un niño, pero pronto serás un hombre. Vivirás en un mundo de brutos, tienes que endurecerte. No va a ser viniendo a llorar a la cama de tus padres...

—¡No estaba llorando!

—Te has rendido a tu miedo. Ha sido más fuerte que tú. Eso no está bien. Debes enfrentarte a él, si no seguirás siendo siempre un bebé.

—No soy un bebé.

—Sí... Quieres dormir con nosotros como cuando eras un bebé.

—No, no soy un bebé.

Hipaba de cólera y de pena. Estaba a la vez furioso contra su madre y seguro de tener miedo.

—¡Y tú eres mala!

Iris no supo qué responder. Ella le contempló, con la boca abierta, dispuesta a replicar, pero no pronunció ninguna palabra. No sabía cómo hablar a su hijo. Ella estaba en una orilla, Alexandre en la opuesta. Se observaban en silencio. Eso había empezado desde su nacimiento. En la clínica. Cuando habían colocado a Alexandre en la cuna transparente al lado de su cama, Iris se había dicho:

¡Anda! ¡Una nueva persona en mi vida! Nunca pronunció la palabra «bebé».

El silencio y el apuro de Iris volvieron a Alexandre aún más intranquilo. Debe de pasar algo grave para que mamá no pueda hablarme. Para que me mire sin decirme nada.

Iris depositó un beso sobre la frente de su hijo y se incorporó.

—Mamá, ¿puedes quedarte hasta que me duerma?

—Tu padre se va a poner furioso...

—Mamá, mamá, mamá...

—Lo sé, cariño, lo sé. Voy a quedarme, pero la próxima vez, prométeme que serás fuerte y que te quedarás en la cama.

Él no respondió. Ella le tomó de la mano.

Él suspiró, cerró los ojos y ella posó la mano sobre su hombro, acariciándolo suavemente. Su largo cuerpo endeble, sus negras pestañas, su cabello negro y ondulado... Tenía la gracia frágil de un niño inquieto, un niño al acecho. Incluso mientras dormía, se formaba una arruga entre sus cejas y su pecho se hundía como aplastado por un peso demasiado grande. Dejaba escapar suspiros de miedo y de alivio, suspiros que le cortaban la respiración.

Ha venido a nuestra habitación porque ha intuido que lo necesito. El presentimiento infantil. Ella se vio, pequeña, riéndose muy fuerte de las bromas de su padre, haciendo el payaso para luchar contra la gran nube negra que había entre sus padres. No pasaba nada terrible entre ellos y, sin embargo, tenía miedo... Papá gordito, bueno, suave. Mamá seca, dura, delgada. Dos extraños que dormían en la misma cama. Ella había continuado haciendo el payaso. Le parecía que era más fácil hacer reír que expresar lo que sentía. La primera vez que habían murmurado delante de ella: «¡Qué guapa es esta niña! ¡Qué ojos más bonitos! ¡Nunca he visto unos ojos así!», ella había cambiado su disfraz de payaso por la panoplia de niña guapa. ¡Un papel de teatro!

Estoy mal en este momento. Esta apariencia sosegada y acomodada que he mantenido tanto tiempo se rompe, y emerge un batiburrillo de contradicciones. Al final voy a tener que elegir. Ir en una dirección, pero ¿cuál? Sólo el hombre que se ha encontrado, el hombre que coincide consigo mismo, con su verdad interior, es un hombre libre. Él sabe quién es, se divierte explotando lo que es, no se aburre nunca. La felicidad que siente al vivir en buena vecindad consigo mismo le vuelve casi eufórico. Vive entonces realmente mientras los demás dejan pasar sus vidas entre los dedos... sin cerrarlos jamás.

La vida pasa entre mis dedos. Nunca he conseguido encontrarle el sentido. No vivo, ando ciega. Me siento mal con los demás, mal conmigo misma. Odio a la gente que me muestra esa imagen de mí que no me gusta y me odio por no ser capaz de tener el valor de cambiar. Basta con obedecer una sola vez las leyes de los demás, con vivir en conformidad con lo que piensan, para que nuestra alma se resquebraje y se rompa. Nos resumimos en una apariencia. Pero, y de pronto este pensamiento la aterrorizó, ¿no es demasiado tarde? ¿No me he convertido ya en esa mujer cuyo reflejo veo en los ojos de Bérengère? Al pensar eso sintió un escalofrío. Cogió la mano de Alexandre, la apretó con fuerza y, en su sueño, le devolvió la presión murmurando «mamá, mamá». Sus ojos se llenaron de lágrimas. Se acostó junto a su hijo, posó la cabeza sobre la almohada y cerró los ojos.

* * *

—Josiane, ¿se ha ocupado de mis billetes a China?

Marcel Grobz, plantado ante su secretaria, le hablaba como lo haría a una señal de tráfico. A un metro por encima de su cabeza. Josiane sintió una violenta punzada en el pecho y se estiró en su silla.

—Sí... Todo está sobre la mesa.

Ya no sabía cómo dirigirse a él. Él la llamaba de usted. Ella balbuceaba, buscaba sus palabras, la construcción de sus frases. Había suprimido todos los pronombres personales de su conversación y hablaba en infinitivo o en indefinido.

Él se había refugiado en el trabajo, multiplicando los desplazamientos, las citas, las comidas de negocios. Cada tarde, Henriette Grobz venía a buscarle. Pasaba ante el despacho de Josiane, sin mirarla. Un trozo de madera que se desplaza, tocada con un sombrero redondo. Josiane les veía partir, él, encorvado, ella, estirada como el asta de una bandera.

Desde que les había sorprendido, a ella y a Chaval, ante la máquina de café, él la evitaba. Pasaba delante de ella, se encerraba en su despacho para salir solamente por la tarde, rápidamente, gritando «¡hasta mañana!» y volviendo la cabeza. Ella apenas tenía tiempo de verlo pasar...

Y yo, me voy a quedar en la acera. De vuelta en la casilla de «salida». Me va a echar muy pronto, me pagará las vacaciones, mi antigüedad, mi indemnización, me plantará un certificado de conformidad, me deseará buena suerte tendiéndome la mano y ¡hala!, ¡adiós, pequeña! ¡Si te he visto no me acuerdo! Suspiró y contuvo las lágrimas. ¡Qué imbécil ese Chaval! ¡Y qué imbécil yo misma! ¡No podía estarme quietecita! ¡No podía haber tenido cuidado! Nunca en la empresa, le había dicho, ni un gesto equívoco ni el suspiro de un beso. Anonimato total. Trabajo, trabajo. Y tuvo que venir a ponerse gallito delante de las narices de Marcel. Fue más fuerte que él. ¡Un golpe de testosterona! ¡Se sintió obligado a hacer el Tarzán! Para soltarme enseguida en pleno vuelo de liana.

¡Porque el hermoso Chaval la había enviado a paseo! Después de haberle soltado un buen montón de insultos. Una letanía tal que ella se había quedado de piedra. Algunos, incluso, que no había oído en su vida.

Y, sin embargo, en ese tema, tengo la ciencia infusa.

Desde entonces, ella lloraba a mares.

Desde entonces, se pasaba las tardes destrozada. Debo de parecerme a una catástrofe aérea. ¡Expulsada en pleno vuelo! Y eso que lo tenía todo en mis manos: mi gordito enamorado, un amante joven y apuesto, y el rey Parné a mis pies. ¡Sólo tenía que tirar del cordón, y el lazo estaba hecho! ¡La buena vida a un salivazo de distancia! Ni siguiera consigo pensar correctamente: tengo la cabeza llena de plastilina. En el entierro de mi madre me puse gafas negras y todo el mundo creyó que escondía mi pena. ¡Bien que me vino aquello!

El entierro de su madre...

Josiane había llegado en tren, transbordo en Culmont-Chalindrey, había tomado un taxi (treinta y cinco euros más la propina), franqueado a pie y bajo la lluvia la puerta del cementerio para encontrarse, pegados como lapas bajo sus paraguas, a todos los que había abandonado haciéndoles un corte de mangas veinte años antes. ¡Adiós, chicos! ¡Me largo a vivir la buena vida a París! Volveré forrada o con los pies por delante. Puede que no haya sido una buena idea volver en plan tacaña, sin pompa ni circunstancia, ni nada con lo que cerrarles el pico. «¿Has venido en tren? ¿No tienes coche?». El coche, en su familia, era lo más, el signo de que se había «llegado». De que se dormía en el Elíseo. Que se tenía éxito. «No, no tengo coche porque en París está de moda ir andando». «Ah, bueno...», habían dicho y habían hundido sus narices en sus solapas negras para reírse en voz baja «no tiene coche, ¡no tiene coche! ¡Menuda gorda inútil!».

Ella les había dejado a un lado de un golpe seco y se había acercado al nicho donde habían colocado la pequeña caja con las cenizas. Saltaron las alarmas. ¡En fin! Todo se había mezclado y la bañera se había desbordado: Marcel, mamá, Chaval, nadie, estoy sola, abandonada, sin dinero, sin perspectivas, fracasada. Tengo ocho años y espero el tortazo que me va a caer. Tengo ocho años y las nalgas que dicen bravo de tanto temblar de miedo. Tengo ocho años y el abuelo que entra sin hacer ruido en mi habitación cuando todo el mundo duerme. O hace que duerme porque les conviene más.

No era por su madre por la que lloraba sino por ella. Debió de ser concebida una noche de borrachera, siempre había tenido que arreglárselas sola y nunca había tenido infancia. Por culpa de esa que se estaban comiendo los gusanos y a la que le importaba un rábano que ella fuese violada, explotada o simplemente infeliz. ¡Menudo negocio! ¡Cuando tenga al rey Parné en el bolsillo, me acostaré en el diván de un charlatán y le hablaré de mis viejos! Ya veremos lo que dice.

De vuelta del cementerio, habían montado un festín. Corrían mares de vino tinto, salchichas y morcillas, pizzas y patés, Caprice des Dieux y figuritas de patata. Todos se acercaban a observarla, a escrutarla, a tomarle el pulso. «¿Qué tal? ¿Cómo es la vida en París?». «De lujo», decía, poniéndoles en las narices el diamante rodeado de rubíes que le había regalado Marcel. Estirando el cuello para que se percatasen del collar de treinta y una perlas cultivadas de los mares del sur con broche de diamantes y montura de platino. Se estiraba, se estiraba, se convertía en jirafa para hacerles cerrar la boca. «¿Y a qué te dedicas? ¿Te pagan bien? ¿Te trata bien el jefe?». «Mejor imposible», respondía apretando los dientes para impedir que la bañera se desbordase. Cada uno venía, por turno, haciendo las mismas preguntas, con las mismas respuestas, las mismas bocas abiertas que subrayaban la amplitud de su éxito. Babeaban de estupefacción y se servían una copa. ¡Joder! Los que decían que, aquí, incluso para ser cajera en el supermercado había que tener un enchufe. ¡Aquí no hay donde trabajar! Aquí se pregunta uno por dónde se ha ido la vida... Los viejos decían: «En mis tiempos empezábamos a los trece años, en cualquier sitio, en cualquiera, pero había trabajo; hoy no hay nada». Y se volvían a servir una copa. Pronto estarán borrachos como cubas y empezarán las canciones obscenas. Ella decidió marcharse antes de que comenzaran las estrofas alcoholizadas. No se sabía lo que iba a ocurrir cuando empezaban a empinar. Se peleaban, se desaliñaban, se empujaban, arreglaban cuentas familiares de hacía años, rompían los cuellos de las botellas para utilizarlas como armas.

Al cabo de un rato, su cabeza comenzó a darle vueltas y pidió que abriesen la ventana. «¿Por qué? ¿Estás mareada? ¿Te han preñado? ¿Sabes quién es el padre?». Estallaron las risas vulgares, un coro de risas en batería, disparadas en todas direcciones, subiendo y bajando de tono y dándose codazos como si fuesen a bailar el baile de los pajaritos. «Joder, se diría que soy vuestro único tema de conversación —se encaró antes de retomar aliento—, no tenéis nada más de que hablar... ¡Es una suerte que haya venido porque os habríais aburrido como ostras!».

Se callaron molestos. «¡Ay! ¡No has cambiado nada! —le dijo el primo Paul—, siempre tan agresiva. ¡No me extraña que nadie te haya preñado! ¡No ha nacido aún el que se arriesgue a ello! ¡Veinte años de trabajos forzados encadenado a la estirada! ¡Habría que estar delirando o totalmente tarado!».

¡Un hijo! ¡Un hijo de Marcel! ¿Por qué no se le había ocurrido antes? Y encima soñaba con ello. No paraba nunca de hablar de que la Escoba había rechazado ese placer legítimo. A él se le humedecían los ojos cuando veía uno de esos angelotes que gateaban en los anuncios, llenos de papilla o de pañales malolientes.

El tiempo se detuvo y se volvió mayúsculo.

Los asistentes al banquete de morcillas se detuvieron como si hubiese pulsado la tecla pausa en el mando a distancia y las palabras tomaron forma. Un be-bé. Un be-bé. Un niño Jesús. Un pequeño y mofletudo Grobz. Con una cuchara de oro en la boca. ¿Qué digo una cuchara? ¡Una cubertería entera, sí! ¡Cubierto de oro de arriba abajo, el bebé! ¡Dios, qué pocas luces tenía! Eso es lo que necesitaba: recuperar a Chef, que le hiciese un bombo y ¡después sería inseparable! Una sonrisa angélica se esbozó en su rostro, su mentón cayó en beatitud y su pecho se expandió en olas temblorosas dentro de su sujetador, talla 105 C.

Dedicó una tierna mirada a sus primos y primas, sus hermanos y tíos, sus tías y sobrinas. ¡Cómo les quería por haberle dado esa idea luminosa! ¡Cómo amaba su mezquindad, su mediocridad, su jeta alcoholizada! Había vivido demasiado tiempo en París. Había adoptado costumbres de señoritinga. Había perdido el tranquillo. Olvidado la lucha de clases, de sexos y de monederos. Debería venir aquí más a menudo para recibir una formación continua. De vuelta a la vieja realidad: ¿cómo conservar a un hombre? Con un polichinela en el cajón. ¿Cómo había podido olvidar esa vieja receta milenaria que engendraba dinastías y llenaba cajas fuertes?

Estuvo a punto de abrazarles pero se contuvo, tomó un aire de damisela ofendida, «no, no, no se me ha ocurrido», pidió perdón por haberse dejado llevar, «es el recuerdo de mamá que me ha turbado. Tengo los nervios a flor de piel». Y como el primo Georges partía hacia Culmont-Chalindrey en coche, le pidió que la dejara allí, eso le ahorraría un transbordo.

«¿Ya te vas? ¿Apenas te hemos visto? Quédate a dormir aquí». Ella les dio las gracias con una gran sonrisa, besó a unos y otros, soltó un billete para sus sobrinos y sobrinas, y se largó en el viejo Simca del primo Georges verificando que nadie hubiese tenido la tentación de echar mano a las joyas de su amante mientras que ella interpretaba la escena de la Anunciación.

Sin embargo, lo más duro quedaba por hacer: reconquistar a Chef, convencerle de que su aventura con Chaval había sido furtiva, tan furtiva que ya no la recordaba, un momento de abandono, de aturdimiento, de debilidad femenina, inventar una patraña que pareciese verosímil —¿él la había forzado, amenazado, agredido, drogado, hipnotizado, hechizado?—, retomar su puesto de favorita y conseguir un pequeño espermatozoide grobziano para guardarlo bien calentito en el cajón.

Al subir, en Culmont-Chalindrey, al compartimento de primera clase del tren a París, Josiane reflexionó y se dijo que tendría que hilar fino, caminar suavemente y de puntillas. Habría que reconstruirlo todo: recolocar pacientemente cada ladrillo sin refunfuñar, sin enfadarse, sin traicionarse. Hasta que la pirámide estuviera edificada, irrefutable.

Sería duro, eso seguro, pero la adversidad no le daba miedo. Había salido victoriosa de otros naufragios.

Se hundió cómodamente en su asiento, sintió las primeras sacudidas del tren y le invadió un pensamiento emotivo hacia su madre, gracias a la cual ella volvía a estar fogosa y combativa de nuevo.

* * *

—¿Estarán dentro? ¿Estás segura? No me perdería eso por nada del mundo. Una tarde en la piscina del Ritz, ¡el colmo del lujo! —suspiró Hortense estirándose en el coche—. No sé por qué, desde que dejo Courbevoie, desde que atravieso el puente, me siento revivir. Odio las afueras. Di, mamá, ¿por qué nos fuimos a vivir a las afueras?

Joséphine, al volante del coche, no respondió. Buscaba un sitio para aparcar. Ese sábado por la tarde, Iris la había citado en su club, al borde de la piscina. Eso te hará bien, pareces muy presionada, mi pobre Jo... y hacía treinta minutos que daba vueltas y vueltas. Encontrar un sitio en este barrio no era cosa fácil. La mayoría de los coches esperaban en doble fila, a falta de plazas para aparcar. Era la época de las compras de Navidad; las aceras estaban repletas de gente que llevaba pesados paquetes. Se abrían paso usándolos como escudo y, de pronto, sin avisar, se echaban a la calzada. Había que tocar el claxon para no atropellarlos. Joséphine daba vueltas, abría completamente los ojos, buscando un sitio mientras que las niñas se impacientaban. «¡Allí, mamá, allí!». «¡No! Está prohibido y no tengo ganas de que me pongan una multa». «¡Oh, mamá! ¡Qué aguafiestas eres!». Era su nueva expresión: aguafiestas. La utilizaban en todo tipo de ocasiones.

—Todavía me quedan restos de mi bronceado de verano. No voy a parecer una endibia —seguía Hortense examinándose los brazos.

En cambio yo, pensó Jo, voy a ser la reina de las endibias.

Un coche salió justo delante de ella, así que frenó y puso el intermitente. Las niñas se pusieron a dar saltitos.

—Venga, mamá, venga... Aparca como una profesional.

Jo se aplicó y consiguió meterse sin problemas en la plaza vacante. Las niñas aplaudieron. Jo, sudando, se secó la frente.

Entrar en el hotel, enfrentarse a la mirada del personal que la juzgaría y seguramente se preguntaría qué hacía ella allí le provocó nuevamente sudores fríos. Pero se encontró siguiendo a Hortense, quien, perfectamente adaptada, le mostraba el camino cruzando miradas altivas a las libreas bordadas del personal del hotel.

—¿Ya has estado aquí? —susurró Jo a Hortense.

—No, pero me imagino que la piscina debe de estar por ahí... en el sótano. Y si nos equivocamos, no importa. Daremos media vuelta. Después de todo, no son más que criados. Les pagan para informarnos.

Joséphine, confusa, se pegó a ella, arrastrando a Zoé, que se detenía en las vitrinas donde brillaban las joyas, los bolsos, los relojes y los accesorios de lujo.

—Guau, mamá, ¡qué bonito! ¡Debe de ser carísimo! Si Max Barthillet viese eso, vendría a robarlo todo. Dice que cuando se es pobre, se puede robar a los ricos, ni siquiera se dan cuenta. ¡Y eso equilibra!

—Pero bueno —protestó Joséphine—, voy a terminar pensando que Hortense tiene razón y que Max es muy mala compañía.

—Mamá, mamá, mira, un huevo de diamantes. ¿Crees que lo ha puesto una gallina de diamantes?

En la entrada del club, una joven exquisita les preguntó sus nombres, consultó un gran cuaderno y les confirmó que la señora Dupin estaba esperándolas al borde de la piscina. Sobre la mesa ardía una vela perfumada. De los altavoces salía música clásica. Joséphine se miró los pies y se avergonzó de sus zapatos baratos. La joven les mostró el camino hacia los vestuarios deseándoles una buena tarde y se metieron cada una en su cabina.

Joséphine se desvistió. Frotando las marcas de su sujetador, doblándolo cuidadosamente, quitándose las medias, enrollándolas, guardando su camiseta, su jersey y su pantalón en su armario. Después sacó su bañador del estuche de plástico donde lo había guardado el mes de agosto y sintió una terrible angustia. Había engordado desde el verano, no estaba segura de que le sirviera. Tengo que adelgazar sin excusas, se sermoneó, ¡ya no me soporto! No se atrevió a mirar su barriga ni sus muslos ni sus pechos. Se puso el bañador a ciegas, mirando una lámpara camuflada en el techo de madera de la cabina. Tiró de los tirantes para alzar sus pechos, deshizo la arruga del bañador en sus caderas, frotó y frotó para borrar el exceso de grasa que la apesadumbraba. Finalmente bajó la mirada y percibió un albornoz blanco colgado en una percha. ¡Salvada!

Se puso las sandalias de tela blanca que encontró colocadas cerca del albornoz, cerró la puerta de la cabina y buscó a sus hijas con la mirada. Ya habían ido al encuentro de Alexandre e Iris.

Sobre una tumbona de madera, resplandeciente en su albornoz blanco, sus largos cabellos negros peinados hacia atrás, Iris descansaba con un libro sobre sus rodillas. Conversaba animadamente con una chica que daba la espalda a Jo. Una jovencita delgada, con un bikini minúsculo. Un bañador rojo con pedrería incrustada que brillaba como estrellas de la Vía Láctea. Nalgas redondeadas, dentro de un slip tan estrecho que Joséphine pensó que resultaba casi superfluo. ¡Dios, qué hermosa mujer! El talle estrecho, las piernas larguísimas, el porte perfecto y derecho, los cabellos recogidos en un moño improvisado... Todo en ella respiraba gracia y belleza, todo en ella estaba en perfecta armonía con el refinado decorado de la piscina cuya agua azulada dibujaba reflejos cambiantes en las paredes. Todos sus complejos emergieron y Joséphine apretó el nudo del cinturón de su albornoz. ¡Lo prometo! A partir de este momento, dejo de comer y hago abdominales todas las mañanas. Hubo un tiempo en el que fui una chica alta y delgada.

Divisó a Alexandre y Zoé en el agua y les hizo una seña con la mano. Alexandre quiso salir para saludarla, pero Jo le disuadió y volvió a meterse en el agua atrapando las piernas de Zoé, que dio un grito de pánico.

La joven en bikini rojo se volvió y Jo reconoció a Hortense.

—Hortense, ¿pero qué llevas puesto?

—Pero bueno, mamá... Es un bañador. ¡Y no hables tan alto! Esto no es la piscina de Courbevoie.

—Hola, Joséphine —articuló Iris, incorporándose para interponerse entre madre e hija.

—Hola —eructó Joséphine, que se volvió de nuevo hacia su hija—. Hortense, explícame de dónde viene ese bañador.

—Se lo compré yo este verano y no hay razón para ponerse en ese estado. Hortense está deslumbrante...

—¡Hortense está indecente! ¡Y hasta nuevo aviso, Hortense es hija mía y no tuya!

—¡Vamos, mamá! ¡Ya estamos con las palabras grandilocuentes!

—Hortense, ve a cambiarte inmediatamente.

—¡Ni pensarlo! Porque tú te escondas dentro de un saco yo no me voy a disfrazar de mamarracho.

Hortense sostenía sin pestañear la mirada encolerizada de su madre. Unas mechas cobrizas se escapaban del pasador que sostenía su pelo y sus mejillas estaban enrojecidas, dándole un aire infantil que se contradecía con su vestimenta de mujer fatal. Joséphine no pudo impedir el sentirse herida por la pulla de su hija y perdió toda su seguridad. Balbuceó una respuesta inaudible.

—Vamos, chicas, calma —dijo Iris, sonriendo para distender la atmósfera—. Tu hija ha crecido, Joséphine, ya no es un bebé. Comprendo que eso te choque, pero no puedes hacer nada. A menos que la escondas entre dos diccionarios.

—Puedo impedirla exhibirse como lo hace.

—Está como la mayoría de las chicas de su edad... deslumbrante.

Joséphine se tambaleó y tuvo que sentarse en la tumbona cercana a Iris. Enfrentarse a su hermana y a su hija al mismo tiempo la superaba. Volvió la cabeza para contener las lágrimas de rabia e impotencia que le emergían. Siempre terminaba de la misma forma cuando se oponía a Hortense: perdiendo la compostura. Tenía miedo de ella, de su orgullo, del desprecio que demostraba hacia ella, pero, además, debía reconocerlo, Hortense a menudo tenía razón. Si ella hubiese salido de la cabina orgullosa de su cuerpo, a gusto dentro de su bañador, seguramente no habría reaccionado tan violentamente.

Permaneció un instante deshecha, temblorosa. Mirando fijamente los reflejos del agua de la piscina, fijándose sin verlas en las plantas de interior, las columnas de mármol blanco, los mosaicos azules. Después se incorporó, inspiró profundamente para aguantar las lágrimas, sólo faltaba hacer el ridículo y dar el espectáculo, y se volvió, dispuesta a enfrentarse a su hija.

Hortense se había alejado. En los escalones de la piscina, tanteaba el agua con la punta de los pies y se disponía a sumergirse.

—No deberías ponerte en ese estado ante ella. Pierdes toda autoridad —susurró Iris volviéndose de espaldas.

—¡Ya me gustaría verte a ti! Se comporta conmigo de forma detestable.

—Es la adolescencia. Está en plena edad del pavo.

—Tiene buen plumaje la edad del pavo. Me trata como si fuese su sirvienta.

—Porque nunca te has defendido.

—¿Cómo que nunca me he defendido?

—¡Siempre has dejado que la gente te tratara como quería! No tienes ningún respeto por ti misma, entonces ¿cómo quieres que los demás te respeten?

Joséphine, estupefacta, escuchaba hablar a su hermana.

—Que sí, acuérdate... Cuando éramos pequeñas... yo te obligaba a arrodillarte ante mí, y tú debías ponerte en la cabeza lo más valioso que tuvieses y ofrecérmelo inclinándote sin hacerlo caer... ¡Y si no, te castigaba! ¿Te acuerdas?

—¡Era un juego!

—¡Un juego no tan inocente! Yo te probaba. Quería saber hasta dónde podía llegar y hubiese podido pedirte cualquier cosa. Nunca me dijiste que no.

—¡Porque te quería!

Joséphine protestaba con todas sus fuerzas.

—Era amor, Iris. Puro amor. ¡Yo te veneraba!

—Pues bien... no debiste. Tenías que haberte defendido, tenías que haberme insultado. Nunca lo hiciste. Ahora no te extrañes de que tu hija te trate así.

—¡Para! Ahora me dirás que es culpa mía.

—Pues claro que es culpa tuya.

Eso era demasiado para Joséphine. Dejó que las grandes lágrimas que aguantaba corriesen por sus mejillas y lloró, lloró en silencio mientras Iris, tendida boca abajo, la cabeza hundida entre sus brazos, continuaba evocando su infancia, los juegos que inventaba para mantener a su hermana en la esclavitud. Heme aquí de vuelta a la Edad Media, pensaba Joséphine entre lágrimas. Cuando el pobre siervo se veía obligado a pagar un impuesto al señor del castillo. A eso se le llamaba vasallaje, cuatro monedas que el siervo se colocaba sobre la cabeza inclinada y que ofrecía al señor en señal de sumisión. Cuatro monedas que no podía dar pero que, sin embargo, encontraba, sin las que era azotado, encerrado, privado de tierras para cultivar, de sopa... Pueden haberse inventado el motor de explosión, la electricidad, el teléfono, la televisión, pero la relación entre los hombres no ha cambiado. He sido, soy y siempre seré la humilde sierva de mi hermana. ¡Y de otros! Hoy es Hortense, mañana será cualquier otro.

Estimando que el tema estaba zanjado, Iris retomó su posición boca arriba y continuó la conversación como si nada hubiese pasado.

—¿Qué vas a hacer en Navidad?

—No lo sé... —alcanzó a decir Jo conteniendo las lágrimas—. No he tenido tiempo de pensar en ello. Shirley me ha propuesto irme con ella a Escocia.

—¿A casa de sus padres?

—No. No quiere volver allí. No sé por qué. A casa de unos amigos, pero Hortense pone mala cara. Escocia le parece «una caca de vaca».

—Podríamos pasar las Navidades juntos en el chalet...

—Seguro que lo preferiría. ¡Es tan feliz con vosotros!

—Y yo me sentiría feliz de veros.

—¿No tienes ganas de quedarte en familia? Siempre estoy pegada a vosotros... Philippe se va a hartar.

—Oh, ya no somos una pareja joven, ¿sabes?

—Tengo que pensármelo. Son las primeras Navidades sin su padre —suspiró. Después una idea, cortante y desagradable, atravesó su espíritu y preguntó—: ¿Estará allí nuestra señora madre?

—No... En caso contrario no te lo hubiese propuesto. He comprendido que no puedo poneros la una frente a la otra sin llamar a los bomberos.

—Qué graciosa. Me lo pensaré.

Después, echándose hacia atrás, preguntó:

—¿Has hablado de esto con Hortense?

—Todavía no. Simplemente le he preguntado, como lo he hecho con Zoé, qué quería como regalo de Navidad.

—¿Y te ha dicho lo que quería?

—Un ordenador... pero ha añadido que tú le habías dicho que se lo comprarías y que no quería decepcionarte. Ya ves que puede ser delicada y atenta con los demás.

—Podemos llamarlo así. De hecho, ella me arrancó prácticamente la promesa de comprarle uno. Y, como de costumbre, cedí.

—Si quieres se lo regalamos a medias. Un ordenador es caro.

—¡No me hables! Y si le hago un regalo tan caro a Hortense, ¿qué le regalo a Zoé? Detesto las injusticias.

—Ahí también te puedo ayudar... —y, corrigiéndose—: Puedo participar. Sabes, no es gran cosa para mí.

—Y después será un portátil, un ipod, un lector dvd, una cámara... ¿Qué quieres que te diga? Me siento desbordada. Estoy cansada, Iris, muy cansada...

—Precisamente, déjame ayudarte. Si quieres, no diré nada a las niñas. Les haré un regalito y te dejaré asumir toda la gloria.

—Es muy generoso por tu parte, pero no. Me molestaría bastante.

—Vamos, Joséphine, déjate llevar. Eres demasiado rígida.

—Te digo que no. Y esta vez no cederé.

Iris sonrió y se rindió.

—No insisto. Pero te recuerdo que Navidad es dentro de tres semanas y que no tienes mucho tiempo para ganar millones. A menos que juegues a la lotería.

Lo sé, rumió Joséphine en silencio. Sólo pienso en eso. Debería haber entregado mi traducción hace una semana, pero la conferencia de Lyon me ha robado todo el tiempo. No tengo tiempo de trabajar sobre mi informe de habilitación para dirigir trabajos de investigación, me salto la mitad de las reuniones. Miento a mi hermana escondiéndole que trabajo para su marido, miento a mi director de tesis diciéndole que tengo la cabeza en otro sitio desde que Antoine se fue. Mi vida, en otro tiempo armoniosa como una partitura musical, se parece a un inmenso galimatías.

Mientras que, sentada en la esquina de una tumbona, Joséphine proseguía su monólogo interior, Alexandre Dupin esperaba impaciente a que su prima pequeña hubiese terminado de debatirse en el agua y se dedicase a actividades más tranquilas para hacerle las preguntas que se acumulaban en su cabeza. Zoé era la única que podía responderle. No se podía confiar ni a Carmen, ni a su madre, ni a Hortense, que le trataba siempre como si fuese un bebé. De esta forma, cuando Zoé consintió acodarse en el borde de la piscina y descansar, Alexandre se puso a su lado y empezó a hablarle.

—¡Zoé! Escúchame. Es importante.

—Venga. Te escucho.

—¿Tú crees que las personas mayores cuando duermen juntas es que están enamoradas?

—Mamá ha dormido alguna vez con Shirley y no están enamoradas.

—Sí, pero, un hombre y una mujer... ¿Crees que cuando duermen juntos están enamorados?

—No. No siempre.

—Pero ¿y cuando hacen el amor? Estarán enamorados, ¿no?

—Eso depende de lo que tú llames estar enamorado.

—¿Tú crees que las personas mayores cuando dejan de hacer el amor es que ya no se quieren?

—...No lo sé. ¿Por qué?

—Porque papá y mamá han dejado de dormir juntos, desde hace quince días.

—Entonces es que se van a divorciar.

—¿Estás segura?

—Prácticamente... Max Barthillet, por ejemplo, su papá se fue.

—¿Se divorció también?

—Sí. Bueno, me contó que justo antes de que su papá se fuese ya no dormía con su madre. Ni siquiera dormía en casa, dormía fuera, no sabe muy bien dónde, pero...

—Pues yo sí. Él duerme en su despacho. En una cama pequeñita.

—¡Ay, ay, ay! Entonces es seguro. Tus padres van a divorciarse. Y a lo mejor te enviarán a un psicólogo. Es un señor que te abre la cabeza para entender lo que pasa dentro.

—Pues yo sé lo que pasa en mi cabeza. Tengo miedo todo el rato. Justo antes de que se fuese a dormir a su despacho, me levantaba por las noches para ir a escuchar tras la puerta de su habitación, y sólo había silencio y eso me daba miedo: ¡sólo silencio! Antes, a veces, hacían el amor, hacían ruido pero eso me tranquilizaba.

—¿Ya no hacen nada de nada el amor?

Alexandre sacudió la cabeza.

—¿Y ya no duermen para nada juntos?

—Para nada, desde hace quince días.

—Entonces te vas a encontrar como yo, ¡divorciado!

—¿Estás segura?

—Casi... No es divertido. Tu mamá estará todo el tiempo enfadada. Mamá está triste y cansada desde que se divorció. Grita, se enfada, no es agradable, ¿sabes...? Pues bien, con tus padres va a pasar lo mismo.

Hortense, que se entrenaba para nadar un largo sin sacar la cabeza del agua, apareció a su lado en el momento en el que Alexandre repetía: «¡Papá y mamá divorciados!». Decidió hacer como que no escuchaba para enterarse mejor. Alexandre y Zoé desconfiaron y se callaron en cuanto la vieron hacer la plancha delante de ellos. Si se callan, es que es serio, pensó Hortense. ¿Iris y Philippe divorciados? Si Philippe deja a Iris, Iris tendrá mucho menos dinero y no podrá mimarme como lo hace. Este bikini rojo, bastó con que le echase la vista encima este verano para que Iris me lo regalase inmediatamente. Pensó en el ordenador. Había sido una estúpida rechazando el que Iris quería comprarle; habría sido diez veces más bonito que el que su madre elegiría. Siempre estaba hablando de ahorrar. ¡Menuda aguafiestas con eso de ahorrar! ¡Como si papá se hubiese ido sin dejarle dinero! Impensable. Nunca hubiese hecho eso. Papá es un hombre responsable. Un hombre responsable paga. Paga haciendo creer que no paga. No habla de dinero. ¡Eso es tener clase! La vida es verdaderamente una caca, pensó mientras continuaba buceando. Sólo Henriette sabe apañárselas. Chef no se irá nunca. Volvió a la superficie y observó a la gente a su alrededor. Las mujeres eran elegantes, y sus maridos, ausentes: ocupados en trabajar, en ganar dinero para que sus mujeres resplandecientes puedan relajarse al borde de la piscina dentro del último bañador diseñado por Eres, tumbadas sobre una toalla de Hermès. Su sueño era tener a una de esas mujeres por madre. Escogería a cualquiera de las que hay aquí, pensó. Cualquiera salvo a mi madre. Me debieron de cambiar en la maternidad. Había salido corriendo de su cabina para ir a besar a su tía y pegarse a ella. Y hacer creer a todas esas magníficas mujeres que Iris era su madre. Se avergonzaba de su madre. Siempre torpe, mal vestida. Siempre haciendo cuentas. Frotándose las aletas de la nariz con el pulgar y el índice cuando estaba cansada. Odiaba ese gesto. Su padre sí que era chic, elegante, se relacionaba con gente importante. Conocía todas las marcas de whisky, hablaba inglés, jugaba al tenis y al bridge, sabía vestirse... Su mirada se posó en Iris. No tenía aspecto triste. Quizás Alexandre se equivocaba. ¡Menudo papanatas está hecho! Su madre permanecía sentada sin moverse, embutida en su albornoz. No se bañará, pensó Hortense, ¡la he avergonzado!

—¿No te bañas? —preguntó Iris a Joséphine.

—No... me he dado cuenta en la cabina de que tenía... de que no estoy en la buena parte del mes.

—¡Qué mojigata eres! ¿Tienes la regla?

Joséphine asintió con la cabeza.

—Pues bien, vamos a tomar un té.

—Pero ¿y los niños?

—Ya se unirán a nosotras cuando se harten de chapotear en el agua. Alexandre conoce el camino.

Iris se ciñó su albornoz, recogió su bolso, introdujo sus finos pies en las delicadas zapatillas y se dirigió hacia el salón de té oculto detrás de una hilera de plantas de interior. Joséphine la siguió indicando a Zoé con el dedo adónde iban.

—¿Quieres un té con un pastel o una tarta? —preguntó Iris mientras se sentaba. Aquí hacen una tarta de manzana deliciosa.

—Sólo té. Acabo de empezar un régimen justo cuando he entrado aquí y ya me siento más delgada.

Iris pidió dos tés y una tarta de manzana. La camarera se alejó, y dos mujeres avanzaron sonriendo hacia su mesa. Iris se quedó paralizada. Joséphine se sorprendió del evidente apuro de su hermana.

—¡Hola! —exclamaron las dos mujeres al unísono—. ¡Qué sorpresa!

—Hola —respondió Iris—. Mi hermana Joséphine... Bérengère y Nadia, unas amigas.

Las dos mujeres dedicaron una rápida sonrisa a Joséphine y después, ignorándola, se giraron hacia Iris.

—¿Y bien? ¿Qué es lo que acaba de contarme Nadia? Parece ser que te vas a dedicar a la literatura —preguntó Bérengere, con el rostro crispado por la curiosidad y cierta codicia.

—Mi marido me lo contó después de la cena de la otra noche a la que no pude asistir. ¡Mi hija tenía cuarenta de fiebre! Volvió totalmente emocionado —dijo Nadia Serruier—. Mi marido es editor —precisó girándose hacia Joséphine, que hizo como si estuviese al corriente.

—¡Estás escribiendo a escondidas! Por eso ya no te veo —retomó Bérengère—. También me preguntaba... ya no tenía noticias tuyas. Te he llamado varias veces. ¿No te lo ha dicho Carmen? Ahora lo entiendo. ¡Bravo, querida! ¡Es formidable! Llevas hablando de ello tanto tiempo. Al menos tú te has puesto en marcha... ¿cuándo podremos leer algo?

—Por el momento estoy dándole vueltas a la idea... No estoy escribiendo nada todavía —dijo Iris estrujando el cinturón de su albornoz blanco.

—¡No me diga eso! —exclamó la que se llamaba Nadia—. Mi marido espera su manuscrito. Le ha seducido usted con sus historias de la Edad Media. Sólo habla de eso. Es una idea brillante la de relacionar esos tiempos lejanos con lo que pasa hoy en día. ¡Una idea brillante! Cuando vemos el éxito de las novelas históricas, una hermosa historia con la Edad Media como telón de fondo seguro que será un bombazo.

Joséphine dio un saltito de sorpresa e Iris le dio una patada bajo la mesa.

—Y, además, Iris, ¡eres tan fotogénica! Sólo con la foto de tus grandes ojos azules sobre la portada sería un best-seller. ¿No es cierto, Nadia?

—Hasta nueva orden, no se escribe con los ojos —respondió Iris.

—Era una broma, aunque...

—Bérengère no se equivoca. Mi marido dice siempre que un libro, hoy en día, no basta con escribirlo, hay que venderlo. ¡Y ahí es donde sus ojos provocarán una auténtica conmoción! Sus ojos, sus amistades, está usted destinada al éxito, mi querida Iris...

—Sólo te queda escribirlo, querida —soltó Bérengère dando palmaditas para demostrar hasta qué punto estaba excitada con esta historia.

Iris no respondió. Bérengère miró su reloj y dijo:

—¡Oh! Tengo que darme prisa, voy con retraso. Nos llamamos...

Se despidieron y se retiraron haciendo pequeñas señales amistosas. Iris se encogió de hombros y suspiró. Joséphine callaba.

La camarera trajo los dos tés y la porción de tarta de manzana, rebosante de nata y caramelo. Iris pidió que pusiesen el pedido en su cuenta y firmó el tique de caja. Joséphine esperó a que la camarera se fuese y que Iris le diese explicaciones.

—¡Ya está! Ahora todo París va a saber que estoy escribiendo un libro.

—¡Un libro sobre la Edad Media! ¿Estás de broma? —preguntó Joséphine alzando el tono.

—No merece la pena montar un escándalo, Jo, cálmate.

—¡Confiesa que es sorprendente!

Iris suspiró otra vez y, echando su espesa cabellera hacia atrás, se puso a explicar a Joséphine lo que había pasado.

—La otra noche, en una cena, me aburría tanto que dije lo primero que se me ocurrió. Solté que estaba escribiendo y cuando me preguntaron qué, hablé del siglo XII... no me preguntes por qué. Me salió de repente.

—Pero si siempre me has dicho que estaba pasado de moda...

—Lo sé. Pero me cogieron en un renuncio. Y aquello dio en la diana. Tenías que haberle visto la cara a Serruier, el editor. ¡Estaba completamente emocionado! Así que continué, me fui calentando como cuando tú hablas de ello. Curioso, ¿no? Debí de repetir tus argumentos palabra por palabra.

—Os reísteis tanto de mí, tú y mamá, durante años.

—Utilicé todos tus argumentos, de un solo golpe... Como si estuvieses en mi cabeza y fueses tú quien hablase... y él se tomó eso en serio. Estaba dispuesto a firmarme un contrato. Y, al parecer, el rumor se ha extendido rápidamente. No sé qué voy a hacer ahora, voy a tener que mantener el suspense...

—No tienes más que leer mis trabajos. Puedo prestarte mis notas si quieres. ¡Yo tengo muchas ideas para novelas! El siglo XII rebosa de historias novelescas...

—No te rías. Soy incapaz de escribir una novela. Me muero de ganas pero no consigo juntar más de cinco líneas.

—¿Lo has intentado realmente?

—Sí. Desde hace tres o cuatro meses, y el resultado: tres o cuatro líneas. ¡Estoy lejos de alcanzarlo! —soltó una risa sarcástica—. ¡No! Lo que tengo que hacer es aparentar el tiempo suficiente para que esa historia se olvide. Hacer como si, simular que trabajo duro, y después un día llego y digo que lo he tirado todo, que era demasiado malo.

Joséphine miraba a su hermana y no comprendía. Iris la hermosa, la inteligente, la magnífica, había mentido para construirse una legitimidad. La observó un buen rato, estupefacta, como si descubriese otra mujer detrás del personaje orgulloso y determinado que conocía. Iris había bajado la cabeza y cortaba su tarta de manzana en pequeños trozos regulares que seguidamente empujaba hasta el borde del plato. No es extraño que no engorde si come así, pensó Jo.

—¿Piensas que soy ridícula? —dijo Iris—. Venga, dilo. Tendrás razón.

—No, no... Sólo me extraña. Confiesa que es sorprendente por tu parte.

—Pues sí. Es sorprendente, pero no vamos a hacer un drama. Me las arreglaré. Les contaré cualquier cosa. ¡No será la primera vez!

Joséphine se echó hacia atrás.

—¿Qué quieres decir? No es la primera vez que... ¿mientes?

Iris lanzó una risa sarcástica.

—¿Que miento? ¡Qué palabra más grandilocuente! Tiene razón, Hortense. Qué tontita puedes llegar a ser. No sabes nada de la vida, mi pobre Jo. O tu vida es tan simple que resulta alarmante. Para ti existen el bien y el mal, el blanco y el negro, los buenos y los malos, el vicio y la virtud. ¡Ay! ¡Es más simple así! Enseguida se sabe a quién se enfrenta uno.

Joséphine bajó la mirada, herida. No encontró palabras para defenderse. No las necesitó, pues Iris prosiguió con voz virulenta:

—No es la primera vez que estoy con la mierda al cuello, ¡pobre ingenua!

Había un tono malvado en su voz. Desprecio y también enfado. Joséphine no había escuchado nunca esa entonación rencorosa en la voz de su hermana. Pero lo que más la impresionó fue la nota celosa que creyó percibir. Imperceptible, casi indetectable, una nota que aparece y desaparece pero, sin embargo, presente. ¿Iris celosa de ella? Imposible, se dijo Joséphine. ¡Imposible! Se sintió mal por haber pensado eso... e intentó compensarlo.

—¡Te ayudaré! Te encontraré una historia que contar. La próxima vez que veas a tu editor, vas a abrumarle con tu cultura medieval.

—¿Ah, sí? ¿Y cómo lo haré según tú? —se rio Iris aplastando su trozo de tarta bajo el tenedor de postre.

No se ha comido ni una miga, pensó Jo. La ha cortado en trocitos y los ha esparcido alrededor del plato. No come, asesina la comida.

—¿Cómo podría abrumar a un hombre culto con toda mi ignorancia?

—¡Escúchame! ¿Conoces la historia de Rollon, el jefe de los normandos, que era tan alto que, cuando montaba a caballo, sus pies llegaban hasta el suelo?

—Nunca oí hablar de él.

—Era un caminante infatigable y un gran navegante. Procedía de Noruega y sembraba el terror. Proclamaba que sólo había paraíso para los guerreros muertos en combate. ¿No te dice nada? Puedes construir algo alrededor de un personaje como él. ¡Es él el que fundó la Normandía!

Iris se encogió de hombros y suspiró.

—No llegaré muy lejos. No sé nada de esa época.

—O podrías decirle que el título de la novela *Lo que el viento se llevó*, ya sabes, el libro de Margaret Mitchell, procede de un poema de François Villon...

—¿Ah, sí?

—Lo que el viento se llevó... es un verso sacado de un soneto de François Villon.

Joséphine habría hecho cualquier cosa para devolver una sonrisa al rostro hostil y tenso de su hermana. Habría dado volteretas, se habría echado el plato de tarta de manzana sobre la cabeza para que su hermana volviese a sonreír y sus ojos se llenaran de azul sin el negro con el que se ensuciaban. Se puso a recitar, extendiendo la manga de su albornoz blanco a la manera de un tribuno romano arengando a las masas:

Príncipes a la muerte están destinados
y cualquier otro que esté vivo
ya estén tristes o irritados serán
lo que el viento se llevó.

Iris sonrió débilmente y la miró con curiosidad.

Joséphine se había transfigurado. Emanaba de ella una suave luz que la aureolaba con un encanto indefinible. De pronto se había convertido en otra persona, sabia y segura, dulce y confiada, ¡tan distinta de la Joséphine que conocía! Iris la miró con envidia. Un destello rápido que se desvaneció tan pronto como vino, pero que Jo tuvo tiempo de percibir.

—Vuelve a la Tierra, Jo. François Villon les importa un bledo.

Joséphine calló y suspiró:

—Sólo quería ayudarte.

—Lo sé, es muy amable de tu parte. Eres buena, Jo. Estás completamente fuera de juego, pero eres buena.

De vuelta al punto de partida, pensó Joséphine. Soy de nuevo la torpe... Sólo quería ayudarte. Una lástima.

Una lástima para ella.

Y, sin embargo, existía ese despecho, ese tono de celos en la voz de Iris que estaba segura de haber oído. ¡Dos veces en pocos segundos! No soy tan desastre como parece si me tiene envidia, pensó incorporándose, no tan desastre... Y, además, no he pedido tarta de manzana. Ya he perdido cien gramos por lo menos.

Lanzó una mirada triunfante a su alrededor. ¡Me tiene envidia, me tiene envidia! Poseo algo que ella no tiene y que le gustaría tener. Lo he sentido durante una milésima de segundo en un brillo de su mirada, un tono de su voz. Y todo este lujo, estas palmeras en macetas, todas estas paredes de mármol blanco, todos estos reflejos azulados que recorren los ventanales de cristal, esas mujeres en albornoz blanco que se estiran haciendo tintinear sus brazaletes no me importan nada. No cambiaría mi vida por ninguna otra en el mundo. ¡Enviadme a los siglos X, XI y XII! Revivo, me vuelven los colores, me estiro, salto sin silla de montar tras Rollon el gigante y huyo con él agarrada a su cintura... Guerreo a su lado a lo largo de las costas normandas, amplío sus dominios hasta la bahía del Mont-Saint-Michel, adopto a su bastardo, le educo y se convierte en Guillermo el Conquistador.

Oyó sonar las trompetas de la coronación de Guillermo y enrojeció.

O quizás...

Me llamo Arlette, la madre de Guillermo. Lavo la ropa en la fuente de Falaise cuando Rollon, Rollon el gigante, me ve, me secuestra, me desposa y me preña. De simple lavandera me convierto en casi reina.

O quizás...

Levantó el borde de su albornoz como se levanta una falda. Me llamo Matilde, hija de Balduino, conde de Flandes, que se casó con Guillermo. Me gusta la historia de Matilde, es más novelesca. ¡Matilde amó a Guillermo hasta el día de su muerte! Era raro en aquella época. Y él la amó también. Hicieron construir dos abadías, la abadía de los Hombres y la de las Mujeres, a las puertas de Caen, para dar gracias a Dios por su amor.

Yo tendría historias que contar si un editor viniese a pedírmelas. ¡Cientos y miles! Sabría describir el cobre de las trompetas, el galope de los caballos, el sudor de las batallas, el labio que tiembla antes del primer beso... «La dulzura de los besos que son el cebo del amor».

Joséphine se estremeció. Sintió ganas de abrir sus cuadernos, de rebuscar entre sus notas, de encontrar la hermosa historia de aquellos siglos que la fascinaban.

Miró su reloj y decidió que era hora de volver a casa. «Tengo trabajo que hacer...», se dijo incorporándose. Iris levantó la cabeza y soltó un debil «¡ah!».

—Ya me encargo de recoger a las niñas, no te molestes. ¡Y gracias por todo!

Estaba deseando marcharse. Abandonar ese lugar donde todo, de pronto, le parecía falso y vano.

—¡Vamos, niñas! ¡Nos marchamos! ¡Y nada de protestas!

Hortense y Zoé obedecieron sin rechistar, salieron del agua y fueron con ella hasta los vestuarios. Joséphine sintió que había crecido diez centímetros. Avanzaba bailando con la punta de los pies, hoyando como una soberana la espesa moqueta blanca inmaculada, barriendo con la mirada los espejos que le reenviaban su imagen. ¡Ja! Unos kilos menos y estaré fantástica. ¡Ja! Iris ha usado mis conocimientos para brillar en una cena parisina. ¡Ja! Si me lo pidiesen a mí, escribiría volúmenes de mil páginas. Pasó delante de la joven exquisita de la entrada y le dirigió una gran sonrisa victoriosa. ¡Feliz! Soy tan feliz. Si supiese lo que acababa de pasar. Ella tampoco podría evitar mirarme de otro modo.

Fue entonces cuando su albornoz se abrió y la joven la miró con dulzura y cariño.

—¡Oh! No lo había visto...

—¿No había visto qué?

—Que iba usted a tener un bebé. ¡La envidio tanto! Mi marido y yo intentamos tener uno desde hace tres años y...

Joséphine la miró estupefacta. Después sus ojos cayeron sobre su amplio talle y enrojeció. No se atrevió a sacar de su error a la exquisita joven que la miraba con ojos tan dulces y volvió a su cabina arrastrando los pies como si fueran de plomo.

Rollon y Guillermo el Conquistador pasaron sin mirarla. Arlette la lavandera se rio de ella en sus narices salpicándola con el agua del lavadero...

En la cabina de al lado, Zoé pensaba en lo hablado con Alexandre.

¡Iris y Philippe no podían separarse! Era todo lo que le quedaba como familia: un tío y una tía. Ella nunca había conocido a la familia de su padre. No tengo familia, susurraba su padre mientras le besaba en el cuello, mi única familia sois vosotras. Desde hacía seis meses no veía a Henriette. Tu mamá y ella se han enfadado un poco, explicaba Iris cuando le preguntaba el porqué. Estaba triste de no ver a Chef; le gustaba sentarse sobre sus rodillas y escuchar sus historias de cuando era un niño pobre en las calles de París, que limpiaba las chimeneas por unas monedas o pegaba con masilla cristales rotos.

Tenía que encontrar una idea genial para que Iris y Philippe siguieran juntos; hablaría de ello con Max Barthillet. Una amplia sonrisa se dibujó en su rostro. ¡Max Barthillet! Formaban un estupendo equipo, Max y ella. Él le enseñaba un montón de cosas. Gracias a él había dejado de ser una niñita tonta. Oyó la voz de su madre, impaciente y precipitada, que la llamaba, y gritó «sí, mamá, ya voy, ya voy...».

* * *

Un chillido despertó a Antoine Cortès. Mylène se agarraba fuertemente a él, presa de temblores, mostrando con el dedo algo sobre el suelo.

—¡Antoine! ¡Mira allí! ¡Allí!

Se pegaba contra él, la boca crispada, los ojos completamente abiertos por el terror.

—Antoine, ¡aaahh!, Antoine, ¡haz algo!

A Antoine le costó despertarse. Aunque llevaba más de tres meses viviendo en Croco Park, cada mañana, en la somnolencia que seguía al ruido del despertador, buscaba la persiana de su habitación en Courbevoie y miraba a Mylène, extrañado al no ver a Joséphine con su camisón de florecillas azules, extrañado al no escuchar a sus hijas saltar sobre la cama gritando ¡levántate, papá, levántate! Cada mañana debía hacer un esfuerzo de memoria. Estoy en Croco Park, en la costa oriental de Kenia, entre Malindi y Mombasa, y crío cocodrilos para una gran empresa china. He dejado a mi mujer y a mis dos niñas. Necesitaba repetirse esas palabras. Dejado a mi mujer, a mis dos niñas. Antes... Antes, cuando se iba, siempre volvía. Sus ausencias se parecían a unas vacaciones cortas. Hoy, se esforzaba en repetir Antoine, hoy crío cocodrilos y voy a ser rico, rico, rico. Cuando doble el volumen de negocio, habré doblado mi inversión. Vendrán a proponerme nuevas aventuras y yo elegiré, fumándome un gran cigarro, la que me permita ser aún más rico. Después volveré a Francia. Devolveré a Joséphine cien veces lo que le debo, vestiré a las niñas como princesitas rusas, les compraré a cada una de ellas un hermoso piso, y a vivir. Seremos una familia feliz y próspera.

Cuando sea rico...

Esa mañana no tuvo tiempo de terminar su sueño. Mylène batía las piernas, enviando al suelo toda la ropa de cama. Sus ojos buscaron el reloj para mirar la hora: ¡las cinco y media!

El despertador sonaba cada mañana a las seis, y a las siete en punto, sonaba el silbato de mister Lee para formar el equipo de obreros que trabajaría hasta las tres de la tarde. Sin interrupción. La plantación Croco Park funcionaba sin descanso; los ciento doce obreros estaban divididos en tres equipos, según los viejos principios de Taylor. Cada vez que Antoine pedía a mister Lee que organizase pausas en los horarios de los obreros, este le respondía: «*But, sir, mister Taylor said...*» y él sabía que era inútil discutir. A pesar del calor, de la humedad, del duro trabajo que hacían, los obreros no bajaban el ritmo. La mitad de ellos estaban casados. Vivían en cabañas de adobe. Quince días de vacaciones al año, ni uno más, ningún sindicato que los defendiese, setenta horas de trabajo por semana y cien euros de salario mensual, alojamiento y comida incluidos. «*Good salary, mister Cortès, good salary. People are happy here! Very happy! They come from all China to work here! You don't change the organization, very bad idea!*».*

Antoine se había callado.

Cada mañana pues, se levantaba, se duchaba, se afeitaba, se vestía y bajaba a tomar el desayuno preparado por Pong, su boy, quien, para agradarle, había aprendido algunas palabras de francés y le saludaba con un «Bien domido, mister Tonio, ¿bien domido? *Breakfast is ready!*». Mylène se volvía a dormir bajo la mosquitera. A las siete, Antoine se encontraba al lado de mister Lee, frente a los obreros que, firmes, recibían su hoja de trabajo para la jornada. Derechos como varas de incienso, sus pantalones cortos flotando sobre sus muslos de cerilla, una eterna sonrisa en los labios y una sola respuesta: «*Yes, sir*», con el mentón elevado hacia el cielo.

---

* ¡Buen sueldo, señor Cortès, buen sueldo. Aquí son felices! ¡Muy felices! ¡Vienen de toda China para trabajar aquí! ¡Cambiar la organización es muy mala idea!

Esa mañana estaba escrito que las cosas no pasarían como de costumbre. Antoine hizo un esfuerzo y se despertó completamente.

—¿Qué pasa, cariño? ¿Has tenido una pesadilla?

—Antoine... Allí, mira... ¡No estoy soñando! Me ha lamido la mano.

No había ni perros ni gatos en la plantación: a los chinos no les gustaban, terminaban siendo pasto de los cocodrilos. Mylène había recogido un gatito en la playa de Malindi, un precioso gatito blanco con dos orejitas puntiagudas y negras. Le había llamado Milú y le había comprado un collar de conchas blancas. Encontraron el collar flotando en el agua de un río de cocodrilos. Mylène había gemido de terror. «Antoine, ¡el gatito ha muerto! Lo han devorado».

—Vuelve a dormirte, querida, tenemos todavía un poco de tiempo...

Mylène clavó sus uñas en el cuello de Antoine y le obligó a despertarse. Él hizo un esfuerzo, se frotó los ojos e, inclinándose por encima del hombro de Mylène divisó, sobre el parqué, un largo cocodrilo grueso y reluciente que los miraba fijamente con sus ojos amarillos.

—Ah —apuntó—, en efecto... Tenemos un problema. No te muevas, Mylène, ¡sobre todo no te muevas! Los cocodrilos atacan si te mueves. Si te quedas inmóvil, no te hará nada.

—Pero ¿no lo ves? ¡Nos está mirando fijamente!

—De momento, si no nos movemos, somos sus amigos.

Antoine observó al animal, que le clavaba sus delgados ojos amarillentos. Se estremeció. Mylène lo sintió y le sacudió.

—Antoine, ¡nos va a devorar!

—Que no... —dijo Antoine para calmarla—. Que no...

—¿Has visto sus colmillos? —gritó Mylène.

El cocodrilo les miraba abriendo la boca, descubriendo unos dientes poderosos y acerados, y se aproximó a la cama tambaleándose.

—¡Pong! —gritó Antoine—. Pong, ¿dónde estás?

El animal agarró la punta de la sábana blanca caída al suelo y, cogiéndola entre sus dientes, se puso a tirar y tirar de la sábana, arrastrando a Antoine y Mylène, que se agarraban a los barrotes de la cama.

—¡Pong! —gritó Antoine, que perdía su sangre fría—. ¡Pong!

Mylène gritaba, gritaba tanto que el cocodrilo se puso a rugir y a hacer vibrar sus flancos.

—Mylène, ¡cállate! ¡Está soltando su grito de macho! Estás excitándole sexualmente, nos va a saltar encima.

Mylène se puso lívida y se mordió los labios.

—Ay, Antoine, vamos a morir.

—¡Pong! —gritó Antoine, teniendo mucho cuidado de no moverse y de no dejarse invadir por el miedo—. ¡Pong!

El cocodrilo miraba a Mylène y emitía un extraño chillido que parecía proceder de su tórax. Antoine no pudo impedir ser presa de un ataque de risa.

—Mylène, creo que te está cortejando.

Mylène, furiosa, le dio una patada en la pantorrilla.

—Antoine, creía que siempre tenías un fusil debajo de la almohada...

—Lo tenía al principio, pero...

Fue interrumpido por unos pasos precipitados que subían las escaleras. Llamaron a la puerta. Era Pong. Antoine le pidió que se deshiciera del animal y tapó con la sábana el pecho de Mylène, que Pong miraba fijamente simulando que bajaba los ojos.

—¡Bambi! ¡Bambi! —chilló Pong, hablando de repente como una vieja china desdentada. *Come here, my beautiful Bambi... Those people are friends!*

El cocodrilo giró lentamente su cabeza cilíndrica de ojos amarillos hacia Pong, dudó un instante y, después, soltando un suspiro, hizo pivotar su cuerpo y reptó hasta mister Lee, que le dio una palmadita y le acarició entre los ojos.

—*Good boy, Bambi, good boy...*

Después sacó un muslo de pollo del bolsillo de su pantalón y se lo tendió al animal, que lo atrapó con un golpe seco y brutal.

Eso fue demasiado para Mylène.

—*Pong, take Bambi away! Out! Out!* —chapurreó en su inglés.

—*Yes, mâme, yes... Come on, Bambi.*

Y el cocodrilo, bailoteando, desapareció seguido de Pong.

Mylène, lívida y temblorosa, escrutó a Antoine con una larga mirada que significaba «no quiero ver NUNCA MÁS ese animal en la casa, lo has entendido, espero». Antoine asintió y, atrapando sus pantalones cortos y una camiseta, fue en busca de Pong y de Bambi.

Los encontró en la cocina con Ming, la mujer de Pong. Pong y Ming mantenían la mirada baja mientras que Bambi mordisqueaba el pie de la mesa a la que Pong había atado un esqueleto de pollo frito. Antoine había aprendido que no había que enfrentarse a un chino a la cara. Los chinos son muy sensibles, incluso susceptibles, y cada advertencia puede ser interpretada como una humillación que no olvidará durante mucho tiempo. Preguntó, pues, con suavidad a Pong de dónde venía ese animal, encantador ciertamente, pero amenazante y que, en todo caso, no tenía nada que hacer en la casa. Pong le contó la historia de Bambi, cuya madre había sido hallada muerta en el Boeing que los traía de Tailandia. No era más grande que un gran renacuajo, aseguró Pong, y tan hermoso, mister Tonio, tan hermoso... Pong y Ming se habían encariñado con el pequeño Bambi y le habían criado. Le habían alimentado con biberones de sopa de pescado y caldo de arroz. Bambi había crecido y nunca les había agredido. Mordisqueado a veces, pero era normal. Habitualmente vivía en un estanque, rodeado de un cercado, y no salía nunca. Esa mañana se había escapado. «Seguramente quería conocerle. No volverá a pasar. No le hará daño —prometió Pong—, no lo tire a la laguna con los otros, se lo comerían, ¡se ha convertido en una cría de hombre!».

Como si no tuviese bastantes problemas, suspiró Antoine secándose. Eran las seis de la mañana y el sudor ya humedecía su frente. Hizo prometer a Pong que encerraría a Bambi con doble llave y que lo vigilaría. «No quiero que esto vuelva a pasar nunca más, Pong, ¡nunca más!». Pong sonrió y se inclinó agradeciéndole a Antoine su comprensión. «*Nevermore, mister Tonio, nevermore!*», graznó multiplicando sus inclinaciones de sumisión.

La plantación incluía varios departamentos. Estaba la crianza de pollos que servían para alimentar a los cocodrilos y a los empleados, la crianza de cocodrilos que partía de las barreras de coral y se extendía varias centenas de hectáreas en el interior dentro de las riberas acondicionadas, la conservera que recogía la carne de los cocodrilos y la enlataba, y la fábrica de transformación en la que las pieles de cocodrilo eran cortadas, curtidas, preparadas y reunidas con el fin de ser enviadas a China para transformarlas en bolsos de viaje, maletas, bolsos, tarjeteros y monederos grabados con los nombres de grandes peleteros franceses, italianos o americanos. Esta parte del negocio preocupaba a Antoine, que temía represalias internacionales si se descubría que el tráfico comenzaba en su plantación. Cuando había sido contratado por el propietario chino que había llegado de Pekín para conocerle en París, esta parte de su actividad le había sido ocultada. Yang Wei había insistido sobre todo en la cría, la producción de carne y de huevos que habría que organizar en las mejores condiciones financieras y sanitarias. Le había hablado de actividades «anexas» sin detallarlas, prometiéndole que ganaría un porcentaje de todo lo que saliese «vivo o muerto» de la plantación. «*Dead or alive, mister Cortès! Dead or alive*», sonrió con una gran sonrisa caníbal que dejaba entrever pingües beneficios para Antoine. Fue una vez allí cuando se había dado cuenta de que también era responsable de la fábrica de transformación de pieles.

Era demasiado tarde para protestar: ya estaba embarcado en esa aventura. Moral y financieramente.

Porque Antoine Cortès había visto las cosas a lo grande. Escaldado por su anterior fracaso en Gunman and Co., había invertido en el Croco Park. Se había prometido no volver a ser un simple asalariado, sino convertirse en un hombre con el que había que contar. Había comprado el diez por ciento del negocio. Para ello pidió un préstamo a su banco. Había ido a visitar al señor Faugeron, del departamento de crédito comercial, le había enseñado los planes de explotación de Croco Park, el perfil de beneficios en un año, dos años y cinco años, y había pedido prestados doscientos mil euros. El señor Faugeron había dudado, pero conocía a Antoine y Joséphine y presumía que, tras ese préstamo, se escondía la fortuna de Marcel Grobz y el prestigio de Philippe Dupin. Había aceptado prestar esa suma a Antoine. El primer reembolso debía haber tenido lugar el 15 de octubre último. Antoine no había podido realizarlo, pues su primera paga no había llegado aún. Problemas de intendencia, había explicado Yang Wei, con quien había podido hablar finalmente por teléfono tras varios intentos infructuosos, aquello no iba a tardar y, además, no olvide que si los resultados del primer trimestre son buenos disfrutará usted, en Navidad, de una gran prima en recompensa por sus primeros tres meses de duro trabajo. «*You will be Superman*! Ya que ustedes, los franceses, tener muchas ideas y nosotros, los chinos, muchos medios para realizarlas». Mister Wei había soltado una risa sonora. «Le reembolsaré las tres mensualidades en un solo pago —había prometido Antoine al señor Faugeron—, el 15 de diciembre lo más tardar». Había sentido en la voz del banquero su impaciencia y había empleado su tono más entusiasta para tranquilizarle. «No se preocupe, señor Faugeron, estamos haciendo un gran negocio. China se mueve y prospera. Es el país con el que hay que hacer negocios. Estoy firmando contratos que harían enrojecer a sus empleados. Cada día pasan por mis manos millones de dólares».

—Espero, por usted, que sea dinero limpio, señor Cortès —había respondido Faugeron.

Antoine había estado a punto de colgarle en las narices.

Eso no impedía que, cada mañana, se despertase con la misma angustia y la frase de Faugeron resonara en sus oídos: «Espero, por usted, que sea dinero limpio, señor Cortès». Cada mañana también miraba el correo por si había llegado la paga...

No había mentido a las niñas: tenía a su cargo setenta mil cocodrilos. Los depredadores más grandes de la Tierra. Reptiles que reinan sobre la cadena alimenticia desde hace veinte millones de años. Que descienden de la prehistoria y están emparentados con los dinosaurios. Cada mañana, una vez distribuidas las tareas y fijado el orden del día, partía con mister Lee a verificar que todo marchaba según sus planes y previsiones. Por el momento, devoraba publicaciones sobre el comportamiento de los cocodrilos con el fin de mejorar el rendimiento y la reproducción.

—Sabes —explicaba a Mylène, que veía a los reptiles con desconfianza—, no son agresivos por placer. Es un comportamiento instintivo: eliminan a los más débiles y después, como buenos basureros, limpian escrupulosamente la naturaleza. Son auténticas depuradoras de los ríos.

—Sí, pero cuando te atrapan, te pueden devorar en un abrir y cerrar de ojos. ¡Es el animal más peligroso del mundo!

—Es muy previsible. Se sabe por qué y cómo ataca: cuando se forman remolinos, el cocodrilo cree que se enfrenta a un animal que huye y le persigue. Pero si te deslizas lentamente en el agua, no se mueve. ¿No quieres intentarlo?

Ella había dado un salto y él se había echado a reír.

—Pong me lo ha enseñado: el otro día se metió en el agua al lado de un cocodrilo, sin moverse, sin hacer remolinos, y el cocodrilo no le hizo nada.

—No te creo.

—¡Sí, te lo aseguro! Lo he visto con mis propios ojos.

—Por las noches, sabes, Antoine... Me levanto a veces para mirarlos y percibo sus ojos en la oscuridad. Parecen linternas sobre el agua. Pequeñas luciérnagas amarillas que flotan. ¿Es que nunca duermen?

Él se reía de su inocencia, de su curiosidad de niña pequeña y la estrechaba contra él. Mylène era una buena compañía. Todavía no se había acostumbrado por completo a la vida en la plantación, pero estaba cargada de buena voluntad. «Quizás podría enseñarles francés o a leer y escribir», decía a Antoine cuando le llevaba a hacer la ronda a las cabañas de los empleados. Ella hablaba un poco con las mujeres, las felicitaba por la limpieza de sus casas, tomaba en sus brazos a los primeros bebés nacidos en Croco Park y los arrullaba. «Me gustaría ser útil, sabes. Como Meryl Streep en *Memorias de África*, ¿te acuerdas de esa película? Ella estaba tan guapa. Podría hacer como ella: abrir una enfermería. Aprobé el diploma de socorrista cuando estaba en el colegio..., les enseñaría a desinfectar heridas, a coserlas. Al menos estaría ocupada. O podría servir de guía a los turistas que vienen de visita».

—Ya no vienen, se han producido demasiados accidentes. Las agencias ya no quieren correr ese riesgo.

—Es una pena... Hubiera podido abrir una pequeña tienda de recuerdos. Habría dado dinero...

Había intentado trabajar en la enfermería. No había tenido mucho éxito. Se había presentado, vestida con vaqueros blancos y una blusa de ganchillo blanco, transparente, y los obreros se habían precipitado para enseñarle una heridita que tenían con el fin de que les palpase, les curase, les auscultase.

Tuvo que dejarlo.

Antoine la llevaba algunas veces con él en el jeep. Un día, mientras recorrían los dos la plantación, habían visto a un cocodrilo despedazando a un ñu de doscientos kilos por lo menos. El cocodrilo rodaba y giraba sobre sí mismo, arrastrando a su presa dentro de lo que los empleados llamaban «la noria de la muerte». Mylène había gritado de terror y, después, prefirió quedarse en casa esperándole. Antoine le había explicado que no había nada que temer de ese cocodrilo: después de un banquete así, podría pasarse sin comer varios meses.

Ese era el mayor problema al que debía enfrentarse Antoine: alimentar a los cocodrilos en cautividad. Los ríos dispuestos para contener a los cocodrilos estaban encuadrados ciertamente en un territorio rico en caza, pero los animales salvajes, desconfiados, ya no se acercaban al agua y remontaban el curso del río, más arriba, para apagar su sed. Los cocodrilos dependían cada vez más de la alimentación proporcionada por los empleados de la plantación. Mister Lee se había visto obligado a organizar una «ronda alimentaria» que consistía en hacer caminar a los obreros a lo largo de los ríos llevando tras ellos ristras de esqueletos de pollo sumergidas. A veces, cuando creían que no les veían, los empleados daban un golpe seco al hilo, atrapaban un esqueleto y lo devoraban. Lo limpiaban a fondo, aprovechando toda la carne, escupiendo los huesos, y después continuaban su ronda.

Había, pues, que criar cada vez más pollos.

Debo encontrar una solución para hacer volver a las proximidades de los ríos a los animales salvajes, si no voy a tener un grave problema a mis espaldas. Estos cocodrilos no pueden alimentarse exclusivamente de lo que procede de la mano del hombre, van a terminar abandonando la caza, van a dejar de moverse y perder su vitalidad. Van a hacerse tan vagos que ni siquiera querrán reproducirse.

Además, estaba inquieto por la proporción de cocodrilos machos y hembras. Se había dado cuenta de que se arriesgaba a que un día hubiera muchos machos pero pocas hembras. Era difícil percatarse a simple vista del sexo del animal. Tendrían que haberlos dormido y marcarles nada más llegar, pero no lo hicieron. ¿Quizás tendrían que hacer un día una gran selección sexual? Había otros parques de cocodrilos en el interior. Los propietarios no se enfrentaban a esos problemas. Sus reservas habían permanecido en estado salvaje y los cocodrilos se nutrían ellos mismos, devorando la caza que se aventuraba demasiado cerca del agua. Los criadores se reunían en Mombasa, la ciudad más cercana al Croco Park, en un café, el Crocodile Café. Intercambiaban las últimas noticias, la cotización de la carne, la última cota de las pieles. Antoine escuchaba las conversaciones de esos viejos criadores, curtidos por África, la experiencia y el sol. «Son animales muy inteligentes, sabes, Tonio, de una inteligencia aterradora a pesar de su pequeño cerebro. Como un submarino sofisticado. No se deben subestimar. Nos sobrevivirán, eso seguro. Se comunican entre ellos: con un discreto pero amplio repertorio de mímica y sonidos. Cuando enderezan la cabeza en el agua, es que dejan el papel del más fuerte a otro ejemplar. Cuando arquean la cola, quiere decir estoy de mal humor, sal corriendo. Envían señales sin cesar para mostrar quién es el jefe. Eso es muy importante para ellos: quién es el más fuerte. Lo mismo pasa con los hombres, ¿no? ¿Cómo te las arreglas con tu propietario? ¿Respeta sus compromisos? O te cubren de oro y joyas o te dan largas contándote bobadas. Siempre están intentando jodernos. ¡Da un puñetazo en la mesa, Tonio, golpea la mesa! No te dejes intimidar ni te creas sus promesas. Aprende a hacerte respetar». Miraban a Antoine riéndose. Antoine percibía entonces sus mandíbulas abrirse y cerrarse, y un sudor frío le corría por la nuca.

Pagaba una ronda general con voz autoritaria y llevaba a sus labios agrietados por el sol una cerveza helada. «¡A vuestra salud, chicos, y por los cocodrilos!». Todo el mundo empinaba el codo y enrollaba cigarrillos. «Hay buen costo aquí, Tonio, deberías probarlo, eso endulza las pastosas noches en las que no has cumplido tus objetivos y te entra el miedo». Antoine lo rechazaba. No se atrevía a preguntarles lo que sabían de mister Wei, cómo era el anterior responsable de la plantación, por qué se había ido.

—En todo caso, no te morirás de hambre —decían riendo los criadores—, ¡siempre podrás comer huevos de cocodrilo fritos, tortilla de huevos de cocodrilo y huevos de cocodrilo mimosa! ¡Lo que llegan a poner! ¡Esas sucias bestias!

Y le miraban fijamente con sus ojos amarillos y rasgados de... cocodrilos.

Lo más difícil era esconder su angustia a Mylène por las noches, cuando volvía de sus expediciones a Mombasa. Ella le preguntaba sobre lo que había visto, de qué se había enterado. Él comprendía que necesitaba que la tranquilizasen. Le había dado todos sus ahorros para pagar el viaje y la mudanza. Habían ido juntos a comprar lo que ella había llamado «las comodidades básicas». La casa estaba vacía, el propietario anterior se había llevado todo, llegando hasta a descolgar las cortinas de los cuartos y del salón. Cocina, frigorífico, mesa y sillas, cadena de música, cama y alfombras, cacerolas y platos. Habían tenido que comprarlo todo. «Estoy muy feliz de participar en esta aventura», suspiraba ella dándole su tarjeta de crédito. No escatimaba gastos para su «nidito de amor»; gracias a ella, la casa había recobrado un bonito aspecto. Había comprado una máquina de coser, una vieja Singer que había encontrado en el mercado, y cosía cortinas, sábanas, manteles y servilletas durante todo el día. Los empleados chinos se habían acostumbrado a llevarle trabajo y Mylène lo hacía con gusto. Cuando él volvía por sorpresa y quería besarla, ella tenía la boca llena de alfileres. Los fines de semana, cuando iban a las blancas playas de Malindi, practicaban el submarinismo.

Habían pasado tres meses, Mylène ya no suspiraba de felicidad. Cada día esperaba, inquieta, la llegada del correo. Antoine leía en sus ojos su propia angustia.

El 15 de diciembre no había nada en el correo.

Fue una jornada taciturna, una jornada silenciosa. Pong les sirvió sin decir nada. Antoine no tocó su desayuno. Ya no soportaba comer huevos. Dentro de diez días es Navidad, y no he podido enviar nada a Joséphine y a las niñas. Dentro de diez días es Navidad, y me voy a encontrar, con Mylène, sorbiendo una copa de champán tan helado como la esperanza en nuestras venas.

Esta noche voy a llamar a mister Wei y alzaré el tono...

Esta noche, esta noche, esta noche...

Por las noches, la realidad era menos cruda, la amarilla mirada de los cocodrilos en los estanques brillaba con mil promesas. Por la noche, con el desfase horario, estaría seguro de poder encontrar a mister Wei en su casa.

Por la noche, el viento se levantaba y el calor sofocante caía sobre la hierba seca y sobre los pantanos. Se levantaba un ligero vapor. Se respiraba mejor. Todo se volvía borroso y tranquilizador.

Por la noche, se decía que los principios eran siempre difíciles, que trabajar con los chinos era como recibir bofetadas en la cara, pero que la piel terminaría por curtirse. No se hace uno rico sin arriesgarse, mister Wei no ha invertido todo ese dinero en setenta mil cabezas de cocodrilo sin esperar un céntimo de beneficio. Te desalientas demasiado pronto, Tonio. ¡Venga, anímate! Estás en África, no en Francia. Aquí hay que luchar. El correo, las transacciones, llevan más tiempo. Tu cheque estará entre las manos de un aduanero que le da vueltas y vueltas, verificando el origen antes de enviártelo. Llegará mañana, pasado mañana como muy tarde... Espera un día o dos. ¡La prima añadida es tan grande que las verificaciones son más largas! Mi prima de Navidad...

Sonrió a Mylène, quien, tranquilizada al verle relajarse, le devolvió la sonrisa.

* * *

¡Ocho mil doce euros! Un cheque de ocho mil doce euros. Cuatro veces su salario mensual en el CNRS. ¡Ocho mil doce euros! He ganado ocho mil doce euros traduciendo la vida de la deliciosa Audrey Hepburn. ¡Ocho mil doce euros! Está escrito en el cheque. No he dicho nada cuando el contable me lo ha dado, no he querido saber el montante, me lo he metido en el bolsillo como si nada. Sudaba de miedo. Sólo después, en el ascensor, he abierto el sobre, lentamente, despegando un borde, después agrandando la apertura, tenía tiempo, bajaba del piso catorce, he despegado el cheque de la carta a la que estaba grapado y lo he mirado... ¡Y lo he visto! He abierto los ojos y percibido el montante: ¡ocho mil doce euros! He tenido que apoyarme contra la pared del ascensor. Todo daba vueltas a mi alrededor. Una tempestad de billetes que me aturdía, levantaba mi falda, se metía por mis ojos, mi nariz, mi boca. ¡Ocho mil doce mariposas revoloteando a mi alrededor! Cuando se detuvo el ascensor, fui a sentarme en el gran hall de cristal. Contemplé mi bolso. Dentro había ocho mil doce euros... ¡Imposible! ¡Lo he leído mal! ¡Me he equivocado! He abierto el bolso, buscado el sobre, lo he palpado, palpado, hacía un suave ruido sedoso y me tranquilicé, lo acerqué a mis ojos sin que nadie se diese cuenta de lo que estaba haciendo y leí otra vez el montante: ocho mil doce euros a nombre de la señora Joséphine Cortès.

Joséphine Cortès, soy yo. Soy yo. Joséphine Cortès ha ganado ocho mil doce euros.

He agarrado el bolso bajo mi brazo y he decidido ir a depositar el cheque en mi banco. Enseguida. Buenos días, señor Faugeron, adivine lo que me trae por aquí. ¡Ocho mil doce euros! Así que, señor Faugeron, se acabaron las llamadas interrogantes, ¿cómo piensa arreglárselas, señora Cortès? ¡Así, señor Faugeron! Trabajando con la deliciosa, la exquisita, la resplandeciente, la turbadora Audrey Hepburn. Y mañana, con esta tarifa, me iría a dar una vueltecita por la vida de Liz Taylor, de Katharine Hepburn, Gene Tierney y ¿por qué no Gary Cooper o Cary Grant? Son mis amigos. Me murmuran confidencias al oído. ¿Quiere usted que le imite el acento paleto de Gary Cooper? No... Bueno... Y este cheque, señor Faugeron, ¡cae en el momento justo! Justo antes de Navidad.

Jo estaba exultante. Caminaba por la calle y proseguía su diálogo con el señor Faugeron. Avanzaba bailando cuando se convirtió de pronto en estatua de sal y se llevó la mano al corazón. ¡El sobre! ¿Y si lo he perdido? Se detuvo, entreabrió el bolso y contempló el sobre blanco que reposaba, lleno, brillante, próspero, entre el llavero, la polvera, los chicles Hollywood y los guantes de piel de pecarí que no se ponía nunca. ¡Ocho mil doce euros! Anda, se dijo, voy a coger un taxi. Voy a ir hasta el banco en taxi. Me daría mucho miedo el que me atracasen en el metro...

¡Atracada en el metro!

Su corazón batía fuertemente, tenía un nudo enorme en la garganta, unas gotas de sudor corrieron por su frente. Sus dedos se movían en busca del sobre, lo encontraban, lo palpaban otra vez; ella soltaba un suspiro, calmaba los latidos de su corazón, acariciaba el sobre.

Detuvo un taxi, dio al taxista la dirección de su banco en Courbevoie. Pondré los ocho mil doce euros a buen recaudo y después, después... ¡a mimar a las niñas! ¡Navidad, Navidad! *Djingle bells! Djingle bells! Djingle all the way*... Gracias, Dios mío, gracias a Dios. Estés donde estés, tú que velas por mí, tú que me has dado el valor y la fuerza de trabajar, gracias, gracias.

En el banco, rellenó un formulario de depósito y, cuando escribió en hermosas cifras redondas ocho mil doce euros, no pudo evitar sonreír con orgullo. Se dirigió hasta la caja y preguntó si estaba el señor Faugeron. No, le respondieron, está visitando a unos clientes, pero volverá sobre las diecisiete treinta. Dígale que me llame, soy la señora Cortès, pidió Joséphine chasqueando el cierre de su bolso.

¡Clac! La señora Joséphine Cortès convocaba al señor Faugeron.

¡Clac! La señora Joséphine Cortès ya no tenía miedo del señor Faugeron.

¡Clac! La señora Joséphine Cortès se había convertido en alguien.

El editor a quien había entregado la traducción parecía encantado. Había abierto el manuscrito, se había frotado las manos y había dicho «veamos..., veamos». Se había humedecido el índice, vuelto una página, luego dos, había leído y había asentido con la cabeza satisfecho. «Escribe usted muy bien, es fluido, elegante, simple, ¡como un vestido de Yves Saint Laurent!». «Ha sido Audrey la que me ha inspirado», se había sonrojado Joséphine, que no sabía cómo responder a tantos cumplidos.

—No sea usted modesta, señora Cortès. Tiene usted mucho talento. ¿Aceptaría usted trabajos similares?

—Sí. Por supuesto.

—Pues bien, pronto me pondré en contacto con usted. Puede usted pasar por contabilidad, en el piso de arriba, le darán su cheque.

Le había tendido una mano que ella había estrechado como un náufrago se agarra a una barca de salvamento en plena tempestad.

—Adiós, señora Cortès.

—Adiós, señor...

Había olvidado su nombre. Se había dirigido hasta el ascensor. Hasta el departamento de contabilidad. Y fue entonces cuando...

Seguía sin poder creérselo.

Y ahora, se dijo saliendo del banco, derecha al centro comercial de la Défense, y una lluvia de regalos para las niñas. A mis pequeñas no les faltará de nada por Navidad y, más aún, estarán en igualdad con su primo Alexandre.

¡Ocho mil doce euros! Ocho mil doce euros...

Ante los escaparates, sus ojos parpadearon, apretando fuertemente el monedero donde guardaba su tarjeta de crédito. Mimar a Zoé, mimar a Hortense, llenarlas de regalos, grabar una sonrisa definitiva en sus rostros de niñas sin papá en Navidad. Con un golpe de tarjeta mágica, yo, Joséphine, seré todo a la vez: papá, mamá y Papá Noel. Les devolveré la confianza en la vida. No quiero que sufran las mismas angustias que yo. Quiero que se duerman por la noche pensando que mamá está allí, mamá es fuerte, mamá vela por nosotras, no nos puede pasar nada... Dios mío, gracias por darme estas fuerzas. Joséphine hablaba cada vez más a Dios. Te amo, Dios, vela por mí, no me olvides, yo que te olvido tan a menudo. Y a veces le parecía que él posaba la mano sobre su cabeza y la acariciaba.

Paseando por las galerías llenas de tiendas adornadas con guirnaldas, árboles de Navidad, con gruesos hombrecillos de terciopelo rojo y barba blanca apostados a su entrada, ella daba gracias a Dios, a las estrellas, al cielo, y dudaba en franquear la puerta de una de ellas. ¡Tengo que ahorrar para pagar los impuestos!

Joséphine no era una mujer que perdiese la cabeza.

Y, sin embargo... En una hora había gastado una tercera parte de su cheque; sentía vértigo. Qué tentador es llevárselo todo: las opciones de compra, el servicio posventa, un accesorio en oferta. Los vendedores revolotean a tu alrededor y entonan dulces cantos, como sirenas encantando a Ulises. No estaba acostumbrada, no se atrevía a decir que no, se ruborizaba, osaba hacer una pregunta rápidamente barrida por el vendedor que había avistado una presa fácil y la enredaba en el mástil de la tentación.

Por unos euros más, le instalarían los programas necesarios en el ordenador, por unos euros más incluirían el dvd, por unos euros más le llevarían su pedido a casa, por unos euros más extenderían la garantía a cinco años, por unos euros más... Joséphine, turbada, decía sí claro, sí por supuesto, sí tiene usted razón, sí puede usted entregarlo por la mañana, estaré allí, trabajo en casa, comprende. Preferentemente durante las horas lectivas para que mis hijas no estén presentes, que sea una sorpresa para Navidad. Ningún problema, señora, en las horas lectivas si lo prefiere...

Había salido un poco aturdida, un poco inquieta, y después había percibido, entre la multitud, a una niña que se parecía a Zoé y contemplaba, con los ojos brillantes, el escaparate de una juguetería. Su corazón se había sobresaltado. Es esa la cara que pondrán mis hijas cuando abran sus regalos, esa cara que hará de mí la más feliz de las mujeres...

Había vuelto andando, afrontando el viento que silbaba por las grandes avenidas de la Défense. Era invierno, la noche caía pronto. A las cuatro y media había oscurecido y las pálidas farolas se iban iluminando una por una a lo largo de su camino. Se levantó el cuello de su abrigo, ¡anda! Podría haberme comprado un abrigo más caliente, y bajó la cabeza para protegerse del viento glacial. Me ha hablado de otra traducción, entonces me compraré otro abrigo. Este me lo regaló Antoine hace ya diez años. Acabábamos de instalarnos en Courbevoie...

No volverá para Navidad. Las primeras Navidades sin él...

El otro día, en la biblioteca, había consultado un libro sobre Kenia. Había visto dónde se encontraban Mombasa y Malindi, las playas blancas, las viejas casas de Malindi, las pequeñas tiendas artesanales y la gente tan amistosa, decía la guía. ¿Y Mylène? ¿Es amistosa Mylène? Había gruñido cerrando el libro con un golpe seco.

El hombre de la parka no había vuelto. Sin duda había terminado su trabajo. Atravesaba las calles de París dejando que una hermosa rubia metiese la mano en su bolsillo...

Cuando llegaba a la biblioteca, ella depositaba los libros sobre la mesa y le buscaba con la mirada. Luego se ponía a trabajar. Levantaba la cabeza, le acechaba diciéndose ya ha llegado, me mira de reojo...

No había vuelto.

Al pie del edificio, se cruzó con la señora Barthillet, que la empujó sin querer. Joséphine hizo un movimiento para evitarla al percibirlo. Un aire de animal indefenso brillaba en sus ojos. Bajó la mirada cuando vio a Joséphine y avanzó de lado, mirándose los pies. Se cruzaron en silencio. Joséphine no se atrevió a preguntarle por su familia. Se había enterado de que el señor Barthillet se había marchado.

Su buen humor de la primera hora de la tarde había desaparecido. Con un gesto mecánico descolgó el teléfono que sonaba cuando abrió la puerta de su piso.

Era el señor Faugeron. La felicitaba por el cheque que había depositado en el banco y luego dijo algo que no comprendió inmediatamente. Le pidió que esperara un poco, el tiempo de quitarse el abrigo y dejar el bolso, y volvió a coger el teléfono.

—Este cheque cae en el momento justo, señora Cortès. Está usted al descubierto desde hace tres meses...

Joséphine, con la boca seca, los dedos crispados sobre el auricular, no podía hablar. ¡Al descubierto! ¡Desde hacía tres meses! Y, sin embargo, había echado las cuentas: su saldo era positivo.

—Su marido abrió una cuenta a su nombre antes de irse a Kenia. Pidió un enorme préstamo y no ha cumplido con ninguno de los pagos previstos a partir del 15 de octubre.

—¿Un préstamo, Antoine? Pero...

—A cuenta suya, señora Cortès, así que es usted responsable. Había prometido devolverlo y... Firmó usted unos papeles, señora Cortès. Acuérdese...

Joséphine hizo un esfuerzo y recordó, en efecto, que Antoine le había hecho firmar muchos formularios bancarios antes de marcharse. Había hablado de planes, de inversiones, de seguros para el futuro, de apuestas que realizar. Era a primeros de septiembre. Ella había confiado en él. Había firmado con los ojos cerrados.

Escuchó, como en un mal sueño, las explicaciones del banquero aterida bajo la luz pálida de la entrada. Voy a tener que encender la calefacción, hace mucho frío. Los dientes apretados, encogida sobre la silla cercana al mueblecito donde se encontraba el teléfono, los ojos fijos sobre el dibujo gastado de la moqueta.

—Es usted responsable en su nombre, señora Cortès. Siento decírselo... Ahora, si quiere usted pasar por el banco, podemos arreglar su deuda... Puede usted también pedir ayuda a su padrastro...

—Nunca, señor Faugeron, ¡nunca!

—Y, sin embargo, señora Cortès, va a tener que...

—Me las arreglaré, señor Faugeron, me las arreglaré...

—Mientras tanto, este cheque de ocho mil doce euros llenará el agujero dejado por su marido... Los pagos son de mil quinientos euros al mes, así que haga usted misma el cálculo...

—He hecho algunas compras esta tarde —consiguió articular Joséphine—. Para las niñas, las Navidades de las niñas... He comprado un ordenador y... Espere, tengo los recibos de la tarjeta...

Rebuscó en el bolso, tomó su monedero, lo abrió rápidamente y sacó los recibos de la tarjeta. Sumó las cifras gastadas y se las anunció al banquero.

—Vamos a andar muy justos, señora Cortès... Sobre todo si no cumple con el pago del 15 de enero... No quiero asustarla en esta época de Navidad, pero andamos muy justos.

Joséphine no sabía qué decir. Su mirada cayó sobre la mesa de la cocina donde reinaba su máquina de escribir, una vieja IBM de bola que le había regalado Chef.

—Le haré frente, señor Faugeron. Déjeme el tiempo para adaptarme. Me han prometido, esta mañana, otro trabajo bien remunerado. Es cuestión de días...

Estaba soltando cualquier cosa. Estaba a punto de ahogarse.

—No es urgente, señora Cortès. Volveremos a hablar a primeros de enero, si quiere, quizás tenga usted noticias...

—Gracias, señor Faugeron, gracias.

—Vamos, señora Cortès... no se atormente usted, saldrá usted de ésta. Mientras tanto, intente pasar unas buenas fiestas de Navidad. ¿Tiene usted proyectos?

—Voy a casa de mi hermana, en Megève —respondió Joséphine como un boxeador noqueado al que el árbitro está contándole hasta diez.

—Está muy bien no pasarlas sola, tener familia... Venga, señora Cortès, felices Navidades.

Joséphine colgó y titubeó hasta el balcón. Se había acostumbrado a refugiarse allí. Desde el balcón contemplaba las estrellas. Interpretaba un tintineo, el paso de una estrella fugaz como el signo de que era escuchada, que el cielo velaba por ella. Esa noche, se arrodilló sobre el cemento, juntó sus manos y, elevando sus ojos al cielo, recitó una oración:

«Estrellas, por favor, haced que ya no esté sola, haced que deje de ser pobre, haced que ya no me sienta acosada. Estoy hastiada, tan hastiada... Estrellas, no hago nada bien estando sola, y estoy tan sola. Dadme la paz y la fuerza interior, dadme también al que espero en secreto. Ya sea grande o pequeño, rico o pobre, guapo o feo, joven o viejo, me da igual. Dadme un hombre que me ame y al que ame. Si está triste, le haré reír, si duda, le consolaré, si se bate, estaré a su lado. No os pido lo imposible, os pido simplemente un hombre porque, ya veis, estrellas, el amor es la mayor de las riquezas... El amor que damos y el que recibimos. Y yo no puedo pasarme sin esa riqueza...».

Inclinó la cabeza hasta el suelo de cemento y se dejó caer en una infinita plegaria.

* * *

Marcel Grobz había instalado sus oficinas en el número 75 de la avenida Niel. No lejos de la place de l'Étoile, no muy lejos tampoco del bulevar periférico. Un lado pasta, otro palacio, se pavoneaba con René cuando enseñaba sus dominios en los que entra un céntimo y salen diez euros.

Había comprado, hacía años, un edificio de dos plantas en un patio empedrado, cubierto por una enredadera que dibujaba círculos y guirnaldas. Había sentido un flechazo. El joven Marcel Grobz buscaba un sitio fresco y burgués para alojar su empresa. ¡Dios!, había exclamado viendo el lote que le proponían por una bagatela, esto sí que va a dar buena impresión, más contento que un piojo en la cabeza de un tiñoso. Esto parece un convento de carmelitas. Aquí se me hablará con respeto, y se esperará si me retraso un poco en los pagos. Este sitio rezuma bienestar, sabor provinciano, negocio honesto y próspero.

Lo había comprado todo: el edificio y los talleres, el patio y la enredadera, y las antiguas caballerizas de ventanas rotas que había renovado para hacer de ellas locales complementarios.

Fue allí, en el número 75 de la avenida Niel, donde su empresa había comenzado el despegue.

Fue allí también donde, un buen día de octubre de 1970, había visto llegar a René Lemarié, un chico joven, diez años menor que él, cuyo talle estrecho de chica se extendía hasta sus hombros de cariátide, el cráneo afeitado, la nariz rota, el tinte rojo ladrillo, ¡un buen mozo!, se había dicho Marcel mientras escuchaba los argumentos de René, que buscaba trabajo. «No quiero presumir, pero sé hacer de todo. Y no pierdo el tiempo. No tengo un apellido ilustre, no salgo de la Politécnica, pero le seré muy útil. Póngame a prueba y me suplicará usted que me quede».

René acababa de casarse. Ginette, su mujer, una chica rubita, que reía todo el rato, fue contratada para el taller. Trabajaba a las órdenes de su marido. Manejaba los transpalés, escribía a máquina, contaba y recontaba los contenedores, verificando el contenido. Le hubiese gustado ser cantante, pero la vida había decidido otra cosa. Cuando conoció a René, ella era corista en los espectáculos de Patricia Carli y había tenido que elegir: René o el micrófono. Había elegido a René, pero continuaba graznando cuando le entraban ganas, «¡detente, detente! ¡No me toques más! Te lo suplico, ten piedad de mí. No puedo más. No puedo consentirrrr tenerte que compartirrrr con otra... De hecho, mañana es tu boda, ella tiene dinego, ella es hermosa. Ella tiene to-o-das las cualidades, y mi único defecto ¡¡¡es amarrrrteeeee!!!», bajo las amplias cristaleras del taller. Vocalizaba e imaginaba una muchedumbre de espectadores gritando a sus pies. También había sido corista de Rocky Volcano, Dick Rivers y Sylvie Vartan. Todos los sábados por la noche, en casa de René y Ginette, había karaoke. Ginette no había pasado de los años sesenta, llevaba zapatillas de ballet y pantalones pirata, y se peinaba como Sylvie Vartan en la época de su vestidito azul Real y de la margarita colgada en la oreja. Tenía toda la colección de las revistas *Salut Les Copains* y de *Mademoiselle Âge Tendre*, que hojeaba cuando se sentía nostálgica.

Marcel había cedido a René y Ginette un local encima de las caballerizas, que habían transformado en alojamiento. Allí habían criado a sus tres hijos, Eddy, Johnny y Sylvie.

Cuando Marcel había contratado a René, había dejado para más tarde la definición de su puesto. «Estoy empezando, así que empezarás conmigo». Desde entonces, los dos hombres estaban unidos como las nudosas ramas de la enredadera.

Cierto era que raramente se veían fuera del trabajo, pero no pasaba un día sin que Marcel no se acercara a darle un golpecito en la gorra a René, quien, vestido con un peto de trabajo, cigarrillo en los labios, murmuraba: «¿Qué tal te va, Viejo?».

René llevaba la cuenta exacta de todas las mercancías, anotaba las entradas y las salidas, las ofertas y los productos que no circulaban y de los que era urgente deshacerse: «Ese trasto de ahí me lo pones como oferta del mes. Se lo largas a los tontos, los bobos u otros de esos retrasados que se pasean por tus tiendas, ¡no quiero verlo por aquí! Y si has comenzado la producción en masa en Sing-Sing o en Pernambuco, le echas el freno. Eso o te vas a ver en calzoncillos bailando claqué en el metro. No sé lo que te dio cuando encargaste treinta palés, pero debías de tener el cerebro más seco que una pasa».

Marcel guiñaba un ojo, escuchaba y seguía casi siempre los consejos de René.

Además de la gestión del almacén de la avenida Niel, René se encargaba de repartir las mercancías por las tiendas de París y provincia, gestionar los stocks y de realizar los pedidos de los artículos que faltaban o que iban a faltar. Cada tarde, antes de abandonar el despacho, Marcel bajaba al almacén para beber un vaso de tinto en compañía de René. René sacaba un salchichón, queso, pan, mantequilla salada, y los dos se ponían a charlar contemplando la enredadera a través de la vidriera del taller. La habían conocido menuda, tímida, frágil y, casi treinta años después, se retorcía a su gusto, haciendo bucles, resplandeciendo ante sus ojos maravillados.

Hacía un mes que Marcel ya no iba a ver a René.

O, cuando iba, era porque había un problema, que una de las tiendas había llamado para quejarse; llegaba, huraño, soltaba una pregunta, escupía una orden y se volvía a ir, evitando cruzarse con la mirada de René.

René al principio se picó. Ignoró a Marcel. Le enviaba las respuestas a través de Ginette. Cuando Marcel se dejaba caer gruñendo, René montaba en un toro y se iba al fondo del almacén a contar sus cajas. Esta comedia duró tres semanas. Tres semanas sin rodajas de salchichón ni tragos de tinto. Sin confidencias ante las espirales de la enredadera. Después René comprendió que le hacía el juego a su amigo y que Marcel no vendría a su encuentro.

Un día, se tragó su orgullo y subió a interrogar a Josiane. ¿Qué pasa con el Viejo? Sorprendentemente, Josiane le mandó a paseo.

—Pregúntale tú mismo, ¡ya no nos hablamos! Me trata como si fuera de escayola.

Tenía un aspecto demacrado. Había adelgazado, palidecido y pintado con algo de rosa sus mejillas para mejorar su cara. Un rosa de baratija, se dijo René. No el rosa de la felicidad, el rosa que viene del corazón.

—¿Está en su despacho?

Josiane asintió con un gesto seco del mentón.

—¿Solo?

—Solo... Aprovéchate, la Escoba está pegada a él últimamente. ¡Está aquí todo el tiempo!

René empujó la puerta del despacho de Marcel y le sorprendió, hundido en su sillón, con el rostro caído, olisqueando un trapo.

—¿Estás probando un nuevo producto? —preguntó recorriendo todo el despacho antes de arrancarle lo que su amigo tenía en las manos. Después, extrañado, preguntó—: ¿Qué es?

—Una media...

—¿Te vas a dedicar a las medias?

—No...

—Pero en nombre de Dios, ¿qué haces esnifando nailon?

Marcel le lanzó una mirada infeliz y furiosa. René se sentó sobre la mesa frente a él y, mirándole fijamente a los ojos, esperó.

Fuera de sus oficinas, de su éxito financiero, Marcel volvía a ser el chaval patán y grosero que había sido en las calles de París cuando se paseaba, por la tarde, antes de entrar en su casa donde nadie le esperaba. Sólo había sabido controlar sus pasiones para crecer: convertirse en un hombre rico y poderoso. Una vez conseguido su objetivo, había perdido el saber de la vida. Continuaba jugando con las cifras, las fábricas, los continentes, de la misma forma que una vieja cocinera monta las claras a punto de nieve sin prestar siquiera atención, pero para lo demás había perdido el tranquillo. Cuanto más prosperaba, más vulnerable se volvía. Perdía su buen sentido campesino. Se sentía desorientado. ¿Le cegaba el dinero, el poder que le daba su fortuna? ¿O por el contrario se sentía aturdido, sin comprender cómo había hecho para llegar hasta allí? ¿Había perdido la ciencia y la intuición que le daban su rabia de principiante para perderse en el lujo y la facilidad? René no comprendía cómo el hombre que manejaba con firmeza a los capitalistas chinos o rusos podía estar tan manipulado por Henriette Grobz.

René había visto con muy malos ojos la boda de Marcel con Henriette. El contrato que ella le había hecho firmar era, en su opinión, un chantaje. Marcel se había puesto la soga al cuello. Comunidad universal con separación de bienes para que ella no fuese responsable en caso de quiebra, pero una donación al superviviente con el fin de que ella heredase en el caso de que hubiese beneficios. Y, la guinda del pastel, el título de presidenta del consejo de administración de la empresa. Ya no podía decidir nada sin ella. ¡El Marcel atado de pies y manos! «No quiero parecer que me caso por tu dinero —había pretextado ella—, quiero trabajar contigo. Formar parte de la empresa. ¡Tengo tantas ideas!». Marcel se había tragado todo. «¡Estás para encerrarte!», había gritado René cuando conoció los términos del contrato. «¡Es una estafa! ¡Un atraco a mano armada! Esa no es una mujer, es un gánster. ¿Y tú pretendes que te ama, pobre imbécil?

Te está cortando las pelotas con las tijeritas de las uñas. ¿Pero dónde tienes tú la inteligencia? ¿En la suela de los zapatos?». Marcel se había encogido de hombros: «Me dará un niño y todo será para él». «¿Que ella te va a dar un niño? ¿Tú alucinas o qué?».

Marcel, ofendido, había cerrado de golpe la puerta del almacén.

Esa vez se habían pasado un mes sin hablarse. Cuando se perdonaron, decidieron de común acuerdo no abordar nunca ese tema.

Y ahora era Josiane el que le volvía loco, hasta el punto de esnifar unas medias viejas.

—¿Vas a seguir mucho tiempo así? Qué quieres que te diga, pareces un viejo sapo encima de una caja de cerillas.

—No tengo ganas de nada... —respondió Marcel, y en su voz se escuchaba el desencanto del hombre a quien la vida le ha robado todo y que se instala, dócil, en su miseria.

—¿Quieres decir que vas a dejarte morir sin rechistar?

Marcel no respondió. Había adelgazado, y su rostro caía en dos blandas bolsas a lo largo de sus mandíbulas. Se había convertido en un viejo alelado, lívido, eternamente al borde de las lágrimas. Sus ojos, enrojecidos, supuraban.

—Recupérate, Marcel, das pena. Y pronto darás asco. ¡Un poco de dignidad!

Marcel Grobz se encogió de hombros al oír la palabra «dignidad». Lanzó una mirada humedecida a René y levantó la mano como diciendo: «¿Para qué?».

René le miraba, incrédulo. Este no podía ser el mismo hombre que le había enseñado el arte de la guerra en los negocios. Llamaba a eso sus clases nocturnas. René sospechaba que declamaba alto y claro para convencerse y darse coraje para trabajar. «Cuanto más fríos son tus cálculos, más lejos llegas. Nada de sentimientos, tío. ¡Hay que matar fríamente! Y para asegurarse definitivamente tu autoridad, hay que dar un gran golpe antes de comenzar, poner en la calle a un proveedor, liquidar a un competidor, y serás temido el resto de tu vida!». O frases como: «Hay tres formas de triunfar: la fuerza, la inteligencia o la corrupción. La corrupción no es lo mío;

inteligencia no tengo, así que... ¡no me queda más que la fuerza! ¿Sabes lo que decía Balzac? "Hay que atravesar esa masa de gentes como una bala de cañón o deslizarse entre ellos como la peste". Qué bonita frase, ¿no?».

—¿Y cómo has aprendido eso, tú que no has ido al colegio?

—De Henriette, tío, ¡de Henriette! Me escribe fichas para parecer menos idiota en las fiestas. Me las aprendo de memoria y las recito.

Un caniche amaestrado, había pensado René. Se calló. En aquella época, Marcel estaba orgulloso de llevar colgada del brazo a Henriette y de aprender citas de memoria para destacar en las fiestas. Eran los buenos tiempos. Lo tenía todo: éxito, dinero y mujer. Búscame el error, decía a René dándole palmaditas en la espalda. Lo tengo todo, tío. ¡Lo tengo todo! Y, muy pronto, ¿con quién jugaré sobre mis rodillas? Con Marcel Junior en persona. Y soñaba con una papilla de bebé, un babero y un sonajero, y en su rostro se dibujaba una sonrisa. ¡Marcel Junior! Un heredero. Un hombrecito al que instalar en la sala de mando. Todavía está esperándolo.

A veces René sorprendía a Marcel mirando a sus hijos. Les decía hola con la mano y parecía que estaba levantando plomo, como si dijera adiós a un sueño.

René se sacudió las cenizas de cigarrillo que caían sobre su peto y pensó que todo vencedor escondía un vencido. Una vida se resume tanto por lo que uno se lleva de ella como por lo que se ha echado en falta en el camino. Marcel había conseguido dinero y éxito, pero había perdido el amor y el hijo. Él, René, tenía a Ginette y a sus tres retoños, pero con apenas ahorros para comprar mantequilla.

—Vamos, suéltalo... ¿Qué te pasa? Espero que sea lo suficientemente interesante como para justificar la jeta que llevas desde hace un mes.

Marcel dudó, elevó pesadamente los párpados hacia su amigo y se sentó a la mesa. Le contó todo: lo de Chaval y Josiane al lado de la máquina de café, la reacción de Henriette, quien desde entonces exigía la salida de Josiane, y él, que perdía el gusto por la vida, por hacer negocios.

—Incluso para meter las piernas en el pantalón cada mañana me entran dudas. Tengo ganas de quedarme tumbado de espaldas contemplando las flores de las cortinas. Estoy desganado, tío. La cosa es simple: el verlos a los dos pegados el uno contra el otro hizo que se me atragantara mi partida de nacimiento. Mientras la tenía en mis brazos, me montaba historias, me decía que yo era fuerte, que iba a invadir el mundo entero, construir una nueva muralla en China, ganarle la partida a mil millones de chinitos. No era extraño que sintiese que el pelo me volvía a crecer. Me bastó una imagen, esa imagen, la de mi bomboncito en brazos de otro, más joven, más delgado, más vigoroso, para que yo volviese a ser calvo y para encerrarme en mi carné de la tercera edad. ¡De un solo golpe! Se me han caído los tirantes, lo he dejado todo...

Barrió la superficie de su mesa, tirando al suelo informes y teléfonos.

—¿Para qué sirve todo esto, me lo quieres decir, eh? ¡Es sólo aire, cuento, apariencia!

Y como René permanecía silencioso, añadió:

—Años de trabajo para nada. ¡Una nulidad! Tú, al menos, tienes a tus hijos, a Ginette, una casa donde te esperan por las noches. Yo tengo mis balances, mis clientes, mis contenedores de mierda. Duermo en un sofá, como en una esquina de la mesa, me tiro pedos y eructo a escondidas. Visto pantalones demasiado estrechos. ¿Sabes lo que te quiero decir? No me ponen de patitas en la calle porque todavía soy útil, que si no...

Hizo el gesto de tirar una bola de papel con los dedos y se hundió con todo su peso sobre su sillón.

René permaneció en silencio por un momento y después, despacio, como hablando con un niño enfadado, un niño que se empeña en permanecer así y que no te quiere escuchar, empezó a hablar:

—Lo que yo veo es que a tu bomboncito no le va mejor que a ti. Sois como dos focas varadas en una playa desierta debatiéndose. ¡Su Chaval no era nada de nada! Un calentón en la grupa, unas ganas de precipitar la primavera, un pastel que le ha gustado y que se ha comido detrás del mostrador. ¿No me dirás que no te ha pasado a ti?

—¡No es lo mismo! —protestó Marcel envarándose y dando un puñetazo en la mesa con todas sus fuerzas.

—¿Y eso por qué? ¿Porque eres un hombre? Ese argumento está un poco pasado. Huele a napoleoncito. Las mujeres han cambiado. Ahora son como nosotros y, cuando se cruzan con un Chaval engominado que les calienta los bajos, se toman una pequeña libertad, pero eso no significa nada de nada. Una canita al aire. ¡Y cómo tienes a la Josiane! No hay más que ver la jeta que pone detrás de su mesa. ¿Te has fijado en ella, por lo menos? No. Tú pasas delante de ella derecho como una salchicha con tu orgullo por bandera. ¿No has visto que ha perdido peso, que flota dentro del jersey y que se peina con un petardo? ¿Has visto el rosa con el que se pintarrajea? Completamente falso, se lo compra por paquetes de seis en el Monoprix porque si no parecería más blanca que el bidé.

Marcel sacudía la cabeza obstinado y triste. Y René volvía a la carga, mezclando el pitorreo con los sentimientos, el sentido común con la razón, para enderezar a su viejo amigo, que amenazaba con estrangularse con la media de nailon.

De pronto tuvo una idea y su mirada se iluminó.

—¿Ni siquiera me preguntas por qué he venido a verte si había jurado no dirigirte la palabra? Estás tan acostumbrado a que te saquen brillo a los zapatos que te parece normal que venga a animarte a domicilio. ¡Tío, vas a terminar ofendiéndome!

Marcel le miró, se pasó la mano por la nuca y, jugando con un bolígrafo que había escapado a raíz del golpe sobre la mesa, preguntó:

—Te pido disculpas. ¿Querías decirme algo?

René se cruzó de brazos y, tomándose todo su tiempo, anunció a Marcel que su mayor temor acababa de hacerse realidad: los chinos habían interpretado mal sus órdenes. Habían mezclado centímetros y pies.

—Acabo de darme cuenta revisando los impresos de pedido de tu fábrica en las afueras de Pekín. Han entendido todo mal y, si quieres evitar lo peor, tienes que venir enseguida a comprobarlo y llamarles.

—¡La madre que les parió! —rugió Marcel—. ¡Estamos hablando de miles de millones! Y tú no me lo decías.

Se levantó de golpe, atrapó su chaqueta, sus gafas y salió corriendo a la escalera para bajar al despacho de René.

René le siguió y, al pasar delante de Josiane, le ordenó:

—Coge tu Bic y tu bloc... ¡Tenemos problemas, los chinitos huelen a podrido!

Josiane obedeció y se precipitaron los tres hacia el piso de abajo.

El despacho de René era una habitación pequeña, casi completamente de cristal, que daba al almacén. Al principio debía de ser un vestuario, pero René se instaló allí, pensando que era más práctico para vigilar la entrada y salida de mercancías. Y después se convirtió en su santuario.

Era la primera vez que Josiane y Marcel se encontraban frente a frente desde el incidente de la máquina de café. René abrió los libros de cuentas sobre su mesa y, después, golpeándose la frente, gritó:

—¡Coño! ¡He olvidado el otro... el principal! Se ha quedado en la entrada. No os mováis, voy a buscarlo.

Salió de su despacho, sacó la llave del bolsillo y ¡clic-clac! Los dejó encerrados. Después se alejó frotándose las manos y haciendo bailar los tirantes de su peto.

En el interior del despacho, Josiane y Marcel esperaban. Josiane puso la mano sobre el radiador y la retiró inmediatamente: estaba ardiendo. Soltó un grito de sorpresa y Marcel preguntó:

—¿Has dicho algo?

Ella negó con la cabeza. Al menos, la había mirado. Por fin giró la cabeza hacia ella sin volverse, la nariz levantada.

—No... Es el radiador, está ardiendo...

—Ah...

Volvió a caer el silencio entre los dos. Se escuchaba el ruido de los transpalés, los gritos de los obreros que daban indicaciones para maniobrar, a la derecha, a la izquierda, más alto, insultos que estallaban cuando las maniobras demasiado bruscas amenazaban con acabar con todo por el suelo.

—¿Qué está haciendo? —gruñó Marcel mirando por la ventana.

—No hace nada. Lo que pasa es que quería ponernos a los dos frente a frente y lo ha conseguido. Su cuento del pedido equivocado es una trola.

—¿Eso piensas?

—No tienes más que intentar salir... Me la juego a que nos ha encerrado. ¡Nos ha engañado como a dos tontos!

Marcel posó su mano sobre la puerta del despacho, movió el pomo en todos los sentidos, la sacudió, la puerta permaneció cerrada. Gritó y le dio una patada.

Josiane sonrió.

—¡Como si no tuviese nada que hacer! —estalló Marcel.

—Lo mismo que yo. ¿Qué te crees, que esto es el Club Med?

El aire del despacho era cálido y fétido. Olía a humo de cigarrillo frío, a calefacción eléctrica a toda potencia y a un jersey de lana secándose sobre una silla. Josiane arrugó la nariz y emitió un pequeño resoplido. Se inclinó sobre la mesa y vio pegado contra los bajos del radiador un viejo jersey de rombos extendido sobre el respaldo de la silla. Ha olvidado llevárselo, va a coger frío. Se volvió hacia la enredadera y en ese momento vio a la Escoba llegando con paso militar.

—¡Mierda, Marcel! ¡La Escoba! —susurró.

—Escóndete —dijo Marcel—, si se le pasase por la cabeza venir por aquí.

—¿Y por qué tendría que esconderme? No hemos hecho nada malo.

—¡Escóndete te digo! Nos va a ver al pasar.

La atrajo hacia él y cayeron de cuclillas los dos contra la pared.

—¿Por qué tiemblas ante ella? —preguntó Josiane.

Marcel le puso la mano en la boca y la atrajo contra él entre sus brazos.

—Olvidas que es ella la que tiene la firma.

—Porque fuiste lo suficientemente gilipollas como para dársela.

—Deja de querer hacer siempre la revolución.

—Y tú no dejes que te agarre por los cojones.

—Oh, venga, la señorita me da lecciones... Te hacías menos la lista el otro día al lado de la máquina de café, ¿eh? Toda modosita entre los brazos de ese guaperas que vendería a su madre por un diente de oro.

—Me estaba tomando un café. Eso es todo.

Marcel estuvo a punto de ahogarse. Con voz ensordecida, casi mudo, protestó:

—¿Es que acaso no estabas en los brazos de Chaval?

—Nos achuchábamos un poco, es cierto. Pero sólo para picartc.

—Pues bien... lo conseguiste.

—Sí. Lo conseguí. ¡Y desde entonces no me hablas!

—Es que no me esperaba algo así...

—¿Qué te esperabas? ¿Que te tejiese gorros de lana para tu vejez?

Marcel se encogió de hombros y, tirando de la manga de su chaqueta, se puso a dar brillo a la punta de sus zapatos.

—Estaba harta, Marcel...

—¿Ah, sí? —dijo él, fingiendo estar absorto en la limpieza de su calzado.

—Harta de verte marchar cada tarde con la Escoba. ¡Harta! ¡Harta! ¿No piensas nunca que eso me vuelve loca? Tú, abuelete bien instalado en tu doble vida, yo recogiendo las migas que te dignas a lanzarme. Atrapándolas al vuelo, sin hacer ruido por si ella me oye. Y mi vida pasa a todo trapo sin que pueda ponerle la mano encima. ¡Hace lustros que dura lo nuestro! Y seguimos viéndonos a escondidas. Y nunca me llevas como pareja oficial, nunca me llevas a pasear por los sitios buenos, nunca me exhibes bajo el sol de islas paradisíacas. No, para el bomboncito la oscuridad completa. Los menús a veinte pavos y las flores de plástico. Oh, claro, cuando me pongo gallito, cuando amenazo con dejar plantado a papaíto, me sueltas una joya. Para que siga esperando, para calmar la tormenta en mi cabeza. En cuanto a lo demás, ¡promesas! Promesas a perpetuidad. Así que ese día, me harté... Ese día, además, ella me había agredido. Era el día en el que había perdido a mi madre y ella me prohibió llorar en el despacho. Estaba usurpando mi sueldo, me dijo. La habría descuartizado...

Marcel escuchaba pegado a la pared. Se dejaba invadir por la música de las palabras de Josiane y, poco a poco, fue pudiéndole la ternura. Su cólera caía como la tela de un paracaídas que se posa en tierra. Consciente de que le enternecía, Josiane desplegaba su relato, lo aumentaba, le añadía lágrimas, suspiros, figuras, pintándolo de malva, marrón, negro y rosa. Mientras susurraba su drama, guiaba el lento acercamiento del cuerpo de Marcel contra el suyo. Él todavía resistía, estrechaba sus rodillas entre sus manos para no dejarse caer sobre ella, pero se balanceaba suavemente acercándose.

—Ha sido muy duro perder a mi madre, sabes. No era una santa, qué más quisiera, ya lo sabes. Pero era mi madre. Creía que sería fuerte, que lo aguantaría sin decir nada y, después, ¡pam! Se me hizo un nudo en la garganta y perdí el aliento.

Ella le cogió la mano y la puso entre sus senos, ahí donde tanto le había dolido. La mano de Marcel se calentó en la suya y encontró su lugar de antaño en el suave y relajante canalillo.

—Me encontré como cuando tenía dos años y medio... Cuando levantas la cabeza, confiada, hacia el adulto que debería protegerte y recibes un bofetón, un viaje del que ya no vuelves... Nunca se repone una de esas heridas, nunca. Nos hacemos los orgullosos, levantamos el mentón, pero nuestro corazón late con fuerza...

Su voz se convertía en un hililllo, un susurro de suaves confidencias que envolvía a Marcel Grobz en guata vaporosa. Bomboncito, mi bomboncito, qué bien oírte de nuevo, mi niña, mi querida, mi amazona dorada... háblame, sigue hablándome, cuando balbuceas, cuando te enredas con las palabras como la aguja en la lana, yo resucito, la vida es árida sin ti, no brilla, no vale más que levantarse por las mañanas para apoyar la nariz en la ventana.

Henriette Grobz había subido al despacho de Marcel y, al no encontrar ni a Josiane ni a su marido, partió en busca de René. Le encontró en el almacén, en plena discusión con un obrero que se rascaba la cabeza: no había más sitio en altura para ordenar los palés. Henriette esperó, un poco alejada, a que le prestasen atención. Su cara estaba pintada como un fresco restaurado y su sombrero plantado sobre el cráneo dominaba como un trofeo arrancado al enemigo. René se volvió y la vio. Una mirada rápida a su despacho le tranquilizó: los dos amantes contrariados se habían escondido. Se despidió del obrero y preguntó a Henriette lo que podía hacer por ella.

—Estoy buscando a Marcel.

—Debe de estar en su despacho.

—No está allí.

Ella respondía con voz grave e hiriente. René puso cara de extrañado e hizo como que reflexionaba mientras la sopesaba con la mirada. El polvo rosa sobre su rostro dibujaba placas resecas e irritadas que subrayaban las finas arrugas de la boca y las carrilladas que se hundían. Su rostro avejentado, del que sobresalía una nariz de loro, se articulaba en torno a una boca tan estrecha que el carmín se salía de los labios pintados. Henriette Grobz intentaba dibujar la sonrisa de la que se planta esperando una propina a cambio, y que, decepcionada, quisiera escupir sobre el impostor que le ha hecho creer durante un segundo que obtendría su óbolo. Había hecho un esfuerzo con René, pensando que la informaría, pero, ante su ineficacia, retomó su aire de ayudante en jefe y giró los talones. Dios, pensó René, ¡qué mujer! ¡Tiesa como una verga empalmada! Seguro que no encuentra placer alguno ni en la comida ni en la bebida, ni en el menor abandono. ¡Habría que hacerla saltar con dinamita! Todo lo tiene bajo control, todo rezuma obligación, interés; el cálculo se alía con la frialdad de su ropa y de sus gestos. Un almidón perfecto embutido en un corsé de cálculos financieros.

—Voy a esperarle en su despacho —silbó mientras se alejaba.

—Eso es —respondió René—, si le veo le diré que está usted allí.

Mientras tanto, en el despacho de René, de cuclillas en la oscuridad y susurrándose, Marcel y Josiane proseguían su reencuentro.

—¿Me la has pegado con Chaval?

—No, no te la he pegado... Me dejé llevar una noche de depresión. Me fui con él porque estaba allí... Pero podría haber sido cualquier otro.

—¿Me quieres un poco a pesar de todo?

Él se había acercado y su muslo reposaba contra el de Josiane. Su aliento cercano era cálido y él respiraba entrecortadamente a fuerza de estar doblado en dos.

—Te quiero sin más, mi osito...

Ella suspiró y dejó caer su cabeza sobre el hombro de Marcel.

—Te he echado de menos, ¿sabes?

—Yo también. No te puedes hacer idea.

Estaban allí, los dos, atónitos, estrechados el uno contra el otro como dos colegiales que han hecho novillos y se esconden para fumar. Susurrando en la oscuridad y el calor que apestaba a lana mojada.

Permanecieron un largo rato sin moverse, sin hablarse. Sus dedos se estrecharon, se frotaron, se reconocieron, y fue toda una ternura, todo un calor lo que Josiane reencontró como un paisaje de la infancia. Sus ojos se habían acostumbrado a la oscuridad, discernían en lo oscuro el contorno de los objetos. Me da igual que sea viejo, que sea gordo, que sea feo, es mi hombre, mi bola de arcilla a la que amar, con la que reír, a la que moldear, con la que sufrir; lo sé todo de él, puedo describirlo con los ojos cerrados, puedo adivinar sus palabras antes incluso de que las pronuncie, puedo leerle el pensamiento, leer sus ojitos vivaces, leer su gruesa barriga... describiría con los ojos cerrados a este hombre.

Permanecieron un buen rato sin hablar. Se habían dicho todo y, sobre todo, sobre todo, se habían reconciliado. Y, de pronto, Marcel se levantó de golpe. Josiane le murmuró: «¡Ten cuidado! ¡Puede estar detrás de la puerta!».

—¡Me da igual! Levántate, bomboncito, levántate... Somos idiotas por escondernos de esta forma. No hacemos nada malo, ¿eh, bomboncito?

—¡Vamos, ven! Vuelve a sentarte.

—¡No, de pie! Tengo algo que pedirte. Algo demasiado serio para que te quedes de cuclillas.

Josiane se levantó, se colocó su falda y, riéndose, preguntó:

—No irás a pedir mi mano, ¿eh?

—Mejor que eso, bomboncito, mejor que eso.

—No lo adivino... Sabes, con treinta y ocho años, no me queda más que hacer eso, casarme. Nadie me ha pedido en matrimonio. ¿Puedes creértelo? Y, sin embargo, he soñado con ello. Me dormía diciéndome que un día me lo pedirían y diría que sí. Por el anillo al dedo y por no estar nunca más sola. Para cenar los dos sobre un mantel de hule mientras nos contamos la jornada, para ponerse gotas en los ojos, para echar a suertes quién se quedaría con el currusco de la media baguette...

—No me escuchas, bomboncito. He dicho «mejor que eso».

—Entonces... me rindo.

—Mírame, bomboncito. Mírame aquí, a los ojos.

Josiane le miró. Estaba serio como un papa bendiciendo al pueblo el día de Pascua.

—Ya te miro. A los ojos.

—Lo que voy a decirte es importante. ¡Muy importante!

—Te escucho...

—¿Me quieres, bomboncito?

—Te quiero, Marcel.

—Si me quieres, si me quieres de verdad, pruébamelo: dame un hijo, un hijo mío, al que daré mi nombre. Un pequeño Grobz...

—¿Puedes repetirlo, Marcel?

Marcel repitió, repitió y volvió a repetir. Ella le seguía la mirada como si las palabras desfilaran por una pantalla. Y que le costaba leer. Él añadió que estaba esperando a ese niño desde hacía siglos y siglos, que lo sabía ya todo sobre él, la forma de sus orejas, el color de su pelo, el tamaño de sus manos, los pliegues de sus pies, la blancura de sus nalgas, la delicadeza de sus uñas y la naricita que se arruga cuando toma el pecho.

Josiane oía sus palabras pero no las entendía.

—¿Puedo sentarme en el suelo, Marcel? Tengo las rodillas que me bailan.

Se dejó caer de golpe sobre sus nalgas y él vino a arrodillarse contra ella, contrayendo el rostro porque le dolían las rodillas.

—¿Qué me dices, bomboncito? ¿Qué me dices?

—¿Un bebé? ¿Un bebé nuestro?

—Eso es.

—Y ese bebé, ¿lo reconocerás? ¿Le darás sus derechos? ¿No será un bastardillo vergonzoso?

—Le sentaré a la mesa familiar. Llevará mi nombre: Marcel Junior Grobz.

—¿Me lo juras?

—Te lo juro por mis cojones.

Y se llevó la mano a los testículos.

—¿Ves? Te estás riendo de mí.

—¡No, al contrario! Como antiguamente. Para comprometerse de verdad, se juraba por los cojones. Testículos, testamento... fue Jo la que me enseñó eso.

—¿La estirada?

—No, la redondita. La buena. ¡Cuando se jura por los cojones es que es serio de verdad! ¡Y tanto! Que se conviertan en polvo si me desdigo. Y eso, bomboncito, no me gustaría.

Josiane comenzó a reír y después estalló en sollozos.

Demasiadas emociones para un solo día.

* * *

Una mano con garras rojas y aceradas se plantó en la de Iris, que soltó un grito y envió, sin volverse, un furioso codazo en las costillas de su contrincante que se retorció de dolor. ¡Pero bueno! Soltó Iris apretando los dientes, ¡no te fastidia! Yo estaba antes. Y este conjuntito de seda color crema orneado de cordoncillo marrón, que parece que se le ha antojado, es para mí. En realidad, no lo necesito, pero como a usted parece interesarle tanto, lo cojo. Y también cojo el mismo en rosa y en verde almendra, ya que insiste.

No podía ver a su contrincante: le daba la espalda en el furioso tumulto del que emanaban y se mezclaban mil brazos y mil piernas, pero ella no iba a darse por vencida y prosiguió su búsqueda, inclinada hacia adelante, con un brazo extendido y otro agarrado a su bolso para que no se lo arrancaran.

Se apoderó de los codiciados artículos, cerró sus dedos firmemente sobre sus presas y emprendió la tarea de salir de la masa enloquecida que intentaba atrapar artículos rebajados en el primer piso de Givenchy. Se arqueó, empujó, forcejeó, dio puñetazos, golpes de cadera, golpes de rodilla, para salir de la horda que amenazaba con aplastarla. La mano roja andaba aún por allí, intentando agarrar lo que el azar de los empujones dejaba a su merced. Iris la vio volver como un cangrejo obstinado. Entonces, con negligencia, calculando cuidadosamente su efecto, Iris se apoyó con todas sus fuerzas con el cierre de su pulsera y le arañó la piel. La odiosa soltó un grito de animal herido y retiró su mano precipitadamente.

—No, pero ¿qué hace? ¡Está usted completamente loca! —gimió la propietaria de la mano roja intentando identificar a su atacante.

Iris sonrió sin volverse. ¡Muy bien! La marca le durará bastante y tendrá que ponerse guantes, la Scarface de salón.

Se estiró, se separó del tumulto de grupas anónimas y, blandiendo su presa, se precipitó hacia la sección de zapatos donde, afortunadamente, estaban ordenados por número, lo que hacía la búsqueda algo menos peligrosa.

Atrapó, al vuelo, tres pares de escarpines de noche, un par de zapatos planos para la jornada, para caminar cómoda, y un par de botas de piel de cocodrilo negras. Un poco rock and roll pero no estaban nada mal... piel de buena calidad, se dijo introduciendo la mano en el interior de la bota. ¿Debería quizás ver si queda algún esmoquin a juego con estos botines? Se volvió y, percibiendo la horda rugiente de furias en acción, decidió que no. No merecía la pena el esfuerzo. Y, además, ¡tenía un armario lleno de ellos! ¡De Saint Laurent, además! Así que no valía la pena que la destriparan. Qué temibles son estas mujeres sueltas en la jungla de las rebajas. Habían esperado una hora y media bajo la fuerte lluvia, cada una de ellas apretando entre sus manos la preciosa tarjeta que les permitía el acceso al santuario de los santuarios, una semana antes de Navidad, en rebajas extremadamente privadas. *Happy few*, cantidad limitada, grandes ocasiones, precios por los suelos. Un pequeño aperitivo antes de las auténticas rebajas de enero. Algo para abrirles el apetito, para hacerles la boca agua, para pasar las fiestas de Navidad pensando en las compras a efectuar durante el próximo encierro.

Además, no eran unas cualquiera, había pensado Iris viéndolas alineadas en la calle. Mujeres de empresarios, de banqueros, de políticos, periodistas, agregadas de prensa, modelos, una actriz. Todas tensas por la espera, plantadas sobre su recuadro de fino pavimento para que no les cogiesen su turno en la entrada. Parecía una procesión de comulgantes fervorosas: en sus ojos brillaban la voracidad, la avidez, el miedo a la pérdida, la angustia de dejar pasar el artículo que les cambiaría la vida. Iris conocía a la directora de la tienda y había subido directamente a la primera planta sin tener que esperar, lanzando una mirada piadosa a esas pobres fieles amontonadas bajo la lluvia.

Sonó su móvil pero no respondió. Ir de rebajas exigía una concentración extrema. Su mirada examinó con rayo láser los estantes, los bastidores y las cestas colocadas en el suelo. Creo que ya lo he visto todo, se dijo mordisqueándose el interior de sus mejillas. No me queda más que cosechar algunas bagatelas para mis regalos de Navidad y la cosa estará hecha.

Cogió, al paso, unos pendientes, brazaletes, gafas de sol, fulares, un peine de concha para el pelo, un monedero de terciopelo negro, un puñado de cinturones, guantes —a Carmen le vuelven loca los guantes—, y se presentó en la caja desmelenada y sin aliento.

—Haría falta un domador aquí —dijo a la vendedora riéndose—. ¡Con un látigo enorme! Y que soltara los leones de vez en cuando para hacer sitio.

La vendedora le devolvió una sonrisa educada. Iris depositó su pesca milagrosa sobre el mostrador y sacó su tarjeta de crédito con la que se abanicó colocando algunos de sus mechones en su sitio.

—¡Dios mío, qué aventura! ¡Creí que me mataban!

—Ocho mil cuatrocientos cuarenta euros —dijo la vendedora mientras empezaba a doblar los artículos dentro de grandes bolsas de papel blanco con las siglas de Givenchy.

Iris tendió su tarjeta.

El teléfono sonó de nuevo; Iris dudó pero lo dejó sonar.

Contó el número de bolsas que debería llevar y se sintió agotada. Por suerte había reservado un taxi para todo el día. Estaba esperándola en doble fila. Metería las bolsas en el maletero e iría a tomar un café en el café-restaurante de l'Alma para reponerse de sus emociones.

Al girar la cabeza, percibió a Caroline Viber terminando de pagar, la abogada Caroline Vibert, que trabajaba con Philippe. ¿Cómo ha podido conseguir esa una invitación?, se preguntó Iris dirigiéndola la más educada de sus sonrisas.

Intercambiaron suspiros de combatientes rendidas y blandieron cada una sus bolsas gigantes para consolarse. Después se hicieron una señal muda: ¿tomamos un café?

Pronto se encontraron en Francis, al abrigo de la masa furiosa.

—Se están volviendo peligrosas este tipo de expediciones. ¡La próxima vez me llevo un guardaespaldas que se abra paso con su Kalashnikov!

—A mí ha habido una que me ha arañado —exclamó Caroline—, me ha clavado la pulsera en la piel, mira...

Se quitó el guante e Iris, confusa, percibió, en el dorso de la mano, un largo y profundo arañazo del que aún brotaban algunas gotas de sangre.

—¡Esas mujeres están locas! ¡Se matarían por un trozo de trapo! —suspiró Iris.

—O, en mi caso, matarían a las otras. Y, además, ¿todo eso para qué? Tenemos los armarios llenos. No sabemos qué hacer con tanta ropa.

—Y cada vez que tenemos que salir, nos ponemos a llorar porque no tenemos nada que ponernos —prosiguió Iris echándose a reír.

—Afortunadamente, no todas las mujeres son como nosotras. Hablando de eso, he conocido a Joséphine este verano. ¡Menos mal que sé que sois hermanas! No salta a la vista.

—¿Ah sí, en la piscina de Courbevoie? —bromeó Iris haciendo una seña al camarero de que se tomaría otro café.

El camarero se acercó e Iris se volvió hacia él.

—¿Quieres algo? —preguntó a Caroline Vibert.

—Un zumo de naranja.

—Ah, buena idea. Dos zumos de naranja, por favor. Necesito vitaminas después de una expedición así. En fin, ¿qué hacías tú en la piscina de Courbevoie?

—Nada. Nunca he puesto los pies allí.

—¿No me habías dicho que habías visto a mi hermana este verano?

—Sí, en el despacho. Trabaja para nosotros. ¿No estás al corriente?

Iris fingió que se acordaba y se golpeó la frente.

—Ah, claro, por supuesto. Qué tonta soy.

—Philippe la ha contratado como traductora. Se las arregla muy bien. Ha trabajado para nosotros todo el verano. Y después la puse en contacto con un editor que le dio una biografía para traducir, la vida de Audrey Hepburn. Canta alabanzas por donde va. Un estilo elegante. Un trabajo impecable. Entregado puntualmente, sin una falta de ortografía, y bla bla bla. Además, no es cara. Ni siquiera pregunta antes cuánto la van a pagar. ¿Dónde se ha visto eso? No discute, toma su cheque y casi te besa los pies al salir. Una hormiguita humilde y silenciosa. ¿Os educaron juntas o creció en un convento? La imagino en las carmelitas.

Caroline Vibert empezó a reír. De pronto Iris sintió ganas de darle una lección.

—Es cierto que el trabajo bien hecho, la bondad, la modestia, hoy en día, son cada vez más difíciles de encontrar. Mi hermanita es así.

—¡Oh! No quería hablar mal de ella.

—No, pero hablas de ella como si fuese una retrasada mental.

—No quería molestarte, simplemente quería hacer una gracia.

Iris sonrió. No debía convertir a Caroline Vibert en su enemiga. Acababa de ser ascendida al puesto de asociada. Philippe hablaba de ella con consideración. Cuando tenía dudas sobre un asunto, era a Caroline a la que iba a preguntar. Me estimula las neuronas, decía con una sonrisa cansada, tiene una forma de escucharme, se diría que está tomando notas, asiente con la cabeza, encaja la información haciendo un par de preguntas y todo se vuelve claro. Y, además, ella me conoce tan bien... ¿Quizás Caroline Vibert sabía algo sobre Philippe? Iris retomó su voz dulce y decidió avanzar prudentemente sus peones.

—No, no importa. ¡No te preocupes! Quiero mucho a mi hermana, pero reconozco que, a veces, me parece completamente anticuada. Trabaja en el CNRS, sabes, y aquello es un mundo distinto.

—¿Os veis a menudo?

—En las reuniones familiares. Este año vamos a pasar juntas la Navidad en el chalet, por ejemplo.

—Eso le sentará bien a tu marido. Lo encuentro tenso últimamente. Hay momentos en los que está completamente ausente. El otro día entré en su despacho tras haber llamado varias veces, no me había oído, miraba los árboles por la ventana y...

—Trabaja demasiado.

—Una buena semana en Megève y estará en plena forma. Prohíbele que trabaje. Confíscale el ordenador y el móvil.

—Imposible —suspiró Iris—, duerme con ellos. ¡Incluso encima!

—Sólo es cansancio porque, con los casos, sigue estando muy activo. Es un animal de sangre fría. Es muy difícil saber lo que piensa en realidad, pero, al mismo tiempo, es fiel y recto. Y eso no puede decirse de todo el mundo en ese despacho.

—¿Han llegado nuevas rapaces? —preguntó Iris sujetando la rodaja de naranja para pelarla.

—Un chico nuevo con dientes afilados como espadas. El señor Bleuet. No hace honor a su nombre, te lo aseguro. Siempre pegado a Philippe para hacerse querer, meloso, amable. Pero sientes que, por detrás, está afilando el cuchillo. Sólo quiere ocuparse de los asuntos importantes...

Iris la cortó:

—Y a Philippe, ¿le gusta?

—Piensa que es eficaz, culto, experimentado. Le gusta su conversación. En resumen, le mira con ojos amorosos: normal, son los principios. Pero puedo decirte que yo, la barracuda, le he catado y le espero con mi arpón.

Iris sonrió y, con voz suave, añadió:

—¿Está casado?

—No. Tiene una amiguita que a veces viene a buscarle por las tardes. A menos que sea su hermana. No sabría decirte. Incluso a ella la trata de forma altiva. De todas formas, Philippe lo que quiere es que se trabaje. Exige resultados. Aunque... se ha humanizado desde hace algún tiempo. Es menos duro... La otra tarde le sorprendí en plena reunión soñando. Estábamos unos diez en el despacho, todos en tensión, discutiendo apasionadamente, esperando que él decidiese y... estaba en las nubes. Tenía un gran asunto entre sus manos, diez personas pendientes de sus labios y él estaba a la deriva, con el rostro preocupado, dolido. Había algo de decepción en su mirada... Es la primera vez en veinte años que trabajamos juntos que lo sorprendo así. Me llamó mucho la atención, yo que estoy acostumbrada al guerrero implacable.

—A mí nunca me ha parecido implacable.

—Normal. Es tu marido y está loco por ti. ¡Te adora! Cuando habla de ti, sus ojos centellean como la torre Eiffel. ¡Creo que le dejas con la boca abierta!

—Oh, no exageres.

¿Es sincera o intenta ahogar a la barracuda?, se preguntó Iris escrutando el rostro de Caroline, que sorbía su zumo de naranja. No percibió ni rastro de falsedad en la abogada, que se relajaba tras la agotadora prueba de los doscientos metros rebajas.

—Me ha dicho que te has puesto a escribir.

—¿Él te ha dicho eso?

—Entonces ¿es verdad, ya has empezado?

—No en serio. Tengo una idea, estoy dándole vueltas.

—En todo caso él te apoyará, evidentemente. No es la clase de marido celoso del éxito de su mujer. No como el señor Isambert, su mujer escribió un libro y no se le pasa el enfado; a punto está de ponerle un pleito para prohibirle publicarlo con SU apellido.

Iris no respondió. Lo que temía estaba ocurriendo: todo el mundo hablaba de su libro, todo el mundo pensaba en su libro. Salvo ella. No tenía la menor idea. Y peor aún: se sentía incapaz de escribirlo. Se imaginaba perfectamente hablando de él, haciendo como si, hablando de literatura, de la soledad del escritor, de las palabras que se escapan, de los nervios de antes de empezar, de la hoja en blanco, del agujero negro, de los personajes que se presentan en el relato, que te tiran de la manga... Pero ponerse a trabajar, sola, en su despacho... Imposible. Había mentido una noche para pavonearse, para hacerse notar, y su mentira la estaba aprisionando.

—Me gustaría encontrar un marido como el tuyo —suspiró Caroline, que proseguía con sus reflexiones sin darse cuenta de la confusión de Iris—. Tenía que haberle echado el lazo antes de que te casaras con él.

—¿Sigues soltera? —preguntó Iris, obligándose a interesarse por la suerte de Caroline Vibert.

—¡Más que nunca! Mi vida es una fiesta perpetua. Salgo de casa a las ocho de la mañana, vuelvo a las diez de la noche, me trago un potaje y, ¡hala!, a la cama con la tele o una novela que no me haga pensar demasiado. Evito las novelas policiacas por no tener que esperar hasta las dos de la mañana para saber el nombre del asesino. Ya ves lo apasionante que es mi vida. Ni marido, ni hijos, ni amante, ni mascota, sólo una anciana madre que no se acuerda de mí cuando la llamo. La última vez me colgó en las narices pretendiendo que nunca había tenido hijos. Me reí hasta que se me saltaron las lágrimas.

Soltó una risa falsa. Una risa para maquillar su soledad, la vacuidad de su vida. Tenemos la misma edad, pensó Iris, pero yo tengo un marido y un hijo. Un marido que sigue siendo un misterio y un hijo que se está convirtiendo en otro. ¿Qué hay que añadir a la vida para convertirla en interesante? ¡Dios! ¿Un pez rojo? ¿Una pasión? La Edad Media, como Jo... ¿Por qué no me ha hablado de sus traducciones? ¿Por qué Philippe no me ha dicho nada? Mi vida se está disolviendo, roída por un ácido invisible, y estoy asistiendo, impotente, a esa lenta disolución. La única energía que me queda la uso para los periodos de rebajas, en el primer piso de la casa Givenchy. Soy una gallinita de lujo con cerebro de gallinita de fábrica, porque como yo las hay a patadas en el mundo de las privilegiadas.

Caroline había terminado de jugar con la pajita de su zumo de naranja.

—Me pregunto por qué arriesgo mi vida en las rebajas si nunca salgo o si, cuando lo hago, es en chándal, los domingos por la mañana, para comprar el pan.

—Te equivocas. Deberías vestirte de Givenchy para comprar el pan. Es muy posible que encuentres a alguien el domingo, cuando todo el mundo se pasea por las panaderías.

—Menudo lugar de encuentro. Familias que compran cruasanes, abuelitas que dudan entre un hojaldre o un polvorón para no romperse la dentadura, y niños obesos que se llenan los bolsillos de chucherías. No es allí donde voy a conocer a Bill Gates ni a Brad Pitt. No, sólo me queda Internet... Pero me cuesta ponerme a ello. Mis amigas entran a veces y funciona. Consiguen citas.

Caroline Vibert seguía hablando, pero Iris ya no la escuchaba. La miraba con una mezcla de ternura y de piedad. Sentada con las piernas cruzadas, con ojeras y la boca amargada, Caroline Vibert parecía un pobre objeto usado, roto, mientras que, una hora antes, era una arpía, dispuesta a pegarle un tiro a su prójimo por una blusa de seda color crema de Givenchy. Busca lo falso, pensó Iris. ¿Quién es la auténtica? Disimulada entre las ramas de un árbol, como en las adivinanzas que me gustaba resolver cuando era pequeña. El malvado lobo está escondido en este dibujo y Caperucita Roja no se ha dado cuenta, encuéntrale y salva a Caperucita. Siempre encontraba al malvado lobo.

—Oh, tengo que dejar de hablar contigo —suspiró Caroline—, me deprime. Nunca pienso en todo eso. Me pregunto si no volver a arriesgar mi vida en Givenchy. Eso, por lo menos, fortalece el carácter. A condición de que la loca del cúter haya desaparecido.

Las dos mujeres se besaron y se separaron.

Iris volvió a su taxi saltando por encima de los charcos. Pensó en sus botas de cocodrilo y se felicitó por haberlas comprado.

Bien resguardada en el coche, miró a Caroline Vibert colocarse en la fila para esperar un taxi, en la plaza de l'Alma. Llovía, y la fila de espera era larga. Había colocado sus compras bajo el abrigo para protegerlas. Parecía uno de esos capuchones que se colocan sobre las teteras para conservar el té caliente. Iris pensó proponerle que le acompañara, se acercó a la ventana para gritarle, pero su móvil sonó y descolgó.

—Sí, Alexandre querido, ¿qué pasa? ¿Por qué lloras, mi amor? Dime...

Tenía frío, estaba mojado. Estaba esperando delante del colegio desde hacía una hora a que viniese a buscarle para ir al dentista.

* * *

—¿Qué te pasa, Zoé? Díselo a mamá. Sabes que mamá lo comprende todo, lo perdona todo, quiere a sus hijos incluso cuando son asesinos sanguinarios. ¿Lo sabes?

Zoé, erguida en su pantalón escocés, había introducido el dedo índice en un agujero de la nariz y la exploraba con aplicación.

—Uno no se mete los dedos en la nariz, mi amor... Incluso cuando está muy apenado.

Zoé lo retiró con desgana, lo inspeccionó y lo secó en su pantalón.

Joséphine consultó el reloj de la cocina. Eran las cuatro y media. Tenía una cita dentro de media hora con Shirley para ir a la peluquería. «Te pago el peluquero —le había dicho Shirley—, me he embolsado un buen fajo. Voy a transformarte en una bomba sexual». Joséphine había abierto los ojos como platos, sorprendida como si la amenazasen con un bigudí. «¿Vas a volverme sexual? ¿Me vas a teñir de rubia platino?». «No, no, un cortecito y algunas mechas para añadir algo de luz». Jo sintió algo de aprensión. «No me cambies demasiado, ¿eh?». «Que no, te voy a poner guapa como una golondrina y después festejamos la Navidad todos juntos antes de que te vayas con los ricos». No le quedaba más que media hora para hacer hablar a Zoé. Había que aprovechar: Hortense no estaba.

—¿Puedo hacer como un bebé? —preguntó Zoé escalando hasta las rodillas de su madre.

Jo la izó hasta ella. Las mismas mejillas regordetas, los mismos rizos enredados, la misma barriguita redonda, el mismo aspecto torpe, la misma frescura inquieta. En las fotos familiares Jo se parecía a ella cuando era pequeña. Una niña regordeta en su chándal que saca barriga y mira el objetivo con aire desconfiado. «Mi amor, mi niña bonita que quiero con locura. ¿Sabes que mamá está aquí? ¿Siempre, siempre?». Zoé asintió con la cabeza y se estrechó contra ella. Debe de estar deprimida, pensó Jo, se acercan las Navidades y Antoine está lejos. No se atreve a decírmelo. Las niñas no hablaban nunca de su padre. No le enseñaban las cartas que les enviaba una vez por semana. A veces llamaba por la noche. Siempre era Hortense la que descolgaba y después tendía el teléfono a Zoé, que balbuceaba síes y noes. Habían hecho una separación bien precisa entre su padre y su madre. Jo empezó a acunar a Zoé canturreándole palabras dulces.

—¡Cómo ha crecido mi niña! ¡Ya no es un bebé! Es una chica muy guapa de hermosos cabellos, una hermosa nariz, una hermosa boca...

Con cada palabra le acariciaba el pelo, la nariz y la boca, y después retomaba su cantinela en el mismo tono cantarín:

—Una hermosa mujercita de la que pronto todos los chicos se enamorarán. Todos los chicos del mundo entero van a venir a colocar su escalera en la torre del castillo en el que vive Zoé Cortès para recibir un beso...

Al oír esas palabras, Zoé estalló en sollozos. Joséphine se inclinó hacia ella y le murmuró al oído:

—Dime, mi niña. Dile a mamá lo que te da tanta pena.

—No es verdad, mientes, no soy una chica guapa y ningún chico vendrá a colocar su escalera para verme.

¡Ah! Ya estamos, se dijo Jo. Su primera pena de amor. Yo también tenía diez años. Me untaba las pestañas de gelatina de grosella para que me crecieran. Fue a Iris a quien besó.

—Primero, cariño, no se dice nunca «mientes» a tu mamá...

Zoé asintió con la cabeza.

—Y después no estoy mintiendo como dices, eres una chica muy guapa.

—¡No! Porque Max Barthillet no me ha puesto en su lista.

—¿Qué lista es esa?

—La lista de Max Barthillet. Es mayor y lo sabe. Ha hecho una lista con Rémy Potiron y no me ha puesto en ella. Ha puesto a Hortense, pero no a mí.

—¿Una lista de qué, cariño?

—Una lista de chicas vaginalmente explotables, y yo no estoy en ella.

Jo casi dejó caer a Zoé de sus rodillas. Era la primera vez que una de sus hijas era asociada a una vagina. Sus labios se pusieron a vibrar y pasó su lengua entre los dientes para calmar el temblor.

—¿Y tú sabes, al menos, lo que quiere decir eso?

—¡Quiere decir que son las chicas con las que se puede follar! Me ha dicho...

—¿Porque, además, te lo ha explicado?

—Sí, me ha dicho que no tenía que ponerme así porque un día yo también tendría una vagina explotable, pero que no sería enseguida.

Zoé había agarrado el puño de su jersey y lo masticaba con aire abatido.

—En primer lugar, querida —comenzó Joséphine preguntándose cómo había que responder a esa afrenta—, un chico no clasifica a las chicas según la calidad de sus vaginas. Un chico sensible no utiliza a una chica como una mercancía.

—Sí, pero Max es mi amigo...

—Entonces tienes que decirle que estás orgullosa de no estar en su lista.

—¿Incluso si es mentira?

—¿Cómo que mentira?

—Pues, sí, a mí me gustaría estar en su lista.

—¿En serio? Pues bien... vas a decirle que no es delicado clasificar a las chicas así, que entre un hombre y una mujer no se habla de vagina sino de deseo.

—¿Qué es el deseo, mamá?

—Es cuando se está enamorado de alguien, cuando se tienen muchas ganas de besarle pero se espera, se espera, y toda esa espera es el deseo. Cuando no le has besado aún, cuando sueñas con él al dormirte, cuando te imaginas, cuando tiemblas imaginándote, y, es tan agradable todo ese tiempo en el que te dices que, quizás, quizás le vas a besar pero no estás segura...

—Entonces te pones triste.

—No. Esperas, el corazón se llena con esa espera... y el día en que te besa... Entonces es como los fuegos artificiales en tu corazón, en toda tu cabeza, te dan ganas de cantar, de bailar y te enamoras.

—¿Entonces ya estoy enamorada?

—Todavía eres pequeña, tienes que esperar...

Jo buscó una imagen para demostrar a Zoé que Max no era el chico del que debía enamorarse.

—Es como —declaró—, como si tú hablases a Max de su colita. Como si le dijeras, me gustaría abrazarte, pero antes tengo que ver tu colita.

—¡Él ya me ha propuesto enseñarme su colita! Entonces ¿está enamorado también?

Joséphine sintió cómo su corazón latía a toda velocidad. Permanece tranquila, no pierdas la calma, no te enfades ni te pongas a gritar contra Max.

—Y... ¿te la ha enseñado?

—No. Porque yo no he querido...

—Bueno, ves... ¡Ahí tenías razón! Tú, la más pequeña. Porque, sin saberlo, no querías ver su colita, querías ternura, atención, querías que se quedase a tu lado y que los dos esperaseis a hacer algo que...

—Sí, pero, mamá, se la ha enseñado a otras chicas y, desde entonces, me dice que estoy pegada a él, que soy un bebé.

—Zoé, tienes que entender una cosa. Max Barthillet tiene catorce años, casi quince, tiene la edad de Hortense, debería ser amigo de ella, no tuyo. Quizás tengas que buscarte otro amigo...

—Pero es a él a quien quiero, mamá.

—Sí, lo sé, pero no estáis en absoluto en la misma longitud de onda. Tienes que alejarte para convertirte en algo precioso para él. Tienes que hacer de Princesa Misteriosa. Eso funciona siempre con los chicos. Llevará algo de tiempo, pero, un día, volverá contigo y aprenderá a ser delicado. Esa es tu misión: enseñar a Max a convertirse en un auténtico enamorado.

Zoé reflexionó un instante, dejó caer el puño y añadió, decepcionada:

—Eso quiere decir que voy a quedarme sola.

—O que vas a encontrar otros amigos.

Suspiró, se incorporó y bajó de las rodillas de su madre tirando de las perneras de su pantalón escocés.

—¿Quieres venir con Shirley y conmigo al peluquero? Te hará bonitos rizos como a ti te gustan.

—No, no me gusta el peluquero, te tira del pelo.

—Bueno. Pues me esperas aquí y trabajas. ¿Puedo confiar en ti?

Zoé puso cara seria. Joséphine la miró a los ojos y sonrió.

—¿Estás mejor, amor mío?

Zoé había vuelto a coger la manga del jersey y la chupaba de nuevo.

—Sabes, mamá, desde que papá se fue la vida no es divertida.

—Lo sé, mi amor.

—¿Crees que volverá?

—No lo sé, Zoé. No lo sé. En la espera, vas a hacer un montón de amigos ahora que no estarás siempre pegada a Max. Seguramente hay montones de chicos y chicas que quieren ser amigos tuyos pero creen que Max ocupa su lugar.

—La vida no es sólo dura por eso —suspiró Zoé—. Es dura por todo.

—Venga —la sacudió Jo riéndose—. Piensa en la Navidad, piensa en los regalos que vas a recibir, piensa en la nieve, en el esquí... ¿Eso no es divertido?

—Preferiría ir en trineo.

—Pues bien, iremos en trineo las dos, ¿vale?

—¿No podemos llevarnos a Max Barthillet con nosotras? Le gustaría tanto esquiar y su mamá no tiene dinero para...

—¡No, Zoé! —gritó Joséphine al borde de un ataque de nervios. Después se calmó y prosiguió—. No nos llevamos a Max Barthillet a Megève. Estamos invitados a casa de Iris, no podemos llevarnos a alguien en la maleta.

—¡Pero si es Max Barthillet!

Joséphine se salvó de perder la paciencia gracias a dos rápidos timbrazos en la puerta. Reconoció la mano enérgica de Shirley e, inclinándose para besar a Zoé, le recomendó que repasara historia mientras esperaba a su hermana, que no tardaría en llegar.

—Hacéis los deberes y, esta noche, festejamos Navidad con Shirley y con Gary.

—¿Y tendré mis regalos con antelación?

—Y tendrás tus regalos con antelación...

Zoé se alejó brincando hacia su habitación. Joséphine la miró y se dijo que pronto podría verse desbordada por sus dos hijas.

Desbordada por la vida en general.

Volver a los tiempos de Erec y Enide. Al amor según Chrétien de Troyes.

El amor cortés y sus misterios, sus caricias, sus suspiros, sus dolores encantados, sus besos robados y la idealización del otro cuyo corazón se enarbola en la punta de la lanza. Yo estaba hecha para vivir en aquella época. No es por azar por lo que me apasiona ese siglo. ¡La Princesa Misteriosa! Yo puedo hablar a mi hija de eso, yo que soy incapaz.

Suspiró, cogió su bolso, sus llaves y cerró la puerta.

Sólo cuando ya estaba en la peluquería, con la cabeza cubierta de papelitos de aluminio, Joséphine retomó el hilo de sus pensamientos y se confió a Shirley, quien se hacía un tinte platino en su corte de chico.

—Tengo una cara rara, ¿no? —preguntó Jo mirándose en el espejo con la cabellera repleta de tiras plateadas.

—¿No te has hecho nunca mechas?

—Nunca.

—Pide un deseo si es la primera vez.

Joséphine miró al payaso que veía en el espejo y susurró.

—Deseo que mis hijas no sufran demasiado en la vida.

—¿Es Hortense? ¿Ha atacado de nuevo?

—No, es Zoé... pena de amor por culpa de Max Barthillet.

—Las penas de amor de nuestros hijos es lo peor que hay. Sufrimos tanto como ellos y somos impotentes. La primera vez que le pasó a Gary me creí morir. Hubiera destripado a esa chica.

Joséphine le contó lo de «la lista de vaginas explotables». Shirley se echó a reír.

—Yo no lo encuentro divertido, sino preocupante.

—No es tan inquietante, puesto que te lo ha contado: lo ha soltado, y es formidable, confía en ti. *She trusts you*! Felicítate por ser una madre amada en lugar de quejarte de las costumbres actuales. Así es como es hoy en día y así es en todas partes. En todos los medios, en todos los barrios... Así que convierte tu dolor en paciencia y haz exactamente lo que haces: presencia a distancia. Tenemos suerte: trabajamos en casa. Estamos allí para escuchar la más pequeña de las heridas y rectificar el tiro.

—¿No te choca?

—Me chocan tantas cosas que me quedo sin aliento. Así que he decidido volverme positiva porque si no me vuelvo loca.

—Vamos de cabeza, Shirley, si unos niñatos de quince años clasifican a las chicas según el acceso a sus vaginas.

—Cálmate. Te apuesto que hasta Max Barthillet se convertirá en una florecita azul el día en el que se enamore de verdad. En la espera, juega a ser un machito y se hace el arrogante. Mantén a Zoé lejos de él un tiempo, y, ya verás, volverán a ser amigos sin problemas.

—¡No quiero que él la agreda!

—No le hará nada. Si hace algo, será con otra. Te apuesto lo que quieras a que ha hecho todo eso para impresionar a... ¡Hortense! Todos sueñan con tu pequeña alimaña. ¡Y mi hijo el primero! Se cree que no lo veo, pero se la come con los ojos.

—Cuando era pequeña, me pasaba lo mismo con Iris. Todos los chicos estaban locos por ella.

—Y ya has visto en qué se ha convertido.

—Bueno. Ha tenido éxito, ¿no?

—Sí. Ha conseguido casarse bien, si a eso le llamas tener éxito. Pero sin el dinero de su marido, ella no es nada.

—Eres dura con ella.

—No. Soy lúcida. Y tú deberías entrenarte para serlo un poco más.

La entonación agresiva de Iris, el otro día, en la piscina, volvió a la memoria de Jo. Y la otra tarde, por teléfono, cuando Jo había intentado darle ideas para su libro... «Te ayudaré, Iris, te encontraré historias, documentos, sólo tendrás que ponerte a escribir. Anda, ¿sabes cómo se llamaban los «impuestos» en aquella época?». Y como no respondía, Jo había contestado: «"banalidades", los llamaban "banalidades". ¿No te parece gracioso?». Y entonces... Entonces... Iris, su hermana, su querida hermana, había respondido... ¡No me jodas, Jo, no me jodas! ¡Eres demasiado...! Y había colgado.

¿Demasiado qué?, se había preguntado Jo estupefacta. Había descubierto un punto de auténtica maldad en ese «no me jodas, Jo». No se lo contó a Shirley, sería darle la razón. Iris debía de estar pasándolo mal para reaccionar así. Eso es, está pasándolo mal..., se había repetido Jo escuchando el teléfono que sonaba ocupado, en el vacío.

—Se porta bien con las niñas.

—¡Para lo que le cuesta!

—Nunca te ha gustado, no sé por qué.

—Y tu Hortense... si no pones atención, terminará como su tía. Eso de ser «la mujer de» no es una profesión. El día en el que Philippe deje a Iris en la estacada, no le quedarán más que las bragas para llorar.

—Nunca la dejará en la estacada, está locamente enamorado de ella.

—¿Y tú qué sabes?

Jo no respondió. Desde que trabajaba para Philippe, había aprendido a conocerle. Cuando visitaba su gabinete de abogados, en la avenida Victor Hugo, echaba un vistazo a su despacho si la puerta estaba entreabierta. El otro día, le había hecho reír... ¿Hay que darle al botón de algún mando a distancia para que levantes la vista de tus casos?, había preguntado ella en el quicio de la puerta. Le hizo una señal para que entrara.

—Un cuarto de hora más y lavamos —declaró Denise, la encargada de los tintes, separando las papeletas plateadas con la punta de su peine—. Está cogiendo bien, ¡va a quedar magnífico! Y usted —se dirigió a Shirley—, en diez minutos la llevo a la pila.

Se alejó contoneando sus caderas en su bata rosa.

—Oye... —preguntó Jo, siguiendo con los ojos el trasero de Denise—. ¿Mylène no trabajaba aquí?

—Sí. Me hizo las uñas una vez. Muy bien, por cierto. ¿Tienes noticias de Antoine?

—Ninguna. Pero las niñas tienen...

—Es lo principal. Un buen chico, Antoine. Algo débil, algo blandengue. Uno más que no ha terminado de crecer.

Al oír el nombre de Antoine, Jo sintió cómo su estómago se contraía. Una masa negra se lanzó sobre ella y la agarró por la garganta: ¡la deuda! ¡Mil quinientos euros al mes! El señor Faugeron... El crédito comercial. Si tenía en cuenta el pago de enero, no le quedaría nada de los ocho mil doce euros. Se había gastado lo poco que le quedaba comprando un regalo para Gary y otro para Shirley. Se había dicho que, ya puestos, unos pocos euros más, unos pocos euros menos... y, además, la cara que pondría Gary cuando abriese el paquete.

Se dejó caer en el sillón, desordenando sus papeles de aluminio.

—¿Estás bien?

—Sí, sí...

—Estás blanca como un lienzo... ¿Quieres una revista?

—Sí... ¡gracias!

Shirley le pasó el *Elle*. Jo lo abrió sin llegar a leerlo. Mil quinientos euros. Mil quinientos euros. Vinieron a buscar a Shirley para llevarla hasta la pila de aclarado.

—En cinco minutos, su turno —dijo la chica.

Joséphine asintió y se forzó a leer la revista. Nunca leía las revistas. Miraba las portadas expuestas en los quioscos o en el metro, por encima del hombro de sus vecinas, descifraba la mitad de un régimen, el principio de un horóscopo, contemplaba la foto de una actriz que le gustaba. A veces recogía una, olvidada en un asiento, y se la llevaba a casa.

Abrió la revista, la hojeó y soltó un grito.

—¡Shirley, Shirley, mira!

Se levantó y fue hasta la pila blandiendo la revista.

Con la cabeza hacia atrás y los ojos cerrados, Shirley declaró:

—Ya ves que no puedo leer.

—¡Sólo mira la foto! Este anuncio de una marca de perfume.

Joséphine se sentó en el sillón al lado de Shirley y le puso la revista en las narices.

—¿Y qué? —dijo Shirley haciendo una mueca—. Me ha puesto espuma en el ojo.

Joséphine agitó la revista y Shirley torció el cuello en la pila.

—Mira el hombre de la foto...

—No está mal. No está nada mal.

—¿Eso es todo?

—He dicho que no estaba nada mal... *You want me to fall on my knees?**

—Es el tío de la biblioteca, Shirley. El tío de la parka. Es modelo. Y la rubia de la foto es la del paso de cebra. Se hacían la foto cuando les vimos. ¡Qué guapo es! Pero ¡qué guapo es!

—Qué raro: en el paso de cebra no me había llamado la atención.

—A ti no te gustan los hombres.

—*Sorry*: los he amado demasiado, por eso los mantengo a distancia.

—Eso no quita: es guapo, está vivo, es modelo.

—¡Te vas a desmayar!

—No, voy a cortar la foto y meterla en mi cartera... ¡Oh, Shirley, es una señal!

—¿Una señal de qué?

—Una señal de que va a volver a mi vida.

—¿Tú crees en esas gilipolleces?

Jo asintió con la cabeza. Sí, y hablo con las estrellas, pensó sin atreverse a decirlo.

—Vamos, señora, sígame, vamos a aclarar —la interrumpió Denise—. Va usted a sentirse completamente nueva...

Y los cabellos de Isolda la rubia, tan dorados y relucientes, no serán nada en comparación con los míos... pensó Joséphine sentándose tras la pila de lavado.

* * *

Las grandes agujas del reloj se situaron en las cinco y media. Iris se sorprendió observando la puerta del café con ansiedad. ¿Y si no venía? ¿Y si, en el último minuto, él decidía que no valía la pena? Por teléfono, el director de la agencia le había parecido cortés, preciso. «Sí, señora, la escucho...».

---

* ¿Quieres que me ponga de rodillas?

Le había explicado lo que deseaba. Él había planteado algunas preguntas y había añadido: «¿Conoce usted nuestras tarifas? Doscientos cuarenta euros diarios en día de diario, el doble los fines de semana». «No, el fin de semana no le necesitaré». «Muy bien, señora, podríamos fijar una primera cita, digamos, dentro de una semana». «¿Una semana, está usted seguro?». «Absolutamente, señora. Una cita en algún lugar, preferentemente donde no vaya usted nunca, en el que no corramos el riesgo de cruzarnos con algún conocido suyo». «Les Gobelins», había propuesto Iris. Sonaba misterioso, clandestino, incluso un poco turbio. «¿Les Gobelins, señora? Muy bien. Digamos a las diecisiete treinta en el café del mismo nombre, avenida Gobelins a la altura de la calle Pirandello. Reconocerá fácilmente a nuestro hombre: llevará un sombrero de lluvia Burberry, todos lo llevan, no llamará la atención. Él le dirá "hace un frío estremecedor" y usted responderá "ya lo creo"». «Perfecto —había respondido Iris sin pestañear—, allí estaré, adiós señor». ¡Qué fácil! Había dudado tanto tiempo antes de decidirse a llamar, y ya estaba hecho. La cita estaba fijada.

Miró a la gente sentada a su alrededor. Estudiantes que leían, una o dos mujeres solas que parecían esperar, como ella. Unos hombres bebiendo en la barra, la mirada perdida en el vacío. Se escuchó un ruido de cafetera, órdenes, la voz de Philippe Bouvard contando un chiste en la radio, era la hora del programa de humor: «Sabes la historia del marido que le dice a su mujer: "Querida, cuando tienes un orgasmo, nunca me lo dices". Y la mujer responde: "¡Claro que no! Nunca estás allí"». El camarero rio detrás de la barra.

A las diecisiete treinta en punto, un hombre entró en el café, llevando el famoso sombrero con motivos escoceses. Un hombre guapo, joven, ágil, sonriente.

Dio una rápida mirada al horizonte y sus ojos se posaron enseguida en Iris, que inclinó la cabeza para señalar que sí, que era ella. Puso cara de sorpresa y se acercó, pronunciando la frase prevista a media voz:

—Hace un frío estremecedor.

—Ya lo creo.

Le tendió la mano y le señaló que le gustaría sentarse a su lado si tenía la gentileza de quitar de la silla su bolso y su abrigo.

—No es prudente dejar su bolso a la vista de cualquiera sobre una silla...

Se preguntó si era también una frase clave, pues la pronunció con el mismo tono que su comentario de presentación anterior.

—¡Oh! No tengo nada de valor en el interior.

—Sí, pero el bolso, en sí mismo, es valioso —remarcó él posando sus ojos sobre las siglas Vuitton.

Iris hizo un gesto con la mano para indicar que no era un problema, que no le importaba especialmente, y el hombre hizo un pequeño gesto retirando el mentón y mostrando su desaprobación.

—Permítame insistir en que sea prudente. Hacerse desvalijar es siempre una experiencia dolorosa, no tiente usted al diablo.

Iris le escuchaba sin atender. Tosió para mostrarle que había llegado la hora de pasar a cosas serias y, como él no parecía entenderlo, miró de forma evidente varias veces su reloj.

—Es usted impaciente, señora, voy, pues, a empezar...

Hizo una seña al camarero y pidió un refresco de naranja bien frío, sin hielo.

—No me gusta el hielo. Para el hígado son muy malas las bebidas heladas...

Iris se frotó las manos bajo la mesa, su corazón latía fuertemente. Todavía podría irme, irme enseguida...

Él carraspeó y después se decidió a hablar:

—Así pues, como usted nos pidió, me he encargado de seguir a su marido, el señor Philippe Dupin. Le localicé el jueves 11 de diciembre a las ocho y diez de la mañana ante su domicilio y le seguí, apoyado en esto por dos colegas, sin interrupción hasta ayer por la noche, 20 de diciembre, a las veintidós treinta, hora a la que volvió a su domicilio.

—Es exacto —respondió Iris con voz apagada.

El camarero vino a dejar el refresco y pidió que se saldase la cuenta, pues su servicio terminaba. Iris pagó e hizo una señal de que se quedase con el cambio.

—Su marido tiene una vida muy organizada. No parece esconderse. El seguimiento fue, pues, muy sencillo. Pude identificar a la mayoría de sus citas salvo a un interlocutor que me cuesta...

—¡Ah! —dijo Iris, sintiendo cómo su corazón se aceleraba.

—Un hombre al que ha visto dos veces, con tres días de intervalo, en un café del aeropuerto de Roissy. Una vez a las once y media de la mañana, la otra a las tres de la tarde. Cada encuentro duró una hora corta... Un hombre de unos treinta años, con un maletín negro, un hombre con el que parece tener conversaciones serias. El hombre le ha enseñado fotos, documentos escritos, recortes de periódico. Su marido asentía con la cabeza, y después le hizo numerosas preguntas mientras el hombre escuchaba y tomaba notas...

—¿Tomaba notas? —repitió Iris.

—Sí. Entonces pensé que debía de ser una cita de negocios... Me las he arreglado, no le diré cómo, para tener una fotocopia de su agenda, en la que no hay ni rastro de esas citas. No las anotó en su cuaderno, ni habló de ello con su secretaria ni con la más cercana de sus colaboradoras, la señora Vibert.

—¿Cómo puede usted saber todo eso? —preguntó Iris, extrañada de una intrusión tal en la vida de su marido.

—Eso es asunto mío, señora. En fin, sin revelarle nuestros procedimientos, sabemos que no son citas de negocios.

—¿Tiene usted fotos del hombre en cuestión?

—Sí —dijo sacando un fajo de un portadocumentos.

Lo extendió bajo la mirada de Iris, que se inclinó con el corazón en un puño. El hombre tenía en efecto unos treinta años, el pelo castaño, corto, los labios finos y gafas de concha. Ni guapo ni feo. Un hombre corriente. Hizo un esfuerzo de memoria, pero tuvo que reconocer que nunca lo había visto.

—Su marido le dio dinero líquido y se separaron estrechándose la mano. Aparte de esos dos encuentros, su marido parece tener una vida organizada únicamente en torno a sus negocios. Ningún encuentro personal, ninguna cita furtiva, ninguna estancia en un hotel... ¿Desea usted que continúe el seguimiento?

—Me gustaría saber quién es ese hombre —dijo Iris.

—He seguido al desconocido tras esas dos citas. Una vez tomó un avión a Basilea, la otra a Londres. Es todo lo que he podido saber. Podría saber más, pero sería necesario un seguimiento más profundo, más largo... Poder viajar al extranjero. Eso significa forzosamente gastos suplementarios...

—Ha venido expresamente a París... para ver a mi marido —pensó Iris en voz alta.

—Sí, y ahí radica el misterio.

—Al mismo tiempo, entramos en el periodo de Navidad. Mi marido va a pasar las vacaciones con nosotros fuera unos días y...

—No quiero presionarla, señora. Un seguimiento es caro. Quizás quiera usted pensárselo y volver a llamarnos si quiere que continuemos.

—Sí —respondió Iris, preocupada—. En efecto, quizás sea lo mejor.

Quedaba, sin embargo, una pregunta que no se atrevía a hacer y que le quemaba en los labios. Dudó. Bebió un trago de agua.

—Me gustará preguntarle —comenzó balbuceando—. Me gustaría saber si... si tuvieron gestos...

—¿Gestos físicos, dejando adivinar intimidad entre ellos?

—Sí —tragó Iris, avergonzada por plantear sus dudas ante un perfecto desconocido.

—Ninguno, pero sí existía auténtica complicidad. Hablaron de una forma que parecía directa, precisa. Cada uno parecía saber exactamente lo que esperaba del otro.

—Pero ¿por qué mi marido le dio dinero?

—No tengo ni idea, señora. Necesitaría más tiempo para saberlo.

Iris levantó la mirada hacia el reloj del café. Las seis y cuarto. Ya no sabría más. La invadió un enorme desaliento. Se sentía a la vez decepcionada y aliviada de no haberse enterado de nada. Sentía la amenaza de un peligro a su alrededor.

—Creo que necesito reflexionar —murmuró.

—Perfecto, señora. Quedo a su disposición. Si quiere usted seguir, llame a la agencia, volverán a asignarme el asunto.

Apuró su vaso, chascó varias veces la lengua como si probara un buen vino y, con aspecto satisfecho, añadió:

—En espera de sus noticias, le deseo a usted felices fiestas y...

—Muchas gracias —le interrumpió Iris sin mirarle—. Muchas gracias...

Le tendió la mano, distraída, y le vio alejarse.

Ayer por la noche, Philippe había vuelto a dormir con ella. Había dicho simplemente: «Creo que Alexandre está preocupado, no es bueno para él que nos vea dormir separados».

El silencio puede ser signo de una gran alegría para la que no se encuentran palabras. A veces es también una forma de demostrar desprecio. Es lo que había sentido Iris la víspera. El desprecio de Philippe, por primera vez en su vida.

Vio el sombrero escocés doblar la esquina de la calle y se dijo que necesitaba reconquistar la estima de su marido a cualquier precio.

* * *

Eran las seis y media cuando Joséphine y Shirley salieron de la peluquería. Shirley agarró a Jo del brazo y la forzó a mirarse en el escaparate de una tienda Conforama, iluminado por un gran neón rojo que desplegaba las letras de la marca de muebles.

—¿Quieres que compre una cama o un armario? —preguntó Joséphine.

—Quiero que veas lo guapa que estás.

Joséphine miró el reflejo que le devolvía el escaparate y tuvo que reconocer que no estaba nada mal. La peluquera le había dado más luminosidad a su pelo, que tenía un aspecto más joven. Inmediatamente pensó en el hombre de la parka y se dijo que quizás, si volvía a la biblioteca, la invitaría a tomar un café.

—Es verdad... has tenido una buena idea. No voy nunca a la peluquería. Es tirar el dinero...

E inmediatamente se arrepintió de haber pronunciado esas palabras, pues el espectro del dinero que le iba a faltar la cogió por la garganta y la hizo estremecerse.

—¿Y yo? ¿Qué te parezco? —dijo Shirley girando sobre sí misma y retocándose sus rizos platino.

Había levantado el cuello de su largo abrigo y giraba con los brazos en corola y la cabeza vuelta como una bailarina graciosa y frágil.

—Oh, yo siempre te encuentro guapa. Bella hasta seducir a todos los santos del calendario —respondió Jo para alejar de su mente el espectro de la bancarrota.

Shirley se echó a reír y entonó un viejo éxito de Queen dando saltos por la calle: «*We are the champions, my friend, we are the champions of the world... We are the champions, we are the champions!*». Se puso a bailar por las calles desiertas, rodeadas de edificios grises y fríos. Saltaba con sus largas piernas, rebotando, dislocando sus caderas, simulaba tocar una guitarra eléctrica y expresaba cantando su alegría por haber embellecido a Joséphine.

—De ahora en adelante, te pago la peluquería una vez al mes.

Una ráfaga de viento helado vino a interrumpir su número musical. Cogió el brazo de Jo para entrar en calor. Caminaron un rato sin decir nada. Había anochecido y los pocos peatones con los que se cruzaban avanzaban a ciegas, la cabeza gacha, con prisas por llegar a sus casas.

—No es esta noche cuando podrás comprobar si gustas —murmuró Shirley—, todos van mirándose los zapatos.

—¿Crees que el hombre de la parka me va a mirar? —preguntó Jo.

—Si no te ve, es que tiene los ojos llenos de mierda.

Había contestado con un tono tan categórico que Joséphine se sintió henchida de felicidad. ¿Es posible que me haya vuelto guapa? Se preguntó buscando un escaparate para contemplarse.

Estrechó el brazo de su amiga contra ella. Y, ya que por primera vez en su vida se sentía guapa, encontró valor.

—Dime, Shirley... ¿puedo hacerte una pregunta? Una pregunta un poco personal. Si no quieres responderme, no lo hagas...

—Venga, suéltalo.

—Es algo indiscreto, te aviso. No quiero que te enfades.

—*Oh, Joséphine, come on.*

—Bueno, entonces, me lanzo. ¿Por qué no hay un hombre en tu vida?

Apenas hizo la pregunta, se arrepintió. Shirley retiró su brazo de un golpe seco y se ensombreció. Dio un salto a un lado y continuó avanzando a grandes zancadas, distanciándose rápidamente de Jo.

Joséphine se vio obligada a correr para alcanzarla.

—Lo siento, Shirley, lo siento... no debía, pero, entiéndelo, eres tan hermosa, y al verte siempre sola, yo...

—Hace tiempo que temo que me hagas esa pregunta.

—No estás obligada a responderme, te lo aseguro.

—¡Y no te responderé! ¿De acuerdo?

—De acuerdo.

Una nueva ráfaga de viento las golpeó en pleno rostro y se estremecieron a la vez, juntándose la una contra la otra.

—Es siniestro —protestó Shirley—. Se diría que hoy es el día del juicio final.

Joséphine se forzó a reír para disipar el malestar entre ellas.

—Tienes razón. Podrían poner algo más de iluminación por aquí, ¿no? Habría que quejarse al ayuntamiento...

Decía cualquier cosa para cambiar el humor de su amiga.

—Otra pregunta pues... Más anodina.

Shirley gruñó algo que Joséphine no entendió.

—¿Por qué llevas el pelo tan corto?

—Tampoco voy a responderte.

—Ah... Esa no era una pregunta indiscreta.

—No, pero tiene una relación directa con tu primera pregunta.

—Oh. Lo siento... Me callo.

—Si es para hacer otras preguntas así, será lo mejor.

Continuaron caminando en silencio. Joséphine se mordía la lengua. Siempre es así, cuando mejor se siente uno, se envalentona y suelta una tontería. Hubiera hecho mejor callándome.

Perdida en sus pensamientos, no vio que Shirley se había parado y chocó contra ella.

—¿Quieres que te diga una cosa, Jo? Sólo una... *I give you a hint...*

Jo asintió con la cabeza, agradecida de que Shirley no estuviese enfadada.

—El pelo largo y rubio trae mala suerte. Arréglatelas con eso.

Y retomó su marcha en solitario.

Joséphine la siguió, dejándola caminar unos metros por delante. El pelo largo y rubio trae mala suerte. ¿Había traído mala suerte a Shirley? La imaginó adolescente con una larga cabellera rubia y todos los chicos de su pueblo espiándola, siguiéndola, acosándola. Su larga cabellera rubia flotaba al viento como un estandarte que provocaba avidez, deseo. Se lo había cortado.

Fue entonces cuando, sin que los hubiesen visto llegar, surgieron tres chicos que se lanzaron sobre ellas y les arrancaron los bolsos. Jo recibió un violento puñetazo y gimió, llevándose la mano a la nariz que le parecía que sangraba. Shirley vociferó una retahíla de insultos en inglés y fue en su persecución. Jo asistió, atónita, a la paliza que les dio Shirley. Sola contra tres. En una tormenta de empujones, patadas y puñetazos, los tiró al suelo lanzando sobre ellos una violencia inusitada. Uno de los tres blandió un cuchillo y Shirley, golpeándole con todas sus fuerzas con la punta del pie, lo envió lejos.

—¿Tenéis suficiente o queréis más? —les amenazó agachándose para recuperar sus bolsos.

Los tres chicos se sujetaban las costillas y se retorcían por el suelo.

—Me has roto un diente, hija de puta —le lanzó el más fanfarrón.

—¿Sólo uno? —respondió Shirley soltándole una nueva patada en la boca.

El chico lanzó un grito y se hizo una bola para protegerse. Los otros dos se levantaron y huyeron, corriendo como si les persiguiese el diablo. El que quedó en el suelo gemía. Se puso a arrastrarse sobre los codos. «¡Puta, jodida puta!», balbuceó al constatar que escupía sangre. Shirley se agachó, le agarró por el cuello de su cazadora y, forzándole a permanecer a cuatro patas, le desnudó por completo. Le arrancó la ropa como si desnudara a un niño. Hasta que quedó en slip y calcetines, de cuclillas, en medio de la explanada. Le arrancó una placa de metal que tenía colgada al cuello y le ordenó que la mirara directamente a los ojos.

—Ahora, gilipollas, me vas a escuchar. ¿Por qué nos has atacado? Porque somos dos mujeres solas, ¿verdad?

—Pero, señora. No ha sido idea mía, ha sido mi colega, que...

—¡Cagón, cobarde, debería darte vergüenza!

—Devuélvame mi placa, señora, devuélvamela...

—¿Nos habrías devuelto tú los bolsos, eh? ¡Responde!

Le golpeó la cabeza contra el suelo. Gritó, prometió que no lo haría nunca más, que nunca tocaría a una mujer sola. Se retorcía, desnudo y blanco, sobre el suelo negro.

Shirley, manteniendo la presión sobre el chico en el suelo, se acercó a una alcantarilla y dejó caer la placa de metal. Se escuchó el ruido sordo de la placa rebotando en el fondo del respiradero. El chico soltó un insulto, y Shirley le dio un nuevo golpe en la nuca, esta vez con el codo. Doblado en dos por el dolor, eligió no resistirse más y se tumbó en el suelo.

—Ya ves, acabo de hacer contigo aproximadamente lo que tú nos has hecho antes. Tu placa se ha perdido. Así que lárgate y piénsatelo. ¿Has entendido, gilipollas?

El chico, con el brazo todavía levantado para protegerse, se puso en pie titubeando, hizo un gesto para recoger su ropa, pero Shirley sacudió la cabeza.

—Te vas a largar así, en slip y calcetines. Vamos, gilipollas.

Se fue sin protestar. Shirley esperó a que hubiese desaparecido. Hizo una bola con su ropa y la tiró en un contenedor de obra. Después se arregló, estiró su pantalón, se colocó el abrigo y lanzó una última palabrota en inglés.

Joséphine la miraba fijamente, estupefacta por la demostración de violencia a la que acababa de asistir. Estaba sin aliento. Dirigió una mirada muda a Shirley, que se encogió de hombros y soltó:

—Esto también forma parte del hecho de que no tenga novio. ¡Segunda pista!

Se acercó a Jo, observó su nariz que sangraba, sacó un pañuelo del bolsillo y se la taponó. Joséphine hizo una mueca de dolor.

—Está bien —dijo Shirley—. No está rota. ¡Sólo un golpetazo! Mañana va a ponerse de todos los colores. Dirás que te has golpeado contra la puerta de cristal de la peluquería al salir. Ni una palabra a los niños esta noche, ¿de acuerdo?

Joséphine asintió. Le hubiese gustado preguntarle a Shirley dónde había aprendido a pelear, pero ya no se atrevía a hacer ninguna pregunta.

Shirley abrió su bolso y verificó que no faltaba nada.

—¿Lo tienes todo?

—Sí...

—¡Vamos!

La cogió del brazo y la forzó a avanzar. A Joséphine le temblaban las rodillas y pidió pararse para recobrar el aliento.

—Es normal —dijo Shirley—. Es tu primera pelea. Después te acostumbras. ¿Te sientes capaz de hacer frente a los niños sin decir nada?

—Me bebería una copita. La cabeza me da vueltas.

En la entrada del edificio, vieron a Max Barthillet sentado en los escalones al lado del ascensor.

—No tengo llave y mi madre no ha vuelto...

—Déjale una nota, dile que la estás esperando en mi casa. —decidió Shirley con un tono tan autoritario que el chico asintió—. ¿Tienes algo con lo que escribir?

Le contestó que sí enseñándole la cartera. Y subió a pie los dos pisos para dejar una nota en su puerta.

Jo y Shirley tomaron el ascensor.

—¡No tengo regalo para él! —dijo Jo mirándose la nariz en el espejo del ascensor—. Jolines, estoy desfigurada.

—Joséphine, ¡cuándo dirás joder como todo el mundo! Le daré un billete en un sobre, es lo que más necesitan los Barthillet en este momento.

Giró el rostro de Jo hacia ella, inspeccionando cuidadosamente su nariz.

—Voy a ponerte un poco de hielo... Y recuerda: te has golpeado con la puerta de cristal de la peluquería. ¡No metas la pata! Es Navidad, no se la vamos a estropear y a aterrorizarlos.

Joséphine fue a buscar a las niñas y los regalos que había escondido en el estante más alto del armario de su habitación. Ellas se burlaron de la torpeza de su madre y de su nariz hinchada. Cuando llamaron a la puerta de Shirley, oyeron villancicos en inglés y Shirley abrió la puerta con una gran sonrisa. A Jo le costó reconocer a la furia que había derrotado a tres delincuentes.

Hortense y Zoé lanzaron gritos de alegría al abrir sus regalos. Gary descubrió el iPod que Jo le había comprado y dio un salto de alegría. «*Yes, Jo*! —rugió—, ¡mamá no quería que tuviese uno! Eres realmente demasiado. ¡Demasiado demasiado!». Y se le echó al cuello, aplastándole la nariz. Zoé miraba sin creérselo sus películas de Disney y acariciaba el lector de dvd. Hortense estaba estupefacta: su madre le había comprado el último modelo de Apple, ¡y no un aparato en oferta! Y Max Barthillet contemplaba el billete de cien euros que Shirley había metido en un sobre con unas palabras.

—¡Joder! —agradeció con una sonrisa maravillada—. Eres una tía guay, Shirley, ¡has pensado en mí! Por eso mamá no está aquí. Sabía que hacías una fiesta y no me dijo nada para darme una sorpresa.

Joséphine giró la cabeza hacia Shirley para hacerle una seña de complicidad. Tendió su regalo a Shirley: una edición original de *Alicia en el país de las maravillas*, en inglés, que había encontrado en un puesto en Puces. Y Shirley le regaló un magnífico cuello redondo en cachemira negra.

—Para pavonearse en Megève.

Jo la estrechó entre sus brazos. Shirley hizo un movimiento de abandono que la volvió ligera y suave. «Las dos juntas hacemos un buen equipo», murmuró Shirley. Jo no supo qué responder y la estrechó más fuerte.

Gary había cogido el ordenador de Hortense y le enseñaba cómo utilizarlo. Max y Zoé estaban absortos con las películas de Walt Disney.

—¿Todavía ves dibujos animados? —preguntó Jo a Max.

Él la miró con la mirada brillante de un niño pequeño y Jo estuvo otra vez a punto de echarse a llorar. Tengo que tener cuidado para no convertirme en una fuente, se dijo. Esta fiesta que a ella no le apetecía por culpa de la ausencia de Antoine se desarrollaba como no había osado imaginar. Shirley había montado y adornado un abeto. La mesa estaba decorada con ramas de acebo, copos de nieve de algodón hidrófilo y estrellas de papel dorado. Largas velas rojas ardían en candelabros de madera, dando a toda la escena la apariencia de un sueño.

Descorcharon champán, devoraron el pavo con castañas, un tronco de chocolate y café, receta secreta de Shirley y, después, terminada la cena, echaron la mesa a un lado y bailaron.

Gary bailó con Hortense una canción lenta y melódica y las dos madres les vieron bailar mientras sorbían el champán.

—Qué guapos están —dijo Jo un poco achispada—. Has visto: Hortense no se ha hecho de rogar. Me parece incluso que baila demasiado cerca.

—Porque sabe que él le va a ayudar a poner en marcha su ordenador.

Joséphine le dio un codazo en las costillas y Shirley lanzó un grito de sorpresa.

—¡No toques a la mujer kárate o lo vas a pasar mal!

—Y tú, deja de ver maldad en todo.

A Joséphine le hubiese gustado detener el tiempo, quedarse con ese momento de felicidad y guardarlo en una botella. La felicidad, pensó, está hecha de pequeñas cosas. Siempre se la espera con mayúsculas, pero llega a nosotros de puntillas y puede pasar bajo nuestras narices sin darnos cuenta. Esta noche, la había agarrado y no la soltaba. Por la ventana, percibió las estrellas en el cielo y tendió su vaso hacia ellas.

Hubo que volver a casa y acostarse.

Estaban en el descansillo cuando la señora Barthillet vino a buscar a Max. Tenía los ojos enrojecidos y se excusó con que se le había metido polvo a la salida del metro. Max exhibió su billete de cien euros. La señora Barthillet dio las gracias a Shirley y Jo por haber cuidado de su hijo.

A Jo le costó mucho acostar a sus hijas. Daban saltos en sus camas y gritaban de alegría por la partida al día siguiente hacia Megève. Zoé quiso verificar diez veces que su maleta estaba bien hecha, que no había olvidado nada. Jo consiguió por fin atraparla, hacer que se pusiese el pijama y acostarla. «¡Estoy plof, mamá, completamente plof!». Había bebido demasiado champán.

En el cuarto de baño, Hortense se limpiaba la cara con leche desmaquillante que le había comprado Iris. Pasaba y repasaba el algodón sobre su piel e inspeccionaba las impurezas recogidas. Hortense se volvió y preguntó:

—Mamá. Todos esos regalos, ¿eres tú la que los ha pagado? ¿Con tu dinero?

Joséphine asintió.

—Pero entonces, mamá, ¿ahora somos ricas?

Joséphine estalló de risa y se sentó en el borde de la bañera.

—He encontrado un nuevo trabajo: hago traducciones. Pero chissst, es un secreto, no hay que decírselo a nadie. Si no se acabó. ¿Prometido?

Hortense le tendió la mano y repitió prometido.

—Me han dado ocho mil euros por la traducción de una biografía de Audrey Hepburn y quizás obtenga muchas más...

—¿Y tendremos mucho dinero?

—Tendremos mucho dinero.

—¿Y podré tener un portátil? —preguntó Hortense.

—Quizás —dijo Joséphine, feliz de ver un brillo de alegría en los ojos de su hija.

—¿Y nos cambiaremos de casa?

—¿Tanto te fastidia vivir aquí?

—Ay, mamá, ¡es tan vulgar! ¿Cómo quieres que haga relaciones aquí?

—Tenemos amigos. Mira la velada tan formidable que acabamos de pasar. ¡Vale todo el oro del mundo!

Hortense arrugó el semblante.

—A mí me gustaría vivir en París, en un buen barrio... Ya sabes, tener relaciones es tan importante como los estudios que se hacen.

Estaba fresca, alta y hermosa en su pequeña camiseta de tirantes y su pantalón de pijama rosa. Todo en su rostro indicaba seriedad y determinación. Jo se oyó decir:

—Te prometo, cariño, que, cuando haya ganado suficiente dinero, iremos a vivir a París.

Hortense soltó el algodón y se lanzó a abrazar a su madre.

—¡Ay, mamá, mi mamaíta querida! ¡Cómo me gusta cuando eres así! ¡Cuando eres fuerte! ¡Decidida! De hecho, no te lo había dicho: te sienta muy bien tu nuevo peinado y tus mechas. ¡Estás muy guapa! Como una flor...

—¿Me quieres un poco entonces? —preguntó Joséphine, intentando parecer despreocupada y no estar implorando.

—Ay, mamá, te quiero con locura cuando eres una ganadora. No soporto cuando eres una cosita triste, inexistente. Me pone de los nervios... peor aún, me da miedo. Me digo que nos vamos a hundir.

—¿Cómo?

—Me digo que al primer gran problema vas a flaquear, y eso me aterroriza.

—Te voy a prometer algo, mi niña querida, no nos vamos a hundir. Voy a trabajar como una loca, ganar mucho dinero y nunca más tendrás miedo.

Joséphine abrazó el cuerpo cálido y suave de su hija y se dijo que, ese momento, ese momento de intimidad y amor con Hortense, era el mejor regalo de Navidad.

* * *

Al día siguiente, sobre el andén F de la estación de Lyon, el andén donde estaba estacionado el tren 6745 en dirección Lyon, Annecy, Sallanches, a Zoé le dolía la cabeza, Hortense bostezaba y Joséphine enarbolaba una nariz violeta, verde y amarilla. Estaban esperando sobre el andén, con los billetes confirmados en la mano, a que Iris y Alexandre se unieran a ellas.

Esperaban con las manos agarrando el asa de sus maletas, por miedo a que se las robaran, y recibiendo los empujones de los pasajeros apresurados. Esperaban atentas a la gran aguja del reloj que avanzaba inexorablemente hacia la hora de salida.

Dentro de diez minutos el tren partiría. Joséphine giraba la cabeza en todos los sentidos, esperando atrapar al vuelo la imagen de su hermana acompañada del pequeño Alexandre corriendo hacia ellas. No fue esa imagen tranquilizadora la que vio, sino otra que fijó con actitud de perro de presa.

Volvió la cabeza rogando al cielo para que sus hijas no vieran lo que ella acababa de ver: a Chef sobre el mismo andén que ellas besando en la boca a Josiane, su secretaria, y ayudándola después a montar en el tren con mil recomendaciones, ruidos de besos y delicadezas. Es ridículo, pensó Joséphine, ¡se diría que lleva el santo sacramento! Giró una vez más la cabeza para comprobar que no era una alucinación y sorprendió de nuevo a su padrastro subiendo los escalones del tren detrás de la generosa Josiane.

Ordenó, pues, una movilización general, diciendo a las niñas que montasen rápidamente en el vagón 33 que estaba en la cabecera del andén.

—¿No esperamos a Iris y Alexandre? —preguntó Zoé gruñendo. Me duele la cabeza mamá, ayer bebí demasiado champán.

—Los esperaremos en el interior. Tienen sus asientos, nos encontrarán. Venga, vamos, ordenó Jo con voz firme.

—¿Y Philippe no viene? —se inquietó Hortense.

—Se reunirá con nosotros mañana, tiene trabajo.

Arrastrando las maletas, descifrando el número de los vagones que pasaban, se alejaron del sitio fatal donde Chef abrazaba a Josiane.

Jo se volvió una última vez para percibir de lejos a Iris y Alexandre, que llegaban corriendo como locos.

Se instalaron en sus asientos en el momento que el tren se ponía en marcha. Hortense se quitó su plumífero, lo dobló cuidadosamente y lo colocó perfectamente en el lugar reservado para los abrigos. Zoé y Alexandre comenzaron a contarse inmediatamente la velada de ayer con grandes gestos, lo que exasperó a Iris, que les reprendió severamente.

—Van a terminar idiotas, te lo juro. Pero ¿qué te ha pasado? ¡Estás desfigurada! ¿Has hecho judo? Ya no tienes edad, ¿sabes?

Cuando el tren arrancó, tomó a Jo aparte y le dijo:

—Ven, vamos a tomar un café.

—¿Ahora mismo? —preguntó Jo temiendo encontrar a Josiane y a Chef en el vagón restaurante.

—Tengo que decirte algo importante. ¡Cuanto antes!

—Pero podemos hablar y quedarnos en nuestro sitio.

—No —ordenó Iris entre dientes—. No quiero que lo oigan los niños.

Jo recordó entonces que Chef y su madre pasaban las Navidades en París. Así que no había montado en el tren. Se resignó a seguir a Iris. Se iba a perder su tramo preferido: cuando el tren atravesaba las afueras de París, se hundía como una flecha de acero en un camino de marquesinas y pequeñas estaciones aumentando su velocidad. Ella intentaba descifrar el nombre de las estaciones. Al principio lo conseguía, después se saltaba la mitad de las letras, la cabeza le daba vueltas y no leía nada. Entonces cerraba los ojos y se dejaba llevar: el viaje podía comenzar.

Apoyada en la barra del vagón restaurante, Iris daba vueltas y vueltas a la cucharita de plástico dentro de su café.

—¿Te pasa algo? —preguntó Jo, sorprendida de verla tan sombría y nerviosa.

—Estoy con la mierda al cuello, Jo, con la mierda realmente al cuello.

Jo no dijo nada y pensó que no era la única. Yo también estaré metida en un buen marrón dentro de quince días. A partir del 15 de enero, exactamente.

—¡Y sólo tú puedes sacarme!

—¿Yo? —articuló Joséphine, atónita.

—Sí, tú. Ahora escúchame y no me interrumpas. Ya es bastante difícil de explicar, así que si me interrumpes...

Joséphine asintió. Iris bebió un sorbo de café y, clavando sus grandes ojos azul violeta en su hermana, comenzó:

—¿Te acuerdas de aquella trola que solté una noche en la que simulé que escribía un libro?

Joséphine, muda, asintió. Los ojos de Iris le producían siempre el mismo efecto: la dejaban hipnotizada. Le hubiese gustado pedirle que apartara ligeramente la cabeza, que no la mirase de esa forma, pero Iris hundía su mirada profunda y de una intensidad casi negra en la de su hermana. Sus largas pestañas añadían un toque grisáceo o dorado según la luz que captaran al cerrarse o al abrirse.

—Pues bien, ¡voy a escribir!

Joséphine, extrañada, dijo:

—Bueno, esa es más bien una buena noticia.

—No me cortes, Jo, no me cortes. Créeme, necesito todas mis fuerzas para decirte lo que tengo que decirte porque no es fácil.

Inspiró profundamente, escupió el aire con irritación como si le hubiese quemado los pulmones y continuó:

—Voy a escribir una novela histórica sobre el siglo XII tal y como presumí aquella noche... Llamé ayer al editor. Está encantado. Le he soltado, para que se le haga la boca agua, algunas anécdotas que afortunadamente tú me habías soplado: la historia de Rollon, de Guillermo el Conquistador, de su madre la lavandera, las «banalidades», y patatín y patatán, hice una especie de ensaladilla con todo eso y ¡parecía completamente subyugado! ¿Para cuándo puedes tenerlo?, me preguntó. Le dije que no lo sabía, que no tenía ni idea. Entonces me prometió un buen anticipo si le ofrecía una veintena de páginas lo antes posible. Para ver cómo escribo y si doy la talla. Porque, me dijo, para ese tipo de temas, hace falta ciencia y esfuerzo.

Joséphine escuchaba y opinaba en silencio.

—El único problema es que yo no tengo ni ciencia ni esfuerzo. Y ahí es donde intervienes tú.

—¿Yo? —dijo Jo tocándose el pecho con el dedo.

—Sí, tú.

—No veo muy bien cómo, sin querer ofenderte...

—Tú intervienes para que las dos firmemos un contrato secreto. ¿Te acuerdas cuando, siendo pequeñas, hacíamos el juramento de sangre?

Joséphine dijo sí con la cabeza. Y después, hacías lo que querías conmigo. Me aterrorizaba la idea de romper el juramento y morir de golpe.

—Un contrato del que no hablaremos con nadie, ¿comprendes? Con nadie. Un contrato que sirva a los intereses de ambas. Tú necesitas dinero. No digas que no. Necesitas dinero. Yo necesito respetabilidad y una nueva imagen, no te explico el porqué, sería demasiado complicado y, además, no estoy segura de que lo entendieses. No comprenderías la urgencia que tengo.

—Puedo intentarlo si me lo explicas —propuso tímidamente Joséphine.

—¡No! Y, además, no tengo ganas de explicártelo. Así que lo que vamos a hacer es muy simple: tú escribes el libro y recibes el dinero, yo lo firmo y me voy a venderlo en la tele, en la radio, en los periódicos... Tú produces la materia prima, yo me encargo del servicio posventa. Porque hoy en día, un libro, no basta con escribirlo, ¡hay que venderlo! Mostrarse, hablar de una, tener el pelo limpio y brillante, estar bien maquillada, tener una imagen, cuál todavía no lo sé, dejarse fotografiar en el mercado, en el cuarto de baño, de la mano con el marido o con el amante, bajo la torre Eiffel, ¡yo qué sé! Muchas cosas que no tienen nada que ver con el libro, pero que le aseguran el éxito. Yo soy muy buena en eso, ¡y tú no sirves! Yo no sirvo para escribir, ¡y a ti se te da de maravilla! Nosotras dos, poniendo lo mejor de cada una, ¡seremos perfectas! Te lo repito, para mí, no es una cuestión de dinero, todo el dinero será para ti.

—¡Pero eso es un fraude! —protestó Joséphine.

Iris la miró resoplando de desesperación. Sus grandes ojos barrieron a Jo de un golpe de pestañas exasperado, levantó las cejas y se hundió de nuevo en la mirada de su hermana como un ave rapaz.

—Estaba segura. ¿Y qué parte es un fraude si todo el dinero es para ti? Yo no me quedo ni un céntimo. Te lo doy todo. ¿Lo entiendes, Jo? ¡Todo! No te estoy estafando, no te robo, te doy exactamente lo que más necesitas en este momento: dinero. Y, a cambio, sólo te pido una pequeña mentira... ni siquiera una mentira, un secreto.

Joséphine hizo una mueca de desconfianza.

—No te pido que hagas eso el resto de tu vida. Te pido sólo que lo hagas una vez y después nos olvidamos. Después cada una volverá a su sitio y continuará su vida tranquilamente. Salvo que...

Joséphine la interrogó con la mirada.

—Salvo que en ese tiempo tú habrás ganado dinero y yo habré resuelto mi problema.

—¿Y cuál es tu problema?

—No tengo ganas de hablarte de ello. Debes confiar en mí.

—Como cuando éramos pequeñas...

—Exactamente.

Joséphine miró el paisaje que desfilaba y no respondió.

—Jo, te lo suplico, ¡hazlo por mí! ¿Qué tienes que perder?

—No estoy pensando en esos términos...

—¡Oh, venga! ¡No me digas que tú eres clara como el agua de la fuente y que no me escondes nada! He sabido que trabajas para el despacho de Philippe a escondidas, sin decírmelo. ¿Crees que eso está bien? ¡Haciendo cosas a escondidas con mi marido!

Joséphine se ruborizó y balbuceó:

—Philippe me pidió que no dijera nada y como necesitaba ese dinero...

—Pues bien, en mi caso, es lo mismo: te pido que no digas nada y te doy el dinero que necesitas.

—No estaba orgullosa de ocultarte algo.

—¡Sí, pero lo has hecho! Lo has hecho, Joséphine. ¿Así que quieres hacerlo por Philippe y no por mí? ¡Tu propia hermana!

Joséphine empezaba a ceder. Iris lo intuyó. Adoptó una voz más suave, casi suplicante, y llenó sus ojos, que seguían fijos en su hermana, de una muda ternura.

—Escúchame, Jo. Además, me haces un favor. Un inmenso favor. A mí, tu hermana. Siempre he estado a tu lado, siempre me he ocupado de ti, nunca te he dejado en la necesidad o la miseria. Cric y Croc... ¿recuerdas? Desde que éramos muy pequeñas. Soy tu única familia. Ya no tienes a nadie. Ni madre, pues ya no la ves y ella está REALMENTE enfadada contigo, ni padre, ni marido... Sólo me tienes a mí.

Joséphine se estremeció y se rodeó con los brazos. Sola y abandonada. Había creído, en la euforia del primer cheque, que le iban a llover proposiciones, y se veía obligada a constatar que no había nada de eso. El hombre que le había felicitado por su excelente trabajo no le había vuelto a llamar. El 15 de enero tendría que pagar. El 15 de febrero también y el 15 de marzo, el 15 de abril y el 15 de mayo, el 15 de junio y el 15 de julio... Las cifras le mareaban. La masa negra de la desgracia inminente se fundió sobre ella y sintió una opresión en el pecho. Se le cortó el aliento.

—Además —continuó Iris, que constataba que la mirada de Jo se inundaba de inquietud—, no te hablo de una pequeña suma de dinero. Te hablo por lo menos, tirando por lo bajo, de cincuenta mil euros.

Joséphine soltó una exclamación de sorpresa.

—¡Cincuenta mil euros!

—Veinticinco mil euros en cuanto haya entregado los veinte folios y un plan de la historia...

—¡Cincuenta mil euros! —repitió Joséphine, que no creía lo que estaba oyendo—. ¡Pero ese editor tuyo está loco!

—No, no está loco. Él reflexiona. Hace cuentas, calcula. Un libro cuesta ocho mil euros imprimirlo; a partir de quince mil ejemplares habrá cubierto su inversión. Gastos de publicación y anticipo incluidos. Dice, y esto tienes que escucharlo, Jo, dice que con mis relaciones, mi aspecto, mis grandes ojos azules, mi sentido de la réplica, voy a seducir a los medios de comunicación, y el libro navegará sobre la ola del éxito. Dijo eso, palabra por palabra.

—Sí, pero... —protestó Joséphine cada vez con más debilidad.

—Tú, escríbelo... Conoces el tema de memoria, jugarás con los hechos históricos, los detalles de la época, el vocabulario, los personajes... ¡Te va a encantar! Para ti será un juego de niños. Y en seis meses, escúchame bien, Jo, ¡en seis meses te metes cincuenta mil euros en el bolsillo! ¡Y se acabaron tus preocupaciones! Vuelves a tus viejos pergaminos, a tus poemas de François Villon, a tu lengua de oíl y a tu lengua de oc.

—¡Lo estás mezclando todo! —la reprendió Joséphine.

—Me da igual mezclarlo todo. Yo sólo tendré que defender lo que tú habrás escrito. Lo hacemos una vez y lo olvidamos...

Joséphine sintió un cosquilleo de placer en la base del plexo. ¡Cincuenta mil euros! Con lo que poder pagar... Hizo un cálculo rápido... ¡por lo menos treinta meses! ¡Treinta meses de respiro! Treinta meses en los que podría dormir por las noches y contar historias durante el día, a ella le gustaba contar historias a las niñas cuando eran pequeñas, sabía cómo hacer aparecer a Rollon y a Arturo y a Enrique y Leonor y Enide. Hacerlos girar en los bailes, los torneos, las batallas, los castillos, los complots...

—¿Una sola vez? ¿Seguro?

—Una sola vez. Que me coma el gran Cruc.

Cuando el tren se detuvo en la estación de Lyon, Lyon-Perrache, tres minutos de parada, Joséphine suspiró: «Sí, pero sólo una vez, ¿eh? Iris, ¿me lo prometes?».

Iris lo prometió. «Sólo una vez. Cruz de madera, cruz de hierro, si miento voy al infierno...».

TERCERA PARTE

¡Así que tendría que ponerse a escribir!

Ya no podía echarse atrás. Apenas había dicho sí en la estación de Lyon-Perrache, Lyon Perrache tres minutos de parada, e Iris había murmurado: «Gracias, hermanita, me sacas de un auténtico atolladero, no puedes hacerte la idea. Mi vida es un fracaso, un auténtico fracaso, pero es demasiado tarde, no puedo dar marcha atrás, tengo que salvar lo que me queda, acomodarlo de forma más o menos vistosa, pero tengo que hacerme a la idea, sólo recupero los restos. Es poco glorioso, ciertamente, pero así estoy».

La había besado, después se había recuperado volviéndola a ahogar en sus ojos azules oscurecidos por negras sombras:

—Te estás volviendo guapa, Joséphine, cada día más guapa, te sientan muy bien esas mechas rubias, ¿estás enamorada? ¿No? No va a tardar, te predigo la belleza, el talento, la fortuna —había añadido chasqueando los dedos como si realizase un sortilegio—. Vas a tomar el relevo. Yo recibí mucho cuando nací, más que tú, es cierto, pero he exprimido la vida como a un limón y sólo me queda una vieja cáscara a la que intento devolver el gusto. Hubo un tiempo en el que esperaba dirigir, escribir. Recuerdas, Jo... hace mucho tiempo, tenía talento... Decían, Iris está dotada, es una artista, llegará lejos, va a triunfar en Hollywood. ¡Hollywood! —hizo una mueca amarga—. ¡He caído hasta Bécon-les-Bruyères! Debo rendirme a la evidencia: quizás esté dotada, pero no tengo fuerzas. Entre la idea y la realización hay un foso que no puedo atravesar, me quedo atontada sobre el borde, la mirada fija en el vacío. Tengo ganas de escribir, unas ganas terribles, me vienen a la cabeza principios de relatos, pero cuando intento expresarlos con palabras, huyen sobre sus patitas pegajosas como cucarachas asquerosas. Sin embargo, tú sabrás atraparlas, alinearlas en hermosas frases sin que parezca que salen huyendo. Cuentas tan bien las historias... Recuerdo las cartas que me enviabas cuando pasabas las vacaciones en un campamento, se las leía a mis amigas. ¡Te habían bautizado Madame de Sévigné!

Emocionada por el abandono que sufría Iris, excitada por sus predicciones, Joséphine se sentía importante. Importante pero, no podía impedir pensarlo, amenazada. El tono grandilocuente de Iris la hacía dejarse llevar y, al mismo tiempo, hacía sonar la alarma: ¿sería lo bastante fuerte como para interpretar su papel de negro? Sabía escribir una tesis, conferencias, textos universitarios, le gustaba contar historias, pero había una gran diferencia entre las epopeyas que relataba a los pies de la cama de sus hijas y la novela histórica que Iris le había prometido a su editor. «Por la intendencia no te preocupes», había continuado Iris, sacándola de su estupor. «Te compraré un ordenador, haré que te instalen Internet». Jo había protestado: «No, no, no me des nada hasta que no haya hecho la prueba». Iris había insistido y Jo, una vez más, había cedido.

Y, ahora, había que pasar a los hechos.

Miró el ordenador, un bonito portátil blanco que esperaba con las fauces abiertas sobre la mesa de la cocina repleta de libros, facturas, rotuladores, bolis, hojas de papel, migas del desayuno; su mirada se clavó en el redondel amarillo dejado por la tetera, la tapa del bote de mermelada de albaricoque, una servilleta enrollada como una culebra blanca... Tendría que hacer sitio para escribir. Apartar su tesis. Harían falta tantas cosas, tantas, suspiró, cansada de repente ante la idea del esfuerzo que debía realizar. ¿Cómo decidir el tema de un libro? ¿Cómo crear los personajes? ¿Y el argumento? ¿Y la trama? ¿Debe proceder de los acontecimientos externos o de los personajes? ¿Cómo empezar un capítulo? ¿Cómo ordenarlo? ¿Debería hojear sus trabajos e investigaciones, convocar al elenco de Rollon, Guillermo el Conquistador, Ricardo Corazón de León, Enrique II, pedir al espíritu de Chrétien de Troyes que descienda sobre ella? ¿O inspirarse en Shirley, en Hortense, en Iris, en Philippe, Antoine y Mylène, vestirles con un yelmo, un capirote, un par de polainas o de zuecos y meterles dentro de una granja o de un castillo? El decorado cambia, los vaivenes del corazón perduran. El corazón late de la misma forma dentro de Leonor, de Escarlata o de Madonna. El corte de los vestidos y las cotas de malla se cubren de polvo, pero los sentimientos permanecen. ¿Por dónde empezar?, se repetía Joséphine observando la intensidad de la luz de ese mes de enero descender suavemente hasta la cocina, alumbrar con un pálido resplandor el borde de la pila y morir en el desagüe. ¿Existe un libro que ofrezca recetas para escribir? Medio kilo de amor, trescientos gramos de aventuras, seiscientos gramos de referencias históricas, un kilo de sudor... déjese cocer a fuego lento, en horno caliente, saltear, remover para que no se pegue, evítense los grumos, déjese reposar, tres meses, seis meses, un año. Stendhal, por lo que se dice, escribió *La cartuja de Parma* en tres semanas, Simenon finiquitaba sus novelas en diez días. ¿Pero cuánto tiempo antes habían pasado engendrándolas y nutriéndolas al levantarse, al ponerse los pantalones, bebiendo un café, recogiendo el correo, mirando la luz de la mañana posarse sobre la mesa del desayuno, contando las motas de polvo en un rayo de sol? Dejar el tiempo en infusión. Encontrar su propio modo de empleo. Beber café como Balzac. Escribir de pie como Hemingway. Aislada como Colette cuando Willy la encerraba. Investigar como Zola. Tomar opio, tintorro, hachís. Chillar como Flaubert. Correr, divagar, dormir. O no dormir, como Proust. ¿Y yo? El hule de la mesa de la cocina, el cara a cara con la pila, la tetera, el tictac del reloj, las migas del desayuno y las letras a pagar. Léautaud decía «escribid como si escribieseis una carta, no releáis, no me gusta la gran literatura, sólo me gusta la conversación escrita». ¿A quién podría enviarle una carta? No tengo amante que me espere en el parque. Ya no tengo marido. Mi mejor amiga vive en el mismo descansillo.

Escribir a un hombre de mi invención... Un hombre que me escuche. El ordenador tenía todavía las fauces abiertas. Iris lo había comprado al día siguiente de su llegada a Megève. Si coloco los dedos en el teclado, los devorará. Soltó una risa nerviosa y sintió un escalofrío.

«¿Lo has comprado con el dinero de las traducciones?», había murmurado Philippe al oído de Jo, que se había sonrojado violentamente. Iris estaba ocupada en encender el fuego de la chimenea. «Estoy encantado con mi nueva colaboradora —había añadido incorporándose—, nos has evitado una buena metedura de pata en el contrato Massipov». «Me estoy convirtiendo en la reina de la mentira y la disimulación», había pensado Jo. Traducir contratos para Philippe, pase, pero si la editorial de Audrey Hepburn le propusiese un libro para traducir, si su director de tesis le pidiese leer su informe, no se bastaría para afrontar tanta tarea, tendría que contratar un negro. Se había echado a reír. Iris se había vuelto. «¿Tan divertido es lo que te cuenta Philippe? Deberías compartirlo con todo el mundo...». Jo había tartamudeado una excusa. Joséphine se sentía cada vez más a gusto con Philippe. Todavía no eran íntimos y, probablemente, no lo serían nunca. Philippe no inspiraba ni el abandono ni la confidencia, pero se llevaban muy bien. Hay gente cuya mirada nos hace mejorar. Son escasos, pero cuando los encontramos, no hay que dejarlos pasar. Había, en Philippe, una extraña dulzura en su mirada que él posaba a veces sobre ella, una ternura sorprendida. Normalmente, pensó, cuando me miran, es para pedirme o para cogerme algo. Philippe, en cambio, da. Y bajo su mirada condescendiente, crezco. ¿Quizás se convierta un día en mi amigo?

El rayo de sol se había extinguido y el desagüe ya no relucía. La cocina estaba inmersa en una luz fría y triste de mes de enero. Joséphine suspiró, tendría que ordenar para instalar un espacio de trabajo. Pronto le faltaría sitio.

Al empujar la mesa de la cocina encontró el triángulo rojo. Se había caído detrás de la tostadora. Se inclinó, tomó la hoja de papel entre sus dedos, la giró y la giró, cerró los ojos y se remontó en el tiempo. A julio pasado.

Antoine viene a buscar a las niñas para llevárselas de vacaciones. Ella espera cruzada de brazos en el quicio de la puerta. Se muerde los labios para no demostrar su emoción. Grita «¡buenas vacaciones, niñas, divertíos mucho!». Se aprieta fuertemente los labios con los dedos para no llorar. Escucha los pasos que bajan las escaleras. De golpe, se lanza, se precipita sobre el balcón. Se inclina. Percibe un codo rojo que sobresale del coche. El codo rojo de Mylène... y Antoine coloca las maletas en el maletero, empuja una, desplaza otra con la atención de un buen padre de familia que se va de vacaciones. Un rayo cae sobre la cabeza de Jo, que comprende en una fracción de segundo que todo ha terminado. Un hombre coloca maletas en un maletero, un codo rojo sobresale, una mujer mira desde un balcón. Suena un golpe y la mujer sobre el balcón desea saltar al vacío.

Joséphine rompió en pedazos el triángulo rojo y lo tiró a la basura.

También es culpa mía. Le aburrí con mi amor. Vacié mi corazón en el suyo. Hasta la última gota. Le saturé. No sólo está el amor, también está la política del amor, decía Barbey d'Aurevilly.

Levantó la mirada hacia el reloj y exclamó: ¡las siete! Hacía cuatro horas que reflexionaba. Cuatro horas que habían pasado como si fuesen diez minutos. Las niñas iban a volver del colegio. El estudio terminaba a las seis y media.

No había preparado la cena.

Sacó una cacerola, la llenó de agua y metió unas patatas, ya las pelaré cuando estén cocidas, cogió una lechuga del frigorífico, la lavó, puso la mesa, entró en razón, que no te entre el pánico, vas a conseguirlo, un escritor no necesita ser inteligente, debe saber traducir lo que siente, encontrar las palabras que describan las emociones, ¿a quién me gustaría escribir una carta? Seducir escribiendo, seducir a un hombre, yo no quiero seducir a nadie, ese es mi problema, me veo fea, gorda, y sin embargo he perdido peso... Empezó a hacer una vinagreta, aceite de girasol o aceite de oliva, con el dinero del libro sólo compraré buen aceite de oliva, primera presión en frío, el que cuesta más caro, el que ha ganado muchos concursos, el dinero no me va a faltar ya, cincuenta mil euros, estos editores están locos, he adelgazado o me he equivocado al pesarme, volveré a pesarme mañana, Erec y Enid, qué hermosa historia, qué buena idea comenzar una novela con una boda y explorar después la supervivencia del deseo, lo contrario de lo que suele pasar en los cuentos de hadas, por qué habrá que estar delgada para gustar a los hombres, en el siglo XII las mujeres eran armarios roperos, tenían que estar grasas, mi protagonista será sólida o la crearé frágil, en todo caso, será hermosa y reluciente de tanto ungüento, cuidadosamente depilada con tiras de pez porque el vello estaba muy mal visto, y cómo voy a llamarla, no pongas demasiada mostaza en la vinagreta, a Hortense no le gusta, ¿habrá niños en mi historia? Cuando me casé con Antoine, queríamos cuatro, nos paramos en dos, hoy me arrepiento, qué caradura el haber solicitado ese préstamo sin decírmelo, ¡podría habérmelo contado! Y yo, tonta de mí, firmé con los ojos cerrado, ¡eso no le hará feliz! Y la otra, Mylène, apuesto lo que sea a que está gastándose mi dinero, la detesto, me gustaría que se le cayese el pelo, que perdiera los dientes, que perdiese su línea, que perdiese... ¿Y cómo encuentro los nombres y los apellidos? ¿Leonor? No... Demasiado manido... Emma, Adela, Rosa, Gertrudis, María, Godelive, Cecilia, Sibila, Florencia... ¿Y él? Ricardo, Roberto, Eustaquio, Balduino, Arnoud, Carlos, Thierry, Philippe, Enrique, Guibert... ¿Y por qué debería tener sólo un amante?, no es tan modosita como yo. O bien, es una modosita que lo consigue ¡a su pesar! Sería divertido, una chica que sólo aspira a la simple felicidad y que se ve trasladada al éxito, la gloria y la fortuna porque todo a lo que se acerca se transforma en oro. Cuando la historia empieza, quiere ser monja, pero sus padres se niegan... debe casarse. Con un noble rico, pues ella pertenece a una familia de pequeños nobles, arruinada por guerras locales, que no puede conservar sus tierras y es desposeída. Debe casarse con Guibert, el felón de barba horquillada, pero...

Una gota de agua hirviendo saltó de la cacerola y le quemó la mano, soltó un grito y dio un salto. Pinchó las patatas con la punta de un cuchillo, verificando que estaban cocidas.

—¡Mamá, mamá! Hemos vuelto con la señora Barthillet, ¡está delgada como un clavo! Mamá, si me convierto en una bola de sebo, ¿me harás hacer el régimen de la señora Barthillet?

—Hola, mamá —dijo Hortense—, nos han dicho que mañana no hay comedor, ¿puedes darme cinco euros para comprarme un bocadillo?

—Sí, cariño, dame la cartera... Está en mi bolso —añadió Jo mostrándole el bolso sobre el radiador de la cocina—. Y tú, Zoé, ¿no quieres comer un bocadillo mañana?

—Voy a comer en casa de Max. Me ha invitado. He sacado un seis y medio en el control de historia. Y mañana nos dan el de lengua, creo que voy a sacar una buena nota.

—¿Y cómo lo sabes si no te han devuelto el examen?

—Lo he visto en los ojos de la señora Portal, me ha mirado con cara de orgullo.

Joséphine contempló a su hija, tengo que meter sin falta una pequeña Zoé en mi historia; se la imaginó de campesina con unos buenos mofletes rojos aventando el heno o cocinando la sopa en una gran marmita colgada sobre el fuego de la chimenea. Cambiaré su nombre para que no se reconozca, conservaré su buen humor, su alegría de vivir, sus expresiones. ¿Y Hortense? De Hortense haré una princesa, muy hermosa, un poco altiva, que vive en el castillo, su padre ha partido a las cruzadas y...

—Eh, mamá, ¿dónde estás? Vuelve a la Tierra...

Hortense tendía el bolso a Joséphine.

—Mis cinco euros, ¿los has olvidado?

Joséphine cogió su cartera. La abrió, tomó un billete de cinco euros y se lo tendió a Hortense. Cayó un recorte de periódico. Jo se inclinó a recogerlo. Era la foto de la revista. El hombre de la parka. Acarició la foto. Ya sabía a quién escribiría la larga carta.

Esa noche, cuando se acostaron las niñas, se envolvió en el edredón de su cama y salió al balcón para hablar con las estrellas. Les pidió fuerzas para empezar el libro, les pidió que le mandasen ideas, les pidió también perdón, que no era lo mejor aceptar los manejos de Iris, pero no tenía otro medio de subsistir, ¿eh? ¿Es que me habéis dado elección? Miraba atentamente al cielo estrellado y particularmente a la última estrella al final de la Osa Mayor. Era su estrella cuando era pequeña. Su padre se la había regalado una noche que ella estaba apenada, había dicho: «Ves, Jo, esa pequeña estrella al final de la cacerola es como tú, si la quitas, la cacerola pierde el equilibrio, y tú, si te quitan de la familia, la familia se hunde porque tú eres la alegría personalizada, el buen humor, la generosidad... y sin embargo —había proseguido su padre—, esa estrella al final de la constelación tiene un aspecto bastante modesto, apenas la vemos... En cada familia hay gente semejante a pequeños tornillos insignificantes y, sin embargo, sin ellos no hay vida posible, no hay humor, no hay risas, no hay fiestas, no hay luz para alumbrar a los demás. Tú y yo somos pequeños tornillos de amor...». Desde entonces, cada vez que miraba el cielo estrellado, localizaba la pequeña estrella al final de la cacerola. Nunca parpadeaba. A Joséphine le hubiese gustado que parpadease de vez en cuando, se habría dicho que su padre le hacía una señal. Sería demasiado fácil, se dijo, hablarías con las estrellas, les harías una pregunta y la estrella te respondería en directo desde el cielo. ¿Y qué más? ¡Con acuse de recibo! En fin, pensó, gracias por haber hecho caer la foto del hombre de la parka de mi cartera, muchas gracias, porque ese hombre me gusta, me gusta pensar en él. No me importa si no me mira. Inventaré una historia para él, una hermosa historia...

Alzó el edredón, lo estrechó alrededor de sus hombros, se sopló los dedos y, echando una última mirada al cielo estrellado, se fue a acostar.

* * *

—¡Tú me estás ocultando algo!

Shirley había abierto la puerta del piso de Joséphine y estaba plantada en la puerta de la cocina con los brazos en jarras. Hacía una hora y media que Jo jugueteaba con su ordenador, esperando la inspiración. Nada. Ni el menor temblor narrativo. La foto del hombre de la parka, pegada con celo al lado del teclado, no bastaba. Se podría decir incluso que fracasaba completamente en su papel de musa. Inspiración, palabra del siglo XII, procedente del vocabulario cristiano, que incluye en ella nociones tan embriagadoras como el entusiasmo, el furor, el transporte, la exaltación, la elevación, el genio, lo sublime. Acababa de leer un magnífico libro de un tal señor Maulpoix sobre la inspiración poética y sólo podía constatar que era algo de lo que ella estaba completamente desprovista. Clavada en la realidad, asistía, impotente, a la inercia de su pensamiento. Ya podía apostrofarle, suplicarle, ordenarle que se pusiese en marcha, lanzarle un dardo para que se moviera, se agitara, se calentase, se desperezase, ofreciese imágenes y palabras, colisiones con otras imágenes, otras palabras, hiciese surgir al Bello, al Extraño, al Intrépido, pero el pensamiento se hacía de rogar y Joséphine, sentada en su silla de cocina, tamborileaba sobre la mesa con sus dedos impacientes. Ni la menor ascensión lírica, ni el principio de una idea creadora. Ayer había creído tener una, pero esta mañana, al despertarse, la idea se había desvanecido. Esperar, esperar. Hacerse muy pequeña ante ese azar fulminante que permanece a nuestros pies y que hemos buscado en vano durante horas. Ya le había pasado redactando trozos de su tesis, el choque entre dos ideas, dos palabras, como dos trozos de sílex que se encienden. ¡Ese resplandor glorioso existía! Sólo había que leer poemas de Rimbaud o de Eluard... ¡Existía en otros! Los intentos fallidos de su hermana invadían su mente y temía que la misma esterilidad se abatiese sobre ella. ¡Adiós, terneros, vacas, cerdos y euros por millares! El cuenco de leche amenazaba con volcar, y ella iba a encontrarse como en el cuento de la lechera. Tomó una decisión repentina, decidió vencer ese vértigo paralizante y escribir cualquier cosa, trabajar costase lo que costase, cortejar la obstinación e ignorar la inspiración con el fin de que esta última, despechada, se rindiese y librase sus primeras luces. Iba a lanzar sus dedos sobre el teclado... cuando Shirley había abierto la puerta y se había plantado delante de ella.

—Me estás esquivando, Joséphine, me esquivas.

—Shirley, llegas en mal momento... Estoy en pleno trabajo.

—Me das mucha pena, Joséphine. ¿Qué pasa para que me evites así? Sabes muy bien que entre nosotras podemos decirnos todo.

—Podemos decirnos todo, pero no estamos obligadas a decirnos todo durante todo el tiempo. Hay silencios que también forman parte de la amistad.

¡Justo en el momento en el que me iba a lanzar!, gruñó Joséphine, en el momento en el que había encontrado una solución, un subterfugio que me habría calmado ese dolor indecible que amenaza a los autores ante la hoja en blanco. Levantó la cabeza, miró fijamente a su amiga y encontró que la nariz de Shirley era demasiado respingona. ¡Demasiado corta! ¡Una nariz de plastilina! ¡Una nariz de opereta, una nariz de costurera, una nimiedad de nariz! Lárgate con tu nariz de trompetilla, se oyó pensar, horrorizada por la violencia que surgía de ella.

—Me estás evitando. Lo siento, me evitas. Desde que volviste de esquiar, hace tres semanas, ya no te veo...

Tendió la mano hacia las fauces abiertas del ordenador.

—¿Es el de Hortense?

—No, es el mío... —gruñó Jo entre dientes.

El ruido de un lápiz que acababa de partir entre sus dedos la sobresaltó; decidió calmarse. Respiró profundamente relajando la parte alta de su torso, volvió la cabeza a derecha e izquierda y exhaló toda su irritación en un largo y potente chorro de aire.

—¿Y desde cuándo tienes dos ordenadores? ¿Tienes acciones en Apple? ¿Una historia de amor con Steve Jobs? ¿Te envía *computers* como si fueran flores?

Joséphine bajó la guardia, sonrió y aceptó la idea de abandonar su trabajo. Shirley parecía verdaderamente enfadada.

—Me lo regaló Iris por Navidad... —soltó, reprochándose inmediatamente el haber hablado demasiado.

—Eso es sospechoso, esconde algo.

—¿Por qué dices eso?

—Tu hermana nunca da nada a cambio de nada. ¡Ni la hora! ¡La conozco bien! Ahora, venga, cuéntamelo todo.

—No puedo, es un secreto...

—¿Y crees que no soy capaz de guardar un secreto?

—Creo, sobre todo, que un secreto está hecho para permanecer en secreto.

Shirley levantó las cejas, se relajó y sonrió.

—No te falta razón, un punto para ti. ¿Me invitas a un café?

Joséphine lanzó una mirada de adiós a las teclas negras del ordenador.

—Voy a hacer una excepción por esta vez, pero es la última. Si no, no lo voy a conseguir.

—Déjame adivinar: estás escribiendo una carta, una carta oficial y difícil que ella no puede escribir.

Joséphine blandió un índice autoritario hacia Shirley, previniéndola de que era inútil insistir.

—No me pillarás así.

—Un café bien cargado con dos terrones de azúcar moreno...

—Sólo tengo azúcar blanco, no he tenido tiempo de hacer la compra.

—Demasiado ocupada trabajando, supongo.

Joséphine se mordió los labios, recordándose su resolución de permanecer muda.

—Así que no es una carta... Y, además, ¡no se regala un ordenador por una sola carta! Hasta la hermosa señora Dupin sabe eso...

—Shirley, para...

—¿No me preguntas qué tal he pasado las vacaciones?

La sentía con un aire malicioso que recordó a Joséphine que la partida iba a ser dura. Shirley no suelta su presa así como así. Había sido fácil esconderle la historia del préstamo de Antoine. Era Navidad, tenía la cabeza puesta en las guirnaldas, los regalos, el pavo relleno, el tronco. Pero pasadas las fiestas, Shirley había vuelto a la vida real con la intención de hacer funcionar su «radar de malicia». Así llamaba a su nariz, tocándosela con el dedo para demostrar hasta qué punto era eficaz.

—¿Qué tal has pasado las vacaciones? —preguntó Jo educadamente.

—Muy mal. Gary no ha dejado de poner cara de perro. Desde que tuvo a tu hija entre sus brazos, le han saltado los plomos. Suspira durante horas leyendo patéticos sonetos de amor. Erraba por los pasillos de la casa de mi amiga Mary declamando poesía siniestra y amenazando con colgarse con su jersey de cuello vuelto. Te voy a decir una cosa, Jo, hay que quitarle a esa chiquilla de la cabeza.

—Ya se le pasará, todos hemos tenido en la adolescencia un amor imposible. Y hemos sobrevivido.

—Soy yo la que no va a sobrevivir. He encontrado en su habitación veinticuatro borradores de cartas de amor tan tórridas como desesperadas. Algunas escritas en alejandrinos. No ha enviado ni una sola.

—Y con razón. Hortense es muy poco indulgente con los quejicas. Si se quiere conquistar su corazón, hay que convertirse en un marajá. Hortense tiene grandes necesidades, mayores exigencias y poca paciencia.

—Muchas gracias.

—Le gustan los vestidos bonitos, las bonitas joyas, los coches bonitos, su hombre ideal es Marlon Brando en *Un tranvía llamado deseo*... Siempre puede empezar por hacer musculación y llevar una camiseta rota, no cuesta caro y quizás la impresione.

—Querida Joséphine, te encuentro deliciosamente sarcástica hoy. ¿Es tu nuevo secreto el que te da esa petulancia?

Hace hora y media que intento tener chispa por escrito y resulta que encuentro mi vena oralmente, pensó Joséphine despechada. Y tuvo unas imperiosas ganas de quedarse a solas.

—¡Marlon Brando! Para mí era Robert Mitchum. Estaba loquita por él. Mira, ayer vi una película muy buena en el canal cine. Con Robert Mitchum, Paul Newman, Dean Martin, Gene Kelly y Shirley MacLaine. En la época en la que se rodaba esa película, ella vivía un amor tórrido con Mitchum.

—Ah... —dijo Joséphine, distraída, buscando una excusa para quitarse a Shirley de encima.

Es increíble, se dijo, es mi mejor amiga, la quiero con ternura y ahora, en este momento preciso, podría hacerla picadillo y congelarla para que se largase con viento fresco.

Shirley había terminado de recitar el nombre de todos los actores de la película, el de la responsable de vestuario, «Edith Head, muy conocida, sabes Jo, una gran dama del vestuario, vistió a las actrices más guapas de Hollywood y ninguna película elegante se habría hecho sin ella en aquella época». Estaba contando el argumento de la película cuando Joséphine aguzó el oído.

—...Y como no quería de ningún modo convertirse en rica, busca casarse con el hombre más modesto, el más discreto con el fin de llevar una vida muy tranquila, porque, según ella, el dinero no hace la felicidad, sino justo lo contrario. ¡Es tan divertido, Jo! Porque ya puede elegir al hombre más tierno, el más modesto, que gracias a ella llega a la cima, gana mucho dinero, se mata trabajando, y ella enviuda cada vez, lo que le confirma su idea de que el dinero no hace la felicidad.

—Espera —dijo Joséphine parando a Shirley en seco—. Vuelve a contarme la historia desde el principio. No estaba escuchando.

Había puesto la mano en el brazo de Shirley y la agarraba como si su vida dependiese de ello. Shirley contempló el aspecto ávido y apasionado de su amiga y dedujo que no estaba muy lejos de descubrir el secreto que escondía Jo. Todo iba a esclarecerse. Joséphine buscaba una historia que contar. ¿Para escribir un libro? ¿Un guión? La solución del enigma se le escapaba todavía, pero no desesperaba. Shirley aceptó volver a contar la historia de *Ella y sus maridos,* la película de Jack Lee Thompson que había visto en la televisión.

—¡Pero si es mi idea! ¡La idea que tuve ayer! La historia de una chica que no quiere ser ni rica ni poderosa, que se casa con hombres pobres que se vuelven grandes porque basta que ella se una a ellos para que triunfen. ¿Cómo se llama esa película?

Shirley repitió el título. Joséphine apretaba los puños de excitación.

—Nunca te he visto tan emocionada por un programa de televisión —soltó Shirley burlándose.

—¡Es que no es un programa de televisión cualquiera! Es la historia que quería contar yo en esa maldita novela.

Se mordió los labios y se dio cuenta de que había hablado demasiado. Shirley festejó en silencio su triunfo.

—Me he traicionado.

—No diré nada. Te lo prometo, te lo juro, por estas, ¡por el mismísimo Gary!

Shirley extendió una mano para jurar y cruzó los dedos de la otra mano a su espalda porque tenía la intención de contárselo a Gary. Se lo contaba todo a su hijo. Todo lo que era importante para entender la vida. Cómo la gente te utiliza, te culpabiliza, te martiriza. Para que se ponga en guardia y desconfíe. Le contaba también el talento, el amor, los encuentros, las hermosas fiestas. No formaba parte de esos adultos que afirman que no hay que hablar de «ciertas cosas» con los niños. Aseguraba que los niños lo saben todo antes que nosotros. Poseen una intuición diabólica o angélica, a elegir, pero saben. Saben antes que sus padres que estos van a separarse, que mamá bebe a escondidas, que papá se acuesta con la cajera del Shopi o que su abuelo no ha muerto de un ataque al corazón en su cama, sino que había expirado sobre el cuerpo de una stripper en Pigalle. Tomarles por ignorantes es ofenderles. En fin, resumía ella para terminar, pensad lo que queráis, pero yo no considero que mi hijo sea un simple.

—Desde el momento en que entré aquí, me olí el cotarro —siguió Shirley intentando que Jo se confiara con el fin de que contara más cosas.

No estaba segura de haberlo entendido todo. Le faltaban algunos elementos.

—Es culpa mía —balbuceó Joséphine—, te he subestimado...

—Soy muy buena, Jo, jugando a esos juegos de la vida; he sufrido demasiado. He desarrollado cierta sensibilidad para detectar fraudes.

—¡Pero no dirás nada!

—No diré nada...

—Se pondría furiosa si supiera que tú lo sabes...

«¿A quién se refería Joséphine? ¿A Iris?», Shirley puso cara de segura de sí misma y de que lo había comprendido todo con el fin de llevar a Joséphine al final de su confesión.

—Voy a tener que aprender a mentir.

—¡Y no vales mucho para eso, Joséphine!

—Cuando Iris me propuso escribir para ella, al principio lo rechacé, te lo aseguro...

«¡Bingo! —pensó Shirley—, es Iris el cerebro del fraude. Lo sabía, lo sabía, pero ¿a qué juega?».

—Escribir una novela para la que tú buscas la idea...

—Sí. Me propuso intercambiar mi supuesto talento de escritora por dinero contante y sonante. ¡Cincuenta mil euros, Shirley! Es mucho dinero.

—¿Y necesitas tanto dinero? —preguntó Shirley realmente extrañada.

—Hay otra cosa que no te he contado...

Shirley sostenía la mirada de Joséphine y la animaba a hablar. Joséphine se lo contó todo.

Shirley se cruzó de brazos y observó a Joséphine suspirando.

—No cambiarás nunca... Te vas a dejar devorar por el primer tiburón hipócrita que te encuentres. Lo que no entiendo muy bien es por qué Iris necesita hacerte escribir una novela.

—Para que ella la firme y se convierta, a ojos de todos, en una escritora. Está muy bien visto actualmente, sabes, todo el mundo quiere escribir, todo el mundo cree que puede escribir. Empezó presumiendo de ello una noche, en una cena, ante un editor...

—Sí, pero ¿por qué? ¿A quién quiere impresionar? ¿Qué va a ganar con ello?

Joséphine bajó la mirada.

—No ha querido decírmelo...

—¿Y tú has aceptado sin saber nada?

—Me dije que eso era cosa suya.

—Pero, bueno, Jo, ¿te conviertes en cómplice de un fraude y no quieres saber el porqué? ¡Me sorprenderás siempre!

Joséphine se mordía los dedos, desgarraba la pielecilla alrededor de sus uñas y lanzaba miradas atemorizadas a Shirley.

—Lo que me gustaría es que, la próxima vez, la próxima vez que la veas, le hagas la pregunta. Es importante. Va a poner su nombre en un libro que habrás escrito tú y con ello ¿qué va a ganar? ¿La gloria? Para eso vuestro libro tendría que ser un éxito. ¿La fortuna? Te va a dar todo el dinero. A menos que haya previsto robarte... No es imposible. Te promete el dinero, pero sólo te dará una pequeña parte. Con el resto se marchará a Venezuela con su amante...

—¡Shirley! Eres tú la que está escribiendo una novela. No me metas ideas así en la cabeza, ya estoy bastante angustiada...

—O bien escribe para obtener una coartada... Está planeando algo perverso a tus espaldas. Se encierra en una habitación, pretende que está trabajando, sale por la ventana y...

Joséphine miró a Shirley desamparada. Shirley se arrepintió de haber sembrado la duda y la angustia en la mente de Jo.

—He grabado la película de ayer, ¿quieres verla? —propuso para compensarlo.

—¿Ahora mismo?

—Ahora mismo. Tengo mi clase en el conservatorio dentro de hora y media, si no ha acabado, te dejaré delante de la tele.

Mientras Shirley rebobinaba la película, Joséphine le contó todos los detalles: el préstamo de Antoine, la propuesta de Iris, su aprensión ante la idea de escribir, «tengo miedo de no conseguirlo, cuando entraste en la cocina, me encontraba en plena duda, buscaba la inspiración. Al final está bien habértelo contado, porque ya no estoy completamente sola. Podré confiar en ti cuando algo no vaya bien... Sobre todo, porque Iris tiene prisa, ¡debe enseñar veinte folios a su editor a finales de mes!».

Se sentaron en el sofá. Shirley pulsó la tecla del mando a distancia y gritó: «¡Motor!». Apareció entonces en la pantalla la resplandeciente, la deliciosa, la emotiva Shirley MacLaine vestida completamente de rosa, con un inmenso sombrero rosa, en una casa rosa de columnas rosas, tras un féretro rosa llevado por ocho hombres de negro. Joséphine se olvidó del libro, de su hermana, del editor, de las mensualidades del préstamo de Antoine y siguió la silueta larga, fina y rosa que descendía la escalera suspirando de pena.

—La foto del hombre de la parka, sobre el teclado, ¿la has visto? —murmuró a Shirley mientras desfilaban los títulos de crédito.

—Sí, y me dije que debías de estar haciendo algo importante para pegar su foto permanentemente bajo tus ojos, debía inspirarte...

—No ha funcionado. ¡No me ha inspirado nada!

—Conviértele en uno de los maridos y funcionará.

—Muchas gracias, me has dicho que morían todos.

—¡El último no!

—Ay... —soltó Joséphine en voz baja—. Es que yo no tengo ganas de que se muera.

—*Silly you!* Ni siquiera sabes quién es.

—Me lo imagino y es maravilloso. Es casi mejor que vivir un amor en sueños, no hay riesgo de llevarse un chasco...

—¿Y hacer el amor en sueños, cómo es?

—No he llegado a eso —suspiró Joséphine, los ojos puestos en la pantalla, donde el ataúd del difunto marido se había resbalado de las manos de los portadores mientras que Shirley Mac-

Laine, imperturbable, continuaba avanzando bajo su gran sombrero rosa.

* * *

Por la noche, ya no podía descansar. El dedo amenazador de Faugeron le sacaba de su sueño; se despertaba sudando, con la almohada y las sábanas empapadas. Se ahogaba, perdía el aliento, sentía estertores, se retorcía, se asfixiaba hasta que el nudo de su garganta se deshacía y por su nariz entraba el aire fresco de la noche. Se levantaba, iba a ducharse, se vestía con un pantalón de pijama limpio y seco, escuchaba el ruido de la noche africana entrar por la ventana completamente abierta de la habitación. El graznido de los loros refugiados sobre el techo de la casa, el chillido de los monos persiguiéndose de rama en rama en las altas acacias, la rápida carrera de un impala entre las altas hierbas, todo le parecía extraño, amenazante. Durante el día, se sentía un intruso en aquellas tierras, pero por la noche era como si toda la naturaleza le gritara que se fuese, que volviese al país de los blancos, esos hombrecillos enclenques y sudorosos que no soportaban el calor de África y se atiborraban de quinina.

Escuchaba el aliento tranquilo de Mylène a su lado y no conseguía dormirse. Entonces se levantaba, bajaba al salón, se servía un whisky y salía a la terraza de madera que rodeaba la casa. Sentado en los escalones, bebía un sorbo de alcohol y después, otro y otro; sus ojos se habituaban a la oscuridad. Poco a poco, iban destacando entre las sombras unas manchas amarillas, vacilantes, alumbrándose una tras otra y que parecían converger en él: la amarillenta mirada de los cocodrilos. Afloraban a ras del agua, posadas como luciérnagas sobre la superficie muaré y negra de los estanques, mirándole. Escuchaba cómo sus colas agitaban el agua, sus cuerpos se movían lenta, pesadamente, se aproximaban a la orilla a esperar. Frente a la casa. Uno, luego dos, tres, cuatro, cinco, seis, siete, ocho... Atravesaban la oscuridad como buceadores silenciosos. A veces, uno de ellos abría sus grandes fauces y una fila de dientes blancos cortaba la negra noche. Después la boca se cerraba con un golpe seco y sólo percibía las rasgaduras amarillas mirándole fijamente. Hace veinte millones de años que viven en la Tierra, pensaba, que resisten a todas las catástrofes naturales, la Tierra que se agrieta, se dobla, se rompe, arde y se licua, se hiela y se solidifica. Han visto pasar a los dinosaurios, a los primates, a los hombres a cuatro patas, a los hombres inclinados, a los hombres erguidos, a los hombres apaleados y siguen aquí, al acecho. No doy la talla frente a ellos. Me encuentro solo. Nadie con quien hablar. Y todavía sin noticias de mister Wei. Sin noticias, sin cheque, sin explicación. Su secretaria me responde siempre que sí, sí, *mister Wei is going to call you back*, pero nunca le devuelve las llamadas. *Don't worry, mister Tonio, he'll call you, he'll call you, everything's all right,** ¡pero no! Nada era *all right*, no había visto un céntimo desde su llegada. Vivía de los ahorros de Mylène. Cuando llamaba a las niñas a Francia, se inventaba historias, hablaba de beneficios monumentales, prometía hacerlas venir pronto, ahora sólo era cuestión de días. Debían de sentir la tensión en su voz porque sólo respondían con monosílabos para no molestarle. ¿Y Jo? Murmuró siguiendo a un cocodrilo que venía para unirse al grupo, añadiendo dos candiles amarillos al conjunto de luces que le contemplaban. Faugeron debía de haberla puesto al corriente. Ella no había llamado. No le había dirigido el menor reproche. Sintió vergüenza. Volvió la mirada hacia las manchas amarillas y le entraron ganas de llorar. Se sentía tan cobarde. Más fuerte que la vergüenza, sentía crecer en él un miedo frío y tenaz que no le soltaba. El miedo había reemplazado a la gran seguridad de antaño, cuando se pavoneaba, por la noche, después de los safaris, bajo las tiendas de tela, bebiendo whisky. No tenía nadie a quien decir que sentía miedo. Los cocodrilos sí lo sabían. Sienten mi miedo desde el fondo del estanque y vienen a agruparse frente a mí para alimentarse de él. Esperan. Tienen todo el tiempo del mundo, todo el tiempo, no importa que les maten, saben que al final vencerán, que la fuerza bruta vence siempre. Esperan clavando sobre él su mirada amarilla.

---

* Sí, sí, el señor Wei le llamará (...) No se preocupe, señor Tonio, le llamará, le llamará, todo va bien.

Para aumentar su miedo. Su miedo... grande como una caverna que le devoraba.

Joséphine. Mylène. Ellas se han endurecido mientras yo me reblandezco, ellas tienen la cabeza bien colocada sobre los hombros mientras que la mía gira como una peonza. Mylène mostraba calma y serenidad cuando Pong traía el correo. No decía nada, ni siquiera necesitaba preguntar si había llegado el cheque, le miraba recoger los sobres sobre el plato de madera que le presentaba Pong, y después cortaba su filete de búfalo rayando el plato. Antoine sentía escalofríos en la espalda. Ella preguntaba: «¿Está bueno? ¿Te gusta?». Había aprendido a cocinar el búfalo haciéndolo marinar en una salsa a la menta y a la verbena salvajes, que le daba un gusto delicioso. Era un cambio después de tanto pollo.

Ella hacía proyectos porque no tenía intención de permanecer ociosa. Aprender chino, cocina china, hacer brazaletes, collares como las mujeres del mercado, venderlos quizás en Francia, fabricar productos de maquillaje con semillas y colorantes locales, abrir un cineclub, un taller de dibujo. Cada día tenía una idea nueva. Joséphine no se había molestado siquiera en descolgar el teléfono para insultarle, llamarle cobarde, ladrón. Dos mujeres en una coraza. Una piel de cocodrilo, pensó sonriendo por el atrevimiento de la comparación. Las mujeres han aprendido tan bien a ser fuertes que se han acorazado. A veces son crueles de tanto parecer impías. Tienen razón, hoy no hay que tener piedad. Él veía las orillas, los bloques de piedra que delimitaban los estanques, las alambradas que impedían vagabundear a los cocodrilos. Sintió levantarse una pequeña brisa y se echó hacia atrás el pelo sobre la frente. Un cocodrilo intentaba salir fuera del agua. Había sacado su cuerpo del estanque y avanzaba sobre sus patas macizas y cortas, patas de inválido, pensó Antoine. El cocodrilo permaneció un momento con su hocico pegado al alambre de espino, intentó retorcerlo, lanzó un grito sordo y mordió varias veces la alambrada con sus fauces. Después se tumbó y cerró sus ojos amarillos como persianas que se bajan con pesar.

Ayer noche, Mylène había dicho que le gustaría volar a París. Durante una semana. «Así podrías ver a tus hijas». Y un gran agujero se había abierto en su estómago, llenándose de miedo. Se puso a sudar, a sentir arcadas; enfrentarse a Joséphine y a sus hijas, confesarles que se había equivocado, que no había sido tan buena la idea de criar cocodrilos. Que le habían engañado una vez más...

Miró ante él la hierba alta y las grandes acacias que se mecían con la brisa matinal. Me gustan el amanecer y el rocío que brilla sobre la hierba todavía húmeda, antes de que el sol la reseque. Me gustan el olor a verbena, los troncos de árbol que se dibujan en el día naciente, la bruma húmeda que se evapora con los primeros rayos de sol. ¿Soy realmente yo, Antoine Cortès, el que se sienta sobre los escalones del porche? El cocodrilo volvía a golpear la alambrada. No renunciaba. Sus grandes ojos amarillos parecían empequeñecidos por la cólera y sus garras arañaban el suelo como si quisiera excavar un subterráneo para escapar. Debe de ser un macho, pensó Antoine, ¡un buen macho! Este me dará docenas de crías. Tiene que darme crías. ¡Este maldito criadero tiene que funcionar! Tengo cuarenta años, joder, si no lo consigo ahora, estaré acabado. Nadie confiará en mí, formaré parte de los viejos, de los perdedores, ¡y de eso nada, joder! Se puso a soltar tacos para aumentar el odio que sentía crecer dentro de él, odio hacia mister Wei, odio hacia los cocodrilos, odio hacia este mundo que consideraba que si no se tenía éxito a su edad, uno sólo servía para ir a la basura, odio hacia sus dos hembras a las que nada era capaz de abatir. Asco de sí mismo, también. Sólo hace seis meses que estás aquí y ya estás dispuesto a rendirte...

Se levantó para servirse una copa, decidió coger la botella y beber directamente de ella. Si viajaba a París, pensaría un plan con Faugeron para que le pagasen. Faugeron siempre le había tratado bien. Seguramente gracias al dinero de Chef y sus relaciones con Philippe, se dijo acercando una vez más la botella a sus labios, eso no impide que sea amable, hablaré con él y encontraremos un medio para hacer pagar a ese viejo chino. ¿Quién se cree ese? ¿El emperador de China? ¡Esos tiempos terminaron!

Había pensado que al nombrar a mister Wei, el miedo se habría anudado nuevamente a su estómago, pero no pasó nada. No sólo no tenía miedo, sino que se sentía exultante. Lleno de una loca alegría, la alegría de un hombre que sabe exactamente cómo va a romperle la cara al tío que le toma el pelo desde hace meses. Sabía exactamente lo que iba a hacer: ir a París, hablar con Faugeron, poner a punto un plan y hacerse pagar. Seguramente habría un medio de sacar pasta de este Croco Park de las pelotas. ¿Quién ha puesto en marcha esta plantación de mierda? Yo, Tonio Cortès... Y nadie más. Y no un chiquillo en pantalón corto que tiene miedo de soltar la mano de su mamá, ¡no! ¡Un hombre de verdad con un buen par! Un hombre que podría incluso ir a dar un beso a ese cocodrilo sarnoso... Se echó a reír y levantó la botella a la salud del cocodrilo.

La luz del amanecer había borrado las manchas amarillas de los cocodrilos. El sol se elevaba tras el tejado de la casa con una lentitud majestuosa que llenó a Antoine de un emocionado respeto. Se inclinó mucho, simuló una reverencia y después otra, perdió el equilibrio y cayó sobre el polvo.

Se levantó, bebió un trago de la botella y después, fijándose en cada par de ojos amarillos, abrió su bragueta y soltó un chorro caliente, dorado, sonoro frente a los reptiles. Iba a demostrarles que no sólo no sentía vergüenza, sino que ya no tenía miedo y que les convenía mantenerse quietecitos.

—¿Quieres demostrar algo orinando de esa forma frente a esas bestias asquerosas? —preguntó una voz adormilada a sus espaldas.

Se volvió y vio a Mylène que bajaba los escalones ajustándose una tela de algodón a las caderas. La miró alelado:

—¡Qué aspecto! —soltó ella.

Se preguntó si soñaba o no había un punto de desprecio en su voz. Lanzó una carcajada que quería ser natural y se inclinó de nuevo, diciendo:

—*The new Tonio is facing you!**

—Habla en cristiano, por favor. Me gustaría entender lo que dices...

---

* ¡Aquí tienes al nuevo Tonio!

—No te preocupes. Yo sé lo que sé y sé que esto no va a quedarse así...

—Es exactamente lo que me temía —suspiró Mylène ajustándose el paño a su cadera—. Vamos, ven, vamos a desayunar, Pong ya está en la cocina...

Y como Antoine caminaba titubeando hacia la casa, ella elevó la voz lo bastante como para que la escuchase y soltó con tono seco:

—Me gustaría que fueses tan valiente y determinado frente a ese ladrón de Wei. Cuando pienso que estamos gastando todos mis ahorros, se me hace un nudo en la garganta.

Antoine no lo escuchó. Había tropezado con el escalón de la entrada y se había caído sobre el suelo del porche. La botella de whisky rodó por la escalera, bajó hasta el último escalón, donde terminó por verter sobre el suelo un charco de líquido ámbar que reflejó los rayos más altos del sol.

* * *

—Entonces le he dicho que os deberíais volver a ver, que era estúpido que ya no os hablaseis y ella me ha dicho que no, no mientras no se disculpe, disculpas sinceras, disculpas que vengan del corazón, no disculpas a lo tonto, fue ella la que me agredió, es mi hija, me debe un respeto. Le dije que te daría el recado y...

—Ya está todo dicho, no voy a disculparme.

—Así que de momento no vais a volver a veros...

—Estoy muy bien sin ella. No necesito ni sus consejos ni su dinero ni el amor que ella cree dar y que no es más que abuso de autoridad. ¿Te crees que mi querida madre me quiere? ¿Lo crees de verdad? Yo no lo creo, creo que ha cumplido con su deber criándonos, pero que no nos quiere. Sólo se quiere a ella misma y al dinero. A ti te respeta porque te casaste bien, porque se pavonea hablando de su maravilloso yerno, de tu gran piso, de tus amigos, de tu tren de vida, pero a mí... a mí me desprecia.

—Jo, hace casi ocho meses que no la has visto. Imagínate que le pasa algo... ¡Después de todo es tu madre!

—No le pasará nada: mala hierba nunca muere. Papá murió con cuarenta de un ataque al corazón, ella llegará a los cien.

—Ahí estás siendo mala.

—No, no soy mala, ¡estoy viva! Desde que no la veo me siento de maravilla.

Iris no respondió. Apuñaló con la mirada a una despampanante rubia que acababa de entrar riéndose a carcajadas.

—Estás cambiando, Jo, estás cambiando. Te estás endureciendo... ¡ten cuidado!

—Dime, Iris, no me has citado en este café de la puerta de Asnières para hablarme de nuestra madre y sermonearme, ¿verdad?

Iris se encogió de hombros y suspiró.

—He pasado por la empresa de Chef antes de venir, Hortense estaba en su despacho, busca unas prácticas en el mes de junio para su escuela, puedo decirte que a los chicos del almacén les hervía la sangre. La vida se ha detenido con la llegada de Hortense...

—Lo sé, provoca ese mismo efecto en todo el mundo...

En el interior del Café des Carrefours, Jo e Iris almorzaban. Los camiones hacían temblar las vitrinas del establecimiento al frenar justo antes de girar y de meterse en la circunvalación; los clientes habituales entraban haciendo batir la puerta. Jóvenes, en su mayoría, que debían de trabajar en los despachos vecinos. Llegaban empujándose, gritaban que tenían hambre y elegían el menú de diez euros, cuarto de vino incluido. Iris había pedido huevos fritos con jamón, Joséphine una ensalada y un yogur.

—He visto a Serrurier, el editor —empezó Iris—. Lo ha leído y...

—¿Y? —dijo Joséphine, presa de la angustia.

—Y... le ha encantado tu idea, está encantado con las veinte páginas que me has dado, me ha colmado de felicitaciones y... y...

Cogió su bolso, lo abrió y sacó un sobre que agitó en el aire.

—Me ha dado un primer anticipo. La mitad de los cincuenta mil euros... el resto me lo dará cuando le entregue la totalidad del manuscrito. Te he firmado inmediatamente un cheque de veinticinco mil euros, así, visto y no visto, para ti.

Tendió el sobre a Joséphine, que lo tomó con infinito respeto. De pronto, cuando cerraba su bolso, una pregunta le atormentó:

—¿Cómo vas a hacer con los impuestos? —preguntó a Iris.

—Tienes lechuga en los dientes —la interrumpió Iris haciendo el gesto de limpiarse los dientes.

Joséphine asintió y planteó de nuevo la pregunta.

—No te preocupes, Philippe no se dará cuenta. De todas formas, no es él el que hace la declaración sino un contable, y paga tantos impuestos que no es eso lo que cambiará mucho las cosas.

—¿Estás segura? ¿Y yo? ¿Y si me preguntan de dónde viene ese dinero?

—Dirás que es un regalo de tu hermana que está forrada.

Joséphine hizo una mueca de duda.

—Deja de preocuparte, Jo. Aprovéchate, aprovecha... ¿No es maravilloso? Nuestro proyecto ha sido aceptado, con las felicitaciones del jurado.

—No me lo puedo creer. ¡Y tú me hablas de nuestra venenosa madre! ¿Te das cuenta, Iris? ¡Le ha gustado! ¡Le ha gustado mi idea! ¡Ha firmado un cheque de veinticinco mil euros sólo por mi idea!

—Y por los veinte folios que has escrito... Muy astuto, tu plan. Dan ganas de leer lo que sigue.

Joséphine, durante un instante, tuvo la tentación de pedir un chucrut para celebrar el acontecimiento, pero se resistió.

—¿No es genial, hermanita? —preguntó Iris, con un reflejo azul en sus ojos abiertos como platos—. ¡Vamos a ser ricas y famosas!

—La riqueza para mí, la fama para ti.

—¿Te molesta?

—No. Al contrario. Así puedo escribir lo que quiera: nadie sabrá que soy yo. Me quita algo de angustia, ¡te lo juro! ¡Y además sería totalmente incapaz! Cuando veo lo que hay que hacer y decir para salir en la tele, me dan ganas de meterme en la cama.

—Pues para mí va a ser divertido. Estoy harta de mi imagen de mujer correcta, Jo, ya no puedo más...

Iris permaneció un momento ensimismada, compartiendo el silencio de Joséphine, que miraba amorosamente su bolso. Después su mandíbula siguió masticando y se golpeó la frente con la mano.

—Casi me olvido. Quería enseñarte un artículo de prensa que he recortado para ti.

Introdujo la mano en su bolso y sacó un periódico doblado en dos, que abrió delicadamente, buscando el artículo que le interesaba.

—Aquí está. Es un retrato de Juliette Lewis, ya sabes, la antigua actriz de cine... en fin, cuando digo antigua, debe de tener poco más de treinta años, pero ya no le ofrecen papeles, así que se ha reconvertido a la canción. Escucha bien lo que dice el artículo. «Juliette Lewis lidera ahora un grupo de rock, Juliette and the Licks, Juliette y los Lametones, un nombre que incita a la provocación por sí mismo, sobre todo cuando el joven que se ocupa de las relaciones con la prensa de los Lametones confirma que Juliette Lewis aparece en el escenario con esas bragas bastante escuetas que bien podemos llamar tangas. «Sí, a veces enseña buena parte del trasero», afirma el tal Chris en el mismo instante en el que Juliette viene hacia nosotros diciendo *Here we go, man,* con esa voz ronca que todos conocemos...

—Me parece una tontería...

—¡Pues yo estoy dispuesta a jugar a eso!

—¿A enseñar el tanga?

—A fabricar imágenes como esas para vender el libro.

Joséphine miró a su hermana y se preguntó si no estaría cometiendo una enorme estupidez al convertirse en su cómplice.

—Iris, ¿estás hablando en serio?

—Pues claro, zoquete. Voy a montar un show... Un auténtico show que planearé hasta el mínimo detalle, y tengo la intención de reventar la pantalla. Él, Serrurier, no para de decírmelo, «con sus ojos, sus relaciones, su belleza...». Todo eso es mejor que tus deditos sobre tu teclado y toda tu erudición. Para vender, quiero decir, para vender...

Se echó su larga cabellera negra hacia atrás, extendió los brazos al cielo como si abriese un camino real y suspiró:

—Me aburro tanto, Jo, me aburro tanto...

—¿Por eso lo haces? —preguntó Jo tímidamente.

Iris abrió los ojos de par en par y pareció no comprender.

—Pues sí. ¿Qué otra razón habría?

—Precisamente me gustaría saberlo. El otro día, en el tren, me dijiste que te sacaba de un apuro... Incluso empleaste la palabra «atolladero», así que me preguntaba...

—¡Ah! Te dije eso.

Hizo una mueca como si Joséphine acabase de traerle un mal recuerdo.

—Me dijiste eso exactamente, y creo que tengo derecho a saber.

—Pero, qué dices, Jo. ¡Derecho a saber!

—Pues, sí... Me embarco contigo en una galera y me parece justo tener las mismas cartas que tú en la mano.

Iris sopesó a su hermana pequeña con la mirada. Joséphine estaba cambiando. Más luchadora, más audaz. Comprendió que no podía callar, lanzó un largo suspiro y lo soltó, sin mirar a Jo:

—Es por culpa de Philippe. Tengo la impresión de que se aleja de mí, que ya no soy la última maravilla del mundo. Tengo miedo, que me abandone y pienso que, escribiendo este libro, le seduciría de nuevo.

—¿Porque lo amas? —preguntó Joséphine, con esperanza en su voz.

Iris le lanzó una mirada mezcla de piedad y exasperación.

—Podemos llamarlo así. No quiero que me deje. Tengo cuarenta y cuatro años, Jo, no encontraré otro como él. Mi piel se va a arrugar, mis senos van a caer, los dientes van a amarillear, el pelo se va a aclarar. Él me ofrece una vida de oro, quiero conservar mi casa, mi chalet en Megève, los viajes, el lujo, la tarjeta Oro, el estatus de señora Dupin. Ya ves, soy honesta contigo. No soportaría caer en una vida banal, sin dinero ni relaciones ni evasión... Y, además, quizás le ame después de todo.

Había apartado su plato y encendido un cigarrillo.

—¿Ahora fumas? —preguntó Joséphine.

—¡Es por mi personaje! Me estoy entrenando. Josiane, la secretaria de Chef..., tenía un paquete guardado, ha dejado de fumar, y me lo ha dado.

Joséphine recordó la escena que vio en el andén de la estación: Chef besando a su secretaria, instalándola en el tren como si llevara el santo sacramento. No había hablado de ello con nadie. Sintió un escalofrío y pensó en su madre: ¿qué pasaría con ella si Chef la abandonaba para rehacer su vida?

—¿Tienes miedo de que te deje? —preguntó suavemente a Iris.

—Nunca había pensado en ello... pero desde hace algún tiempo, sí, tengo miedo. Siento que está alejándose de mí, que ya no me mira con los mismos ojos. He tenido celos incluso de vuestra complicidad en Navidad. Te habla con más afecto y consideración que a mí...

—¡Qué tonterías dices!

—Pues no. Soy extremadamente lúcida. Tengo muchos defectos, pero no estoy ciega. Siento cuándo intereso a los demás o no. Y no soporto provocar indiferencia.

Siguió las volutas de humo de su cigarrillo y pensó en su encuentro con Serrurier. En el pequeño despacho donde la había recibido. La boca desbordando alabanzas, los ojos brillantes de interés. Se sentía revivir. Él se mostraba a la vez impaciente y respetuoso. Fumaba su gran cigarro cuya áspera humareda invadía el despacho e imaginaba la trama del relato inventado por Joséphine. «Muy buena la idea de esa chica que quiere retirarse en un convento y a la que obligan a casarse. Muy buena la idea de que la chica anime a sus maridos, se encuentre cubierta de oro y de gloria y enviude cada vez. Muy buena la idea de la humildad que ella persigue con obstinación y que se le escapa, muy buena la de hacerla cambiar de entorno, enfrentarla a un caballero, a un trovador, a un predicador, a un príncipe de Francia...». Caminaba de un lado a otro del despacho dando vueltas. «Es moderno, deliciosamente anticuado, cómico, ingenuo, mezquino, ¡popular! Debería añadir un punto de misterio y sería perfecto. A la gente le vuelven locas las intrigas que mezclan la historia de Francia, religión, asesinatos, amor, Dios y el diablo... pero usted lo hará bien, ¡no quiero influirla! Lo que he leído me ha encantado. Para ser honesto, no pensaba que una cabeza tan bonita encerrara tanto saber y tanto talento... ¿Y dónde ha encontrado esa historia de los grados de humildad? ¡Es magnífico! ¡Magnífico! Transformar a una mujer que se martiriza para ser humilde en protagonista a su pesar. ¡Qué idea genial!». Entusiasmado, le había estrechado la mano de forma calurosa y vibrante. Después le había dado el cheque, añadiendo que estaba listo para darle el resto cuando quisiera. Iris había preferido ocultar ese detalle a Joséphine. Había salido del despacho de Serrurier con el corazón latiendo con fuerza y las piernas temblorosas.

—¿De dónde has sacado esa historia de los grados de humildad? —preguntó intentando ocultar su admiración.

—De la regla de san Benito... Pensé que estaría bien para una chica que sueña consagrarse a Dios. Ella se dedica a no ser más que una pobre sirvienta al servicio de los hombres, franquea humildemente cada grado...

—¿Y en qué consiste exactamente esa regla? Tendrás que explicármelo.

—Según san Benito existen varios grados de abnegación para llegar a la perfección y a Dios. Es lo que él llama la escala de la humildad. La Biblia dice: «Todo el que se ensalce, será humillado; y el que se humille, será ensalzado». En los primeros escalones, se te pide que vigiles tus deseos, tu egoísmo, y que obedezcas a Dios en todo. Luego aprendes a dar, a amar a quien te reprende o te calumnia, a ser paciente y bueno. El sexto escalón es estar contento con la condición más ordinaria y la más baja. En lo que se le ordena hacer, el monje piensa que es un mal obrero e incapaz. Repite en acto de contrición: «No soy nada de nada y no sé nada. Soy como un animal ante Ti, mi Señor. Sin embargo, siempre estoy a tu lado». El séptimo escalón no es sólo decir: soy el último y el más miserable, también debe creerse de corazón. Y así, seguidamente... hasta el decimosegundo escalón, hasta que no eres más que una miserable cucaracha al servicio de Dios y de los hombres y que sólo creces convirtiéndote en nada. Mi protagonista, al principio del libro, antes de que sus padres intervengan, sueña con poner en práctica la regla de san Benito...

—Pues bien, ¡él ha encontrado esa idea genial!

—Charles de Foucauld, por ejemplo, se humilló toda su vida. Santa Teresa de Lisieux también...

—Dime, Jo, ¿no te estarás volviendo un poco mística tú también? Ten cuidado, ¡vas a terminar en un convento!

Joséphine decidió no responder.

—Dime... —retomó Iris al cabo de un largo instante de silencio—, si has decidido seguir los caminos de la santidad, ¿por qué no perdonas a nuestra madre?

—Porque sólo estoy en el primer escalón. No soy más que una humilde aprendiz. Y, además, te recuerdo que no soy yo, sino mi protagonista. ¡No te confundas!

Iris sacudió la cabeza riéndose.

—Tienes razón. Lo mezclo todo. En todo caso le ha gustado, es lo principal. El nombre de tu protagonista también: Florine. Es bonito Florine. ¿Bebemos una copita de champán a la salud de Florine?

—No, gracias. Debo mantener la cabeza fría para trabajar esta tarde. ¿Y cuándo quiere publicar mi libro?

—Nuestro libro, Joséphine, no lo olvides. Y cuando se ponga a la venta, será MI libro. No vayas a meter la pata.

Joséphine sintió un pinchazo en el corazón. Ya se había encariñado con su historia, con Florine, con sus padres, sus maridos. Se dormía por las noches eligiendo sus nombres, el color de su pelo, de sus ojos, definiendo su carácter, inventándoles una vida, un pasado, un presente, dibujando una granja, un castillo, un molino, una tienda, caracoleaba con los caballeros, aprendía a hacer el pan, comenzaba un enorme tapiz, vivía sus vidas y le costaba dormirse. Es mi historia, eso tenía ganas de decirle a su hermana.

—Estamos en febrero... Creo que lo sacará en octubre o noviembre próximo. En septiembre salen todas las novedades, demasiado lío. Tendrás que entregar el manuscrito en julio. Eso te deja seis, siete meses para escribirlo... es suficiente, ¿no?

—No lo sé —respondió Joséphine, molesta de que su hermana le hablase como a una secretaria.

—Te las vas a arreglar muy bien. Deja de preocuparte. Pero sobre todo, Jo, sobre todo, ¡ni una palabra a nadie! Si queremos que nuestro plan funcione, no hay que decírselo a nadie, absolutamente a nadie. Lo comprendes...

—Sí —suspiró Jo con una vocecita débil.

Hubiese querido responder a su hermana que no era un «plan», estás hablando de mi libro, mi libro... Dios, se dijo, soy demasiado sensible, me afecta todo, me siento herida por cualquier cosita.

Iris tendió su brazo hacia el camarero y pidió una copa de champán. «¿Una sola?», preguntó extrañado. «Sí, soy la única que va a celebrar algo». «A mí me gustaría celebrarlo con usted», declaró él, hinchando el torso. Iris posó sobre él sus grandes ojos azules llenos de confusión y el camarero se alejó canturreando una estrofa de *Carmen*: «El amor es hijo de la bohemia, no conoce ley alguna... Si tú no me quieres, yo te quiero, y si te quiero, ten cuidado».

* * *

—Y bien, ¿todavía nada?

—Nada de nada... ¡estoy desesperada!

—No te preocupes, es normal. Tomas la píldora desde hace años y esperas que, ¡chas!, con un chasquido de tus dedos se forme el embrión. Paciencia, paciencia. Ya llegará el niño divino, pero a su hora.

—Quizás soy demasiado vieja, Ginette... pronto treinta y nueve años. ¡Y Marcel volviéndose loco!

—Me hacéis gracia vosotros dos, parecéis una pareja de recién casados. ¡Ni siquiera hace tres meses que lo intentáis!

—Me ha obligado a hacerme análisis para verificar que todo funciona bien. ¡Y eso que a mí basta con mirarme para quedarme embarazada!

—¿Ya has estado embarazada?

Josiane asintió con aire contrito.

—¡Y he abortado tres veces! Así que...

—Entonces quizás tema que te hayas dañado.

—¡Estás loca! No le he dicho nada. ¡Chitón!

—¿Has abortado a un pequeño Grobz? —preguntó Ginette, estupefacta.

—¿Y tú qué te crees? ¿Que iba a jugar a la Virgen María? Yo no tengo un José. Y Marcel, que se caga delante de la Escoba, no inspiraba seguridad... Frente a ella no es un hombre, es un puñado de polvo. Incluso ahora tengo dudas. ¿Quién me dice a mí que va a reconocerlo, a mi pequeño, una vez me haya hecho el bombo?

—Te lo ha prometido.

—Sabes bien que las promesas sólo comprometen a los que las reciben.

—Oh, ahí te pasas, Josiane. ¡No esta vez! Está que no vive, no habla más que de eso, se ha puesto a régimen, va en bicicleta, come cosas bio, ha dejado de fumar, se toma la tensión mañana y noche, se sabe de memoria todos los catálogos para bebés, a punto está de ponerse a probar pijamitas.

Josiane la miró dubitativa.

—Bueno... En fin, eso se verá cuando haya plantado la semillita. Pero te prevengo, si se arrodilla otra vez delante de la Escoba, yo me desentiendo y lo mando todo a paseo, al padre y al hijo.

—¡Atención! Que viene.

Marcel subía por las escaleras, seguido por un hombre corpulento que resoplaba en cada escalón. Entraron en el despacho de Josiane. Marcel presentó al señor Bougalkhoviev, un hombre de negocios ucraniano, a Ginette y a Josiane. Las dos mujeres se inclinaron sonriendo. Marcel lanzó una mirada tierna a Josiane y le rozó la base del cráneo con un beso una vez que el ucraniano entró en su despacho.

—¿Qué tal, bomboncito?

Había posado la mano sobre su vientre y Josiane la retiró gruñendo.

—Deja de escudriñarme como a una gallina, voy a terminar poniendo un huevo.

—¿Todavía nada?

—¿Desde esta mañana? —respondió ella con una sonrisa irónica—. No nada de nada, nadie en el horizonte.

—No te burles, bomboncito.

—No me burlo, me canso, exactamente.

—¿Queda whisky en mi despacho?

—Sí, y hielo en el minibar. ¿Esperas emborrachar al ucraniano?

—Si quiero que firme mis condiciones, habrá que pasar por eso.

Se incorporó, entró en su despacho y, antes de cerrar la puerta, susurró a Josiane:

—¡Ah! Que nadie nos moleste hasta que no me lo haya camelado.

—De acuerdo... ¿ni siquiera teléfono?

—Salvo si es urgente. Te quiero, bomboncito. Soy el más feliz de los hombres.

Desapareció y Josiane lanzó una mirada de impotencia a Ginette. ¿Qué quieres que haga con un hombre así?, parecían decir sus ojos. Desde que Marcel le había propuesto tener un bebé, no le reconocía. En Navidad la había enviado a una estación de esquí. La llamaba todos los días para saber si respiraba correctamente, se inquietaba cuando tosía, la instaba a consultar a un médico inmediatamente, le ordenaba comer carne roja, tomar vitaminas, dormir diez horas diarias, beber zumo de naranja y de zanahoria. Leía y releía *Espero un hijo*, tomaba notas, las comentaba por teléfono, se informaba de las distintas formas de dar a luz, «y sentada, ¿te lo has pensado? Es como se daba a luz antes y para el bebé es menos fatigoso, baja suavemente, no necesita luchar para encontrar la salida, podríamos encontrar una matrona que estuviese de acuerdo, ¿no?». Ella caminaba durante horas sobre la nieve pensando en ese hijo. Se preguntaba si sería una buena madre. Con la madre que he tenido... ¿se nace madre o se hace una después? ¿Y por qué mi propia madre nunca fue maternal? ¿Y si, a mi pesar, repito su comportamiento? Sentía un escalofrío, se ajustaba el cuello de su abrigo y retomaba su camino. Volvía exhausta al hotel cuatro estrellas que le había reservado Marcel, pedía un potaje y un yogur en su habitación, encendía la televisión y se metía entre las sábanas suaves y cálidas de la inmensa cama. A veces pensaba en Chaval. En el cuerpo delgado y nervioso de Chaval, en sus manos sobre sus senos, en su boca que la mordisqueaba hasta que ella suplicaba que parase. Sacudía la cabeza para alejarlo de su mente.

—¡Me voy a volver loca! —suspiró Josiane en voz alta.

—Dime, ¿sueño o se ha puesto implantes Marcel?

—No sueñas. Y una vez a la semana, se hace una limpieza de cutis en un instituto de belleza. Quiere ser el papá más guapo del mundo.

—¡Qué bonito!

—No, Ginette. ¡Qué angustioso!

—Bueno, suelta el albarán de entrega que te he pedido. Tengo una mercancía que acaba de llegar y René me ha pedido que la compruebe...

Josiane buscó entre los papeles apilados en su bandeja, encontró el que le pedía Ginette y se lo tendió. Al salir del despacho de Josiane, Ginette se cruzó con Chaval.

—¿Está ella dentro?

—«Ella» tiene nombre, te recuerdo.

—Bueno, ya vale... No me voy a comer a tu amiguita.

—Ten cuidado Chaval, ¡ten cuidado!

Él la empujó con el hombro y entró en el despacho de Josiane.

—Y bien, guapita, ¿seguimos todavía con el Viejo?

—¿Y a ti qué te importa dónde pongo el culo?

—Calma, calma. ¿Está dentro? ¿Puedo verle?

—Ha pedido que no se le moleste bajo ningún concepto.

—¿Incluso si tengo algo importante que decirle?

—Exacto.

—¿Muy importante?

—Es un gran cliente. No das la talla, fideo.

—Eso es lo que tú te crees.

—¡Y con razón! Ya volverás cuando quiera recibirte.

—Entonces será demasiado tarde...

Hizo ademán de marcharse, esperando a que Josiane le llamara. Como no se movió, se volvió, molesto, y preguntó:

—¿No tienes ganas de saber de qué se trata?

—Ya no me interesas nada, Chaval. Levantar una ceja para mirarte me cuesta un esfuerzo sobrehumano. Hace dos minutos que estás aquí y ya tengo agujetas.

—¡Oh! ¡Cómo se pone el pichoncito! Desde que se ha vuelto a meter en la cama del gran jefe, arrulla de suficiencia, eyacula de pretensión.

—Y, sobre todo, está en paz. Y eso, pequeño, vale por todas las canas al aire del mundo. Gorgojeo de placer.

—Es una de las alegrías de la vejez.

—¡Eh, tú, Ben Hur, para el carro! No porque tengas tres años menos que yo vas a presumir de ser un jovencito. Los achaques te acechan a ti también.

Él sonrió con aire de suficiencia; el fino bigote dibujado con maquinilla de afeitar formó un sombrerito puntiagudo y dejó caer, despreocupado:

—Me es igual decírtelo a ti porque él te lo dice todo: ¡me largo de aquí! Me han propuesto la dirección de Ikea Francia y he dicho que sí...

—Y te han venido a buscar, a ti. ¿Tienen pensado hundir la empresa?

—Sí, tú ríete. Eras la primera en querer ponerme en la cima. No debo de ser tan malo. ¡Me han llamado ellos, viejita! No he tenido que levantar un dedo meñique, han venido a contratarme ellos. Doble salario, ventajas varias, me han cubierto de oro y he dicho que sí. Como soy un tío correcto, he venido a prevenir al Viejo. Pero se lo dirás tú cuando tengáis un momento de reposo sobre la almohada... Y hablaremos para arreglarlo todo. Cuanto antes mejor, no tengo ganas de enmohecer aquí. Ya me están creciendo hongos y eso me irrita... Voy a acribillaros a los dos, a quemarropa, cariño. ¡A quemarropa!

—Hay que ver el miedo que me das, Chaval, me pones la carne de gallina.

Y le miró de arriba abajo.

—Mira, ya que hablamos de carne... he conocido a la señorita Hortense esta mañana. Un buen lotecito esa chiquilla. Tiene un movimiento de caderas que derretiría a Juana de Arco...

—Tiene quince años.

—Ah, pues parece que tenga veinte bien llevados. Debe de hundirte la moral. Tú que estás cercana a la menopausia.

—Lárgate, Chaval, lárgate. Le daré el recado y él te llamará.

—Como usted desee, mi buena señora y... ¡ten cuidado con el Viagra!

Soltó una risa malvada y se fue.

Josiane se encogió de hombros y escribió una nota para Marcel: «Citar a Chaval. Ikea le ha hecho una propuesta. La ha aceptado...». Recordó que hace menos de un año ella rodaba entre los brazos de Chaval. Ese hombre tiene algo de malvado, de vicioso que atrae y vuelve loca. ¿Por qué la virtud no me hace el mismo efecto? Debo de estar viciada yo también...

El problema de la desubicación, pensó Marcel contemplando los ojos rasgados del ucraniano sentado frente a él, cubierto con un abrigo de pata de gallo, es que hay que deslocalizar todo el tiempo. Apenas se ha encontrado un país jugoso en el que la hora de trabajo es barata, las cargas sociales inexistentes y la mano de obra moldeable a merced entra en Europa o en otra maquinaria de esas y deja de ser rentable. Pasaba su tiempo cambiando sus fábricas de sitio, buscando intermediarios que le vendiesen locales y personal llave en mano, pagando sobornos a diestro y siniestro, aprendiendo los usos y costumbres locales, y apenas se había instalado había que mudarse. Siempre más al este. Hacía el camino inverso al sol. Tras Polonia y Hungría, le llegaba el turno a Ucrania y abrirse y ofrecerse. Sería mejor ir directamente a China. Pero China estaba lejos. Y era difícil. Ya había instalado allí varias fábricas. Le haría falta un brazo derecho. ¡Y Marcel Junior se hacía de rogar! No aguantaría hasta su mayoría de edad...

Suspiró y volvió a la conversación del ucraniano. Le volvió a servir un vaso de whisky, añadió dos cubitos, se lo tendió con una gran sonrisa empujando el contrato hacia él. El hombre levantó una nalga para atrapar el vaso, sacó un bolígrafo, le quitó la capucha, ya está, se dijo Marcel, ¡ya está! Va a firmar. Pero el hombre dudó... sacó un grueso sobre del bolsillo de su chaqueta, se la tendió a Marcel diciendo: «Son mis gastos de este viaje, ¿podría ponerlos en su cuenta?». «No hay problema», afirmó Marcel, que lo abrió, echó un vistazo al montón de papeles arrugados, tiques de restaurante, una factura exorbitante de hotel, facturas de grandes boutiques, una caja de champán, perfumes de Yves Saint Laurent, un anillo y un brazalete Mauboussin. Todas las facturas habían sido libradas a nombre de Marcel Grobz. ¡Listillo, el ucraniano! Sólo le quedaba pagar y abonar las locuras de ese cerdo grasiento. «No hay problema», aseguró haciendo un guiño al ucraniano que esperaba con el bolígrafo levantado, «no hay problema», repitió. «Lo paso a contabilidad y me encargo de todo», amplió su sonrisa para hacer comprender al hombre inmóvil que todo estaba arreglado, ¿a qué espera para firmar, qué quiere este todavía? El hombre esperaba y sus ojitos brillaban con rabiosa impaciencia, «sin problema, es usted mi amigo y... cada vez que venga a París, será usted mi invitado».

El hombre sonrió, se relajó, sus ojos se convirtieron en dos fisuras sin luz, dejó caer el bolígrafo sobre el contrato y firmó.

* * *

Philippe Dupin apoyó los pies sobre la mesa de su despacho y comenzó la lectura de un caso que le había dado Caroline Vibert. La nota decía: «Estamos en un callejón sin salida, no encontramos solución, hay que aconsejar al cliente que compre pero se resiste a invertir, sin embargo aparentemente sólo la fusión salvaría el negocio, ya no hay sitio para dos rivales de esa categoría en el mercado francés...». Suspiró y retomó el caso desde el principio. Era el final del negocio textil en Francia, eso seguro, pero un negocio como Labonal sobrevivía y obtenía beneficios porque se había especializado en el calcetín de gama alta. Las empresas francesas deberían especializarse en el lujo y la calidad, y dejar a los chinos la gama baja. Sería necesario que cada país europeo se especializara en lo que mejor sabía hacer para afrontar la globalización. Para eso hacía falta dinero: comprar maquinaria nueva, registrar patentes, invertir en investigación, en publicidad. ¿Cómo hacer que el cliente entienda eso? Contaban, pues, con él para encontrar los argumentos necesarios. Dejó caer sus zapatos, agitó los dedos de los pies en sus calcetines. Labonal, remarcó. Los ingleses lo han entendido desde hace mucho tiempo. Ya no tienen industria pesada, sólo servicios, y su país funciona como la seda. Suspiró. Quería a su viejo país, quería a Francia, pero asistía, impotente, al naufragio de sus más hermosas empresas por falta de movilidad, de imaginación, de audacia. Habría que cambiar las mentalidades, explicar, hacer pedagogía, pero ningún dirigente quería arriesgarse. El riesgo de ser impopular un cuarto de hora para salvar el futuro. Sonó el teléfono. La línea directa con su secretaria.

—Un tal mister Goodfellow quiere hablar con usted, ha dicho que es importante... Insiste.

Philippe se incorporó y frunció el ceño.

—Lo cogeré. Pásemelo.

Escuchó un clic y la voz de Johnny Goodfellow rápida, entrecortada, mitad en inglés, mitad en francés.

—*Hello, Johnny! How are you?*

—*Fine, fine.* Nos han descubierto, Philippe...

—¿Cómo? ¿Descubierto?

—Me siguen, estoy seguro... Han puesto un detective siguiendo mis pasos.

—¿Estás seguro?

—Lo he comprobado... El hombre es un detective privado. Lo he hecho seguir a mi vez. No es muy bueno. Un aficionado. Tengo su nombre, la dirección de su agencia, una agencia de París, sólo queda identificarlo... ¿qué hacemos?

—*Wait and see!* —dijo Philippe—. *Just give me his name and the number where I can reach him and I'll take care of him...**

—¿Seguimos o lo dejamos? —preguntó Johnny Goodfellow.

—Por supuesto que seguimos, Johnny.

Hubo un silencio al otro lado del teléfono y Philippe prosiguió:

—Seguimos, Johnny. ¿OK? Yo me encargo del resto. El lunes que viene, en Roissy, como habíamos previsto.

—OK...

Un nuevo clic y Philippe colgó. Así que le seguían. ¿Quién tenía interés en seguirle? Ni él ni Goodfellow hacían mal a nadie. Era un asunto privado. Privado al cien por cien. ¿Un cliente que buscaba inmiscuirse en su vida para chantajearle? Todo era posible. Algunos casos de la agencia eran muy importantes. A veces, su arbitraje decidía la suerte de cientos de empleados. Miró el trozo de papel en el que había escrito el nombre del detective y el teléfono de su agencia y decidió llamar más tarde. No temía nada.

---

* ¡Espera y verás! Dame su nombre y el número donde encontrarle y yo me encargo de él.

Retomó su caso pero le costó concentrarse. A menudo tenía la tentación de dejarlo todo. Con cuarenta y ocho años, ya no tenía nada que demostrar. Había ganado mucho dinero, se había asegurado el futuro, podría alimentar a varias generaciones de Dupin. Soñaba cada vez más con vender su negocio y conservar un estatus de consultor. Retirarse y dedicarse a lo que amaba. Quería estar en compañía de su hijo. Alexandre crecía, y su hijo se convertía en un extraño. «Hola, papá, ¿qué tal, papá?». Y desaparecía en su habitación, largo, delgado y desgarbado con unos cascos en las orejas. Si Philippe intentaba empezar una conversación, no la oía. ¿Cómo reprochárselo? Volvía a su casa la mayor parte de las veces con casos debajo del brazo. Se encerraba en su despacho tras una comida rápida y sólo salía cuando Alexandre estaba acostado. Sin contar con las noches en las que Iris y él salían. No quiero dejar pasar a mi hijo, articuló en voz alta mirándose la punta de sus calcetines Labonal de costura perfecta. Fue Iris la que me los compró. Los compraba por docenas: azules, grises, negros. Altos. Bien ajustados a la pantorrilla. No se ensanchan tras el lavado. El otro día había tenido una idea: iba a escribir una larga carta a su hijo. Todo lo que no podía decirle en voz alta, lo pondría por escrito. No está bien que ese chico no vea más que mujeres. Su madre, Carmen, Babette, sus primas Hortense y Zoé... ¡Está rodeado de mujeres! Va a cumplir once años, ya es hora de que lo saque de ese gineceo. Ir juntos a ver el fútbol, el rugby, al museo. ¡Nunca lo he llevado a ver el Louvre! Y no va a ser su madre la que piense en ello... Se había dicho voy a escribirle una larga carta en la que le diré que le quiero, que no se enfade conmigo por no tener tiempo para ocuparme de él, le contaré mi infancia, cómo era yo a su edad, las chicas y las canicas, todavía jugábamos a las canicas en mi época, ¿a qué juega él? Ni siquiera lo sé. Philippe había comprado un ordenador portátil para su uso personal. Quería aprender a escribir sin mirar las teclas. Había contratado una mecanógrafa para que le enseñase lo esencial del método y, después, se las arreglaría solo. Siempre quería hacerlo todo a la perfección. «Carta a mi hijo». Sería una hermosa carta. Metería en ella todo su amor. Se disculparía como ningún padre ha hecho nunca con su hijo. Le propondría volver a empezar de cero. Se despeinó, quitándose la raya demasiado recta. Sonrió pensando en Alexandre. Retomó su caso. Ante todo habría que encontrar el dinero. ¿Ofrecer la compra de la empresa a los empleados para implicarlos en su recuperación? ¿Cómo empezaría su carta? ¿Alex, Alexandre, hijo mío? Podría preguntárselo a Joséphine. Ella lo sabría. Cada vez se dirigía más a Joséphine. Le gustaba hablar con ella. Me gusta su sensibilidad. Siempre tiene buenas ideas. Es brillante y no lo sabe. ¡Y tan discreta! Siempre en el quicio de la puerta como si tuviera miedo de molestar. «Creo que voy a liquidar la empresa y retirarme —había soltado el otro día delante de ella—, me aburro, esta profesión es cada vez más dura, mis colaboradores me aburren». Ella había protestado: «¡Pero si sois los mejores de todo París!». «Sí, son buenos, pero se están resecando y, desde el punto de vista humano, ya no tienen demasiado interés, ¿sabes lo que me gustaría, Jo?». Ella había negado con la cabeza. «Me encantaría convertirme en consultor... Dar mi opinión de vez en cuando y tener tiempo para mí». «¿Y a qué te dedicarías entonces?». Él la había mirado y había contestado: «¡Buena pregunta! Tendría que empezar de cero, encontrar algo nuevo». Ella había sonreído y dicho: «Qué gracioso que digas siempre "de cero", ¡tú, que ganas tantos ceros!».

Él le había hablado de Alexandre y ella había añadido: «Se siente inquieto, te necesita, necesita que pases tiempo con él. Estás ahí pero, al mismo tiempo, no estás... La gente se cree que lo importante es la calidad del tiempo que pasan con sus hijos, pero también es importante la cantidad, porque un niño no habla bajo pedido. A veces podemos pasar todo el día con él y es por la noche, en el coche, cuando vuelves a casa que, de golpe, se decide a revelar un secreto, una confidencia, una angustia. Piensas que has esperado todo este tiempo, todo este tiempo que creías perdido y que finalmente no lo era... —se había sonrojado y había dicho—: «No sé si me explico». Se había marchado, un poco encogida, llevándose tres nuevos contratos para traducir. Parecía cansada. Iba a subirle la tarifa de las traducciones.

La había vuelto a llamar y le había preguntado: «¿No necesitas nada, Jo? ¿Estás segura de que te las vas a arreglar?». Ella había respondido: «Sí, sí». Se lo había pensado un instante y había añadido:

—Sabes, Iris sabe que trabajo para ti...

—¿Cómo lo ha sabido?

—Por la abogada Vibert... Tomaron el té juntas. Está algo molesta porque no le hayas dicho nada, así que quizás deberías...

—Lo haré, prometido. No me gusta mezclar familia y trabajo... Tienes razón. Resulta idiota por mi parte. Sobre todo, porque no es un terrible secreto, ¿eh? ¡Los dos somos unos conspiradores de pena! No sabemos mentir bien...

Ella parecía terriblemente incómoda por ese último comentario.

—¡No te sonrojes así, Jo! Hablaré con ella, te lo prometo. ¡Debo hacerlo si quiero empezar de cero!

Y se había echado a reír. Ella le había mirado, incómoda, y había salido de su despacho andando hacia atrás.

Qué mujer tan extraña, se había dicho. Tan diferente de su hermana. Es para pensar que fue cambiada en la maternidad y que los Plissonnier se fueron con el bebé equivocado. No me extrañaría enterarme un día. Qué cara pondría Henriette si descubriese eso. Se le caería su eterno sombrero.

Caroline Vibert abrió la puerta de su despacho.

—Y bien, ¿has encontrado alguna estrategia para el caso que te pasé?

—No, no hago más que soñar despierto. No tengo ganas de trabajar. Creo que voy a invitar a mi hijo a comer, ¡hoy es miércoles!

Caroline Vibert le miró, con la boca abierta, y vio cómo llamaba al móvil de Alexandre, que gritó de alegría ante la idea de ir con su padre a comer a su restaurante preferido. Philippe Dupin puso el altavoz del teléfono para que la alegría de su hijo resonara en el despacho.

—Y después, hijo, te llevaré al cine y tú elegirás la película.

—No —gritó Alexandre—, vamos al parque y practicamos tiros a puerta.

—¿Con este tiempo? ¡Nos vamos a llenar de barro!

—¡Sí, papá, sí! Tiramos penaltis y, si los paro, tú me dices bravo.

—De acuerdo, tú decides.

—*Yes! Yes!*

La señora Vibert se llevó un dedo a la sien y lo hizo girar, haciendo entender a Philippe que estaba completamente loco.

—Los calcetines franceses tendrán que esperar... Me largo, tengo cita con mi hijo.

* * *

Primero escuchó el ruido de sus pasos en el portal. Las paredes alicatadas de loza amarillo pálido, el friso azul, el gran espejo para mirarse de arriba abajo, el buzón, todavía con la tarjeta de visita con sus nombres, señor y señora Cortès, Joséphine no la había cambiado. Después el olor en el ascensor. Un olor a cigarrillo, a vieja moqueta y a amoniaco. Finalmente escuchó el ruido de sus pasos en el pasillo de su planta. No tenía sus llaves. Levantó el índice para llamar. Creía recordar que el timbre no funcionaba cuando se fue. Quizás ella lo había arreglado. Sintió ganas de llamar para comprobarlo, pero Joséphine había abierto ya la puerta.

Allí estaban, frente a frente. Casi un año, parecían decir sus miradas que contemplaban el rostro de uno y otro. Hace apenas un año éramos la pareja perfecta. Casados, dos niñas. ¿Qué sucedió para que todo saltara en pedazos? Una y otra parte se hacían la misma pregunta discreta y extrañada. Y, sin embargo, cómo ha cambiado todo en un año, se decía Joséphine escrutando la piel reseca y arrugada bajo los ojos de Antoine, las venillas azuladas en el rostro, las arrugas que se marcaban en su frente. Ha empezado a beber, es eso, la piel hinchada, escarlata en algunas zonas... Y, sin embargo, nada ha cambiado, pensaba Antoine queriendo acariciar las mechas rubias que enmarcaban el rostro más firme, más delgado de Joséphine. Estás muy guapa, querida, le hubiese gustado murmurar. Tienes aspecto cansado, amigo mío, se contuvo ella.

De la cocina provenía un olor tenaz a cebolla frita.

—Estoy preparando un pollo encebollado para las niñas esta noche, les encanta.

—Precisamente, esta noche, me preguntaba si no podría llevarlas al restaurante, hace tanto tiempo que...

—Se pondrán muy contentas. No les he dicho nada, no sabía si... Si estabas solo, si estabas libre para cenar, si la otra no venía contigo... Se calló.

—¡Tienen que estar muy cambiadas! ¿Se encuentran bien?

—Al principio fue un poco duro...

—¿Y en el colegio?

—¿No has recibido sus notas? Te las envié...

—No. Debieron de perderse...

Sintió ganas de sentarse y callar. Mirarla cómo preparaba el pollo con cebolla. Joséphine producía siempre ese efecto sobre él, le calmaba. Tenía ese don, como algunos tienen el don de curar imponiendo las manos. Le hubiera gustado desconectar del giro amenazador que tomaba su vida. Tenía la impresión de que estaba deshaciéndose. Sentía cómo su ser flotaba y se repartía en mil identidades que no controlaba. En mil responsabilidades demasiado pesadas para él. Acababa de ver a Faugeron. Le había recibido durante apenas diez minutos y había respondido a tres llamadas telefónicas. «Debe excusarme, señor Cortès, pero es muy importante...». Porque yo, ¡yo no soy importante!, había estado a punto de gritar en un último intento de rebelarse. Se había aguantado. Había esperado a que Faugeron colgase para retomar el hilo de su discusión. «¡Pero si su mujer se las arregla muy bien! No tengo ningún problema con sus cuentas; lo mejor sería que hablase usted de esto con ella... Porque, al fin y al cabo, es una cosa de familia y parecen ustedes una familia muy unida». Después había sido interrumpido por otra llamada telefónica, ¿me permite? A la segunda, no se excusó. A la tercera, había descolgado sin decir nada. Al final, se había levantado y estrechado la mano repitiendo: «No hay problema, señor Cortès, mientras su mujer esté ahí...», Antoine se había marchado sin poder exponerle su problema con el señor Wei.

—¿Todavía es invierno en París?

—Sí —dijo Joséphine—. Estamos en marzo, es normal.

Era la hora en la que caía la noche, las luces de la avenida se alumbraban, una luminosidad blanca e impalpable subía hacia el cielo negro. En frente, por la ventana de la cocina, se percibían las luces de París. Cuando se habían instalado allí, miraban hacia la gran ciudad y hacían proyectos. Cuando vivamos en París, iremos al cine, al restaurante... Cuando vivamos en París, tomaremos el metro o el autobús, dejaremos el coche en el garaje... Cuando vivamos en París, iremos a tomar café a los bares llenos de humo... París se había convertido en una tarjeta postal, en el receptáculo de todos sus sueños.

—Al final, nunca nos fuimos a vivir a París —murmuró Antoine con una voz tan triste que Joséphine se apiadó de él.

—Estoy bien aquí. Siempre he estado bien aquí...

—¿Has cambiado algo en la cocina?

—No.

—No sé... La encuentro distinta.

—Hay aún más libros, eso es todo... ¡Y el ordenador! Me he montado un lugar de trabajo, he cambiado la tostadora, el hervidor y la cafetera de sitio.

—Debe de ser eso...

Permaneció todavía un momento en silencio, ligeramente encorvado. Tocó el mantel de hule con los dedos, apartó algunas migas de pan. Ella percibió canas en su nuca y pensó que, normalmente, eran las sienes las que se volvían grises en primer lugar.

—Antoine... ¿por qué pediste ese préstamo sin avisarme? No está bien.

—Lo sé. Todo lo que hago desde hace algún tiempo no está bien... No tengo nada que decir en mi defensa. Pero ya ves, cuando me fui, pensaba...

Tragó como si fuese a decir algo demasiado duro para él. Continuó.

—Pensaba que iba a tener éxito, ganar mucho dinero, devolvértelo con creces, incluso indemnizarte. Tenía grandes proyectos, me imaginaba que todo iba a ir sobre ruedas y luego...

—No está acabado, todo puede arreglarse.

—¡África, Jo! ¡África! Se come un hombre blanco en menos de dos minutos, te pudre lenta pero inexorablemente... Sólo las grandes fieras resisten en África. Las grandes fieras y los cocodrilos...

—No digas eso.

—Me sienta bien contártelo, Jo. Nunca debí abandonarte, no lo deseaba de verdad. De hecho, nunca quise que me pasara todo esto... Esa es mi mayor debilidad.

Joséphine comprendió que le invadía la melancolía. Las niñas no debían verle en ese estado. Entonces le asaltó una terrible sospecha.

—Has bebido... ¿Has bebido antes de venir?

Él negó con la cabeza, pero ella se acercó, olió su aliento y suspiró.

—¡Has bebido! Te vas a dar una ducha y cambiarte, todavía tengo camisas tuyas y una chaqueta. Me vas a hacer el favor de mantenerte erguido y de estar algo más alegre si quieres llevarlas al restaurante.

—¿Has guardado mis camisas?

—Tus camisas son muy bonitas. ¡Cómo iba a tirarlas! Venga, levántate y ve a darte una ducha. Estarán aquí en una hora, tienes tiempo...

Ahora la cosa iría mejor. Volvía el equilibrio familiar. Él se iba a duchar, a cambiarse, las niñas volverían del estudio y él podría hacer como si nunca se hubiese ido. Podrían ir a cenar los cuatro, como antes. Se colocó bajo el chorro de la ducha y dejó correr el agua sobre su nuca.

Joséphine miró la ropa que Antoine había dejado sobre una silla de su habitación antes de entrar en el cuarto de baño. Se sentía extrañada de la facilidad de su encuentro. Desde que abrió la puerta, lo entendió: él no era un extraño, nunca sería un extraño, sería siempre el padre de sus hijas, pero peor, se habían separado. La separación había tenido lugar sin lloros ni gritos. Suavemente. Mientras ella luchaba, sola, él había salido de su corazón. Lentamente.

—Siempre he estado convencido de que había gente perfectamente feliz y siempre he querido formar parte de ellos —le confesó él, una vez lavado, afeitado y vestido.

Ella le había hecho un café y le escuchaba con la cabeza apoyada en la mano, en un movimiento de abandono atento y amistoso.

—Tú pareces formar parte ahora de esa gente feliz. Y no sé cómo lo has conseguido. No temes a nada... Faugeron me ha dicho que pagabas el préstamo sola.

—He conseguido más trabajo. Hago traducciones para el despacho de Philippe y me paga muy bien, incluso demasiado...

—¿Philippe, el marido de Iris?

Había incredulidad en la voz de Antoine.

—Sí. Se ha hecho más humano. Ha debido de pasar algo en su vida, ahora se preocupa de la gente...

Tengo que retener este instante. Tiene que durar un poco más para que se imprima en mi memoria. El momento en el que él ha dejado de ser el hombre que amo y me tortura para convertirse simplemente en un hombre, un compañero, no un amigo todavía. Medir el tiempo que he tardado en llegar a este resultado. Saborear este momento en el que me desligo de él. Hacer de ello una etapa. Pensar en este momento preciso me dará fuerzas más tarde, cuando flaquee, dude, pierda valor. Deberían hablar todavía un poco más para que ese instante se llene, se convierta en algo real y marque un giro en su vida. Una señal en su camino. Gracias a este momento, seré más fuerte y podré continuar avanzando sabiendo que hay un sentido, que todo el dolor que he acumulado desde que se fue se ha transformado en un paso adelante, en una progresión invisible. Ya no soy la misma, he cambiado, he sufrido pero no ha sido en vano.

—Joséphine, ¿cómo hace la gente para tener éxito? ¿De verdad sólo tienen suerte o existe una receta?

—No creo que exista una receta. Lo importante al principio es elegir un traje que te vaya, en el que te sientas bien y, poco a poco, lo agrandas, lo haces a tu medida. Poco a poco, Antoine. Tú vas demasiado rápido. Tú ves lo grande enseguida y te saltas los pequeños detalles que son importantes. No se tiene éxito a la primera, se va colocando una piedra y después, la otra. Cuando vuelvas con tus cocodrilos, aprende a hacer las cosas una a una como se presenten y después, sólo después, podrás ver más grande y un poco más grande y un poco más grande... Si vas despacio, construyes, si vas demasiado deprisa, todo se hunde rápidamente...

Él seguía sus palabras, una por una, como se siguen los gestos de un socorrista que te salva la vida.

—Es como con el alcohol... Cada mañana, cuando despiertes, dite a ti mismo no beberé hasta esta noche. No te digas ya no beberé el resto de mi vida. Esa promesa es demasiado grande para ti. Un poco cada día, y lo conseguirás.

—Mi patrono chino... no me paga.

—Pero ¿cómo vives?

—Del dinero de Mylène. Por eso no he podido devolver el préstamo.

—¡Oh!, Antoine...

—Pensaba comentárselo a Faugeron para que me ayudase a encontrar una solución, y apenas me ha escuchado...

—Pero a los chinos ¿les pagan?

—Sí, una miseria, pero les pagan. De un presupuesto aparte. No voy a robarles su dinero.

Joséphine reflexionó, haciendo tintinear su cucharita contra la taza de café.

—¡Tienes que marcharte! Tienes que amenazarles con dejarlo...

Antoine la miró de arriba abajo, aturdido.

—¿Y qué haré si lo dejo?

—Vuelves a empezar aquí o en otro lado. Pequeño, poco a poco.

—¡No puedo! He invertido mucho allí. Y soy demasiado viejo.

—Escúchame bien, Antoine: esa gente sólo comprende las relaciones de fuerza. Si te quedas, si trabajas sin que te paguen, ¿cómo quieres que te respete? En cambio, si le dejas con los cocodrilos a su merced, ¡te enviará un cheque en el acto! Piénsalo... Es evidente. No va a correr el riesgo de dejar morir a miles de cocodrilos... Sería él el que estaría en un buen lío.

—Quizás tengas razón...

Suspiró como si el pulso que debía enfrentarle al señor Wei le agotara ya. Se repuso y repitió «tienes razón, lo haré». Joséphine se levantó para bajar el fuego de las cebollas, sacó los trozos de pollo y los puso a dorar en la cacerola. El olor del pollo sacó a Antoine de su ensoñación.

—Todo es tan sencillo cuando hablo contigo. Tan sencillo... Has cambiado.

Tendió el brazo y atrapó la mano de Joséphine. La estrechó y murmuró «gracias» varias veces. Sonó el timbre. Eran las niñas.

—¡Ahora recóbrate! Sonríe, sé alegre... No deben enterarse. No es problema suyo. ¿De acuerdo?

Él asintió en silencio.

—¿Podré llamarte si algo no va bien?

Ella dudó un momento pero, ante su aspecto suplicante, aceptó.

—Y no dejes que Hortense acapare la conversación esta noche. Haz hablar a Zoé. Siempre se eclipsa delante de su hermana.

Él sonrió débilmente y asintió.

Cuando iban a salir, Antoine preguntó «¿quieres cenar con nosotros?». Joséphine sacudió la cabeza y respondió «no, tengo trabajo, divertíos y no volváis muy tarde, mañana hay colegio».

Cerró la puerta de entrada y su primera reacción fue sonreír. Tengo que escribir, se dijo, tengo que escribir esta escena y meterla en mi libro. No sé dónde exactamente, pero sé que acabo de vivir un hermoso momento, un momento en el que la emoción de un personaje hace progresar la acción. Es magnífico cuando la acción viene del interior, cuando no está añadida desde el exterior...

Fue a sentarse frente a su ordenador y se puso a escribir.

En ese instante, Mylène Corbier volvía a la habitación del hotel Ibis en Courbevoie. Antoine la había reservado a nombre de señor y señora Cortès. Lo que hubiera emocionado a Mylène un año atrás ahora la dejaba fría. Le costó introducir la llave en la puerta de la habitación por lo cargada que estaba. Había recorrido todas las tiendas: Monoprix, Sephora, Marionnaud, Carrefour, Leclerc... en busca de productos de maquillaje baratos. Una idea germinaba en su cabeza desde hacía algunas semanas: enseñar a las chinas del Croco Park a maquillarse y montar con ello un negocio. Comprar en Francia base de maquillaje, rímel, laca para uñas, sombra de ojos, colorete y lápices de labios y revenderlos allí reservándose un margen de beneficio. Se había dado cuenta de que, cada vez que se maquillaba, las chinas la seguían cuchicheando a su espalda y, después, la abordaban y preguntaban en mal inglés cómo conseguir rojo, verde, azul, rosa, ocre crema, beige rosado, «cacao para las pestañas». Señalaban con el dedo los ojos, los labios y la piel de Mylène, la cogían del brazo para respirar el olor de su crema corporal, le tocaban el pelo, lo peinaban, soltaban grititos de excitación. Mylène las observaba, delgadas y lamentables en sus pantalones cortos demasiado grandes, la piel mal cuidada, la tez apagada, turbia. También se había dado cuenta de que los productos donde estaba escrito en la caja París o *made in France* las volvían locas. Estaban dispuestas a comprarlos y pagarlos bien. Eso le había dado una idea: abrir un gabinete de estética en el interior del Croco Park. Se dedicaría a hacer limpiezas de cutis y cuidados de belleza. Vendería productos traídos de París. Debería calcular cuidadosamente los precios para amortizar los gastos del viaje y obtener beneficios.

Ya no podía contar con Antoine. Cada día estaba más deshecho. Había empezado a beber. Era un alcohólico dulce y resignado. Pronto, si ella no lo evitaba, no les quedaría ni un céntimo. Esa noche iba a visitar a su mujer y a sus hijas. Podría ser un incentivo para él. Su mujer parecía simpática. Era una buena mujer. Trabajadora. No se quejaba nunca.

Mylène tiró los paquetes sobre la gran cama de la habitación, abrió un bolso de viaje vacío y comenzó a llenarlo. De hecho, prosiguió mientras atiborraba el bolso de productos, no sirve de nada lloriquear, eso no hace prosperar el chiringuito, sólo se lloriquea por uno mismo, por el tiempo pasado, y el tiempo pasado no se puede arreglar, entonces ¿de qué sirve? Contó una última vez los paquetes, anotó en una hoja la cantidad comprada de cada artículo y el precio que había pagado. ¡No he pensado en los perfumes! ¡Ni en el champú! ¡Ni en la laca! ¡Maldita sea!, se dijo. No importa, ya veré eso mañana o en un próximo viaje. Es mejor empezar poco a poco.

Se desnudó, sacó su camisón de la maleta, deshizo el paquete del jabón del baño y se duchó. Estaba deseando volver a Kenia para abrir su salón de belleza.

Se durmió pensando en el nombre del salón: Belleza de París, París Chic, Viva París, Paris Beauty, sintió un leve ataque de angustia, Dios mío, ojalá que todo esto no se vaya al garete. He gastado todo lo que me quedaba en la cuenta, ¡no tengo nada! Palpó a ciegas en la oscuridad en busca de un trozo de madera que tocar y se durmió.

* * *

Joséphine cogió el calendario de la cocina y subrayó con un trazo de rotulador negro las dos semanas siguientes. Estábamos a 15 de abril, las niñas volvían el 30, tenía dos semanas para dedicarse a su libro. Dos semanas, es decir, catorce días, es decir, un mínimo de diez horas de trabajo diarias. Quizás doce si bebo mucho café. Volvía del Carrefour, donde había realizado un gran avituallamiento. Sólo había comprado comida enlatada, en bolsas o para untar. Pan de molde, botellas de agua, café soluble, barras de cereales, yogures, chocolate. Había que escribir páginas y páginas si quería terminar para julio.

Cuando Antoine le propuso encargarse de las niñas durante las vacaciones de Semana Santa, ella había dudado. Dejarlas marcharse con él a Kenia sin otra protección que Mylène no la dejaba tranquila. ¿Y si las niñas se acercan demasiado a los cocodrilos? Se lo había contado a Shirley, que había soltado: «Podría ir con ellas, me llevaría a Gary... Puedo ausentarme dos semanas, no hay clase en el conservatorio y no tengo grandes pedidos que entregar, además, ¡me encantan los viajes y la aventura! Pregunta a Antoine si le parece bien». Antoine había dicho que sí. El día anterior había llevado a las niñas, a Shirley y a Gary al aeropuerto de Roissy.

Imponerse horarios. No dejar pasar las horas. Comer entre dos capítulos. Beber mucho café. Extender sus libros y sus notas sobre la mesa de la cocina sin miedo a molestar. Y escribir, escribir...

Primero plantar el decorado.

¿Dónde sitúo mi historia? ¿Entre las brumas del norte o al sol?

¡Al sol!

Un pueblo en el sur de Francia, cerca de Montpellier. En el siglo XII. Francia cuenta con doce millones de habitantes e Inglaterra sólo con un millón ochocientos mil. Francia está dividida en dos: el reino de los Plantagenet, con Enrique II y Leonor de Aquitania a la cabeza, y el de Luis VII, el rey de Francia, padre del futuro Felipe Augusto. El arado de reja y vertedera ha reemplazado al arado de reja romano y las cosechas son más abundantes. Los molinos sustituyen a la molienda manual. Los hombres están mejor nutridos, la alimentación se diversifica y la mortalidad infantil desciende. El comercio se desarrolla en los mercados y en las ferias. El dinero circula y se convierte en algo codiciado. Los judíos, en los burgos, son tolerados pero despreciados. Como los cristianos no pueden prestar dinero con interés, hacen oficio de banqueros. En su mayor parte, usureros. Tienen interés en la miseria del pueblo y no se les quiere. Deben llevar la estrella amarilla.

En la alta sociedad, el único valor de la mujer es su virginidad, que lleva hasta el día de su boda. El futuro marido la considera como un vientre a fecundar. Varones. Él no debe demostrar su amor. Como enseña la ley de la Iglesia: aquel que ama a su mujer con demasiado ardor será considerado culpable de adulterio. Por esa razón muchas mujeres sueñan con retirarse a un convento. Los conventos se multiplican en los siglos XI y XII.

«El acto de la procreación está permitido en el matrimonio, pero las voluptuosidades a la manera de las rameras están condenadas», decía el clérigo en sus sermones. ¡Qué importante el cura! Él hace la ley. Incluso el rey le obedece. Una chica que, saliendo de su casa sin escolta, es violada, se convierte en una «ganga». Se la señala con el dedo y ya no puede casarse. Bandas de hombres, de soldados sin jefe, de caballeros sin castillo, sin amo, sin ejército, recorren las campiñas en busca de una jovencita a la que taladrar o de algún viejo al que desvalijar. Es un periodo de gran violencia social.

Florine ha comprendido todo eso. No quiere formar parte de esas mujeres a las que se conduce al matrimonio como al matadero. A pesar de que el amor cortés empieza a extenderse en las baladas de los trovadores, no oye hablar de eso en su pueblo. Cuando se habla de matrimonio, se dice que el joven caballero quiere «gozar y establecerse, una mujer y una tierra». Ella rechaza ser un objeto, prefiere ofrecerse a Dios.

Florine empezaba a existir. Joséphine la veía físicamente. Alta, rubia, bien formada, blanca como la nieve, el cuello largo y delgado, los ojos verdes almendrados, rodeados de pestañas negras, una frente alta y abombada, un tinte admirable, la boca dibujada y rosada, las mejillas sonrosadas, los mechones rubios levantados por una diadema bordada, cayendo en cascada sobre su rostro. Entre otras perfecciones, tiene manos de marfil, manos largas, suaves, de dedos finos como cirios y ornados por brillantes uñas. Manos de aristócrata.

No como las mías, pensó Joséphine echando afligida un vistazo a sus uñas llenas de pielecillas.

Sus padres son nobles arruinados que viven en una casa burguesa que deja pasar el agua y el viento. Sueñan con recuperar su esplendor pasado casando a su única hija. Pertenecen al mundo de la campiña y del burgo. Viven del escaso beneficio de sus tierras. Sólo poseen un caballo, una carreta, un buey, cabras y ovejas. Pero las armas de su escudo, reproducidas sobre un gran tapiz, ornan el muro de la sala común donde se reúnen durante las veladas.

Esta historia empieza durante una velada...

Una velada, en un pequeño burgo de Aquitania, en el siglo XII.

Tendré que inventarme un nombre para el burgo. Por la noche se reúne la gente de la misma familia o los vecinos. Una noche pues, mientras los abuelos, los hijos, los nietos, los primos y primas están reunidos, se da la noticia de que el conde de Castelnau ha vuelto de una cruzada. Guillermo Larga Espada es un noble valiente, rico y hermoso.

Aquí pondré la descripción de Guillermo...

Su cabellera dorada brilla al sol y sus soldados le localizan durante las batallas por su coleta desplegada como un estandarte. El rey se ha fijado en él y le ha otorgado tierras que Guillermo ha añadido a su condado. Posee un hermoso castillo, que su madre, viuda, guarda durante su ausencia, y tierras extensas y fértiles. Quiere casarse y todos hacen conjeturas sobre la identidad de la futura condesa. Es esa noche en la que Florine desea anunciar a sus padres que ha elegido seguir la regla de san Benito y entrar en un convento.

Empiezo, pues, por la velada. Florine busca la ocasión para hablar con su madre. No, con su padre... Es el padre el que importa.

Les vemos pelar guisantes, limpiar verdura, zurcir ropa, lavar, reparar, cada uno se ocupa de las tareas de la casa mientras conversan. Se habla de lo cotidiano: los últimos escándalos del burgo (los hombres acusados de bigamia, una granjera que ha hecho desaparecer a su último retoño, el cura que revolotea entre las niñas...), hay mofa, suspiros, se habla de ovejas, de trigo, del buey que tiene fiebre, de la lana que hay que cardar, de la viña y de las semillas que hay que comprar; después la conversación se centra en temas recurrentes: las obras que terminar, los hijos que hay que casar, los numerosos impuestos, los nacimientos que se suceden demasiado rápido, esos niños que «no hacen más que comer»...

Pongo entonces el acento en la madre de Florine. Una mujer ávida, de corazón seco, interesada, y el padre más bien justo y bondadoso pero dominado por su mujer.

Florine intenta atraer la atención de su padre y meterse en la conversación. En vano. Los niños no tienen derecho a hablar si no se les anima a ello. Florine debe hacer una reverencia cuando se dirige a sus padres. Entonces calla y busca el momento en el que pueda hablar. Una vieja tía masculla y afirma que no hay que hablar de cosas fútiles, sino de hechos magníficos. Florine levanta los ojos hacia ella con la esperanza de que empiece a hablar de Dios y de que pueda entonces expresarse. ¡Pero no! Nadie escucha a la anciana tía y Florine permanece en silencio. Por fin, el señor del lugar, aquel que todo el mundo está obligado a respetar, se dirige a su hija y le pide que le traiga su pipa.

¡Como yo cuando era pequeña! Era yo la que tendía la pipa a mi padre. Mamá le tenía prohibido fumar dentro de casa. Él iba a fumar al balcón y yo le seguía. Él me mostraba las estrellas y me enseñaba sus nombres...

El padre de Florine fuma en casa; es Florine la que le llena la cazoleta. Ella aprovecha para anunciarle sus intenciones. Su madre los oye y se escandaliza. Ni hablar de eso: ¡se casará con el conde de Castelnau!

Florine se resiste. Asegura que su prometido es Dios. Su padre le ordena ir a su habitación, encerrarse en ella y meditar el primer mandamiento de Dios: honrarás a tu padre y a tu madre.

Florine se retira a su habitación.

Ahí describo la habitación: sus cofres, sus telas tintadas, sus iconos, sus bancos y asientos, su cama. Los cofres y los baúles están provistos de múltiples cerrojos. Tener las llaves de los cofres es señal de importancia doméstica. En su habitación, cuando todo el mundo se ha marchado, Florine escucha a sus padres en la habitación de al lado. A veces, su madre se queja: «No tengo nada que ponerme, no me cuidas... Fulana va mejor vestida que yo, mengana más adornada, todo el mundo me encuentra ridícula...». Ella se queja continuamente y su marido permanece en silencio. Esa noche hablan de ella, de su papel de hija. Una hija de buena familia hace el pan, las camas, lava, cocina, se ocupa de todos los trabajos de telar y aguja, borda cojines. Todo es dirigido por los padres: ella debe obedecerlos en todo.

«Se casará con Guillermo Larga Espada» —asegura la madre—, esa es mi última palabra.

Su padre se calla.

Al día siguiente, Florine entra en la cocina y su niñera se desmaya. Su madre acude y se desmaya a su vez. Florine se ha afeitado la cabeza y repite obstinada: «No me casaré con Guillermo Larga Espada, quiero entrar en el convento».

Su madre se recupera y la encierra en su habitación.

Indignación general: llueven los reproches y las quejas. Se la priva de llaves, de libertad, se la trata como a una sirvienta en la cocina. Florine es muy hermosa. Florine es perfecta. Ningún chisme corre con su nombre, el cura responde de ello. Se confiesa tres veces por semana. Será una esposa ideal. Todo hace pensar a los padres en una buena boda.

Está encerrada en su casa. Vigilada por su madre, su padre y la servidumbre. Un trabajo doméstico solitario y silencioso acabará con todos los sueños ridículos que pueda nutrir esa descerebrada. Se la mantiene alejada de las ventanas. Se vigilan mucho las ventanas, pues son peligrosas para la virtud de las hijas. Abiertas a la calle, cubiertas por contraventanas, autorizan los peores libertinajes. Se espía, se mira, se conversa de un ventanal a otro.

La reputación de Florine ha llegado a los oídos de Guillermo Larga Espada. Pide conocerla. La madre la cubre con un velo bordado y miles de colgantes para esconder su cráneo afeitado.

La entrevista tiene lugar. Guillermo Larga Espada queda fascinado por la belleza silenciosa de Florine y por sus largas manos de marfil. La solicita en matrimonio. Florine debe ceder. Decide que ese será su primer grado de humildad.

La boda. Guillermo desea una gran boda. Hace levantar un inmenso estrado cubierto de tablas, donde más de quinientas personas festejan durante ocho días. El estrado está decorado de tapices, de valiosos muebles, de armaduras, de telas venidas de Oriente. En las pilas arden los perfumes. Para proteger a los comensales, se ha tendido un inmenso velo de paño azul claro, bordado y adornado de guirnaldas vegetales mezcladas con rosas. Una credencia de plata cincelada preside el estrado. El suelo está cubierto de hojas. Cincuenta cocineros y pinches se afanan en las cocinas. Los platos se suceden unos a otros. La novia lleva un tocado de plumas de pavo real cuyo precio es lo que gana un buen obrero en cinco o seis años de trabajo. Durante toda la jornada de la boda ella mantiene los ojos bajos. Ha obedecido. Ha prometido ante Dios ser una buena esposa. Mantendrá su promesa.

Y ahí, piensa Joséphine, escribo sobre los primeros días de mujer casada de Florine. Su noche de bodas. ¡El terror de la noche de bodas! Esas niñas, apenas mujeres, que se entregaban a un bárbaro venido de la guerra y que no sabían nada del placer femenino. Tiembla, desnuda, bajo su camisa. Puede que Guillermo sea dulce... ¡Ya veré el grado de simpatía que me inspira! Durante su matrimonio con Florine, Guillermo Larga Espada prospera y se vuelve muy rico. ¿Cómo? Me lo tengo que pensar...

El segundo marido, ella le...

En ese momento, llaman a la puerta. Joséphine, al principio, no quiso abrir. ¿Quién venía a molestarla a su casa? Se desplazó de puntillas hasta la mirilla de la puerta. ¡Iris!

—Ábreme, Jo, ábreme. Soy yo, Iris.

Joséphine abrió a su pesar. Iris se echó a reír.

—Pero ¿cómo estás vestida? ¡Pareces una pordiosera!

—Bueno... Estoy trabajando...

—He venido para hacerte una pequeña visita y para ver hasta dónde habías llegado con mi libro y cómo está nuestra protagonista.

—Se ha afeitado la cabeza —murmuró Joséphine, que habría afeitado con gusto la de su hermana.

—¡Quiero leerlo! ¡Quiero leerlo!

—Escúchame Iris, no sé si... Estoy en pleno trabajo.

—No me quedaré, te lo prometo. Sólo estoy de paso.

Entraron en la cocina e Iris se inclinó sobre el ordenador. Empezó a leer. Sonó su móvil y respondió. «No, no, no me molestas, estoy en casa de mi hermana. ¡Sí! ¡En Courbevoie! ¡Imagínate! Llevo una brújula. ¡Y mi pasaporte! ¡Ja, ja, ja! ¡No! ¿De verdad? Cuéntame... ¡Eso ha dicho! ¿Y ella qué dice?».

Joséphine sintió cómo le hervía la sangre. No sólo me interrumpe sino, además, se detiene en plena lectura para cotillear por teléfono. Arrancó el ordenador de las manos de su hermana asesinándola con la mirada.

—Ay, ay. Voy a tener que dejarte, Joséphine me está acribillando con los ojos. Te volveré a llamar.

Iris cerró ruidosamente su móvil.

—¿Estás enfadada?

—Sí. Estoy enfadada. Primero, te plantas aquí sin avisar, me interrumpes en pleno trabajo, y después, ¡interrumpes la lectura de lo que he escrito para hablar con una cretina y burlarte de mí! Si no te interesa lo que hago, no vengas a molestarme ¿de acuerdo?

La cólera de Florine hervía en ella.

—Quería ayudarte y darte mi opinión.

—No necesito tu opinión, Iris. Déjame escribir en paz y cuando yo lo decida, lo leerás.

—De acuerdo, de acuerdo. ¡Cálmate! ¿Pero te importa que lea al menos un poco?

—Con la condición de que no respondas más al teléfono.

Iris asintió y Joséphine le devolvió el ordenador. Iris leyó en silencio. Sonó su teléfono. No respondió. Cuando levantó la cabeza, miró fijamente a su hermana y dijo «está bien. Está muy bien».

Joséphine sintió que recuperaba la calma.

Hasta que Iris sonrió y dijo:

—Es una idea muy buena esa de que se afeita la cabeza... ¡Buen truco!

Joséphine no respondió. Sólo deseaba una cosa; retomar la escritura de su novela.

—¿Ahora quieres que me vaya?

—¿No te enfadarás?

—No... Al contrario, me alegra mucho que te lo tomes tan en serio.

Cogió su bolso, su móvil, besó a su hermana y se marchó, dejando tras ella el intenso olor de su perfume.

Joséphine se apoyó contra la puerta de entrada, suspiró y volvió a la cocina. Retomó la escritura de su historia, pero tuvo que renunciar: todas las ideas habían huido de su cabeza.

Lanzó un grito de rabia y abrió la puerta del frigorífico.

* * *

—Papá, ¿los cocodrilos van a comerme?

Antoine estrechó la manita de Zoé en la suya y la tranquilizó. Los cocodrilos no iban a comérsela. No debía acercarse demasiado ni darles de comer. Esto no es un zoo, no hay guardias. Hay que tener cuidado, eso es todo.

Había llevado a Zoé a dar un paseo a lo largo de los estanques de cocodrilos. Quería enseñarle dónde trabajaba, lo que estaba haciendo. Que pensara que se había marchado por una buena razón. Recordaba la recomendación de Joséphine: «Dedícale tiempo a Zoé, no te dejes acaparar por Hortense». Shirley, Gary y las niñas habían llegado el día anterior, cansados del viaje, del calor, pero emocionados con la idea de descubrir el Croco Park, el mar, la laguna, los arrecifes de coral. Shirley había comprado una guía sobre Kenia y la había leído en el avión. Habían cenado en el porche. Mylène parecía feliz de tener compañía. Había estado cocinando todo el día para que la cena fuese un éxito. Y lo era. Antoine se había sentido, por primera vez desde que se instaló en Kenia, feliz. Feliz de ver a sus hijas. Feliz de reconstruir una vida de familia. Mylène y Hortense parecían llevarse muy bien. Hortense había prometido a Mylène ayudarla a vender sus productos de belleza. «Entonces te maquillaré y serás una especie de publicidad ambulante, pero ten cuidado, ¡no vayas a volver locos a los chinos!». Hortense había esbozado una mueca de disgusto, «son demasiado pequeños, demasiado delgados, demasiado amarillos, a mí me gustan los hombres de verdad, con buenos músculos». Antoine las había escuchado estupefacto por la seguridad de su hija. Gary se había palpado los bíceps. Hacía cincuenta flexiones por la mañana y por la noche. Un esfuerzo más, enano, ¡y te echaré un vistazo! Shirley había refunfuñado. No soportaba que trataran a su hijo de enano.

Esa mañana, Zoé había entrado en su habitación sin llamar a la puerta. Él le había hecho una señal para que no hiciese ruido y se habían marchado los dos de paseo.

Caminaban en silencio. Antoine enseñaba a Zoé las instalaciones del parque. Le enseñaba el nombre de un árbol, de un pájaro. Se había preocupado de poner crema solar a Zoé y le había dado un gran sombrero para protegerla del sol. Ella apartó una mosca con la mano y suspiró.

—Papá, ¿vas a quedarte aquí mucho tiempo?

—Todavía no lo sé.

—Cuando hayas matado a todos los cocodrilos, cuando los hayas metido en latas y los hayas convertido en bolsos, podrás marcharte, ¿no?

—Habrá otros. Tendrán bebés...

—¿Y a los bebés los vas a matar también?

—Tendré que hacerlo.

—¿Incluso a los bebés?

—Esperaré a que crezcan... O no esperaré si encuentro otro trabajo.

—Preferiría que no esperases. ¿A qué edad es mayor un cocodrilo?

—A los doce años...

—¡Entonces no esperes! ¿Eh, papá?

—A los doce años, elige un territorio y a una hembra.

—Un poco como nosotros, entonces.

—Un poco, es cierto. La mamá cocodrilo pone unos cincuenta huevos y después permanece tres meses incubándolos. Cuanto más alta es la temperatura del nido, más cocodrilos machos tendrá. Eso no es como nosotros.

—¡Entonces tendrá cincuenta bebés!

—No, porque algunos morirán en el huevo y a otros se los comerán los depredadores. Las mangostas, las serpientes, las garzotas. Vigilan las ausencias de la madre y rebuscan en el nido.

—¿Y cuando nacen?

—La mamá cocodrilo los mete en su boca con mucho cuidado y los pone en el agua. Se quedará con ellos durante meses, incluso uno o dos años, para protegerles, pero se las arreglan solos para comer.

—¡Eso significa muchos hijos de los que ocuparse!

—El noventa y nueve por ciento de los bebés cocodrilo mueren muy jóvenes. Es la ley de la naturaleza.

—¿Y la mamá siente pena?

—Sabe que es así... cuida a los supervivientes.

—Debe de sentir pena a pesar de eso. Parece una buena madre. Se ocupa mucho de ellos. Es como mamá, se ocupa mucho de nosotras. Trabaja muy duro...

—Tienes razón, Zoé, tu mamá es formidable.

—Entonces ¿por qué te fuiste?

Se había detenido, había levantado un borde de su sombrero y miraba a su padre con ojos serios.

—Eso es un problema de personas mayores. Cuando se es pequeño, uno cree que la vida es simple, lógica, y cuando crecemos, nos damos cuenta de que es más complicada... yo quiero muchísimo a tu mamá, pero...

Ya no sabía qué decir. Se hacía la misma pregunta que Zoé: ¿por qué me fui? Después de haber dejado a las niñas la otra noche, hubiese querido quedarse con Joséphine. Se hubiese metido en la cama, se hubiera dormido y la vida habría vuelto a empezar, tranquila, suavemente.

—Debe de ser complicado si ni siquiera tú lo sabes... A mí me gustaría no convertirme en una persona mayor. No hay más que problemas. Quizás pueda crecer y no convertirme en una persona mayor.

—Ahí está todo el problema, cariño: aprender a convertirse en una persona grande y buena. Tardamos años en aprender y, a veces, no lo conseguimos... O comprendemos demasiado tarde que hemos cometido un error.

—Cuando duermes con Mylène, ¿duermes completamente vestido?

Antoine se sobresaltó. No se esperaba esa pregunta. Cogió la mano de su hija, pero ella se soltó y repitió la pregunta.

—¿Por qué me preguntas eso? ¿Qué importancia tiene?

—¿Haces el amor con Mylène?

Él balbuceó:

—Pero, bueno, Zoé, ¡eso a ti no te importa!

—¡Sí! Si haces el amor con ella, vas a tener muchos bebés y yo, yo no quiero...

Él se puso de cuclillas, la tomó en sus brazos y le murmuró en voz muy baja:

—Yo no quiero más hijos que Hortense y tú.

—¿Me lo prometes?

—Te lo prometo... Vosotras sois mis dos únicos amores y llenáis todo mi corazón.

—¡Entonces duermes completamente vestido!

No quiso mentir; decidió cambiar de tema de conversación.

—¿Tienes hambre? ¿No tienes ganas de un buen desayuno con huevos, jamón, tostadas y mermelada?

Ella no respondió.

—Vamos a volver... ¿De acuerdo?

Asintió con la cabeza. Adoptó un aire serio. Pareció reflexionar un momento. Antoine la observó, temiendo otra pregunta embarazosa.

—Es Mylène la que hace el pan aquí. Está riquísimo, a veces demasiado cocido pero...

—Alexandre también está preocupado por sus padres. Durante un tiempo dejaron de dormir juntos y Alexandre me dijo que ya no hacían nunca el amor.

—¿Y cómo lo sabía él?

Ella se rio y lanzó una mirada a su padre que significaba: ¿me tomas por un bebé o qué?

—¡Porque ya no oía ruido en su habitación! Así es como se sabe.

Antoine pensó entonces que debería tener cuidado mientras las niñas estuviesen allí.

—¿Y eso le preocupaba?

—Sí, porque después los padres se divorcian...

—No siempre, Zoé. No siempre... Mamá y yo no estamos divorciados todavía.

Se detuvo en seco. Más valía cambiar de tema para evitar otras cuestiones incómodas.

—Sí, pero estamos en las mismas. Ya no dormís juntos.

—¿Te gusta tu habitación aquí?

Ella hizo una mueca y dijo «sí, está bien, no está mal».

Regresaron a casa en silencio. Antoine cogió de la mano a Zoé y ella se dejó.

Pasaron la tarde en la playa. Sin Mylène, que abría su tienda a las seis. Antoine sintió un sobresalto cuando Hortense dejó caer su camiseta y su pareo: tenía cuerpo de mujer. Largas piernas, un talle curvo, hermosas nalgas redondeadas, un vientre suave, musculoso y dos senos bien turgentes que el bañador no conseguía contener completamente. Un cuerpo y un porte de mujer. La forma en la que levantó su larga cabellera y se la ató, en la que untó sus muslos, sus hombros, su cuello de crema le turbó. Desvió la mirada y miró si había hombres en la playa que la observaran. Le alivió comprobar que estaban casi solos, aparte de algunos niños que jugaban entre las olas. Shirley percibió su turbación y constató:

—Asombroso, ¿no? ¡Va a volver locos a los hombres! En cuanto la ve, mi hijo empieza a tropezar.

—Cuando me fui, era todavía un bebé.

—¡Vas a tener que acostumbrarte! Y no ha hecho más que empezar.

Los niños se habían precipitado hasta el mar. La arena blanca se pegaba a sus pies y se tiraron al agua gritando sobre las olas. Antoine y Shirley, sentados el uno al lado del otro, les miraban.

—¿No tiene novio? —preguntó Antoine.

—No lo sé. Es muy discreta.

Antoine suspiró.

—¡Ay, ay, ay! Y no estaré allí para vigilarla.

Shirley dibujó una sonrisa irónica.

—Te lleva del lazo como a un perrito. Engatusa a todos los hombres. Vas a tener que prepararte para lo peor, será más sencillo.

Antoine dirigió su mirada hacia el mar en el que los tres niños saltaban entre las olas. Gary atrapó a Zoé y la tiró sobre una ola. ¡Cuidado!, estuvo a punto de gritar Antoine, y después recordó que no había mucho fondo y que Zoé hacía pie. Su mirada volvió a Hortense, que se había separado y flotaba cabeza arriba, los brazos a lo largo del cuerpo, las piernas unidas como una larga cola de sirena, dejando que sólo sus ojos entornados afloraran por encima del agua.

Le recorrió un escalofrío. Se levantó y propuso a Shirley:

—¿Nos unimos a ellos? Ya verás, el agua está deliciosa.

Sólo cuando entró en el agua, Antoine se dio cuenta de que no había bebido ni una gota de alcohol desde la llegada de sus hijas.

* * *

Henriette Grobz estaba preparándose para la guerra.

Ante el espejo, terminaba de colocar su sombrero y clavaba vigorosamente un largo alfiler de una parte a la otra de la estructura de fieltro, para que se mantuviese bien derecho en su cabeza y no se volara con la primera ráfaga de viento. Después subrayó sus labios con un trazo rojo bermellón, las mejillas con dos toques de colorete oscuro, enganchó dos pendientes a sus lóbulos secos y arrugados, y se irguió, dispuesta a empezar su investigación.

Esa mañana era Primero de Mayo, y el Primero de Mayo nadie trabaja.

Nadie, excepto Marcel Grobz.

Él le había anunciado durante el desayuno que se marchaba al despacho y que no volvería hasta última hora de la tarde, y que no le esperase para cenar.

¿Al despacho? Había repetido en silencio Henriette Grobz, inclinando su cabeza y sus cabellos pegados al cráneo por abundantes chorros de laca. Su moño estaba tan estirado que no necesitaba ningún lifting. Cuando lo deshacía se echaba encima diez años: su piel hundida y blanda caía a falta de alfileres que la sostuviesen. ¿Al despacho un Primero de Mayo? Aquí había gato encerrado. Era la confirmación de lo que presentía desde la víspera.

Una segunda bomba que soltaba el bonachón Marcel mientras decapitaba la punta de su huevo pasado por agua y mojaba su trozo de pan con mantequilla. Ella contempló a ese hombre embutido y graso por cuyo mentón se derramaba la yema del huevo, y sintió que se mareaba.

La primera bomba había estallado la víspera. Estaban cenando frente a frente, uno a cada lado de la larga mesa del comedor, mientras Gladys, la sirvienta procedente de Isla Mauricio, servía la mesa, cuando Marcel le preguntó: «¿Has pasado un buen día?», como hacía cada noche cuando cenaban juntos. Pero esa noche había añadido dos palabras que habían sonado como los disparos de una ametralladora. Marcel no sólo había preguntado «has pasado un buen día» sino que había añadido «mi amor» al final de su pregunta.

«¿Has pasado un buen día, mi amor?».

Y había vuelto a hundir sus narices en su estofado de carne con zanahorias sin prestar atención a la tormenta que acababa de desencadenar.

Hacía veinte años o más que Marcel Grobz no llamaba a Henriette «mi amor». Primero porque ella le había prohibido tratarla así en público, después porque ella encontraba esas palabras «grotescas». «Grotescas» era la interpretación que ella tenía de esa marca de ternura entre esposos. A fuerza de oír reprimendas cada vez que se dejaba llevar, Marcel ya sólo se dirigía a ella empleando términos más neutros como «querida» o, simplemente, «Henriette».

Pero ayer noche, él le había llamado «mi amor».

Fue como si un nervio del estofado le salpicara en la cara.

Evidentemente, ese «mi amor» no estaba destinado a ella.

Había pasado la noche dando vueltas y vueltas en la gran cama antaño conyugal y, cuando se había levantado a las tres de la mañana para beber un vasito de vino tinto que, esperaba, le ayudaría a dormirse, había abierto suavemente la puerta de la habitación de Chef para constatar que la cama no estaba deshecha.

¡Otra pista!

A veces no dormía en casa, cuando estaba de viaje. Pero no se trataba de un viaje, puesto que había cenado con ella y seguidamente se había retirado a su habitación como cada noche. Ella había entrado en la habitación de Chef y había encendido la luz: no había duda, el pájaro se había escapado, las sábanas ni siquiera estaban deshechas. Ella había observado con asombro aquella pequeña habitación en la que no entraba jamás, la cama estrecha, una mesita de noche coja, la alfombra barata, una lamparita de noche rasgada, calcetines por el suelo. Había inspeccionado el cuarto de baño: máquina de afeitar, after-shave, peine, cepillo, champú, dentífrico y... y toda una línea de productos de belleza para hombre, Bonne Gueule de la marca Nickel. Crema de día, crema para el rostro cansado, crema exfoliante, crema suavizante, crema hidratante, crema contorno de ojos, reafirmante, crema puñados de amor. La panoplia de belleza de Chef extendida sobre el borde del lavabo se burlaba de ella.

Lanzó un grito: ¡Chef tenía una amante! ¡Chef se la estaba pegando! ¡Chef no reparaba en gastos! ¡Chef se le escapaba!

Se fue a la cocina a terminar la botella de burdeos gran reserva que había empezado durante la cena.

Esa noche no pegó ojo.

La historia del Primero de Mayo durante el desayuno confirmó sus dudas.

Ahora debía empezar a investigar. En primer lugar, correr hasta el despacho de Chef para saber si se encontraba allí de verdad.

Registrar su correo, su agenda de trabajo, consultar sus citas, estudiar los talones de su chequera, los recibos de su tarjeta de crédito. Para todo eso tendría que pasar por delante de esa peste de Josiane. Pero ¿acaso no era Primero de Mayo? ¡El despacho estaría vacío y ella podría registrar con toda libertad! Sólo tendré que evitar a ese fardo de René y a la tosca de su mujer, dos atontados bien mantenidos por ese memo de Marcel Grobz. ¡Qué apellido infame! Y pensar que es el mío, maldijo, verificando que el alfiler del sombrero estaba bien colocado.

¡Lo que hay que hacer para educar a los hijos! Nos sacrificamos en el altar de la maternidad. Iris sabía ser agradecida, agradable, placentera, ¡pero Joséphine! ¡Qué vergüenza! ¡Y además rebelde! Sufre su crisis de adolescencia con cuarenta años, ¿no es ridículo? En fin, ya no nos vemos y es mejor así. ¡No la soportaba! No soporto la vida mediocre que ha elegido: un fardo de marido, un piso en un barrio de las afueras y un insignificante sueldo de profesora. ¡Menudo éxito! De risa. Sólo la pequeña Hortense venía a endulzar su amargura. Una auténtica señorita, Hortense, buena compostura, buen aspecto, ¡y otras ambiciones que las de su pobre madre!

Estiró el cuello para borrar las arrugas y, esforzándose en mantener la boca fina, salió de su casa y llamó al ascensor.

Al pasar delante del chiscón de la portera, inclinó la cabeza y esbozó una gran sonrisa. La portera le prestaba numerosos servicios: Henriette quería conservar su amistad.

Henriette Grobz era como mucha gente: detestable con su familia, amigable con el recién llegado. Como pensaba que ya no tenía nada que ganar con las personas con las que vivía y ella ignoraba todo lo que significaba don, amor y generosidad, no hacía ningún esfuerzo y ejercía con su familia una tiranía brutal, sin piedad, con el fin de mantenerlos bajo su yugo. Pero, llena de orgullo, le faltaban esos dulces halagos que tanto le gustaban, halagos que sólo podía obtener de perfectos desconocidos, quienes, ignorando lo profundo de su alma, encontraban a esa mujer encantadora, admirable, creyéndola propietaria de todas las cualidades. Cualidades en las que se sumergía y que repetía a discreción, mencionando a toda esa gente que la amaba tanto y que se dejaría matar por ella, que la juzgaban tan distinguida, tan meritoria, tan deslumbrante... De esta forma hacía loables esfuerzos por ganarse la estima de esa gente, mientras que sospechaba que su familia, su hija Joséphine en particular, había adivinado lo vacío que estaba su corazón. Esperaba así ganarse la estima de aquellos que le eran extraños y aumentar el círculo en cuyo centro se situaría ella. Prestando servicios a perfectos desconocidos, recogía una cosecha de amor propio que la mantenía en la alta opinión que tenía de sí misma.

La portera formaba parte de su corte. Henriette le regalaba sus trapos viejos asegurando que procedían de los más grandes modistos, un billete a su hijo que le ayudaba a subir los paquetes cuando estaba demasiado cargada y permitía al portero aparcar gratuitamente su coche en la plaza libre que poseían en el garaje del inmueble. Mediante esta falsa generosidad, se aseguraba una gratitud que la realzaba en la idea que tenía de ella misma y que le permitía continuar aterrorizando a su entorno. Esa red de amistades lejanas la reconfortaba. Podía desahogarse con ellas, contar los mil y un tormentos que le hacía sufrir su hija pequeña, y, antaño, Joséphine se sentía a menudo extrañada de la cara arisca que le dedicaba la portera cuando iba a visitar a su madre.

Esa mañana, Henriette Grobz no tuvo ningún problema en imaginar lo peor de su esposo. Veía el mal por todas partes porque lo llevaba con ella.

Se sorprendió primero de no encontrar el coche y el chofer firmes delante de su puerta, después recordó que no trabajaba el Primero de mayo, maldijo fiestas y estos días festivos que fomentan la pereza de los franceses y ralentizan la actividad del país, y consintió levantar el brazo para parar un taxi.

—Avenida Niel —ladró al taxista de un Opel gris que se detuvo rozándola de cerca.

Como esperaba, las oficinas estaban vacías.

Ni rastro de Chef ni de su secretaria. Ni de los dos cretinos del almacén. Soltó una risa malvada y subió las escaleras del despacho del que poseía las llaves.

Se instaló confortablemente, empezó a inspeccionar los papeles pendientes, abrió una carpeta tras otra, comprobó las citas en la agenda. Ningún nombre de mujer, ninguna inicial sospechosa. No se desanimó, empezó a vaciar los cajones en busca de chequeras y recibos de tarjeta de crédito. Los talonarios de cheques no le dijeron nada. Ni los extractos de tarjeta. Empezaba a desesperar cuando puso la mano sobre un grueso sobre escondido en el fondo de uno de los cajones en el que estaba inscrito «Gastos diversos». Abrió el sobre y se sumergió en una cálida ola de alegría revanchista. ¡Lo tenía! Una factura de hotel, cuatro noches en el Plaza para dos personas, con desayunos, mira, mira, rio, caviar y champán en el desayuno, ¡no se aburre cuando está con su zorra! Una importante factura con el nombre de un joyero de la plaza Vendôme, y más, champán, perfumes, ¡vestidos procedentes de boutiques de lujo! ¡Demonios! Sí que le cuestan sus conquistas, ¡nada es demasiado bonito para ellas! ¡Cuando se es viejo, hay que pagar! ¡Y se paga caro!

Se levantó y pasó al despacho de Josiane para fotocopiar su botín. Mientras la máquina hacía su trabajo, se preguntó por qué Chef había conservado esas facturas. ¿Las había pagado con cheques de la empresa? Si era el caso, ¡habría cometido abuso de bien social y le tendría atrapado por partida doble!

Volvió a sentarse a la mesa y continuó registrando. Habría quizás otros sobres sospechosos. Su pie tropezó con una caja, bajo la mesa. Se inclinó, la sacó, la abrió y vio, atónita, su contenido: decenas de monos para bebé rosas, azules, blancos, de terciopelo, de punto, de seda, baberos, manoplas para bebé para que no se arañe la cara, patucos de lana de todos los colores, lujosos chales comprados en La Châtelaine, catálogos suizos, ingleses, franceses de cunas, cochecitos, móviles para colgar encima de la cama del bebé. Inspeccionó la caja y pensó. ¡Iba a lanzar una línea para bebés! Copiar a las grandes marcas, hacerlas fabricar a bajo precio en China o en otro lado. Hizo una mueca de disgusto. El viejo Grobz abría un nuevo mercado. El de los bebés. ¡Penoso! Volvió a cerrar la caja y la colocó bajo la mesa con la punta de su escarpín. ¡Así es como se consuela de no haber tenido hijos! La vejez es una edad patética cuando se pierde el sentido de lo conveniente, hay que saber renunciar. Dios sabe la lata que le había dado con sus ganas de descendencia... ¡Pero ella se había mantenido firme! Su puño de acero no se había relajado. Ya era bastante duro soportar sus asaltos, sentir cómo sus deditos regordetes le estrujaban los senos e... Hizo una mueca de disgusto y se recuperó. ¡Vamos! Ese tiempo ya pasó, ella lo había zanjado pronto.

Bajó por la escalera. Tenía miedo de coger el ascensor sola. Una vez había quedado atrapada y creyó que se moría. Se ahogaba, aspiraba el aire golpeándose la cabeza, se sofocaba, rugía. Tuvo que quitarse el sombrero, desabrocharse la camisa, quitarse una por una las horquillas de su moño para recuperar el aliento y fue una señora anciana, enloquecida y agonizante, la que habían recuperado los bomberos llamados al rescate. El episodio había durado poco más de una hora, pero no olvidaría nunca las elocuentes miradas del personal cuando salió, titubeante. Durante mucho tiempo no se atrevió a poner el pie en la empresa.

En el patio, escuchó una música de salvajes procedente de la casa de Ginette y René, y un hombre, probablemente ebrio, sacó la cabeza para gritarle:

—¡Eh, tú! ¡La vieja! ¡Ven a bailar el twist con nosotros! ¡Eh, colegas! Venid a ver, ¡hay una vieja con un bonete en la cabeza que intenta huir!

—¡Cierra la boca, Régis! —gritó un hombre que parecía ser René—. Es la vieja Grobz.

Ella se encogió de hombros y aceleró el paso, estrechando el sobre difamante entre sus brazos. Podéis burlaros, os he pillado y no os vais a librar así como así, escupió rogando al cielo para encontrar un taxi enseguida con el fin de poner su botín al abrigo de la caja de su habitación.

* * *

—¿Por eso ya no te vemos en ninguna parte? ¿Te encierras y escribes?

Iris adoptó un aire misterioso y asintió. Se transportó mentalmente hasta la cocina de Joséphine y describió las angustias de la creación a una Bérengère atónita por la metamorfosis de su amiga.

—Es agotador, sabes. ¡Si me vieras! Apenas salgo de mi despacho. Carmen me trae un plato para el almuerzo. ¡Me obliga porque me olvido completamente de comer!

—Es cierto: has adelgazado...

—¡Todos esos personajes en mi cabeza! Viven dentro de mí. Son más reales que yo, Alexandre o Philippe. Es sencillo: me ves aquí, ¡pero no estoy aquí! Estoy con Florine, el nombre de mi protagonista.

Bérengère escuchaba con la boca abierta.

—Ya no duermo. Me levanto durante la noche para tomar notas. Pienso en ello todo el tiempo. Y después, hay que encontrar el lenguaje de cada uno, su evolución interna que hace avanzar la acción sin que parezca artificial. Todo debe fluir, todo debe parecer haber sido escrito sin esfuerzo para que el lector pueda identificarse y disfrutar. Dejar puntos negros, hacer elipses...

Bérengère no estaba segura de comprender el sentido de la palabra «elipse», pero no se atrevió a pedirle a Iris que se lo explicase.

—¿Y cómo haces con las historias de la Edad Media?

—¡Del siglo XII, querida! Una etapa clave en la historia de Francia... He comprado un montón de libros y leo, leo. Georges Duby, Georges Dumézil, Philippe Ariès, Dominique Barthélemy, Jacques Le Goff... También leo a Chrétien de Troyes, las novelas de Jean Renart y el gran poeta del siglo XII, Bernard de Ventadour.

Iris adoptó un aire serio, inclinó la nuca como si todo ese saber pesara sobre sus hombros.

—Mira, ¿sabes cómo llamaban a la lujuria en aquella época?

—¡Ni idea!

—La golosina. ¿Y cómo abortaban? Con tizón de cereales.

Otra palabra que no entiendo, se dijo Bérengère, estupefacta por el saber de su amiga. Quién hubiera dicho que la desdeñosa, la fútil Iris Dupin iba a emprender una tarea tan ardua: escribir una novela. ¡Y una novela situada en el siglo XII, además!

Funciona, funciona, se felicitaba Iris. Si todos los lectores son tan fáciles de engañar como esta, voy a deslizarme por la ola de la sencillez. Sólo tendré que buscarme un atuendo adecuado, un peinado, un aspecto, dos o tres tics de lenguaje, una violación cuando tenía once años, dos o tres rayas de cocaína y ¡bingo! Me toca el gordo. Estas comidas con Bérengère eran un ensayo excelente de lo que le esperaba, así que las promovía regularmente como haría más tarde con los periodistas.

—¿Y el Decretum? ¿Has oído hablar del Decretum?

—No aprobé la selectividad, Iris —respondió Bérengère desesperada—. Ni siquiera fui admitida para el examen oral.

—Era un cuestionario muy crudo, establecido por la Iglesia, destinado a reglamentar el comportamiento sexual de las mujeres. Con preguntas aterradoras: «¿Has fabricado un instrumento de la talla que te conviene, lo has atado donde está tu sexo o el de una compañera y has fornicado con otras malas mujeres con ese u otro instrumento?».

—¿Ya existían los consoladores en aquella época?

Bérengère no salía de su asombro.

—«¿Has fornicado con tu hijo pequeño? ¿Le has colocado sobre tu sexo e imitado la fornicación?».

—Guau... —exclamó Bérengère atónita.

—«¿Te has ofrecido a un animal? ¿Has provocado el coito con él mediante algún artificio? ¿Has saboreado la semilla de tu hombre para que arda de amor por ti? ¿Le has hecho beber la sangre de tus menstruaciones o comer pan amasado sobre tus nalgas?».

—Nunca en mi vida —dijo Bérengère pasmada.

—«¿Has vendido tu cuerpo a amantes para que lo gocen o el cuerpo de tu hija o de tu nieta?».

—Se diría que es como ahora...

—Eso me ayuda, precisamente. El decorado, la vestimenta, la alimentación y el ritmo de vida cambian, pero los sentimientos y las conductas privadas son siempre las mismas, desgraciadamente...

Otro argumento que había escuchado de la boca de Joséphine. Se sentía bastante satisfecha de sí misma. Se había aprendido de memoria pasajes del Decretum y los había recitado sin errores. Este pichón es perfecto, va a contar nuestra comida a todas las personalidades de París, y nadie podrá sospechar que no he escrito el libro. Más tarde, cuando sea publicado, ella dirá «pero si estaba allí, estaba allí, la he visto trabajar en su novela». ¿Me paro o lanzo una última estocada?

Decidió lanzar una última estocada, se inclinó hacia Bérengère, que había abortado varias veces, y murmuró con tono amenazante:

—«¿Has matado al fruto de tu vientre? ¿Expulsado el feto de la matriz ya sea mediante maleficios o mediante hierbas?».

Bérengère se tapó la cara con la mano.

—¡Detente, Iris! Me das miedo.

Iris soltó una carcajada.

—A los recién nacidos no deseados los ahogaban o los tiraban al agua hirviendo. A los que lloraban demasiado, les metían en ranuras de mortero rogando a Dios o al diablo que se los cambiasen por otros más tranquilos.

—Para ya o no vuelvo a comer nunca más contigo.

—¡Ay! Alma descarriada, ¡yo pisoteo el sexo y las vanidades de este mundo y hago de mi cuerpo una hostia viviente!

—Amén —replicó Bérengère, que tenía ganas de acabar con eso—. Y Philippe, ¿cómo ha reaccionado?

—Debo decir que está bastante asombrado y respeta mi enclaustramiento. Es un amor, se ocupa todo el tiempo de Alexandre.

No era completamente falso. Philippe veía la nueva ocupación de su mujer con perplejidad. Nunca hablaba de ello, pero, en cambio, era verdad que se ocupaba mucho de Alexandre. Volvía todas las tardes de su despacho a las siete, pasaba algún tiempo en su habitación tomándole sus lecciones, explicándole los problemas de matemáticas, le llevaba a ver partidos de fútbol o de rugby. Alexandre estaba radiante. Imitaba a su padre en todo, metía las manos en los bolsillos de su pantalón con aire importante, tomaba prestadas palabras de Philippe y podía repetir «es escandaloso» con la misma seriedad que su padre. Iris había llamado a la agencia de detectives para abandonar la investigación. «Una decisión oportuna, había remarcado el director de la agencia, parece ser que habíamos sido descubiertos». «Oh, me puse nerviosa por nada, se trataba simplemente de un asunto profesional de mi marido», había dicho Iris para acabar cuanto antes.

No era tan simple, había pensado el director de la agencia. Había recibido una visita de Philippe Dupin. Este último le había hecho comprender que, si no ponía fin a su seguimiento, haría que perdiese su licencia profesional. Tenía los medios. No parecía estar bromeando. Se había sentado con autoridad en el gran sillón de cuero frente a la mesa. Había apoyado sus antebrazos en los reposabrazos, cruzado las piernas y tirado de los puños de su camisa. Había permanecido un momento sin decir nada. Después, con los párpados a medio cerrar, había hablado en voz baja, dejando filtrar una mirada despiadada que significaba que no hablaba en vano. «Eso es todo, espero haber sido claro...». Se había levantado, su mirada había recorrido el despacho como si hiciese inventario. El director había avanzado para acompañarle, pero Philippe Dupin le había dado las gracias como se agradece a un miembro del servicio y se había marchado sin añadir una palabra. El director de la agencia había decidido cerrar el dossier antes, incluso, de que la señora Dupin le llamase.

* * *

Terminada la comida, Iris cogió el coche y salió disparada hasta Courbevoie a ver a Joséphine. Tenía que contarle cómo había embaucado a Bérengère. Se encontró la puerta cerrada. Maldita sea su hermana por no tener móvil, por ser ilocalizable. Renunció y volvió a su casa a retocar su personaje de novelista de éxito. No debía dejar ningún detalle al azar. Entrenarse para responder a todas las preguntas, preparar respuestas agudas. Y leer, leer. Había pedido a Jo que le hiciese una lista de obras indispensables y las estudiaba, tomando notas. Carmen fue autorizada a traerle su té. En silencio.

A veces, pensaba en Gabor. ¿Leería quizás el libro? Podría ocurrírsele la idea de adaptarlo para realizar una película. Trabajarían juntos en el guión... ¡como antes! Como antes... Suspiró y se hundió en el blando sofá frente a su cuadro preferido, el que le recordaba a Gabor. No había conseguido olvidarle.

Joséphine se había refugiado en la biblioteca. Las ventanas completamente abiertas sobre un jardín francés dejaban entrar una luz serena, una luz de monasterio, que inundaba la atmósfera con un dulce halo de quietud. Se escuchaba el canto de los pájaros, el ruido rítmico de un aspersor de riego; era un entorno a la vez bucólico y sin edad.

Podría encontrarme igual en el castillo de Florine...

Había desplegado sus notas sobre la mesa y proseguía el desarrollo de su plan. Florine ha enviudado por primera vez. Guillermo Larga Espada, siguiendo sus consejos, había partido a la cruzada. No es de buena ley, amigo mío, que permanezcáis en el castillo cuando el nombre de Dios reclama vuestra bravura en tierras lejanas e impías. Vuestras gentes se burlan de vuestro ardor amoroso y escucho murmurar villanías sobre vuestra virilidad, que me hieren y me atormentan. ¡Armaos, pues, de nuevo! Guillermo se había inclinado ante su joven esposa y, tras seis meses de felicidad amorosa, se había vuelto a vestir con su armadura, montado a caballo y marchado a guerrear a Oriente. Allí, tras haber descubierto un tesoro que se había apresurado a enviar a Florine, moría degollado por un infiel celoso de su audacia y su belleza. Florine lloraba sobre su montaña de oro, se rodeaba de pena y devoción. Pero su estatus de joven viuda afligida desencadenaba la codicia.

Quieren forzarla a casarse de nuevo. Se la acosa con nuevos pretendientes que ella ignora. Se la amenaza con retirarle sus bienes. Su suegra gime. ¡Florine debe reaccionar! Es su deber como mujer y como condesa. Le suplica y no le deja reposo alguno. Florine sólo desea una cosa: vivir en paz en su castillo y entregarse al ayuno, a la oración, a la adoración de Dios. No ha tenido tiempo de concebir un heredero que la protegiera de esos asaltos haciendo respetar el nombre de su padre...

La vida de una joven viuda, en aquella época, es un duro combate, y Florine es obligada a volver a casarse si no quiere verse despojada del tesoro de Guillermo y ver el nombre de su familia cubierto de lodo. No tiene elección. Además, Isabeau, su fiel sirvienta, le informa de que están urdiendo un complot contra ella. En el castillo vecino, Étienne el Negro ha comprado los servicios de una banda de mercenarios para que la secuestren, la deshonren y pueda así adueñarse de sus tierras sin combatir. El rapto era, en aquel entonces, un medio corriente para apropiarse de un dominio. Florine resuelve casarse de nuevo. Elige al pretendiente más dulce, el más modesto, el que no se interpondrá en sus planes de devota: Thibaut de Boutavant, llamado el Trovador. Es de buena familia, honesto y recto, se pasa los días escribiendo poemas sobre el amor cortés y toca la mandolina soñando con Florine. Falta aún que el matrimonio sea aceptado por los otros señores. Florine dará el hecho consumado y se casará en secreto, una noche, en la pequeña capilla del castillo. Entrega una gran suma de dinero al sacerdote encargado de unirles. Al día siguiente, ofrece un banquete en el que presenta a su nuevo marido a los pretendientes engañados. Corren ríos de vino, de vino gascón, ya que el vino inglés «hay que beberlo con los ojos cerrados y los dientes apretados» de lo malo que es, y los pretendientes caen borrachos. Thibaut va a plantar su estandarte en la muralla del castillo para demostrar a todos que es su único señor.

Joséphine, para escribir, se inspiraba a menudo en la personalidad de alguien que conocía. Uno o varios detalles. Una impresión incluso fugaz. No era útil que fuera exacto. De esta forma había tomado la imagen de su propio padre para encarnar al padre de Florine. Y era como si al fin pudiese conocerle. Recordaba que, de niña, admiraba a su padre y le perdonaba su ironía porque había comprendido que lo hacía para desahogarse. Regresaba a su casa, preocupado y cansado, y se dejaba llevar por juegos de palabras fáciles. Volvían a ella retazos de recuerdos. Comprendía los silencios, los momentos que entonces no había entendido. Pensaba que ella amaba el trabajo, la ley y la autoridad porque su padre encarnaba esos valores. No soy una rebelde ni una luchadora, he heredado su humildad; respeto esa actitud frente a la vida. Me gusta admirar. Me gusta la gente que me parece superior, sin duda porque soy la hija de mi padre. Él era, para mí, un personaje misterioso, humilde pero exigente. Yo había comprendido que su silencio era su forma de luchar, de buscar. Al conocer a gente que no espera nada, que no busca nada, me he dado cuenta, por contraste, de la riqueza de mi padre. Es alguien que siempre se dirigió hacia lo que no servía para nada. Por eso yo necesito caballeros, reyes mendigos, esos tiempos pasados en los que la regla de san Benito pregonaba la humildad.

A veces, le venían recuerdos que no comprendía bien, como pecios flotantes componiendo un dibujo que no conseguía descifrar. Esa cólera terrible y silenciosa de su padre un día de tormenta, en verano, en Las Landas... La única vez que había levantado la voz contra su madre, que la había tratado de «criminal». La única vez que su madre no había respondido. Recordaba haberse marchado en los brazos de su padre. Él olía a sal: ¿era el mar o las lágrimas? Ese recuerdo iba y venía, depositando cada vez una nueva cosecha de emociones, haciéndole brotar lágrimas en sus ojos sin que supiese bien por qué. Adivinaba que esa resistencia escondía un enigma, pero la escena se disolvía siempre. Un día, descifraré el enigma de los pecios que flotan, pensó Joséphine.

Se preguntaba, chupando la tapa de su Bic, a quién podría tomar como modelo para encarnar a Thibaut, el dulce trovador, cuando su mirada recayó sobre el hombre de la parka, instalado al otro lado de la larga mesa. Estaba allí, a unos metros de ella. Llevaba un cuello vuelto negro que desentonaba con la atmósfera primaveral de aquella tarde de mayo. Su parka azul marino reposaba sobre el respaldo de su silla. ¡Será el mi trovador! Pero, se dijo inmediatamente, tendrá que morir, porque sólo es el segundo marido. Dudó. Le observó. Escribía con la mano izquierda, apoyado en el codo, mantenía la cabeza baja, ignorando la mirada que se posaba sobre él. Tiene largas manos blancas, las mejillas azuladas por el nacimiento de una recia barba, cejas espesas que esconden ojos pardos tachonados de verde, es tan pálido, tan delgado. ¡Qué guapo es! Cómo inspira el amor. ¡Qué lejos parece de las vanidades de esta tierra!

Será Thibaut y no morirá: desaparecerá y volverá al final de la historia. Será una nueva peripecia. Le creerán muerto, Florine derramará lágrimas de sangre, se volverá a casar, pero su corazón pertenecerá siempre a Thibaut el Trovador.

No... Debe morir. Si no mi historia no se mantendría en pie. No debo dejarme distraer. Thibaut es a la vez señor y trovador. Compone canciones de amor pero también escribe panfletos contra el poder del rey de Francia o de Enrique II. Canta la alegría que procuran las batallas, los mandobles, pero también los beneficios de las guerras, las maniobras de la corte, la rapiña de los conquistadores. Condena la política de los dos soberanos, los impuestos demasiado altos, las campiñas devastadas. Sus canciones se repiten en las ciudades y los burgos; se vuelve influyente, demasiado influyente. «El dinero —escribe— debe ser gastado para bien de los súbditos y no para la gloria de los príncipes. Recoge las quejas murmuradas por los campesinos, los siervos y los vasallos. Seduce, irrita. Crea polémicas. Le cubren de oro para escucharle cantar sus baladas comprometidas. Enrique II pone precio a su cabeza. Muere envenenado tras haber conocido la gloria.

Joséphine se resignó a la muerte de Thibaut el Trovador con un suspiro.

Trabajó toda la tarde nutriéndose de la presencia del hombre de la parka, notando la mano que mesaba y mesaba la barba incipiente, los ojos que se cerraban en busca de una idea, el puño delgado y descarnado que reposaba sobre la hoja en blanco, las venas de la frente que se hinchan, las mejillas que se hunden... y volcó todos esos detalles en el personaje de Thibaut. Florine, emocionada por la dulzura de ese hombre, descubre el amor, olvida a su Dios y después se castiga con largos rezos para hacerse perdonar... Florine descubre los placeres del lecho conyugal. Joséphine enrojeció al comenzar el relato de la noche de bodas, cuando Thibaut, en camisa, viene a acostarse al lado de Florine, en la gran cama con dosel. Lo dejó para más tarde: cuando no estuviese en la biblioteca, frente a él.

Pasaba el tiempo. Apenas si se dio cuenta de que el hombre recogía sus cosas y se preparaba para marcharse. Ella dudó un momento entre Thibault y el hombre de la parka y... le siguió hacia el camino de la salida, empujando a su vez la puerta de doble hoja que protegía la sala de trabajo de los ruidos externos. Le alcanzó en la avenida llena de coches, en la parada del autobús donde él esperaba con la cabeza perdida en sus pensamientos.

Ella se puso a su lado y dejó caer un libro. Él se agachó para recogerlo y, al levantarse, la reconoció y sonrió.

—Es una costumbre suya el tirar todo al suelo.

—¡Es que soy tan distraída!

Él rio dulcemente y añadió:

—Pero yo no voy a estar siempre ahí.

Había pronunciado esas palabras con tono monocorde y plano. Sin el menor rastro de picardía. Constataba algo, y ella se avergonzó de su maniobra. No sabía qué responder. Se arrepintió de permanecer muda, buscó, buscó cómo replicar ingeniosamente, pero se quedó callada y enrojeció.

—Estamos en primavera y sigue usted llevando su parka —se arriesgó a decir para que no se instalase el silencio.

—Yo siempre tengo frío...

Otra vez permaneció en silencio y se maldijo. El autobús se detuvo a su altura. Él la dejó pasar y subió tras ella, como si fuesen los dos en la misma dirección. ¡Dios mío! Este no es mi camino en absoluto, comprobó Jo cuando vio que el autobús giraba en dirección a la plaza de la Boule. Fue a sentarse y le dejó sitio para que se instalase a su lado. Le vio dudar un instante. Pero se rehizo, le dio las gracias y se sentó a su lado.

—¿Es usted profesora? —preguntó educadamente.

Tenía una nariz larga con ventanas nasales bien dibujadas. ¿Thibaut de la Gran Nariz? Sería más original que Thibaut el Trovador.

—Trabajo en el CNRS, sobre el siglo XII.

Él hizo una mueca de aprecio.

—Hermosa época, el siglo XII. Un poco ignorada, sin duda...

—¿Y usted? —preguntó ella.

—Yo escribo una historia de las lágrimas... Para un editor extranjero. Un editor universitario. No es muy divertido, sabe usted.

—¡Oh! Pero debe de ser apasionante.

Se insultó: qué comentario más idiota. Idiota e insulso, que no daba lugar a la réplica, a la conversación.

—Era de algún modo el cine de la época —dijo él—. Un modo de expresar las emociones tanto en privado como en público. Hombres y mujeres lloraban mucho...

Se hundió en su parka retomando su ensoñación. Este hombre es realmente friolero, se dijo Joséphine, que pensó inmediatamente en utilizar ese detalle para Thibaut, frágil de bronquios.

Miró por la ventana: ¡se estaba alejando cada vez más! Tenía que ir pensando en volver. Las niñas saldrían del colegio y se extrañarían de no verla en casa. Y pensar que antes siempre estaba allí cuando volvían, atenta, disponible. Me gusta llamar y me gusta que seas tú la que abras la puerta, decía Zoé colgándose de su cuello.

—¿Viene usted a menudo a la biblioteca? —preguntó ella, alentándose.

—Siempre que quiero trabajar en paz. Me concentro tanto cuando trabajo, que no soporto el menor ruido.

Está casado, tiene hijos, se dijo Joséphine. Tenía que enterarse de más cosas. Se estaba preguntando cómo plantear la pregunta sin parecer demasiado curiosa, cuando se levantó y dijo:

—Me bajo aquí... Nos volveremos a ver seguramente.

La miró con aire confuso. Ella asintió, respondió sí, hasta pronto, y le vio salir. Él se fue, sin mirar atrás, con el paso de alguien que piensa en sí mismo y no en el camino que sigue.

A ella no le quedaba otra que coger el autobús en sentido inverso. Había olvidado preguntarle su nombre. No incitaba a la conversación. Para un tipo que posaba en fotos, parecía más bien ceñudo.

En los bajos del edificio había gente reunida. El corazón de Joséphine dio un sobresalto: les ha pasado algo a las niñas. Se precipitó, apartó a los curiosos que contemplaban a la señora Barthillet y a Max, sentados en los escalones del portal.

—¿Qué pasa? —preguntó Joséphine a la vecina del tercero que les contemplaba con los brazos cruzados.

—Han venido del Juzgado. Les han embargado. Deben marcharse. ¡Demasiadas mensualidades sin pagar!

—Pero ¿dónde van a ir?

Se encogió de hombros. No era problema suyo. Lo constataba, eso era todo. Joséphine se acercó a la señora Barthillet, que lloraba suavemente, con la cabeza gacha. Cruzó una mirada con Max, sombrío, silencioso.

—¿Sabe usted a dónde ir esta noche?

La señora Barthillet respondió que no.

—Pero no van a dormir en la calle.

—¿Y por qué no? —dijo la señora Barthillet.

—No tienen derecho a echarla ¡con un niño!

—Eso no se lo ha impedido.

—Vengan a mi casa. Por esta noche, en todo caso...

La señora Barthillet levantó la cabeza y murmuró:

—¿Habla usted en serio?

Joséphine asintió y tomó a Max del brazo.

—Levántate, Max. Cojan sus cosas y síganme.

La vecina del tercero sacudió la cabeza con aire sombrío y comentó:

—No sabe lo que hace la pobre. Se ha caído de un guindo.

* * *

—Mamá, ¿cuándo voy a follar?

Shirley dijo algunas palabras en inglés y colgó el teléfono. Tenía que irse. La pregunta de Gary la cogía con prisas.

—Pero, bueno, Gary... ¡Tienes dieciséis años! ¡No es muy urgente!

—Para mí, sí.

Miró a su hijo. Tenía razón, ahora es un hombre. Un metro ochenta y cinco, manos, brazos, piernas como espaguetis. Una voz de hombre, una barba incipiente, media melena de puntas de pelo negro. Se afeita, pasa horas en el cuarto de baño, rehúsa salir cuando descubre un grano, se arruina en cremas y lociones. Su voz ha mudado. Debe de ser turbador sentir cómo crece un hombre en un cuerpo de niño. Recuerdo cuando mis senos comenzaron a crecer, me los vendé, y mis primeras reglas, creía que apretando las piernas...

—¿Estás enamorado? ¿Piensas en alguna chica?

—Tengo tantas ganas, mamá... ¡Tengo un nudo aquí!

Se llevó la mano a la garganta y sacó la lengua de deseo.

—Sólo pienso en eso.

Hacer las maletas, tomar el primer avión a Londres. Pedirle a Joséphine que echase un ojo a Gary. Ciertamente, no era el mejor momento para empezar una discusión sobre la sexualidad de los adolescentes.

—Escucha, cariño, volveremos a hablar cuando estés enamorado.

—¿Es obligatorio estar enamorado?

—Es preferible. No es un acto banal. Y, además, la primera vez, es algo importante. No se debe hacer con cualquiera ni de cualquier forma. Te acordarás toda la vida de tu primera vez.

—Está Hortense, pero no me mira.

Durante las vacaciones de Semana Santa, en Kenia, Gary se había pasado el tiempo detrás de Hortense como una mariposa atraída por la luz. Ella le rechazaba diciéndole: «¡No te pegues a mí, Gary! ¡Hay que ver lo pegajoso que puedes llegar a ser! ¡Lárgate, lárgate!». Shirley se sentía conmocionada. Apretaba los dientes. El comportamiento de Gary había estropeado las vacaciones de Shirley, que observaba la torpeza de su hijo sin poder remediarla. Una noche, ella le había explicado que lo estaba haciendo muy mal: «Una mujer necesita misterio, distancia. Necesita desear al hombre que le gusta, sentirse intrigada, dudar de su poder de seducción, ¿cómo quieres que te desee si la sigues a todos lados como un moscardón? Te adelantas a todos sus deseos, a todos sus caprichos, ¡ya no te respeta!». «Mamá, es más fuerte que yo, ¡me vuelve loco!».

—Escúchame Gary, no es el mejor momento para hablar de eso, tengo que marcharme a Londres, ¡es urgente! Estaré fuera una semana, vas a tener que arreglártelas solo...

Él calló, hundió las manos en su pantalón demasiado ancho. Sus calzoncillos sobresalían. Shirley tendió la mano para subirle su pantalón, pero Gary la rechazó.

—¡Nunca es un buen momento para hablarte!

—Eres injusto, cariño. Siempre estoy dispuesta a escucharte, pero ahora no puedo.

Gary resopló ruidosamente y fue a encerrarse en su habitación. Shirley temblaba de rabia. Normalmente se hubiese sentado, habría hecho preguntas, escuchado, propuesto una solución, pero ¿qué puede decirse a un chico de dieciséis años atormentado por la pubertad? Para eso necesitaba tiempo y, precisamente, no lo tenía. Tenía que hacer su maleta, reservar un billete de avión y avisar a Joséphine de su partida.

Llamó a casa de Jo. Fue la señora Barthillet la que abrió.

—¿Está Joséphine?

—Sí... En su habitación.

Shirley se fijó en dos grandes maletas en la entrada y fue a reunirse con Joséphine.

—¿Qué hace aquí la señora Barthillet?

—La acaban de echar de su casa. Le he dicho que venga a mi casa hasta que se organice.

—Me viene fatal. Iba a pedirte un favor.

Joséphine dejó las sábanas que acababa de sacar del armario.

—Venga. Te escucho.

—Tengo que irme a Londres. Una urgencia... ¡de trabajo! Quería pedirte si podías vigilar a Gary durante mi ausencia.

—¿Te vas mucho tiempo?

—Una semana corta.

—No hay problema. ¡Al paso que vamos! Me voy a dibujar una cruz roja en la frente.

—Lo siento, Jo, pero no puedo rechazarlo. Te echaré una mano con la señora Barthillet cuando vuelva.

—Espero que se haya marchado cuando vuelvas. ¡Y mi libro! ¡Sólo me quedan dos meses antes de entregar el manuscrito! Y sólo estoy en el segundo marido. ¡Todavía me quedan otros tres esperando!

Se sentaron las dos sobre la cama de Joséphine.

—¿Va a dormir en tu habitación? —preguntó Shirley.

—Con Max. Voy a instalarme en el salón e iré a trabajar a la biblioteca...

—¿No tiene trabajo?

—Acaban de despedirla.

Shirley tomó la mano de Joséphine, la estrechó y le dio las gracias.

—Te devolveré el favor. Te lo prometo.

Cuando las niñas volvieron del colegio, Zoé aplaudió al saber que Max venía a vivir con ellas. Hortense cogió a su madre aparte en el cuarto de baño y preguntó:

—¿Es una broma?

—No. Escúchame, Hortense... No vamos a dejarlos dormir debajo de un puente.

—¡Joder, mamá!

—Si no te estoy pidiendo nada.

—Sí. Vamos a tener que hacerle sitio a esa familia de retrasados. Ya sabes cómo es la señora Barthillet: un caso social. Ya verás, ¡te vas a arrepentir! En todo caso, ¡no voy a permitir que invadan mi habitación! ¡O que toquen mi ordenador!

—Hortense, son sólo unos días..., cariño —murmuró intentando tomarla entre sus brazos—, ¡no seas egoísta! Además, no es TU habitación, también es de Zoé...

—No sabes lo que me joden tus maneras de monjita. ¡Qué pasada estás, pobrecita!

El guantazo partió sin que Joséphine se diese cuenta. Hortense se llevó la mano a la mejilla y fulminó a su madre con la mirada.

—¡Ya no quiero vivir aquí! —gritó Hortense.— ¡Estoy harta de vivir contigo! Mi único deseo es largarme de aquí, y te lo advierto...

Recibió otro guantazo y, esta vez, Joséphine puso toda su rabia en él. En la cocina, Zoé, Max y la señora Barthillet preparaban la cena. Max y Zoé ponían la mesa mientras que la señora Barthillet calentaba el agua para la pasta.

—Ahora te calmas y pones buena cara, si no vamos a terminar mal —murmuró Joséphine entre dientes.

Hortense la miró y se dejó caer sobre el borde de la bañera. Después lanzó una risa suave, miró a su madre y soltó con un desprecio lleno de rabia:

—¡Gilipollas!

Joséphine la agarró por la manga de su chándal y la echó fuera del cuarto de baño. Después se dejó caer al suelo y luchó contra la náusea que le subía desde el estómago. Tenía ganas de vomitar. Tenía ganas de llorar. Estaba arrepentida por haberse dejado llevar por su cólera. No se resuelve nada pegando a una niña. Nos declaramos vencidos, eso es todo. Hortense salía siempre victoriosa de esos enfrentamientos. Joséphine se pasó agua por los ojos enrojecidos y fue a llamar a la habitación de Hortense.

—Me odias, ¿verdad?

—Oh, mamá, déjalo. No tenemos nada que decirnos. Me hubiera ido mejor quedándome en Kenia, con papá. Incluso con Mylène me llevaba mejor que contigo. ¡Figúrate!

—Pero ¿qué te he hecho yo, Hortense? Dímelo.

—No soporto lo que representas, tu aire de ñoña, tus discursos estúpidos. Y, además, ya no quiero vivir aquí... Me habías prometido que nos mudaríamos y todavía estamos vegetando en este lugar despreciable, en este barrio despreciable, con gente despreciable.

—No tengo dinero para mudarme, Hortense. Te prometí que lo haría si podía, si eso te hacía feliz.

Hortense la miró con aire desconfiado, y se pasó la mano por la mejilla para borrar el recuerdo doloroso de los golpes. Joséphine se arrepintió de haberla pegado y se excusó.

—No debía haberte pegado, cariño... pero me llevas al límite.

Hortense se encogió de hombros.

—No importa... Voy a tratar de olvidarlo.

Llamaron a la puerta de la habitación. Zoé anunciaba que la cena estaba lista. Sólo faltaban ellas. Joséphine habría querido escuchar a su hija que la perdonaba, habría querido estrecharla en sus brazos, besarla, pero Hortense respondió «ya, ya, ya vamos» y salió de la habitación sin volverse.

Joséphine se rehizo, se secó los ojos y se dirigió a la cocina. En el pasillo, se detuvo y pensó: ya no podré trabajar en la cocina, con los Barthillet, ni en el salón. ¿Dónde voy a poner mis libros, mis papeles y el ordenador? Cuando nos mudemos, elegiré un piso con despacho, para mí... Si el libro funciona, si gano mucho dinero, podremos mudarnos. Suspiró, sintió ganas de anunciar la buena noticia a Hortense, pero se contuvo. Primero debía terminar el libro. Iría a trabajar a la biblioteca. Al lado del hombre de la parka. Ya no tenía edad para enamorarse. Era ridículo. ¿Qué había dicho Hortense? Ñoña. Tenía razón. Hortense siempre tenía razón.

—¿No tenéis tele? —preguntó Max cuando entró en la cocina.

—No —respondió Joséphine—, y vivimos muy bien sin ella.

—Otra idea de mamá —suspiró Hortense encogiéndose de hombros. Ha guardado la tele en el trastero. Prefiere que leamos en la cama, por las noches. ¡Qué bien nos lo pasamos!

—Sí, pero van a echar el gran baile de Carlos y Camila en el castillo de Windsor —dijo la señora Barthillet—, no podremos verlo. Y estará la reina, el príncipe Felipe, Guillermo, Harry y todas las casas reales.

—Iremos a casa de Gary —replicó Zoé—. Ellos tienen tele. Pero nosotros tenemos Internet. Fue mi tía Iris la que lo mandó instalar para que mamá pudiese trabajar. Fue su regalo de Navidad. Ni siquiera necesitamos enchufarnos, ¡es wifi!

—Que nadie toque mi ordenador —gruñó Hortense— o ¡muerdo! Estáis avisados.

—No te preocupes. Conseguí guardar el mío —dijo la señora Barthillet—. Uno que compré en el mercado negro en Colombes, por casi nada...

Era el sótano de una tienda de electrónica en la que se podía comprar, por una tercera parte de su precio, mercancía robada. Joséphine sintió que un escalofrío le recorría la nuca. Sólo faltaba que la policía apareciese en su casa.

—Entonces, ¿os han mangado todo? —preguntó Zoé poniendo cara triste.

—Todo... ¡no nos queda nada! —suspiró la señora Barthillet.

—Bueno, ¡no hay que lamentarse! —intervino Hortense—. Va usted a buscar trabajo y a trabajar. Para los que realmente quieren, siempre hay trabajo. El chico de Babette lo encontró en veinticuatro horas en una agencia de trabajo temporal. Sólo tuvo que entrar por la puerta y elegir. Hay que levantarse temprano, ¡eso es todo! Yo ya tengo respuesta para mis prácticas: Chef me contrata diez días en junio. Me ha dicho que si trabajo bien, además ¡me pagará!

—Está muy bien, cariño —dijo Joséphine—. Te las has arreglado sola.

—¡Había que hacerlo! Venga, ¿la pasta está hecha o no? Tengo mucho trabajo.

Joséphine fue a escurrir la pasta y servirla cuidándose de repartirla equitativamente. Había que poner atención para no herir susceptibilidades.

Comieron en silencio. Hortense cogió queso rallado sin ofrecer a los demás. Joséphine frunció el ceño y ella le lanzó una mirada oscura.

—Hay mucho en el cajón del frigorífico. No es un drama, ¿no? Pueden levantarse y servirse.

Joséphine se preguntó si no había cometido un gran error acogiendo a los Barthillet.

* * *

Tenían cita con el doctor Troussard a las tres de la tarde. Llegaron a las dos y media, vestidos de domingo, se sentaron en la sala de espera de ese gabinete médico señorial de la avenida Kléber. El doctor Troussard era especialista en problemas de fertilidad. Marcel había obtenido su nombre hablando con uno de los directores de tienda. «Pero ten cuidado, Marcel, nosotros tuvimos tres de golpe. ¡Estábamos agotados! ¡A punto estuvimos de dejar tres huérfanos!». «Tres, cuatro, cinco, me encargaré de todos», había replicado Marcel. El director de tienda puso cara de sorpresa. «¿Es para usted?», había preguntado, curioso. Marcel corrigió: «No, es para mi sobrinita, está desesperada por tener un niño, y verla marchitarse me pone malo. La he criado yo, es como si fuera mi hija, comprende...». «¡Ah! —había dicho el otro riendo—, mejor así, ¡creí que era para usted! Hay una edad en la que es mejor ver la tele que cuidar bebés, ¿no es verdad?».

Marcel se había ido pensativo. No se equivoca este buen hombre, me despierto un poco tarde para ir a cantar nanas a una cuna. Y Josiane no es tampoco una jovencita. Espero que no me haga un retoño con los restos. Un vegetal al que haya que criar con zumo de pepino. ¡Ay! ¡Qué bien me imagino a ese niño! Ya lo estoy viendo. Un duro de barrio al que criaré como al príncipe de Gales. No le faltarán vitaminas y aire fresco, ni lecciones de equitación ni grandes colegios, ¡me gastaré lo que sea!

El doctor Troussard les había pedido que se hiciesen análisis, una página entera, ¡con letra pequeña! Y les esperaba a las cuatro para «comentar los resultados». Allí estaban, temblorosos, en la sala de espera. Intimidados por los sofás, las sillas, la alfombra que se extendía a sus pies, las pesadas cortinas.

—Mira las cortinas, ¡parecen huevos de rinoceronte!

—Este médico no debe de cobrar una miseria —susurró Josiane—. ¡Tiene demasiado dinero! Me huele a charlatán.

—No te preocupes. El hombre me dijo que era un poco estirado, no de los que te doran la píldora, pero muy eficiente.

—¡Ay, qué nervios, Marcel! Toca mis manos, están heladas.

—Lee una revista, te distraerá...

Marcel cogió dos revistas y tendió una a Josiane, que la rechazó.

—No tengo ganas de leer nada.

—Lee, bomboncito, lee.

Para dar ejemplo, abrió la revista y hundió la cara en ella. Escogió una página al azar y leyó: «Se sabía que en las mujeres de cuarenta años es tres veces mayor el riesgo de un aborto espontáneo que en las de veinticinco, pero ahora un estudio franco-americano demuestra que la edad del padre aumenta también ese riesgo. Ya que los espermatozoides sufren también los efectos del envejecimiento: pierden su movilidad y contienen más anomalías cromosómicas o genéticas que pueden desembocar en un aborto espontáneo. El riesgo de aborto aumenta un treinta por ciento cuando el futuro padre tiene más de treinta y cinco años. Este riesgo aumenta regularmente con la edad, sea cual sea la de la futura madre...».

Marcel cerró la revista trastornado. Josiane vio cómo palidecía y se humedecía los labios como si le faltase saliva.

—¿Estás bien? ¿Te has puesto malo?

Él le tendió la revista abrumado.

Ella la leyó por encima, la dejó y dijo:

—No sirve de nada comerse el coco. Él tiene los resultados de los análisis y nos dirá lo que sea...

—Sueño con un pequeño Hércules y tendremos que dar gracias si conseguimos tener un espárrago.

—¡Déjalo, Marcel! Te prohíbo hablar mal de tu hijo.

Se separó y cruzó los brazos sobre su pecho. Apretó los labios para no llorar. ¡Dios, cómo deseaba ese hijo ella también! Había abortado tres veces, sin la menor duda, y ahora, que lo que más deseaba en el mundo era quedarse embarazada, no lo conseguía. Rezaba todas las noches, encendía una vela blanca ante la imagen de la Virgen, se ponía de rodillas y recitaba el padrenuestro y el avemaría. Había tenido que volver a aprendérselos porque los había olvidado. Se dirigía, sobre todo, a la Virgen: «Tú eres madre, también, sabes lo que es, no te pido uno como el tuyo, uno del que aún se hable hoy en día, sólo uno normal, con buena salud, con todo en su sitio y una gran boca para reír. Uno que ponga sus brazos alrededor de mi cuello y que diga "te quiero, mamaíta", ¡uno por el que me dejaría despellejar! Los hay que te piden cosas complicadas, yo sólo quiero una pequeña señal en mi vientre, no es gran cosa, al fin y al cabo...». Había visitado a una vidente que le había asegurado que tendría un niño. «Un niño precioso, se lo aseguro, lo veo... ¡que pierda mi don si me equivoco!». Le había cobrado cien euros, pero Josiane habría vuelto todos los días para sentirse aliviada. Niño o niña, le daba igual. Con tal de que tuviese un bebé, un bebé al que amar, al que mimar, al que acunar en sus brazos. Cuanto más tardaba en llegar ese niño, más lo deseaba. Le daba completamente igual, ahora, que Marcel dejara o no a la Escoba. Con tal de que ella tuviese su bebé...

Permanecieron un instante en silencio hasta que la ayudante vino a anunciarles que el doctor les recibiría. Marcel se levantó, ajustó el nudo de su corbata y se pasó la lengua por los labios.

—Creo que me va a dar un ataque.

—No es el momento —le reprendió Josiane.

—Cógeme del brazo: ¡no camino erguido!

El doctor Troussard les tranquilizó enseguida. Todo estaba en orden. En Josiane y en Marcel. ¡Los resultados eran los de unos jovencitos! No tenían más que remangarse y ponerse a la tarea.

—¡Pero si no hacemos más que eso! —soltó Marcel.

—¡Y no lo conseguimos! ¿Por qué? —gimió Josiane.

El doctor Troussard separó los brazos en señal de impotencia.

—Yo soy como un mecánico, levanto el capó y hago un diagnóstico: todo está en orden, todo funciona. Ahora es su turno de ponerse al volante y conducir.

Se levantó, les tendió su informe y les acompañó a la puerta.

—Pero... —insistió Josiane.

Él la interrumpió y dijo:

—Deje usted de pensar. Si no, va a ser su cabeza la que habrá que analizar. Y eso, créame, es mucho más complicado.

Marcel pagó el precio de la visita, ciento cincuenta euros, mientras Josiane suspiraba: mil pavos para decirnos que todo va bien, ¡me parece un poco caro!

En la calle, Marcel cogió del brazo a Josiane y avanzaron en silencio. Después Marcel se detuvo y, mirando a Josiane directamente a los ojos, le preguntó:

—¿Estás segura de querer ese niño?

—Archisegura. ¿Por qué?

—Porque...

—¿Porque te preguntabas si estaba fingiendo, que yo no quería?

—No, me preguntaba si no tenías miedo... respecto a tu madre.

—Ya me he planteado eso, ya...

Siguieron caminando. Después Josiane estrechó el brazo de Marcel.

—¿Sería bueno, quizás, que fuese a ver a un loquero?

—Nunca hubieran imaginado que fuese tan complicado tener un bebé.

—¡Quizás nos complicamos demasiado la vida! Si estuviésemos más relajados, quizás llegaría como germina una flor.

Marcel declaró que había que dejar de pensar en ello, suprimir el nombre de Junior de sus conversaciones y hacer como si no pasara nada.

—No hablemos de nada, montamos la fiesta, nos revolcamos y si en seis meses sigues plana como un lenguado de Normandía... ¡te haré encerrar en una probeta!

Josiane se echó a su cuello y le besó. Se detuvieron delante de un gran escaparate del salón de belleza Nicolás. Marcel se acercó al espejo, se estiró la piel del cuello, hizo una mueca, «¿y si me hiciese un pequeño lifting, para Junior? Para que no me tomen por su abuelo a la salida del colegio».

Ella le dio un buen codazo en las costillas y gritó:

—¡Habíamos dicho que no volveríamos a hablar de eso!

Él se llevó la mano a la boca para asegurar que no diría una palabra más sobre el tema. Le palmeó suavemente el trasero y la cogió del brazo.

—Mil pavos por un informe, ese no se limpia los mocos con los pies —declaró Josiane—. ¿Te lo devuelve la Seguridad Social?

Marcel no respondió. Se había detenido frente a un quiosco de prensa y miraba fijamente el expositor con los ojos como platos.

—Pero, bueno, Marcel, ¿estás aquí? ¿En qué piensas?

Hizo una señal de que no podía hablar.

—¿Se te ha comido la lengua el gato?

Negó con la cabeza.

—¿Entonces?

Ella se plantó delante del quiosco de prensa, se puso a mirar los carteles hasta que vio uno consagrado a Yves Montand. «Yves Montand, su vida, sus amores, su carrera. Yves Montand y Simone. Yves Montand y Marylin. Yves Montand, papá con setenta y tres años... Su último amor se llamaba Valentin».

Ella suspiró, abrió su monedero, tomó la revista y se la tendió a Marcel, que se lo agradeció con un saludo mudo.

Volvieron al despacho a pie. Hacía un buen día. El Arco de Triunfo se dibujaba victorioso sobre el cielo azul, banderitas en azul, blanco y rojo flotaban sobre los retrovisores del autobús, las mujeres llevaban los brazos desnudos y los chicos las agarraban del talle. Marcel y Josiane se tomaron del brazo como una pareja de paseantes que se habían puesto sus mejores ropas para recorrer los buenos barrios.

—Nunca paseamos así. Como enamorados —remarcó Josiane—. Siempre tenemos miedo de encontrarnos con alguien.

—La pequeña Hortense va a hacer unas prácticas en la empresa en junio...

—Lo sé. Chaval me lo contó... ¿Cuándo se larga ese tío?

—A finales de junio. Saltaba de alegría cuando me dio su dimisión. Le hubiera puesto en la calle antes, pero todavía le necesito. Tengo que encontrar a alguien que le sustituya...

—¡Adiós muy buenas! Ya no lo aguantaba...

Marcel le lanzó una mirada inquieta. ¿Lo decía de verdad o acaso no había un poco de amor y de despecho en su voz? Habría preferido conservar a Chaval en la empresa para vigilarle, controlar a qué dedicaba su tiempo, sus desplazamientos.

—¿Ya no piensas nada en él?

Josiane negó con la cabeza y dio una patada a una lata que fue a rodar hasta el desagüe.

—¡Mira! —exclamó Marcel—. Hablando del rey de Roma...

En el semáforo del cruce, en la esquina de la avenida Ternes y la avenida Niel, un deportivo descapotable rojo rugía a la espera de arrancar. Bruno Chaval estaba al volante. Gafas de sol, chaqueta de ante clara, cuello de la camisa abierto, canturreaba subiendo el volumen de la radio. Echó un vistazo a su imagen en el retrovisor, pasó y repasó la mano por su pelo negro, dibujó con un dejo su fino bigote, hizo bramar a su motor y dejó la señal de sus ruedas al arrancar.

* * *

El gran baile en el castillo de Windsor se retransmitía ese sábado por la noche; estaban todos instalados frente al televisor de Shirley. Todos salvo Hortense, que había rechazado ir a ver a todas las casas reales desfilar con sus mejores galas. Gary les había abierto la puerta gruñendo «¿qué es esa estupidez que vais a ver? Yo me quedo en mi habitación...». Joséphine, Zoé, Max y Christine Barthillet se habían instalado en el suelo del salón delante de la televisión. Habían esparcido por el suelo bolsas de patatas fritas, coca-colas, gominolas, dos barras de pan y paté que extendían con sus dedos.

Joséphine se decía que hubiera hecho mejor quedándose en su casa y trabajar. ¡El segundo marido seguía todavía vivo! Le había cogido cariño, le costaba hacerle morir. Nunca terminaría a tiempo. El tercero va a tener que morir más rápido. Había ido a la biblioteca todos los días y no había avanzado nada. Tenía demasiadas preocupaciones en la cabeza. Hortense ya no le dirigía la palabra, Zoé había faltado dos veces al colegio en una semana para seguir a Max en oscuras expediciones. «Pero si sólo hemos ido a recuperar el móvil que le robaron a una amiga de Max. Pero Max había dejado su cartera en casa de su amigo y fui con él a recuperarla...». «¿Y ahora necesitas ir pintada como un cuadro para ir al colegio?». La adorable Zoé se estaba metamorfoseando en una chiquilla salvaje. Se encerraba en el cuarto de baño. Salía en minifalda, los ojos negro carbón, la boca rojo vampiro. Joséphine se veía obligada a limpiarla con jabón y una manopla mientras que ella se debatía y gritaba que la estaban acosando. Hortense se encogía de hombros con aire de indiferencia. Había debido de hablar con su padre, porque Antoine había llamado preguntando: «¿Qué es esa cohabitación con los Barthillet? Joséphine, te tengo dicho que no te acerques a ellos, ¡son mala gente!».

—¿Y entonces? —había respondido Jo—, ¿qué querías que hiciese? ¿Que los dejase en el portal?

—Sí —había respondido Antoine—, debes pensar primero en tus hijas...

Christine Barthillet se pasaba los días en el sofá del salón, en chándal, navegando con su ordenador. Había encontrado una página de contactos y respondía a los correos de machos en celo. Cuando Jo volvía de la biblioteca, le contaba los encuentros que había hecho durante la jornada. «No se preocupe, señora Joséphine, voy a marcharme pronto. Voy a tirar de algunos hilos y me largo. Tengo dos bien calentitos que me proponen alojamiento. Un jovencito que refunfuña por culpa de Max, y otro más viejo, casado, cuatro hijos, pero que está dispuesto a pagarme un estudio para tener un poco de compañía por las tardes. Tiene una empresa de fontanería y de quitar la mierda de otros, eso da mucha pasta». Joséphine la escuchaba, aturdida. «Pero si no sabe nada de ellos, Christine, ¿no va usted a embarcarse en otro embrollo?».

—¿Y por qué no? —respondía Christine Barthillet—. Durante años he jugado limpio y mire a dónde me ha llevado eso... No tengo nada, ni techo ni dinero ni marido ni trabajo. Ahora me voy a aprovechar. Me voy a apuntar a todas las ayudas sociales, cobrar el salario mínimo interprofesional y sacarle la pasta a un viejo.

Cuando no estaba respondiendo a los correos de desconocidos, jugaba al póquer en Internet con su tarjeta de crédito.

—Con el *stud poker*, señora Joséphine, se puede ganar mucho dinero. Por el momento estoy aprendiendo, pero después me forraré.

Mientras esperaba que le tocase el gordo, multiplicaba los créditos rápidos y corría directamente a la bancarrota.

Joséphine estaba aterrada. Balbuceaba argumentos que hacían partirse de risa a Christine Barthillet. «Pero es usted una persona adulta, responsable, debe usted dar ejemplo a su hijo». Christine Barthillet replicaba: «¡Se acabaron esos tiempos! Muertos del todo. No se gana nada siendo honesta. ¡Viva la mala vida!».

—Pero no bajo mi techo —había protestado Joséphine.

La señora Barthillet había murmurado algo del tipo de «no se preocupe, Max y yo nos largaremos pronto» y había vuelto a su teclado. «Hay uno nuevo que me pregunta si tengo accesorios. ¿Qué entiende él por accesorios? ¿Está enfermo?».

Joséphine se iba a trabajar a la biblioteca con la garganta en un puño. Siempre vivía un momento de pánico cuando metía la llave en la cerradura, cuando volvía por la noche. Ni siquiera el hombre de la parka conseguía alegrarla.

—¿Hay algo que no va bien? Ya no deja caer usted nada —le había dicho el día anterior.

Le había invitado a tomar un café. Era un apasionado de la historia sagrada. Le había hablado largamente de lágrimas santas, de lágrimas profanas, de lágrimas de alegría, de lágrimas de ofrenda... y todas esas lágrimas habían llenado el corazón de Joséphine, que se echó a llorar.

—Yo tenía razón, hay algo que va muy mal... ¿Quiere otro café?

Joséphine había sonreído detrás de sus lágrimas.

—No es muy alegre lo que cuenta..., había dicho mientras se sorbía y buscaba un pañuelo en sus bolsillos.

—Pero debería conocer usted eso. El siglo XII es un siglo muy religioso, muy místico. Los conventos estaban en pleno auge. Los predicadores recorrían las campiñas anunciando el castigo eterno si no se limpiaba el mundo de pecado.

—Es cierto —había suspirado ella, tragándose las lágrimas porque no tenía pañuelo.

Él la observaba atento. A veces, ella se decía que eso era lo que tenía de más duro su trabajo: el secreto. Toda la energía que gastaba, todas las ideas que le venían por la noche y la impedían dormir, todas las historias que inventaba no podía compartirlas. Tenía la impresión de ser una clandestina. Peor aún: una criminal; cuanto más hablaba Iris de su «plan», más se convencía ella de que estaba marchando por la senda del crimen. Todo esto va a acabar mal, sospechaba cuando no conseguía conciliar el sueño. Nos van a descubrir y acabaré como la señora Barthillet, arruinada y expulsada de mi casa.

—No debe usted dejarse impresionar así por lo que le cuento —había continuado el hombre de la parka—. Es usted demasiado sensible...

Fue en ese momento cuando ella balbuceó «no sé su nombre». Él había sonreído y contestado: «Luca, de origen italiano, treinta y seis años, todos mis dientes y un gran amor por los libros. Soy un ratón de biblioteca». Ella había sonreído, con un aspecto lamentable, pensando que él no estaba diciéndole todo, pensando también que con treinta y seis años era un poco mayor para hacer de modelo. En fin, yo, que estoy haciendo de negro con cuarenta años. No se atrevió a hablarle de las fotos de moda. No sabía por qué, pero le parecía descabellado que él pudiese ejercer esa profesión.

—Y su familia ¿está en Francia o en Italia? —se había atrevido a preguntar.

Tenía que saber si estaba casado.

—No tengo familia —había contestado, sombrío.

Ella no había insistido.

Shirley no estaba allí para contárselo. Había llamado tres veces desde Londres. Pensaba volver el lunes. «Estaré allí el lunes, prometido, y te llevaré de juerga».

—No es una juerga lo que me hace falta, sino una cura de sueño. Estoy cansada, tan cansada...

El programa había empezado y Christine Barthillet se chupaba los dedos al comerse una nueva gominola. Se percibían las luces del castillo de Windsor, a Carlos y Camila en lo alto de la escalera, recibiendo a amigos y familia.

—¡Qué bonito! ¡Son una monada! Mire cómo brilla todo, ¿ha visto usted las flores, los músicos, la decoración? Qué bonito, un amor que espera todo ese tiempo. ¡Treinta y cinco años, señora Joséphine, treinta y cinco años! No todo el mundo puede decir lo mismo.

«¡Y mucho menos usted! —pensó Joséphine—. Treinta y cinco segundos en una Web y está dispuesta a instalarse con el primero que llega».

—¿Y cómo se llama el hombre casado con cuatro hijos? —susurró al oído de Christine Barthillet.

—Alberto... Es portugués...

—No se divorciará nunca. Los portugueses son muy creyentes.

Por qué le habré dicho eso si me importa un comino que se divorcie o no.

—Me da igual casarme o no. Sólo quiero un alojamiento, y después ya veremos.

—Entonces... claro...

—No todo el mundo es tan sentimental como usted.

Después de haber tomado un café, se habían dirigido con naturalidad a la parada del autobús y, con naturalidad, ella había subido con él. Cuando él bajó, le dijo adiós y añadió «hasta mañana», haciéndole un pequeño gesto con la mano. Ella había pensado en el camino que tenía que hacer para volver sobre sus pasos. Enfrentarse a las niñas, preparar la cena... La señora Barthillet se desentendía de la cocina. Sólo compraba sopas en polvo, verduras en lata, gambas en bolsa o pescado congelado. Se extrañaba cuando Joséphine preparaba la cena y la miraba mientras se pintaba las uñas. Zoé agarraba el pincel, Joséphine se lo quitaba de las manos. «Pero ¿por qué? ¡Es bonito!». «No, no a tu edad». «¡Pero si soy mayor!». «¡He dicho que no!». «Déjela, señora Joséphine, a los chicos les gusta». «¡Zoé no tiene edad para gustar a los chicos!». «Eso lo dice usted, una niña empieza pronto con sus coqueterías. Yo, a su edad, tenía ya dos pretendientes...». «Mamá siempre me dice que soy demasiado pequeña», gemía Zoé, mirando con avidez las uñas rojas de la señora Barthillet.

—¡Mire, señora Joséphine, mire! ¡Son la reina y el príncipe Felipe! ¡Qué guapo es! Tiene el pecho musculoso y abombado! ¡Un auténtico príncipe de cuento de hadas!

—Un poco viejo, ¿no? —lanzó Joséphine molesta.

La reina Isabel avanzaba vestida con un largo traje de noche azul turquesa, un bolso negro le colgaba del brazo. Le seguía el príncipe Felipe vestido de chaqué.

—Pero, pero... —balbuceó Joséphine—, ¡justo detrás de la reina, allí, a tres pasos de ella, mirad, mirad!

Se incorporó señalando la pantalla con el índice, repitiendo «mirad, pero mirad», y, como nadie reaccionaba, se levantó y posó el dedo sobre la pantalla, sobre una joven que avanzaba con la cabeza gacha, vestida de rosa con una larga cola, cuya silueta se distinguía gracias a sus pendientes que brillaban como gotas de agua al sol.

—¿La habéis visto?

—No —respondieron al unísono.

—Ahí os digo, ¡ahí!

Joséphine martilleaba la pantalla con el dedo. «Ahí, la mujer del pelo corto». La joven avanzaba sosteniendo su cola. Evidentemente, buscaba quedar a la sombra de la reina, pero la seguía de cerca.

—Eh, sí... El bolso negro de la reina. No queda muy bien con el vestido turquesa.

—No, no la reina. Justo al lado. ¡Gary! —gritó Joséphine en dirección a la habitación de Gary—. ¡Gary, ven aquí!

La joven aparecía ahora en la pantalla, escondida a medias por la reina, que sonreía detrás de sus gafas.

—¡Ahí! ¡Justo detrás de la reina!

Gary entró en el salón y preguntó: «¿Qué pasa? ¿Por qué gritáis así?».

—¡Tu madre! ¡En el castillo de Windsor! ¡Al lado de la reina! —gritó Joséphine.

Gary se rascó la cabeza, se plantó ante la pantalla de televisión y murmuró «¡ah, sí! Mamá...», antes de volver a su habitación arrastrando los pies.

—Pero ¿qué hace ella allí? —gritó Joséphine en dirección a la habitación de Gary—. ¿Formáis parte de la familia real?

No obtuvo respuesta.

—¡La señora Shirley! —eructó Christine Barthillet, interrumpiendo la deglución de una gominola—. Es verdad, ¿qué demonios hace allí?

—Ya me gustaría saberlo... —dijo Joséphine siguiendo la larga silueta rosa que se fundía ahora entre la multitud de invitados.

—¡Qué cosas! —soltó Christine Barthillet—. Qué fuerte.

—Fuerte como la mostaza inglesa —emitió Zoé.

—Va a tener que explicármelo —murmuró Joséphine.

Localizó a Shirley entre la multitud de invitados, la vislumbró de nuevo siguiendo a la reina y permaneció estupefacta. ¿Era realmente posible que Shirley estuviera emparentada con la familia real? Pero, entonces, ¿qué hacía en un barrio de la periferia de París dando cursos de música, de inglés y cocinando pasteles?

Joséphine pasó la velada preguntándoselo, mientras Christine Barthillet, Max y Zoé terminaban las patatas fritas, las coca-colas y las gominolas cotilleando sobre la belleza del espectáculo y el desfile de príncipes y princesas. ¡Oh! ¡Guillermo ha engordado!; parece ser que tiene novia y que Carlos va a invitarla a cenar! ¡Y Harry! ¡Qué mono es! ¿Qué edad tiene ahora? Está disponible y parece más divertido que Guillermo...

El lunes, Shirley no volvió. Ni el martes ni el miércoles ni el jueves. Gary iba a comer a casa de Joséphine. Cuando las niñas le asediaban a preguntas, respondía: «¡Habéis visto mal, os habéis equivocado!». «Pero, bueno, Gary, ¡si tú la viste también!». «He visto a una mujer que se le parecía, eso es todo. Hay muchas rubias con el pelo corto. ¿Qué pintaría ella allí?». «Es cierto eso, señora Joséphine, ¡trabaja usted demasiado! Se le está yendo la cabeza». «¡Pero si la habéis visto todos! No lo he soñado». «Gary tiene razón... Hemos visto a alguien que se le parecía, pero es posible que no fuera ella».

Joséphine no desistía: era Shirley, con un vestido largo rosa, a la sombra de la reina. Sintió una cólera terrible contra Shirley. Le cuento todo, me lo saca todo, y ella, ¡ella se calla! Ni siquiera tengo derecho a hacerle preguntas. Tenía la impresión de ser una ingenua, que todo el mundo la tomaba por una ingenua. Todo se mezclaba en su cabeza: Iris, Antoine, la señora Barthillet y sus amantes en la red, Shirley en el castillo de los Windsor, el desprecio de Hortense, Zoé desvergonzándose... ¡Todos la tomaban por tonta! Y, de hecho, eso era exactamente lo que era.

La cólera le dio alas. Puso fin a los días del gentil trovador, que murió envenenado tras haber sentido la inmensa alegría de asistir al nacimiento de su hijo. Florine no necesitaba ya luchar para existir: tenía un hijo legítimo, heredero de su señoría: Thibaut el Joven. Jo aprovechó también para hacer morir a la suegra, que comenzaba a ponerle de los nervios con sus perpetuos lloriqueos. Después hizo aparecer al tercer marido, Balduino, un caballero dulce y muy piadoso. Balduino tenía una hermosa figura, soñaba con cultivar sus tierras, ir a misa y hacer penitencia. Inmediatamente, tanta cursilería sacó de quicio a Joséphine, y Balduino sucumbió víctima de su furia. ¿Cómo haré morir a este? Es joven, tiene buena salud, no bebe, no se da grandes comilonas, practica el coito con compunción... Volvió a pensar en el baile de Carlos y Camila, en la silueta furtiva de Shirley, en una posible filiación con los Windsor, y su cólera se abatió sobre Balduino el dulce.

Balduino y Florine son invitados a un gran baile ofrecido por el rey de Francia, que caza en tierras vecinas a Castelnau. El rey, entre la multitud de invitados de vestimentas tornasoladas, percibe a Balduino. Palidece y suelta su cetro, que rueda bajo el trono. Después, con una señal de su mano enguantada, convida a la joven pareja a sentarse cerca de él para beber una copa de vino. Balduino se ruboriza, deposita su espada a los pies del soberano. Florine se inquieta: teme un nuevo ascenso. ¿Va a conocer de nuevo un golpe de buena suerte que la alejará del sexto escalón donde permanece desde hace tiempo? ¡De eso nada! Al final de la velada, la joven pareja, extrañada por tantos honores, vuelve a los aposentos que el rey ha puesto a su disposición. Balduino es degollado en el rincón de un pasillo ante los ojos de su joven esposa, horrorizada. Tres brutos se le echan encima, le apresan y le cortan el cuello. La sangre fluye a borbotones. Florine pierde el sentido y cae a los pies del cuerpo sin vida de su esposo. Más tarde se sabrá que era un hijo bastardo del rey de Francia y podría pretender la corona. Por miedo a que se declarase sucesor, el rey ha preferido hacerle asesinar. Para consolar a la joven viuda, la cubre de oro, de armiño, de piedras preciosas, la devuelve al castillo de Castelnau, escoltada por cuatro caballeros encargados de vigilarla. Florine, viuda de nuevo, suplica al cielo que aleje de ella su ira con el fin de que pueda ascender con tranquilidad los últimos escalones.

¡Y van tres!, suspiró Joséphine, convertida en escritora sanguinaria. ¡Ah!, se alegró contando el número de páginas escritas en unos días, la cólera es una buena musa y llena la página en blanco con miles de signos.

—Parece que va mejor —constató Luca en la cafetería de la biblioteca.

—¡Estoy enfadada y eso me da alas!

Él la miró con atención. Algo rebelde y ardiente se había posado en su rostro y le daba un aspecto de adolescente en pie de guerra.

—Tiene usted un aspecto... ¡un aspecto de pícaro travieso!

—Es cierto, sienta bien soltarse un poco. ¡Soy siempre tan correcta! Buena amiga, buena hermana, buena madre...

—¿Tiene usted hijos?

—Dos hijas... ¡Pero sin marido! No debía de ser buena esposa. Se fue con otra.

Rio tontamente y se ruborizó. Acababa de dejar escapar una confidencia.

Habían tomado por costumbre encontrarse en la cafetería. Él le hablaba de su manuscrito. «Quiero escribir una historia de las lágrimas para mis contemporáneos, que confunden sensibilidad con sensiblería, que lloran para exhibirse, para venderse, para parecer sacrificados, para vivir emociones que no sienten. Quiero devolver a las lágrimas su nobleza tal y como la entendió en su momento Jules Michelet; ¿sabe usted lo que escribió? «El misterio de la Edad Media, el secreto de sus lágrimas inagotables y de su genio profundo. Lágrimas preciosas, que brotaron en límpidas leyendas, en maravillosos poemas y, amontonándose hacia el cielo, se cristalizaron en gigantescas catedrales que querían subir hasta el Señor». Citaba con los ojos cerrados y la miel brotaba de sus labios. Citaba a Michelet, a Roland Barthes y a los Padres del desierto cruzando los dedos como si dijera una plegaria.

Una tarde, se volvió hacia ella y preguntó:

—¿Le parecería bien venir al cine el sábado por la noche? Ponen una vieja película de Kazan que nunca echan en Francia, *Río salvaje*, en un cine de la calle des Écoles. Me preguntaba si...

—De acuerdo —dijo Joséphine—. Totalmente de acuerdo.

Él la miró extrañado por su entusiasmo.

Acababa de comprender algo muy importante: cuando se escribe, hay que abrir completamente las puertas a la vida con el fin de que se mezcle con las palabras y alimente la imaginación.

* * *

El sábado por la noche, Luca y Joséphine fueron al cine. Habían quedado delante de la sala. Joséphine llegó antes de la hora. Deseaba tener tiempo de recuperar la compostura antes de que apareciese Luca. No podía evitar enrojecer cuando la miraba y si, por ventura, sus manos se rozaban, su corazón parecía que iba a salir de su pecho. Él la turbaba físicamente y eso la inquietaba mucho. Hasta el presente su experiencia sexual había sido bastante sosa. Antoine se había mostrado dulce y solícito, pero no hacía subir en ella la ola de calor que una sola mirada de Luca le provocaba. Eso la atormentaba. No quería que nada la distrajese de la escritura del libro, pero, al mismo tiempo, no podía resistir las ganas de estar cerca de él en una sala oscura. ¿Y si pasaba su brazo alrededor de sus hombros? ¿Y si la besaba? No había que emocionarse demasiado rápido, tenía que mantener la cabeza fría. Me queda todavía un mes largo de trabajo encarnizado y no debo retrasarme en el camino, ni desviarme a causa de un enamoramiento. Florine me necesita.

Joséphine estaba extrañada de la facilidad con la que escribía. Del placer que sentía construyendo sus historias. Del lugar que se estaba haciendo el libro en su vida. Su pensamiento pasaba el tiempo con sus personajes, y le costaba mucho interesarse por la vida real. Hacía el paripé, decía sí, decía no, pero habría sido incapaz de repetir lo que acababan de decirle o preguntarle. Miraba a sus hijas, a Max y a la señora Barthillet con ojos distraídos mientras reescribía una frase o decidía una nueva peripecia. De hecho, al aceptar la invitación de Luca, ¿no se había dicho que podría utilizar su propia turbación para expresar la emoción amorosa de Florine, aspecto que hasta entonces había dejado un poco de lado? Florine era mujer y señora, una *perpulchra* devota y valiente, pero no por ello era menos mujer. Va a tener que enamorarse de uno de sus cinco maridos, pensó Jo dando vueltas y vueltas frente al cine, realmente enamorada, enamorada hasta perder la cabeza, hasta quedarse sin aliento... No puede contentarse con la escala de san Benito y su Divino Esposo. La tentación carnal debe morderle en las entrañas. ¿Y cómo es cuando se está enamorada hasta perder la cabeza? Podía adivinarlo viéndose actuar frente a Luca.

Sacó un cuadernillo para anotar su idea. Ya no salía de casa sin su cuaderno y su bolígrafo.

Acababa de cerrar su cuaderno cuando, al levantar la cabeza, se encontró a Luca inclinado sobre ella. La miraba con seguridad indolente, con la afectuosa indiferencia que caracterizaba su relación. Ella dio un salto, su bolso se derramó y los dos se agacharon para recoger el contenido.

—¡Ah! Al fin la encuentro tal y como la conocí —dijo él maliciosamente.

—Me había distraído con mi libro...

—¿Escribe usted un libro? ¡No me lo había dicho!

—Esto... No... quiero decir mi tesis y yo...

—No se excuse. Es usted muy trabajadora. No se avergüence de ello.

Se situaron en la cola para sacar las entradas. En el momento de pagar, Joséphine abrió su monedero, pero Luca le señaló que la invitaba. Ella se sonrojó y volvió la cabeza.

—¿Prefiere usted sentarse en el fondo, en el medio o delante?

—Me da completamente igual...

—¿Vamos, pues, un poco delante? Me gusta que la pantalla inunde mi mirada.

Se quitó su parka y la dejó sobre la butaca vacía al lado de Joséphine. Se sintió emocionada viendo la prenda doblada cerca de ella, sintió ganas de tocarla, de respirar su olor, el calor de Luca, de hundir sus manos en las mangas abandonadas y colgantes.

—Ya verá, es una historia de agua...

—¿De lágrimas?

—No, de una presa... Tiene usted derecho a llorar si es sincera. Nada de lágrimas de cocodrilo, ¡auténticas lágrimas de emoción!

Él sonrió con esa sonrisa que parecía surgir de una inmensa soledad. Le parecía que si ella podía verle sonreír, aunque sólo fuera durante unos minutos cada día, sería la mujer más feliz. Todo en aquel hombre era único y escaso. Nada era mecánico ni previsible. Seguía sin atreverse a preguntarle sobre su actividad de modelo. Dejaría eso para más tarde.

Las luces de la sala se apagaron y empezó la película. Enseguida apareció el agua, un agua amarilla, un agua poderosa, un agua embarrada que le hizo pensar en los estanques de los cocodrilos. Lianas que colgaban, arbustos secados por el sol y Antoine que surgía ante ella. Sin que hubiese sido invitado. Ella creía oír su voz, volvía a ver su espalda curvada como cuando se había sentado en la cocina, su mano que había cogido la suya, su invitación a venir a cenar con las niñas. Guiñó los ojos para hacerle desaparecer.

La película era tan hermosa que Joséphine se vio transportada inmediatamente a la isla con los granjeros. Llevada por la belleza herida de Montgomery Clift, con ojos llenos de una resolución dulce y salvaje. Cuando los granjeros le rompieron la cara, estrechó el brazo de Luca, que le acarició la cabeza... «Saldrá de esta, saldrá de esta», murmuró en la oscuridad... ella olvidó todo para no retener más que ese instante, su mano en su cabeza, su tono tranquilizador. Esperaba, suspendida en la oscuridad, esa mano, esperaba que él la alargase hacia ella, pasase su brazo alrededor de sus hombros, mezclase su aliento con el suyo. Esperaba, esperaba... Él había vuelto a colocar su mano a lo largo de su cuerpo. Ella volvió a incorporarse, derecha, y las lágrimas inundaron sus ojos. Estar tan cerca de él y no poder dejarse llevar. Su codo tocaba su codo, sus hombros se rozaban, pero él parecía refugiado tras la muralla china.

Puedo llorar, él creerá que es el agua de la película. No sabrá que es por culpa de ese pequeño instante de suspense, esos segundos en los que yo esperaba que me atrajese hacia él, que me besara quizás, ese pequeñísimo instante se ha roto, indicándome que yo era sólo una buena amiga, una medievalista con la que hablar de lágrimas, de la Edad Media, de lo sagrado y de los caballeros.

Lloró. Lloró de tristeza por no ser una mujer que uno atrae hacia sí en la oscuridad. Lloró de decepción. Lloró de cansancio. Lloró en silencio, lloró completamente recta sin que su cuerpo temblara. Se extrañó de llorar tan dignamente, atrapando con la punta de la lengua el agua que corría por sus mejillas, probándola como un gran reserva salado, como el agua que circulaba por la pantalla, que iba a llevarse la casa de los granjeros. Que se llevaría a la vieja Joséphine, la que nunca habría imaginado llorar al lado de otro chico que Antoine en la oscuridad de un cine. Ella le decía adiós; lloraba por decirle adiós. Esa Joséphine buena, razonable, dulce, que se había casado de blanco, había criado a dos hijas, que trataba de hacerlo lo mejor posible, siempre justa, siempre razonable. Se eclipsaba frente a la nueva. La que escribía un libro, iba al cine con un chico y esperaba que él la besase. Ya no sabía si reír o llorar.

Caminaron por las calles de París. Ella miraba los viejos edificios, los portales majestuosos, los árboles centenarios, las luces de los cafés, la gente que entraba y salía, la energía de la gente que se empujaba, se enfrentaba, se reía. Los nervios de la vida nocturna. Antoine volvía como una sobreimpresión. Habían soñado durante mucho tiempo vivir en París; sus sueños parecían alejarse cada vez más, como un engaño. Había en toda esa gente con la que se cruzaba unas ganas de vivir, de divertirse, de enamorarse que la empujaban a participar en el baile. Ella, la nueva Joséphine. ¿Tendría la suficiente energía para tender la mano o se contentaría con permanecer allí, al borde de la pista, como un niño que tiene miedo de meterse en el mar? Levantó el rostro hacia Luca. Parecía de nuevo una torre solitaria y salvaje, que avanzaba encerrada en su silencio.

¿A cuántas vidas tenemos derecho durante nuestro paso por la Tierra? Se dice que los gatos tienen siete vidas. Florine tiene cinco maridos. ¿Por qué no tendría yo derecho a un segundo amor? ¿He explicado ya cómo funcionaba el comercio en aquella época? He olvidado hablar de finanzas. Se pagaba en moneda o en especie: trigo, avena, vino, capones, gallinas, huevos. Cada ciudad importante acuñaba su moneda, algunas monedas tenían más valor que otras según la ciudad de donde procedieran.

Sintió que Luca la agarraba por el brazo.

—¡Oh! —se sobresaltó como si la despertase.

—Si no la hubiese detenido, ese coche la hubiera atropellado. Es usted realmente despistada... Tengo la impresión de caminar al lado de un fantasma.

—Lo siento... Estaba pensando en la película.

—¿Me dejará leer su libro cuando lo haya terminado?

Ella balbuceó «pero yo no, pero yo no...», él sonrió, añadiendo: «Es un misterio, siempre es un misterio la escritura de un libro, tiene usted mucha razón en no hablar de ello, puede desfigurarse exponiéndolo cuando no está terminado, y además cambia todo el tiempo, nos creemos que estamos escribiendo una historia y luego resulta que escribimos otra, nadie puede saber nada hasta que no se ha escrito la última frase. Sé todo eso y lo respeto. ¡Sobre todo no me responda!».

Él la acompañó hasta su puerta. Echó una mirada al edificio, le dijo «lo repetiremos, ¿verdad?». Le tendió la mano, la estrechó suavemente, ¿largamente?, como si le pareciese de mala educación soltarla demasiado rápido.

—Bueno, pues buenas noches...

—Buenas noches y mil gracias. La película era muy bonita, de veras...

Se fue con paso firme como un hombre contento de haber escapado a la trampa de la despedida ante la puerta del edificio. Ella le vio alejarse. Una sensación horrible de vacío creció en su interior. Ahora sabía lo que significaba «estar sola». No «estar sola» para pagar las facturas o criar niños, sino «estar sola» porque un hombre del que se esperaba que la cogiese en sus brazos se alejaba dándole la espalda. Prefiero la soledad con las facturas, suspiró pulsando el botón del ascensor; al menos sé en qué punto estoy.

Las luces del salón estaban encendidas. Las niñas, Max y Christine Barthillet, alrededor del ordenador, soltaban gritos, se partían de risa, gritaban «¡y este! ¡y aquel!» apuntando la pantalla con el dedo.

—¿No estáis acostados? ¡Es la una de la mañana!

Apenas levantaron la cabeza, subyugados por lo que veían en la pantalla.

—¡Ven a ver, mamá! —gritó Zoé haciendo una señal a Joséphine para que se acercara.

No estaba segura de querer participar en la excitación general. Se sentía aún perturbada por la dulzura triste de su velada. Desató el cinturón de su impermeable, se dejó caer sobre el sofá y se quitó los zapatos.

—¿Qué pasa exactamente? ¡Parecéis a punto de estallar!

—Pero, bueno, mamá, ven a ver. No podemos decírtelo, tienes que verlo con tus propios ojos —declaró Zoé con gran seriedad.

Joséphine se acercó al ordenador puesto sobre la mesa.

—¿Estás lista? —preguntó Zoé.

Joséphine asintió. El dedo de Christine Barthillet pulsó sobre la pantalla.

—Haría usted mejor si se sentara en una silla, señora Joséphine, va a llevarse una buena sorpresa.

—¿No serán fotos porno? —preguntó Jo, poniendo en duda el sentido común de Christine Barthillet.

—¡Que no, mamá! —dijo Hortense—. Es mucho más interesante.

La señora Barthillet pulsó sobre un icono y las fotos de unos niños aparecieron en la pantalla.

—Había dicho que nada de pornografía pero tampoco nada de pedofilia —gruñó Joséphine—. ¡Y no bromeo!

—Espere —dijo Max—, mire detenidamente.

Joséphine se inclinó sobre la pantalla. Aparecían dos niños, muy rubios, y otro, más joven, de pelo castaño oscuro. Jugaban en un parque, en una piscina, iban a esquiar, montaban a caballo, cortaban una tarta de cumpleaños, se les veía en pijama, comiendo helados...

—¿Y bien? —preguntó Joséphine.

—¿No los reconoces? —se rio Zoé.

Joséphine miró con más atención.

—Son Guillermo y Harry...

—Sí, ¿y el tercero?

Joséphine se concentró y reconoció al tercer niño. ¡Gary! Gary de vacaciones con los principitos, Gary de la mano de Diana, Gary sobre un poni sostenido de lejos por el príncipe Carlos, Gary jugando al fútbol en un gran parque...

—¿Gary? —murmuró Joséphine.

—¡En persona! —exclamó Zoé—. ¿Te das cuenta? ¡Gary tiene sangre real!

—¿Gary? —repitió Jo—. ¿Estáis seguros de que no es un montaje?

—Las hemos encontrado navegando por las fotos de familia puestas en la Red por un criado malintencionado...

—¡Es lo menos que se puede decir de él! —dijo Joséphine.

—Para caerse de culo, ¿verdad? —remarcó la señora Barthillet.

Joséphine miró la pantalla, pulsando en una foto y después en otra.

—¿Y Shirley? ¿No hay fotos de Shirley?

—No —replicó Hortense—. Pero, en cambio, ha vuelto. Llegó hace un rato, cuando estabas en el cine... ¿Ha estado bien el cine?

Joséphine no respondió.

—¿Ha estado bien el cine con Luca?

—¡Hortense!

—Ha llamado, acababas de marcharte. Para decir que llegaría un poco tarde. Pobre mamá, ¡has llegado pronto! Nunca hay que llegar pronto. Apuesto a que ni siquiera te ha besado. ¡No se besa a las mujeres que llegan a la hora!

Se puso la mano delante de la boca para ocultar un bostezo y señalar lo mucho que le aburría el poco *savoir faire* de su madre.

—¡Y no hay que arreglarse mucho de forma tan evidente! Hay que jugar sutilmente. Maquillarse sin maquillarse. Vestirse sin vestirse. Son cosas que una sabe o no, y tú, aparentemente, no estás muy dotada para eso.

Al humillarla delante de la señora Barthillet, Hortense sabía que Joséphine no podría reaccionar violentamente. Estaría obligada a aguantarse. Joséphine apretó los dientes, buscando contenerse.

—Tiene un bonito nombre... Luca Giambelli. ¿Es tan guapo como su nombre?

Bostezó y, levantando su pelo como una pesada cortina, añadió:

—No sé por qué te pregunto eso. ¡Como si me interesara! Debe de ser una de esas ratas de biblioteca que te gustan tanto... ¿Tiene caspa y los dientes amarillos?

Se había echado a reír haciendo cómplice con la mirada a Christine Barthillet, que intentaba permanecer al margen un poco molesta.

—¡Hortense, vas a ir a acostarte! —gritó Joséphine, perdiendo la calma—. ¡Y vosotros también! Tengo sueño. Es tarde.

Abandonaron el salón. Joséphine abrió el sofá cama con un gesto brutal y se dobló una uña. Se dejó caer sobre la cama abierta.

Esa noche había sido un fracaso. Me falta tanta seguridad que no impresiono a nadie. Ni para bien ni para mal. Soy la mujer invisible. Me ha tratado como una buena amiga, no se le ha pasado por la cabeza que yo pudiera ser otra cosa. Hortense se ha dado cuenta enseguida, en cuanto he entrado en la habitación. Ha detectado mi olor a perdedora. Se hizo una bola sobre el sofá y fijó la mirada en un hilo rojo sobre la moqueta.

* * *

A la mañana siguiente, después de que Max y las niñas saliesen a visitar un mercadillo instalado en las cercanías, Joséphine recogió la cocina e hizo una lista de lo que le faltaba: mantequilla, mermelada, pan, huevos, jamón, queso, lechuga, manzanas, fresas, un pollo, tomates, judías verdes, patatas, coliflor, alcachofas... Era día de mercado. Estaba escribiendo, cuando Christine Barthillet entró arrastrando los pies.

—Qué resaca que tengo —murmuró agarrándose la cabeza—. Ayer bebimos demasiado.

Sostenía su radio y buscaba su emisora preferida llevándosela a la oreja. «Y, sin embargo, no es sorda», se dijo Jo.

—Cuando dice usted «bebimos», espero que no incluya usted a mis hijas.

—Qué graciosa es usted, señora Joséphine.

—¿No puede usted llamarme Joséphine a secas?

—Usted me intimida. No pertenecemos al mismo mundo.

—Inténtelo.

—No, ya lo he pensado, no lo conseguiría...

Joséphine soltó un suspiro.

—Señora Joséphine suena a *madame* de burdel.

—¿Sabe usted algo de putas y de burdeles?

Joséphine tuvo una sospecha y miró fijamente a la señora Barthillet. Había colocado la radio sobre la mesa y escuchaba una música sudamericana, moviendo los hombros.

—¿Acaso usted sí que sabe?

Christine Barthillet se ajustó las solapas de su bata sobre el pecho con la solemnidad de la acusada que se cubre con su dignidad.

—De vez en cuando, para sacarme algún ingreso extra.

Joséphine tragó y dijo:

—Pues entonces...

—No soy la única, sabe usted...

—Ahora entiendo mejor la historia de Alberto...

—¡Oh! Es muy amable. Hoy es nuestra primera cita, nos vamos a ver en la Défense para tomar un café. ¡Tengo que vestirme bien! Hortense prometió echarme una mano...

—¡Tiene usted suerte! Hortense se interesa muy poco por los demás.

—Al principio, seguro, yo no le gustaba; ahora me soporta. Yo sé cómo tratarla: a su hija hay que halagarla, acariciarle el cuello como a un perrito, decirle que es guapa, inteligente y...

Joséphine iba a responderle cuando sonó el teléfono.

Era Shirley. Invitaba a Joséphine a ir a su casa.

—Entiéndelo... con la señora Barthillet pululando por ahí, no podríamos hablar tranquilamente.

Joséphine aceptó. Entregó la lista de la compra a Christine Barthillet, le dio dinero y la urgió a vestirse y salir. La señora Barthiller masculló que era domingo por la mañana, que con Joséphine no podía una relajarse, que siempre tenía prisa. Joséphine la cortó asegurándole que el mercado cerraba a las doce y media.

—¡No es verdad! —protestó Christine Barthillet contemplando la lista.

—¡Y no cambie las frutas y verduras por chucherías! —rugió Joséphine al salir—. Son malas para los dientes, para la tez y para el trasero.

—A mí me da igual, yo me como una patata todas las noches.

Se encogió de hombros y se puso a leer la lista de la compra como si descifrara unas instrucciones de montaje. Joséphine la miró, quiso decir algo y cambió de opinión.

Cuando Shirley abrió la puerta, estaba hablando por teléfono. En inglés. Encolerizada. Decía «*no, no, nevermore! I' through with you...*». Joséphine le hizo una señal de que volvería más tarde, pero Shirley, tras una última retahíla de insultos, colgó.

Ante el aspecto deshecho de Shirley y sus grandes ojeras, toda la cólera que había acumulado durante la semana se esfumó.

—Qué alegría me da verte. ¿Te las has arreglado bien con Gary?

—Tu hijo es un encanto. Bueno, guapo, inteligente. Lo tiene todo para gustar.

—Muchas gracias. ¿Quieres un té?

Joséphine asintió y contempló a Shirley como si no la hubiese visto nunca antes. Como si haberla visto al lado de una reina hiciese de ella una perfecta extraña.

—Jo... ¿por qué me miras así?

—Te vi en la tele, la otra noche. Al lado de la reina de Inglaterra. Con Carlos y Camila. Y no me digas que no eras tú porque si no...

Joséphine buscó algo que decir, golpeó el aire con las manos como si se ahogara. Tenía claro lo que quería decir pero no sabía cómo formularlo. Si me dices que no eras tú, cuando te reconocí perfectamente, sabré que me mientes y no lo soportaré. Eres mi única amiga, la única persona en la que confío, no querría poner esta amistad, esta confianza, en duda. Así que dime que no lo he soñado. No me mientas, por favor, no me mientas.

—Era yo, Joséphine. Por eso me fui en el último minuto. Yo no quería ir...

—¿Fuiste obligada a presentarte en un baile con la reina de Inglaterra? —articuló Joséphine estupefacta.

—Obligada...

—¿Conoces a Carlos, a Camila, a Guillermo, a Harry y a toda la familia?

Shirley asintió con una señal de la cabeza.

—¿Y a Diana?

—La conocí muy bien. Gary creció con ellos, con ella...

—Pero, Shirley... ¡Me lo tienes que contar!

—No puedo, Jo.

—¿Cómo que no?

—No puedo.

—¿Incluso si te prometo no contárselo a nadie?

—Es por tu seguridad, Jo. La tuya y la de tus hijas. No debes saberlo.

—No te creo.

—Y, sin embargo...

Shirley la miró con ternura y una gran tristeza.

—Nos conocemos desde hace años, nos contamos todo, te he contado mi único secreto, lees en mi cara como en un libro abierto y la única cosa que se te ocurre decirme es que no puedes contarme nada bajo pena de... —Joséphine se asfixiaba de cólera—. ¡Te he odiado toda la semana, Shirley! Toda la semana he tenido la impresión de que me habías robado algo, de que me habías traicionado, y no quieres decirme nada. ¡La amistad, Shirley, funciona en dos direcciones!

—Es para protegerte. Cuando no se sabe, no se habla...

Joséphine soltó una risa de decepción.

—Como si me fuesen a torturar por eso.

—Puede ser peligroso. Como lo es para mí. Pero yo estoy obligada a vivir con ello, no tú...

Shirley hablaba con voz tranquila. Constataba algo. Joséphine no observó ningún énfasis, ningún fraude en su voz. Enunciaba un hecho, un hecho terrorífico, sin que la emoción turbase su voz. Joséphine quedó conmovida por su sinceridad e hizo un movimiento hacia atrás.

—¿Hasta ese punto?

Shirley vino a sentarse al lado de Jo. Le pasó el brazo alrededor de sus hombros y, en un susurro, se confió a ella.

—¿No te has preguntado nunca por qué he venido a instalarme aquí? ¿En este barrio? ¿En este edificio? ¿Completamente sola, sin familia en Francia, sin marido, sin amigos, sin una auténtica profesión?

Joséphine negó con la cabeza.

—Por eso te quiero, Joséphine.

—¿Porque soy una estúpida? ¿Porque nunca veo más allá de mis narices?

—¡Porque no ves el mal en ninguna parte! Yo vine aquí a refugiarme. En un sitio donde estaría segura de no ser reconocida, buscada, acosada. Allí vivía, tenía una gran y hermosa vida hasta que... hasta que pasó aquello. Aquí hago pequeños trabajos, sobrevivo...

—¿Esperando qué?

—Esperando no sé qué. Esperando a que eso se arregle allí, en mi país... A que pueda volver y retomar una vida normal. He olvidado todo al instalarme aquí. He cambiado de personalidad, he cambiado de nombre, he cambiado de vida. Puedo educar a Gary sin temblar de miedo si llega con retraso del colegio, puedo salir sin mirar si me están siguiendo, puedo dormir sin temor a que echen la puerta abajo...

—¿Por eso te has cortado el pelo muy corto? ¿Por eso andas como un chico? ¿Por eso luchas como un hombre?

Shirley asintió con la cabeza.

—Lo he aprendido todo. He aprendido a luchar, a protegerme, a vivir sola...

—¿Lo sabe Gary?

—Se lo dije. No tuve elección. Había deducido muchas cosas y tenía que tranquilizarle. Decirle que no se equivocaba. Eso le ha hecho madurar mucho, crecer mucho... Aguantó el golpe. A veces, tengo la impresión de que me protege.

Shirley estrechó su brazo en torno a Joséphine.

—En medio de toda esa desgracia, he encontrado algo de felicidad aquí. Una felicidad tranquila, sin cursilería ni miedos. Sin hombre...

Sintió un escalofrío. Habría querido decir sin «ese» hombre. Le había vuelto a ver. Por su culpa tuvo que prolongar su estancia en Londres. Le había telefonado, le había dado el número de su habitación en el Park Lane Hotel y le había dicho «te espero, habitación 616». Había colgado sin esperar respuesta. Ella había mirado el teléfono diciéndose «no iré, no iré, no iré». Había corrido hasta el Park Lane Hotel, en la esquina de Piccadilly y Green Park. Justo detrás de Buckingham Palace. El gran hall beige y rosado, con lámparas en forma de racimos venecianos. Los sofás donde los hombres de negocios toman el té hablando en voz baja. Los enormes ramos de flores. El bar. El ascensor. El largo pasillo de paredes beiges, de gruesa moqueta, de apliques adornados con pequeñas pantallas con colgaduras. La habitación 616... El decorado desfilaba como en una película. Siempre se citaba con ella en hoteles cercanos a parques. «Dejas al pequeño jugando en la hierba y subes conmigo. Él mirará a los enamorados y a las ardillas grises, eso le enseñará la vida». Un día, ella le había esperado todo el día. En Hyde Park. Gary era pequeño. Corría detrás de las ardillas. «Me gustan de lejos, *mummy*, de cerca parecen ratas». «A mí me pasa lo contrario, me gusta de cerca, de lejos lo tomo por lo que es: una rata». Ese día, no había venido. Habían ido a Fortnum and Mason. Habían comido helados y pasteles. Ella había bebido su té humeante cerrando los ojos. Gary se mantenía recto en su sillón y probaba los pasteles como un experto con la punta de su tenedor. «Tiene el porte de un príncipe», había dicho la camarera. Shirley había palidecido. «Ha estado bien esta tarde en el parque —había proseguido Gary cogiéndola de la mano—, Green Park es mi preferido». Conocía todos los parques de Londres.

Otra vez, cuando subió a la habitación del hotel, Gary había ido a hablar con los oradores de Marble Arch. Debía de tener once años.

Decía «tómate el tiempo que quieras, *mummy*, no te preocupes por mí, así practico el inglés, no quiero olvidar mi lengua natal». Había disertado sobre la existencia de Dios con un individuo taciturno que, encaramado a un taburete, esperaba a que viniesen a hablarle. Había preguntado a Gary: «Si Dios existe, ¿por qué ha hundido al hombre en el sufrimiento?». «¿Y tú qué le respondiste?», había preguntado Shirley levantando el cuello de su chaqueta para esconder la marca de un chupetón. «Le hablé de la película *La noche del cazador*, del bien y del mal, de que el hombre debe hacer una elección y de que cómo puede elegir si no conoce el sufrimiento y el mal...». «¿Le dijiste eso?», había respondido Shirley maravillada.

Háblame, cariño, háblame más para que olvide esa habitación y a ese hombre, que olvide el asco de mí misma cuando salgo de los brazos de ese hombre. Él esperaba en la habitación. Echado en la cama con los zapatos puestos. Leyendo el periódico. La había mirado sin decir nada. Había dejado el periódico. Puesto una mano sobre sus caderas, levantado su falda y...

Siempre era lo mismo. Esta vez, ella era libre de ser su prisionera: Gary no esperaba en el parque. No había visto pasar las horas. Ni los días. Los platos se acumulaban al pie de la cama. Las camareras eran despedidas cuando llamaban a la puerta.

Nunca más, nunca más. ¡Esto tenía que acabar!

Tenía que permanecer lejos de él. Siempre la encontraba. Él nunca venía a Francia, le buscaban y tenía miedo de pasar la frontera. En Francia ella estaba protegida. Allí estaba a su merced. Por culpa suya. No conseguía resistirse a él. Sentía vergüenza cuando volvía con su hijo. Él la esperaba, confiado, delante del hotel. Cuando llovía, se refugiaba en el interior y esperaba. Volvían los dos a pie atravesando el parque. «¿Tú crees en Dios?», había preguntado Gary, un día, tras haber pasado la tarde hablando con un nuevo orador de Hyde Park. Le había cogido gusto a eso. «No lo sé —había respondido Shirley—, me gustaría tanto creer...».

—¿Crees en Dios? —preguntó Shirley a Joséphine.

—Pues, sí... —respondió Joséphine, extrañada por la pregunta de Shirley—. Le hablo por las noches. Salgo al balcón, miro las estrellas y le hablo. Me ayuda mucho...

—*Poor you!*

—Lo sé. Cuando digo eso, la gente me toma por tonta. Así que no hablo de ello.

—No tengo fe, Joséphine... No intentes convertirme.

—No lo intentaré, Shirley. Si tú no crees, es por despecho, porque el mundo no está hecho como tú quisieras. Pero es como el amor, hay que ser valiente para amar. Dar, dar, sin pensar, sin contar... Con Dios, hay que decirse «creo» y todo se vuelve entonces perfecto, lógico, todo tiene un sentido, todo se explica.

—No en mi caso —rio Shirley con amargura—. Mi vida es una serie de cosas imperfectas, ilógicas... Si fuera una novela, sería un melodrama para llorar a mares, y me horroriza inspirar piedad.

Se detuvo como si ya hubiese hablado demasiado.

—Y con la señora Barthillet, ¿cómo van las cosas?

—¿Eso quiere decir que ya no puedes hablar de nada? —suspiró Joséphine. Cambias de tema. Se acabó la discusión.

—Estoy cansada, Jo. Tengo ganas de respirar... Estoy feliz de haber vuelto, créeme.

—Eso no impide que todos te hayan visto en la televisión. ¿Qué vas a decir si las niñas o Max te preguntan?

—Que hay alguien que se me parece en la corte inglesa.

—No van a creerte: han encontrado fotos de Gary en Internet con Guillermo y Harry. Un antiguo criado que...

—No las ha podido vender a la prensa, así que las ha puesto en Internet. Pero yo lo negaré, diré que nada se parece más a un niño que otro niño. Confía en mí, sabré arreglármelas. Las he pasado peores. ¡Mucho peores!

—Debes de pensar que mi vida es bastante aburrida...

—Tu vida va a complicarse con esa historia del libro. Cuando se empieza a hacer trampas, a mentir, se embarca uno en extrañas aventuras...

—Lo sé. A veces me da miedo...

El hervidor había empezado a silbar y la tapa, a bailar por la fuerza del vapor. Shirley se levantó, dispuesta a hacer té.

—He traído un Lapsang Souchong de Fortnum and Mason. Ya me dirás qué te parece...

Joséphine la observó realizar la ceremonia del té: calentar la tetera, contar las cucharadas de té, verter el agua hirviendo, dejar reposar, con la seriedad de una auténtica inglesa.

—¿Se hace el té de la misma forma en Escocia y en Inglaterra?

—Yo no soy escocesa, Jo. Soy una auténtica lady inglesa...

—Pero si me habías dicho...

—Me pareció más romántico...

Joséphine estuvo a punto de preguntarle cuáles eran las otras mentiras, pero se aguantó. Saborearon su té hablando de los niños, de la señora Barthillet, de sus citas por Internet.

—¿Te ayuda económicamente?

—Está sin blanca.

—¿Quieres decir que compras la comida para todo el mundo?

—Pues... sí.

—Eres realmente demasiado buena —dijo Shirley golpeándole cariñosamente la nariz—. ¿Hace la casa? ¿Cocina? ¿Plancha?

—Ni siquiera eso.

Shirley se encogió de hombros y los dejó caer soltando un profundo suspiro.

—Me paso el tiempo en la biblioteca. He ido al cine con el hombre de la parka. Es italiano, se llama Luca. Siempre tan taciturno. Eso, en cierto modo, me viene bien. Debo terminar primero el libro.

—¿Hasta dónde has llegado?

—Hasta el cuarto marido.

—¿Y ese quién es?

—Todavía no lo sé. Me gustaría que ella viviese una pasión tórrida. Una pasión física...

—¿Como Shelley Winters y Robert Mitchum en *La noche del cazador*? Ella lo desea como una loca y él la rechaza... así que ella lo desea aún más. Él se hace pasar por un pastor y se sirve de la Biblia para enmascarar su avidez. Cuando ella intenta seducirle, él la sermonea y le vuelve la espalda. Acaba asesinándola. Es el mal encarnado...

—Eso es... —prosiguió Joséphine apretando su taza de té entre las manos—. Sería predicador, recorrería las campiñas, ella le encontraría, se enamoraría perdidamente de él, la esposaría, ambicionaría su castillo y su oro e intentaría matarla. Temería por su vida, él cogería a su hijo como rehén... Pero ese no podrá hacerla rica.

—¿Y por qué no? Podrías inventar que ya había estafado a muchas viudas, que había escondido el botín en alguna parte y que ella lo heredaría...

—Luca me habló precisamente el otro día de los predicadores de la época...

—¿Le has dicho que escribías un libro? —preguntó Shirley, inquieta.

—No... pero metí la pata.

Joséphine contó cómo había evocado el libro cuando habían ido al cine. Se preguntó en voz alta si no habría descubierto su secreto.

—Eres la última persona a la que confiaría un secreto —dijo Shirley sonriendo—. ¿Ves cómo tengo razón para no decirte nada?

Joséphine bajó los ojos confusa.

—Tendré que andarme con cuidado cuando el libro haya salido...

—Iris se las arreglará para que toda la atención se concentre en ella. No te dejará ni una migaja. A propósito, ¿qué tal le va a Iris?

—Está ensayando para el gran día... Viene a leer de vez en cuando lo que escribo, hojea todos los libros que le he recomendado. A veces me da ideas. Quería que escribiese una escena en la que estudiantes parisinos provocaran a un auténtico motín, blandiendo sus cuchillos y sus cráneos afeitados; los estudiantes eran clérigos y pertenecían al clero, lo que les ponía al abrigo de la justicia seglar. El rey no podía hacer nada contra ellos, dependían de la justicia de Dios y abusaban de ello, lo que complicaba mucho el mantenimiento del orden en París. ¡Cometían crímenes con toda impunidad! Robaban, mataban. Nadie podía juzgarlos o castigarlos.

—¿Y entonces?

—Tengo la impresión de ser un embudo, lo escucho todo, recojo anécdotas, pequeños detalles de la vida y los vierto en el libro. Ya no seré la misma después de este libro. Estoy cambiando, Shirley, estoy cambiando mucho, ¡aunque no se note!

—Descubres la vida contando esa historia; te lleva por territorios en los que nunca habías estado...

—Sobre todo, Shirley, ya no tengo miedo. Antes tenía miedo de todo. Me escondía detrás de Antoine. Detrás de mi tesis. Detrás de mi sombra. Hoy me permito cosas que antes me prohibía, subo más a la red.

Soltó una risita de niña y se escondió detrás de su mano.

—Sólo necesito ser paciente, dejar que la nueva Jo crezca y, un día, lo invadirá todo, me dará toda su fuerza. Por el momento estoy aprendiendo... He comprendido que la felicidad no es vivir una pequeña vida sin embrollos, sin cometer errores ni moverse. La felicidad es aceptar la lucha, el esfuerzo, la duda y avanzar, avanzar franqueando cada obstáculo. Antes no avanzaba, dormía. Me dejaba llevar por una rutina tranquila: mi marido, mis hijas, mis estudios, mi comodidad. Ahora he aprendido a luchar, a encontrar soluciones, desesperar un momento para rehacerme después y avanzar, Shirley. ¡Sola! Me las arreglo. Cuando era pequeña, repetía lo que decía mamá; su visión de la vida era la mía; después escuché a Iris. Me parecía tan inteligente, tan brillante... Después apareció Antoine: firmaba todo lo que él quería, amoldaba mi vida a la suya. Incluso tú, Shirley... El hecho de saber que eras mi amiga me daba seguridad, me decía que yo era alguien bueno porque tú me querías. Pues bien, todo eso se acabó. He aprendido a pensar por mí misma, a caminar por mí misma, a luchar sola...

Shirley escuchaba a Joséphine y pensaba en la niña que había sido ella. Tan segura de sí. Insolente, casi arrogante. Un día que su nanny la había llevado a pasear por el parque, le soltó de la mano y se fue. Debía de tener cinco años. Había deambulado saboreando la deliciosa sensación de ser libre, de correr sin que miss Barton le dijera que no estaba bien, que una niña bien educada debía caminar con paso regular. Un policía le había preguntado si se había extraviado. Ella había respondido «no, pero debería usted buscar a mi nanny, se ha perdido». Nunca tenía miedo. Me mantenía de pie sola. Fue después cuando todo se estropeó. He recorrido el camino inverso de Jo.

—¡No me estás escuchando!

—Sí...

—He aceptado el lado oscuro de la vida, ya no lo rechazo, ya no me da miedo.

—¿Y cómo lo has conseguido? —preguntó Shirley con ternura.

—Sabes, creo que... creo que esta lucha diaria reposa en el amor. No en la ambición, la necesidad de tener, de poseer, sino en el amor... No en el amor en sí mismo, tampoco. Eso es la desgracia, es lo que nos hace dar vueltas sin llegar a ninguna parte. ¡No!, en el amor a los demás, el amor por la vida. Cuando amas, estás salvada. Esto es, en resumen, lo que ha pasado últimamente en mi vida.

Esbozó una pequeña sonrisa como si estuviese extrañada de haber pronunciado todas esas palabras pomposas. Shirley la contempló y, con mucha dulzura, añadió:

—Yo sigo debatiéndome y no luchando para avanzar.

—Claro que sí, avanzas a tu manera. Cada uno tiene su forma de avanzar.

—No he sabido hacer frente, he preferido huir. Y desde entonces, vivo en una eterna carrera.

Lanzó un suspiro como si no pudiera decir más. Joséphine la observó un instante y la abrazó:

—Para vivir bien hay que lanzarse a la vida, perderse y volverse a encontrar, y perderse otra vez, abandonar y volver a empezar, pero nunca, nunca pensar que un día podremos descansar porque esto no se detiene nunca... La tranquilidad la disfrutaremos más tarde.

—¿Cuando estemos muertas?

Jo se echó a reír.

—Estamos en esta tierra para combatir. No estamos aquí para tocarnos las narices.

Marcó una pausa, tendió su taza para pedir más té, cerró los ojos y murmuró en voz baja, riendo:

—Y la reina de Inglaterra, ¿cómo es?

Shirley cogió la tetera, vertió el té y respondió «*joker!*».

* * *

La señora Barthillet había vuelto del mercado. Le dolían los brazos de haber cargado con las bolsas de plástico y se frotó las palmas de las manos en las que se le habían clavado las asas. Pensó por un momento dejar la compra sobre la mesa de la cocina y, después, cambió de opinión y decidió ordenarlo todo. La cantidad de verdura, ¡la cantidad de verdura que me ha hecho comprar y que cuesta tan cara! Con lo fácil que es abrir una lata. Y después hay que lavarla, pelarla, cocerla, eso lleva su tiempo. Hasta el cocido se compra liofilizado hoy en día. ¡Tengo que largarme de aquí! Que vuelva a empezar una vida tranquila. Dejar de esforzarme, encontrar a un buen tío que me pague el alquiler y que me deje ver la tele todo el día. Max sabrá arreglárselas solo. Educar a un niño es demasiado trabajo. Es fácil cuando son pequeños, pero cuando crecen, hay que enfrentarse a ellos. Imponerles reglas. Luchar para que las respeten. No tengo ganas, tengo ganas de calma chicha. Los niños son unos ingratos. ¡Cada uno que se las arregle como pueda! A las cinco tenía cita con Alberto en la Défense. Ducharse, prepararse. Ponerse guapa. Todavía me queda atractivo. Todavía puedo ilusionar. Y, además, él tampoco es míster universo. Me ha enviado una foto desenfocada en la que no se ve nada. No tendrá mucho de qué presumir.

Cuando Hortense volvió del mercadillo, la señora Barthillet la esperaba en bata sobre el sofá del salón. Estaba viendo el programa de variedades de Michel Drucker mientras mascaba chicle.

—¿Habéis encontrado cosas majas? —preguntó incorporándose.

—Nada. Sólo tonterías —respondió Max—, pero nos hemos divertido mucho. Hemos ido a jugar al *flipper* y hemos bebido unas coca-colas. Un tío nos ha pagado todo... Gracias a los hermosos ojos de Hortense.

—¿Y cómo era? —preguntó Christine Barthillet.

—Una mierda —respondió Hortense—. Pero le emocionaba pensar que yo iba a caer por tres coca-colas y algunas monedas para jugar. ¡Pobre tío!

—Tú sí que te has enterado de qué va el tema —bromeó Christine Barthillet.

—No son difíciles de entender ese tipo de tíos. Babeaba de avidez hasta formar un charco.

—Pues yo estoy harta de ser pequeña, nadie me mira —gruñó Zoé.

—Ya vendrá, mi niña, ya vendrá... ¿Has olvidado que habías prometido vestirme para mi cita? —preguntó Christine Barthillet a Hortense.

Hortense la miró de arriba abajo analizándola.

—¿Qué ropa tiene usted que se pueda poner?

La señora Barthillet suspiró «no gran cosa, no compro nada de marca, yo lleno mis armarios a base de catálogos».

—Vamos a tener que vestirla con aire desenfadado entonces... —declaró Hortense con voz profesional—. ¿Tiene usted una sahariana?

La señora Barthillet asintió con la cabeza.

—Un modelo de La Redoute. De este año...

—¿Un chándal?

La señora Barthillet asintió.

—Bueno... ¡Vaya a buscarlos!

La señora Barthillet volvió con la ropa hecha una bola. Hortense la levantó con la punta de los dedos, la extendió sobre el sofá y la observó durante un momento. Max y Zoé la miraban subyugados.

—Bueno, bueno...

Frunció la nariz, torció la boca, cogió un jersey, un chaleco, extendió una camisa blanca, la volvió a dejar.

—¿Tiene usted accesorios?

La señora Barthillet levantó la cabeza sorprendida.

—Collares, brazaletes, una bufanda, unas gafas...

—Tengo algunas baratijas de Monoprix...

Fue a buscarlas a la habitación.

Zoé empujó a Max con el codo y susurró «vas a ver, ¡fíjate bien! Va a transformar a tu madre en bomba sexual». La señora Barthillet depositó un montón de colgantes al lado de la ropa desplegada, que parecía esperar el golpe de varita mágica de Hortense. Esta reflexionó y, después, con tono docto, declaró:

—¡Desnúdese!

La señora Barthillet puso cara de sorpresa.

—¿Quiere usted que la vista o no?

Christine Barthillet asintió. Se encontró en bragas y sujetador delante de Max y las niñas. Se tapó los senos con las manos y carraspeó molesta. Max y Zoé estallaron en un ataque de risa.

—Lo importante: la sahariana. Regla número uno: acompañada de un pantalón de jogging Adidas con bandas blancas es lo correcto. Empezamos bien, tiene usted uno. De hecho, es la única forma de tener un aspecto chic en chándal.

—¿Con una sahariana?

—Efectivamente. Regla número dos: bajo la sahariana, poner un jersey con cuello en V y una camiseta que se vea bajo el jersey...

Hizo una señal a la señora Barthillet para que se pusiese la ropa que le tendía.

—No está mal, no está mal —dijo Hortense sopesándola con la mirada.

Regla número tres: adornar todo con algunos accesorios baratos, vamos a coger sus collares y sus brazaletes de Monoprix.

La decoró como a un maniquí de escaparate. Dio un paso atrás. Echó una manga hacia atrás. Volvió a dar un paso atrás. Arregló el cuello del jersey. Añadió un último collar y un par de gafas de aviador en el pelo.

—Y en los pies, playeras... ¡Y todo listo! —declaró, satisfecha.

—¿Playeras? —protestó Christine Barthillet—. Eso no es muy femenino.

—¿Quiere usted parecer del montón o una profesional del estilo? Hay que elegir, Christine, hay que elegir. Usted me ha pedido que la ayude, yo la ayudo; si no le gusta, póngase tacón de aguja y estará usted vulgar.

La señora Barthillet se calló y se puso las playeras.

—Ya está... —dijo Hortense, tirando del jersey y haciendo aparecer el tirante de la camiseta. Vaya a mirarse en el espejo.

La señora Barthillet se fue a la habitación de Joséphine y volvió con una gran sonrisa.

—¡Genial! No me reconozco. Gracias, Hortense, gracias.

Dio unas vueltas por el salón y después se sentó en el sofá golpeándose los muslos de alegría.

—¡Es increíble lo que se puede hacer con tres trapos cuando se tiene gusto! ¿Y de dónde te viene todo eso?

—Siempre he sabido que valía para eso.

—Un auténtico truco de magia. Como si hubieses visto a otra persona dentro de mí. Como si supiese por fin quién soy yo.

Zoé se hizo una bola sobre la alfombra y, jugando con sus cordones, murmuró:

—A mí me gustaría también saber quién soy yo. Me lo haces, di, Hortense...

—¿Hacerte qué? —preguntó Hortense, distraída, observando un último detalle en la vestimenta de Christine Barthillet.

—Lo que le has hecho a la señora Barthillet...

—Te lo prometo.

Zoé dio un salto de alegría y se colgó del cuello de Hortense, que se soltó de golpe.

—Aprende primero a comportarte, Zoé. No hay que demostrar nunca tus emociones. Mantén las distancias. Es la regla número uno para tener clase. El desdén... Mira a la gente desde arriba y te respetarán. Si no entiendes eso, no merece la pena salir.

Zoé se calmó y dio tres pasos atrás, interpretando el papel de orgullosa e indiferente.

—¿Así? ¿Está bien?

—Tiene que ser natural, Zoé. Tienes que ser naturalmente desdeñosa. Es una actitud de dura.

Había pronunciado «actitud» articulando la palabra cuidadosamente.

—La actitud debe ser natural...

Zoé se tiró del pelo y soltó un suspiro rascándose el vientre.

—Es muy difícil...

—Exige trabajo, eso seguro —replicó Hortense con la punta de los labios.

Su mirada se cruzó con Christine Barthillet y le preguntó:

—¿Sabe usted qué aspecto tiene su Alberto?

—Ni idea. Llevará *Le Journal du Dimanche* bajo el brazo. Ya os contaré... Venga, me voy. ¡Hasta luego!

Cogió su bolso y se dispuso a salir. Hortense la atrapó y le señaló que su bolso no iba para nada con su vestimenta.

—Qué le vamos a hacer —dijo Christine Barthillet—. Ya sé que hay que llegar con retraso, pero si me duermo, ¡ya no habrá Alberto!

Ya bajaba las escaleras cuando Max y Zoé le gritaron que hiciese una foto para saber qué aspecto tenía Alberto.

—Imagínate —silbó Zoé preocupada—, quizás se convierta en tu padrastro...

* * *

En la cocina, con las persianas cerradas para protegerla del calor, Joséphine escribía. El día en el que debía entregar su manuscrito se acercaba. Sólo le quedaban tres semanas para terminar. Iris venía cada día para llevarse a los niños al cine, a pasear por París o por el Jardín Botánico. Ella comía helados mientras les pagaba vueltas en los coches de choque y partidas de tiro al plato. Como el colegio de los chicos era un centro de exámenes de selectividad, Max y Zoé habían sido liberados de toda obligación. Joséphine le había explicado a Iris que no conseguiría terminar la novela si no se sentía completamente libre de toda presencia en su casa y de la preocupación de saber qué hacían todo el día. «No puedo dejar que Zoé y Max Barthillet campen a sus anchas, ¡ella terminaría dedicándose al tráfico de móviles robados o a la venta de cannabis!». A Iris no le había gustado la idea. «Pero ¿qué voy a hacer?». «Te las arreglas como puedas —había respondido Jo—, eso o dejo de escribir». Hortense hacía sus prácticas con Chef y vivía su vida, pero había que ocuparse de Zoé y de Max.

La señora Barthillet proseguía su romance con Alberto. Se citaban en terrazas de café, pero todavía no habían consumado. «Hay algo que falla —decía Christine Barthillet—, hay algo que falla en algún sitio. ¿Por qué no me lleva a un hotel?». Me besa, me toquetea, me hace regalos, pero nada más. ¡Yo lo único que quiero es que concluya! En lugar de darnos el revolcón, nos pasamos las horas hablando, sentados, bebiendo café. Voy a terminar conociendo todos los bares de París. Llega siempre puntual, siempre está el primero y su placer más grande es verme andar. Dice que mi caminar le inspira, que adora verme llegar, verme marchar. Seguro que este hombre es impotente. O tullido. Sueña con tener una relación, pero no consigue pasar al acto. ¡Menuda suerte la mía! En fin, tengo la impresión de estar con un hombre-tronco. Nunca lo he visto levantado». «No mujer —había dicho Zoé—, es un romántico, se toma su tiempo». «No tengo tiempo que perder. No voy a echar raíces en esta casa. Tengo ganas de instalarme y, en eso, perdemos tiempo, perdemos tiempo. Ni siquiera sé su apellido. ¡Os digo que esto es muy sospechoso!».

Joséphine, en cambio, no tenía tiempo que perder. El cuarto marido acabada de expirar, quemado en la hoguera de los herejes. ¡Uf!, pensó secándose la frente con la mano, ¡ya era hora! ¡Qué hombre malsano y malhechor! Había llegado al castillo montado en un gran caballo de batalla negro y llevando con él los Santos Evangelios. Había pedido asilo y Florine le había acogido. La primera noche, no quiso dormir en una cama sino en el suelo, bajo las estrellas, envuelto en su gran capa negra. Guibert el Piadoso era un hombre magnífico. El cabello largo y moreno, el torso poderoso, los brazos de leñador, hermosos dientes blancos, una sonrisa carnívora, penetrantes ojos azules... Florine había sentido el fuego quemarle las entrañas. Hablaba citando versículos del Evangelio, recitaba el texto del *Decretum* que conocía de memoria y combatía el pecado en todas sus formas. Se había instalado en el castillo y reglamentaba la vida de todos. Exigía a Florine que portara vestimentas austeras, sin color. El Maligno se aloja en el seno de cada mujer, profesaba levantando el dedo hacia el cielo. Las mujeres son frívolas, habladoras, infanticidas, abortivas, lujuriosas, lúbricas, prostitutas. La prueba: no hay mujeres en el Paraíso. Había hecho retirar los tapices y los cuadros de las paredes del castillo, había confiscado las pieles y vaciado los joyeros. Con su hermosa voz de macho poderoso, lanzaba anatemas. Los maquillajes son bermellones para adúlteras, las chicas feas son vómitos de la tierra y de las hermosas hay que desconfiar, pues no son más que apariencia disimulando un saco de basura. ¿Pretendes querer seguir la regla de san Benito y tiemblas cuando te ordeno dormir en el suelo, en camisa? ¿Acaso no ves que es el diablo el que te encierra en ese bienestar de reina, el diablo el que ha llenado tus cofres de oro y piedras preciosas, el diablo que te murmura que cuides tu belleza y la suavidad de tu piel para alejarte de tu Esposo divino? Florine escuchaba y se decía que este hombre le había sido enviado para llevarla por el buen camino. Se había desviado por culpa de sus precedentes maridos. Había olvidado su vocación. Su voz la embrujaba, su estatura la turbaba, su mirada la atravesaba. Temblaba tan fuerte de deseo por él que le consintió todo. Isabeau, su fiel servidora, aterrorizada por el fanatismo de Guibert, huyó una noche llevándose al joven conde. Florine permaneció sola, entre criados aterrorizados. Los que no obedecían eran encerrados en las mazmorras del castillo. Nadie se atrevía a oponerse a él. Una noche, sin embargo, pasa el brazo alrededor de los hombros de Florine y le pide que se case con él. Radiante de alegría, Florine da gracias a Dios y acepta. Será una boda triste y austera. La novia lleva los pies descalzos, el novio la mantiene a distancia. Durante la noche de bodas, mientras Florine se desliza en el lecho conyugal temblando de alegría, él se envuelve en su capa y se aleja de su lado. No pretende consumar el matrimonio. Sería ceder al pecado de lujuria. Florine llora, pero aprieta los dientes para que él no lo oiga. Tiene que repetir como un rezo no soy nada, soy menos que nada, soy una mala mujer, peor que la peor de las bestias. He encontrado a mi Salvador tomando a este hombre por esposo y debo obedecerle en todo. Ella cede. Al día siguiente, él corta sus largos cabellos dorados con su puñal y le marca la frente con dos grandes trazos de ceniza. Polvo eres y en polvo te convertirás, enuncia él deslizando el pulgar sobre su frente. Florine desfallece de placer al sentir su dedo sobre su piel desnuda. Ella confiesa su placer y él redobla su crueldad. La agota trabajando, le inflige un ayuno perpetuo, le ordena hacer ella misma todas las tareas de la casa y beber el agua sucia de lavar. Despide uno por uno a todos los criados cubriéndoles de regalos para que no hablen. Ordena que le entregue todo su dinero y que le indique dónde ha escondido su oro, el oro que te ha dado el rey de Francia tras haber asesinado a tu marido, y que tú has escondido. Ese oro está maldito, debes dármelo para que yo lo tire al río. Florine se resiste. No es su dinero, sino el de su hijo. No quiere desheredar a Thibaut el Joven. Guibert la somete entonces a una verdadera tortura, la encadena en una celda hasta que hable. A veces, para ablandarla, la toma en sus brazos y rezan juntos. Dios me ha enviado a ti para purificarte. Ella se lo agradece, agradece a Dios que la conduce por la vía de la sumisión y la obediencia.

A punto está de renunciar a todo, de perder su fortuna, cuando la fiel Isabeau vuelve con una tropa de caballeros para liberarla. Al registrar el castillo para socorrerla, Isabeau descubre un verdadero tesoro: el de Guibert y todas las viudas que ha embrujado antes de encontrar a Florine. Se lo entrega a Florine, que ha recobrado la cordura. Florine decide entonces dejar de perseguir la perfección y retomar una vida normal, sin esperar la santidad en la tierra, pues es pecado de orgullo creerse igual a Dios en pureza. Mira cómo Guibert arde en la hoguera y no puede evitar llorar al ver a ese hombre que tanto ha amado convertirse en antorcha ardiente sin gritar ni pedir perdón. ¡Irá derecho al infierno y lo tendrá bien merecido!, declara Thibaut el Joven. Y ella quedará viuda de nuevo y aún más rica que antes.

Un poco como yo, pensó Joséphine levantándose para estirarse. Pronto me pagarán veinticinco mil euros más y no tengo hombre en mi vida. Cuanto mejor me va, más rica y sola estoy. Luca había desaparecido otra vez. No tenía noticias suyas desde hacía diez días. Ya no venía a la biblioteca. Ha debido de marcharse a hacer fotos al otro lado del mundo. Suspiró, se masajeó los riñones y volvió a sentarse delante de su ordenador. Sólo le quedaba un marido para Florine... El último. Este, decidió, será el bueno. Quiero un final feliz. Ya tenía alguna idea. Se llama Tancredo de Hauteville. Florine lo conoce desde hace mucho tiempo. Es un señor vecino. Un desaliñado, sin fe ni ley, codicioso. Formaba parte del complot urdido contra ella por Étienne el Negro en el momento de la muerte de su primer marido. Intentó secuestrarla para quedarse con su castillo y sus tierras. Está muy arrepentido de aquel episodio, vuelve de las cruzadas, y quiere vivir como un buen cristiano, lejos de las tentaciones terrenales. Viene a pedirle a Florine perdón por su crimen de antaño. Florine se casa con él, deja el castillo a su hijo, que se ha hecho mayor, y se va a vivir con Tancredo a sus tierras. Por el camino, se refugian en un bosque de Poitou, en la región de Melle, encuentran una cabaña, se instalan allí y viven rezando, comiendo los frutos que cultivan, bebiendo agua de lluvia, vestidos con pieles y durmiendo al lado del fuego. Son felices, se aman con un amor sereno hasta el día en que Tancredo, yendo a buscar agua, descubre galena de plata. ¡Un enorme yacimiento de plata!, con la que fabricar muchos denarios, moneda acuñada por Carlomagno. Van a ser inmensamente ricos. Florine se muestra primero desolada y después ve una señal de Dios en la repetición de su destino. Debe aceptar su suerte y ese dinero. Acepta por fin su nueva riqueza, abre un hospicio para los desheredados y los que no tienen casa, que dirigirá con Tancredo, a quien dará muchos hijos. FIN.

Sólo faltaba escribirlo. Al menos vislumbro el final. Un último esfuerzo y habré terminado. Y entonces... entonces tendré que entregar el libro a Iris. Eso será duro. No debo pensar en ello, no debo pensar en ello. Lo acepté. Por razones equivocadas, es cierto, pero lo acepté. Debo separarme de este libro y no preocuparme más de él.

Temía ese momento. El libro se había convertido en un amigo, los personajes del libro llenaban su vida, les hablaba, les escuchaba, les acompañaba. ¿Cómo voy a aceptar separarme de ellos?

Para no pensar más, fue a consultar sus correos. Había uno de Antoine. La última vez que habían hablado casi se habían peleado. Por culpa de la señora Barthillet.

> Mi querida Jo:
> Sólo unas palabras para darte noticias. Te sentirás contenta de saber que seguí finalmente tus consejos y me puse en huelga. ¡Aquello fue un desastre! Lee no podía con todo el trabajo. Corría por todos lados, los ojos desorbitados. Los cocodrilos, hambrientos, demolieron las barreras y devoraron a dos obreros. Hubo que matarlos, a ellos y a todos los que escaparon. No es fácil disparar a los cocodrilos. Las balas rebotan por todos lados y hubo varios heridos. Los obreros han

estado a punto de amotinarse. Todo el mundo hablaba de ello, fue la noticia principal del periódico local, y mister Wei me envió un suculento cheque, pagándome por fin todo lo que me debía.

Dicho esto, me di cuenta de que Lee estaba del lado de Wei. Cuando declaré que ya no quería trabajar, no me creyó. Me observaba con sus ojitos amarillos preguntándose si creerme o no. Me seguía por todos lados, surgía detrás de mí cuando no me lo esperaba, me seguía cuando iba a la tienda de Mylène y le sorprendí varias veces hablando por teléfono, hablando en voz baja como un conspirador. Escondía algo. Si no, ¿por qué murmuraba si no entiendo una palabra de chino? Desde entonces, desconfío de él. He adoptado un perro y le hago probar discretamente bajo la mesa un bocado de todo lo que como. Me dirás que estoy paranoico, pero tengo la impresión de ver cocodrilos por todos lados.

Mientras estaba en huelga, eché una mano a Mylène. Es una chica estupenda, sabes. Con muchos recursos. Se mata trabajando, pasa doce horas seguidas diarias dedicada a ello, incluso los domingos. Su tienda está siempre llena. Gana dinero a raudales. La apertura fue un triunfo y, desde entonces, el éxito no ha disminuido. Las chinas se gastan todo su dinero para volverse tan guapas como las occidentales. Realiza tratamientos y vende productos de belleza. Tuvo que volver dos veces a Francia para abastecerse. Mientras estaba ausente, me ocupé de la tienda y, oye, eso me ha dado algunas ideas. No te sorprendas si me hago rico e importante y, si es necesario, me vaya a vivir a China. Pues es evidente que si los chinos nos inundan de productos fabricados a bajo precio, podemos devolverles la jugada vendiéndoles nuestro *savoir faire*.

¡Ya está!, se dijo Joséphine desolada. Otra vez con sus aspiraciones demasiado grandes, demasiado rápidas. No ha entendido nada.

Ya casi no bebo. Sólo un whisky por la noche cuando se pone el sol. Pero eso es todo, te lo prometo... En fin, soy un hombre feliz y ya veo la luz al final del túnel. De hecho pienso que vamos a tener que divorciarnos. Sería más práctico si voy a lanzarme a nuevas actividades...

¡Divorciarse! La palabra golpeó a Joséphine. Divorciarse... Nunca se lo había planteado. «Pero tú eres mi marido», dijo en voz alta mirando la pantalla. «Nos hemos unido para lo bueno y para lo malo».

> Hablo con las niñas regularmente y parece que les va muy bien. Estoy muy contento. Espero que los Barthillet se hayan marchado y que dejes de jugar a los san bernardos. Esa gente parasita la sociedad. Y son muy mal ejemplo para nuestras hijas...

¿Pero quién se cree que es? Ahora que su chica se hace rica quitando espinillas y vendiendo maquillaje, ¡me da lecciones!

> Tendremos que hablar de las vacaciones de este verano. Todavía no sé cómo me voy a organizar. No creo que pueda alejarme de los cocodrilos. Pronto deberían producirse los nuevos nacimientos. Dime lo que tengas previsto y me adaptaré. Un beso muy fuerte, Antoine.
>
> P.D.: Ahora que gano dinero, voy a poder pagar el préstamo. Ya no tienes de qué preocuparte. Voy a llamar a Faugeron. Va a tener que hablarme en otro tono.
>
> P.D.: Ayer, en la tele, he descubierto que podía ver *Cuestión para un campeón*. Lo retransmiten con un día de retraso. ¿No es genial?

Joséphine se encogió de hombros. La lectura del correo de Antoine le producía sentimientos tan contradictorios que permaneció anonadada delante de la pantalla.

Miró la hora. Iris traería pronto a los niños. La señora Barthillet estaba a punto de volver de su cita con Alberto. Hortense de su jornada de trabajo en la empresa de Chef. ¡Se acabó la tranquilidad! Mañana volvería al trabajo. Estaba deseando retomarlo.

Cerró el ordenador y se levantó para preparar la cena. Sonó el teléfono. Era Hortense.

—Voy a volver un poco tarde. Han organizado una fiesta en el taller...

—¿Qué entiendes tú por «un poco tarde»?

—No lo sé... No me esperéis para cenar. No tendré hambre.

—Hortense, ¿cómo vas a volver?

—Alguien me acompañará.

—¿Y quién es ese «alguien»?

—No lo sé. Ya encontraré a alguien. ¡Mamaíta, por favor... No me lo estropees! Estoy tan contenta de trabajar, todo el mundo parece encantado conmigo. Me hacen muchos halagos.

Joséphine miró su reloj. Eran las siete de la tarde.

—De acuerdo, pero no vuelvas más tarde de las...

Dudó un instante. Era la primera vez que su hija le pedía autorización para salir, no sabía qué convenía decir.

—¿De las diez? De acuerdo, mamaíta, estaré ahí a las diez, no te preocupes. ¿Ves? Si tuviese un móvil, sería más práctico. Podrías tenerme localizada siempre y estarías más tranquila. En fin...

Su voz había bajado un tono y Joséphine podía imaginar la mueca que estaba haciendo. Hortense colgó. Joséphine se quedó aturdida. ¿Debía llamar a Chef para pedirle que cuidara de que Hortense volviese en taxi? Hortense se pondría furiosa de que ella pusiese una carabina a sus espaldas. Además, no había hablado con Chef desde la pelea con su madre...

Permaneció cerca del teléfono mordiéndose los dedos. Intuyó surgir un nuevo peligro: controlar la libertad de Hortense. Dibujó una pequeña sonrisa; dos palabras que no riman para nada, «controlar» y «Hortense». Nunca había sabido «controlar» a Hortense. Siempre se extrañaba cuando su hija la obedecía.

Oyó una llave girar en la cerradura de la puerta de entrada, la señora Barthillet entró en la cocina y se sentó en una silla.

—¡Ya está!

—¿Ya está qué?

—Se llama Alberto Modesto y tiene un pie deforme.

—Es bonito, Alberto Modesto...

—Sí, pero tiene un pie deforme, eso no es nada bonito. Menuda suerte que tengo. Voy a caer sobre un tullido.

—Pero, bueno, Christine, eso no tiene importancia.

—No es usted la que está obligada a caminar por la calle al lado de un zapato gigante. ¿Qué cara voy a poner?

Joséphine la observó estupefacta.

—Y encima, me he dado cuenta porque he desconfiado. Si no, me la habría pegado otra vez. Cuando llegué al café, estaba allí, perfectamente vestido, perfectamente perfumado, sentado en su silla, con el cuello de su camisa abierta y un paquetito de regalo... ¡Mire!

Tendió la mano, exhibiendo lo que parecía un pequeño diamante en su anular.

—Nos besamos, me suelta un par de agasajos sobre mi indumentaria, pide un vaso de agua con sirope de menta para él y un café para mí, y hablamos, hablamos... Me dice que le gusto cada vez más, que lo ha pensado bien, que va a alquilarme ese apartamento que tanto necesito. Entonces le beso con cariño, me agarro a su cuello, doy palmitas, en fin, ¡hago el ridículo! A él se le cae la baba y sigue sin proponerme ir al hotel. El tiempo pasa, empiezo a decirme que no es normal y pretexto una cita para largarme. Entonces Alberto me besa la mano y me dice: la próxima vez compramos el periódico y leemos los anuncios por palabras juntos. Me levanto y me escondo detrás de la esquina esperando a que él se largue. Así fue como le vi pasar. ¡Con su pie cojo! Se diría que ha metido el pie en una caja de herramientas. Cojea, señora Joséphine, cojea. Está completamente tullido.

—¿Y bien? Tiene derecho a vivir, ¿no?

Joséphine expresaba su disgusto.

—Tiene derecho a tener un pie deforme lo mismo que tiene usted derecho a sacarle el dinero.

Christine Barthillet escuchaba a Joséphine con la boca abierta.

—Pero, bueno, señora Joséphine... No hace falta que se enfade.

—¿Quiere que le diga algo? ¡Me da usted asco! Si no fuera por Max, la echaría a la calle. Vive en mi casa, sin hacer nada, absolutamente nada, se pasa el tiempo tonteando en Internet o mascando chicle delante de la tele y se queja de que su amigo no se adapta a la idea que se ha hecho usted de él. Es usted lamentable... No tiene usted ni corazón ni dignidad.

—Pero bueno... —gruñó Christine Barthillet—. Si ya no se puede ni hablar.

—Debería usted buscar trabajo, levantarse pronto, vestirse, ocuparse de su hijo y echarme una mano. ¿No se le ha pasado eso nunca por la cabeza?

—Creía que a usted le gustaba ocuparse de la gente. Yo la dejaba hacer...

Joséphine se calmó y, poniendo los codos sobre la mesa como si se dispusiera a entablar negociaciones, prosiguió:

—Escúcheme... Estoy desbordada de trabajo, usted no es mi única preocupación. Estamos a 10 de junio, quiero que a finales de mes se haya ido usted. ¡Con o sin Alberto! No me importa, porque soy demasiado buena, ocuparme de Max el tiempo que encuentre usted una auténtica solución, pero no quiero nunca más, escúcheme bien, nunca más, tener que ocuparme de usted.

—Creo que lo he entendido... —murmuró Christine Barthillet soltando un suspiro de incomprendida.

—Pues bien, me alegro mucho porque no tenía ganas de hacerle un croquis. La bondad tiene sus límites y, francamente, creo que ya he llegado a los míos.

* * *

Josiane vio llegar a la pequeña Cortès. Puntual como cada mañana. Entraba en la empresa con sus andares sinuosos, una cadera a la derecha, una cadera a la izquierda, desplazándose con la elegancia y el porte de un figurín de moda. Cada gesto era preciso y estudiado. Daba los buenos días a cada uno de los empleados, sonreía, ponía cara de atención y se acordaba de cada uno de sus nombres. Cada día cambiaba un detalle de su vestimenta, pero, cada día, no se podía hacer otra cosa que admirar sus largas piernas, su talle fino, sus senos altos como si hubiese aprendido a revalorizar cada parte de su cuerpo sin que pudiese acusársele de hacerlo conscientemente. Para trabajar, se ataba sus largos cabellos morenos y los soltaba con un gesto teatral cuando terminaba la jornada, colocándose mechones detrás de las orejas para marcar el grácil óvalo de su rostro, el brillo nacarado de su piel y la delicadeza de sus rasgos. ¡Pero trabajaba! No se podía decir que no se ganaba el sueldo, eso estaba claro.

Ginette la había recogido bajo sus alas y le había enseñado la gestión de stocks. La pequeña sabía utilizar un ordenador y había comprendido enseguida su tarea. Tenía ganas de pasar a otra cosa y revoloteaba en torno a Josiane.

—¿Quién se ocupa de las compras aquí? —le preguntó ella con una gran sonrisa que desmentía el brillo metálico de su mirada.

—Chaval —respondió Josiane abanicándose.

Hacía un calor sofocante y Marcel no había instalado todavía el aire acondicionado en los despachos. Este calor me va a bloquear la ovulación.

—Creo que voy a trabajar con él... He comprendido lo de los stocks, es apasionante, pero me gustaría aprender otra cosa.

Y siempre con esa sonrisa artificial tomándome por tonta, gruñó Josiane. Hasta Ginette y René habían caído en sus redes. En cuanto a los mozos, sus lenguas se arrastraban por el suelo de deseo.

—No tienes más que preguntarle... Estoy segura de que estará encantado de tener una becaria como tú.

—Porque a mí, lo que me interesa, es conocer el gusto de la gente y trabajarlo. Se puede vender barato y vender bonito.

—¿Porque lo que vendemos aquí es feo? —no pudo contenerse Josiane, irritada por la condescendencia de la chiquilla.

—Oh, no, Josiane... no he dicho eso.

—No, pero lo has dado a entender. Ve a ver a Chaval, seguramente te aceptará, pero date prisa, se va a finales de mes. Su despacho está en el piso de arriba.

Hortense le dio las gracias ofreciéndole una última sonrisa tan artificial que dejó fría a Josiane. Va a ser interesante el choque entre esos dos, pensó. Me pregunto quién se comerá a quién.

Miró por la ventana para ver si el coche de Chaval estaba en el patio. Estaba. Aparcado como el jueves, en medio. Los otros, que se las arreglaran para encontrar un sitio.

Se encendió la luz del teléfono y lo descolgó. Era Henriette Grobz que buscaba a su marido.

—Todavía no ha llegado —respondió Josiane—. Tenía una cita en Batignolles y debía estar allí a las diez...

En realidad estaba haciendo jogging como cada mañana. Llegaba cubierto de sudor al despacho, se duchaba en casa de René, se tragaba unas vitaminas, se cambiaba y emprendía la jornada con la energía de un jovencito.

Henriette Grobz exigió que la llamara en cuanto llegase. Josiane prometió darle el recado. Henriette colgó sin despedirse ni dar las gracias y Josiane sintió una punzada en el corazón. Ya tendría que estar acostumbrada después de tantos años, pero no se hacía a ello. Hay pequeñas humillaciones que marcan mucho más que un guantazo en la cara, y ella, ella me humilla desde hace demasiado tiempo. ¡Ay!, pronto todo cambiará y entonces... Entonces nada de nada, se calmó, me importa un comino la Escoba, lo que le pase se lo habrá buscado ella.

Mientras Hortense hacía sus pinitos en la empresa de Chef, Zoé, Alexandre y Max paseaban por las salas del Museo de Orsay. Iris les había llevado allí, temprano, con la esperanza de que las obras de arte impresionistas calmasen la turbulencia de los niños. Ya no soportaba más el Jardín Botánico, las colas delante de las atracciones, los gritos, el polvo, los peluches horribles con los que había que cargar porque los habían ganado y los exhibían como trofeos. Ya es hora de que Jo termine y yo vuelva a mi vida de antes. ¡Ya no puedo aguantar más tiempo a estos adolescentes calenturientos! Alexandre pase todavía, pero los otros dos ¡qué mal educados están! La pequeña Zoé, antes encantadora, se ha convertido en un monstruo. Debe de ser la influencia de Max. Después de la visita al museo, los llevaría a comer al café Marly y les interrogaría sobre lo que habían visto. Les había pedido que eligiesen cada uno de ellos tres cuadros para comentar. El que se expresase mejor ganaría un regalo. Así yo también podré ir un poco de compras. Eso me relajará. Fue Philippe el que había tenido la idea del museo. Ayer noche, al acostarse, le había dicho: «¿Por qué no les llevas a Orsay? He estado con Alexandre y le gustó mucho». Algo más tarde, antes de apagar, había añadido: «¿Y tu libro, avanza?».

—A paso de gigante.

—¿Me lo dejarás leer?

—Prometido, en cuanto lo haya terminado.

—¡Muy bien! Termínalo pronto y así tendré algo que leer este verano.

Ella había creído escuchar un punto de ironía en la voz de Philippe.

Mientras tanto, deambulaban por las salas del Museo de Orsay. Alexandre miraba los cuadros, avanzando, retrocediendo, para hacerse una idea, Max arrastraba los pies arañando la punta de sus playeras en el parqué y Zoé dudaba entre imitar a su amigo o a su primo.

—Desde que Max vive con vosotros, ya no me hablas —se quejaba Alexandre a Zoé, que acababa de colocarse a su lado mientras que miraba una tela de Manet.

—No es verdad... Te quiero igual que antes.

—No. Has cambiado... No me gusta ese verde que te pones en los ojos... Me parece vulgar. Te hace más vieja. ¡Es horroroso!

—¿Qué cuadros vas a elegir?

—Todavía no lo sé.

—A mí me gustaría ganar. Ya sé lo que le pediría a tu madre como regalo.

—¿Qué le pedirías?

—Un montón de bártulos para ponerme guapa. Como Hortense.

—¡Pero si ya eres guapa!

—No, no como Hortense.

—¡No tienes personalidad! Lo quieres hacer todo como Hortense.

—Y tú no tienes personalidad, lo quieres hacer todo como tu padre. ¿Te crees que no me he dado cuenta?

Se separaron, molestos, y Zoé fue al encuentro de Max, que miraba impresionado una mujer desnuda de Renoir.

—¡Vaya tía en pelotas! No sabía que existían cosas así en los museos.

Zoé rio y le dio un codazo.

—No le digas eso a mi tía, se va a desmayar.

—Me da igual. ¡Yo ya he marcado tres cuadros!

—¿Dónde los has marcado?

—Aquí...

Le enseñó la palma de la mano donde había anotado tres cuadros de Renoir.

—No puedes elegir tres cuadros del mismo pintor, eso es trampa.

—A mí me gustan las chavalas de ese tío. Son acogedoras y parecen buenas y felices de estar vivas.

Durante la comida, a Iris le costó mucho hacer hablar a Max.

—No tienes mucho vocabulario, querido —no pudo evitar comentar—. No es culpa tuya, ¡es una cuestión de educación!

—Sí, pero yo sé cosas que usted no sabe. Cosas para las que no se necesita vocabulario. ¿Para qué sirve el vocabulario?

—Sirve para ayudarte en tu pensamiento. Para expresar con palabras las emociones, las sensaciones... Clarificas tu cabeza sabiendo poner la palabra correcta en la cosa justa. Y al clarificarte la cabeza, te forjas una personalidad, aprendes a pensar, te conviertes en alguien.

—¡Yo no tengo miedo! ¡A mí me respetan! ¡Nadie se me sube a la chepa!

—No es eso lo que quería decir... —comentó Iris, que decidió abandonar la conversación.

Había un abismo entre ese chico y ella, y no estaba segura de querer salvarlo. Para no provocar celos, decidió conceder a los tres niños la elección de un regalo, y fueron hasta el Marais de tiendas. A ver cuándo se acaba esta tarea, termina Jo el libro, se lo llevo a Serrurier y nos reencontramos, en familia, en Deauville. Esperaremos juntas a que lo haya leído y dé su opinión. Allí estarán Carmen o Babette y yo no tendré que soportar el humor de estos niñatos todos los días. Había conseguido convencer a Joséphine de que pasase el mes de julio con ellos. «Si hay que hacer algún cambio, estarás conmigo, será más práctico». Joséphine había aceptado con reticencias. «¿No te gusta nuestra casa?».

—Sí, sí —había respondido Joséphine—, es sólo que me gustaría no pasar todas mis vacaciones con vosotros. Me da la impresión de ser una niña subnormal.

Deambulando por las calles del Marais, Zoé, presa de remordimientos, se acercó de nuevo a Alexandre y le cogió suavemente de la mano.

—¿Qué quieres? —refunfuñó Alexandre.

—Voy a contarte un secreto...

—¡Me dan igual tus secretos!

—No, porque este es un secreto enorme.

Alexandre cedió. Le entristecía el tener que compartir a su prima con ese Max Barthillet, que le imponían cada vez que salían. No puedo aguantar a ese tío; además, hace como si yo no existiera. Todo porque vive en las afueras y yo, en París. Me toma por un pijo y me desprecia. Era mucho mejor cuando estábamos solos Zoé y yo.

—¿Cuál es tu secreto?

—Ah, veo que te interesa. Pero no se lo digas a nadie, ¿me lo prometes?

—De acuerdo...

—Entonces, venga... Gary, el hijo de Shirley, es un «*royal*».

Zoé se lo contó todo: la velada ante la tele, las fotos de Internet, Guillermo, Harry, Diana, el príncipe Carlos. Alexandre se encogió de hombros diciendo que no eran más que tonterías.

—No son tonterías, es cierto Alex, te lo juro. De hecho, hay algo que prueba que es verdad: Hortense se lo cree. Se ha vuelto muy amable con Gary desde entonces. Ya no le habla con altanería, lo acepta... Antes, no lo podía tragar.

—Ahora hablas tan mal como él.

—No está bien estar celoso.

—No está bien contar mentiras.

—No son mentiras —gritó Zoé—, es la verdad...

Fue a buscar a Max y le pidió que corroborara su versión. Max aseguró a Alexandre que todo era verdad.

—Pero él, Gary, ¿qué dice? —preguntó Alexandre.

—No dice nada. Dice que nos hemos equivocado. Dice lo que su madre, que alguien se le parece, pero nosotros no nos creemos lo del parecido, ¿eh, Max?

Max asintió con aire serio.

—Y tú, ¿crees que es verdad? —preguntó Alexandre a Max.

—Pues, sí, porque les he visto. En la tele y en Internet. ¡Puede que no tenga vocabulario, pero tengo ojos!

Alexandre sonrió.

—¿Te ha molestado mi madre?

—Pues, sí, mogollón... ¡Porque cague en un tigre de oro no tiene que joder a los que no lo tienen!

—Está claro que eso no es culpa tuya.

—Tampoco es culpa de mi madre. Me toca los huevos con sus discursitos de pija, ¡payasa!

—¡Eh! Tranquilo, que si fuese tu madre...

—¡Eh! No vayáis a pelearos... Venga, haced las paces.

Alexandre y Max se dieron una palmada en la espalda. Caminaron un rato los tres juntos. Iris les llamó para pedirles que la esperasen, había visto una blusa en un escaparate. Se detuvieron y Max preguntó a Alexandre:

—¿Qué móvil tienes tú?

Alexandre sacó su móvil y Max soltó un grito.

—¡El mismo que el mío, colega! ¡El mismo! ¿Y qué tono utilizas?

—Tengo varios. Depende de quién me llama...

—¿Me los dejas escuchar? Podríamos cambiárnoslos...

Los dos chicos se pusieron a hacer sonar sus móviles, dejando a Zoé a un lado.

—Yo ya sé lo que quiero —murmuró Zoé—. Quiero un móvil. Iré al mercado negro de Colombes y robaré uno.

* * *

Joséphine se despertó la primera y bajó a prepararse el desayuno. Le gustaban esas mañanas en las que estaba sola en la gran cocina cuyo ventanal daba a la playa. Ponía las rebanadas de pan en el tostador, calentaba agua para el té, sacaba la mantequilla salada y las mermeladas. A veces, se hacía un huevo frito con una salchicha o beicon y desayunaba mirando al mar.

Echaba de menos a sus personajes. Florine, Guillermo, Thibaut, Balduino, Guibert, Tancredo, Isabeau y los demás. He sido injusta con el pobre Balduino. Lo ejecuté apenas entró en escena. Y todo porque estaba enfadada con Shirley. Guibert le producía un estremecimiento. Se sentía como Florine: subyugada. A veces, por las noches, soñaba que venía a besarla, sentía su olor, sus labios cálidos y suaves sobre los suyos, ella respondía a su beso y él le colocaba un puñal en la garganta. Se despertaba con un escalofrío. ¡Los hombres eran tan violentos en aquella época! Recordaba una escena leída en un antiguo manuscrito. Un marido que asiste al parto de su mujer. «Más de cien kilos de carne, sangre e irascibilidad. En una mano un largo y grueso atizador, en la otra una enorme cafetera llena de líquido hirviendo. El bebé era un varón y el padre se relajó, se puso a llorar, a rezar y a reír». Las mujeres sólo servían para dar a luz. Isabeau canta una nana que dice: «Mi madre pretende que me ha dado a un hombre de corazón. ¿Qué corazón es ese? Me clava su dardo en el vientre y me pega como a su mula». Había entregado el manuscrito a Iris, que se lo había llevado a Serrurier. Cada vez que sonaba el teléfono, las dos hermanas se sobresaltaban.

Esa mañana, Philippe se unió a ella en la cocina. También él se levantaba pronto. Iba a buscar el periódico y los cruasanes, tomaba un primer café fuera y volvía a terminar su desayuno en casa. Sólo iba los fines de semana. Llegaba el viernes por la noche y se iba el domingo. Se cogía las vacaciones el mes de agosto. Llevaba a los niños a pescar. Salvo a Hortense, que prefería quedarse en la playa con sus amigos. Debería conocerlos, pensó Jo. No se atrevía a pedirle que se los presentara. Hortense salía a menudo por la noche. Decía: «¡Oh, mamá! Estoy de vacaciones, he trabajado todo el año, ya no soy un bebé, ya puedo salir...». «Pero, como Cenicienta, vuelves a medianoche», había decretado, con un tono de broma que escondía mal su ansiedad. Temía que Hortense se rebelara. Pero Hortense estaba de acuerdo. Joséphine, aliviada, no había vuelto a plantear el tema, y Hortense volvía, puntual, a medianoche. Después de la cena, se escuchaba el ruido breve de un claxon, Hortense terminaba rápidamente el postre y abandonaba la mesa. Los primeros días, Joséphine la había esperado hasta medianoche, aguardando el ruido de los pasos de Hortense en la escalera. Después, aliviada por la actitud de Hortense, cedió al sueño. ¡Era la única forma de estar en paz! No tengo el valor de enfrentarme a ella todas las noches. Si su padre estuviese aquí, nos repartiríamos los papeles, pero, sola, no me siento con fuerzas para luchar, y ella lo sabe.

El mes de agosto las niñas viajarían a Kenia con su padre y sería Antoine el que haría de carabina. Por el momento, lo que más deseaba Joséphine era no agotarse en interminables disputas con su hija.

—¿Quieres un cruasán caliente? —preguntó Philippe dejando los periódicos y la bolsa del pan sobre la mesa.

—Sí, con mucho gusto.

—¿En qué pensabas cuando entré?

—En Hortense y sus salidas nocturnas...

—Es dura tu hija. Necesitaría un padre con puño de hierro...

Joséphine suspiró.

—Es cierto... Al mismo tiempo, es tan dura que no me preocupo por ella. No creo que se deje embarcar en historias turbias. Sabe exactamente lo que quiere.

—¿Tú eras como ella a su edad?

Joséphine estuvo a punto de atragantarse con su té.

—Estás de broma, supongo. ¿Ves cómo soy ahora? Pues bien, era la misma pero aún más torpe.

Se detuvo, arrepintiéndose de sus palabras; tenía la impresión de estar mendigando piedad.

—¿Qué te faltó de niña?

Ella reflexionó un instante y le agradeció que le hiciese esa pregunta. Nunca se la había planteado y, sin embargo, desde que escribía, había retazos de su infancia que volvían a su memoria y le llenaban los ojos de lágrimas. Como aquella escena en brazos de su padre gritando a su madre «¡eres una criminal!». El final de una tarde con un cielo cubierto de nubes negras y el ruido estrepitoso de las olas. Está creciendo en mí una sensibilidad un poco tonta, tengo que recobrarme. Intentó describirlo sin sensiblería.

—No me faltó de nada. Recibí una buena educación, tenía casa, un padre y una madre, un auténtico equilibrio. Incluso me di cuenta varias veces del amor que mi padre sentía por mí. Pero me faltó... Era como si yo no existiera. No se me tenía en cuenta. No se me escuchaba, no me decían que era guapa, inteligente, graciosa. Eso no se hacía en aquella época.

—Pero se lo decían a Iris...

—Iris era mucho más guapa que yo. Pronto me eclipsó. Mamá la citaba siempre como ejemplo. Yo me daba cuenta de que estaba orgullosa de ella y no de mí...

—Y eso dura todavía, ¿verdad?

Enrojeció, dio un mordisco a su cruasán y esperó a que se deshiciese en la boca.

—No hemos seguido el mismo camino. Pero es verdad que ella es más...

—Pero ¿y ahora, Jo? —interrumpió Philippe—. Ahora...

—Mis hijas me dan un sentido, un objetivo en la vida, pero no me hacen existir, es cierto. Escribir da cierto sentido a mi existencia. Cuando estoy escribiendo, porque cuando me releo... ¡no! Podría tirarlo todo.

—¿Escribir tu informe de habilitación para dirigir trabajos de investigación?

—Sí... —balbuceó, comprendiendo que acababa, una vez más, de meter la pata—. Sabes, yo soy uno de esos seres que se desarrollan lentamente. Me pregunto si no me voy a despertar demasiado tarde, si no voy a dejar pasar mi oportunidad y, al mismo tiempo, no sé qué puede ser esa oportunidad que deseo con todas mis fuerzas...

Philippe sintió el deseo de tranquilizarla, de decirle que se tomaba las cosas demasiado a pecho, que se hacía reproches sin razón. Su actitud rígida, sus ojos fijos expresaban algo demasiado intenso y añadió como si leyera el pensamiento:

—¿Así que crees que has dejado pasar tu oportunidad, que tu vida se ha acabado?

Ella le miró con aire grave y después sonrió para disculparse por estar tan seria.

—En cierto sentido, sí... Pero, sabes, no importa. No será una renuncia desgarradora, sólo un pequeño paso hacia la nada absoluta. El deseo de vivir se va deshaciendo y, un día, nos damos cuenta de que se reduce a casi nada. Tú no sabes nada de eso. Tú has cogido la vida por los cuernos. Nunca has dejado que nadie te imponga su ley.

—Nadie es realmente libre, Joséphine. Y yo no más que cualquiera. Y quizás, en cierto sentido, tú eres más libre que yo... Pero lo ignoras, eso es todo. Un día podrás tocar con tus propias manos tu libertad y, ese día, sentirás pena de mí.

—Como tú la sientes por mí en este momento...

Él sonrió y no quiso mentir.

—Es cierto, he sentido pena por ti e incluso, a veces, desagrado. Pero has cambiado. Estás cambiando. Te darás cuenta de tu metamorfosis cuando se haya completado. Siempre somos los últimos en darnos cuenta del camino que hemos recorrido. Pero estoy seguro de que un día tendrás el tipo de vida que te gusta y, esa vida, la habrás construido tú sola.

—¿Lo crees de veras?

Ella esbozó una sonrisa breve y triste.

—Eres tu enemiga más temible, Jo.

Philippe cogió el periódico, su taza de café y preguntó:

—¿Te molesta si me voy a leer a la terraza?

—En absoluto. Así podré retomar mi ensoñación. ¡Sin Sherlock Holmes a mi lado!

Él abrió el *Herald Tribune* pensando en el día anterior. Es tan fácil hablar con Jo. Hablar de verdad. Con Iris, me cierro como una ostra. Ella había propuesto ir a tomar una copa al bar del Royal. Él no había querido contrariarla y había aceptado. En realidad, no tenía más que un deseo: volver a ver a Alexandre. Había terminado de escribir su carta. ¡Qué alegría la de Alexandre cuando la recibió! Fue a Babette a la que se lo había contado. ¡Había que verlo! Estaba que parecía que iba a estallar. Se precipitó en la cocina diciéndole: «¡He recibido una carta de mi papá! ¡Una carta en la que me dice que me quiere y que me va a dedicar todo su tiempo! ¿Te das cuenta, Babette? ¿No es genial?». Agitaba la carta en el aire hasta marear. Desde entonces, Philippe había cumplido su palabra. Había prometido a Alexandre enseñarle a conducir, y todos los sábados y domingos por la mañana le llevaba a algún camino poco transitado, le sentaba sobre sus rodillas y le enseñaba a coger el volante.

Iris había pedido dos copas de champán. Una joven vestida de largo tocaba el arpa con sus largos y afilados dedos.

—¿Qué has hecho esta mañana en París?

—He estado trabajando...

—Cuéntame...

—Venga, Iris, no es interesante y, además, cuando estoy aquí, no tengo ganas de hablar de mi trabajo.

Se habían situado al borde de la terraza. Philippe observaba un pájaro: intentaba transportar un trozo de pan de molde que había debido de caer del plato que el camarero había depositado al traer las copas de champán.

—¿Y cómo está el hermoso abogado Bleuet?

—Siempre tan eficaz.

¡Y cada vez más pagado de sí mismo! El otro día, en el avión que le llevaba a Nueva York en primera clase, descontento con la cocción de su filete, había redactado un mensaje de protesta que metió en el sobre de Air France para los comentarios sobre el viaje. Antes de cerrar el sobre, había adjuntado su tarjeta de visita y... ¡el filete! Air France dobló sus puntos de fidelidad.

—¿Te importa que me quite la chaqueta y me afloje la corbata?

Ella le había sonreído y le había acariciado suavemente la mejilla con la mano. Una caricia que denotaba cierta costumbre conyugal. Afección, en verdad ternura, pero también una forma de relegarle al rango de niño impaciente. No soportaba que ella le tratase como a un niño. Sí, lo sé, eres muy guapa, eres magnífica, tienes los ojos del azul más profundo del mundo, ojos que son ejemplares únicos, un porte de sultana anoréxica, tu belleza no peligra por ninguna preocupación, reinas, soberana y serena, sobre mi amor y verificas con una palmadita en mi mejilla que todavía te pertenezco. Todo eso, en otro tiempo, pudo emocionarme, embrujarme, tomaba tu condescendencia afectuosa por una muestra de amor pero, ya ves, Iris, ahora me aburro contigo, me aburro porque toda esa belleza está construida sobre mentiras. Te conocí por culpa de una mentira y no has dejado de mentirme desde entonces. Creí, al principio, que iba a cambiarte, pero no cambiarás nunca porque estás satisfecha con lo que eres.

Sonrió ligeramente mordiéndose el labio e Iris interpretó mal su gesto:

—Nunca me dices nada...

—¿Qué quieres que te diga? —preguntó siguiendo los progresos del pájaro, que se había empeñado en el trozo de pan e intentaba cogerlo con su pico.

Iris lanzó un hueso de aceituna sobre el pájaro, que intentó volar llevándose el botín. Sus esfuerzos por despegar eran patéticos.

—¡Qué mala eres! Quizás sea la cena de toda su familia.

—¡Eres tú el malo! Ya no me hablas.

Refunfuñó, se enrabietó, se enfurruñó, pero él le dio la espalda y sus ojos volvieron al pájaro, que, constatando que ya no le atacaban, había depositado su fardo y trataba de cortarlo en dos con pequeños picotazos. Philippe sonrió, se relajó y estiró los brazos soltando un suspiro de alivio.

—¡Ay! ¡Por fin lejos de París!

La observó con el rabillo del ojo: seguía enfurruñada. Ya conocía esa actitud que gritaba: ocúpate de mí, mírame, soy el centro de la Tierra. Ya no es el centro de la Tierra. Me he cansado. Me canso de todo: de mis negocios, de mis compañeros de trabajo, del matrimonio. El abogado Bleuet me ha presentado un asunto formidable y apenas le he escuchado. Ya no me gusta la pareja que formamos. Estos últimos meses han sido particularmente tristes y vacíos. ¿Soy yo el que ha cambiado o ha sido ella? ¿Soy yo el que ya no se contenta con las sobras que ella tiene a bien concederme? En todo caso, hay que constatar que ya no pasa nada. Y, sin embargo, continúa. Pasamos el verano juntos, en familia. ¿Estaremos juntos todavía el verano que viene? ¿Habré pasado página? Sin embargo, no tengo nada que reprocharle. Muchos hombres deben envidiarme. Algunos matrimonios segregan un suave aburrimiento que se vuelve una especie de anestesia. Seguimos porque no tenemos la fuerza ni la energía para marcharnos. Hace algunos meses, no sé por qué, me desperté. ¿A causa de mi encuentro con John Goodfellow? ¿O lo encontré precisamente porque me había despertado?

El pájaro había conseguido dividir su comida en dos y voló tan veloz que desapareció del suelo rápidamente. Philippe miró la mitad que había dejado en tierra: volverá, volverá, siempre se vuelve a donde está el botín.

* * *

—¡Papá, papá! ¿Me dejarás conducir hoy? —gritó Alexandre al ver a su padre en la terraza.

—Te lo prometo, hijo. Iremos cuando quieras.

—¡Y nos llevamos a Zoé! No se cree que sé conducir.

—Pregunta a Jo si está de acuerdo.

Alexandre volvió a la cocina y pidió autorización a Joséphine, que se la concedió con alegría. Desde que no estaba permanentemente con Max, Zoé se había convertido en la niñita de antes. Había vuelto a su edad, ya no hablaba de maquillaje ni de chicos. Había vuelto a sus antiguas costumbres con Alexandre; habían inventado un lenguaje secreto que sólo era secreto para ellos. *The dog is barking* significaba atención peligro, *the dog is sleeping,* todo va bien, *the dog is running away,* ¿y si vamos de paseo? Los padres hacían como que no lo entendían y los niños adoptaban un aire misterioso.

Joséphine había recibido una postal de la señora Barthillet. Alberto le había encontrado un apartamento amueblado en la calle Martyrs, cerca de su empresa. Le daba su nueva dirección. «Todo va bien. Hace bueno. Max pasa el verano con su padre, que hace queso de cabra en el Macizo Central con su novia. Le gusta mucho trabajar con los animales y su padre habla de quedárselo, lo que me vendría bien. Le deseo lo mejor, Christine Barthillet».

—¿A qué día estamos hoy? —preguntó Joséphine a Babette, que entraba en la cocina.

—A 11 de julio. Todavía es un poco pronto para tirar petardos.

«Todavía es un poco pronto para tirar petardos». Dos días después sería el aniversario de la muerte de su padre. No olvidaba nunca esa fecha.

—¿Qué hacemos hoy para comer? ¿Tiene usted alguna idea? —preguntó Babette.

—Ninguna. ¿Quiere usted que vaya al mercado?

—No. Ya iré yo, estoy acostumbrada. Era sólo por saber si había algo que le gustase.

Carmen se tomaba las vacaciones en julio. En París. Se ocupaba de su anciana madre, una señora irascible que sufría un enfisema pero que conservaba su cabeza perfectamente. Había reducido a su hija a la esclavitud, le había impedido hacer su vida. Joséphine estaba más a gusto con Babette. Carmen la intimidaba. Sus maneras de gobernanta estilizada la paralizaban. Tenía siempre la impresión de tener la espalda encorvada o un dedo en la nariz en su presencia.

—Es usted muy amable, Babette. ¿Qué tal está su hija?

—¿Marilyn? Está bien. Va a terminar una formación de secretaria de dirección. Tiene el cerebro bien colocado. No como yo.

—Está usted orgullosa de ella...

—¡Todavía no me creo que tenga una hija inteligente! Y buena. Me ha tocado la lotería. Nunca se sabe antes de tenerlos, ¿verdad?

Había abierto el frigorífico para comprobar lo que faltaba. Volvió a sentarse para hacer una lista de la compra, buscó un lápiz, tanteando entre los objetos que había sobre la mesa, de repente recordó que tenía uno con el que se recogía el pelo y lo cogió echándose a reír.

—¡Qué tonta puedo llegar a ser! Me olvido de todo. Anda, eso me recuerda a algo: he encontrado esto en el bolsillo de los vaqueros de su hija. ¡He estado a punto de meterlo en la lavadora!

Exhibía un teléfono móvil que colocó sobre la mesa.

—No deberían llamarse móviles sino «perdibles». Yo ya he tirado dos al agua mientras limpiaba los váteres.

—Debe usted de equivocarse, Babette, mis hijas no tienen móvil.

—No quiero contradecirla, pero este pertenece sin duda a Hortense. Estaba en el bolsillo de sus vaqueros.

Joséphine contempló el móvil extrañada.

—Hágame un favor, Babette, no diga usted nada. Vamos a ver cómo reacciona.

Cogió el teléfono y se lo guardó en el bolsillo. Babette la miró con una sonrisa cómplice.

—No sabe usted de dónde viene, ¿verdad?

—Verdad. Y como no tengo ganas de disparar la primera, voy a esperar a que se descubra.

* * *

El 13 de julio, al final de la mañana, Joséphine volvía de correr por el bosque. La brisa procedente del mar levantaba sus cabellos, que caían en finas colas sobre la punta de su nariz, y su camiseta naranja se le pegaba a la piel, dibujando unas feas manchas de transpiración. El sudor le turbaba la vista y le picaba en los ojos.

Harta de pensar «hace treinta años que murió papá, hace treinta años que murió papá, hace treinta años que murió papá», se había calzado sus playeras y se había ido a correr. ¡Cuarenta y cinco minutos! ¡Había aguantado cuarenta y cinco minutos! Miró su reloj y se felicitó. Correr le ayudaba a pensar. Sus pensamientos se desplegaban a medida que sus zancadas se amplificaban. Había llovido durante la noche. Sentía el olor a tierra mojada, el olor que intensifica todos los olores, los que exhalan el helecho, la madreselva, el musgo, las setas, las hojas muertas en un abanico de aromas y, por encima de todo, una bruma vaporizada en el aire, el olor salado a mar que venía a posarse sobre su rostro y que ella lamía sacando la lengua. Corría escuchando al pájaro que gritaba «fiu, fiu, fiu», y ella escuchaba «deprisa, deprisa, deprisa» y aceleraba el paso. O el que le decía «que sí, que sí, que sí...», y hablaba con su padre. Papá, papaíto, estás ahí, hazme una señal... «que sí, que sí, que sí». ¿Va a responder pronto el editor? ¿Qué está haciendo? Hace quince días que lo ha recibido. «Que sí, que sí...», respondía el pájaro. Estaría bien que diera su respuesta hoy, eso querría decir que velas sobre el manuscrito. Ayer, su madre había llamado y hablado con Iris durante mucho tiempo. «Mamá piensa que Chef tiene una amante», había susurrado Iris a Jo. «¿Te imaginas a Chef en la cama?». Ella se había puesto el dedo en la boca para no hablar delante de los niños y habían conversado las dos en la cocina, cuando todo el mundo se había acostado. «Le encuentra cambiado, excitado, rejuvenecido. Parece ser que se pone cremas de belleza, se tiñe el pelo, ha perdido barriga y duerme fuera de casa. Mamá presiente a la rival. Ha encontrado una foto de Chef abrazando a una mujer. Una morena voluptuosa con escote generoso y largos cabellos negros. Una jovencita. Detrás de la foto, había garabateado un nombre, Natacha, y un corazón. La foto provenía de una cena en el Lido. Parece ser que se arruina con ella y hace pasar las facturas como gastos de representación. ¡A su edad! ¡Te das cuenta!». «¿Qué va a hacer ella?», había preguntado Joséphine, recordando la escena entrevista en el andén de la estación.

Josiane era rubia, regordeta y había pasado la edad de ser llamada jovencita. Así que tiene varias amantes, pensó casi con admiración. ¡Qué naturaleza!

«¡Pretende tener un misil contra él! Le da igual que le engañe, pero si quiere divorciarse, le lanzará su misil». «¿Un misil? —había preguntado Joséphine—. ¿De qué puede tratarse?». «Un asunto de abuso de bien social. Ha encontrado unos papeles muy comprometedores. Es cierto que pueden hacer daño este tipo de cosas. Más le vale tener cuidado si no quiere acabar arruinado y en la primera página de los periódicos».

¡Pobre Chef!, pensaba Joséphine mirando el poste rojo que marcaba la entrada de la propiedad de los Dupin, tiene derecho a enamorarse, ¡no ha debido de tener muchas ocasiones de divertirse con nuestra madre! En el cielo flotaban algodonosas nubes que dibujaban manchas blancas y redondas sobre el azul.

Iris la esperaba triunfante, al pie de la escalera de la casa, vestida con el último modelo de polo Lacoste y un pantalón corto blanco. Sus inmensos ojos azules parecían aún más grandes cuando estaba bronceada. Lanzó una mirada piadosa hacia la indumentaria de Joséphine y anunció con orgullo:

—¡Cric y Croc se comieron al gran Cruc, que creía poder comérselos!

Joséphine se dejó caer en los escalones y, secándose la frente con su camiseta, preguntó:

—¿Has conseguido por fin hacer un suflé?

—Frío.

—¿Alexandre ha conducido por primera vez solo alrededor de la casa?

—Aún más frío.

—¿Esperas un bebé?

—¿A mi edad? ¡Estás loca!

De pronto, levantó la cabeza hacia su hermana y comprendió.

—Serrurier ha llamado.

—¡Bingo! ¡Y LE ENCANTA!

Joséphine rodó por tierra y se quedó tumbada, con los brazos en cruz, mirando las nubes pintando el cielo. Dibujó las letras «¡Y LE ENCANTA!». ¡Lo había conseguido! Florine iba a nacer por segunda vez. Y Guillermo y Thibaut y Balduino y Guibert y Tancredo. Hasta ahora eran sólo figurines guardados en una caja, envueltos en papel de seda, esperando el golpe de varita mágica... Iban a poder animarse y posarse en los estantes de las librerías y bibliotecas.

Iris se plantó delante de ella, firmemente colocada a sus pies. Sus largas piernas bronceadas y finas dibujaban una V invertida, la V de la victoria.

—Le encanta. Ninguna corrección. Todo perfecto. Salida en octubre. Gran tirada. Éxito para las fiestas. Gran campaña publicitaria. Anuncios en la radio. Anuncios en la tele. Anuncios en los periódicos. Carteles. Autobuses. ¡Publicidad por todas partes!

Levantó los brazos al cielo y, dejándose caer al lado de Jo, rodó por tierra.

—¡Lo has conseguido, Jo! ¡Lo has conseguido! ¡Se ha caído de culo! ¡Anonadado! ¡Gracias! ¡Gracias! ¡Eres magnífica, eres maravillosa, eres increíble!

—Hace justo treinta años moría papá. «Los petardos del 14 de julio...». Es a él a quien hay que darle las gracias.

—¿Ah, sí? ¿Hace treinta años?

—Hoy.

—Sí, ¡pero eres tú la que ha escrito el libro! Esta noche, nos vamos de juerga. Vamos al restaurante. Bebemos champán, comemos caviar a cucharadas, cangrejos y profiteroles con chocolate.

—He corrido pensando en él, le he pedido que me echara una mano para el libro y...

—¡Para! ¡Eres tú la que ha escrito el libro, no él! —dijo Iris con un tono de molestia en su voz.

Pobre Jo. Triste Jo. Presa de sentimientos e ilusiones de pacotilla. Jo y su insaciable necesidad de amar, de compartir con otra persona. Jo que nunca se reconocía ningún mérito. Iris se encogió de hombros y su mente volvió al libro. Ahora era su turno. Ella cogía el testigo.

Se apoyó sobre los codos y declaró:

—A partir de ahora, soy una escritora. Voy a tener que pensar como una escritora, comer como una escritora, dormir como una escritora, peinarme como una escritora, vestirme como una escritora.

—¡Hacer pis como una escritora!

Iris no lo escuchó. Perdida en sus pensamientos, esbozaba planes de carrera. Se detuvo bruscamente y pensó.

—¿Cómo voy a hacer todo eso?

—Ni idea. Dijimos que nos repartíamos los papeles. ¡Es tu turno!

Intentaba hablar de forma desenvuelta, pero el corazón no le seguía.

Esa misma noche, Philippe, Iris y Jo fueron a cenar al Cirro's. Philippe aparcó su enorme berlina entre dos coches frente al mar. Iris y Joséphine tuvieron que retorcerse para salir. Iris rozó con la mano la carrocería de un coche rojo descapotable. Un hombre moreno, con chaqueta de ante beige y bigotito fino, rugió: «¡Tenga cuidado! ¡Es mi coche!».

Iris le miró con altivez y no respondió.

—¡Menudo imbécil! —murmuró alejándose—. Por poco nos exige hacer un parte. Qué quisquillosos son los hombres con su coche. Te apuesto a que va a cenar sobre el capó para que nadie se le acerque.

Se alejó haciendo palmear sus sandalias Prada y Joséphine la siguió encorvada. Luca cogía el autobús. Luca llevaba una vieja parka. Luca se afeitaba cada tres días. Luca no rugía. Había vuelto a la biblioteca a finales de junio y habían retomado sus largas pausas en la cafetería.

«¿Qué hace usted este verano?», había preguntado hundiendo sus tristes ojos en los suyos. «Voy a casa de mi hermana en el mes de julio, en Deauville. En el mes de agosto, no lo sé. Las niñas estarán en casa de su padre...». «Entonces la esperaré. Me quedo aquí todo el verano. Voy a poder trabajar en paz. Me gusta el verano en París. Parece una ciudad extranjera. Y, además, la biblioteca está vacía, no hay que esperar para coger los libros...».

Habían quedado a primeros de agosto, y Joséphine se había ido feliz con la idea de volver a verle.

Iris pidió champán y levantó el vaso a la salud del libro.

—Esta noche me siento como la madrina de un barco que va a ser botado —manifestó pomposa—. Deseo al libro larga vida y prosperidad...

Philippe y Joséphine brindaron con ella. Probaron en silencio sus copas de champán rosado. Un ligero vaho empañaba el borde de los vasos, ornándolo con un color irisado. El teléfono de Philippe sonó. Miró el número y declaró «tengo que cogerlo». Se levantó y fue a hablar al porche. Iris metió la mano en su bolso y sacó un hermoso sobre blanco acartonado.

—Para ti, Jo. Para que, para ti también, esta noche sea una fiesta.

—¿Qué es? —preguntó Joséphine extrañada.

—Un regalito... que te hará la vida más fácil.

Joséphine cogió el sobre, lo abrió, sacó una tarjeta adornada de rosa en la que se leía en letras doradas la gran caligrafía de Iris: «*Happy you! Happy book! Happy life!*». Había un cheque plegado en el interior de la tarjeta. Veinticinco mil euros. Joséphine enrojeció y lo metió todo en el sobre mortificada. El precio de mi silencio. Se mordió los labios para no llorar.

No tuvo agallas para balbucear un agradecimiento. Percibió a Philippe, que la observaba de lejos; había terminado su conversación y volvía con ellas. Se obligó a sonreír.

Iris se levantó e hizo grandes gestos en dirección a una chica que se dirigía a una mesa al borde de la playa.

—¡Eh! ¡Pero si es Hortense! ¿Qué hace aquí?

—¿Hortense? —preguntó Joséphine.

—Claro... mira.

Gritó en dirección de Hortense. Hortense se detuvo y caminó hacia ellos.

—¿Qué estás haciendo aquí, querida? —preguntó Iris.

—He venido a saludaros. Babette me dijo que cenabais aquí y no quería quedarme sola con los dos pequeños...

—Siéntate con nosotros —dijo Iris señalándole un sillón.

—No, gracias. Voy a ir a ver a mis amigos, que están en el bar de al lado.

Dio la vuelta a la mesa, besó a su tía, a su madre, a su tío, y preguntó a Joséphine:

—¿Me das permiso, mamaíta? ¡Estás muy guapa esta noche!

—¿Tú crees? —dijo Joséphine—. Y, sin embargo, no tengo nada especial. Sí, he corrido esta mañana, quizás sea eso...

—Debe de ser eso. Venga... ¡Hasta luego! Divertíos mucho.

Joséphine la vio desaparecer, intrigada. Me está escondiendo algo. No es normal que Hortense me haga un cumplido.

—Vamos —dijo Philippe—. ¡A la salud del libro!

Levantaron sus copas. El camarero trajo las cartas para que pidiesen.

—Les recomiendo los langostinos, esta noche están deliciosos...

—De hecho —preguntó Philippe—, ¿cómo se llama ese libro?

Joséphine e Iris se miraron estupefactas. No habían pensado en el título.

—¡Dios! —dijo Jo—. Eso es cierto, ¡no he pensado en el título!

—Y, sin embargo, ¡anda que no te he preguntado! —la cortó Iris—. ¡Siempre me dijiste que eras muy buena con los títulos y no me has encontrado uno!

Intentó borrar la metedura de pata de Joséphine. Insistió y dijo:

—Mira que hace tiempo que te pasé el manuscrito suplicándote que me hicieses sugerencias, ¡y nada!, ¡nada de nada! Me lo habías prometido, Jo, no está nada bien.

Joséphine, con la nariz hundida en la carta, no se atrevía a mirar a Philippe. Él la miraba sin decir nada, la mirada llena de cólera. Esa escena le recordaba otra de hace quince años. La ambición es una pasión devastadora, pensó. El avaro se alimenta de oro, el libertino de carne, el orgulloso de vanidad, pero el ambicioso que no ha triunfado ¿de qué se nutre si no es de sí mismo? Se pudre, se destruye lentamente, nada puede apagar su sed de brillar, de triunfar. Está dispuesto a venderse o a apoyarse en el alma o el talento de otros para alzarse hasta el éxito. Lo que no conseguía hacer ella misma, Iris se lo mandaba hacer a otros y se apropiaba de una gloria obtenida por procuración. Había estado a punto de lograrlo una vez. Volvía a la carga y, esta vez, la víctima consentía. Su mirada cayó sobre Joséphine, que disimulaba detrás de la carta.

—Tienes la carta equivocada, Jo. Esa es la de vinos...

Ella balbuceó, murmuró «lo siento, me he equivocado».

Philippe salió en su ayuda.

—¡No importa! No vamos a aguar tu fiesta, ¿verdad, querida? —dijo volviéndose a Iris.

Había dado un ligero énfasis al «tu», y después su voz había ascendido en ligera ironía para terminar en ese «querida» suave y cortante.

—Vamos, Jo —prosiguió—, ¡sonríe! Ya encontraremos ese título.

Brindaron de nuevo mientras el camarero volvía a ponerse a su lado para anotar su comanda. Se levantó una ligera brisa, los toldos de los parasoles temblaron, la arena se desplazó estremeciéndose. Se respiraba el olor del mar que disimulaban los setos plantados en grandes jardineras de madera blanca. Un fresco súbito descendió sobre los comensales. Iris tembló y se ajustó el chal sobre los hombros.

—Hemos venido a festejar, ¿no? Entonces, ¡por el éxito del libro y por el de nosotros tres!

CUARTA PARTE

—¿Qué hace usted que los demás no hagan?

—Todavía mamo de mi madre.

—¿Qué le falta para ser feliz?

—Un hábito de carmelita.

—¿De dónde viene usted?

—He caído del cielo.

—¿Es usted feliz?

—Sí... para alguien que quiere suicidarse todos los días.

—¿A qué ha renunciado?

—A ser rubia.

—¿Qué hace usted con su dinero?

—Lo doy. El dinero trae mala suerte.

—¿Cuáles son sus placeres favoritos?

—Sufrir.

—¿Qué le gustaría recibir por su cumpleaños?

—Una bomba atómica.

—Cite tres contemporáneos que deteste.

—Yo, yo y yo.

—¿Qué defiende usted?

—El derecho a destruirme.

—¿Qué es usted capaz de rechazar?

—Todo lo que se me quiera imponer por la fuerza.

—¿Qué ha sido usted capaz de hacer por amor?

—Todo. Cuando se está enamorado, el noventa y ocho por ciento del cerebro no funciona.

—¿De qué le sirve el arte?

—Para esperar a que caiga la noche.

—¿Qué es lo que más le gusta de usted misma?

—Mis largos cabellos negros.

—¿Sería usted capaz de sacrificarlos por una causa?

—Sí.

—¿Cuál?

—Todas las causas defendidas con sinceridad son buenas.

—Si yo le pidiese que los sacrificara ahora, ¿lo haría?

—Sí.

—¡Que me traigan unas tijeras!

Iris no se inmutó. Sus grandes ojos azules miraban a la cámara de televisión y su cara no demostraba ninguna aprehensión. Veintiuna horas. Una gran cadena pública. Toda Francia la miraba. Había respondido bien, no había olvidado ningún efecto. Una asistente trajo sobre una bandeja un gran par de tijeras. El presentador las cogió y, acercándose a Iris, le preguntó:

—¿Sabe usted lo que voy a hacer?

—Le tiemblan las manos.

—¿Acepta usted y no pondrá denuncia alguna? Diga sí, lo juro.

Iris extendió la mano y pronunció las palabras «sí, lo juro» con un tono poco propio de ella. El animador tomó las tijeras con fuerza y las mostró a la cámara. Los asistentes contenían la respiración. El hombre hizo un ligero movimiento hacia atrás y se situó de nuevo frente a la cámara blandiendo las tijeras. Parecía que se movía a cámara lenta. Que hacía durar ese suspense insostenible, esperando que Iris se levantase y protestase. ¡Ay! ¡Si pudieran cortar y poner anuncios! Qué caro se pagaría el minuto. En mi próxima emisión, la demanda de publicidad va a explotar. Después se acercó, acarició la larga melena de Iris, la sopesó, los extendió sobre sus hombros y dio el primer tijeretazo. Hizo un ruido sordo, un chirrido de metal y seda. El hombre se echó hacia atrás, soltando la masa de cabellos que sostenía. Se volvió hacia el público, blandiendo su trofeo. Se escuchó un murmullo de estupefacción y horror. Iris no se movió. Permaneció erguida, indiferente, sus grandes ojos abiertos. Una ligera sonrisa se dibujó en sus labios, sugiriendo un éxtasis. El hombre levantó otros mechones de espeso pelo, negro, brillante. Los acarició y acercó las tijeras. Los mechones de pelo caían sobre la larga mesa oval. Los otros invitados se echaban hacia atrás como si no quisieran ser cómplices de esa ejecución audiovisual.

El silencio era total. El realizador emitía planos de espectadores estupefactos que intercalaba entre cada tijeretazo.

Sólo se oía eso, el filo de las tijeras entre la sedosa masa de pelo. Producía un chirrido regular, terrorífico. Ni una sola voz se levantó para protestar. Ni un solo grito. Sólo un estupor general que se filtraba entre los labios cerrados de los espectadores como un murmullo sordo.

El presentador cortaba ahora sin ambages la masa de pelo como un jardinero armado con una podadora siega un seto. El ruido de las tijeras se había hecho más suave, más brutal. Los filos plateados bailaban por encima de la cabeza de Iris como un ballet metálico. Matas de pelo se resistían y el hombre se encarnizaba con un ímpetu de trabajador celoso. La audiencia iba a explotar. Iba a salir en todos los zappings de la semana. Sólo se iba a hablar de su programa. Se imaginaba los títulos, los comentarios, los celos de sus colegas.

Dejó caer, por fin, las largas tijeras y proclamó triunfante:

—Señoras y señores, Iris Dupin acaba de probar que ficción y realidad son sólo una, pues...

Se detuvo ante la salva de aplausos que se elevaba hacia él, liberando la angustia de todos los que habían asistido, atónitos, a la escena.

—Pues, en su libro, Iris Dupin habla de una joven mujer, Florine, quien, para escapar del matrimonio, ¡se afeita la cabeza! Lo publica ediciones Serrurier, el libro se llama *Una reina tan humilde* y es la historia de... ¿Hago yo el resumen o lo hace usted?

Iris se inclinó diciendo:

—Lo hará usted muy bien, ha comprendido perfectamente a mi protagonista...

Se pasó la mano por el pelo y sonrió. Luminosa y serena. Qué importancia tienen unos centímetros menos de pelo. Mañana el libro será un bombazo, mañana todas las librerías de Francia suplicarán al editor que les envíe inmediatamente miles y miles de ejemplares de *Una reina tan humilde*, sólo me queda subrayar que no se trata de la historia de una reina de Francia, sino de una reina de corazones. El editor le había recomendado que, sobre todo, no olvidara ese detalle. No se fueran a imaginar que se trataba de un relato histórico, déjeles bien claro que es como la imagen de un tapiz, varios hilos y varias historias unidas a la Historia con mayúscula y que nos traslada al siglo XII, a los tiempos oscuros de los castillos y, a partir de ahí, puede añadir detalles, expresiones, algo de sexo, de emoción... Puede sonrojarse, soltar alguna lágrima, hablar de Dios, está muy bien hablar de Dios en este momento, del Dios de nuestros ancestros, de la Francia de entonces, de la ley de Dios, de la ley de los hombres, en fin, confío en usted, ¡estará usted magistral! No había previsto que ella se dejaría cortar el pelo en directo. Iris saboreaba su triunfo, la expresión humilde, los ojos bajos, concentrada en la historia que desgranaba el presentador.

Ya que esto es un circo, ya que estoy en la arena, mejor ser la reina del circo, pensó escuchando distraídamente al presentador. Un último recordatorio del título del libro, del editor, una última vez su nombre ovacionado por el aforo, que se levantó como los romanos en los juegos del Coliseo. Iris se inclinó para dar las gracias, descendió de la silla en la que estaba encaramada y volvió a los pasillos del plató.

La jefa de prensa, al teléfono, levantó el pulgar radiante. ¡Victoria!

—¡Hemos ganado, querida! Has estado magnífica, heroica, divina —añadió cerrando la mano sobre su móvil—, están llamando todos, los periódicos, las radios, las otras cadenas, ¡te quieren, están como locos, hemos ganado!

* * *

En el salón de Shirley, reunidos en torno a la televisión, Joséphine, Hortense, Zoé y Gary miran el programa.

—¿Estás segura de que esa es Iris? —preguntó Zoé con vocecita inquieta.

—Pues... sí.

—¿Por qué ha hecho eso?

—Para vender —contestó Hortense—. ¡Y va a vender! ¡No se va a hablar más que de ella! ¡Qué golpe de efecto!

—¿Crees que era premeditado? ¿Que habían organizado todo con el periodista? —preguntó a Shirley.

—A tu tía la creo capaz de todo. Pero, aquí, debo confesar que me he quedado de piedra.

—*She knocks me down too!** —balbuceó Gary—. Es la primera vez que veo eso en la tele. Quiero decir no en una película, porque lo de Juana de Arco ya lo he visto, pero, bueno, era una actriz y llevaba peluca.

—¿Quieres decir que se ha quedado sin pelo de verdad? —se asustó Zoé al borde de las lágrimas.

—Creo que sí.

Zoé miró a su madre, que no había dicho nada.

—Pero eso es horrible, mamá, es horrible. ¡Nunca escribiré un libro y nunca iré a la tele!

—Tienes razón, es horrible... —consiguió decir Joséphine antes de salir corriendo al baño de Shirley para vomitar.

—Fin de la película y hasta la próxima —soltó Shirley apagando la tele—. Pues, en mi opinión, esto no ha hecho más que comenzar.

Escucharon la cadena del váter en el baño y Joséphine volvió, lívida, secándose la boca con el reverso de la mano.

—¿Por qué se ha puesto mala mamá? —susurró Zoé a Shirley.

—De ver a tu tía actuar así. Vamos, poned la mesa, que voy a sacar mi pollo de corral, que ya debe de estar dorándose en el horno. Menos mal que ha salido la primera, si no se habría carbonizado.

Gary se levantó el primero y su metro noventa y dos se desplegó de golpe. Joséphine no conseguía acostumbrarse. No lo había reconocido cuando volvió en septiembre. Lo había visto de espaldas

* ¡Me deja de piedra!

en el portal del edificio y había pensado que era un nuevo inquilino. Había crecido aún más y le sacaba a su madre una cabeza y media. También se había fortalecido. Sus hombros parecían estallar dentro de su camisa de cuadros abierta sobre una camiseta negra, donde podía leerse «*Fuck Bush*». Ya no había nada del adolescente del que se había despedido a principios de julio. Su media melena de pelo negro encuadraba su rostro y subrayaba el verde de sus ojos, sus dientes eran blancos y bien alineados. Una ligera barba marcaba su mentón. Su voz había mudado. ¡Casi diecisiete años! Se había convertido en un hombre, pero conservaba aún, por momentos, la gracia torpe del adolescente que surgía en una sonrisa, en una forma de meterse las manos en los bolsillos o de balancearse con los pies. Unos meses más y pasaría definitivamente al lado de los adultos, había pensado ella observando cómo se movía. Tiene una clase innata, se desplaza con elegancia, quizás sea verdaderamente «*royal*», después de todo.

—No sé si voy a poder comer algo —dijo Joséphine sentándose a la mesa.

Shirley se inclinó y susurró al oído de Jo «¡serénate, se van a preguntar por qué te pones en ese estado!».

Shirley le había contado a Gary el secreto de Joséphine. «¡Pero no se lo digas a nadie!». «Te lo juro», había respondido él. Podía confiar en él: sabía guardar un secreto.

Habían pasado un verano magnífico juntos. Dos semanas en Londres y cuatro en Escocia, en una casa solariega que les había prestado un amigo. Habían cazado, pescado, dado largos paseos por las verdes colinas. Gary pasaba todas las veladas con Emma, una chica que trabajaba durante la jornada en el pub del pueblo. Una noche, él había vuelto y le había dicho a su madre «*I did it*» con una sonrisa de bestia saciada. Habían brindado por la nueva vida de Gary. «La primera vez —había dicho Shirley— no es gran cosa, pero, ya verás, ¡cada vez será mejor!». «No estuvo mal. Con el tiempo que llevaba muerto de ganas... Sabes, es curioso, pero ahora tengo la impresión de estar en igualdad con mi padre». Había estado a punto de añadir: «Háblame de él», pero ella había visto morir la pregunta entre sus labios. Todas las noches iba a encontrarse con Emma, que vivía en una pequeña habitación encima de la taberna. Shirley encendía el fuego en la gran sala de armas y, acurrucada sobre el sofá situado frente al hogar, cogía un libro. A veces, se citaba con el hombre. Había venido a pasar dos o tres fines de semana con ella. Se encontraban en el ala oeste del castillo, cuando caía la noche. Nunca se había cruzado con Gary.

Miró a Gary, que terminaba de poner la mesa. Sorprendió a Hortense mirando a Gary y sonrió satisfecha. ¡Ja! Va a dejar de ser el perrito faldero de antaño. *Well done, my son!**

Ha cambiado algo en Gary, se decía Hortense. Por supuesto, ha crecido, se ha desarrollado, pero hay otra cosa. Como si hubiese ganado una nueva autonomía. Como si ya no estuviese a mi merced. No me gusta que mis pretendientes me ignoren, pensó mientras tocaba su móvil hundido en el bolsillo de sus vaqueros.

Ella también ha cambiado, pensó Shirley mirándola. Es guapa y se ha vuelto peligrosa. Segrega una sensualidad turbia. Sólo Jo no se ha dado cuenta y continúa tratándola como a una niña pequeña. Regó el pollo con la salsa de la bandeja, constató que estaba bien hecho, bien dorado, y lo depositó sobre la mesa. Preguntó quién quería pechuga y quién quería muslo. Las niñas y Gary levantaron la mano para reclamar la pechuga.

—¿Nos quedamos los muslos para nosotras? —dijo Shirley a Jo, que contemplaba el pollo con cara de disgusto.

—Te doy mi parte —dijo Jo rechazando su plato.

—Mamá, tienes que comer —ordenó Zoé—. Has adelgazado demasiado, no está bien, sabes, has perdido tus hoyuelos.

—¿Has hecho el régimen de la señora Barthillet? —preguntó Shirley sirviendo los trozos de pechuga.

—He trabajado en agosto y no he comido mucho. Hacía tanto calor...

Y me he pasado el tiempo buscando a Luca en la biblioteca, consumiéndome esperándole, no podía tragar nada.

—¿No ha salido un poco pronto el libro? —preguntó Shirley.

---

* Bien hecho, hijo mío.

—El editor prefirió jugar la carta de la *rentrée* literaria.

—Eso es que debía de estar muy seguro de la obra.

—¡O de ella! Y ahí está la prueba: tenía razón... —murmuró Jo.

—¿Tienes noticias de los Barthillet? —preguntó Shirley deseosa de cambiar de conversación.

—Ninguna, y lo llevo muy bien.

—Max no ha vuelto al instituto —suspiró Zoé.

—Mejor. Ejercía una influencia malísima sobre ti.

—No es un mal tío, Jo —intervino Gary—, sólo que está un poco colgado... Hay que decir que con los padres que tiene que aguantar, ¡no le ha tocado la lotería! Ahora se ocupa de las cabras de su padre. No debe de ser muy divertido. Tengo un colega que le conoce bien y que ha tenido noticias suyas. Ha dejado el colegio y se ha reconvertido al queso. *Good luck!*

—Al menos está trabajando —dijo Hortense—. Es algo raro hoy en día. Yo me he matriculado en teatro. Eso me ayudará a enfrentarme a la vida...

—Como si te faltara seguridad en ti misma —rio Shirley—. ¡Yo de ti hubiese escogido más bien clases de humildad!

—¡Qué graciosa, Shirley! Haces que me muera de risa.

—Te estoy picando, querida...

—De hecho, mamá, tengo que suscribirme a algunas revistas para estar al corriente de las últimas tendencias. Ayer, fui con un amigo a Colette y es fantástico.

—No hay problema, cariño. Yo te haré la suscripción... ¿Qué es eso de «Colette»?

—Una tienda súper de moda. He visto una chaquetita de Prada preciosa. Un poco cara pero muy bonita... Evidentemente, aquí sería demasiado vistosa, pero cuando vivamos en París, será perfecta.

Shirley soltó su hueso de pollo y se giró hacia Jo.

—¿Vais a mudaros?

—Hortense tiene muchas ganas y...

—¡Yo no quiero ir a París! —gruñó Zoé—. Pero a mí no me piden opinión.

—¿Te irías de aquí? —preguntó Shirley.

—No hemos llegado a eso, Shirley. Tendría que ganar mucho dinero.

—Es posible que llegue ese momento mucho antes de lo que te crees —dijo Shirley, señalando el televisor apagado con el rabillo del ojo.

—¡Shirley! —protestó Joséphine para hacerla callar.

—Perdona... Es la emoción. Tú eres toda mi familia. Sois toda mi familia. Si os mudáis, os seguiré.

Zoé empezó a dar palmas.

—¡Sería magnífico! Viviríamos en un piso grande...

—No hemos llegado a eso —concluyó Joséphine—. Comed, niñas, se va a enfriar.

Saborearon el pollo en silencio. Shirley apuntó que era buena señal: les gustaba. Se lanzó entonces a dar una larga explicación sobre la compra de un buen pollo criado en granja, en qué marcas se podía confiar, lo que significaban, el tamaño de las jaulas, la calidad de la alimentación, y fue interrumpida por la música de un móvil.

Como nadie hizo un gesto para responder, Joséphine preguntó:

—¿Es el tuyo, Gary?

—No, lo he dejado en mi habitación.

—¿Es el tuyo, Shirley?

—No, no es mi música...

Joséphine se volvió entonces hacia Hortense, que terminó de comer lo que tenía en la boca, se limpió los labios con la punta de la servilleta y respondió con tono indiferente:

—Es el mío, mamá.

—¿Y desde cuándo tienes móvil?

—Me lo ha prestado un amigo. Tiene dos...

—¿Un amigo que te paga las llamadas?

—Sus padres. Están forrados.

—Ni hablar de eso. Vas a devolvérselo y te compraré uno...

—¿Para mí también? —imploró Zoé.

—No. Tú esperarás a tener trece años...

—¡Estoy harta de ser pequeña! ¡Estoy harta!

—Qué buena eres, mamá —intervino Hortense—, pero mientras tenga este, prefiero conservarlo... Ya veremos después.

—Hortense, ¡vas a devolverlo inmediatamente!

Hortense hizo una mueca y soltó «si eso es lo que quieres...». Después se preguntó qué permitía a su madre ser tan generosa. Habría empezado una nueva traducción, quizás... Iba a tener que pedirle que le aumentara su paga. No era algo urgente. Por el momento, él le pagaba todo lo que ella quería, pero, el día en el que se cansase de él, estaría bien tener algo ahorrado.

* * *

De ese primero de octubre, Josiane se iba a acordar el resto de su vida.

El ruido de sus tacones sobre las losetas irregulares del patio resonaría mucho tiempo en su memoria. ¡Qué día! No sabía si reír o llorar.

Había llegado la primera al despacho, se había refugiado en los servicios y había hecho el test de embarazo que había comprado al pasar por la farmacia de la avenida Niel, en la esquina de la calle Rennequin. Tenía retraso: hacía diez días que tenía que haberle bajado la regla. Cada mañana se levantaba con aprensión, levantaba su camisón, separaba las piernas y contemplaba el trocito de algodón blanco de sus bragas. ¡Nada! Juntaba las manos y rezaba para que fuera «eso»: el pequeño Grobz con los patucos azules o rosas que le pondrían. Si eres tú, amor mío, ya verás, ¡te voy a hacer una casa preciosa!

Esa mañana, en los servicios del primer piso, esperó diez minutos, sentada en el trono, recitando todas las oraciones que conocía, rogando a Dios y a todos los santos, los ojos levantados al techo como si el cielo fuese a abrirse, después miró la ventanita del test: Bingo, Josiane, esta vez sí, ya está, el divino niño ha dejado su petate dentro de ti.

Fue una explosión de alegría. Una burbuja explotó en su pecho y la inundó de felicidad. Soltó un grito de triunfo, se alzó de un salto y levantó los brazos al cielo. Sobre sus mejillas corrieron gruesas lágrimas, volvió a sentarse sacudida por la emoción. Mamá, voy a ser mamá, repetía, abrazada a sí misma, los brazos estrechados contra sus hombros como si se acunase a sí misma. Mamá, yo, mamá... Los pequeños patucos rosas y azules bailaban bajo sus ojos entre una lluvia de lágrimas.

Corrió a llamar a la puerta de Ginette y René. Estaban terminándose el desayuno cuando la vieron llegar como un tornado. Le costó esperar a que René se levantara para marcharse al almacén y después, una vez que se había ido, tiró a Ginette de la manga y le confió:

—¡Ya está! El pequeño está aquí...

Le señalaba con el dedo su vientre plano.

—¿Estás segura? —preguntó Ginette con los ojos abiertos como platos.

—Acabo de hacer el test: ¡po-si-ti-vo!

—Sabes que hay que hacer otro en el médico porque, a veces, da positivo pero, en realidad, no estás embarazada.

—¡Ah! —dijo Josiane decepcionada.

—Sólo pasa una vez de cada mil... Pero, bueno, es mejor estar segura.

—Yo ya lo siento dentro. No necesita llamarme por teléfono, sé que está aquí. Mira mis senos: ¿no están más grandes?

Ginette sonrió.

—¿Se lo vas a decir a Marcel?

—¿Crees que debería esperar a estar segura?

—No lo sé...

—De acuerdo, esperaré. Va a ser duro. Me va a costar esconder mi alegría.

Un bebé, un niño Jesús, ¡un querubín al que mimar! ¡Ay! No le faltarán besos, voy a quererle como a mí misma. Toda su vida la pasará entre algodones y ¿gracias a quién? ¡A mí! Ante la idea de tener pronto a su bebé entre los brazos, volvió a llorar a moco tendido y Ginette tuvo que cogerla entre sus brazos para calmarla.

—¡Vamos, chica, relájate! Es una buena noticia, ¿no?

—Estoy emocionada, no puedes hacerte idea. Siento que me tiembla todo el cuerpo. Creí que no llegaría nunca hasta tu casa. Y, sin embargo, no está lejos. Ya no sentía las piernas, se habían convertido en gelatina. Qué quieres: desde el tiempo que hace que le esperamos, ya había perdido la esperanza.

De pronto, sintió una angustia y se agarró a la mesa.

—¡Ojalá no se pierda! Dicen que hasta los tres meses puede soltarse. ¿Te imaginas la pena de Marcel si rompiese su huevo?

—No te pongas a repintar el rosa en negro. Estás embarazada, y eso es una buena noticia.

Ginette levantó la cafetera y le sirvió un café.

—¿Quieres una tostada? Ahora vas a tener que comer por dos.

—¡Estoy dispuesta a comer por cuatro para que esté bien regordete! ¡Pronto cumpliré cuarenta! ¿Te das cuenta? ¿No es un milagro?

Se llevó la mano al pecho para calmar su corazón, que galopaba.

—Bueno... Vas a tener que calmarte, porque te quedan aún ocho meses de espera y, si continúas llorando así, se te van a poner los ojos como anchoas.

—Tienes razón. Pero sienta tan bien llorar de alegría, no me sucede muy a menudo, te lo juro.

Ginette sonrió emocionada y le acarició el brazo.

—Lo sé, Josiane, lo sé... ahora va a empezar lo mejor de tu vida; ya verás lo que te va a mimar tu Marcel.

—Esto, estate segura, le va a alegrar. Voy a tener, incluso, que andarme con cuidado al anunciárselo, porque puede que le dé un ataque al corazón.

—Con todo el deporte que está haciendo, ahora su corazón está fuerte. Venga, vete a currar e intenta tener la boca cerrada unos días...

—Voy a tener que hacerme un nudo en la lengua.

Volvió a su despacho, se empolvó la nariz y acababa de guardar su polvera cuando escuchó el ruido de los pasos de Henriette Grobz en la escalera. Menuda forma de caminar que tiene esa. Golpeando el enlosado. Debe de tener las rodillas gastadas de frotarlas la una contra la otra.

—Buenos días, Josiane —soltó Henriette mirando a la secretaria de su marido con un gesto más amable que el acostumbrado—. ¿Qué tal está?

—Buenos días, señora —respondió Josiane.

Qué vendrá esta a hacer al despacho al amanecer, la señora del sombrero. ¿Y esa voz aterciopelada, qué está escondiendo? Tiene un favor que pedirme, eso seguro.

—Querida Josiane —empezó a decir Henriette con voz dubitativa—, quería pedirle una cosa, pero me gustaría que quedase estrictamente entre nosotras, que mi marido no lo supiese. Podría molestarse si supiera que no cuento con él en un asunto concerniente a su *business*...

A Henriette Grobz le gustaba salpicar sus frases con palabras en inglés. Le parecía que sonaba chic.

—Sabe usted, a los hombres no les gusta que seamos más clarividentes que ellos y, ahí, tengo la impresión de que mi marido se ha perdido un poco y...

Estaba buscando las palabras. No debe de tenerlo muy claro, se dijo Josiane, en otro caso no aparentaría ser amable. Tiene un favor que pedirme y da vueltas al poste como una gallina ciega.

—No me molesta usted —dijo Josiane, observando la calidad del bolso de Henriette.

Seguro que no es de plástico. Sólo compra cocodrilo, la vieja bruja. Le sienta bien, seguro que se comería a su propia hija si hiciese falta.

Henriette sacó una foto de su bolso y se la presentó a Josiane.

—¿Conoce usted a esta mujer? ¿La ha visto ya en la oficina?

Josiane echó un vistazo a la joven morena de pecho exuberante, que Henriette Grobz acababa de ponerle debajo de sus narices, y sacudió la cabeza negativamente.

—Así de entrada, no... Nunca la he visto por aquí.

—¿Está usted segura? —preguntó Henriette—. Obsérvela más de cerca.

Josiane cogió la foto entre sus manos y su corazón le dio un vuelco. En efecto, había sido un poco rápida al juzgar. Al lado de la bella morena, un poco oculto, se encontraba Marcel, distendido y beato, con el brazo en torno a la cintura de la desconocida. ¡No había duda! Era él. Reconoció el sello de Marcel, el anillo que se había regalado para festejar sus primeros mil millones. Un monumento al mal gusto: enorme, con un rubí plantado en el centro de un lazo dorado que dibujaba sus iniciales. Estaba muy orgulloso de él. Lo toqueteaba todo el tiempo, haciéndolo girar. Decía que le ayudaba a pensar.

Henriette percibió el cambio de actitud de Josiane y preguntó:

—¡Ah! La ha reconocido usted, verdad.

—Es que... ¿Me permite que haga una fotocopia?

—Hágala, querida... Pero no la enseñe por ahí. Sé que el señor Grobz está en Shanghái, pero no me gustaría que la viese a su regreso.

Josiane se levantó y fue a colocar la foto bajo la tapa de la fotocopiadora. Aprovechando que Henriette le daba la espalda, volvió la foto y descubrió un corazón bien dibujado y, con la letra de Marcel, las palabras «Natacha, Natacha, Natacha». Sin duda era él. No se equivocaba. Tragó saliva y pensó rápidamente que era importante que Henriette Grobz no se diese cuenta de su turbación.

—Voy a mirar en el fichero porque creo haber visto a esa mujer, una vez, en esta oficina... Con su marido...

Henriette Grobz la animaba a hablar con pequeños gestos con la cabeza. Aspiraba cada palabra de Josiane inclinando su sombrero.

—Su nombre... Su nombre... No lo recuerdo muy bien... Él la llamaba Tacha, Tacha no sé qué...

—¿Natacha? ¿Podría ser eso?

—¡Claro! Natacha...

—Su apellido no lo sé. Pero mucho me temo que sea una espía que la competencia ha enviado a Grobz para turbarle y robarle algunos secretos de fabricación. Es tan tontorrón que le engañarían como a un niño. Una chica guapa y pierde la cabeza.

Eso es, pensó Josiane, aguantándose la cólera, los tienes de corbata por si él te deja por esa zorra y te inventas la historia de la espía venida del Este. ¡Una lianta que vendría del frío!

—Escuche, señora Grobz, voy a verificar en mi fichero y si encuentro alguna información que pueda interesarle, la avisaré...

—Gracias, querida Josiane, es usted muy amable.

—Es normal, señora, después de todo, estoy a su servicio.

Josiane sonrió de la manera más obsequiosa posible y la acompañó hasta la puerta.

—Dígame, querida Josiane, no le dirá usted nada, ¿verdad?

—No tema usted. Sé guardar los secretos.

—Es usted muy amable.

Pues bien, voy a ser un poco menos amable cuando él vuelva, se prometió Josiane sentándose de nuevo. Ya puede presentarse aquí, con la jeta enharinada, vivaracho, dentro de su chándal, que el rey del embuste no va a sentirse decepcionado.

Plantó la punta de su bolígrafo sobre el rostro de la hermosa Natacha y le agujereó los ojos.

* * *

—Párate aquí —ordenó Hortense apuntando con el dedo la esquina de la calle.

—Si quieres...

—¿Quieres que sigamos viéndonos o no?

—Qué tonta eres, estaba bromeando...

—Si mi madre o Zoé me ven contigo, se acabó lo que se daba.

—Pero si no me conoce, no me ha visto nunca.

—Me conoce a mí. Y lo entenderá todo enseguida. Es retrasada, pero sabe sumar dos y dos.

Chaval aparcó y apagó el contacto. Pasó un brazo alrededor de los hombros de Hortense y la atrajo hacia él.

—Bésame.

Ella le dio un rápido beso e intentó abrir la puerta.

—¡Bésame mejor!

—¡Qué plasta eres!

—Oye... No decías eso hace un rato cuando yo le daba a la tarjeta de crédito.

—Eso era hace un rato.

Él metió una mano debajo de su camiseta, buscando atrapar un seno.

—Para, Chaval, para.

—Te recuerdo que tengo un nombre. Detesto que me llames Chaval.

—Es tu apellido. ¿No te gusta?

—Me gustaría que fueses un poco más dulce, un poco más tierna...

—Lo siento, tío, eso no me va.

—¿Y qué es lo que te va, Hortense? No me das nada, ni un gramo de tu personita...

—Si no estás contento, lo dejamos. Yo no te he pedido nada, ¡has sido tú el que ha venido a buscarme! Tú el que me sigues por todas partes como un perrito faldero.

Él hundió su rostro en sus largos cabellos, respiró el olor de su piel, de su perfume, y murmuró:

—Me vuelves loco. No es culpa mía. Por favor, no seas mala... Te deseo tanto. Te compraré todo lo que quieras.

Hortense miró al cielo. ¡Qué pesado era el tío! ¡Va a conseguir, incluso, que me harte de ir de compras!

—Son las siete y media, tengo que volver.

—¿Cuándo nos vemos?

—No lo sé. Voy a intentar inventarme algo para el sábado por la noche, pero no quiere decir que funcione...

—Tengo dos invitaciones para un pase Galiano el viernes por la noche. ¿Te apetece?

—¿John Galiano?

Hortense abrió los ojos como platillos volantes.

—*Himself!* Si quieres, te llevo.

—De acuerdo. Me inventaré algo.

—Pero tienes que ser muy muy buena conmigo...

Hortense suspiró y se estiró en un movimiento de gata aburrida:

—¡Siempre con condiciones! Si te crees que con eso me presionas...

—Hortense, hace tres meses que me das largas. La paciencia tiene sus límites.

—Yo no tengo ningún límite, figúrate. Es parte de mi encanto y por lo que te interesas por mí.

Chaval posó las manos sobre el volante de su descapotable Alfa Romeo y gruñó:

—Estoy harto de que juegues a las vírgenes asustadas.

—Me acostaré contigo cuando decida que quiero y, por el momento, no quiero para nada. ¿Está claro?

—Por lo menos, tienes el mérito de ser directa.

Ella abrió la puerta, exhibió una larga pierna nerviosa y fina, que posó delicadamente sobre la acera, y, subiéndose la falda hasta la ingle, dibujó su mayor sonrisa para decirle adiós.

—¿Nos llamamos?

—Nos llamamos.

Cogió el gran bolso blanco marca Colette del asiento trasero y salió. Avanzaba paseándose como una modelo sobre la pasarela y la vio alejarse soltando un insulto. ¡La muy puta! ¡Le estaba volviendo loco! Sólo con sentir sus labios suaves y elásticos sobre los suyos le hervía la sangre. Y su lengüecita bailoteando entre sus labios... Cerró los ojos y echó la cabeza hacia atrás. Se la ponía dura como un asno y le toreaba como a una vaquilla. Ya no puedo más, ¡a esa me la tengo que pasar por la piedra!

La historia duraba desde el mes de junio. Y desde el mes de junio, ella seguía dándole esperanzas: pasar una noche entera con ella, dejar que la desnudase suavemente, acariciarla... Había pasado todos los fines de semana de julio en Deauville por ella. Le había pagado todos sus caprichos, invitado a todos sus amigos, y el juego del ratón y el gato había continuado en París. Cuando creía tenerla, se escapaba con un corte de manga. Se amonestó: gilipollas, el rey de los gilipollas, se está quedando contigo, eso es. Tocándote la mandolina cuando se trata de pasar por caja. ¿Qué has obtenido de ella? ¡Nada! Aparte de besitos en la boca y dos o tres magreos. En cuanto mi mano baja demasiado, empieza a protestar en plan talibán. Le gusta mostrarse conmigo en los restaurantes de moda, desvalijar tiendas, comer helados, tumbarse en la butaca del cine, pero lo demás, ¡puerta blindada! Un poco escaso como recompensa. Si a eso le añado la ropa que me hace comprar, los móviles que le gusta dejarse por ahí, los aparatos de los que se cansa y tira a la papelera porque no tiene ganas de leerse las instrucciones, ¡estoy invirtiendo a fondo perdido! Ninguna chica me ha tratado antes así. ¡Ninguna! Normalmente me lamen la suela de las botas. Ella, ella se limpia los zapatos con el bajo de mis pantalones, me mancha los asientos del coche de carmín, deja su chicle pegado en la guantera y da golpes sobre el capó con su bolso Dior cuando no está contenta.

Se miró en el retrovisor y se preguntó qué había hecho para merecer eso. No eres el hijo de Frankenstein, no hueles a moho, tienes sangre en las venas y ella ni siquiera te mira. Suspiró y arrancó el motor.

Como si hubiese seguido el curso de sus pensamientos, Hortense se volvió y, antes de desaparecer por la esquina de la calle, le lanzó un beso balanceando un grueso mechón de su pelo. Él respondió con un fogonazo de sus faros y desapareció imprimiendo su furia con la goma de sus ruedas.

¡Qué fácil es manejar a los tíos! ¡La estupidez del deseo erótico! ¡La tiranía del sentimiento! Penetran en ella como en una cueva amenazante y después presumen de ello. Hasta los viejos como Chaval. Mendiga mi placer, tiembla, implora. Y, sin embargo, ya tiene treinta y cinco años, pensó Hortense. Debería tener experiencia. Pues bien, nada de eso. Se funde como un hielo al sol. Bastaba con que ella le prometiese un vago placer o con que se subiese un poco la falda sobre los muslos para que empezase a ronronear como un viejo verde desdentado. ¿Me voy a acostar con él o no? No tengo muchas ganas, pero corro el riesgo de que se canse. Y entonces habría que cerrar el chiringuito. Me gustaría hacerlo con un poco de romanticismo. Sobre todo, la primera vez. Con Chaval corro el riesgo de que sea puramente mercantil. Y, además, es tan pegajoso, no son nada sexy las lapas.

Tenía que cambiarse antes de entrar en casa. En el cuartito donde se guardaban los productos de limpieza del edificio. Se quitó la minifalda, se puso los vaqueros, un jersey gordo que escondía la camiseta que enseñaba el ombligo, se frotó la cara para borrar el maquillaje y volvió a ser la niñita de su mamá. Qué idiota es, ¡no sospecha nada! Desplazó un bidón de producto de encerar para esconder su ropa y percibió una revista desplegada en la que aparecía en primera página el rostro de su tía: «Antes y después: el nacimiento de una estrella», decía el título. Justo debajo, una foto de Iris con su pelo largo y otra con su corte a lo Juana de Arco y estas palabras: «No he hecho más que seguir los consejos de André Gide a un joven escritor...». La boca de Hortense se abrió y dejó escapar un silbido de admiración.

Iba a subir a su casa cuando se dio cuenta de que llevaba el bolso blanco de Colette en la mano. ¡Y la chaqueta de Prada!

Se lo pensó un momento, decidió arrancar la etiqueta y contar que se la había comprado en el mercadillo de Colombes el fin de semana pasado.

* * *

Antoine observaba el cocodrilo que tomaba el sol ante ellos. Se habían detenido a la sombra de una gran acacia y su mirada contemplaba el animal que se calentaba al sol con los ojos entornados. Enorme, repugnante, brillante. ¿Qué eres tú? Rumió molesto. ¿Un recuerdo de dinosaurio? ¿Un tronco con dos ranuras amarillas? ¿Un futuro bolso de mano? ¿Por qué me observas con tus ojos a medio cerrar? ¿No te basta con joderme todos los días que envía Dios?

—¡Oh! Qué rico es —dijo Mylène a su lado—. Está tomando el sol, tiene un aspecto tan tranquilo. Me gustaría cogerle entre mis brazos.

—Y te detrozaría con sus ochenta colmillos.

—Que no... También él nos observa. Siente curiosidad por nosotros. He aprendido a quererlos, sabes. Ya no les tengo miedo...

Pues yo los odio, pensó Antoine disparando al aire para hacerle huir. El animal no se inmutó y pareció que, en efecto, le sonreía. Desde la rebelión de los cocodrilos y la muerte de los dos chinos, Antoine sólo salía armado. Llevaba su fusil bajo el brazo y llenaba los bolsillos de su bermudas con cartuchos. Eso le recordaba los buenos tiempos en Gunman and Co., cuando todo marchaba bien y las bestias salvajes no eran más que apetitosas dianas para millonarios ociosos.

Mister Wei le pagaba regularmente. Cada fin de mes recibía su ingreso. Un auténtico reloj de cuco suizo, reía Antoine abriendo el sobre donde se detallaba su paga. Creyó que iba a tomarme el pelo, pero he resistido más que él. También yo sé mostrar mis dientes.

Sin embargo, los problemas de Antoine no hacían más que crecer. Había tenido que recibir a un equipo de científicos que habían venido a investigar la sangre de los cocodrilos con vistas a fabricar nuevos antibióticos. Esas malditas bestias lo resistían todo. Cuando se herían, en lugar de desarrollar infecciones o una septicemia, cicatrizaban y se largaban más campantes que nunca. Una molécula en la sangre que les inmuniza. Tuvo que alojar y alimentar a los científicos y poner locales a su disposición. Más problemas para Antoine, un ingreso más para mister Wei. Estoy harto de que todo vaya en el mismo sentido, gruñó Antoine disparando una nueva salva.

—¡Para! —protestó Mylène—, no te han hecho nada las pobres bestias.

Porque el chino le sacaba el jugo a todo. Había llamado a Mylène cuando se había enterado de la naturaleza de su actividad. Le había propuesto asociarse con él y lanzar una línea de productos de belleza, «Belles de Paris». Quería fabricar los envases en Francia para conseguir la etiqueta «Made in France» grabada en los botes. Eso aseguraría el éxito de los cosméticos en el mercado chino. Además, tiene suerte el tío, rabió Antoine recargando su fusil. En cuanto toca algo, se convierte en oro.

No era ese su caso.

Sus sueños de millonario en bolsos y latas de carne naufragaban. Los cocodrilos se revelaban una materia aleatoria: obesos, impotentes, exigentes. Sólo podían comer pollo o carne humana. Lo que no era de su gusto dejaban que se pudriese al sol. Se diría que han sido criados en un hotel cinco estrellas, protestaba Antoine mientras hacía derramar toneles de arroz aromatizado con una mezcla especial de ostras y algas que hacía traer de São Paulo. Ni lo tocaban. Ni al pato ni a los trozos de pescado. Exigían pollo. Cuando se les presentaba el paté, volvían la cabeza.

—¡Esto es una pesadilla! —se lamentaba Antoine—. Están tan gordos que ni siquiera pueden montar a las hembras, ¿has visto eso? Ya pueden acosarlos a caricias, apenas si levantan los párpados.

—Se ríen al ver cómo te enfadas tú solo. Saben muy bien que tienen todas las de ganar...

—No van a ganar mucho tiempo si continúan engordando así.

—¡Puah! Tú llevarás años muerto y ellos seguirán allí, bien plantados sobre sus patas. Esas bestias pueden vivir hasta cien años.

—A menos que me los cargue a todos.

—¿Y tú te crees que eso sería una solución?

—No hay solución, Mylène, ¡me la han jugado bien! A Wei le da igual, siempre saldrá a flote, pero yo... He invertido en un parque de ovíparos obesos e impotentes.

Además, Antoine se había dado cuenta de que las hembras enviadas por los tailandeses tenían casi todas la menopausia. Había llamado al director de la granja, el mismo que había llenado el Boeing con setenta cocodrilos, y se había quejado. El tailandés le había asegurado: «*Forty eggs a day! Forty eggs a day!*». «*Zero egg a day*», había gritado Antoine al aparato. «*Ah* —había concluido el tailandés—, *they must be grand mothers then*! *You are not lucky, we put the wrong ones in the plane, we didn't know...*».*

¡Cocodrilos con menopausia! Y con eso tenía que aumentar la natalidad. La fábrica había ralentizado la fabricación de marroquinería y la tasa de llenado de conservas se había dividido por dos. Al final, lo que va a funcionar va a ser la industrialización de antibióticos, pero para eso no tengo contrato. ¡Qué suerte tengo! ¡Qué asco de reptiles!

Disparó de nuevo al aire. El cocodrilo levantó una pestaña.

Mylène se encogió de hombros y decidió volver a su despacho. Tenía correos que releer antes de enviarlos a París para realizar nuevos pedidos. El maquillaje se vendía mucho mejor que las cremas, más caras y más difíciles de conservar a altas temperaturas. ¡Tanto mejor! Los maquillajes los compro al por mayor en el pasaje de l'Industrie en París y saco cuatro veces lo que pago. Mis clientes no se enteran de nada.. Nunca discuten el precio. Adoran las barras de labios o el colorete y se cortarían las venas para iluminarse la cara.

* ¡Cuarenta huevos al día! ¡Cuarenta huevos al día! Cero huevos al día (...) ¡Ah, deben de ser abuelas! Qué mala suerte. Nos equivocamos al subirlas al avión.

El producto estrella: mi fondo blanco. ¡Lo adoran! Se transforman en muñequitas redondas y pálidas. Apenas la coloco en los estantes, la mercancía desaparece entre sus pequeñas y ávidas manos. Mister Wei me ha propuesto asociarnos. Mitad y mitad. Yo aporto mi *savoir faire*, la filosofía, el espíritu, el buen gusto francés, y él se ocupa de la fabricación y de la venta. Dice que no costará nada producirlo. Tengo que hablar de ello con Antoine. Tiene tantas preocupaciones que tengo miedo de sobrecargarle con mis proyectos.

Esa misma noche, mientras Pong les servía en silencio, Mylène anunció que había enviado un proyecto de contrato a mister Wei y que estaba pensando asociarse con él.

—¿Lo has firmado?

—No, todavía no, pero está casi hecho...

—¡No me habías dicho nada!

—Sí, cariño, te hablé de ello, pero no me escuchaste. Pensabas que era una diversión de niña pequeña. Hay mucho dinero en juego, sabes.

—¿Has pedido consejo a alguien antes de firmar?

—He hecho redactar un contrato muy simple, con el monto de las inversiones, el de los porcentajes, un depósito de licencia a mi nombre pagado por Wei... Algo muy claro y que yo pueda entender.

Soltó una risita ahogada para demostrar a Antoine que no era víctima de su inexperiencia.

—¿Has empezado estudios de derecho? —preguntó Antoine en tono socarrón—. Pásame la sal, quieres... ¿Esto es un guisado de qué? ¡No sabe a nada!

—Antílope...

—Pues está asqueroso.

—Ahora no tengo mucho tiempo de cocinar.

—Pues, vaya, prefería cuando tenías tiempo. Habrías hecho mejor abriendo un restaurante.

—¿Ves? No se puede hablar en serio contigo.

—Vamos, te escucho.

—Bien: en mi último viaje a París fui a ver a un abogado especializado. En los Campos Elíseos...

—¿Y quién te dio su nombre?

—Llamé a la secretaria de tu suegro. Se llama Josiane. Muy amable. Nos hemos caído bien. Le dije que llamaba de tu parte, que necesitaba una información, el nombre de un buen abogado, uno bien astuto acostumbrado a pelearse con los tiburones más duros del planeta.

—¿Y?

—No fue difícil: me dio un nombre, un teléfono, y llamé. Como llamaba de parte de Marcel Grobz, fue muy amable y aceptó ocuparse de mi asunto. Incluso me invitó a cenar; fuimos a un cabaré ruso al lado de su despacho.

—¿Hiciste eso? ¿Te serviste de las relaciones de Chef cuando ni siquiera le conocías? Y eso que puede que él te deteste.

—¿Y por qué iba él a detestarme? No le he hecho nada...

—Te recuerdo que, por culpa tuya, dejé a mi mujer y a mis dos hijas. Me parece que olvidas...

—Yo no te pedí que te fueras. Fuiste tú el que te marchaste solo... Tú el que me embarcaste en esta aventura.

—¿Porque ahora te arrepientes?

—No. No me arrepiento de nada. No sirve de nada arrepentirse. Intento arreglármelas, eso es todo. No tienes por qué enfadarte conmigo por eso...

Discutían en voz baja para no despertar las sospechas de Pong. Discutían sonriendo, pero cada palabra susurrada era una flecha envenenada. ¿Cómo empezó esto? Se preguntó Antoine volviendo a servirse vino. Le doy demasiadas vueltas a las cosas. Debería hacer como todo el mundo y dejar de pensar. Ganar dinero pero, sobre todo, dejar de pensar. Es en África donde he sido más feliz y creí que, al volver, sería feliz de nuevo. Empezar de nuevo aquí. Y me traje a esta adorable zorrita que decía que iba a cuidar de mí. ¡Tonterías! Sólo yo puedo cuidar de mí mismo y me saboteo con método y encarnizamiento. ¿Por qué reprochárselo? No es culpa suya. Me he vestido con ropa demasiado grande para mí. Jo tiene razón. Todas tienen razón. Lanzó una sonrisa irónica, una sonrisa que se reía de sí mismo, pero Mylène la confundió.

—¡Oh! ¡No te enfades! Te quiero tanto. Lo he dejado todo para seguirte. Habría ido a cualquier sitio... Sólo quiero dedicarme a algo. No estoy acostumbrada a no hacer nada. Siempre he trabajado, desde que era pequeña...

Redondeaba la boca como una niña a la que hubiesen sorprendido diciendo una gran mentira y que defiende su inocencia. Sus grandes ojos azules le miraban con un candor que le irritó.

—¿Y no intentó seducirte en el cabaré?

—Ves el mal por todas partes.

—Eres temible, Mylène, temible... Y todo eso sin decirme nada.

—Quería darte una sorpresa... Y, además, cada vez que intentaba hablarte, cambiabas de tema. Así que renuncié. Pero no debes enfadarte, cariño, es sólo para entretenerme, sabes... Si no funciona, mister Wei perderá lo que ha puesto y yo no habré invertido nada de nada. Y si funciona, me lleno los bolsillos y tú te conviertes en el director general de mi pequeña empresa.

Antoine la contempló estupefacto. Estaba pensando en contratarle. Debía de estar calculando su salario y la suma de su prima anual. Un chorro de sudor recorrió su espalda y después sus axilas, sus brazos, su torso... No, ¡eso no! ¡Eso no! Apretó los dientes.

—Cariño, ¿qué te pasa? ¡Estás completamente mojado! Se diría que sales de la ducha. ¿Estás enfermo?

—He debido de comer algo en mal estado. Es este guiso de antílope que no me pasa.

Tiró la servilleta sobre la mesa y se levantó para ir a cambiarse.

—Sabes, mi amor, no debes enfadarte. Es como una apuesta. A lo peor no funciona. Y a lo mejor, sí. Y entonces seré rica, rica, ¡rica! Sería divertido, ¿no?

Antoine se detuvo en el umbral de la casa. No había dicho «seremos», había dicho «seré». Se quitó la camisa y desapareció en el interior.

* * *

Philippe Dupin se dejó caer en el sofá del despacho de su mujer y suspiró. Si le hubiesen dicho que un día rebuscaría entre las cosas de Iris como un marido celoso... Cuando veía, en el cine, a un hombre haciendo eso, le compadecía. Abrió una carpeta rosa colocada sobre la mesa, en la que Iris había escrito en grandes letras NOVELA. Abajo, en rotulador verde: «Una reina tan humilde». Quizás pretende escribir otras, pensó abriendo la carpeta. O hacer que otros se las escriban. Era más fuerte que él, tenía que saber la verdad. Enfrentarse a ella hubiese sido más noble. Pero no se podía hacer frente a Iris. Siempre acababa escurriéndose. Cuando había vuelto del programa de televisión que él había visto junto a Alexandre y Carmen, mientras cenaban en la mesita baja frente al televisor, ella se había plantado delante de ellos y había soltado triunfante: «¿Qué tal he estado? Soberbia, ¿no?». No tuvieron el valor de responderle. Ella había esperado y, después, ante el silencio que se prolongaba, había suspirado: «¡No sabéis nada! Eso se llama márketing, y si no se hace eso, el libro no se vende. Soy una completa desconocida, es una primera novela, ¡hay que ponerla en órbita! Y, además, ¡va a crecer!», había añadido pasándose los dedos por el pelo. Se acabó la discusión. Al día siguiente, había corrido a su peluquería para que le hiciesen un corte, uno auténtico de los de ciento sesenta y cinco euros. Los cabellos cortos subrayaban la inmensidad y el brillo de sus grandes ojos azules, la línea de su largo cuello, el óvalo perfecto de su rostro, sus hombros dorados brillaban como las iniciales de un blasón sobre un tapiz. Parecía un paje inocente. «Mamá, mamá, ¡parece que tienes catorce años!», había exclamado Alexandre. Philippe se había sentido turbado y, si no hubiese sido por el sordo asco que sentía por todo ese asunto, se habría emocionado.

Abrió la carpeta. Estaba llena de recortes de periódico. De los diarios. Los mensuales no habían salido todavía. Van a llenarse con ella, con sus mentiras, sus alegatos. Recorrió con la mirada los primeros artículos. Algunos firmados por periodistas que él conocía. Hablaban todos de Iris y de su audacia. «*A star is born*», titulaba uno de ellos. «La sorpresa del chef», titulaba otro. Un periodista más serio se preguntaba dónde se detenía el espectáculo y dónde empezaba la literatura, pero reconocía que el libro estaba bien escrito, aunque era «un poco universitario» y muy bien documentado. «Se ve bien que Iris Dupin conoce el siglo XII de memoria y nos lo hace revivir con maestría. Todo es real. Todo es intrigante.

Se pone uno a seguir la regla de san Benito como quien sigue la intriga de una película de Hitchcock». Recorrió los artículos con la mirada. Seguían reflexiones de Iris sobre la escritura, la dificultad de una primera novela, las palabras que huyen, la angustia de la hoja en blanco. Hablaba muy bien de aquello, recordaba sus años de estudios en Columbia, sus pinitos como guionista, citaba los consejos de Gide a un joven escritor: «Para no sentirse tentado de salir, ¡aféitese usted el cráneo!». «Lo que no me atreví a hacer, por coquetería, me ha sido impuesto. No se puede hacer trampas con la escritura. Siempre te descubre. No estoy arrepentida, sólo vivo para la literatura». O bien: «He vivido nueve meses bebiendo tan sólo agua hervida y comiendo patatas de piel roja, sólo así encontraba la inspiración». En las fotos, llevaba unos vaqueros de cintura baja, una camiseta que apenas le llegaba por encima del ombligo y, con su nuevo corte a lo *garçonne*, ponía una expresión de quinceañera rebelde. En otro, le habían escrito «*love*» y «*money*» con carmín sobre la nuca, y ella se dejaba fotografiar la cabeza inclinada con el fin de que las dos palabras se viesen bien. La leyenda decía: «Lleva sobre su nuca la historia de su novela y el destino del mundo». ¡Casi nada! Suspiró Philippe, ¡el destino del mundo sobre la nuca de mi mujer! Otro añadía: «Los adolescentes se van a volver locos, a los hombres les va a encantar, las mujeres van a encontrar su portavoz. Este libro es la reconciliación de los Antiguos con los Modernos». Más abajo, se enteró de que un millonario ruso había puesto a disposición de Iris su avión privado con el fin de que pudiese ir de compras a Londres o a Milán, y que una marca de perfume quería comprar el título del libro para lanzar una nueva fragancia. A todas estas propuestas, Iris respondía, modesta, que se sentía muy halagada, pero que todo eso estaba «muy lejos de la literatura. No quiero convertirme en un mono de feria. Pase lo que pase, sea el libro un éxito o un fracaso, yo continuaré escribiendo, es lo único que me interesa».

He estado alimentando a un monstruo, pensó Philippe. Esa constatación no era dolorosa. En eso se demuestra que el amor se aleja de uno: ya no duele. Se mira el objeto que antaño se amó con mirada fría, se constata que es de una forma, o de otra, y que no se puede cambiar. Soy yo el que ha cambiado. Así que se acabó. Se acabó del todo. Todo lo que sentía ahora era asco mezclado con una cólera imprecisa. Durante años estuvo obsesionado con ella, sólo tenía una preocupación: gustarla, impresionarla, convertirme en el mejor abogado de París y después el mejor abogado de Francia y después un abogado internacional. Había empezado a coleccionar obras de arte, a comprar manuscritos, a financiar compañías de ballet, óperas, había creado un fondo de mecenazgo... Para que ella estuviese orgullosa de él. Orgullosa de llamarse señora de Philippe Dupin. Sabía que no respetaba el dinero: Chef le había dado todo el dinero que quería. Ella quería ser una creadora. Escribir, dibujar, dirigir, ¡cualquier cosa! con tal de que le reconocieran un talento. Él le había ofrecido toda una paleta de talentos. Había creído, ingenuo, que le bastaría con estar a su lado cuando él eligiese cuadros o financiara la creación de un espectáculo para ser feliz. A él le hubiese encantado que ella le acompañase a las ferias internacionales de arte moderno, que asistiese a las reuniones donde eran leídos manuscritos de obras de teatro, que le ayudase a elegir, a seguir los ensayos. Al principio había estado presente, pero pronto se había desinteresado. No era a ella a quien se honraba, sino al dinero, al nombre y al gusto de su marido.

Sus ojos dieron la vuelta a la habitación y reconocieron cada obra de arte. Es la historia de nuestro amor. De mi amor, corrigió, porque ella nunca me ha amado. A ella le gusté. Ella me apreció. Sus mentiras tuvieron éxito allí donde mi amor ha fracasado. Ya no la quiero y ya no podré pretender lo contrario nunca más. Para la supervivencia de una pareja, es mejor dos buenas mentiras que dos verdades malvadas. Era el final. Sólo le quedaba una cosa por hacer y se iría. De forma grandiosa. Un poco ridícula, es cierto, pero grandiosa. Organizar un final con elegancia. ¡Será mi propia obra de arte!

Sus ojos se fijaron en el último recorte de prensa. Un artículo que no hablaba de ella, sino del festival de cine de Nueva York. Había subrayado un nombre con fosforescente amarillo: Gabor Minar. Era el invitado de honor: se presentaba su último largometraje, *Gypsies*, premiado en el Festival de Cannes. Ya está, pensó Philippe, Gabor Minar... El eterno Gabor Minar, con su pose de director barroco y deslumbrante. Con su físico de rebelde despreocupado y sus películas de ritmo asombroso. Se decía de él que había despertado al séptimo arte anclado en sus efectos especiales. Que había sabido devolver al cine su sentido y su riqueza. En la foto, sonreía, con mechones de pelo en sus ojos, el cuello de su polo abierto. Cerró la carpeta con un gesto seco, miró la hora, era demasiado tarde para llamar a Johnny Goodfellow. Le llamaría mañana.

Cuando Iris volvió aquella tarde, blandía un número de *l'Express*.

—¡Número cuatro en la lista de ventas! En quince días. He llamado a Serrurier, sacan cuatro mil quinientos ejemplares diarios, además de la tirada inicial. ¿Te das cuenta? Cada día cuatro mil quinientas personas compran el libro de Iris Dupin. Entro en los primeros puestos. La próxima semana, te apuesto que estoy en el número uno. Y tú que te preguntabas si era necesario dejarme cortar el pelo en público.

Se echó a reír y besó la revista.

—Hay que vivir conforme a nuestra época, querido. Ya no estamos en los tiempos de los trovadores, eso seguro. Carmen, deprisa, deprisa, a la mesa, tengo un hambre de lobo.

Sus ojos brillaban con una llama dorada y dura que quemaba la revista que sostenía entre sus manos. La bajó, se giró hacia él extrañada por su silencio, le dirigió una gran sonrisa e inclinó la cabeza esperando que la felicitase. Él se inclinó educadamente y la felicitó.

* * *

Joséphine se frotó los ojos y se dijo que no estaba soñando: la mujer, sentada frente a ella en el autobús 163, leía su novela. La leía hambrienta, metida en el libro, pasando las páginas con cuidado, devorando cada línea como si no quisiera perderse ni una miga. A su alrededor, la gente se movía, hablaba por teléfono, tosía, se hablaba, ella no se movía. Leía.

Joséphine la miró de arriba abajo asombrada. ¡*Una reina tan humilde* en el 163!

Así que era verdad lo que escribían en los periódicos: su libro se vendía. Como rosquillas. Al principio no se lo creía. Había llegado a decirse que debía de ser Philippe el que los compraba todos. Pero ver *Una reina tan humilde* en el 163 le demostraba que el éxito era real.

Cada vez que leía una buena crítica, tenía ganas de lanzar gritos de victoria, de reír hasta llorar, de dar saltos de canguro. Corría a casa de Shirley. Era el único sitio donde podía dejar libre curso a su alegría. «Funciona, Shirley, funciona, ¡he escrito un *best seller*! Te das cuenta, yo, la pequeña investigadora oscura, con un salario de miseria, conferencias polvorientas, ¡el patito feo que no entiende nada de la vida! En mi primer intento, ¡doy un golpe maestro!». Shirley gritaba olé y bailaban un flamenco endiablado. Gary las había sorprendido una vez rojas y sin aliento.

Después, con el paso del tiempo, la invadió una sensación de enorme vacío. La sensación de haber sido robada, engañada, utilizada. Ensuciada. Iris estaba en todas partes. Iris sonreía en todos lados. Los ojos azules de Iris la sorprendían en todos los quioscos de periódicos. Iris hablaba de la angustia de escribir, de la soledad, del siglo XII, de san Benito. ¿Cómo se le había ocurrido su historia? Al entrar en el Sacré-Coeur, una noche de melancolía. Al mirar la estatua de una santa tan hermosa, de rostro tan dulce que le había escrito una historia a medida. ¿La idea de llamarla Florine? Estaba haciendo un pastel para mi hijo y vertí harina marca Francine en el molde. Francine-Florine-Francine-¡Florine! Joséphine escuchaba anonadada: ¿pero de dónde saca todo eso? Un día la escuchó incluso evocar a Dios y a la inspiración divina para explicar la fluidez de su escritura, «no soy yo la que escribe, me lo dictan». Joséphine se había caído de golpe sobre el taburete cerca de la pila. «¡Eso sí que es tener cara!», repetía.

Abrió la cristalera que daba al balcón y miró a las estrellas. Esto es demasiado, ¡ya no puedo más! Ya es bastante duro verla posar, apropiarse de Florine, pero si, además, se apropia de ella misma también. ¿Qué me queda? ¿Hacer el zángano? ¡Los zánganos son feos! ¿Y cómo sabe ella que os hablo? Nunca se lo he dicho o sí, quizás una vez... ¡Se sirve de todo! Es un vampiro.

Esa noche, tras haber sorprendido a una lectora en el autobús, llamó a la puerta de Shirley. No había nadie. Volvió a su casa, encontró una nota de Zoé que decía: «Mamá, voy a dormir en casa de Alexandre, Carmen viene a buscarme. Hortense me ha dicho que te diga que salía esta noche, que volvería tarde, que no te preocupases, te quiero, Zoé».

Estaba sola. Se recalentó un resto de quiche, añadió dos hojas de lechuga y vio caer la noche. Triste, tan triste.

Cuando anocheció, abrió la cristalera que daba al balcón y miró las estrellas.

—¿Papá? —intentó—. ¿Papá? ¿Me oyes?

Y añadió con una vocecita de niña:

No es justo... ¿Por qué es ella la que siempre está en primera fila, dime? Una vez más, me han borrado. Cuando éramos pequeñas y nos hacía una foto, mamá insistía para que se viese bien a Iris. Los ojos de Iris, el peinado de Iris, apártate un poco, Jo, no veo el bajo del vestido de Iris.

«Criminal, eres una criminal», escuchaba la voz de su padre. Sus brazos en torno a ella, el gusto de su piel salada o de sus lágrimas, sus grandes zancadas. La llevaba como si la salvara. Estaban en la playa, era verano, yo salía del agua, los ojos me picaban, lloraba, lloraba... Después, recuerdo, no volvió a dormir en la misma habitación que mamá. Después se refugió en sus crucigramas, sus malos juegos de palabras, fumando su pipa. Después murió. Expiró. Lanzó una pequeña risa a su padre. ¡Esta te hubiese gustado! Papá, mi papá, canturreó en la oscuridad bajo las estrellas. Un día encontraré las piezas del rompecabezas que me faltan. Un día llegaré a comprender. Mientras espero, papaíto, gracias por este éxito. Me ha dado cierta comodidad. Y, además, ya no tengo miedo. Eso es importante. Ya no me siento amenazada. Todavía no estoy muy segura de mí, pero ya no tengo miedo. Debes de estar orgulloso de mí, tú que sabes que soy yo la que ha escrito ese libro.

Suspiró, todavía tengo muchas cosas que aprender, eso seguro. Creemos haber ganado porque hemos conseguido una victoria, pero siempre hay otra batalla que librar. Mi vida era tan sencilla antes. Cuanto más avanzo en la vida, más complicada me parece. Quizás es que antes no vivía...

Levantó la cabeza. Su enfado había desaparecido.

Extendió los brazos hacia el cielo y envió todo su amor, toda su alegría hacia las estrellas. Ya no envidiaba a Iris. Iris sabe que el libro lo he escrito yo. Lo sabe. Su gloria se sustenta sobre una mentira.

La invadió una dulzura tranquila. Le quedaba su tesis para dirigir trabajos de investigación. Tenía que trabajar. Voy a volver a la biblioteca, a encontrarme con los viejos grimorios, los libros de historia.

Y después, un día, escribiré otro libro.

Un libro que será mío, sólo mío.

¿Qué me decís, estrellas?

* * *

Marcel Grobz salió del aeropuerto y subió al coche al lado de su chofer, después de haber metido las maletas en el maletero.

—Estoy agotado, Gilles. Tengo demasiados años para hacer largos viajes en avión.

—Eso seguro, jefe. Un mes de gira con todos esos cambios de hotel y de horario no es lo mejor para la salud.

—¡Hace un frío que pela! Estamos a finales de octubre y ya se anuncian heladas. Allí, al menos, los cerezos sonreían. ¿No tengo un aspecto demasiado birria?

Gilles lanzó un vistazo rápido a Marcel Grobz y concluyó que no, el patrón tenía el aspecto de un roble.

—¡Qué majo eres! El roble tiene unos cuantos michelines mal puestos. Ya puedo matarme a correr, que no se mueven de su sitio. Bueno, ¿qué novedades hay? ¿Me has comprado los periódicos?

—Están en el asiento de atrás. Su hijastra, la señora Dupin, ha montado una revolución con su libro...

—¿Es que ha escrito un libro?

—Incluso mi madre lo ha comprado ¡y le ha encantado!

—Joder, pues sí que voy a oír hablar del tema. Y si no...

—Si no, nada. He ido a hacer la revisión del coche como me había pedido. Todo en regla. ¿Adónde vamos?

—A la oficina.

—¿No pasa antes por su casa?

—Al despacho he dicho...

A ver a Josiane. Cada vez que he hablado con ella por teléfono, ha estado fría. Apenas audible, apenas amable. Sí, no, no sé, ya veré, hablaremos a la vuelta. ¡A ver si ha vuelto a ver a ese espárrago de Chaval! Ese tío tiene el vicio en el cuerpo.

—¿Tienes noticias de Chaval?

Su chofer, Gilles Larmoyer, era amigo de Chaval. Gilles y Chaval salían juntos a menudo a la discoteca. Gilles le contaba sus noches agitadas, los clubs de intercambios, «un culo a la derecha, un culo a la izquierda, con Chaval se lo pasa uno bien», las mañanas en las que se vestían, Chaval para ir a trabajar, Gilles para conducir el coche. Gilles no tenía ambición alguna. Marcel había intentado echarle una mano, pero a Gilles sólo le gustaba una cosa: los coches. Para complacerle, Marcel cambiaba de coche cada dos años.

—¡Ah! ¿No lo sabe?

Marcel se examinaba en el espejo del parasol. No son bolsas lo que tengo bajo los ojos, sino baúles de tamaño natural.

—¿Saber qué?

—Chaval. Se ha vuelto loco de atar por su sobrina...

—¿La pequeña Hortense?

—¡La misma! ¡Bebe los vientos! Ni se imagina... ¡Le hace caminar a cuatro patas! Se comería el sombrero si llevara. Debe de hacer seis meses que intenta tirársela y cero. Termina el trabajo en su casa, a mano, todas las noches. Completamente loco por ella.

Marcel se echó a reír aliviado. No era, pues, Chaval el que tenía cabreada a Josiane. Sacó su móvil y llamó al despacho.

—Bomboncito, soy yo. Estoy en el coche, ya llego... ¿Qué tal?

—Muy bien.

—¿No estás contenta de verme?

—¡Estoy que salto de alegría!

Y colgó.

—¿Algún problema, jefe?

—Josiane. Me está templando en frío. Me ha enviado a paseo.

—Ay, las mujeres... Basta con que tengan su día malo para que se pongan de morros sin saber por qué.

—Pues esta lleva un mes malo. Y no es el morro el que me va a poner, sino el cerdo entero.

Se hundió en el asiento del coche y decidió echar una cabezada.

—Despiértame antes de llegar para que tenga tiempo de espabilarme.

Cuando le vio entrar, Josiane seguía irritada. Ni siquiera levantó la cabeza de su mesa. Él abrió los brazos para estrecharla, y ella le rechazó.

—Te espera el correo en tu despacho. También la lista de llamadas. Lo he ordenado todo.

Abrió la puerta de su despacho, se instaló y descubrió sobre el montón de cartas una foto colocada bien a la vista: la chica del Lido con los dos ojos agujereados. La cogió y salió riéndose.

—¿Es por culpa de esto, bomboncito, por lo que estás enfadada conmigo desde hace semanas?

—No le veo la gracia. En fin, a mí, eso, no me hace reír.

—Pero no tienes ni idea. ¡Ni idea! ¡Esto era para quedarme con Henriette! Me había enterado por René que había venido a darse una vuelta un día, un día en el que no había nadie y con razón, ¡era el Primero de Mayo! Entonces me dijo que aquello olía raro, revisé todos mis papeles y me di cuenta de un sobre que había sido abierto y seguramente fotocopiado: el de los gastos del ucraniano. ¡Pobre malvada! Creyó que había descubierto la existencia de una amante con abuso de bien social, además. ¡Cree tenerme agarrado! Decidí, pues, contraatacar. Dejé a la vista en mi habitación esa foto que me hice una noche en el Lido con un gran cliente, hace lustros, una noche que no quisiste acompañarme. Me inventé un nombre y ¡hala! ¡Busca, Henriette, busca! Y funcionó. Y tú ¿has estado sulfurada durante un mes por culpa de eso?

Josiane le contemplaba desconfiada.

—¿Y tú te crees que me voy a tragar eso?

—¿Por qué iba a mentirte, bomboncito? A esa chica no la conozco. Me puse así para la foto, de broma, eso es todo... Acuérdate, fue una noche que no quisiste salir, hace por lo menos un año y medio, estabas cansada.

Una noche en la que yo tenía cita con Chaval, recordó Josiane. ¡Pobre gordito! Tiene razón. Había pretextado una migraña y le había dejado ir solo a tomar copas con sus clientes.

Él se acercó a la mesa de Josiane y tropezó con un bolso de viaje.

—¿Qué es ese bolso?

—Tenía la intención de largarme. Esperaba explicaciones para ahuecar el ala...

—Pero ¡estás loca! ¡Te patina el cerebro!

—Soy frágil, no es lo mismo.

—No confías seriamente en mí.

—No es un artículo que me hayan ofrecido mucho ese de la confianza...

—Pues bien, vas a tener que acostumbrarte. Porque estoy aquí y aquí me quedo. Y sólo por ti, cariñín. Eres toda mi vida.

Él la había tomado en sus brazos y la arrullaba murmurando «qué tontita eres, pero qué tontita, y yo que he pasado las de Caín durante un mes por culpa de tus silencios al teléfono».

Ella se abandonaba a él, esperando a que hubiese terminado su ronroneo para anunciarle la buena noticia, confirmada por la muerte súbita de una rana en el laboratorio. Una emoción primero, luego otra, se decía, le dejo que aterrice y, apenas ha tocado el suelo con la punta de los pies, le envío directo al cielo anunciándole la llegada del pequeño Grobz.

—Sobre todo que, bomboncito, con lo de la foto yo ganaba por partida doble. La embaucaba y, además, alejaba de mí toda sospecha. Lo entiendes, en el caso de que te empiece a crecer la barriga... ¡No se enteraría de nada! Estaría pensando en la Natacha y no en ti. Engordarías tranquila ante sus ojos mientras ella seguiría la pista falsa.

Josiane se separó suavemente. No le gustaba mucho lo que acababa de escuchar.

—Así que ¿no piensas decírselo el día que me quede embarazada? ¿Cuentas con dejar flotar la duda?

Marcel enrojeció violentamente, cogido en flagrante delito de cobardía.

—Que no, bomboncito, que no... Sólo que debo tener tiempo para organizarme. Estoy atado de pies y manos a ella.

—Oye, y desde el tiempo que hace que hablamos de ese niño, ¿todavía no te has organizado, como dices?

—No voy a mentirte, bomboncito, los tengo de corbata. No sé cómo arreglarlo, cómo librarme de ella sin que se vengue y me haga las peores animaladas.

—¿No has ido a ver al notario?

—No me atrevo a decírselo, por miedo a que la prevenga. Están muy unidos, sabes, ella va a visitarle a menudo.

—¿Así que no has hecho nada? ¿Nada de nada? Tú me tocas el violín todo el día hablándome del querubín y te quedas parado con tu culo en el sofá.

—Pero lo haré, bomboncito, lo haré el día que sea necesario. Te lo prometo, estaré a la altura.

—¿A la altura de tu pequeñez? No te molestes, ya estás. ¡A ras de suelo!

Josiane se levantó, se colocó el vestido, ajustó el cuello, cogió su bolso de mano y, señalando a su mesa y a la habitación con un gesto teatral, declaró:

—Mírame bien, Marcel Grobz, porque ya no volverás a verme. Tiro la toalla, me evaporo, me desvanezco en la atmósfera. No te molestes en seguirme, ¡me largo para siempre! Decir que estoy harta sería demasiado suave, me das asco de lo cobarde que eres.

—Bomboncito, te prometo...

—Desde que te conozco me estoy tragando tus promesas. Desde que te conozco no hago más que eso. Las tengo atragantadas en el esófago. Tengo ganas de vomitar. Ya no te creo, Marcel...

Se agachó para empuñar su bolsa de viaje y, haciendo sonar sus tacones con aire decidido, abandonó la empresa de Marcel Grobz el 22 de octubre a las once horas cincuenta y ocho exactamente.

No se detuvo a saludar a René.

No se detuvo a besar a Ginette.

No suspiró delante de la enredadera.

No se volvió tras haber franqueado el portal.

Si ralentizaba el paso, pensó mirando hacia delante, no se marcharía nunca.

* * *

Esa noche, después de la cena, Alexandre llevó a Zoé a su escondite secreto.

Era un ropero normando, minúsculo, que su padre había comprado en una almoneda. En Saint-Valéry-en-Caux. Habían ido los tres, en familia. Su padre debía ver a un cliente inglés en el pequeño puerto normando. El inglés le había citado en su barco. Tras haber pasado unas horas a bordo, habían ido a pasear a lo largo del puerto. Se habían parado ante una almoneda. Alexandre había hojeado algunos tebeos viejos mientras sus padres iban a escudriñar en la trastienda en busca de alguna tela olvidada. No encontraron ningún cuadro, pero su padre había sentido un flechazo por aquel ropero. Su madre había protestado diciendo que no iba con el mobiliario, que parecería anticuado, fuera de lugar, incluso hortera... «Ya nadie compra roperos normandos, Philippe». Pero su padre había insistido: «No existe de esa talla, en todo caso, nunca lo he visto, lo pondré en mi despacho, no te molestará y hará destacar el mobiliario más moderno, me gusta mezclar estilos, ya lo sabes, y, además, añadirá un poco de calor, de recuerdos de familia burguesa, porque eso es lo que somos, ¿no? Una familia burguesa».

Alexandre no había comprendido el final de la frase, pero sí que su padre iba a comprar el ropero.

Lo había hecho trasladar a su despacho y Alexandre se había acostumbrado a esconderse dentro. Olía a cera y a lavanda y, concentrándose, se podía escuchar el ruido del mar y el murmullo de los mástiles de los barcos. Estaba tapizado con una cretona verde y amarilla. Cerraba las puertas sobre él, se ponía el walkman en las orejas, apoyaba la cabeza en la pared y, hecho una bola, se internaba en su MISS. Su Mundo Imaginario Súper Secreto. En su MISS viajaba a un país donde todo el mundo vivía según las palabras de John

Lennon en su canción *Imagine*. Otro accesorio indispensable en el MISS: un par de gafas redondas que permitían ver lo invisible. A menudo llevaba a Zoé con él. «Ves, contaba, en el MISS los paisajes son de pastel, la gente está vestida de blanco, nadie se lava, siempre se está limpio y todo el mundo hace lo que quiere. No hay amos ni dinero ni colegio ni notas ni atascos ni padres divorciados, todo el mundo se quiere, la única regla es no fastidiar al resto de habitantes del MISS».

Y hablar inglés.

Era importante para él. Al principio, a Zoé le había costado. Alexandre hablaba un inglés fluido, pues sus padres le enviaban todos los veranos a un colegio inglés. Ella había aprendido a dejarse guiar por su primo y, cuando no entendía algo, él se lo traducía. A ella le gustaba también cuando no traducía: le producía escalofríos escuchar hablar a Alexandre sin entender nada. Tenía miedo, le cogía de la mano y esperaba la continuación de las aventuras que él inventaba. Siempre interpretaba todos los papeles, incluso el del viento y el de la tempestad.

Esa noche, Carmen les había hecho cenar pronto. Iris había ido a una fiesta del libro y Philippe, a una cena de negocios. Alexandre y Zoé fueron a refugiarse al despacho de Philippe y entraron, con aire conspirador, en el ropero mágico. Alexandre había instituido todo un ritual. Primero había que ponerse las gafas redondas y decir tres veces: «*Hello, John; hello, John; hello, John*». Después se sentaban hechos una bola, cerraban los ojos y cantaban la letra de la canción de Lennon «*imagine no possession, it's not hard to do, no reason to kill or die for, and no religion too*».* Al final, se cogían de la mano y esperaban a que un emisario del MISS viniese a buscarles.

—¿No va a buscarnos Carmen?

—Está viendo su serie en la cocina...

—¿Y tu padre?

—Volverá tarde. ¡Deja de pensar en eso! Concéntrate y llamemos primero al Gran Conejo Blanco...

* Imagina no poseer nada, no es difícil, sin razón para matar o morir y sin religión...

Zoé cerró los ojos y Alexandre pronunció las palabras mágicas:

—*Hello White Rabbit, where are you, White Rabbit?*

—*Here I am, little children... Where do you want to go today?* —respondió Alexandre imitando una voz grave.

Alexandre lanzó una mirada a Zoé y respondió:

—*Central Park... New York... The imagine garden...*

—*Okay, children, fasten your seat belts!**

Hicieron como si se ajustasen los cinturones.

—Nunca he estado en el Central Park —murmuró Zoé.

—Yo, sí. Cállate. Sigámosle... Ya verás qué bonito es. Imagina... Hay calesas tiradas por caballos, lagos con patos y una escultura que representa a *Alicia en el país de las maravillas*... Allí, en Central Park, el Gran Conejo Blanco ¡tiene una estatua!

Estaban a punto de partir hacia Central Park cuando se abrió la puerta del despacho y escucharon pasos.

—¿Tu padre?

—¡Chissst! Espera... Ya veremos.

—No podemos ver nada, estamos encerrados.

—¡Qué tonta eres! Espera... Quizás sea el Gran Conejo Blanco.

Era Philippe. Escucharon su voz. Hablaba por teléfono. En inglés.

—¿Crees que está jugando con nosotros? ¿Conoce el MISS?

—¡Chissst!

Puso la mano en la boca de Zoé y los dos escucharon, reteniendo el aliento.

—*She didn't write the book, John, her sister wrote it for her. I am sure of it...***

—¿Qué dice?

—¡Espera!

---

* Hola, conejo blanco, ¿dónde estás, conejo blanco? / Aquí estoy, pequeños, ¿a dónde queréis ir?/ Al jardín de «imagine»/ De acuerdo, chicos, ¡abrochaos los cinturones!

** No ha escrito el libro, John, lo ha escrito su hermana. Estoy seguro.

*—Yes, she's done it before! She's such a liar. She made her sister write the book and she is taking advantage of it! It's a big hit here in France... no! Really! I'm not kidding!**

—¿Qué está diciendo? ¡No entiendo nada!

—¡Qué pesada eres, Zoé! Espera. Te traduciré después. Me vas a hacer perder frases.

*—So let's do it. In New York... At the film festival. I know for sure he's going to be there. Can you manage everything? OK... We talk soon. Let me know...***

Colgó.

Los dos niños permanecieron petrificados en el ropero. No se atrevían a moverse, ni siquiera a susurrar. Philippe encendió entonces su cadena de alta fidelidad y una música clásica inundó la habitación, permitiéndoles hablar.

* * *

—¿Qué ha dicho? ¿Qué ha dicho? —insistió Zoé quitándose sus gafas redondas.

—Ha dicho que mi madre no ha escrito el libro. Que fue tu madre la que lo escribió. Dice que mi madre ha hecho ya eso antes. Que es una enorme embustera.

—¿Y tú le crees?

—Si él lo dice, es que es verdad... Él no miente nunca, estoy seguro.

—Es cierto que el siglo XII es más bien de mamá. Así que ella habría escrito el libro y es tu madre la que... Pero ¿por qué, Alex, por qué?

—No lo sé...

—Podríamos preguntárselo al Gran Conejo Blanco.

---

* ¡Sí, ya lo había hecho antes! Es una mentirosa. Ha hecho que su hermana escriba el libro y ella se lleva todo el rédito. ¡Aquí está el número uno! ¡De verdad! ¡No bromeo!

** Hagámoslo. En Nueva York, en el festival de cine. Sé que estará allí. ¿Lo puedes organizar todo? Ok, hablamos pronto. Dime algo.

Alexandre la miró con aire grave.

—No, vamos a quedarnos todavía un poco más: quizás vuelva a telefonear.

Oyeron a Philippe caminar por el despacho. Se detuvo. Comprendieron que estaba encendiendo un cigarro y pronto sintieron que el olor a tabaco invadía la habitación.

—¡Qué mal huele! —protestó Zoé—. Tenemos que salir. Me pica la nariz...

—Espera primero a que se vaya. No podemos dejar que nos vean... Después ya no habrá más MISS. Un sitio secreto, si es descubierto, deja de existir... Aguántate y espera.

No tuvieron que esperar mucho tiempo. Philippe salió de su despacho para preguntar a Carmen dónde estaban los niños.

Salieron del ropero sin hacer ruido y entraron en la habitación de Alexandre donde los encontró Philippe, sentados en el suelo, leyendo tebeos.

—¿Qué tal, niños?

Se miraron incómodos.

—¿Os he asustado? ¿Queréis que veamos una película juntos? Mañana no hay colegio, podéis acostaros tarde.

Aceptaron aliviados y se pelearon por elegir la película. Alexandre quería ver *Matrix* y Zoé, *La bella durmiente*. Philippe los reconcilió proponiendo ver *El asesino vive en el 21*.

—Así, Zoé, estarás contenta. Sentirás un poco de miedo, pero sabes que terminará bien.

Se acomodaron delante de la tele y, mientras Philippe ponía la película, los dos niños se lanzaron una mirada de complicidad.

* * *

Había sido Luca el que se lo había comentado seis meses antes: «En octubre próximo habrá un coloquio sobre lo sagrado en la Edad Media, en Montpellier, yo participo, debería usted venir e intervenir. Una publicación más le vendría muy bien». Iba a encontrarse con él en Montpellier. Hablaría el viernes. Ella estaba inscrita para el sábado por la tarde.

Había vuelto después de haber desaparecido todo el verano. Sin explicación. Un buen día se lo había cruzado en la biblioteca. Ella no se había atrevido a hacer preguntas. Él había preguntado: «¿Ha pasado usted un buen verano? Tiene usted buena cara, ha adelgazado, le sienta bien... Me he comprado un móvil, detesto la idea de tener uno, pero debo reconocer que es práctico. No sabía cómo contactar con usted este verano, no sabía su número. Los dos estamos pasados de moda de verdad».

Ella había sonreído, conmovida al oírle decir «los dos», conmovida de que él se comparase con ella. Después se había repuesto y había presumido de los encantos del verano, Deauville, París en el mes de agosto, la biblioteca casi vacía, la circulación fácil, las orillas del Sena, París Playa.

Vino a buscarla a la estación. Con su eterna parka, la sonrisa en los labios, una barba de tres días que sombreaba sus hundidas mejillas. Parecía feliz de que ella estuviese allí. Cogió su bolso y la condujo hasta la salida apoyando ligeramente la mano en su hombro. Ella caminaba mirando a uno y otro lado para ver si la gente la miraba acompañada de un hombre tan guapo. Eso elevaba su autoestima.

—Yo también me he comprado un móvil.

—¡Ah! Muy bien... Ya me dará el número.

Pasaron delante de un quiosco: en el escaparate se presentaba una larga fila de ejemplares de *Una reina tan humilde*. Joséphine sintió un sobresalto.

—¿Ha visto eso? —dijo Luca—. ¡Qué éxito! Lo compré después de toda la publicidad que hicieron y no está nada mal. Nunca leo novelas recientes, pero esta, por la época en la que se desarrollaba, tuve ganas de leerla. La devoré. Muy bien escrita. ¿La ha leído usted?

Joséphine balbuceó que sí y, cambiando de tema de conversación, le preguntó qué tal iban las conferencias. Sí, los conferenciantes eran interesantes, sí, su intervención había ido bien, sí, habría una publicación.

—Y esta noche, si no tiene usted inconveniente, la invito a cenar. He reservado una mesa en un restaurante al borde del mar. Me han hablado muy bien...

La tarde pasó rápido. Ella habló durante veinte minutos con voz clara y segura en un anfiteatro, ante una treintena de personas. Se mantuvo derecha y se sorprendió de su nueva seguridad. Algunos colegas vinieron a felicitarla. Uno de ellos hizo alusión al éxito de *Una reina tan humilde*, congratulándose de que el siglo XII fuese por fin destacado y liberado de sus tópicos. «Hermosa obra, hermoso trabajo», concluyó al dejarla. Joséphine se preguntó si hablaba de su conferencia o de la novela, y luego se recuperó diciéndose que las había escrito la misma persona. ¡Voy a acabar por olvidarlo! Se dijo guardando sus papeles.

Se encontró con Luca en el hotel. Cogieron un taxi para ir al restaurante en la playa de Carnon y ocuparon una mesa al borde del mar.

—¿No tiene usted frío? —preguntó él desplegando el menú.

—No. Con la calefacción exterior gratinándome los hombros bastará —respondió ella, riéndose, indicando con el mentón el brasero que servía de calefacción auxiliar.

—Va usted a acabar asada. Y la pondrán en el menú.

Rio y eso le transformó. Tenía un aspecto más joven y más ligero, liberado de las sombras que habitualmente le rodeaban.

Ella se sentía de buen humor, desenvuelta. Echó un vistazo al menú y decidió pedir lo mismo que Luca. Él pidió vino con aire serio. Es la primera vez que le veo tan relajado, quizás, después de todo, se sienta feliz en mi compañía.

Le hizo preguntas sobre sus hijas, le preguntó si siempre había tenido ganas de tener hijos o si Hortense y Zoé habían sido los frutos del azar conyugal. Ella le miró extrañada. Nunca se había planteado esa cuestión.

—De hecho, sabe, antes yo no pensaba demasiado. Fue después de mi separación de Antoine cuando la vida se hizo más complicada. También más interesante... Antes, dejaba pasar la vida, seguía mi pequeño camino trazado: me casé, tuve hijos y hubiese envejecido con mi marido, para después convertirme en abuela. Una vida pequeña sin historia. Es la separación la que me ha despertado...

—¿Y el despertar fue duro?

—Bastante duro, sí.

—¿Recuerda usted cuando fuimos al cine, la primera vez?, me dijo que estaba escribiendo un libro y después se corrigió, me gustaría saber si fue un error de lenguaje o...

—¿Yo dije eso? —preguntó Joséphine para ganar tiempo.

—Sí. Debería usted escribir, tiene una forma muy seductora de hablar de historia antigua. La he estado escuchando esta tarde.

—¿Y usted? ¿Por qué no escribe?

—Porque para escribir tiene que ser uno su propio jefe, tener un punto de vista, saber quién es... Y eso todavía no lo sé.

—Y, sin embargo, da usted una impresión completamente diferente.

—¿Ah, sí?

Había levantado una ceja y jugaba con su vaso de vino.

—Entonces diremos que las apariencias engañan... De hecho, las apariencias engañan casi siempre. Sabe, tenemos algo en común, los dos somos unos solitarios... La observo en la biblioteca, no habla con nadie, me siento muy halagado de que se haya interesado por mí.

Ella se sonrojó y balbuceó:

—¡Se burla usted de mí!

—No, hablo en serio. Trabaja con los ojos hundidos en sus libros y se marcha como un ratoncito. ¡Salvo cuando deja caer los libros!

Joséphine se echó a reír.

Reinaba una atmósfera irreal en torno a aquella cena. No se podía creer que fuera ella la que estaba sentada frente a él en esa terraza al borde del mar. Su timidez la abandonaba, tenía ganas de confiarse, de hablar. El restaurante se había llenado y un fuerte murmullo había reemplazado a la calma del principio de la velada. Estaban obligados a acercarse el uno al otro para hablar, y eso reforzaba su intimidad.

—Luca, me gustaría hacerle una pregunta muy personal.

Atribuyó su atrevimiento al vino, a la brisa marina de ese final de verano que todavía se sentía en los manteles blancos, en las faldas cortas de las mujeres. Se sentía bien. Todo lo que la rodeaba parecía repleto del mismo bienestar. El vaho de la noche dibujaba guirnaldas sobre el parqué de madera, y Joséphine leía en ello un mensaje de aliento. Tenía la impresión, inhabitual en ella, de estar acorde con el decorado. Sentía que la felicidad estaba al alcance de su mano y no quería dejarla pasar.

—¿Por qué no se ha casado usted nunca? ¿Nunca ha tenido ganas de tener hijos?

No respondió. Se ensombreció, sus ojos se fijaron en el horizonte y sus labios se convirtieron en dos trazos cerrados, amargos.

—Preferiría no contestar, Joséphine...

Sintió de nuevo esa penosa sensación de haber cometido una torpeza.

—Lo siento, no quería herirle.

—No me ha herido. Después de todo, soy yo el que empezó a hacer preguntas personales.

Pero si sólo hablamos de generalidades y de la Edad Media, nunca sabremos nada el uno del otro, protestó ella sin decir palabra. Ese verano, hojeando revistas, le había visto de nuevo en anuncios, uno para un perfume masculino; sostenía en sus brazos una larga mujer morena de largos cabellos que reía a carcajadas, dejando adivinar un talle fino y musculoso. Joséphine había observado detenidamente ese anuncio: había en los ojos de Luca una intensidad que ella no conocía todavía. Un deseo grave e imperioso. Los hombres querrán comprar esa colonia para parecerse a él. Se había preguntado si no debería dejarse el pelo largo como la chica morena.

—Le he visto este verano en un anuncio para una colonia, creo —dijo, deseando cambiar de tema.

—No hablemos de eso, ¿quiere?

Su mirada volvió a ser misteriosa, impenetrable. Giró la cabeza hacia el interior del restaurante como si esperase a alguien. El hombre amable, jovial, con el que hablaba hacía unos segundos se había marchado y no quedaba más que un extraño.

—Hace frío, ¿quiere usted que nos vayamos?

En el taxi que los llevaba al hotel, Joséphine le observaba. Él se mantenía en una esquina y miraba por la ventanilla.

—Lo siento, no debí hacerle esas preguntas. Estábamos tan bien antes de que yo hablase, me dejé llevar.

La miró con infinita dulzura y con cansancio a la vez, y, atrayéndola hacia él, pasó su brazo alrededor de su cintura.

—Es usted encantadora, Joséphine. No sabe hasta qué punto me conmueve. No cambie nunca, por favor, no cambie nunca.

Había pronunciado estas últimas palabras como una súplica. Joséphine se sorprendió de la intensidad que había en su voz.

Él le levantó la cabeza, colocó un dedo bajo su mentón y, forzándola a mirarle a los ojos, añadió:

—Soy yo el que soy imposible. Me siento mejor cuando está a mi lado. Me calma, me gusta hablar con usted.

Ella apoyó la cabeza sobre su hombro y se dejó llevar. Respiraba su olor, intentando identificar la verbena y el limón, la madera de sándalo y la corteza de naranja, preguntándose si era el mismo perfume del anuncio. Las farolas de las avenidas desfilaban por la ventana; ella deseaba que el paseo nocturno no terminase nunca. El brazo de Luca en torno a su cintura, el silencio de la noche, el traqueteo regular del coche y de los delgados árboles que se erguían pálidos a la luz de los faros. Se abandonó sin pensar cuando le besó. Un largo beso suave, tierno, que sólo se interrumpió cuando el taxi se detuvo ante el hotel.

Cogieron sus llaves en silencio, subieron al tercer piso en el que se encontraban sus habitaciones y cuando Luca, en el umbral de su habitación, extendió el brazo para entrar, ella le dejó hacer.

Ella le dejó hacer cuando él apoyó sus manos sobre sus hombros y volvió a besarla.

Ella le dejó hacer cuando él levantó su jersey para acariciarla.

Ella le dejó hacer...

Pero, justo cuando ella estaba a punto de abandonarse contra él, la imagen de la mujer morena del anuncio vino a interponerse entre Luca y ella. Vio su fino talle, su vientre bronceado, musculoso, sus brazos delicados echados hacia atrás; apretó los dientes, contrajo su vientre, lo aspiró con todas sus fuerzas para que él no sintiese los michelines de su cintura, estoy gorda, soy fea, va a desnudarme, se va a dar cuenta... Se imaginó desnuda junto a él: una madre de familia con cabellos finos y lacios, granitos en la espalda, una gruesa cintura, unas bragas enormes de algodón blanco...

Ella le rechazó y murmuró «no, no, no, por favor, no».

Él se irguió extrañado. Se recuperó. Se disculpó y, hablando con tono ligero, declaró:

—No volveré a importunarla. No hablemos más de ello. ¿Nos vemos mañana en el desayuno?

Ella asintió con la cabeza, acongojada, y le vio desaparecer.

* * *

—¡Idiota, Shirley! Me comporté como una idiota. Él estaba allí contra mí, me besaba, me gustaba tanto, tanto, y yo no pensé más que en mis michelines, en mis bragas de algodón blanco... Se fue y lloré, lloré... Al día siguiente, en el desayuno, nos comportamos como si nada hubiese pasado. Él muy amable, muy dulce, pasándome la cesta de los cruasanes, preguntándome si había dormido bien, a qué hora era mi tren. Y yo, negándome a comer un solo cruasán por puro odio al michelín invasor. Ese hombre es el sueño de mi vida ¡y yo lo rechazo! Estoy loca, creo que estoy loca... Se acabó, no pasará nada nunca más. Mi vida está acabada.

Shirley dejó que terminara su perorata y después, extendiendo con un rodillo de pastelería la masa de tarta blanca y elástica sobre la mesa, declaró:

—Tu vida no está acabada, apenas ha comenzado. El único problema es que tú no lo sabes. Acabas de escribir un libro que está triunfando...

—No gracias a mí.

—¿No eres tú la que ha escrito el libro?

—Sí, pero...

—Tú y nadie más —replicó Shirley, apuntando con el rodillo de pastelería a Joséphine con gesto amenazante.

—Sí, pero...

—Pero tú no sabías que podías escribir. Así que seamos positivas, tu hermana te ha hecho un favor... No lo habrías escrito si no te lo hubiese pedido y, además, vas a ganar mucho dinero.

—Eso seguro.

—Gracias a ella, sabes que puedes hacerlo. Punto para ti. Ahora, hazme un favor y olvídate de ese libro. Olvida ese libro y continúa con tu vida tranquila... Escribe, ¡escribe para ti! Trabaja por tu cuenta. Deseas a un hombre y lo rechazas, deseas escribir y dudas, joder, Jo, espabila un poco, eres exasperante con tus vacilaciones y tus dudas. Y, sobre todo, sobre todo, ¡deja de pensar que eres fea y gorda! No lo eres.

—¿Entonces por qué me veo así? ¿Puedes explicármelo?

—Audrey Hepburn estaba convencida de que era fea, acuérdate. ¡Todas creemos que somos feas!

—¡Tú, no!

—Digamos que yo he recibido más amor que tú al principio. Mi madre me amaba con locura, aunque tuviera que esconderse para amarme, pero me amaba con locura. ¡Y mi padre también!

—¿Y cómo era tu madre?

Shirley dudó un instante, agujereó la pasta extendida con un tenedor y después dijo:

—Nunca decía nada, no demostraba gran cosa, pero bastaba con que yo entrase en la habitación en la que se encontraba para que su rostro se iluminase, su frente se relajase y que todas sus preocupaciones desapareciesen. No me estrechaba en sus brazos, no me besaba, pero me dedicaba una mirada de amor tal que yo la recibía cerrando los ojos de felicidad. Lo sentía tan fuerte que, a veces, volvía a entrar adrede en la habitación en la que se encontraba sólo para leer de nuevo la alegría en su rostro. Me construyó sin una palabra, sin un gesto; me dio una base tan sólida que no tengo las mismas dudas que tú...

—¿Y tu padre? —preguntó Joséphine, sorprendida de que Shirley se pusiese a hablar de su infancia y con la intención de aprovecharlo al máximo.

—Mi padre también. Tan silencioso y discreto como mi madre. Ni un gesto en público, ni un beso ni una caricia. No podía. Pero estaba allí, siempre. Los dos. Siempre han estado allí, y puedo asegurarte que no era fácil para ellos... Tú no tuviste eso; creciste sola, sin una base sólida. Todavía caminas torpemente, pero ya lo conseguirás, Jo, ya lo conseguirás.

—¿Tú crees? Después de lo que pasó la última noche con Luca no tengo muchas esperanzas...

—Ha sido un accidente. Pero no se ha acabado. Y si no es con él, será con otro...

Joséphine suspiró y contó las rodajas de manzana que Shirley desplegaba ahora sobre la pasta.

—¿Por qué las cortas tan finas?

—Porque es mejor... Más crujiente.

—¿Dónde aprendiste a cocinar?

—En la cocina...

—¡Qué graciosa!

—Se acabaron las confidencias por hoy, guapa. Ya te he contado mucho... ¿Sabes que te estás volviendo astuta?

Shirley metió en el horno la tarta de manzana, ajustó el minutero y propuso a Joséphine abrir una buena botella de vino para celebrar su nueva vida.

—¿Mi nueva vida o mi último fracaso?

—*Your new life, stupid!**

Estaban brindando por la audacia de la nueva Joséphine, cuando Gary entró en la cocina seguido de Hortense. Él llevaba un casco de moto bajo el brazo y tenía el pelo de punta. Besó a su madre en la cabeza.

—¿Has terminado tus tartas, *mummy* querida? Si quieres, puedo ir a entregarlas. Tengo la moto de un colega...

—No quiero que montes en moto. ¡Es demasiado peligroso! —gritó Shirley golpeando la mesa con la palma de la mano—. ¡Te lo he dicho cien veces!

—Pero yo iré con él y le vigilaré —dijo Hortense.

—¡Eso! Él conducirá mirándote a ti y tendréis un accidente. ¡No! Me las arreglaré sola o Jo me acompañará.

Jo asintió. Los dos adolescentes se miraron suspirando.

—¿No queda un trozo de tarta? Me muero de hambre —masculló Gary.

---

* ¡Tu nueva vida, boba!

—Vocaliza cuando hablas, no entiendo nada. Puedes coger ese trozo, está demasiado cocido... ¿Tú quieres también, Hortense?

Hortense atrapó unas migas de pasta humedeciéndose la punta de sus dedos.

—La tarta engorda...

—Tú no corres ningún riesgo —dijo Joséphine sonriéndole.

—Mamá, si quieres seguir delgada, hay que tener cuidado todo el tiempo.

—Mira, de hecho, tengo noticias de Max —siguió Gary, con la boca llena—. Ha vuelto a París y vive con su madre... ¡Se había hartado de las cabras!

—¿Ha vuelto al colegio?

—No. Tiene más de dieciséis años, ya no está obligado a ir...

—Pero ¿qué hace entonces? —preguntó Joséphine inquieta.

—Anda por ahí... Se pasó por el instituto.

—Va a acabar mal —pronosticó Hortense—. Trafica con costo y juega al póquer con su madre en Internet.

—¿Y la señora Barthillet? —preguntó Joséphine.

—Parece ser que la mantiene un cojo. Es así como le llama Max... El cojo.

—Max podría haber sido tan majo —suspiró Joséphine—. Quizás debería haber dejado que se quedase...

—Con Max en casa, ¡yo me hubiese largado! —protestó Hortense—. ¿Vienes, Gary? Vamos a probar la moto... Te lo prometo, Shirley, no haremos locuras.

—¿Adónde vais?

—Iris nos ha propuesto ir a verla en el estudio Pin-up. Va a hacer una sesión de fotos para *Elle*. Empieza en algo menos de una hora. Gary me lleva y nos quedamos un rato. Iris quiere que le dé mi opinión sobre la ropa. Me ha pedido que le haga un look. Vamos a ir a hacer compras juntas la semana que viene.

—No me gusta, no me gusta —gruñó Shirley—. Ten cuidado, Gary, ¿me lo prometes? ¡Y ponte el casco! ¡Y volvéis aquí para cenar!

Gary besó la frente de su madre, Hortense hizo un gesto con la mano a Joséphine, y salieron empujándose.

—No me gusta que vaya en moto, no me gusta... Y, además, no me gusta tampoco que Hortense revolotee a su alrededor. Este verano, en Escocia, la había olvidado. Me gustaría que no volviese a obsesionarse con ella...

—Yo he tirado la toalla con Hortense. Qué quieres: va a cumplir dieciséis años, es la primera de la clase, los profesores cantan alabanzas. No tengo nada que reprocharle... Y de todas formas, no tengo medios para enfrentarme a ella. Es cada vez más independiente. Es curioso, cuando pienso que hace apenas dos años era una niña...

—Hortense nunca ha sido una niña. Siento decirte esto, pero tu hija siempre ha sido una zorra.

—Cambiemos de tema o nos vamos a pelear. Nunca te ha gustado.

—Sí. Hace mucho tiempo. Pero no me gusta cómo trata a la gente. Manipula a unos, explota a los otros, no tiene ni un gramo de corazón.

—A ti, en cuanto se toca a tu hijo...

—¡Me rindo! Lo dejamos. ¿Vienes conmigo a entregar los pasteles?

* * *

Marcel Grobz, arrebujado en un abrigo de tweed y una bufanda escocesa amarilla, estaba sentado sobre un banco, bajo la enredadera del patio, y miraba con cansancio los sarmientos retorcidos y secos perlados de gotas de lluvia. Josiane se había ido. Había desaparecido desde hacía quince días. Se había inclinado, había empuñado su bolso de viaje y, clic, clac, con sus pequeños tacones de punta había cruzado el umbral de la puerta y había salido. Clic, clac sobre las baldosas del patio, clic, clac al abrir la verja. No había tenido fuerzas para correr detrás de ella. Hundido por la pena, había seguido el ruido de los tacones y se había dejado caer en la silla ante la mesa de Josiane. Desde entonces, se sentaba donde podía, en cuanto tenía un momento de reposo, y oía el ruido seco y resuelto de los tacones de Josiane. Eso le encogía el corazón.

Una hoja seca se separó de un árbol y cayó revoloteando a sus pies. Se agachó, la recogió y la frotó entre sus dedos. Sin Josiane ya no tenía ganas de luchar. Y Dios sabía que en ese momento necesitaba de todas sus fuerzas. Estaba librando la batalla más dura de su carrera. Para ella, para ellos, para ese bebé del que no dejaban de hablar y que se hacía de rogar.

Ginette le vio por la ventana del taller, aparcó su toro elevador y fue a su encuentro sobre el banco. Se secó las manos en su peto y, dándole una palmada en la espalda, se sentó a su lado.

—Vamos cuesta abajo, ¿eh, Viejo?

—Sí. Sin ella se me quitan las ganas...

—No tenías que haberla dejado marchar. Presionas, Marcel, ¡presionas! Yo la entiendo... La chavala ya está harta de esperar.

—¿Y tú crees que me gusta hacerla esperar?

—Sólo de ti depende que las cosas se arreglen. ¿Cuánto tiempo hace que lo dices y no haces nada? Ella piensa que hay gato encerrado. No tienes más que pedir el divorcio y todo se arreglará.

—No puedo pedir el divorcio en este momento, estoy metido en un asunto enorme. No se lo digas a nadie, Ginette, ¿me lo prometes? Ni siquiera a René...

—Te lo prometo. Ya me conoces, soy tan chismosa como una lápida.

* * *

—Estoy a punto de comprar la empresa de muebles y artículos del hogar más grande de Asia. Es enorme, ¡enorme! He hipotecado todo lo que tengo, estoy en pelotas y no puedo permitirme el lujo de una separación de Henriette; ella me pediría inmediatamente aquello a lo que tiene derecho, ¡la mitad de mi fortuna! Hace año y medio que el asunto está en marcha. Nadie lo sabe. Debo actuar en el mayor de los secretos. Se alarga, se alarga, he contratado un batallón de abogados y aunque intento que la cosa se acelere, no lo consigo. ¿Por qué te crees que acabo de pasar todo un mes en China? ¿Por placer?

—¿Por qué no se lo has dicho?

Marcel hizo una mueca y se hundió dentro de su abrigo.

—Desde el asunto de Chaval, confío menos en ella. No es que la quiera menos, no, pero desconfío. Yo soy viejo, ella es joven, puede volver a caer en los brazos de Chaval por ganas de carne fresca. Es un viejo instinto que me viene de la infancia. He aprendido a pensar en lo peor, a buscar la traición. Así que prefiero que me tome por un pusilánime.

—No hay duda de que piensa que eres un cagado y que no dejarás nunca a la del sombrerito.

—Cuando haya firmado todo, tendré las manos libres. Me las he arreglado para que ella no tenga nada que ver en la nueva organización, ni la menor participación en los beneficios ni en la gestión, le pasaré una cómoda renta hasta el fin de sus días, le dejaré el piso, no le faltará nada, no me portaré como un cerdo, te lo aseguro...

—Lo sé, Marcel. Eres un tío estupendo...

—Pero si Josiane se va, ¿de qué sirve todo eso? De nada...

Recogió otra hoja seca, jugó un momento haciéndola girar entre sus dedos y después la volvió a tirar.

—¡Tenía tantas ganas de tener ese niño! ¡Tenía tantas ganas de vivir con ella! Ella era mi motorcito. Vivir los dos, tranquilos, tan panchos con el pequeño a nuestros pies. Toda mi vida he soñado con tener un hijo y ahora que creía que iba a conseguirlo...

Ginette hundió las manos en los bolsillos de su peto y respiró profundamente.

—Bueno, Marcel. Tengo dos noticias para ti: una buena y otra mala. ¿Por cuál quieres que empiece?

—La mala. En el punto en el que estoy... ¿qué más da otra más?

—La mala es que no sé dónde está. Ni idea. No ha dicho nada, ni ha llamado por teléfono, ni la menor noticia suya...

—¡Ah! —dejó escapar Marcel con un suspiro de decepción—. Pensaba que lo sabías, que no me decías nada porque ella te lo había pedido. Contaba, incluso, con sonsacártelo, ya ves...

—No me ha llamado... Debe de estar realmente cabreada. Me ha metido en el mismo saco que a ti.

Él dejó caer su cabeza entre las piernas y esperó un momento. Después se incorporó y, con la mirada vacía, preguntó:

—¿Y la buena?

—¿La buena? La buena es que está embarazada. De tres meses. Seguramente iba a decírtelo cuando empezasteis a discutir...

La boca de Marcel se abrió en un ¡oh! de sorpresa maravillada y su mirada adquirió la inocencia de un niño. Balbuceó, balanceó la cabeza, los hombros. Su cuerpo se puso a vibrar como si fuera él el que llevase al bebé y bailase en su vientre. Cogió la mano de Ginette y la estrechó como si fuese a romperle los huesos.

—¿Puedes repetirlo? Dime, ¿puedes repetirlo?

—Está embarazada, Marcel. Y loca de alegría... Se enteró poco después de tu partida a China y, si no hubiese recibido la visita de la del sombrero con la foto de la rusa, te lo hubiese anunciado a voz en grito por teléfono y te hubiese roto los tímpanos.

—¡Está embarazada! ¡Está embarazada! ¡Gracias, Dios mío, gracias!

Miraba al cielo juntando las manos y las falanges de sus dedos palidecían de tanto que las apretaba. Metió otra vez la cabeza entre sus piernas como para tirar al suelo la espera y la angustia acumulada estos últimos meses. Parece un mono enorme, pensó Ginette afectuosa. De pronto se estiró, su mirada se endureció y, girándose hacia Ginette, preguntó:

—¿Lo va a conservar?

—Tenía las piernas que le temblaban de alegría cuando me lo contó. Y los días que siguieron, caminaba por el borde liso del enlosado para no molestar al bebé. Así que tú qué crees...

—¡Voy a ser papá, Dios mío! Ginette, te das cuenta...

Él la había cogido en sus brazos y le friccionaba la cabeza.

—Cálmate, Marcel. Cálmate. ¡No tengo ganas de quedarme calva!

—¡Pero eso lo cambia todo! Estaba dejándome llevar, he dejado el entrenamiento y las vitaminas, vuelvo a empezar a partir de hoy. Si está embarazada, volverá. No va a quedarse sola con su muñequito guardado en un cajón. Tengo toda la parafernalia en mi despacho, tengo la cuna, el cochecito, el sacaleches, los interfonos, ¡tengo incluso el tren eléctrico! Ella lo sabe, volverá... No va a quedarse la alegría para ella sola. ¡Ella no es avariciosa! Sabe lo mucho que me importa ese retoño.

Ginette le miró sonriendo. La alegría de Marcel la contagiaba, pero ella estaba menos segura del retorno de Josiane. La Josiane no se desinflaba fácilmente. Educar a un niño ella solita no le daba miedo. Ha debido de estar ahorrando y, con el peculio que Marcel le ha estado pasando durante estos años, estará al abrigo por el momento.

No dijo nada, se levantó y, antes de volver al taller, le hizo jurar que no diría nada a Josiane en el caso de que quisiese salir de su escondite.

—Chitón y la boca cosida. ¿Eh, Marcel?

Marcel hizo una gran cruz sobre su boca sonriente y cruzó los dedos.

—Prométeme, si te llama, que me lo dirás enseguida.

—¡Tú alucinas! Es mi amiga, no voy a traicionarla.

—No me digas dónde está. Me dices sólo «anda, ha llamado, está bien, ha engordado tres kilos, le duelen los riñones, se pone cojines en la espalda para aguantar, le vuelven loca los marrons glacés...». Y no olvides preguntarle si el vientre apunta hacia delante, eso es señal de que es chico, o si se va hacia un lado, sería una chica... Dile también que se alimente, que no escatime en carnes rojas, que se acueste pronto, que duerma de espaldas para no aplastarle...

—Oye, Marcel, ¿no crees que estás exagerando?

—Dile, sobre todo, y con esto acabo, que su cuenta en el banco va estallar del ataque de risa. Sobre todo, que no le falte de nada a mi bomboncito. ¡Y que se cuide!

—Escucha, Marcel, yo he tenido tres. Y he sobrevivido. ¡Cálmate!

—Nunca se es lo suficientemente prudente. No está acostumbrada a estar de brazos cruzados. Podría hacerse daño.

—Me vuelvo al curro. No me pagas por esperar al lado del teléfono, ¿verdad?

Marcel se incorporó de golpe, abrazó una rama de la enredadera y la besó. Las gotas de lluvia le mojaron las mejillas. Se hubiera dicho que lloraba de felicidad.

* * *

Iris tiró la revista sobre la mesita baja con una mueca de disgusto. Había caído en una trampa. Había recibido a la periodista en su casa, había hecho servir el té por Carmen sobre una gran bandeja oscura de madera tallada comprada en Brown and Birdy, la había agasajado con un pastel de limón merengado y había respondido a las preguntas con seriedad e indiferencia. Todo era perfecto, yo hubiera podido gritar ¡motor, acción! Escena 14. Despacho del escritor mencionado, fin de un día de otoño: ella recibe a una periodista en su despacho. Repartió libros por el suelo, arrugó algunos papeles, abrió un cuaderno sobre el que había colocado un bolígrafo y había puesto como fondo una música de jazz, la voz rota de Billie Holiday, que subraya su languidez desesperada. Todo había sido perfectamente dispuesto, al menos eso creía...

Su indolencia había sido percibida como arrogancia. Faltaba poco para que me tratara de pija endomingada y chulesca, pensó Iris con irritación. Volvió a leer el artículo. Siempre las mismas preguntas: ¿en qué se diferencian las relaciones entre hombres y mujeres del siglo XII con las de hoy? ¿De qué sufrían las mujeres entonces? ¿Son realmente más felices en el siglo XXI que en el siglo XII? ¿Qué ha cambiado realmente? ¿La modernidad y la paridad no comprometen *in fine* la pasión? «Las mujeres no tienen más seguridad afectiva que en el pasado —había respondido Iris—, se acomodan mejor, eso es todo. La única seguridad posible sería alejarse de los hombres, dejar de necesitarlos, pero eso sería morir un poco... al menos para mí». Eso no estuvo mal. Y no es arrogante. «No hay hombre ideal. El hombre ideal es el que amamos. Puede tener dieciocho o noventa años, no hay reglas. Con tal de que se le ame. No conozco ningún hombre ideal, conozco hombres, algunos me gustan, otros no». «¿Podría usted amar a un chico de dieciocho años?». «¿Por qué no? Cuando se ama, no se tiene en cuenta». «¿Qué edad tiene usted?». «La edad que el hombre que amo quiera darme».

Sintió que sus ojos se llenaban de lágrimas de irritación. Cogió otra revista, buscó en qué página hablaban de ella. No podía hojear un periódico sin encontrarse frente a frente consigo misma.

A veces se miraba con ternura, a veces con incomodidad. Mejillas demasiado enrojecidas, mala iluminación, ¡oh! ¡Qué bien salgo aquí! Lo que más le gustaba era posar para los fotógrafos. Se ofrecía a ellos, hacía mohínes, se echaba a reír, se tocaba con un gran sombrero, se aplastaba la punta de la nariz con su índice enguantado... No se cansaba nunca.

Página 121. El artículo de un viejo crítico literario intelectual y refunfuñón. Era conocido por sus ácidos dardos y sus juicios inapelables. Iris leyó las primeras palabras con ansiedad y suspiró aliviada. Le gustaba el libro: «La ciencia y el talento reunidos en una misma pluma. Detalles que enganchan, un impulso narrativo que enardece. Un vocabulario que no cultiva el hermetismo, pero que sabe ser límpido sin ser transparente...». Es bonito eso, «límpido sin ser transparente». Iris extendió la punta del chal sobre su pie, tenía frío, y llamó a Carmen, tenía sed. Recordaba muy bien a ese periodista. Lo había conocido en una cena con Philippe mientras Joséphine estaba en plena escritura. Había adoptado una expresión humilde para escucharle y le había hablado de Chamfort. Era un especialista de Chamfort. «Todo hombre que no es un misántropo a los cuarenta años nunca ha amado a los hombres». Había leído en su mirada un brillo de reconocimiento emocionado y se había callado.

En la próxima novela, Joséphine deberá realizar una obra más erudita, menos simplista. Está muy bien esta historia de maridos que se suceden y la enriquecen, pero resulta un poco frívolo. Al final, eso me perjudica. No es extraño que me tomen por un zoquete. El próximo deberá ser más oscuro, más sulfuroso, menos dirigido al gran público, pero igual de límpido.

Dio una patada a la pila de revistas y decidió ignorarlas. El estadio siguiente es que se hable de mí como una auténtica escritora. ¡Que me dejen de hacer preguntas estúpidas! ¡Y yo qué sé de las relaciones entre hombres y mujeres! Estoy casada desde hace quince años, fiel hasta aburrirme, y el único hombre al que amo vive no sé dónde, entre Londres, Nueva York, Budapest, el sur de Francia y el norte de Mali. Vaga por donde le parece, no pertenece a ningún país, a ninguna mujer, detiene un rodaje por amenazas de muerte y vuelve, alegre, despreocupado, para encontrarse con actores que le veneran y aceptarían cualquier cosa de él. Lleva siempre los mismos vaqueros mugrientos y un gorro de lana. Un bohemio genial. ¡Es eso lo que debería haberle largado a esa imbécil! Gabor Minar. El guapo, el célebre Gabor Minar fue mi amante, y todavía le amo. «Permanecer siempre fiel a un antiguo amor es a veces el secreto de toda una vida». Entonces sí que hubiese salido en primera página.

Gabor...

Iba a volver a verle.

Philippe le había propuesto llevarla a Nueva York para el festival de cine. Gabor estaría allí. Era el invitado de honor. Iris se acurrucó bajo su chal y pensó: ¿es su amor lo que echo de menos o la gloria, la celebridad y las lentejuelas que hubiera conocido quedándome a su lado? Porque después de todo, cuando nos conocimos, él no era nadie. Mi pasión ha ido aumentando a medida que aumentaba nuestro alejamiento y su celebridad. ¿Acaso no amo a Gabor porque se ha convertido en Gabor Minar, el gran director de cine reconocido en el mundo entero? Apartó de su cabeza ese pensamiento molesto y volvió a su idea: estaban hechos el uno para el otro, el error fue el matrimonio con Philippe. Voy a verle, voy a verle, y entonces, quizás, toda mi vida cambiará. ¿Qué importan quince años de ausencia cuando se ama tanto? Él no temerá nada, me raptará a la manera de los húsares, me comerá a besos... Me comía a besos cuando estudiábamos juntos en Columbia. Se acurrucó bajo su chal y observó la manicura perfecta de sus uñas.

Carmen la interrumpió al traerle su té.

—Alexandre ha vuelto del colegio. Ha sacado un ocho y medio en matemáticas.

—¡Y no me ha dicho nada! ¿Sabe que estoy en mi despacho?

—Sí, se lo he dicho. Ha respondido que tenía muchos deberes para mañana. ¡Hay que ver lo que trabaja!

—Está imitando a su padre...

Iris extendió el brazo, cogió la humeante taza de té que le tendía Carmen y se volvió a tumbar.

—Le imita en todo. Y me evita. Normal, está en la edad. El padre se convierte en el modelo, la madre no sirve para nada, y después cambia... ¡Qué previsibles son los hombres, Carmen!

Bostezó y se tapó la boca con un elegante gesto de su mano.

* * *

Josiane se despertaba por la mañana hacia las nueve, llamaba al servicio de habitaciones para que le trajeran el desayuno, subía a la balanza, anotaba su peso, se vaporizaba con una nube de perfume, *Chance* de Channel, y se volvía a acostar, mientras escuchaba su horóscopo en la radio. El astrólogo no se equivocaba nunca. Podía prever el temperamento de su jornada escuchándolo. Siempre pedía un desayuno continental y no se decidía a comer huevos, a pesar de las exhortaciones de su ginecólogo, que le aconsejaba ingerir proteínas desde la mañana. Eso está bien para los *english*, esas cosas fritas y grasas, decía tapándose la nariz; había tomado por costumbre hablar sola, pues no tenía otra compañía. Necesitaba una buena baguette, mantequilla, miel y confituras. Cortaba la punta dorada de la brioche, comía un poco de corteza, y después la dejaba a un lado: ¡ay, si me viera mi madre! Me obligaría a tragármela de un mordisco o se la guardaría en el bolsillo.

Cada vez pensaba más en su madre.

Con el desayuno, se hacía traer la prensa y, mientras la hojeaba, encendía la tele y miraba el programa de Sophie Davant. Le decía, buenos días, Sophie, ¿qué tal estamos hoy?, le enviaba un beso y se hundía entre los almohadones. ¡Qué poco altiva era! Veía el programa con entusiasmo, hundida en la pluma de las almohadas y hablándole en voz alta. ¡Tienes razón, Sophie, mete en cintura a ese inútil! Cuando Sophie le decía adiós, se levantaba, iba a la terraza y extendía los brazos en todas direcciones para estirarse. Entraba a ducharse y después bajaba al restaurante Des Princes, componía su menú eligiendo los platos más caros. Quería probar todo lo que no conocía. Aquí es donde me educo, borro mi infelicidad, colmo mi miseria, se decía mientras probaba el caviar sobre un blini.

Por la tarde, salía. Iba a dar un paseo, vestida con una pelliza de visón que había comprado en George V, y miraba los escaparates. ¡La cara que puso la dependienta cuando había desenfundado su tarjeta Platino diciendo «quiero ese», con el dedo apuntando la golosina! Había sido un momento triunfal. Volvía a pasar y repasar la escena adelante y atrás sin cansarse. ¿Usted? Decía la mueca disgustada de la chica. ¿Usted, pobre ordinaria, va a vestirse con ese artículo de lujo extraordinario? Sí, yo, Bomboncito, le confisco su piel de conejo ricachón. Debía reconocer que calentaba bien los riñones. Nada que objetar, los ricos sí que saben. Son los campeones de la comodidad. Cuando nos empeñamos en ponernos una camiseta térmica, ellos se embuten en una buena piel.

Se pavoneaba, pues, dentro de su conejo ricachón, bajaba la avenida George V estrechando el suave cuello contra su rostro, enfilaba la avenida Montaigne y, a cada tentación, desenfundaba la Platino. Con el mismo júbilo ante las mismas caras estreñidas de vendedores y vendedoras. No se cansaba nunca. Eso, eso y eso, apuntaba con el dedo y, ¡plaf!, sacaba el arma fatal. Una sola, con una gran sonrisa, había respondido «estará usted encantada con este artículo, señora...». Ella le había preguntado su nombre y le había regalado una bufanda de cachemira. Se habían hecho amigas. Por la noche, tras haber terminado su trabajo, Rosemarie venía a cenar con ella en el restaurante Des Princes.

Se alegraba de tener compañía. A veces se sentía sola, y una gran sombra negra caía sobre sus hombros. Sobre todo por las noches. Y no era una excepción. Había toneladas de ricos beodos en Casa George. Ese era el nombre que le había dado al hotel donde residía: el George V. De vez en cuando, Rosemarie se quedaba a dormir. Ponía la cabeza sobre su vientre e intentaba adivinar si era un niñito o una niñita. Le buscaban nombres. «No te rompas la cabeza, si es un varón, se llamará Marcel, si es una mujer, podré elegir».

—¿De dónde sacas toda esta pasta? —preguntaba Rosemarie, extrañada por los gastos de Josiane.

—De mi tronco. Una noche de Navidad que me había dejado de nuevo sola para acompañar a la Escoba, me regaló la Platino. ¡Y la cuenta que va con ella!

—Es un buen hombre.

—Sí, pero, patina, patina... Para calentar a un tío, hay que enfriarle los bajos. Al desaparecer sin dejar rastro, le inquieto, le desestabilizo, hago que su cabecita trabaje... Lo intuyo. Marcel y yo estamos ligados. Veo cómo ha doblado los ingresos. Ginette ha debido de decirle lo del peque y está currándoselo duro...

—¿Cómo es tu Marcel?

—No es un niñato ni un musculitos. Pero me gusta. Venimos del mismo mundo...

Rosemarie suspiraba y pulsaba el mando a distancia. Había canales en todas las lenguas, canales que retransmitían películas porno y canales donde las presentadoras llevaban velo.

—¡Qué mundo más raro! —decía—. ¿Te vas a quedar mucho tiempo aquí?

—El tiempo necesario para que oiga la llamada del Gran Visir. Un día me levantaré y sabré que ha puesto en la puerta a la Escoba. Entonces volveré como me fui, con mi pequeña maleta.

—¡Y tu visón!

—¡Y mi conejo ricachón! Quiero que mi bebé respire riqueza. Quiero que, doblado en cuatro dentro de mi vientre, se emborrache de lujo. ¿Por qué crees que me cebo? ¿Crees que es para mí? A mí me gustan tanto el paté de Mans como el caviar iraní. Como bien por él, para que no se pierda ni una miga.

—Qué quieres que te diga, Josiane, ¡vas a ser una madre extraordinaria!

Nunca se cansaba de oír ese cumplido.

Un día que volvía de su paseo diario, envuelta en su visón, percibió a Chaval, apoyado en el bar. Se acercó, le puso la mano en los ojos y gritó «¿quién soy?». Sentía una extraña alegría al ver a un viejo conocido. Aunque fuese Chaval.

—¿Me invitas a una copita?

Él echó un vistazo a la entrada del bar, a su reloj, y le hizo una seña para que se sentara.

—¿Qué haces aquí?

—Esperando...

—¿Llega tarde?

—Siempre llega tarde... ¿Y tú?

—Yo estoy acampada aquí.

—¿Te ha tocado la lotería?

—Casi. ¡Me ha tocado el gordo!

—¿Un viejo forrado?

—Puedes suprimir lo de viejo de tu vocabulario cuando me hables...

—¿Quién es?

—Papá Noel.

Se subió sobre un taburete del bar y su abrigo se abrió, descubriendo su vientre redondo.

—¡Pero, bueno! ¡Si te ha hecho un bombo! Felicidades. ¿Has dejado el curro entonces?

—Él no quería que trabajase. Quiere que sólo viva para él.

—Entonces, ¿no te has enterado de lo de papá Grobz?

El corazón de Josiane se aceleró. Le había pasado algo a Marcel.

—¿Ha muerto?

—¡Qué va! Acaba de dar un golpe magistral. Ha comprado al mayor fabricante de productos para el hogar. El ratón que se come al elefante. ¡Todo el sector no habla más que de eso! Nadie lo vio venir. Lo ha debido de hacer con la complicidad de algún banco, ha puesto todas sus piezas en la batalla sin que nadie se enterase...

Entonces Josiane comprendió. No temblaba delante de la Escoba, esperaba a que todo concluyera. Y mientras no hubiese firmado, no podía mover ni un pelo. Henriette le tenía cogido por los cojones. Ella le había atacado a base de lanzarle mierda y él había acabado por ganar la partida. ¡Qué talento Marcel! Y pensar que había dudado de él... Pidió un whisky bien fuerte, se disculpó con Junior por la tasa de alcohol, y bebió por el éxito de su hombre, sin nombrarlo. Chaval no tenía un aspecto demasiado vivaracho. Su cuerpo no estaba para muchos trotes. Se sostenía, caído en su asiento, y lanzaba miradas ansiosas hacia la entrada.

—Vamos, Chaval, ponte recto. Tú nunca te has inclinado delante de una mujer.

—Mi pobre Josiane, te voy a decir algo, he olvidado la verticalidad. Me arrastro, me arrastro... No sabía que podía doler tanto.

—Me das pena, Chaval.

—Pues sí. Lo peor termina siempre por llegar.

—Lo peor o lo mejor. Yo bebo por lo mejor. La ruleta gira, la ruleta gira... ¡Y pensar que estaba loca por ti!

Bajó del taburete con precaución, pasó por recepción para decir que preparasen su cuenta para el día siguiente. Subió a su habitación a darse un baño.

Descansaba en la espuma perfumada, jugando con las pompas irisadas, pinchándolas para que explotasen, contando su feliz futuro a los espejos que cubrían las paredes, cuando sintió una patada golpear en su vientre. Se sofocó, se arrodilló, lágrimas de éxtasis rodaron por sus mejillas, soltó un grito mientras se hundía bajo el agua de la bañera: «¡Junior! ¡Era Junior!».

* * *

Las piernas desfilaban bajo las narices de Joséphine, piernas negras, piernas beiges, piernas blancas, piernas verdes, piernas escocesas. Encima de las piernas, había camisas, polos, chaquetas, impermeables, abrigos. Ruido y baile incesante. Del podio subía un polvillo que le picaba en la garganta. Estaban situadas en primera fila, podían tocar a los modelos que desfilaban a un metro de ellas. Al lado de Jo, recta y aplicada, Hortense tomaba notas. Iris se había ido a Nueva York. Antes de marcharse, había dicho a Joséphine: «Mira, tengo dos invitaciones para el desfile de la colección masculina de Jean-Paul Gaultier. ¿Por qué no vas con Hortense? Eso le interesaría, y a ti podría inspirarte para una próxima novela. No vamos a quedarnos todo el tiempo en la Edad Media, eh, cariño, vamos a saltar algunos siglos en la próxima...». No escribiré un segundo ni un tercer libro para ella, rumió Joséphine percibiendo a un hombre en kilt que giraba ante ella. Joséphine había cogido las invitaciones a nombre de Iris Dupin y se lo había agradecido diciéndole que Hortense estaría encantada. Le había deseado una buena estancia en Nueva York. «¡Oh!, sabes, es una ida y vuelta, un fin de semana...».

Joséphine miró a su hija por el rabillo del ojo. Describía cada modelo, anotaba los detalles, esbozaba los forros de chaqueta, las mangas, los cuellos de camisa, una corbata. No sabía que le interesara la moda masculina. Se había atado el pelo y sacaba la punta de la lengua retorcida, señal de que estaba concentrada. La capacidad de trabajo de su hija la extrañaba. Su atención volvió al podio. Iris tiene razón: observar y tomar notas. Siempre. Incluso sobre los temas que no nos apasionan, como esos hombres magníficos avanzando a grandes pasos. Algunos caminaban completamente erguidos, los ojos fijos en el vacío, otros sonreían y hacían señas a sus amigos entre los asistentes. No, ¡no escribiré otro libro para Iris! La actitud de su hermana la ponía enferma. No porque estuviese celosa, le sería imposible soportar toda esa explosión pública, sino porque veía que lo que había escrito se retorcía hasta convertirse en una parodia infame. Iris no contaba más que tonterías. Daba recetas de cocina, de belleza, la dirección de un hotel con encanto en Irlanda. Joséphine sentía vergüenza. Y no paraba de decirse: soy yo la que está en el origen de esta farsa. No tenía que haber aceptado. Fui débil. Sucumbí al dinero fácil. Suspiró. Es cierto que la vida se había vuelto agradable. Había dejado de contar. Nunca más. En Navidad llevaría a sus hijas a tostarse al sol. Elegiría un destino en un catálogo de papel cuché y se irían las tres.

Hortense volvió las páginas de su cuaderno de croquis y el ruido de las hojas devolvió a Joséphine al desfile de moda. Atrajo su atención un hombre alto, moreno, de rostro delgado, que acababa de salir y desfilaba ignorando el mundo a sus pies. ¡Luca! Iba vestido con una chaqueta negra y una camisa blanca de largas solapas asimétricas. Se sobresaltó. Avanzaba derecho hacia ella; su rostro enigmático parecía colocado sobre un cuerpo desarticulado. Se diría un maniquí de cera. Ahí es donde reside todo su misterio, pensó. Había aprendido a extraerse de su cuerpo para ejercer esa profesión que aborrecía y, cuando no actuaba, continuaba andando, separado de su envoltorio físico.

Pasó varias veces delante de ella. Ella intentó atraer su atención haciendo pequeños gestos con la mano. Cuando terminó el desfile, el grupo de modelos salió a saludar rodeando a Jean-Paul Gaultier, que se inclinó llevándose la mano al corazón. La atmósfera, sobre el podio, era distendida, campechana. Tendió el brazo hacia él y pronunció su nombre en voz alta.

—¿Le conoces? —preguntó Hortense, extrañada.

—Sí...

Ella repitió «Luca, Luca». Él se giró hacia ella. Sus ojos se cruzaron, pero los de Luca no expresaron ni sorpresa ni alegría de verla.

—¡Luca! ¡Ha sido magnífico! ¡Bravo!

Él la observó con mirada fría, distante, una de esas miradas que se lanza a una admiradora pesada para que se mantenga a distancia.

—¡Luca! Soy yo, Joséphine...

Él volvió la cabeza y se unió al grupo de modelos que saludaron y se retiraron.

—¿Luca? —lanzó una última vez Joséphine con voz debilitada.

—No te conoce de nada.

—Que sí... ¡Es él!

—¿El Luca con el que ibas al cine?

—Sí.

—¡Pero si está como un tren!

Joséphine se había vuelto a sentar y le costaba contener su emoción.

—No me ha reconocido. No ha querido reconocerme.

—¡No debía de esperarse verte aquí! Ponte en su lugar...

—Pero... pero... la otra noche, en Montpellier, me tomó en sus brazos y me besó...

Estaba tan turbada que olvidó que estaba hablando con su hija.

—¿Tú, mamá? ¿Te has pegado el lote con un chico?

—No hicimos nada más, pero después de una conferencia, me besó... me dijo que era maravillosa, que lo sosegaba, que conmigo se sentía bien...

—¿No estarás un poco agotada?

—No, te lo prometo. Es él, Luca. El que me lleva al cine... Con él tomo café en la biblioteca, que ha escrito una tesis sobre las lágrimas en la Edad Media...

—¡Mamá, estás delirando! Vuelve a la realidad. ¿Qué iba a hacer un chico tan guapo como él con una mujer como tú, eh? Piensa un poco...

Joséphine agachó la cabeza, avergonzada, royéndose el borde de las uñas.

—Es lo que no dejo de preguntarme. Por eso el otro día, en Montpellier, le rechacé cuando me besó... No por virtud, sino porque tenía miedo de ser demasiado fea.

—¡Lo rechazaste! —exclamó Hortense con voz sobreexcitada—. ¡Yo alucino en colores! ¡Voy a tener que revisar todas mis bases de cálculo! ¡Tú, rechazar a un tío tan bueno!

Se abanicaba con su cuaderno de croquis para recuperarse. Joséphine permanecía postrada sobre su silla. Las lámparas colgadas del techo se iban apagando una por una.

—Venga, ven, nos vamos... Ya no hay nadie —declaró Hortense.

Le tiró de la manga y salieron. Joséphine lanzó una última mirada hacia atrás para ver si no volvía, si no la había, finalmente, reconocido.

—Te lo prometo, cariño, no estoy mintiéndote.

—Que sí, que sí...

No ha querido verme. Se avergüenza de mí. Le puse en evidencia al llamarle. Nunca podré volver a mirarle a los ojos. Voy a tener que evitarle... Ya no iré más a la biblioteca.

Habían preparado un bufé en el fondo de un gran salón rojo y dorado. Hortense le propuso ir a beber un zumo de naranja o una copa de champán.

—Te sentará bien porque se te va la cabeza, mamaíta...

—Que sí, te aseguro que...

—Vale, vale... Venga, ¡vamos!

Joséphine se soltó.

—Creo que voy a ir a echarme un poco de agua por la cara... Nos vemos en el hall en un cuarto de hora, ¿te parece bien?

—¿Media hora?

—De acuerdo. Pero no más... Necesito volver a casa.

—¡No te enrollas nada! Por una vez que salimos del agujero.

—Media hora, Hortense, ¡ni un minuto más!

Hortense se alejó encogiéndose de hombros y murmurando «¡qué poca gracia!». Joséphine entró en el lavabo. Nunca había visto un cuarto de baño tan lujoso. Una pequeña habitación, bautizada

Powder Room en letras rosas sobre la puerta gris, hacía oficio de antecámara donde se abrían otras cuatro puertas grises con adornos de pintura rosa. Abrió una al azar. Penetró en una habitación redonda, toda de mármol, con un profundo lavabo, toallas esponjosas dispuestas a su alrededor, un frasco de agua de colonia, jabones, crema para manos, cepillos para el pelo. Se miró en el espejo. Tenía el rostro descompuesto. Su boca temblaba. Hizo correr el agua en el lavabo y hundió la cabeza. Olvidar a Luca. Olvidar la mirada de Luca. Olvidar la fría mirada de Luca que decía no la conozco. No respirar, permanecer con la cabeza en el agua. Aguantar hasta que los pulmones exploten. Ahogarse bajo el agua para olvidar que me ahogo sobre la tierra. No ha querido reconocerme. Consiente en tratarme como un igual en Montpellier, entre universitarios, pero, bajo los artesonados dorados de este hotel de lujo, entre estas criaturas sofisticadas, me ignora. Sus pulmones comenzaban a sufrir, pero aguantaba bien. Olvidar a Luca. Olvidar la mirada fría de Luca. Esa mirada... Ni hostil ni rabiosa, no: sólo vacía. Como si yo no existiese... Si me hago daño, aquí, ahora, si lleno mis pulmones de agua hasta que me estallen los tímpanos, el dolor físico reemplazará al dolor mental. Es lo que hacía cuando estaba apenada, de pequeña. Se cortaba el dedo o se quemaba la piel bajo las uñas. Dolía tanto que olvidaba el otro dolor. Pensaba en el dedo dolorido, le hablaba, le mimaba, le daba besos, y toda su pena se borraba con esos besos, borraba la voz de su madre que decía rechazándola «qué patán eres, Jo, compórtate un poco, toma ejemplo de tu hermana». O: «Joséphine no tiene el brillo de su hermana, no sé qué vamos a hacer, verdaderamente esta niña no está dotada para la vida». Ella se encerraba en su habitación, se hería, y después se consolaba. Era un ritual que seguía sin excepción. Pálida, digna, colérica. Funcionaba. Sacaba sus cuadernos y se ponía a hacer los deberes. Voy a encontrarme con Hortense y dejaré de pensar en Luca. Hundió una vez más la cabeza en el agua y permaneció sin respirar, aguantando hasta el límite de su resistencia. Tragaba agua, pero permanecía sumergida, agarrándose al borde del lavabo. La sangre batía en sus oídos, golpeaba contra sus sienes, sentía sus mandíbulas a punto de explotar.

Él la había mirado fríamente y, después, le había dado la espalda y se había alejado. Como si ella no mereciese la pena, como si no existiese.

Sacó la cabeza del lavabo salpicando agua por todos lados, mojando las toallas inmaculadas y blancas, el embalaje de los jabones. Se echó los brazos alrededor del cuerpo y se abrazó. Voy a morirme, voy a morirme. Se ahogaba, se sofocaba, levantaba la cabeza buscando aire. Percibió en el espejo la figura pálida de una ahogada, y un recuerdo vino a golpear su memoria. Papá, los brazos de papá, «eres una criminal», y ella escupiendo agua salada y llorando... Sintió un escalofrío de terror. Todo volvía. El baño con su madre e Iris, una tarde de verano, en Las Landas. Su padre se había quedado en la orilla, no sabía nadar. Su madre y su hermana se reían de él y se tiraban corriendo en las olas mientras él permanecía allí, avergonzado, vigilándolas. No vayáis muy lejos, hay corrientes, es peligroso... Su madre era una excelente nadadora. Iba a bañarse y desaparecía nadando con un crol potente y regular. Las niñas, cuando eran pequeñas, la miraban alejarse mudas de admiración. Les había enseñado a nadar como ella. Hiciese el tiempo que hiciese, las metía en el agua y las llevaba lejos. Decía: «No hay nada mejor que la natación para formar el carácter». Ese día, el mar estaba en calma. Hacían la plancha, batiendo los pies mientras que su padre, en la orilla, se enfadaba y hacía grandes señas con las manos. En un momento dado, su madre había mirado a la orilla y había dicho: «En efecto, nos alejamos, hay que volver, vuestro padre quizás tenga razón, el mar puede ser peligroso por aquí...». Les costaba volver. Ya podían nadar, nadar con todas sus fuerzas, que la corriente las arrastraba. Se había levantado viento, las olas se ornaban con amenazantes tocados de espuma. Iris había empezado a llorar, «no lo conseguiré, mamá, no lo conseguiré nunca», su madre había apretado la boca, «cállate, no llores, no sirve de nada, ¡nada!», Joséphine podía leer el miedo en su rostro. Y entonces el viento había soplado más fuerte y la lucha había sido más dura. Se habían agarrado al cuello de su madre y tragaban agua. Las olas les golpeaban, el agua salada les picaba en los ojos. Entonces Joséphine sintió cómo su madre la rechazaba. «Déjame, déjame». Había atrapado a Iris por el mentón, le había dado una bofetada y, agarrándola bajo su brazo, había vuelto a la orilla nadando a braza lateral, hundiendo la cabeza en las olas, escupiendo el agua a un lado, efectuando poderosos movimientos de piernas.

Ella se había quedado atrás. Sola. Su madre no se había vuelto. La había visto intentar franquear varias veces la barrera de olas. Varias veces había sido rechazada, pero había vuelto al asalto, llevando a Iris inconsciente bajo su brazo. Les había visto franquear la barrera. Había percibido a su padre gritando sobre la arena. Había sentido pena por él y había imitado a su madre, la braza lateral de su madre, el brazo hacia delante buscando la orilla, la cabeza bajo el agua, había partido al asalto de las olas que se hacían cada vez más grandes. Tragaba agua salada, la escupía, la arena de las olas le arañaba los ojos. «No llorar, se repetía, no llorar, voy a perder mis fuerzas si lloro». Recordaba muy bien aquella frase, «no llorar, no llorar»... Tuvo que intentarlo varias veces antes de que una ola la cogiese y la devolviera a la orilla, a los pies de su padre, que había entrado hasta la cintura en el agua y le tendía la mano gritando su nombre. Él se la había arrancado a la ola y la había llevado en su regazo repitiendo «criminal, criminal, criminal». Ya no recordaba lo que había pasado después. Nunca se volvió a hablar de aquello.

Miró a la ahogada en el espejo. Por qué te preocupas, dijo a la chica del espejo, aquel día te salvaste, tendrías que haber muerto, pero una mano vino a recogerte sobre esa ola y te condujo a la orilla; entonces no tengas miedo, no tengas miedo nunca más, no estás sola Joséphine, no estás sola.

De pronto tuvo esa certidumbre: no estaba sola.

Sobrevivirás a esa mirada de Luca, sobrevivirás como sobreviviste a la mirada de tu madre que te abandonó, sin volver la vista atrás.

Se secó la cara con una toalla, puso en orden su peinado y se empolvó la nariz.

Una niña la esperaba en el hall del hotel. Su niña, su amor. La vida había continuado después, la vida continúa siempre. Te da razones para llorar y razones para reír. Es la vida, Joséphine, confía en ella. La vida es una persona, una persona que hay que tomar por compañera. Entrar en su corriente, en sus remolinos, a veces te hace tragar agua y te crees que vas a morir, y después te agarra por el pelo y te deja más lejos. A veces te hace bailar, otra te pisa los pies. Hay que entrar en la vida como se entra en un baile. No parar el movimiento llorando por uno, acusando a los demás, bebiendo, tomando pastillitas para amortiguar el choque. Bailar, bailar, bailar. Pasar las pruebas que te envía para hacerte más fuerte, más determinada. Tras ese baño en Las Landas, había estudiado encarnizadamente, se había sumergido en sus estudios, había construido su vida. Otra ola se había llevado a Antoine, pero ella había sobrevivido. Llegarían otras olas, pero sabía que tendría la fuerza de atravesarlas y que siempre, siempre habría alguien en la orilla. Así es la vida, se dijo con certeza mirándose en el espejo. Olas y olas.

Miró a la chica del espejo. Sonrió tranquila. Inspiró profundamente y volvió a buscar a Hortense.

* * *

Domingo por la noche. El avión hacia París acababa de despegar del aeropuerto JFK y Philippe miraba a su mujer tumbada a su lado. No habían hablado casi desde la cena de la víspera en el Waldorf Astoria. La gran cena de clausura del Festival de Nueva York. Esa mañana se habían levantado tarde, habían tomado su desayuno en silencio. Philippe había dicho: «Tengo que ver a dos personas hoy, ¿quedamos a las cinco en el hotel para ir al aeropuerto? No tienes más que ir de compras, pasearte, hace bueno». Ella no había respondido, metamorfoseada en gran estatua de piedra dentro del gran albornoz blanco del hotel. Sus ojos azules miraban al vacío y sus pies finos se balanceaban. Él le había dejado dinero para coger taxis o ir al museo. Abren en domingo, aprovéchalo. Se había ido sin que ella abriese la boca. Por la noche, un coche les había conducido al aeropuerto. Dos plazas, first class, para Roissy-Charles-de-Gaulle. Nada más acomodarse en el avión, había pedido a la azafata que no la despertaran. Se había puesto un antifaz en los ojos y había girado la cabeza hacia él diciendo: «No te importa si me duermo, estoy agotada. Ida y vuelta en un fin de semana, no volveré a hacerlo».

Él la miraba dormir. Sin sus grandes ojos azules, se parecía a cualquier mujer elegante que viaja en primera clase, confortablemente instalada bajo su manta. Sabía que no dormía. Debía de estar repasando los acontecimientos de la víspera.

«Lo sé todo, Iris —tuvo ganas de decir—. Lo sé porque fui yo quien lo organizó».

La llegada a Manhattan. La gran limusina que les había llevado al hotel. Ella parloteaba como una niña, se extrañaba de un tiempo tan luminoso en noviembre, estrechaba la mano de Philippe, señalaba con el dedo un cartel publicitario, una casa irregular. En el hotel, se había lanzado sobre los periódicos, página de espectáculos. Se anunciaba la llegada de Gabor Minar, «el gran director de cine europeo, con quien todas las actrices sueñan rodar. Sólo le falta un contrato con una gran productora americana para hacer de él el maestro del cine contemporáneo», escribía el periodista del *New York Times;* no debía de estar muy lejos. «Se murmura que tiene una cita con Jo Schrenkel». Los leía desde la primera hasta la última línea, levantando apenas la cabeza para responder a sus preguntas. «¿Qué películas quieres ir a ver?», preguntó él mientras consultaba el programa del festival. Ella respondía «elige tú, confío en tu opinión», dirigiéndole una sonrisa distraída, de conveniencia. El sábado habían comido en Bernardin con unos amigos venidos también de París. Iris decía sí, decía no, decía es buena idea, pero Philippe la sentía fijada en un único objetivo: su encuentro con Gabor. La primera noche, cuando se vestía para la velada, había cambiado tres veces de vestido, de pendientes, de bolso. Demasiado vestida, decían sus cejas fruncidas, demasiado señora, no lo suficientemente bohemia. Al término de la proyección de su película, Gabor Minar no había venido. Estaba previsto que hablase, que respondiese a las preguntas de los espectadores. Cuando las luces se encendieron, un organizador había anunciado que no se presentaría. Del público surgió un ¡oh! de decepción. Al día siguiente, se supo que había pasado la noche de fiesta en un club de jazz en Harlem. No se puede contar nunca con él, había dicho un productor, despechado. Estamos obligados a plegarnos a sus caprichos. Quizás por eso hace películas tan poderosas, había comentado otro. Estaban en el desayuno. No se hablaba más que de la ausencia de Gabor Minar. Por la tarde, habían visto otras películas. Sentada a su lado, Iris se agitaba en su butaca, después se paralizaba cuando un espectador tardío venía a sentarse delante de ellos. Sentía su cuerpo en tensión por la esperanza de ver a Gabor. Él no se atrevía a posar su mano en la de ella por miedo a que saltase como un resorte. Por la noche, nuevamente, se había preparado. Baile de vestidos, aspecto perplejo, baile de zapatos, aspecto inquieto, baile de joyas, aspecto contrariado. Era la cena de gala. Él iba a venir. Era el invitado de honor. Ella había elegido un vestido largo de noche en tafetán que le resaltaba sus ojos, su largo cuello, la gracia de su porte. Philippe se había dicho, mirándola, es como una larga liana con dos grandes ojos de azul profundo. Ella canturreaba al abandonar la habitación y correr hasta el ascensor haciendo volar su vestido.

Estaban sentados en la mesa de honor. En la mesa de Gabor Minar. Cuando él entró, la sala entera se había levantado y estallado en aplausos. Todos los resentimientos se borraron. ¡Magnífico, sublime, cautivador, extraño! ¡Qué fuerza! ¡Qué puesta en escena! ¡Qué energía! Las bocas de las mujeres se tendían hacia él en ofrenda suplicante. Los hombres aplaudían con los brazos levantados para crecer frente al genio. Había aparecido flanqueado por sus actores. Gigante desgarbado, barbudo, vestido con unos vaqueros viejos y agujereados, una cazadora de cuero, botas de motorista y su eterno gorro de lana enfundado en el cráneo. Se había inclinado con una sonrisa, se había quitado el gorro de lana como señal de agradecimiento. Sus cabellos revueltos y grasientos habían escapado, él los había aplastado con un rudo gesto de su mano, había atravesado la sala y había ido a sentarse a su mesa con toda su *troupe*. Se habían movido, les habían hecho sitio. Iris estaba sentada en el borde de su silla, el cuello inclinado, la mirada tensa como un arco hacia él. En ese momento, Philippe le había rozado el brazo; ella lo había retirado como si hubiese recibido una descarga eléctrica. Gabor Minar había saludado con la cabeza, uno por uno, a cada invitado presente en la mesa, agradeciéndoles su presencia. Su mirada cayó sobre Iris. Él la había mirado, había hecho un esfuerzo por recordar... Había buscado en su cabeza durante unos segundos. Iris palpitaba, entregada. Los invitados presentes alrededor de la mesa se extrañaron y sus miradas iban de uno a otro. Entonces Gabor había exclamado: «*Irish! Irish!*». Ella se había incorporado, magnífica, sonriente, alumbrada por una intensa alegría. «*Irish! You! Here! Unbelievable! Such a long time!*».* Iris se había levantado para ir a besarle. Él la había estrechado en sus brazos. Todo el mundo les miraba. «¿Su mujer conoce a Gabor Minar?», había preguntado a Philippe su vecino de mesa. «¿Le conoce personalmente?». «Sí», había contestado Philippe, los ojos puestos en Iris, sin perderse ni una migaja del espectáculo que ofrecían Iris y Gabor reunidos en el mismo halo luminoso, llevados por los mismos murmullos de curiosidad. «Ella le conoció cuando estudiaba en Columbia». Todos los asistentes miraban a Gabor Minar tomar a Iris en sus brazos y besarla. Iris, en los brazos de Gabor, recibía el mudo homenaje de la sala como si fuese la mujer de Gabor, como si por fin se hiciera justicia y el olvido fuera reparado. ¡Oh! la mirada que entonces había posado ella sobre Gabor... Philippe no la olvidaría nunca. Una mirada de mujer que llegaba a puerto, que volvía a los brazos del hombre, de su hombre. Sus grandes ojos azules devoraban a Gabor, sus manos venían a situarse naturalmente entre sus manos. Él la abrazaba y la estrechaba contra él con su vigoroso brazo.

Después se había vuelto hacia una mujercita rubia, menuda, vestida con una larga falda de volantes y con una camisetita blanca. Una mujer un poco discreta pero bella, que se mantenía a la sombra del gigante y sonreía.

—*Elisa... my wife* —había dicho él tomando a su mujer por el hombro y presentándosela a Iris.

Elisa se había inclinado, había dicho «*how are you, nice to meet you*». Iris la había mirado, los ojos brillantes de estupor. «Estás... estás... ¿casado?», había preguntado con vocecita temblorosa al gigante. Gabor se había echado a reír y había contestado: «*Yes,*

* ¡Tú! ¡Aquí! ¡Increíble! ¡Después de tanto tiempo!

and I have three kids!».* Después, soltando a Iris como quien deja un objeto codiciado por un instante, había agarrado a su mujer y la había sentado a su lado. Otras personas se habían acercado, él se había vuelto a levantar, y había vuelto a la tarea de dar besos con el mismo ánimo, con el mismo calor, ¡Eh! ¡Jack! ¡Eh! ¡Terry! ¡Eh! ¡Roberta!, cogiéndoles en sus brazos, levantándolos del suelo, dando a cada uno la impresión de ser la única persona en el mundo que contaba, y después, dirigiéndose a su mujer, la presentaba manteniéndola firmemente a su lado. ¡Qué generosidad! ¡Qué fuerza!, no pudo evitar pensar Philippe. Se parece a sus películas: desaliñado y fulgurante. Es un proyector. Te ilumina con un gran rayo sincero, poderoso, generoso, y después te devuelve a las sombras cuando desvía su mirada. Parece conceder todo a una persona y, al instante siguiente, su atención se desplaza y da todo a otra, abandonando a la precedente a una soledad dolorosa.

Iris se había vuelto a sentar. No volvió a abrir la boca.

Y ahora, en la cabina de primera clase de Air France, dormía. O fingía que dormía. La vuelta va a ser dura, pensó Philippe.

John Goodfellow había trabajado de forma magistral. Fue él quien había seguido a Gabor Minar de cerca, él quien había convencido a su productor de hacerle venir a Nueva York, él quien se había asegurado que estaría en la cena del Waldorf. Había sido duro organizar ese encuentro. Les había llevado dos años. Habían sufrido tres tentativas malogradas: en Cannes, en Deauville y en Los Ángeles. El hombre era volátil. Decía que vendría y, en el último minuto, cambiaba sus planes y volaba hacia otro destino. John había tenido que organizar un encuentro del productor y su protegido con el gran jefe de un estudio americano para asegurarse que asistiría. Después convencer al americano de que viajase a Nueva York, seducirle con la promesa de tener a Gabor Minar en su próxima película. Mentiras minuciosamente elaboradas pasando por intermediarios minuciosamente elegidos. Un castillo erigido con mentiras. Hasta el último minuto, el pájaro habría podido volar.

* ¡Sí, y tengo tres hijos!

Al día siguiente, al final de la mañana, cuando se habían encontrado en el bar del Waldorf, Philippe le había felicitado:

—*Good job, John*!

—Nunca he visto a un hombre tan difícil de localizar —había exclamado John—. Y, sin embargo, estoy acostumbrado. ¡Pero él! Cambia de sitio a todas horas. ¿Ha visto usted a su mujer? Es guapa, ¿eh? A veces, me da pena, tiene aspecto agotado. Hablé con ella, entre otros contactos. Creo que a ella le gustaría que se estableciesen en alguna parte. Es una mujer inteligente, ha comprendido cómo funciona él y le sigue allá donde va. En la sombra. Ni una foto de ella o de sus hijos en la prensa. ¡Apenas se sabe que está casado! Bajo su apariencia bohemia, es un hombre fiel. Obsesionado por su trabajo, no hace el tonto. O quizás una o dos tonterías con una *script* o una maquilladora en noches de borrachera. Nada que pueda hacerle sombra a su mujer. La respeta hasta el infinito. La ama. Es su sostén. Ha encontrado su álter ego y, pero esto le va a sorprender, creo que es un sentimental. Pienso que al principio ella era como él, pero comprendió enseguida que no había lugar para dos genios atormentados en la pareja. Ella es húngara como él. Cosmopolita como él. Artista como él. Loca como él, pero con la cabeza bien puesta sobre los hombros cuando es necesario. Ella le sigue. Con el equipaje, los niños, una especie de gobernanta que forma parte de la familia. Los niños van al colegio cuando su padre se asienta, el tiempo de un rodaje, de la escritura de una película. Hablan todas las lenguas, pero ¡no creo que sepan escribirlas! Me han dicho que uno de sus hijos quería ser futbolista y para eso ¡no hace falta estudiar mucho!

Se había echado a reír. Había pedido zumo de naranja y café.

—¿No tendrá otro trabajo para mí?

—Lo siento John, no tengo más que una mujer. Y, encima, no sé por cuánto tiempo.

Se habían reído.

—¿Cómo ha reaccionado?

Philippe se puso un dedo sobre sus labios cerrados.

—Nada. Silencio total. No ha dicho una palabra desde ayer por la noche.

—Ha sufrido usted mucho con esta historia, ¿verdad?

—No sabe usted lo que es, John, vivir permanentemente a tres. Y con un fantasma, además. ¡Porque ella le idealizaba! Se había vuelto perfecto: guapo, inteligente, rico, cautivador, fascinante...

—Pero limpio no. Es realmente sucio. ¡Podría hacer un esfuerzo!

—Está usted sacando su lado *gentleman* inglés que se tapa la nariz. Gabor es un eslavo, vive con su alma, ¡no dentro de una lavandería!

—Lástima, me gustaba trabajar para usted.

—Cuando pase por París, llámeme, iremos a comer juntos. Y no es una promesa al viento.

—Lo sé... he aprendido a conocerle. Es usted un hombre delicado y fiel. Al principio, me parecía un poco... estirado, *old fashion*, pero en el fondo es usted muy cordial.

—Gracias, John.

Habían terminado su desayuno hablando de cine, de Doris, la mujer de John, que se quejaba de no verlo nunca, de sus hijos, de la vida que llevaba. Después se habían estrechado la mano y se habían despedido. Philippe le había visto alejarse con melancolía. Iba a echar de menos sus citas en Roissy. Tenían un lado clandestino que le agradaba. Sonrió interiormente y se burló de sí mismo, es tu único lado aventurero, tú, el hombre de la raya a un lado tan bien trazada.

Iris habló en sueños y murmuró algo que Philippe no entendió. Todavía le quedaba una mentira, una ilusión a la que consagrarse: *Una reina tan humilde*. No la ha escrito ella, estoy seguro. La ha escrito Joséphine. Joséphine. La había llamado antes de marcharse a Nueva York para que tradujese un contrato y, muy gentilmente, ella lo había rechazado. «Tengo que retomar mi HDI». «¿Tu qué?». «Mi informe de habilitación para dirigir trabajos de investigación», le había descifrado ella. «¿Por qué "retomar" lo que has dejado recientemente?». Ella calló un segundo y había respondido: «¡Te fijas en todo, Philippe! ¡Debo tener cuidado con lo que digo, eres temible!». «Sólo con la gente que quiero, Jo...». Había seguido un largo silencio incómodo. Su torpeza se había convertido en una gracia llena de misterio y profundidad. Sus silencios ya no eran confusos, sino perspicaces. La echaba de menos. Tenía cada vez más ganas de hablar con ella, de confiarse a ella. Llegaba a marcar su número y, después, colgaba.

Miró a la bella durmiente a su lado y se dijo que su historia de amor con Iris iba a disolverse pronto, y de eso también tendría que ocuparse: no quería perder a Alexandre. Pero ¿iba ella a luchar para tener la custodia? Ni siquiera estaba seguro de eso...

* * *

—¡Nunca terminas de sorprenderme! Así que metes la cabeza en un lavabo y todo tu pasado vuelve. ¡Así! ¡Con un golpe de pila mágica!

—Te juro que me pasó tal y como te he contado. Pero para ser completamente honesta, había empezado antes... jirones que volvían, trozos de rompecabezas que flotaban, pero faltaba siempre el centro, el sentido...

—*What a bitch, your mother!** ¿Sabes que podrían haberla denunciado por delito de omisión de socorro?

—¿Qué querías que hiciese? Sólo podía salvar a una. Ella eligió a Iris...

—Y tú encima la defiendes.

—No le guardo rencor. Me da igual. Sobreviví...

—Sí, pero ¡a qué precio!

—Me siento tan fuerte desde que me he desembarazado de mi pasado. Es un regalo del cielo, sabes...

—Deja de hablarme del cielo con ojos de ángel.

—Estoy segura de que tengo un ángel de la guarda que vela por mí...

—¿Y qué estaba haciendo tu ángel de la guarda estos últimos años? ¿Se estaba tejiendo unas alas nuevas?

---

* ¡Qué zorra tu madre!

—Me ha enseñado paciencia, obstinación, resistencia, me ha dado valor para escribir el libro, me ha dado el dinero del libro para que me libre de preocupaciones cotidianas... Me gusta mi ángel. ¿No necesitas dinero, por casualidad? Porque voy a ser muy rica y no pienso ser tacaña.

—Calla, si soy inmensamente rica.

Shirley se encogió de hombros, cruzó y separó las piernas enfadada.

Estaban en la peluquería y volvían a realizar la ceremonia de las mechas. Hablaban, transformadas en árboles de Navidad, con su cabeza llena de papel de aluminio.

—¿Y las estrellas, todavía les hablas?

—Hablo con Dios directamente cuando hablo con ellas... Cuando tengo un problema, rezo. Le pido que me ayude, que me dé la fuerza, y Él lo hace. Me responde siempre.

—Jo, vas por mal camino...

—Shirley, estoy muy bien. No te preocupes por mí.

—Las cosas que dices son cada vez más extrañas. Luca te ningunea, pierdes la cabeza, la sumerges en un lavabo y sales curada de un trauma de la infancia. ¿No te creerás a veces que eres Bernadette Soubirous?

Joséphine suspiró y rectificó:

—Luca me ningunea, creo que me voy a morir, revivo el abandono trágico de mi infancia y uno las piezas, es otra versión.

—En todo caso, espero que no tenga la cara de volver a llamarte.

—Es una pena, creo que estaba enamorada. Estaba tan a gusto con él. No me había pasado eso desde hacía mucho tiempo... ¡desde Antoine!

—¿Tienes noticias de Antoine?

—Envía correos a las niñas. Siempre con sus historias de cocodrilos. Al menos le pagan, y devuelve el préstamo. Antoine no vive su vida, la sueña con los ojos abiertos.

—Un día va a estamparse contra un muro.

—No se lo deseo. Mylène estará allí...

—¡Esa sí que es dura de roer! Pero me cae bien...

—A mí también. Ya no estoy nada celosa...

Iban a empezar a cantar las alabanzas de Mylène cuando vinieron a buscarlas para quitarles sus bolas de Navidad. Fueron las dos juntas a la pila de lavado e inclinaron la cabeza hacia atrás, silenciosas, con los ojos cerrados, dejando que sus pensamientos vagaran.

Joséphine insistió en pagar. Shirley se negó. Se pelearon en la caja ante los ojos divertidos de Denise. Fue Jo la que ganó.

Se fueron, mirándose en los escaparates, haciéndose cumplidos por su buen aspecto.

—Te acuerdas, hace un año, cuando me trajiste a hacerme mechas por primera vez. Nos atacaron en esta calle...

—¡Y yo te defendí!

—Y a mí me impresionó tu fuerza. Shirley, te lo suplico, cuéntame tu secreto... Pienso en ello continuamente.

—No tienes más que preguntarle a Dios. Él te responderá.

—¡No bromees con Dios! Venga, dímelo. Yo te cuento todo, siempre confío en ti, y tú te quedas muda. Soy mayor, tú misma dices que he cambiado. Ahora puedes confiar en mí.

Shirley se volvió hacia Joséphine y la miró con expresión grave.

—No se trata sólo de mí, Jo. Pongo a otras personas en riesgo. Y cuando digo riesgo, debería decir gran peligro, sacudidas sísmicas, temblores de tierra...

—No se puede vivir siempre con un secreto.

—Yo lo llevo muy bien. Sinceramente, Jo, no puedo. No me pidas lo imposible...

—¿No sabría callar lo que Gary se calla desde hace mucho tiempo? ¿Tan débil te parezco? Mira lo que me ha ayudado que tú supieses lo del libro...

—Yo no necesito ayuda ninguna, vivo con ello desde muy pequeña. He sido educada en el secreto. Forma parte de mi naturaleza...

—Hace ocho años que te conozco. Nadie ha venido nunca a ponerme un cuchillo en la garganta haciéndome preguntas sobre ti.

—Es cierto...

—Entonces...

—No. No insistas.

Siguieron caminando sin decir nada. Joséphine pasó el brazo bajo el de Shirley y se apoyó en el hombro de su amiga.

—¿Por qué me dijiste antes que eras inmensamente rica?

—¿Te dije eso?

—Sí. Te propuse ayudarte si tenías problemas de dinero y me dijiste «calla, si soy inmensamente rica»...

—Ves, Joséphine, cómo las palabras pueden ser peligrosas en cuanto se intima, en cuanto nos relajamos... Contigo no tengo cuidado, y las palabras caen como las piezas de tu rompecabezas. Un día, descubrirás la verdad tú solita... ¡en el lavabo del Palace!

Se echaron a reír.

—A partir de ahora no voy a frecuentar más que lavabos. Serán mis posos de café. Lavabo, hermoso lavabo, dime ¿quién es esta mujer a la que amo con locura y que juega a los misterios?

Shirley no respondió. Joséphine pensó en lo que acababa de decir sobre las palabras que se escapan y traicionan. El otro día, sin que supiese por qué, la atención de Philippe la había turbado. «Y, si soy honesta conmigo misma, me gustó esa ternura en su voz». Había colgado, sorprendida por la emoción en la que se había sumergido. Sólo de pensarlo de nuevo, sentía cómo se ruborizaba.

En el ascensor, bajo la luz mortecina del techo, Shirley le preguntó: «¿En qué piensas, Joséphine?», ella sacudió la cabeza y dijo «en nada». Sobre el descansillo, ante la puerta de Shirley, un hombre vestido completamente de negro estaba sentado sobre el felpudo. Las vio llegar y no se levantó. «*Oh! My God!*», susurró Shirley. Después, volviéndose hacia Jo, le dijo:

—Pon cara de que no pasa nada y sigue sonriendo. Puedes hablar, no entiende el francés. ¿Puedes quedarte con mi hijo esta tarde y esta noche?

—No hay problema...

—¿Puedes también procurar que no llame a mi casa, que vaya directamente a la tuya? Ese hombre no debe saber que vive aquí conmigo, cree que está interno.

—De acuerdo...

—Seré yo la que iré a verte cuando se haya ido, pero hasta entonces, cuida de él. Prohíbele que ponga los pies en casa.

La besó, la estrechó el hombro, se dirigió hacia el hombre, todavía sentado, y soltó desenvuelta: *Hi, Jack, why don't you come in?**

Gary comprendió enseguida cuando Jo mencionó al hombre de negro.

—Tengo mi mochila, mañana iré directamente al instituto, dile a mamá que no se preocupe, sé defenderme.

Durante la cena, Zoé, intrigada, estuvo haciendo preguntas. Había vuelto antes que Gary y Hortense y había visto al hombre de negro sobre el felpudo.

—¿Ese señor es tu papá?

—¡Zoé, cállate! —la cortó Jo.

—¡Pero puedo preguntarle si es su papá o no!

—No tiene ganas de hablar de ello. Ya lo ves... No le molestes.

Zoé se metió un trozo de *gratin dauphinois* en la boca, lo masticó con la punta de los dientes y después posó el tenedor con expresión triste.

—Pues yo a mi papá le echo muchísimo de menos... Me gustaba más cuando estaba aquí. No tiene gracia vivir sin papá.

—¡Zoé, qué pesada eres! —exclamó Hortense.

—Siempre tengo miedo de que le coman los cocodrilos. Son malos...

—No te comieron este verano —contestó Hortense, irritada.

—No, pero tuve mucho cuidado.

—Pues bien, piensa que papá tiene mucho cuidado también.

—A veces, se distrae. A veces, pasa mucho tiempo mirándoles a los ojos. Dice que intenta leerles el pensamiento.

—¡Qué tonterías dices!

Hortense se volvió a Gary y le preguntó si no quería sacarse algo de dinero desfilando.

—En Dior están buscando adolescentes altos, románticos, guapos, para presentar su colección.

Iris le había preguntado si no tenía amigos que pudiesen estar interesados.

---

* Hola, Jack, ¿por qué no entras?

—Me habló de ti... ¿Te acuerdas cuando fuimos a verla al estudio Pin-up? Le pareció que eras muy guapo...

—No sé si realmente me apetece —dijo Gary—. No me gusta que me toquen el pelo y que me vistan.

—¡Sería guay! Yo iría contigo.

—No, gracias, Hortense. Pero me gustó ver la sesión de fotos con Iris. A mí, lo que me gustaría sería convertirme en fotógrafo.

—Podemos volver si quieres. Se lo pediré...

Habían terminado de cenar. Joséphine retiró la mesa, Gary puso los platos en el lavavajillas, Hortense pasó un trapo por la mesa, mientras Zoé, con los ojos llenos de lágrimas, gimoteaba «quiero a mi papá, quiero a mi papá». Joséphine la tomó en sus brazos y la llevó a su cama fingiendo quejarse de lo pesada que era, tan alta, tan guapa que parecía que llevase una estrella entre sus brazos. Zoé se frotó los ojos y preguntó:

—¿Crees realmente, mamá, que soy guapa?

—Pues claro, mi amor, a veces cuando te miro me pregunto ¿quién es esa chica tan guapa que vive aquí?

—¿Tan guapa como Hortense?

—Tan guapa como Hortense. Tan distinguida como Hortense, tan atractiva como Hortense. La única diferencia es que Hortense lo sabe y tú no lo sabes. Tú te crees que eres un pequeño patito feo. ¿Me equivoco?

—Es difícil ser pequeña cuando se tiene una hermana mayor.

Suspiró, giró la cabeza sobre la almohada y cerró los ojos.

—Mamá, ¿puedo no lavarme los dientes esta noche?

—Bueno, pero es algo excepcional...

—Estoy tan cansada...

Al día siguiente, al final de la mañana, Shirley llamó a la puerta de Joséphine.

—He conseguido convencerle de que se vaya. Ha sido difícil, pero se ha ido. Le he dicho que no debía volver aquí, que había un tipo de la policía secreta que vivía en el edificio...

—¿Y te ha creído?

—Eso creo. Joséphine, he tomado una decisión esta noche. Me voy... Estamos a finales de noviembre, no va a volver enseguida, pero tengo que marcharme... Me voy a refugiar en Mosquito.

—¿Mosquito? La isla de los multimillonarios, la de Mick Jagger y la princesa Margarita...

—Sí. Tengo una casa allí... Allí no irá. Después, ya veré, pero lo que es seguro es que ya no puedo vivir aquí.

—¡Vas a mudarte! ¿Me vas a abandonar?

—Tú también querías mudarte, acuérdate.

—Era Hortense. No yo...

—¿Sabes lo que vamos a hacer? Vamos a ir todos a Mosquito en las vacaciones de Navidad, y yo me quedaré allí. Gary volverá contigo, hasta que acabe el curso y pase la selectividad. Sería un error que interrumpiese sus estudios, está tan cerca del final. ¿Podrás acogerlo?

Joséphine asintió con la cabeza.

—Haría lo que fuera por ti.

Shirley le tomó la mano y la estrechó.

—Después, ya veré... Nos mudaremos de nuevo. Estoy acostumbrada...

—¿No puedes decirme todavía lo que pasa?

—Te lo diré en Mosquito, en Navidad... Allí me sentiré más segura.

—No estarás en peligro, ¿verdad?

Shirley esbozó una débil sonrisa, cansada.

—Por el momento, no, estoy bien.

* * *

Marcel Grobz se frotaba las manos. Todo iba sobre ruedas. Había agrandado su imperio comprando a los hermanos Zang, dejando en la estacada a los alemanes, a los ingleses, a los italianos y a los españoles que intentaban hacer lo mismo. Su jugada maestra había funcionado, y se había quedado con todas las fichas de la mesa. Ahora controlaba todos los botones. Había conseguido excluir a Henriette de sus negocios y acababa de alquilar un gran piso, justo al lado del trabajo, para instalar a Josiane y Junior. En un hermoso edificio con conserje, interfono, techos altos, parqués encerados tipo Versalles y chimeneas con entrepaño. Sólo buen ganado: barones, baronesas, un primer ministro, un académico y la querida de un conocido empresario. Tenía confianza. Josiane iba a volver. Todo sobre ruedas, sobre ruedas. Por la mañana, cuando llegaba al despacho, subía las escaleras de puntillas, avanzaba muy despacio, metía la cabeza y se decía: va a estar allí mi costillita. Con su vientre abombado y su pelo rubio pajizo. Sentada detrás de la mesa, el teléfono bloqueado en su cuello, me va a decir el señor fulano ha llamado y el señor mengano espera su pedido, ¡mueve el culo, Marcel, mueve el culo! Y yo, no diré nada, meteré la mano en el bolsillo y dejaré sobre su mesa las llaves del piso completamente remodelado para que vaya a esperarme. Que se relaje, que se repanchingue, que devore costillas de buey y piernas de cordero para que Junior sea un bebé gordito y mofletudo, berreón, fuerte como las dos piernas de un zuavo. Que se pase el día en la gran cama de nuestra habitación comiendo fruta escarchada, salmón bien graso y judías verdes por lo de la clorofila. En la habitación no faltan más que las cortinas... Voy a pedirle a Ginette que se encargue de ello.

Subía la escalera ligero y fresco. Había vuelto a su entrenamiento y se sentía vigoroso, como un pececillo de arroyo de montaña. Y voy a saltar encima de ella, rodearla con mis brazos, relamerla, a ponerla guapa, a masajearle los dedos de los pies, a empolvarla, a...

Allí estaba. Solemne detrás de su mesa. El vientre apuntando hacia delante. La mirada aguda.

—¿Qué tal andas, Marcel?

Él balbuceó:

—¿Estás aquí? ¿Eres tú?

—La Virgen María en persona y su querubín bien calentito en mi vientre...

Él se dejó caer a sus pies, apoyó la cabeza sobre sus rodillas y murmuró:

—Estás aquí... Has vuelto...

Ella puso la mano sobre su cabeza, respiró el olor de su agua de colonia.

—Te he echado de menos, sabes, Marcel.

—¡Oh, bomboncito! Si supieras...

—Lo sé. Me crucé con Chaval en el bar de Casa George...

Se le contó todo: su fuga en un hotel de lujo, su mes y medio comiendo los platos más caros de la carta, la gran cama mullida, la habitación con una moqueta tan gruesa que no necesitaba llevar zapatillas, el servicio de habitaciones y los sirvientes, decenas de sirvientes que se alineaban en cuanto ella pulsaba un botón dorado.

—Está bien el lujo, Marcel. Está bien, pero, al cabo de un rato, una se cansa. Siempre igual, siempre excelente, todo tan suave. Si quieres mi opinión, está falto de asperezas, y comprendo que los ricachones estén mustios... Entonces, un día que subía a mi camarote de quinientos euros la noche, vi a Chaval agarrado a la barra del bar, completamente derrumbado por la pequeña Hortense, que le vuelve tarumba; me contó todo lo de tu golpe, ¡y lo entendí todo! Las precauciones que tomabas con la Escoba, conmigo, con mi situación... Comprendí, gordito, que me amabas, que estabas montándole un imperio a Junior. El corazón me dio un vuelco y me dije: «Voy a ir a ver a Marcel...».

—¡Oh, bomboncito! ¡Te he esperado tanto! Si tú supieras...

Josiane se repuso y soltó:

—La única cosa que me da rabia es que no hayas confiado en mí, que no me hayas soltado la información...

Marcel iba a responder, y ella le tapó la boca con su manita rosada y regordeta.

—¿Es por culpa de Chaval? ¿Tenías miedo de que me fuera de la lengua?

Marcel suspiró:

—Sí, lo siento, bomboncito, habría tenido que confiar pero, en este punto me atasqué.

—No importa. Lo borramos todo. Empezamos de cero. Pero ya no vuelvas a desconfiar de mí...

—Nunca más.

Se levantó, buscó en su bolsillo y exhibió el manojo de llaves del piso.

—Es para nosotros. Está todo decorado, arreglado, emperifollado. Faltan las cortinas de la habitación... No me decidía con el color, no quería producirte una urticaria con colores arriesgados...

Josiane agarró las llaves y las contó.

—Qué llaves tan bonitas, bien pesadas, bien gruesas... ¡Las llaves del paraíso! ¿Dónde está plantada?

—Aquí al lado. Así, no tendré que andar mucho tiempo para ir a mimarte, arrullarte y vigilar el progreso del pequeño...

Posó la mano sobre el vientre de Josiane y sus ojos se llenaron de lágrimas.

—¿Ya se mueve?

—Como un escapado del Tour de Francia. Espera un poco y te va a dar un golpe de pedal que te romperá el puño. ¡Es un marrullero!

—Como su padre —se pavoneó Marcel mientras masajeaba el vientre redondo con la esperanza de que Junior despertase. ¿Puedo hablarle?

—Es hasta recomendable. Primero preséntate. He estado bastante tiempo cabreada, no le he hablado mucho de ti.

—¡Oh! No le habrás hablando mal de mí, espero...

—No. He evitado el tema pero estaba muy sulfurada por dentro, y ya sabes cómo son los niños: lo sienten todo. Así que vais a tener que hacer las paces...

Ginette, que entraba en el despacho, asistió entonces a una escena desconcertante: Marcel a los pies de Josiane y hablando con su vientre.

—Soy yo, Junior, soy papá...

Su voz se apagó y se derrumbó, sacudido por los sollozos.

—¡Ay, joder! Hace treinta años que espero esto, ¡treinta años! ¿Que si voy a hablarte, Junior? ¡Voy a marearte hasta que no puedas más! Josiane, si supieras, soy el hombre más feliz...

Josiane hizo una seña a Ginette para que volviese más tarde. Lo que hizo sin problemas, dejando a los dos padres ñoños a solas con su reencuentro.

* * *

Joséphine había cambiado de biblioteca. Eso le complicaba un poco la vida pero se resignaba. Al menos, no corría el riesgo de encontrarse frente a frente con Luca, el bello indiferente. Así es como le llamaba cuando venía a inmiscuirse en sus pensamientos. Merecía la pena cambiar dos veces de línea de autobús, esperar maldiciendo a que el 174 sucediese al 163 y volver más tarde a su casa.

Estaba, pues, de pie en el 174, embutida entre un carrito de niño cuya asa se le clavaba en la tripa y una africana en bubú que estaba pisándola cuando sonó su teléfono. Metió la mano en su bolso y descolgó.

—¿Joséphine? Soy Luca...

Ella se quedó muda.

—¿Joséphine?

—Sí —balbuceó.

—Soy yo, Luca. ¿Dónde está?

—En el 174...

—Joséphine, tengo que hablar con usted.

—No creo que...

—Bájese en la próxima parada, la estaré esperando...

—Pero...

—Tengo algo muy importante que decirle. Ya le explicaré. ¿Cuál es el nombre de la parada?

Ella susurró Henri-Barbusse.

—Allí estaré.

Y colgó.

Joséphine permaneció aturdida. Era la primera vez que oía hablar a Luca con esa voz firme, imponente. No estaba segura de tener ganas de volver a verle. Había borrado su número de teléfono de la agenda de su móvil.

Se encontraron en la parada del autobús. Luca la cogió del brazo y, arrastrándola con mano firme, buscó con la mirada un café. Cuando vio uno, acentuó la presión de su mano sobre su brazo de forma que ella no pudiese soltarse. Avanzaba a grandes zancadas mientras ella trotaba para seguirle.

Se quitó la parka, pidió un café, preguntó a Joséphine con un gesto brusco del mentón lo que deseaba y, cuando se fue el camarero, cruzó los dedos y con voz temblorosa de cólera preguntó:

—Joséphine... Si yo le digo: «Dulce Cristo, Buen Jesús, de la misma forma que te deseo, de la misma forma que te rezo con todo mi corazón, dame tu amor santo y casto, que me llene, me tome, me posea por completo. Y dame la señal evidente de tu amor, la fuente abundante de las lágrimas que fluyen de continuo, y así esas lágrimas probarán tu amor por mí», ¿usted qué me dice?

—Jean de Fécamp...

—¿Y qué más?

Joséphine le miró fijamente y repitió: Jean de Fécamp.

—Joséphine... ¿Quién conoce a Jean de Fécamp, aparte de usted, yo y algunos iluminados?

Joséphine separó las manos en señal de ignorancia.

—¿Es usted de mi opinión, pues?

El camarero trajo los dos cafés; él preguntó cuánto debía, no quería que le volviesen a molestar. Sus ojos brillaban, estaba lívido, y apartó, con un gesto molesto, el mechón de pelo que le caía sobre los ojos.

—¿Sabe usted dónde he leído esa plegaria de Jean de Fécamp recientemente?

—Ni idea...

—En el libro de Iris Dupin, *Una reina tan humilde*... ¿Conoce usted a Iris Dupin?

—Es mi hermana.

—Estaba seguro.

Dio un fuerte golpe sobre la mesa con la palma de la mano que hizo saltar el cenicero.

—¡¡Su hermana no ha podido inventárselo!! —rugió.

—Le presté algunas de mis notas para su libro...

—¡Ah! ¿Le prestó usted sus notas?

Parecía molesto por tomarle por un idiota.

—¿Recuerda usted, Joséphine, una conversación que tuvimos respecto a las lágrimas de san Benito y de la gracia de la compunción de la que se regocijaba, que le hacía llorar cada día tanto como deseara?

—Sí...

—Pues bien, siguiendo con *Una reina tan humilde*, la autora relata un episodio romántico durante el cual Benito vierte lágrimas que apagan el fuego que se ha declarado en la paja de su lecho mientras rezaba.

—Pero si esa historia está en todos los viejos incunables.

—No. Joséphine, no está en todos los viejos incunables como dice usted... ¿Y sabe por qué?

—No...

—Porque esa anécdota me la inventé yo. Para usted. ¡Parecía usted tan erudita que un día quise tomarle el pelo! Y voy y me la encuentro en un libro, en SU libro, Joséphine.

Hablaba cada vez más alto y sus ojos brillaban de cólera.

—Como me ha dejado usted tirado desde hace algún tiempo, he releído el libro de su hermana y hay dos o tres pasajes como ese que ella no ha podido encontrar en biblioteca alguna ¡porque vienen de aquí!

Golpeó su sien con el índice.

—No estaban en sus notas porque eran temas de conversación. Así pues, deduzco que ha sido usted la que ha escrito ese libro. Lo sabía, lo intuía...

Se agitaba en su silla, torcía y retorcía las mangas del jersey, se apartaba el flequillo, se humedecía los labios.

—En todo caso, Luca, esa noticia parece conmocionarle...

—Pues sí, ¡me conmociona! Sentía apego por usted, imagínese... ¡Tuve esa debilidad! Por una vez que encuentro una mujer sencilla, dulce, reservada... ¡Por una vez que no leía «¿cuándo echamos un polvo?» en la mirada de una mujer! Estaba encantado con su timidez, con su torpeza, encantado de que usted continuara llamándome de usted, que me tendiese la mejilla para besarla, encantado de llevarla al cine para ver películas que usted no conocía, encantado de tomarla en mis brazos en el taxi de Montpellier, ¡no encantado de que me rechazase, pero casi!

Se irritaba, sus ojos se volvían negros, ardientes, hacía grandes gestos con los brazos, sus manos volaban por los aires, Joséphine se dijo que era un auténtico italiano.

—Había encontrado por fin una mujer inteligente, bonita, reflexiva, que daba importancia al hecho de que el hombre esperase antes de tirarse sobre ella. Y cuando desapareció, la echo de menos, retomo su libro, lo leo atentamente y ahí veo, oigo, siento a Joséphine por todos lados. La misma retención, la misma minuciosidad, el mismo pudor... Descubro, incluso, en qué personaje viviente se ha inspirado usted. ¿Yo no tengo un poco de Thibaut el Trovador, eh?

Joséphine bajó los ojos y se sonrojó.

—Gracias. ¡Es muy seductor! Y si consideramos el número de páginas que le dedicó usted, debía usted de apreciarme en aquella época... Lo sé, no debería decirle todo eso. Me desnudo ante usted pero me da igual. Me hacía usted tan feliz, Joséphine. Yo estaba sobre una nube...

—Entonces, ¿por qué me ninguneó cuando nos vimos en el desfile de Jean-Paul Gaultier? ¿Por qué no me responde cuando le hablo? ¿Por qué juega usted al bello indiferente?

Sus ojos se abrieron como platos y separó los brazos en señal de incomprensión.

—¿De qué está usted hablando?

—Del otro día, en el hotel Intercontinental. Sobre la pasarela. Me lanzó usted una mirada en forma de manguera contra incendios, ¡casi me muero! Me ignoró usted.

—¿Pero qué desfile?

—El desfile de Jean-Paul Gaultier en los salones del Intercontinental. Yo estaba en primera fila, usted desfilaba, soberbio y distante, yo le llamé, Luca, Luca, me miró y después me dio la espalda. Yo no era lo bastante... lo bastante...

Estaba irritada, no encontraba palabras. El sentimiento de abandono volvía y la herida se abría de nuevo. Sentía cómo las lágrimas llenaban sus ojos. Luca la contemplaba, en suspenso, pálido. Murmuraba Jean-Paul Gaultier, Intercontinental... de pronto se irguió y gritó:

—¡Vittorio! Fue a Vittorio a quien vio usted, no a mí.

—¿Quién es Vittorio?

—Escuche, Joséphine, tengo un hermano, un hermano gemelo que, como todos los gemelos, se parece a mí como dos gotas de agua... Es él el que es modelo, él a quien vio desfilar. No a mí.

—Un hermano gemelo...

—Uno idéntico. Fotocopia compulsada. Físicamente, porque en lo demás... Tengo la impresión de que mi hermano Vittorio se parece a su hermana Iris, se aprovecha de mí, me utiliza sin pudor, yo corro de un lado a otro para reparar sus estupideces. Un día es perseguido por una chica que pretende que él es el padre de su hijo, otra vez le detienen por posesión de cocaína y debo sacarle de allí, o me llama borracho perdido desde un bar, a las cuatro de la mañana, para que le vaya a buscar. Ya no soporta ser modelo, no soporta envejecer y pone todo su empeño en destruirse. Al principio, se sentía feliz, era dinero fácil. Ahora se da asco. Soy yo el que tiene que recoger los trozos y, forzosamente, los recojo, como forzosamente usted escribe y deja que su hermana firme su prosa.

—Era su hermano gemelo el que vi sobre la pasarela durante el desfile...

—Sí. Vittorio. Pronto será demasiado viejo para ejercer esa profesión. No ha ahorrado ni un céntimo y cuenta conmigo para que lo mantenga. Yo, que tampoco he ahorrado ni un céntimo. Sabe, tuvo usted una brillante idea cuando me rechazó: ¡no soy ningún regalo!

Joséphine le miraba atónita. ¡Un hermano gemelo! Entonces, como el silencio se prolongaba, pesaba entre los dos, se armó de coraje.

—Si le rechacé fue por una única razón... ¡Porque me parece usted tan guapo y yo me encuentro tan fea! No debería decírselo, pero ya que nos decimos todo, eso fue exactamente lo que pasó.

Luca la miró con la boca abierta.

—¿Cree usted que es fea?

—Sí. Fea, tonta, torpe, inepta... Y hacía mucho tiempo que un hombre no me había besado. Cuando nos encontramos los dos en el taxi, me moría de miedo...

—¿Miedo de qué?

Joséphine se encogió de hombros tímidamente.

—Me estoy curando, eso sí. He hecho progresos...

Él tendió la mano hacia ella, le acarició la mejilla e inclinándose hacia ella por encima de la mesa, la besó suavemente.

—¡Oh, Luca! —gimió Joséphine.

Su boca contra la suya, él susurró:

—¡Si supiese usted qué alegría encontrarla! Hablar con usted, caminar a su lado, llevarla al cine sin que me pidiese usted nada, sin que nunca ejerciese la menor presión sobre mí... Tenía la sensación de estar inventando la palabra «romance»...

—¿Por qué las mujeres se abalanzan sobre usted? —preguntó Jo sonriendo.

—Porque tienen prisa, son ávidas... Me gusta tomarme mi tiempo, me gusta soñar, imaginar lo que va a pasar, yo soy lento... Y, además, siempre está Vittorio haciéndome sombra.

—¿Ellas le confunden con él?

—A menudo. Y cuando les digo que no soy yo, que es mi gemelo, me preguntan, cómo es tu hermano, me lo presentas, crees que podría hacerme fotos yo también... Usted, usted parecía venir de fuera, no conocía nada de ese mundo, no me hacía ninguna pregunta. Era usted una deliciosa aparición...

—¿Una especie de Bernadette Soubirous?

Él sonrió y volvió a besarla.

La puerta del café se abrió. Una racha de viento gélido se coló en la sala. Joséphine sintió un escalofrío. Luca se levantó, posó su parka sobre los hombros de Joséphine, le puso la capucha sobre la cabeza y afirmó:

—Ahora se parece usted de verdad a Bernadette Soubirous...

QUINTA
PARTE

—¿Ves cuando te decía que la vida es una compañera? Que hay que tomarla como a una amiga, bailar con ella, dar, dar sin contar, y que después ella te responde... Que había que hacerse cargo de uno mismo, trabajar para sí, aceptar los errores, corregirlos, ponerse en movimiento... Y entonces ella entra en tu baile. Baila contigo. Luca volvió a mí, Luca me habló, Luca me ama, Shirley...

Estaban las dos en el borde de la piscina de la casa de Shirley. En Mosquito. Una casa magnífica, moderna, inmensa. Cubos blancos con ventanales de cristal, de una modernidad y un estilo sorprendentes frente al mar. Dominando el mar, bordeando la terraza: una piscina. En cada habitación podría meterse mi piso, se decía Joséphine al levantarse por las mañanas, al abandonar su cama gigante de sábanas de satén, entrando en el comedor donde, ante un mar turquesa que cortaba la respiración, estaba preparado el desayuno.

—Vas a terminar por convencerme, Jo. Voy a ponerme yo también a hablar con las estrellas.

Shirley dejó caer su mano en el agua azulada de la piscina. Los niños dormían. Hortense, Zoé, Gary y Alexandre, que Joséphine se había traído con ellos. Iris había vuelto de Nueva York decepcionada, amarga, sombría. Se pasaba los días encerrada en su despacho. Joséphine ignoraba lo que había pasado en Nueva York. Philippe no le había dicho nada. La había llamado una vez para pedirle si podía llevarse a Alexandre durante las vacaciones de Navidad. Joséphine no había preguntado nada. Tenía la extraña sensación de que no era asunto suyo. Iris se había distanciado de ella. Ella se había alejado de Iris. Como si alguien hubiese cortado una foto de ellas dos y hubiese esparcido los trozos.

Miró la fachada de la casa de Shirley: un inmenso ventanal que se abría sobre la terraza en la que estaban sentadas. En el salón, sofás blancos, alfombras blancas, mesas bajas cubiertas de revistas, de catálogos, cuadros en las paredes. Un lujo sereno, refinado.

—¿Cómo hacías para vivir en Courbevoie?

—Yo era feliz en Courbevoie... Era algo distinto. Era una nueva vida, estoy acostumbrada a cambiar de vida, ¡lo he hecho tanto!

Echó la cabeza hacia atrás y cerró los ojos. Joséphine calló. Shirley hablaría cuando ella quisiera. Aceptaba los secretos de su amiga.

—¿Quieres que vayamos a ver los pececitos bajo el agua con los niños esta tarde? —preguntó Shirley volviendo a abrir los ojos.

—¿Por qué no? Debe de ser bonito...

—Cogemos gafas de bucear, nos sumergimos y los admiramos... Me sé los nombres de todos los peces. Voy a pedirle a Miguel que prepare el barco.

Hizo una seña a un hombre, que avanzó. Le habló en inglés y le pidió que preparase el barco y que cuidase de que hubiese gafas y tubos suficientes para todo el mundo. El hombre se inclinó y se fue. Aquí era donde debía de venir de vacaciones cuando pretendía ir a Escocia, pensó Joséphine.

Los días transcurrían tranquilos, alegres. Zoé y Alexandre se pasaban el tiempo en la piscina o en el mar. Se habían metamorfoseado en pececillos dorados. Hortense se tostaba al borde de la piscina hojeando revistas de lujo que cogía de las mesas del salón. Joséphine había encontrado una caja de píldoras anticonceptivas entre sus cosas cuando buscaba un tubo de aspirina. No había dicho nada. Ya me hablará de eso cuando quiera. Confío en ella. No quería más enfrentamientos. Hortense había dejado de agredirla. Pero no se había vuelto precisamente tierna y amable...

Festejaron la Navidad en la terraza. En la serenidad de una noche estrellada. Shirley había colocado un regalo en cada plato. Joséphine deshizo su paquete y descubrió un brazalete Cartier.

Hortense y Zoé recibieron también otro. Alexandre y Gary tuvieron un portátil último grito. «Así podrás enviarme fotos y correos cuando estemos separados», murmuró Shirley al oído de su hijo mientras la besaba para darle las gracias. Tenía que agacharse para poder besarla. Había tanto amor en sus ojos cuando sus miradas se cruzaban.

Daban una fiesta en una casa vecina. Gary y Hortense preguntaron si podían ir. Shirley, tras haber consultado a Joséphine con una rápida mirada, les dio autorización, y se fueron tras dar el último bocado a la tarta. Zoé fue a acostarse, llevándose un trozo de tarta. Alexandre la siguió.

Shirley cogió una botella de champán y propuso a Joséphine bajar a su playa privada al pie de la casa. Se tumbaron cada una en una hamaca y miraron las estrellas.

Fue entonces cuando, sosteniendo su copa de champán en una mano, cubriendo sus pies con la punta del pareo, Shirley comenzó su relato.

—¿Conoces la historia de la reina Victoria, Jo?

—¿La abuela de Europa? ¿La que había colocado a cada uno de sus hijos y nietos en una familia real y que reinó cincuenta años?

—Esa misma.

Shirley hizo una pausa y miró a las estrellas.

—Victoria tuvo dos amores en su vida: Alberto, al que todo el mundo conocía, y John...

—¿John?

—John... John Brown. Un escocés que era su lacayo. El rey Alberto, su gran amor, murió en diciembre de 1861, tras veintiún años de matrimonio. Victoria tenía entonces cuarenta y dos años. Era madre de nueve hijos, la última de ellos tenía cuatro años. También era abuela. Era una mujer pequeñita, medía tres palmos, bastante corpulenta y con un carácter endiablado. Detestaba su oficio de reina, que practicaba a la perfección. Le gustaban las cosas sencillas: los perros, los caballos, el campo, los picnic... Le gustaban los campesinos, sus castillos, su té de las cuatro, jugar a las cartas, sestear a la sombra de un gran roble. Tras la muerte de Alberto, Victoria se encontró muy sola. Alberto siempre había estado a su lado para aconsejarla, ayudarla y, a veces, para reprenderla. Era Alberto quien le decía cómo comportarse, qué actitud adoptar. No sabía vivir sola. John Brown estaba allí, fiel, solícito. Muy pronto, Victoria no pudo pasarse sin él. La seguía allá donde fuese. La protegía, velaba por ella, la cuidaba, ¡incluso le libró de un atentado! Encontré cartas donde ella habla de él... Escribía: «Es extraordinario, lo hace todo por mí. Es a la vez mi lacayo, mi escudero, mi paje e incluso diría que mi asistenta, de tanto que cuida de mis abrigos y mis chales. Siempre es él el que conduce mi poni, el que se ocupa de mí fuera. Creo que nunca he tenido un criado tan servicial, fiel, cuidadoso». Es tan conmovedora cuando habla de él. Se diría una niña. John Brown tenía entonces treinta y seis años, la barba hirsuta, la lágrima fácil. Hablaba un inglés rudimentario y tenía modos bastante groseros. Pronto su complicidad se convirtió en un escándalo. Se la llamaba tanto Victoria como Mrs Brown. La acusaron de haber perdido la cabeza, de estar loca. Su relación con él se convirtió en «el escándalo Brown». Las gacetas escribían: «El escocés vela por ella con los ojos de Alberto». Y es que, poco a poco, John Brown fue abusando. Desfilaba a su lado durante las ceremonias oficiales. Se había vuelto indispensable, ella ya no daba un paso sin él. Le nombró escudero, el primer escalón nobiliario, le compró casas que adornó de escudos reales, y le llamaba delante de todo el mundo «el mejor tesoro de mi corazón». Se encontraron billetes que ella le enviaba y que firmaba «*I can't live without you. Your loving one*». La gente estaba horrorizada...

—¡Se diría que hablas de Diana! —exclamó Joséphine, que había detenido el balanceo de su hamaca para no distraerse.

—John Brown empezó a beber. Se derrumbaba borracho perdido, y Victoria decía sonriendo «creo que he sentido un ligero temblor de tierra». Era el hombre de la casa. Se ocupaba de todo, dirigía todo. Bailaba con la reina en las fiestas reales y la pisaba sin que protestara. ¡Llegaron a llamarle Rasputín! Cuando murió, en 1883, se sintió tan desgraciada como cuando murió Alberto. La habitación de Brown permaneció intacta con su gran kilt extendido sobre un sillón, y ella colocaba, sobre su almohada, una flor fresca cada día. Decidió escribir un libro sobre él. Le parecía que había sido injustamente maltratado cuando vivía. Escribió doscientas páginas de alabanzas y costó mucho disuadirla de que las publicara. Más tarde, se encontrarían trescientas cartas escritas por Victoria a John muy comprometedoras. Fueron compradas y quemadas. Y su diario íntimo sería reescrito por completo.

—¡No sabía nada de todo eso!

—Normal, eso no se enseña en los libros de historia. Existe la historia oficial y la historia íntima. Los grandes de este mundo son como nosotras: débiles, vulnerables y, sobre todo, sobre todo, están solos.

—¡Hasta las reinas! —murmuró Joséphine.

—Sobre todo las reinas...

Se sirvieron una última copa de champán. Shirley dejó la botella en la cubitera y, percibiendo una estrella fugaz, dijo a Jo: «¡Pide un deseo, deprisa, deprisa, he visto una estrella fugaz!». Joséphine cerró los ojos y pidió que su vida continuara yendo hacia delante, que nunca volviese a caer en el embotamiento pasado, que los miedos se borrasen y dejaran su lugar a una nueva llama. Y después añadió por lo bajo, muy bajo: «Que tenga la fuerza de escribir un nuevo libro sólo para mí... Y Luca también, estrella fugaz, consérvame a Luca».

—¿Cuántos deseos has pedido, Jo? —preguntó Shirley sonriendo.

—¡Un montón! —exclamó Joséphine riéndose—. Estoy tan bien aquí, me siento tan bien. Gracias por habernos invitado... ¡Qué hermosas vacaciones!

—Supongo que sabes que no te he contado todo eso para darte una lección de historia.

—Te vas a reír, pero estaba pensando en Alberto de Mónaco y su hijo ilegítimo.

—No me río para nada, Jo... Yo soy una hija ilegítima.

—¿De Mónaco?

—No... De una reina. Una reina magnífica que vivió una historia de amor muy hermosa con su gran chambelán. No se llamaba John Brown, se llamaba Patrick, también era escocés y era mi padre... A diferencia de John Brown, era muy discreto. Nadie supo nunca nada. Y cuando murió, hace dos años, la reina no perdió la cabeza. Permaneció mucho tiempo con una mirada apagada, perdida, pero nadie supo nada...

—Lo recuerdo, habías vuelto de vacaciones muy triste...

—A finales de 1967, cuando la reina se dio cuenta de que estaba embarazada, decidió conservarme. Es una mujer muy testaruda, muy voluntariosa. Amaba a mi padre. Amaba la presencia dulce y atenta de ese hombre que la amaba como mujer y la respetaba como su reina. También es una excelente amazona y tú sabes que las mujeres que practican mucha equitación tienen músculos de bailarina, abdominales tan fuertes que pueden disimular un embarazo sin que nadie sospeche nada. Tres semanas antes de dar a luz, mi madre tomaba el té con el general De Gaulle en el Elíseo. Tengo fotos de ese encuentro. Ella lleva un vestido turquesa, en ligero trapecio, ¡y nadie pudo adivinar que estaba en vísperas de un feliz acontecimiento! Nací en Buckingham Palace, por la noche. Fue mi padre el que trajo a su madre para ayudar a mamá. Mi abuela me llevó entonces entre sus brazos esa noche y mi padre me reintrodujo en palacio, un año más tarde, explicando que yo era su hija y que estaba solo para educarme... Crecí en las cocinas y en el office. Aprendí a andar en los inmensos pasillos tapizados en tela roja. Yo era la mascota de palacio. Trescientos criados viven allí durante todo el año y hay ¡seiscientas habitaciones para hacer el loco y esconderse! No era infeliz. Puedo decírtelo sin mentir: yo sabía que ella era mi madre y, el día que cumplí siete años, cuando mi padre me reveló todo, no me sorprendí en absoluto. Como era el gran chambelán, yo no necesitaba pedir audiencia para verla y la veía cada mañana, en su habitación. La forma como se comportaba conmigo probaba que me amaba por encima de todo. Yo tenía una gobernanta, miss Barton, a la que quería mucho y a quien hacía mil y una barrabasadas. Vivía en un apartamento de palacio junto a mi padre. Iba al colegio, era buena estudiante. Tenía, además del colegio, un preceptor que me enseñó francés y español. ¡Estaba muy ocupada! Cuando cumplí quince años, las cosas empezaron a complicarse. Empecé a salir, a besar a los chicos, a beber cerveza en los pubs. Incluso aprendí a escaparme de casa... Una mañana, mi padre me dijo que iba a enviarme a Escocia a terminar mis estudios en un internado muy elegante. No nos veríamos más que en verano. No entendí por qué me alejaba y me enfadé con él... Me convertí de la noche a la mañana en una auténtica rebelde. Empecé a acostarme con todos los chicos con los que me cruzaba, me drogaba, robaba en las tiendas, proseguía mis estudios a trancas y barrancas y no sé cómo pude dejar el instituto con mi diploma bajo el brazo. Con veintiún años, me quedé embarazada. Se lo oculté a mi padre y di a luz a Gary en el hospital. El padre de Gary era un estudiante muy guapo, encantador, que, al anunciarle su futura paternidad, me declaró fríamente: «Eso es problema tuyo, querida». Ese verano, cuando llegó papá, tenía a Gary entre mis brazos. El nacimiento de Gary fue un verdadero golpe para mí, era responsable de alguien. Le pedí a mi padre que me hiciese volver a Londres. Me buscó un pequeño apartamento. Y después, un día, lo recuerdo bien, fui a palacio a presentar a Gary. Mi madre se mostró a la vez grave y emocionada. Intuía que ella me reprochaba el haberme portado mal y que se sentía conmocionada de verme con Gary. Me preguntó por qué había hecho eso. Le dije que no soportaba haber sido alejada de ella. La ruptura había sido demasiado brutal. Fue entonces cuando tuvo la idea de contratarme como guardaespaldas y de hacerme pasar por una de sus empleadas...

—¡Y así fue como te vi en la tele!

—Aprendí a defenderme, a luchar, me desarrollé... Ya era alta y bien formada, me convertí en una campeona de artes marciales. Podía cumplir mi papel sin que nadie tuviera la menor sospecha de mí. Todo hubiera ido muy bien si no hubiese encontrado a ese hombre.

—¿El hombre de negro sobre el felpudo?

—Me enamoré completamente de él y, una noche, le confié mi secreto, le quería tanto, quería que nos escapáramos juntos, decía que no tenía dinero, confié en él, y ese fue el principio de todos mis problemas. Ese hombre, Jo, es un hombre lamentable pero tan seductor. Es mi lado oscuro. Y físicamente... Lejos de él, puedo resistirme, pero cuando está, puede hacer de mí cualquier cosa. Muy pronto me chantajeó y me amenazó con revelarlo todo a la prensa.

Eran los tiempos de Diana, los años escandalosos, horribles, Annus Horribilis... ¿Recuerdas? Tuve que prevenir a mi padre, que habló con mi madre, e hicieron lo que hacen todas las cortes reales que quieren evitar que se propague un secreto: compraron su silencio. Una renta mensual de treinta mil euros para que callase. A cambio, prometí expatriarme, cambiar de nombre, no volverle a ver nunca más. Fue en ese momento cuando llegué a Francia, a tu edificio. Cogí un plano de París y sus alrededores, abrí mi compás, lo planté al azar y caí sobre nuestro barrio. Durante las vacaciones, íbamos a Inglaterra, yo seguía siendo un agente secreto cercano a la reina o a la familia real. Así fue como tomaron fotos de Gary con Guillermo y Harry, ya conoces aproximadamente el resto...

—¿Gary también lo sabe?

—Sí. Hice como mi padre. Cuando cumplió siete años, le dije la verdad. Eso nos acercó mucho y le hizo madurar. Lo que existe entre nosotros es indestructible...

—Y el hombre de negro ¿no te va a perseguir?

—Tras su paso por París, advertí a Londres, y le presionaron. También tiene miedo, ¿sabes? Miedo de perder su renta vitalicia, miedo de los servicios secretos. Los accidentes existen. No creo que vuelva a importunarme, pero prefiero poner la mayor distancia entre nosotros, por mi seguridad y también para olvidarle. He decidido pasar página. Por eso esta noche te lo cuento todo. Su visita a París fue la gota que colmó el vaso. Comprendí que ya no dejaría que me aterrorizase y cuando se fue, a primera hora de la mañana, sólo sentí un inmenso asco, el asco de haberme dejado manipular durante años...

Miró las estrellas y suspiró:

—Ahora voy a tener todo el tiempo para hablarles.

—Me enviarás a Gary en vacaciones y a las niñas también, si quieren... Y después, en junio, cuando llegue la selectividad, ¿podré ir y quedarme en tu casa para estar con él?

Joséphine asintió.

—Reemplazarás a la señora Barthillet, ¡ganaré con el cambio!

* * *

Iris miró por la ventana de su habitación. Odiaba el mes de enero. También odiaba febrero y los chubascos de marzo y abril. En mayo, tenía alergia al polen, en junio hacía demasiado calor. Ya no le gustaba la decoración de su habitación. Tenía mala cara. Abrió su armario: ¡no tenía nada que ponerse! La Navidad había sido siniestra. Qué fiesta más horrible, pensó apoyando la frente contra el vidrio. Philippe y ella, cara a cara, ante la chimenea del salón, ¡abominable!

Nunca volvieron a hablar de Nueva York.

Se evitaban. Philippe salía mucho. Si volvía sobre las siete, era para ocuparse de Alexandre. Se volvía a marchar cuando su hijo se bañaba. Ella no le preguntaba adónde iba. Él hace su vida, yo la mía. Para qué preocuparme, siempre ha sido así.

Había decidido olvidar a Gabor. Cada vez que pensaba en él, era como si un cuchillo le atravesara el corazón. Seguía jadeante, cortada en dos por el dolor. Lo que había pasado en Nueva York, cuando volvía a pensarlo, le daba vértigo. Era como si la hubiesen colocado al borde de un precipicio. Ya no podía avanzar más, a menos que saltase al vacío... El vacío le daba miedo. El vacío le atraía.

Vivía de casualidad.

Su momento de gloria había terminado. Tras el frenesí de los tres primeros meses, la prensa había encontrado otros temas de interés. La solicitaban menos. ¡Qué deprisa pasaba todo! Justo antes de Navidad, me llamaban para hacerme una foto o para dar color a una fiesta con mi presencia. Hoy... Consultó su agenda, ¡ah, sí! Una foto para *Gala* el martes que viene... No sé cómo vestirme, tendré que preguntar a Hortense. Eso es, voy a pedir a Hortense que se invente un nuevo look para mí. Eso me entretendrá. Iremos juntas de tiendas. Tengo que encontrar algo para volver a primera plana. Resulta embriagador estar frente a los proyectores, pero, cuando se apagan, tiemblas de frío.

«¡Quiero que me miren!», rugió en la calma aterciopelada de su habitación. Pero para eso, tengo que crear mi propio espectáculo. Hacerme cortar el pelo en directo, fue soberbio. Debo encontrar otra idea... Sí, ¿pero qué? Miraba la lluvia contra el cristal, cómo resbalaba y caía sobre el marco. Encendió la tele y dio con un programa de final de la tarde. Recordaba haber sido invitada. «Vende mucho, vende mucho, hay que ir sin falta», había dicho su adjunta de prensa. Un joven autor presentaba su novela. Iris sintió un pinchazo de celos. Una periodista, ignoraba su nombre, decía que le había encantado el libro, que estaba bien escrito: sujeto, verbo, complemento. Frases cortas, rápidas.

—Normal —respondió el joven autor, acostumbrado a escribir SMS...

Iris se dejó caer sobre la cama, deprimida. Su libro no estaba escrito como un SMS. Su libro, el suyo, era literatura. ¿Qué tengo yo en común con ese imberbe? ¡Si se le aprieta la nariz y sale leche! Apagó el televisor, irritada, febril. Volvió a caminar de un lado a otro de la habitación. Encontrar una idea, encontrar una idea. Philippe no volvería para cenar. Alexandre estaba en su habitación. No se ocupaba de él. No tenía fuerzas para interesarse por él. Cuando se veían los dos y le contaba lo que había hecho en el colegio, ella simulaba escucharle. Asentía con la cabeza, sin decir nada, para puntuar las frases de su hijo como si pusiese atención, pero tenía ganas de que se callase. Esa noche estarían solos en la cena. Se sentía cansada con antelación, pensó en pedirle a Carmen que le preparase una bandeja para su habitación, pero luego cambió de opinión. Debe de haber algo en la tele. Cenaremos delante de la tele.

Al día siguiente, comía con Bérengère.

—No tienes muy buen aspecto...

—Debería ponerme a escribir de nuevo, y estoy angustiada...

—Hay que reconocer que, para un primer intento, fue un golpe maestro. Conseguirlo una segunda vez no debe de ser fácil.

—Gracias por animarme —cortó Iris—. Debería comer más a menudo contigo, me subiría la moral.

—Escúchame, acabas de pasar tres meses en los que no se ha hablado más que de ti, en los que has estado por todos lados, es normal que te deprima un poco la idea de encerrarte de nuevo.

—Me gustaría que durase siempre...

—¡Pero si dura! Cuando hemos entrado en el restaurante, he oído a gente murmurar «es ella, Iris Dupin, ya sabes, la que acaba de escribir ese libro...».

—¿De verdad?

—Te lo prometo.
—Sí, pero se acabará...
—No. Porque vas a escribir otro.
—¡Es tan duro! Lleva su tiempo...
—¡O haz alguna locura! Te suicidas y...
Iris hizo una mueca.
—Te ocupas de los pequeños leprosos de Papúa Nueva Guinea...
—¡Muchas gracias!
—Das tu nombre a una rosa...
—¡Ni siquiera sé cómo se hace!
—Te dejas ver con un jovencito... Mira Demi Moore, ya no hace ninguna película, pero se habla de ella gracias a la juventud de su pareja.
—No conozco ninguno. Los amigos de Alexandre son demasiado jóvenes... Y, además, está Philippe, ¡no lo olvidemos!
—Le explicas que no es más que publicidad para el próximo libro. Lo entenderá. Tu marido lo entiende todo...
Les trajeron sus platos e Iris bajó los ojos ante la comida, asqueada.
—¡Come! Te vas a volver anoréxica.
—¡Es mejor para la tele! Con la imagen se ganan kilos, vale más que esté flaca.
—Iris, escúchame, te vas a volver loca... Olvida todo eso. Ponte a escribir, en mi opinión, es lo mejor que sabes hacer.
Tiene razón, tiene razón. Tengo que insistirle a Joséphine. Se resiste a escribir un segundo libro. Cuando le hablo, se pone tensa. El próximo sábado, me autoinvito a comer en su lejano extrarradio, le comento y me llevo a Hortense de compras conmigo...

* * *

—¡No, Iris, no insistas! ¡No lo volveré a hacer!
Estaban las dos en la cocina. Joséphine preparaba la cena. Había acogido a Gary y tenía la impresión de tener que alimentar a un ogro.

—Pero ¿por qué? ¿No te ha cambiado la vida ese primer libro?

—Sí... Y no tienes idea de hasta qué punto.

—¿Entonces?

—Entonces, no.

—Formamos un equipo formidable las dos. Ahora estoy lanzada, tengo un nombre, una reputación, sólo hay que seguir alimentando a la máquina. Tú escribes, yo vendo, tú escribes, yo vendo, tú escribes...

—¡Para! —gritó Joséphine tapándose los oídos—. No soy una máquina.

—No lo entiendo. Hemos hecho lo más difícil, nos hemos hecho con un nombre y tú te echas atrás...

—Tengo ganas de escribir para mí...

—¿Para ti? ¡Pero si no venderás ni uno!

—Muchas gracias.

—No es lo que quería decir. Perdóname... Venderás mucho, mucho menos. ¿Sabes en cuánto estamos con *Una reina tan humilde*? Cifras auténticas, no esas cifras imaginarias que se ponen en las fajas de publicidad...

—Ni idea.

—¡Ciento cincuenta mil en tres meses! Y sigue, Jo, sigue. ¿Y tú quieres parar eso?

—No puedo. Es como si hubiese traído al mundo a un hijo, con el que me cruzo en la calle y no lo reconozco.

—¡Ya estamos! No te ha gustado que me cortara el pelo en directo, que salga en todos los periódicos, que responda a entrevistas idiotas... Pero así es el juego, Jo, ¡es lo que hay que hacer!

—Quizás... Pero no me gusta. Me apetece actuar de otro modo.

—¿Tú sabes cuánto vas a ganar con esta historia?

—Cincuenta mil euros...

—¡No tienes ni idea! ¡Diez veces más!

Joséphine soltó un grito de horror y se cubrió la boca con su mano libre.

—Pero ¡es horrible! ¿Y yo qué voy a hacer?

—Lo que quieras, me da completamente igual...

—¿Y los impuestos? ¿Quién va a pagar los impuestos de esa suma?

—Existe una ley para los escritores. Pueden dividir sus ganancias en cinco años. Es menos sangrante. Engrosará los impuestos de Philippe, ni siquiera se dará cuenta.

—¡No puedo dejarle pagar impuestos de algo que gano yo!

—¿Por qué no? Ya te he dicho que ni siquiera se dará cuenta.

—¡Oh! no... —gimió Joséphine—. Es horrible, no podría.

—Sí que podrás, porque hemos hecho un pacto y tú vas a cumplirlo. Lo último que debe pasar es que Philippe se entere de algo. Además, estamos en horas bajas, así que no es el momento de soltarle toda la historia. Joséphine, piensa en mí, te lo suplico... ¿Quieres que me ponga de rodillas?

Joséphine se encogió de hombros y no respondió.

—Pásame la nata, voy a poner un montón. Un chico de un metro noventa ¡ni te cuento lo que come! Lleno la nevera, la vacía, la vuelvo a llenar, ¡la vuelve a vaciar!

Iris le tendió el bote de nata con una mueca de niña suplicante.

—Cric y Croc se comieron al gran Cruc, que...

—No insistas, Iris. La respuesta es no.

—Sólo uno más, Jo, después me las arreglaré. Aprenderé a escribir, observaré cómo lo haces, trabajaré contigo... ¿Cuánto te va a llevar? ¡Seis meses de tu vida y eso me salvará a mí!

—No, Iris.

—¡Eres realmente ingrata! No me he quedado nada para mí, te he dado todo, tu vida ha cambiado completamente, tú has cambiado completamente...

—¡Ah! ¿Tú también te has dado cuenta?

Hortense asomó la cabeza por la puerta de la cocina.

—¿Nos vamos, Iris? Me queda trabajo por hacer esta noche... No querría volver demasiado tarde.

Iris miró una última vez a Joséphine juntando las manos en ferviente plegaria, pero Joséphine sacudió la cabeza con firmeza.

—¿Sabes qué? —dijo Iris levantándose—. Eres realmente mala...

Ahora la culpabilidad, se dijo Joséphine. Quiere que me sienta culpable. Lo habrá intentado todo. Se secó las manos en el delantal, decidió añadir un paquete de lonchas de beicon en la quiche y la metió en el horno. Me relaja cocinar. Las pequeñas cosas de la vida me relajan. Es lo que le falta a Iris. Sólo coge de la vida las cosas artificiales, sin raíces, y así, a la menor contrariedad, se viene abajo. Debería más bien enseñarle a hacer una quiche. Eso detendría el remolino que tiene en su cabeza.

Miró por la ventana de la cocina a su hermana y a su hija montar en el coche de Iris.

—¿Pasa algo con mamá? —preguntó Hortense a su tía mientras se ajustaba el cinturón de seguridad en el Smart.

—Le he pedido que me eche una mano para mi próximo libro, pero no quiere ayudarme...

En la cabeza de Iris surgió una idea y preguntó:

—¿Tú no podrías convencerla? Te quiere tanto. Si se lo pides, quizás te diga que sí...

—De acuerdo, hablaré con ella esta noche.

Hortense verificó que su cinturón estaba bien puesto, que no arrugaba su blusa Équipement recién estrenada, y después volvió a dirigirse a su tía.

—Pues debería ayudarte. ¡Después de todo lo que has hecho por ella y por nosotros desde siempre!

Iris suspiró y puso cara de víctima afligida.

—Ya sabes, cuanto más se ayuda a la gente, menos te lo agradecen.

—¿Adónde vamos de compras?

—No sé: ¿a Prada? ¿A Miu Miu? ¿A Colette?

—¿Qué es lo que quieres, exactamente?

—Tengo que hacerme unas fotos para *Gala* el martes que viene y me gustaría estar a la vez rompedora, elegantísima y muy clásica.

Hortense reflexionó y declaró:

—Vamos a Galeries Lafayette. Tienen toda una planta dedicada a los nuevos creadores. Yo voy a menudo. Es interesante. ¿Puedo asistir a la sesión de fotos el martes? Nunca se sabe, podría conocer a periodistas de moda...

—No hay problema.

—¿Puedo llevarme a Gary? Así me lleva en moto...

—De acuerdo. Dejaré vuestros nombres en la entrada del estudio.

Por la noche, cuando Hortense volvió a casa, cargada de paquetes con vestidos que su tía le había comprado en agradecimiento por haberle consagrado toda la tarde, preguntó a su madre por qué no quería echar una mano a Iris.

—Nos ha ayudado tanto estos últimos años.

—Eso no te concierne, Hortense. Es un problema entre Iris y yo...

—Pero, bueno, mamá... Por una vez que puedes hacerle un favor.

—Hortense, te repito que no es cosa tuya. Venga, ¡a la mesa! Llama a Gary y a Zoé.

No volvieron a tocar el tema y fueron a acostarse después de cenar. Hortense se había sorprendido del tono firme de su madre. Le había cerrado la boca con su seguridad. Una autoridad nueva, tranquila. Eso es nuevo, se dijo mientras se desnudaba. Estaba colgando en perchas los vestidos que su tía le había comprado, cuando le sonó el móvil. Se tumbó en la cama y respondió, en inglés, con una gracia lánguida que alertó a Zoé, en plena batalla por ponerse el pijama sin quitar los botones de la chaqueta. Cuando Hortense colgó y posó su móvil sobre su mesita de noche, Zoé preguntó:

—¿Quién es? ¿Un inglés?

—Nunca lo adivinarías —respondió Hortense, estirándose sobre su cama presa de una voluptuosidad desconocida.

Zoé la miró con la boca abierta.

—Dímelo. No diré nada. ¡Te lo prometo!

—No. Eres demasiado pequeña, te vas a chivar.

—¡Si me lo dices, te diré a cambio un secreto terrible! Un auténtico secreto de personas mayores.

Hortense miró a su hermana. Tenía el semblante serio, sus ojos parecían hipnotizados por la importancia de la revelación.

—¿Un auténtico secreto? ¿No una chorrada?

—Un secreto auténtico...

—Era Mick Jagger...

—¿El cantante? ¿El de los Rolling Stones?

—Lo conocí en Mosquito y hemos... simpatizado.

—Pero si es viejo, bajito, arrugado, delgaducho, con una boca enorme...

—¡Me gusta! ¡Me gusta mucho, aun así!

—¿Vas a volverlo a ver?

—Todavía no lo sé. Hablamos por teléfono. A menudo...

—¿Y el otro? Ese que llama todo el tiempo cuando duermo.

—¿Chaval? Se acabó... ¡Qué tío más pegajoso! Lloraba sobre mis rodillas y me llenaba de babas. ¡Qué tío más pesado!

—¡Guauuu! —dijo Zoé admirativa—. Sí que cambias deprisa.

—Hay que cambiar en la vida, conservar sólo lo que te interesa y que puede servirte. Si no, pierdes el tiempo... Bueno, ¿y tu secreto?

Su boca formaba una curva desdeñosa, como si el secreto de su hermana no llegara al tobillo de Mick Jagger.

—Te lo voy a decir... Pero prométeme que no se lo dirás a nadie.

—¡Te lo juro!

Hortense extendió la mano y escupió en el suelo.

—Yo sé por qué mamá no quiere ayudar a Iris a escribir el libro...

Hortense levantó una ceja extrañada.

—¿Tú sabes eso?

—Sí, lo sé...

Zoé se sentía importante. Tenía ganas de prolongar el suspense.

—¿Y cómo lo sabes?

Ante la cara extrañada y amable de su hermana, no se contuvo más tiempo y contó cómo se había encontrado encerrada en un ropero con Alexandre y lo que habían escuchado.

—Philippe decía a un señor que había sido mamá la que había escrito el libro...

—¿Estás segura?

—Sí.

—Entonces —concluyó Hortense—, por eso Iris insiste tanto a mamá. No quiere que le ayude, ¡quiere que le escriba el libro entero!

—Porque no escribió el primero. Fue mamá la que lo escribió. Mamá vale mucho, ¡vale muchísimo!

—Entonces, ahora lo entiendo mejor... Gracias, Zoíta.

Zoé se dobló de placer y lanzó una mirada de devoción a su hermana. ¡La había llamado Zoíta! Eso no pasaba muy a menudo. Normalmente la trataba con brusquedad, la empujaba, la llamaba bebé. Esa noche, la había tomado en serio. Zoé se acostó y se durmió sonriendo.

—Me gusta cuando eres así, Hortense...

—Duerme, Zoíta, duerme...

Hortense, en su cama, reflexionaba. La vida era apasionante. Mick Jagger la perseguía por teléfono, su madre resultaba ser una autora de éxito, su tía no podía dar un paso sin ella, el dinero iba a correr a chorros... A finales de curso pasaría la selectividad. Tendría que sacar una mención de honor para entrar en una buena escuela de diseño. En París o en Londres. Se había informado. Ya vería. Aprender para conseguir. No depender de nadie. Embrujar a los hombres para trazarse un camino. Tener dinero. La vida era simple cuando se aplicaban las buenas recetas. Asistía, afligida, a las dudas de sus compañeras de clase que perdían el tiempo intentando saber si un gigante lleno de granos había reparado en su existencia. Ella, en cambio, marcaba el camino. Chaval había perdido toda su dignidad y Mick Jagger la perseguía. Su madre iba a ganar mucho dinero... con la condición de que ingresara los derechos del libro. ¡Tendría que hacer lo posible para que no la timaran! ¿Cómo puedo hacerlo? ¿A quién podría pedir consejo?

Ya lo encontraría.

No era tan difícil, después de todo, hacerse un sitio en la vida. Bastaba con organizarse. No perder el tiempo con historias de amor. No enternecerse. Largar a Chaval, que ya no servía para nada, y hacer creer a un viejo roquero que era su príncipe azul. ¡Los hombres son tan vanidosos! Sus ojos se entornaron en la oscuridad de la habitación. Tomó su posición favorita para dormir: el brazo a lo largo del cuerpo, la cabeza recta, las piernas juntas en una larga cola de sirena. O de cocodrilo. Siempre le habían gustado los cocodrilos. Nunca le habían dado miedo. Los respetaba. Pensó un instante en su padre. ¡Cómo había cambiado la vida desde que se fue! Pobre papá, suspiró, cerrando los ojos. Bueno, se dijo recuperándose, no debo preocuparme por su suerte. ¡También le irá bien!

Mientras tanto, la vida se presentaba bajo los mejores auspicios.

* * *

Philippe Dupin consultó su agenda de citas y vio que Joséphine estaba inscrita a las quince treinta horas. Llamó a su secretaria y le preguntó si sabía de qué se trataba.

—Llamó y pidió una cita oficial... Insistió para tener tiempo. ¿He hecho bien?

Murmuró: sí, sí y colgó intrigado.

Cuando Joséphine entró en el despacho, quedó impresionado. Bronceada, más rubia, más delgada, había rejuvenecido y sobre todo, sobre todo, parecía sentirse liberada de un peso interior. Ya no avanzaba con la mirada gacha, los hombros encogidos, pidiendo perdón por existir, entró en su despacho sonriendo, le besó y fue a sentarse frente a él.

—Philippe, tenemos que hablar.

Él la miró, la sonrió para detener un instante el tiempo y preguntó:

—¿Estás enamorada, Joséphine?

Desconcertada, balbuceó sí, su mirada se turbó, y añadió:

—¿Se nota?

—Está escrito con letras mayúsculas en tu cara, en tu forma de andar, de sentarte... ¿Le conozco?

—No...

Se miraron un largo momento en silencio y, en la mirada de Joséphine, Philippe pudo leer un cierto desasosiego que le sorprendió y vino a endulzar la pena que había sentido.

—Me siento muy feliz por ti...

—No he venido a hablarte de eso.

—¿Ah? Creía que éramos amigos...

—Precisamente. Porque somos amigos he venido a verte.

Inspiró profundamente y comenzó:

—Philippe. Lo que te voy a decir no te va a gustar y no querría en ningún caso que pensases que quiero perjudicar a Iris.

Dudó de nuevo y Philippe se preguntó si tendría el valor, frente a él, de revelarle la superchería del libro.

—Voy a ayudarte, Jo. Iris no ha escrito *Una reina tan humilde*, lo has escrito tú.

La boca de Jo se abrió y sus cejas se elevaron en una interrogación estupefacta.

—¿Lo sabías?

—Lo sospechaba y mis sospechas se fueron haciendo cada vez más evidentes.

—¡Dios mío! Y yo que pensaba...

—Joséphine, déjame contarte cómo conocí a tu hermana. ¿Quieres que pida que nos traigan algo de beber?

Joséphine tragó saliva y dijo que sí, que era una buena idea. Tenía un nudo en su seca garganta.

Philippe pidió dos cafés con dos grandes vasos de agua. Joséphine asintió. Y después comenzó su relato.

—Hará unos veinte años, yo llevaba muy poco de abogado, había trabajado dos o tres años en Francia y hacía unas prácticas en Dorman and Steller en Nueva York, en el departamento de derechos de autor. Estaba muy orgulloso, te lo puedo asegurar. Un día, recibí una llamada de un director de un estudio de cine americano, del que omitiré el nombre, que tenía un caso bastante incómodo en sus manos y que pensaba que podría interesarme: era referente a una joven francesa. Le pregunté de qué se trataba y esto es lo que me explicó: se había realizado un trabajo colectivo redactado por estudiantes del último año de *creative writing* en la Universidad de Columbia, Departamento de Cine. Un guión escrito entre varios, premiado a final de curso por el claustro de profesores de Columbia como el guión más original, más brillante y mejor acabado de todos los elaborados por estudiantes. Ese guión había sido dirigido después por un tal Gabor Minar. Había realizado un mediometraje de unos treinta minutos, financiado por la Universidad de Columbia, que le valió las felicitaciones de sus profesores y le permitió después ser contratado para proyectos más ambiciosos. Esa película fue, como se hace normalmente, exhibida en el circuito universitario y se llevó todos los premios de ese nivel. Pues daba la casualidad de que Iris era estudiante en el mismo grupo que Gabor y que había participado en la escritura del guión. Hasta ahí, nada que objetar. Es después cuando todo se estropea... Iris retomó el guión, cambió dos o tres detalles en la historia, hizo de ella una versión larga y la presentó a un estudio de Hollywood, el estudio donde trabajaba el hombre que me llamaba, como si fuera un proyecto suyo original. El estudio, encantado con la historia, firmó inmediatamente con ella un contrato de guionista durante siete años. Con muchos, muchos ceros. Era una primicia, un golpe de efecto, y se habló de ello en la prensa especializada.

—Lo recuerdo, no se hablaba más que de eso en casa. Mi madre estaba que no cabía en sí de gozo.

—¡Y con razón! Era la primera vez que una alumna recién salida de la universidad se veía delante de un contrato así. Todo hubiera ido sobre ruedas si una estudiante que había formado parte del grupo de trabajo de Iris no se hubiese enterado del asunto. Consiguió el guión de tu hermana, lo comparó con el guión colectivo original y convenció al estudio de que Iris era una ladrona, una defraudadora, resumiendo, según la ley americana, ¡una criminal! El caso me interesó, quise ocuparme de él, conocí a tu hermana y me enamoré locamente de ella... Hice todo lo posible para sacarla de ese lío. Tuvo que prometer a cambio no volver a trabajar en los Estados Unidos y, durante diez años, ni siquiera pudo poner los pies allí. Había cometido un auténtico crimen según la ley americana, que no bromea con los mentirosos. ¡Allí es el crimen supremo!

—Por eso Clinton estuvo hundido en el fango mediático...

—El asunto quedó silenciado, Gabor Minar y los otros estudiantes nunca supieron nada, y la estudiante que había descubierto el fraude fue generosamente indemnizada... a cuenta mía. Aceptó retirar la denuncia a cambio de un buen puñado de dólares. Yo tenía dinero, había defendido dos o tres casos importantes muy jugosos, así que pagué...

—Porque estabas enamorado de Iris...

—Sí. La palabra no es lo suficientemente fuerte —dijo sonriendo—. Estaba a sus pies. Embrujado. Ella aceptó el arreglo sin decir nada, pero pienso que se sintió profundamente herida de haber sido cogida en flagrante delito de estafa. Lo hice todo para que olvidara y para que su herida de amor propio cicatrizara. Trabajé como un loco para hacerla feliz, intenté convencerla de que se pusiera a escribir, ella hablaba a menudo de eso pero no lo conseguía... Así que intenté que se interesara por otra cosa, en otra forma de arte. Tu hermana es una artista, una artista frustrada, que es lo peor que hay. Nada podrá nunca satisfacerla. Sueña con tener otra vida, sueña con crear, pero, ya lo sabes, eso no se decide, se hace. Cuando le oí decir que estaba escribiendo, enseguida pensé que había gato encerrado. Cuando oí decir que estaba escribiendo una historia sobre el siglo XII, supe que tendríamos problemas...

—Se encontró con un editor durante una cena y presumió de estar escribiendo, él le prometió firmar un contrato si le llevaba un proyecto, y se encontró presa de su mentira. Yo, en aquella época, tenía problemas de dinero, Antoine se había ido dejándome una enorme deuda, estaba con el agua al cuello, también pienso que tenía ganas de escribir desde hacía mucho tiempo y que no me atrevía, así que dije que sí...

—Y te encontraste inmersa en algo que te sobrepasaba...

—Y ahora quiero dejarlo. Me ha suplicado que escriba otro, pero no quiero, no puedo...

Se miraron sin decir nada. Philippe jugaba con su bolígrafo de plata. Golpeaba la superficie de su mesa con la punta de la tapa, lo hacía rebotar y volvía a empezar. Eso producía un ruido sordo, regular, que daba ritmo a sus pensamientos.

—Hay otro problema, Philippe...

Él levantó la cabeza y la observó con la mirada pesada y triste. El bolígrafo cesó su martilleo. La secretaria llamó a la puerta y puso los cafés sobre la mesa. Philippe tendió una taza a Joséphine y después, el azucarero. Ella tomó un azucarillo que se colocó en el paladar y bebió su café. Philippe la miró enternecido.

—Papá hacía eso también —dijo ella tras haber dejado su taza—. Quiero hablarte de otra cosa —retomó Jo—. Es muy importante para mí.

—Te escucho, Jo.

—No quiero que tú pagues los impuestos del libro. Parece ser que voy a ganar mucho dinero, es Iris quien me lo ha dicho. También me ha dicho que tú podías pagarlo, que ni siquiera te darías cuenta, y de eso ni hablar, me sentiría demasiado mal...

Él sonrió y su mirada se dulcificó.

—Qué buena eres...

Se irguió y retomó su jueguecito con el bolígrafo.

—Sabes, Jo, en cierto sentido, tiene razón... ese dinero va a dividirse en cinco años, gracias a la Ley Lang para los escritores, y creo que no me daré cuenta. ¡Pago tantos impuestos que me da igual!

—Pero yo no quiero.

Él reflexionó y dijo:

—Está bien haberlo pensado y debes saber que te respeto por ello. Pero, Jo, ¿cuál es la alternativa? ¿Que declares derechos de autor? ¿A tu nombre? ¿Que te firmen un cheque, que te hagan una transferencia a tu cuenta? Entonces todo el mundo sabrá que tú eres la autora del libro, y créeme, Jo, Iris no sobreviviría a una humillación pública. Podría incluso hacer una tontería muy gorda, gordísima.

—¿Lo crees de verdad?

Él asintió.

—Tú no quieres eso, ¿verdad, Jo?

—No. No quiero eso, seguro...

Ella escuchaba el ruido del bolígrafo golpeando el barniz de la mesa, toc, toc, toc.

—Me gustaría ayudarla... Pero ya no puedo. Incluso siendo mi hermana...

Miró a Philippe a los ojos y repitió «es mi hermana».

—Le estoy agradecida: sin ella, no habría escrito nunca. Eso me ha cambiado, ya no soy la misma. Quiero volver a hacerlo. Sé que el siguiente no irá tan bien como *Una reina tan humilde* porque no haré todo lo que hizo Iris para lanzar el libro, pero me da igual... Escribiré para mí, por mi propio placer. Si funciona, mejor, y si no funciona, no pasa nada.

—Eres una trabajadora, Jo. ¿Quién dijo que el genio es un noventa por ciento de transpiración y un diez por ciento de inspiración?

El bolígrafo martilleó la mesa, cambiando de ritmo, descargando la cólera de Philippe.

—Iris no quiere trabajar, Iris no quiere transpirar... Iris no quiere ver la realidad de frente... Ya se trate del libro, de su hijo, o de su marido.

Relató su viaje a Nueva York, el encuentro con Gabor Minar y el silencio obstinado de Iris desde que volvieron.

—Esa es otra historia, no te concierne, pero pienso que no es el momento de decirle al mundo entero que eres tú quien lo ha escrito. No sé si estás al corriente, pero una treintena de países extranjeros han comprado los derechos del libro, se habla de una adaptación al cine por un director muy conocido, ignoro su nombre porque, mientras no se firme el contrato, el editor no quiere decir nada... ¿Te imaginas las proporciones del escándalo?

Jo asintió con la cabeza, confundida.

—Ni siquiera debe saber que lo sé —continuó Philippe—. Le ha cogido gusto al éxito, no soportaría la vergüenza de un rechazo público. Vive como una sonámbula en este momento, es importante no despertarla. El libro es su última ilusión. Siempre podrá pretender después que ella era mujer de un solo libro. No sería la única y, al menos, diciendo eso, se despediría con todos los honores. ¡Incluso la felicitarían por su lucidez!

El bolígrafo ya no golpeaba la superficie de la mesa. Philippe había llegado a una conclusión, Joséphine asintió.

—Entonces —añadió ella después de verle reflexionar—, déjame al menos hacerte un inmenso regalo. Llévame un día a una sala de subastas donde se encuentre un cuadro o un objeto que desees y te lo regalaré.

—Será un placer. ¿Te gustan las obras de arte?

—Soy más fuerte en literatura e historia. Pero aprenderé...

Él sonrió, ella dio la vuelta a la mesa y se inclinó sobre él para besarle y darle las gracias.

Él volvió la cabeza hacia ella, su boca encontró la suya. Intercambiaron un beso furtivo y se separaron enseguida. Joséphine le acarició el pelo con un gesto muy dulce, muy tierno. Él le atrapó la muñeca y posó sus labios sobre las venas murmurando «siempre estaré aquí, Jo, siempre estaré a tu lado, no lo olvides».

Ella murmuró «lo sé, lo sé muy bien...».

Dios mío, se dijo en la calle, la vida se va a complicar mucho si me pasan cosas así. ¡Y yo que creía haber llegado a un equilibrio! La vida se ha puesto a bailar de nuevo...

De pronto se sintió muy feliz y llamó a un taxi para regresar a casa.

* * *

La sesión de fotos terminaba. Iris estaba sentada sobre un cubo blanco en medio de un largo rollo de papel blanco que subía y tapizaba el muro de ladrillo del estudio. Llevaba una chaqueta sastre rosa pálido, muy escotada, con grandes solapas de satén, que envolvía su torso filiforme. Cerraban la chaqueta tres grandes botones en forma de rosa, con hombreras pero con la cintura rodeada de nido de abeja. Una boina de satén rosa ancha como una gran torta escondía su pelo corto y destacaba sus grandes ojos azules, sombreándolos con un malva delicado que hizo estremecerse de placer a la periodista.

—¡Está usted magnífica, Iris! Me pregunto si no podríamos hacer una portada.

Iris sonrió con aire modesto.

—¡No bromee!

—Hablo en serio. ¿No es cierto, Paolo? —preguntó al fotógrafo.

Él levantó el pulgar en señal de aprobación e Iris se sonrojó. Una maquilladora vino a retocarla, pues el calor de los focos la hacía transpirar y un ligero sudor perlaba su nariz y sus pómulos.

—Y esa idea de llevar esa chaqueta Armani sobre unos vaqueros rotos y botas de goma altas ¡es genial!

—Fue mi sobrina la que tuvo la idea. Preséntate, Hortense.

Hortense salió de la sombra y vino a hablar con la redactora de moda.

—¿Te interesa la moda?

—Mucho...

—¿Quieres venir a ver otras sesiones de fotos?

—¡Me encantaría!

—Pues bien, déjame tu móvil y te llamaré...

—¿Puede darme usted también el suyo por si acaso pierde el mío?

La mujer la miró, sorprendida por su arrojo, y dijo «¿por qué no? ¡Vas a llegar lejos!».

—Venga, hacemos un último rollo, y lo dejamos, estoy agotada. Tenemos todo lo que hace falta, de verdad que es sólo para asegurarnos.

El fotógrafo terminó el rollo pero, antes de que guardara su equipo, Iris le pidió si podía hacerle fotos con Hortense.

Hortense vino a ponerse a su lado y posó con ella.

—¿Y Gary también? —preguntó Hortense.

—Vamos, Gary, ven... —gritó la redactora—. ¡Pero qué guapo es este chico! ¿No querrías hacerte fotos?

—No, no me interesa, preferiría ser fotógrafo...

—Ponedles un poco de maquillaje en la nariz a los dos, pidió la redactora haciendo una señal a la maquilladora.

—Son para mí, no para hacer fotos de moda —indicó Iris.

—¡Pero son tan guapos! Nunca se sabe, si él cambia de opinión.

Iris se hizo una serie de fotos con Hortense y, después, otra junto a Gary. La redactora insistió en hacer algunas seductoras, los dos abrazados, para ver qué salía, y después declaró terminada la sesión y dio las gracias a todo el mundo.

—No se olvide de enviármelas —le recordó Iris antes de ir a cambiarse.

Se encontraron los tres en el gran camerino de Iris.

—¡Uf! Es agotador hacer de modelo —suspiró Hortense—. ¡Lo que hay que esperar! ¿Te das cuenta? Hace cinco horas que estás ahí. Cinco horas sonriendo, posando, inmaculada. ¡Nunca podría dedicarme a eso!

—Yo tampoco —afirmó Gary—. Y, además, ese maquillaje, ¡puaj!

—¡Pues a mí me encanta! Te miman, te ponen guapa, guapa, guapa... —gritó Iris, estirándose—. En todo caso, bravo por tus compras, cariño, ha sido sublime.

Volvieron al plató donde los encargados de la iluminación guardaban los focos, los cables y los enchufes. Iris llevó a la redactora y al fotógrafo a un aparte y les invitó al Raphaël.

—Me encanta el bar de ese hotel. ¿Venís con nosotros? —propuso a Hortense y a Gary.

Hortense miró su reloj, declaró que no se quedarían mucho tiempo: tenían que volver a Courbevoie.

Se encaminaron todos hacia el Raphaël. La redactora previno al fotógrafo:

—No guardes tu equipo, hazme fotos de ese chico, es de una belleza que corta el aliento.

En el Raphaël, Iris extendió el brazo y pidió una botella de champán. Gary pidió una coca-cola: conducía la moto de su amigo; Hortense también: todavía tenía deberes para esta noche. El fotógrafo y la periodista bebieron un dedo de champán. Fue Iris la que terminó la botella. Hablaba mucho, reía en alto, movía sus piernas, sacudía sus brazaletes. Atrapó a Gary por el cuello y lo atrajo hacia ella. Todo el mundo reía. El fotógrafo sacó algunas tomas. Después Iris se puso a hacer muecas, muecas de payaso, de carmelita, de estrella de cine mudo, y el fotógrafo la ametralló. Ella reía cada vez más fuerte y le aplaudían cada cara que ponía.

—¡Qué bien lo estamos pasando! —gritó vaciando su vaso.

Hortense la miraba sorprendida. Nunca había visto a su tía en ese estado. Se inclinó hacia ella y le susurró:

—Ten cuidado, has bebido demasiado.

—¡Oh! ¡Si una no se puede divertir de vez en cuando! —dijo ella dirigiéndose a la periodista, que la miraba extrañada—. Tú no sabes lo que es escribir. Pasar horas frente a una pantalla, con un café frío, buscando una palabra, una frase, con dolor de cabeza, con dolor de espalda, así que cuando podemos divertirnos, hay que aprovecharlo.

Hortense se volvió, molesta por los comentarios de su tía. Miró a Gary y le hizo una seña «¿nos largamos?». Gary asintió y se levantó.

—Tenemos que irnos. Joséphine nos espera. No querría que se preocupase...

Se despidieron y salieron. En la calle, Gary se pasó la mano por el pelo y dijo:

—¡Joder con tu tía! Qué rara estaba esta noche. No dejaba de manosearme.

—Había bebido demasiado, olvídalo.

Hortense se agarró a Gary y este arrancó. Por primera vez en su vida, Hortense sentía piedad. No reconocía muy bien ese sentimiento que la inundaba como una tibia ola, ligeramente repugnante. Había sentido vergüenza de Iris. Había sentido pena por Iris. Ya no la miraría nunca más de la misma forma. La vería siempre sobre el sofá rojo del bar del Raphaël, intentando atraer a Gary hacia ella, incordiándole, besándole o vaciando su copa como si estuviese muerta de sed. Se sentía triste: acababa de perder un hada madrina, una cómplice. Se sentía sola y era un sentimiento desagradable. No pudo dejar de pensar: ¡afortunadamente mamá no ha visto esto! No le hubiese gustado nada. Ella nunca hubiera hecho eso. Y, sin embargo, ha escrito el libro. Sola. Sin decir nada. No habla de ello, no se exhibe, no monta el espectáculo...

Nunca hubiera podido imaginar eso de Iris, pensó Hortense agarrándose a Gary. Y, de pronto, un temor vino a sacudirla en su pensamiento: ¡espero que no haya dejado los derechos de autor para Iris! La veo muy capaz. ¿Cómo podría asegurarme? ¿A quién podría dirigirme? ¿Cómo recuperar ese dinero? Esa pregunta le atormentó hasta que tuvo una idea que calificó de genial...

* * *

Tres semanas más tarde, mientras Henriette Grobz esperaba en el gabinete de su esteticista para su limpieza de cutis semanal y su sesión de masaje, cogió, sobre la pila de revistas de la sala de espera, una revista. Le llamó la atención porque creyó ver el nombre de su hija, Iris, en primera página. En la misma medida que Henriette Grobz se regocijaba del éxito literario de su hija y se regodeaba en él, reprobaba su exposición mediática. Se habla demasiado de ti, querida, no está bien aparecer así por todos lados.

Abrió la revista, la hojeó, encontró el artículo relacionado con Iris, sacó sus gafas y empezó a leerlo. Se extendía a doble página.

El título del artículo decía «La autora de *Una reina tan humilde* en brazos de su paje», y, como subtítulo: «Con cuarenta y seis años, Iris Dupin bate el récord de Demi Moore y se pasea del brazo de su nuevo amor, un chico de diecisiete». Ilustrándolo, aparecían fotos de Iris con un hermoso adolescente de rizos castaños, sonrisa resplandeciente, ojos verde oscuro, piel ambarina. ¡Qué guapo, ese chico!, se dijo Henriette Grobz. Una serie de fotos mostraban a Iris cogiéndolo por la cintura, estrechándole en sus brazos, apoyando la cabeza contra su torso o girando el cuello mientras cerraba los ojos.

Henriette cerró la revista con un gesto seco, sintió que la sangre le subía a las mejillas y la ruborizaba. Miró a su alrededor por si alguien se había dado cuenta de su turbación y se precipitó a la calle. Su chofer no estaba allí. Le llamó al móvil y le ordenó que viniese a buscarla. Acababa de colgar y estaba guardando el aparato en su bolso, cuando su mirada se fijó en el escaparate de un quiosco de prensa: ¡la foto de su hija tumbada en los brazos del joven Adonis cubría toda la superficie!

Creyó que iba a desmayarse y se derrumbó en el asiento trasero del coche sin esperar a que Gilles le abriese la puerta.

—¿Ha visto usted a su hija, señora? —preguntó Gilles con una gran sonrisa—. Hay carteles de ella por todos lados. ¡Debe de estar usted orgullosa!

—Gilles, no mencione ni una sola palabra sobre ese asunto o me voy a poner enferma. Cuando lleguemos, irá usted a comprar todos los ejemplares de ese panfleto en los quioscos que hay alrededor de casa, no quiero que esto se sepa en el barrio.

—No servirá de mucho, señora, sabe usted... ¡Las noticias vuelan!

—Cállese y haga lo que le he dicho.

Sintió cómo la migraña le invadía la cabeza y entró precipitadamente en su casa, evitando la mirada de la portera.

* * *

Joséphine había salido a comprar una baguette. Aprovechó para llamar a Luca. Los niños le ocupaban todo el tiempo. Sólo conseguían verse por la tarde, cuando las niñas estaban en el colegio. Él vivía en un gran estudio en Asnières. En el último piso de un edificio moderno, con una terraza con vistas a París. Ella ya no iba a la biblioteca, se encontraban en su casa. Él cerraba las cortinas del estudio y se hacía de noche.

—Pienso en usted —le dijo ella hablando en voz baja.

La panadera la miraba fijamente. ¿Es posible que adivine que hablo con un hombre al que amo, con el que me paso las tardes en la cama? —se preguntó Jo sorprendiendo la mirada curiosa que le lanzó la panadera mientras gritaba «setenta céntimos».

—¿Dónde está?

—Estoy comprando el pan. Gary ha devorado dos baguettes al volver del colegio.

—Mañana le ofreceré un té con pastas, ¿le gustan las pastas?

Joséphine cerró los ojos de placer y la panadera la sacó de su ensoñación apremiándola para que cogiese su baguette y dejase sitio a los clientes que esperaban.

—Estoy deseando estar allí —retomó Joséphine saliendo a la calle—. ¿Sabe usted que mis días se han convertido en noches desde hace algún tiempo?

—Soy el sol y la luna a la vez, me honra usted...

Sonrió, levantó la cabeza y se fijó, ella también, en la foto de su hermana en el escaparate del quiosco.

—¡Dios mío!, Luca. ¡Si supiera lo que estoy viendo!

—Déjeme adivinar —dijo él riendo.

—¡Oh, no! No tiene ninguna gracia. Le volveré a llamar...

Se precipitó a comprar la revista y la leyó en la escalera.

* * *

Josiane y Marcel cenaban en casa de Ginette y René, cuando Sylvie, la hija de estos últimos, entró en la habitación y tiró sobre la mesa una revista diciéndoles «leedla, ¡os vais a divertir!».

Se abalanzaron y no tardaron en retorcerse de risa. Josiane reía tan fuerte que Marcel le ordenó parar:

—¡Te va a producir contracciones y vas a dar a luz prematuramente!

—Ay, ¡me gustaría haber visto la jeta de la Escoba! —hipó Josiane antes de callar, fulminada por la mirada furiosa de Marcel, que se había lanzado sobre su vientre para mantener al bebé en su sitio.

* * *

Esa noche, la señora Barthillet recibía a Alberto Modesto para cenar. Con este, se sabe siempre cuándo va a aparecer, se le oye cojear desde el bajo de la escalera. No le gustaba salir con él. Tenía la impresión de pasear a un inválido. Prefería recibirlo en su casa. Vivía en un tercero sin ascensor. A Alberto le costaba subir y llegaba siempre el último. Ella le había apodado Poulidor. Había comprado comida precocinada, vino, pan, prensa. Estaba deseando leer su horóscopo. Saber si iba a ganar, por fin, el premio gordo, porque ya no aguantaba al cojo. Se estaba volviendo sentimental y hablaba de divorciarse para casarse con ella. Hasta aquí hemos llegado, pensó sacando las compras de las bolsas de plástico. Cuanto más pienso en largarme, más se me pega.

Metió los platos ya elaborados en el microondas, abrió una botella de vino, tiró dos platos sobre la mesa, barrió con la mano una corteza de queso que se había quedado pegada a la mesa desde la cena del día anterior y esperó leyendo la revista. Fue entonces cuando vio a la hermosa señora Dupin en brazos de Gary. ¡Pero, bueno! Se palmeó los muslos y se rio a carcajadas. No disparaba bajo, el retoño real, ¡tirarse a la autora de moda! Gritó «¡Maxou, Maxou! Ven a ver»... Max no había vuelto. De hecho, ya no volvía; eso le venía bien, ya no le tendría que aguantar... Bostezó, miró el reloj, ¿qué estará haciendo Poulidor? Y retomó la lectura de la revista rascándose las costillas.

* * *

Philippe había ido a buscar a su hijo al colegio. Todos los lunes, Alexandre salía a las seis y media. Seguía clases de inglés complementarias. Se llamaban Inglés +. Alexandre estaba muy orgulloso.

«Lo entiendo todo, papá, lo entiendo absolutamente todo». Hacían el trayecto de vuelta a pie hablando en inglés. Se había convertido en un nuevo rito. Los niños son más conservadores que los adultos, pensó Philippe cerrando su mano sobre la de Alexandre. Sentía una alegría serena, profunda y hacía durar esos trayectos. Qué feliz estoy de haber comprendido a tiempo que estaba perdiéndome algo bueno.

Alexandre le contaba cómo había marcado dos goles seguidos al fútbol, cuando Philippe vio la primera página de la revista con una gran foto de Iris en su quiosco. Dio un rodeo para que Alexandre no viese nada. Subieron al piso y, en el descansillo, Philippe se golpeó la frente diciendo:

—*Oh my God! I forgot to buy* Le Monde*! Go ahead, son. I'll be back in a minute...*[*]

Volvió a bajar, compró la revista, la leyó subiendo las escaleras, la metió en el bolsillo de su abrigo y se quedó pensativo.

* * *

Hortense y Zoé volvían juntas del instituto. Lo hacían una vez a la semana, y Zoé aprovechaba para imitar el porte indolente y altanero que su hermana decía que era la forma de subyugar a los hombres. A Zoé le costaba, pero Hortense se aplicaba para enseñárselo. «Es la clave del éxito, Zoíta, ¡vamos! ¡Haz un esfuerzo!». Le parecía a Zoé que ella había ganado muchos puntos a ojos de su hermana desde que le había revelado EL secreto. Hortense era más suave con ella, menos insoportable en casa. Casi había dejado de ser del todo insoportable, incluso, pensó Zoé estirando los hombros como le pedía su hermana.

Fue entonces cuando vieron a su tía en la primera página de una revista, con una foto de Gary y ella en primer plano. Frenaron en seco al unísono.

---

* ¡Ay, se me ha olvidado comprar *Le Monde*! Ve yendo tú, hijo mío, yo enseguida vuelvo.

—Hacemos como si no fuera con nosotras, Zoé, mantén la distancia —declaró Hortense.

—Pero volveremos a comprarla cuando nadie nos vea, ¿verdad?

—Ni eso. No merece la pena. ¡Ya sabemos lo que hay dentro!

—¡Oh, sí, Hortense!

—Mantén la distancia, Zoé, mantén la distancia, y eso se aplica a todo.

Zoé pasó al lado del quiosco sin volverse.

* * *

Iris, vagamente avergonzada, permanecía encerrada en su casa. Quizás había ido un poco lejos enviando las fotos en forma de anónimo a la redacción de la revista. Pensaba que sería divertido, que sería una pequeña noticia que la volvería a poner en primera plana... pero la reacción de su madre no dejaba lugar a dudas: se enfrentaba a un escándalo.

Cenaron los tres. Sólo Alexandre hablaba. Contaba cómo había marcado tres goles seguidos al fútbol.

—Hace un rato eran dos, Alexandre. No hay que mentir, hijo. No está bien.

—Dos o tres, ya no me acuerdo muy bien, papá.

Al final de la comida, Philippe dobló su servilleta y dijo: «Creo que voy a llevarme a Alexandre unos días a Londres, a casa de mis padres. Hace algún tiempo que no los ha visto y pronto serán las vacaciones de febrero. Llamaré al colegio para avisarles...».

—¿Vienes con nosotros, mamá? —preguntó Alexandre.

—No —respondió Philippe—. Mamá está muy ocupada en este momento.

—¿Otra vez ese libro? —suspiró Alexandre—. Estoy harto de ese libro.

Iris asintió con un gesto y volvió la cara para esconder las lágrimas que le llenaban los ojos.

* * *

Gary preguntó si podía coger el último trozo de baguette y Jo se lo tendió con la mirada taciturna. Las dos niñas callaban y le miraban en silencio mojar con el pan los restos de la salsa del pisto.

—¿Por qué me miráis todas con esa jeta? —preguntó después de tragarse su trozo de pan—. ¿Es por lo de las fotos en la revista?

Se miraron aliviadas. Lo sabía.

—¿Os molesta?

—Aún peor —suspiró Joséphine.

—Pero si no es nada, se hablará de eso durante una semana y después se acabará... ¿Puedo coger otro trozo de queso?

Joséphine le tendió el camembert.

—Pero tu madre... —dijo Jo.

—¿Mamá? Seguro que iría a partirle la cara a Iris. Pero no está aquí y no lo sabrá...

—¿Estás seguro?

—Pues claro, Jo. ¿Te crees que ese panfleto se lee en Mosquito? Además, es genial, ¡mi nivel de popularidad va a explotar entre las chicas! ¡Van a querer salir todas conmigo! Voy a ser la estrella del instituto. Durante unos días, en todo caso...

—¿Eso es todo el efecto que te provoca? —preguntó Jo, estupefacta.

—¡Tendrías que haber visto la prensa inglesa en tiempos de Diana, entonces sí que estábamos acojonados! ¿Puedo acabarme el camembert? ¿Ya no queda pan?

Jo negó abatida. Ella era la responsable de Gary.

—Venga, Jo, no hagas un drama de lo que no lo es.

—¡Habla por ti! Pero imagínate Philippe y Alexandre...

—No tienen más que tomárselo como un juego. Una broma. La única cosa que me gustaría saber es cómo esas fotos han llegado a ese periodicucho.

—¡A mí también! —gruñó Jo.

* * *

Iris volvió a salir en la televisión. En programas de radio. «No entiendo todo este estrépito, se extrañó en la emisora RTL, cuando un hombre de cuarenta años sale con una jovencita de veinte, no sale en la primera página de los periódicos. Estoy a favor de la igualdad entre hombres y mujeres en todos los sentidos».

Las ventas del libro volvieron a subir. Las mujeres seguían sus consejos de belleza, y los hombres metían la tripa cuando la veían. Propusieron a Iris dirigir un programa nocturno en una emisora de radio. Lo rechazó: quería consagrarse por completo a la literatura.

* * *

Lejos de esa agitación parisina, sentado en los escalones del porche, Antoine reflexionaba: no había podido traer a sus hijas en las vacaciones de febrero. En Navidad tampoco las había visto. Joséphine le había pedido permiso para llevárselas a Mosquito a casa de una amiga. Las niñas estaban encantadas de ir allí. Él había dicho que sí. La Navidad había sido triste y aburrida. No habían encontrado pavo en el mercado de Malindi. Habían comido uapití, que habían masticado en silencio. Mylène le había regalado un reloj de buceo. Él no tenía regalo para ella. Ella no había dicho nada. Se habían acostado pronto.

Se encontraba mal desde hacía algún tiempo. Bambi había sido devorado por un viejo cocodrilo belicoso un día que se paseaba, despreocupado, al borde del estanque. Eso había desestabilizado completamente a Pong y a Ming. Les servían arrastrando los pies, tenían la mirada vacía y triste, ya no comían y se tumbaban sobre una estera para descansar a la menor dificultad. Debía reconocer que él mismo se había sentido afectado por la muerte de Bambi. Había terminado por cogerle cariño a ese animal patoso y asqueroso que le miraba con ojos vidriosos, atado al pie de la mesa de la cocina. Era un lazo entre él y los otros cocodrilos. Un lazo de unión amistosa, lo observaba y veía una lucecita de humanidad en el fondo del ojo. A veces, incluso, sonreía. Retorcía sus mandíbulas y esbozaba una sonrisa. «¿Crees que le gusto?», había preguntado a Pong. Se había sentido enternecido por la respuesta afirmativa de Pong.

Sólo Mylène resistía. Su pequeño negocio prosperaba. Su asociación con mister Wei se precisaba. «Abandona esas bestias asquerosas y ven conmigo», susurraba ella a Antoine por la noche, cuando se deslizaban bajo la mosquitera. Otro traslado después de otro fracaso, pensaba Antoine, despechado, no hago más que eso: coleccionar fracasos. Y, además, sería como declararse derrotado ante los cocodrilos y, no sabía por qué, rechazaba esa solución y quería, frente a esas sucias bestias, salir con la cabeza bien alta. Quería tener la última palabra.

Pasaba cada vez más tiempo cerca de ellos. Sobre todo por la noche. Porque, durante el día, se deslomaba a trabajar. Pero por la noche, después de la cena, abandonaba a Mylène y a sus listas de pedidos, sus libros de cuentas y partía a pasear a la orilla de los cocodrilos.

Trasladarse a China no le tentaba. Luchar de nuevo, ¿y para qué? Ya no tenía fuerzas para luchar.

«Pero yo trabajaría, tú no tendrías gran cosa que hacer... Te ocuparías de las cuentas».

No quiere irse sola, pensaba. Me he convertido en un hombre de compañía, por no decir un gigoló.

Dudaba de todo. Ya no tenía energía. Se juntaba con los criadores en el Cocodrile Café, en Mombasa, y empinaba el codo en la barra despotricando contra los negros, los blancos, los amarillos, el clima, el estado de las carreteras, la comida. Había vuelto a beber. Soy como una pila gastada, se decía mirando en la oscuridad de la noche los ojos amarillos de los cocodrilos. Podía ver una chispa de ironía en sus ojos. Te la hemos pegado, viejo. Mira en lo que te has convertido: en un despojo humano. Bebes a escondidas, ya no tienes ganas de follar con tu mujer, comes uapití en Navidad. ¡Te podríamos masacrar levantando sólo una pata! Él les tiraba piedras: rebotaban sobre su duro caparazón reluciente y graso. Sus párpados no se movían, y el pequeño centelleo amarillo seguía presente en el orificio de sus ojos, rasgados como una sonrisa melosa.

Sucias bestias, sucias bestias, ¡os voy a destrozar a todas! —refunfuñaba buscando una manera de aniquilarlos.

Qué hermosa era la vida antes. En Courbevoie.

Echaba de menos a Joséphine. Echaba de menos a sus hijas. El quicio de la puerta de la cocina venía a su memoria cuando se apoyaba en la puerta de su despacho. Se frotaba dulcemente contra la madera y volvía a Courbevoie. Courbevoie, Cour-be-voie. Las sílabas resonaban mágicas. Le hacían viajar como antaño: Uagadugú, Zanzíbar, Cabo Verde o Esperanza. Volver a Courbevoie. Después de todo, sólo hacía dos años que se había ido.

Un día, llamó a Joséphine.

Le respondió un contestador que le pidió que dejara un mensaje. Miró su reloj sorprendido. Era la una de la mañana, hora francesa. Lo intentó a la mañana siguiente y escuchó de nuevo la voz de Joséphine que pedía que dejara un mensaje. Colgó sin dejar mensaje. Llamó, pues, a última hora de la mañana, hora de París, y contestó Joséphine. Después de las banalidades al uso, le preguntó si podía hablar con las niñas. Jo le respondió que se habían ido de vacaciones.

—Acuérdate, hablamos de ello. Las vacaciones caen tarde este año, empezaron a finales de febrero. Han ido a casa de mi amiga, a Mosquito...

—¿Las has dejado marchar solas?

—Están con Shirley y Gary...

—¿Quién es esa amiga?

—No la conoces.

De pronto, le vino a la cabeza una pregunta.

—Pero esta noche no estabas, Jo. ¡Ni la noche anterior! He llamado y nadie respondió...

Se hizo el silencio al otro lado de la línea.

—¿Estás con alguien?

—Sí.

—¿Estás enamorada?

—Sí.

—Está bien.

Hubo otro silencio. Un largo silencio. Después Antoine se repuso.

—Esto tenía que pasar.

—Yo no lo he buscado. No me creía capaz de interesar a alguien.

—Y, sin embargo... Eres formidable, Jo.

—Tú no me lo decías a menudo...

—«Se reconoce la felicidad por el ruido que hace al marcharse». ¿Quién dijo eso, Jo?

—No lo sé. Y tú, ¿qué tal?

—Estoy desbordado de trabajo, pero bien... Voy a terminar de pagar el préstamo del banco y te pagaré una pensión para las niñas. Las cosas van mucho mejor, sabes. ¡He cogido el toro por los cuernos!

—Me alegro por ti.

—Cuídate mucho, Jo.

—Tú también, Antoine. Diré a las niñas que te llamen cuando vuelvan.

Antoine colgó. Se secó la frente. Abrió una botella de whisky que encontró en un estante y la terminó durante la noche.

* * *

El 6 de mayo, sobre las seis de la mañana, Josiane sintió una primera contracción. Recordó entonces el curso de preparación al parto y se puso a cronometrar el tiempo entre contracciones. A las siete de la mañana, despertó a Marcel.

—Marcel... ¡Creo que ya está! Ya llega Junior.

Marcel se incorporó como un boxeador sonado, balbuceó «ya llega, ya llega, estás segura, bomboncito, ¡Dios mío! Ya llega...». Se tropezó al bajar de la cama, se volvió a levantar, extendió los brazos para buscar sus gafas, volcó el vaso de agua sobre la mesita de noche, soltó un taco, se volvió a sentar, soltó otro taco y se volvió hacia ella desamparado.

—Marcel, no te pongas nervioso. Todo está listo. Voy a vestirme, a prepararme, tú coges la maleta, allí, cerca del armario, sacas el coche y yo bajo...

—¡No! ¡No! No bajas sola, yo bajo contigo. Se precipitó bajo la ducha, se cubrió de agua de colonia, se cepilló los dientes, peinó la corona de pelo rojo que bordeaba su cráneo calvo y se quedó de piedra ante una camisa lisa o una camisa azul de rayas finas.

—Tengo que estar guapo, bomboncito, tengo que estar guapo...

Ella le contemplaba, enternecida, y señaló una camisa al azar.

—Tienes razón, ésta es más fresca, más juvenil. Y la corbata, bomboncito, ¡quiero recibirle en corbata!

—Quizás no valga la pena la corbata...

—Sí, sí...

Corrió hacia su ropero y le propuso tres. Ella eligió otra vez al azar y él aprobó.

—No sé cómo haces para conservar tu sangre fía. Creo que me voy a desmayar. ¿Estás bien? ¿Estás contando el tiempo entre contracciones?

—¿Has terminado en el cuarto de baño?

—Sí. Voy a bajar a buscar el coche y subo a buscarte. Tú no te muevas, ¿me lo prometes? No vayamos a tener un accidente.

Se fue una primera vez, volvió a subir porque había olvidado las llaves del coche. Se fue y volvió otra vez: no recordaba dónde lo había aparcado la víspera. Ella le tranquilizó, le calmó, le indicó el sitio donde estaba el coche, y él intentó salir por la cocina.

Ella se echó a reír, él se volvió emocionado.

—Hace treinta años que espero este momento, bomboncito, ¡treinta años! No te burles de mí. Creo que no lo conseguiré...

Llamaron a un taxi. Marcel hizo mil recomendaciones al taxista, que tenía ocho hijos, y miraba al futuro padre, burlón, por el retrovisor.

En el asiento de atrás, Marcel sostenía a Josiane en sus brazos y la enlazaba como un segundo cinturón de seguridad. Repetía «¿estás bien, bomboncito, estás bien?», secándose la frente y jadeando como un perrito.

—Soy yo la que va a dar a luz, Marcel, no tú.

—Me encuentro mal, me encuentro mal. Creo que voy a vomitar.

—¡En mi coche, no! —exclamó el taxista—. Que acabo de empezar mi jornada.

Se detuvieron. Marcel se fue hacia un castaño para recuperarse, y volvieron a partir en dirección a la clínica de la Muette. «Mi hijo nacerá en el Barrio XVI, había decidido Marcel, en la mejor clínica, la más encopetada, la más cara». Había reservado la suite de lujo, en el último piso, con terraza y cuarto de baño grande como un salón de embajada. Llegados delante de la clínica, Marcel dio un billete de cien euros al taxista, que protestó: no tenía cambio.

—¡Pero si no quiero el cambio! Es para usted. ¡El primer viaje en taxi de mi hijo!

El taxista se volvió y le dijo:

—Oiga... Pues le dejo mi teléfono y me llama cada vez que salga el chaval.

A las doce y media en punto, el pequeño Marcel Junior soltaba su primer grito. Hubo que sostener al padre, que se desmayaba, y sacarle de la sala de partos. Josiane aguantó su respiración cuando colocaron a su hijo sobre su vientre, mojado, sucio, pegajoso. «¡Qué guapo es! ¡Qué largo! ¡Qué fuerte! ¿Había visto ya un bebé tan guapo, doctor?». El doctor respondió «nunca».

Marcel se recuperó para ir a cortar el cordón umbilical y dio el primer baño a su hijo. Lloraba tanto que ya no sabía cómo sostener al niño y secarse los ojos a la vez, pero no quiso soltarle.

—Soy yo, soy papá, mi bebé. ¿Me reconoces? Has visto, bomboncito, reconoce mi voz, se ha vuelto hacia mí, ha parado de patalear. Mi hijo, mi tesoro, mi gigante, mi amor... Vas a ver qué vida te vamos a dar tu madre y yo. ¡Una vida de jeque árabe! También habrá que trabajar, porque, en este mundo, si no te rompes los riñones, no tienes nada, pero no te preocupes, te enseñaré. Te pagaré los mejores colegios, las carteras más bonitas, los mejores libros encuadernados con oro. Lo tendrás todo, hijo mío, todo... Serás como el Rey Sol. Reinarás sobre el mundo entero, porque la Francia de hoy es pequeñita, acartonada. ¡Nadie como los franceses para creerse los reyes del mundo! Ya verás, hijo mío, tú y yo nos vamos a llevar un buen trozo.

Josiane escuchaba y el ginecólogo sonreía.

—Su hijo trae un buen pan debajo del brazo. ¿Cómo le va a llamar?

—Marcel —rugió Marcel Grobz—. Como yo. Va a hacer que se hable de ese nombre, ¡ya verá usted!

—No lo dudo.

Subieron a la madre y al niño a la suite de lujo. Marcel no quería marcharse.

—¿Estás segura de que no nos lo van a cambiar?

—Que no... Tiene su brazalete. Y, además, no hay peligro; ¿has visto? ¡Es tu vivo retrato!

Marcel se estiró y fue a contemplar de nuevo al pequeño Marcel en su cunita.

—Tienes que ir a inscribirlo en el Ayuntamiento y tengo que descansar, estoy un poco fatigada...

—¡Oh! Perdón, bomboncito... Me cuesta marcharme, sabes, tengo miedo de no volverlo a encontrar.

—¿Has llamado al trabajo para decírselo?

—He llamado a Ginette y René, te mandan un beso muy fuerte. Han descorchado champán. ¡Me esperan para brindar! Volveré después. Si hay algo, prométeme que me llamarás enseguida, ¿eh, bomboncito?

Hizo algunas fotos de su hijo, guapo, bañado, limpio, que dormía en pijamita blanco, y se fue dándose un golpe en la puerta.

Josiane aprovechó para lloriquear de felicidad. Lloró, lloró mucho tiempo y después se levantó, cogió a su bebé entre sus brazos y se durmió apretada contra él.

Estaban todos reunidos bajo las ramas de la enredadera, decorada de lacitos azules para la ocasión. Ginette había improvisado un bufé, cuando el móvil de Marcel sonó. Lo descolgó y gritó:

—¿Bomboncito?

No era bomboncito. Era Henriette. Estaba en el banco, acababa de consultar sus cuentas y de ponerse al día con su consejera de inversiones.

—No lo entiendo, ¿ahora tenemos dos cuentas separadas? Debe de ser un error...

—No, querida. Dos cuentas separadas y nuestras vidas también separadas. He tenido un hijo esta noche. Un hijo llamado Marcel... Casi cuatro kilos, cincuenta y cinco centímetros, ¡un gigante!

Hubo un largo silencio, después Henriette, con la misma voz cortante, dijo que volvería a llamar, no podía hablar delante de la señora Lelong.

Marcel se frotó las manos entusiasmado. Vuelve a llamar, vuelve a llamar, querida, ¡vas a ver cómo te voy a adornar la noticia! René y Ginette le miraron suspirando, por fin, por fin él derrocaba al tirano.

Como todas las mentes estrechas e insanas, Henriette Grobz tenía por costumbre no renunciar a sus ideas preconcebidas y nunca buscaba en ella la causa de sus desgracias. Prefería echarle la culpa a los demás. Ese día, no hizo una excepción a la regla. Solventó los asuntos corrientes con la señora Lelong y salió del banco despidiendo a Gilles, que le abría la puerta de la berlina. Le pidió que la esperase, que tenía unas compras que hacer y que no necesitaba coger el coche. Dio la vuelta a la manzana para poner las ideas en su sitio. Era urgente pensar, organizarse. Habituada a la docilidad de su víctima, había firmado papeles, durante la compra del negocio de los hermanos Zang, sin prestar realmente atención. Error, error, martilleó mientras le temblaban las piernas, craso error. Me he adormilado en mi comodidad y he dejado que me tomaran el pelo. Creí que el animal estaba domado y todavía coleaba. Ahora se trata de corregir el tiro. Hablarle amablemente para sacar las castañas del fuego. La palabra amablemente, aunque no fue articulada en voz alta, desencadenó en ella una especie de repulsión, un torrente de odio que le hizo torcer el gesto. ¿Por quién le tomaba ese cerdo baboso, a quien ella había enseñado todo: desde sostener un tenedor hasta decorar los escaparates? Sin ella no sería nada. ¡Nada más que un oscuro tendero! Ella le había dado lustre, educación y distinción. Ella había impreso su marca hasta en el cubilete para lápices más pequeño que él vendía. Su fortuna me la debe a mí, concluyó en su primera vuelta a la manzana. Me la debe a mí. Cuanto más avanzaba, más aumentaba su odio. Aumentaba en proporción a sus esperanzas rotas. Había creído llegar a puerto, estar bien, estar bien protegida, ¡y va el patán y corta la amarra! Ya no encontraba palabras para calificarle y se dejaba caer poco a poco por la pendiente de odio. Un centenar de metros después, se detuvo, golpeada por una evidencia de lo más detestable: ¡ella dependía de él, desgraciadamente! Se sintió, pues, obligada a reprimir las explosiones de amor propio herido y a templar sus deseos de venganza. Cuentas separadas, ahorros perdidos, ¿qué iba a dejarle él? Escupió algunos insultos, dio un golpe a su sombrero, que amenazaba con volarse, y comenzó la segunda vuelta a la manzana esforzándose en razonar. Tenía que pensar a lo grande, no dejarse llevar por pequeñas venganzas, contratar un abogado, dos si era necesario, sacar sus viejos contratos, exigir, vociferar... Se detuvo en la puerta de un garaje y pensó: ¿tendré medios suficientes? Debe de tenerlo todo bien atado, no es un niñato caído de un guindo, está acostumbrado a enfrentarse a rusos corruptos y a chinos hipócritas. Antaño me conformaba con pequeñas humillaciones, le perseguía con suavidad y obstinación, era mi pasatiempo favorito, lo tenía casi aniquilado. Lanzó un suspiro de nostalgia. Tengo que conservar la sangre fría y tomarle el pulso a la bestia antes de decidir cualquier cosa. Consagró una última vuelta a la manzana al remordimiento. Sabía que ya no dormía en casa, su cama nunca estaba deshecha, ¡pensaba que vivía una última aventurilla con una bailarina desnuda y mientras planeaba abandonar el nido! Hay que desconfiar de las aguas tranquilas, sometidas incluso desde hace años. Marcel coleaba aún. ¿De qué me servirá inventar nuevas persecuciones si mis golpes no le afectan? Se apoyó de nuevo contra la puerta de un garaje y marcó el número de Chef.

—¿Es esa Natacha? —atacó ella con determinación—. ¿Es esa perdida la que te ha dado un hijo?

—¡Respuesta incorrecta! —contestó entusiasmado Marcel—. Es Josiane Lambert. Mi futura esposa. La madre de mi hijo. Mi amor, mi calma...

—Con sesenta y seis años, es ridículo.

—Nada es ridículo, mi querida Henriette, cuando es el amor el que habla...

—¡El amor! ¡Llamas amor al interés de una mujer por tu pasta!

—Te vuelves vulgar, Henriette. Lo natural aparece a la vista cuando salta el barniz. En cuanto a la pasta, como tú dices, no te preocupes, no te dejaré en pelotas sobre la acera, donde ciertamente no ganarías nada. Conservarás el piso, y te pasaré una pensión todos los meses, algo con lo que vivir confortablemente hasta el final de tus días...

—¡Una pensión! Puedes quedarte con tu pensión, tengo derecho a la mitad de tu fortuna, mi querido Marcel.

—TENÍAS derecho... Ya no. Has firmado papeles. No has desconfiado, llevaba tanto tiempo dejándome dominar por ti. Estás fuera de mis negocios, Henriette. Tu firma no vale un céntimo. Puedes caligrafiar con ella todos los rollos de papel higiénico que quieras, es todo lo que te queda como lote de consolación. Así que vas a ser buenecita, te vas a contentar con tu cómoda pensión, que te pasaré con gusto, porque si no, nada, no te quedarán más que tus ojos para llorar. Vas a tener que desatascarte el lagrimal, porque debe de estar bastante obstruido.

—¡No te permito que me hables así!

—Tú me has tratado así mucho tiempo. Guardabas las formas, es cierto, elegías las palabras, barnizabas tu desprecio, habías recibido una buena educación, pero tu fondo no era bueno. Apestaba a moho, a desprecio, a humedad de cloaca podrida. Hoy, querida, estoy que exploto de felicidad y tengo un humor fantástico. Aprovéchate porque mañana podría mostrarme menos generoso. Así que vas a cerrar la boca. Si no, será la guerra. Y la guerra es algo que sé hacer muy bien, querida Henriette...

Entonces, como en todas las mentes estrechas y mezquinas, Henriette tuvo un último sobresalto pequeño y mezquino. Gritó:

—¿Y Gilles? ¿Y el coche? ¿Podré conservarlos?

—Me temo que no... Primero porque no eres santa de su devoción, después porque voy a tener una gran necesidad de él para transportar a mi reina y a mi principito. Me temo que tendrás que volver a aprender el uso de tus zapatos y a poner el culo en el transporte público o en taxis, si prefieres acabar con tus ahorros. He dejado todo eso muy claro con mis abogados. No tienes más que dirigirte a ellos. Te leerán el nuevo modo de empleo. Después vendrá el divorcio. Ni siquiera tendré que ir a buscar mis cosas, ya me he llevado todo a lo que tenía cariño, con el resto te puedes acostar encima o tirarlo a la basura. ¡Tengo un hijo, Henriette! Tengo un hijo y una mujer que me ama. He rehecho mi vida, me ha llevado tiempo librarme del yugo, ¡pero ya está! Camina, da otra vuelta a pie. Ya sé, por Gilles, que giras en trompo desde hace un buen rato, así que camina hasta que te agotes, hasta que hayas vaciado tu saco de odio y vuelve a casa... ¡Medita sobre tu suerte! Aprende sabiduría y modestia. ¡Es un buen programa para una buena vejez! Considérate afortunada, te dejo un techo, una dirección y dinero para comer todos los días que Dios, en su inmensa bondad, tenga a bien concederte.

—Has bebido, Marcel. ¡Has bebido!

—No te equivocas. ¡Lo estoy celebrando desde esta mañana! Pero tengo la cabeza clara, y ya puedes contratar a todos los abogados del mundo, estás jodida, querida, ¡jodida!

Henriette colgó, furiosa. Y divisó el coche conducido por Gilles girar al final de la calle, abandonándola a su nueva soledad.

* * *

El día en el que el pequeño Marcel Grobz entró en su hogar, el día en que, en los brazos de su madre, todo cubierto de azul como el azul de sus ojos y el azul de los ojos de su padre, penetró en el suntuoso edificio que sería a partir de entonces su residencia, le esperaba una sorpresa. Un inmenso dosel de percal blanco había sido instalado en la entrada del inmueble y formaba una arcada impecable, majestuosa, bajo la que pasó mientras que, disimulados detrás de los pliegues a modo de olas blancas y tirando puñados de arroz, Ginette, René y todos los empleados de la casa Grobz se pusieron a cantar al unísono: «Si yo fuera carpintero y tú te llamaras María, ¿querrías ser mi mujer y alumbrar a nuestro hijo?».

Johnny, el gran Johnny Hallyday, no había podido desplazarse, pero Ginette, con su bella voz de corista, cantó todas las estrofas mientras que Josiane derramaba lágrimas sobre el bonete de encaje de su hijo y Marcel agradecía al cielo tanta felicidad e informaba a los curiosos que se preguntaban si aquello era una boda, un nacimiento o un entierro.

—¡Es todo a la vez! —decía alegremente Marcel—. Tengo una mujer, un hijo y entierro los años de infelicidad; ¡a partir de ahora voy a lanzar peladillas hasta el mismo cielo!

* * *

—¿En qué piensa usted, Joséphine?

—Pienso que va a hacer seis meses que duermo en sus brazos casi todas las tardes...

—¿El tiempo le parece largo?

—El tiempo me parece ligero como una pluma...

Se volvió contra Luca, quien, apoyado sobre un codo, la miraba y recorría su hombro desnudo con un dedo. Ella retiró su mechón de pelo y le besó.

—Voy a tener que irme —suspiró—, y querría no marcharme nunca...

El tiempo vuela como una pluma, pensó más tarde al volante de su coche. No he dicho eso por nada. Todo pasa tan rápido. Gary tenía razón: cuando terminaron las vacaciones, los niños volvieron de Mosquito bronceados como granos de café y la vida siguió su curso. No se volvió a hablar del artículo.

Un día, había ido a comer con Iris. Philippe y Alexandre estaban en Londres. Iban allí cada vez más a menudo. ¿Había decidido Philippe instalarse allí? Lo ignoraba. Ya no se hablaban, ya no se veían. Es mejor así, se decía para consolarse cada vez que pensaba en él. Habían comido las dos en el despacho de Iris, servidas por Carmen.

—¿Por qué hiciste eso, Iris, por qué?

—Pensaba que era un juego. Quería que se hablase de mí y... ¡Me lo cargué todo! Philippe me evita, tuve que explicarle a Alexandre que se trataba de una broma pesada, me miró con tanto asco en los ojos que evité su mirada.

—¿Fuiste tú la que envió las fotos?

—Sí.

¿Para qué hablar de eso?, pensó Iris, cansada. ¿Para qué reflexionar sobre ello? Otra vez me he comportado como una torpe y me han pillado. Nunca he sido capaz de comprender lo que pasa dentro de mí, no tengo la fuerza y, si la tuviera, ¿me interesaría realmente? No lo creo. No soy capaz de comprenderme, no soy capaz de comprender a los demás. Me abandono y los demás me abandonan a mí. No sé confiarme ni confiar. Nunca encuentro a nadie con quien hablar, no tengo auténticos amigos. Hasta ahora me ha ido bien así. Avanzaba sin pensar, la vida era fácil y dulce, un poco empalagosa a veces, pero tan fácil. Jugaba con ella a los dados y los dados me sonreían. De golpe, los dados dejaron de sonreír. Sintió un escalofrío y se tumbó en su gran sofá. La vida huye de mí y yo huyo de la vida. Mucha gente es como yo, no soy la única en tender la mano hacia algo que se escapa. Ni siquiera sé ponerle nombre a eso. No sé...

Miró a su hermana. El rostro grave de su hermana. Ella sí que sabe. No sé cómo lo hace. Mi hermana pequeña, que se ha hecho tan grande...

Acabar con todos esos pensamientos. El verano va a llegar, iremos a nuestra casa en Deauville. Alexandre crecerá. Philippe se ocupa de él ahora. No tengo de qué preocuparme. Sonrió en su interior. Nunca me he preocupado, sólo me preocupo de mí. Eres ridícula, querida, cuando intentas pensar, tus pensamientos no se sostienen, no van muy lejos, vacilan, se derrumban... Acabaré como mi señora madre. Sólo intentaré escupir algo menos de veneno. Guardar un poco de dignidad en esa infelicidad que he tejido punto por punto. Creí, al principio de mi vida, que sería ligera y dulce; todo me llevaba a creerlo. Me dejé llevar por los lazos de la vida y han terminado por tejer un nudo mortal alrededor de mí.

—¿No te planteaste que ibas a hacer daño a tu alrededor?

Las palabras empleadas por Joséphine sonaron desagradables a sus oídos. ¿Por qué emplear palabras tan terribles? ¿El aburrimiento no bastaba para explicarlo todo? ¡Había que ponerle palabras, además! ¿Acabar de una vez por todas? Lo había pensado mirando la ventana de su despacho. Acabar con lo de levantarse por las mañanas, acabar con lo de decirse: ¿qué voy a hacer hoy? Acabar con lo de vestirse, peinarse, simular que habla a su hijo, a Carmen, a Babette, a Philippe... Acabar con la rutina, la sombría cantinela de la rutina. Sólo le quedaba un adorno: ese libro que no había escrito, pero cuya gloria y éxito brillaban aún. ¿Por cuánto tiempo? No lo sabía. Después... Después, ya vería. Después, será otro día, otra noche. Los afrontaría uno por uno y los endulzaría tanto como pudiese. No tenía fuerzas para pensar en ello. Se decía también que, quizás, un día, la antigua Iris, la mujer triunfante y segura, volvería y la tomaría de la mano, diciéndole al oído: «Todo eso no importa, ponte guapa y vente... Disimula, aprende a disimular». El problema, suspiró, es que todavía pienso... Estoy débil pero todavía pienso, debería dejar de pensar del todo. Como Bérengère. Todavía quiero, todavía deseo, me lanzo aún llena de esperanza, de deseo, hacia otra vida que no tengo la fuerza de construir ni siquiera de imaginar. Tener la sabiduría de replegarme y contar mis pobres fuerzas, de decirme: bueno, tengo tres céntimos de fuerza y no más, a ver qué hacemos... Pero seguramente es demasiado pronto, no estoy dispuesta a renunciar. Sintió una sacudida. Detestaba esa palabra, renunciar. ¡Qué horror!

Su mirada se fijó en su hermana. Tenía menos talento que yo al nacer, y le va muy bien. La vida no es generosa. Es como si reclamara la cuenta, hiciese el cálculo de lo que había dado, de lo que había recibido y presentase factura.

—Ni siquiera Hortense quiere verme más —soltó en un último sobresalto que todavía mostraba su interés por la vida—. Sin embargo, nos llevábamos bien... ¡También le debo de dar asco!

—Está preparando la selectividad, Iris. Trabaja como una loca. Quiere sacar matrícula, ha encontrado una escuela de moda en Londres para el año próximo...

—¡Ah! Así que quiere trabajar de verdad... Creía que decía eso por decir.

—Ha cambiado mucho, sabes. Ya no me manda al cuerno como antes. Se ha dulcificado...

—¿Y tú, qué tal? Ya no te veo mucho a ti tampoco.

—Estoy trabajando. Trabajamos todos en casa. Se respira una atmósfera de mucho estudio en mi casa.

Se le escapó una risita traviesa que terminó en una sonrisa confiada, tierna. Iris adivinó una ligereza de mujer alegre, feliz, y deseó más que nada estar en su lugar. Sintió ganas por un instante de preguntarle «cómo lo haces, Joséphine», pero no tenía ganas de conocer la respuesta.

No se dijeron nada más.

Joséphine se había ido con la promesa de volver a verla. Es como una flor cortada, se dijo al marcharse. Habría que volverla a plantar... Que Iris echara raíces. No pensamos en las raíces cuando somos jóvenes. Es hacia la cuarentena cuando ellas se acuerdan de nosotros. Cuando no se puede contar ya con el impulso y la fogosidad de la juventud, cuando la energía empieza a faltar y la belleza se borra imperceptiblemente, cuando echamos cuentas de lo que hemos hecho y de lo que hemos dejado pasar, entonces nos volvemos hacia las raíces y tomamos de ellas, inconscientemente, nuevas fuerzas. No lo sabemos, pero nos sostenemos en pie gracias a ellas. Siempre he contado conmigo, con mi trabajo de hormiguita laboriosa; en los peores momentos, tenía mi tesis, mi informe de habilitación que realizar, mi investigación, mis conferencias, mi querido siglo XII, que estaba allí y que me decía: «Mantente firme»... Leonor me inspiraba y me tendía la mano.

Aparcó delante de su edificio y descargó las compras que había hecho antes de pasar por casa de Luca. Tenía mucho tiempo para preparar la cena, Gary, Hortense y Zoé no volverían hasta una hora más tarde. Cogió el ascensor, los brazos cargados de paquetes, se reprochó el no haber previsto sacar las llaves, voy a tener que dejar todas las bolsas por el suelo. Avanzó a oscuras buscando el interruptor de la luz.

Una mujer estaba allí, esperándola. Hizo un esfuerzo por saber a quién le recordaba, y entonces apareció un triángulo, rojo: ¡Mylène! La manicura del salón de belleza, la mujer que se había marchado con su marido, la mujer del codo rojo. Le pareció que había pasado un siglo desde que había coloreado con rabia el triángulo rojo que sobresalía de la ventanilla del coche.

—¿Mylène? —preguntó con voz insegura.

La mujer asintió, la siguió, le ayudó a recoger los paquetes que se deshacían mientras Joséphine buscaba sus llaves. Se instalaron en la cocina.

—Tengo que preparar la cena para los niños. Van a volver pronto...

Mylène hizo el gesto de marcharse, pero Joséphine la retuvo.

—Tenemos tiempo, sabe, no volverán hasta dentro de una hora. ¿Quiere beber algo?

Mylène negó y Joséphine le hizo una señal de que no se moviera mientras guardaba las compras.

—¿Es Antoine, verdad? ¿Le ha pasado algo?

Mylène asintió, sus hombros se pusieron a temblar.

Joséphine le cogió las manos y Mylène estalló en lágrimas contra su hombro. Joséphine la arrulló un largo instante. «Ha muerto, ¿verdad?». Mylène dejó escapar un sí sacudido por las lágrimas y Joséphine la estrechó contra ella. Antoine, muerto, no podía ser... lloró también, y las dos siguieron sollozando la una en brazos de la otra.

—¿Qué pasó? —preguntó Joséphine reponiéndose y secándose los ojos.

Mylène se lo contó. La granja, los cocodrilos, mister Wei, Pong, Ming, Bambi. El trabajo cada vez más difícil, los cocodrilos que no querían reproducirse, que devoraban a aquel que se les acercara, los obreros que ya no querían trabajar, las reservas de pollos que desvalijaban.

—Durante ese tiempo, Antoine se alejaba con sus pensamientos. Estaba allí sin estar. Por la noche, se iba a hablar con los cocodrilos. Decía eso todas las noches: voy a ir a hablar con los cocodrilos, tienen que escucharme, ¡como si los cocodrilos pudiesen escuchar! Una noche, había salido a pasear como tantas otras, y se metió en el agua de un estanque. Pong le había mostrado cómo hacerlo, cómo situarse a su lado sin que le atacasen. ¡Se lo comieron vivo!

Estalló en sollozos y sacó un pañuelo de su bolso.

—No encontramos casi nada de él. Sólo el reloj de submarinismo, que le había regalado en Navidad, y sus zapatos...

Joséphine se incorporó y su primer pensamiento fue para sus hijas.

—Las niñas no deben saberlo —dijo a Mylène—. Hortense se examina de selectividad dentro de una semana, y Zoé es tan sensible... Se lo diré poco a poco. Primero diré que ha desaparecido, que no se sabe dónde está y, después, un día, les diré la verdad. De todas formas —prosiguió como si hablara consigo misma—, ya no las llamaba. Estaba desapareciendo de sus vidas. No van a pedir noticias suyas inmediatamente... se lo diré después... después... no sé cuándo... primero diré que se ha marchado para hacer un reconocimiento por otras tierras para fundar otros parques... y después... en fin, ya veré.

De pronto... todo volvió.

El día en que se conocieron. La primera vez que le había visto, él estaba perdido en una calle de París, tenía un plano de la ciudad en la mano y buscaba su camino. Ella le había tomado por un extranjero. Se había acercado y le había preguntado articulando «¿puedo ayudarle?». Él la había mirado con alivio y le había explicado: «Tengo una cita importante, una cita de negocios, y tengo miedo de llegar tarde». «No está lejos, le acompañaré», había dicho ella. Hacía buen tiempo, era el primer día de verano en París, ella llevaba un vestido ligero, acababa de conseguir su plaza de profesora de letras. Jo paseaba alegremente. Le había guiado y le había dejado ante una gran puerta de madera barnizada en la avenida de Friedland. Él sudaba, se había secado el rostro y había preguntado, inquieto: «¿Estoy presentable?». Se había echado a reír y había dicho: «Está usted impecable». Él le había dado las gracias con expresión de perro apaleado. Recordaba muy bien aquella mirada. Ella se había dicho: «Está bien, le he hecho un favor, he servido para algo hoy, tiene un aspecto tan desgraciado ese pobre chico». Sí, esos eran exactamente los términos en los que había pensado de él. Le había invitado a tomar una copa después de su cita, «si me va bien, festejaremos mi nuevo trabajo, si no, me consolará». A ella le había parecido un poco torpe como invitación, pero había aceptado. Recuerdo muy bien haber aceptado porque él no me daba miedo, porque hacía bueno, porque no tenía nada que hacer y tenía ganas de protegerle. No me parecía que estuviese en su sitio en aquella ciudad demasiado grande para él, en ese traje demasiado amplio, con ese plano que no sabía leer y las gotas de sudor que le caían por la cara. Mientras esperaba para volver a verle, había ido a pasearse por los Campos Elíseos y había comprado un helado de vainilla y chocolate, y carmín. Había vuelto a buscarle ante la puerta de madera barnizada. Había encontrado allí a un hombre brillante, seguro de sí, casi autoritario. Se preguntó si lo había idealizado durante su paseo o si lo había valorado mal la primera vez. Lo veía desde un ángulo nuevo: viril, reconfortante, espiritual. «Todo ha ido sobre ruedas —le había dicho—, ¡me han contratado!». La había invitado a cenar. Él había hablado durante toda la cena de su próximo trabajo, haría esto, haría aquello, ella le escuchaba con ganas de dejarse llevar. Más tarde se había preguntado desde cuántos ángulos podía percibirse una misma persona y qué ángulo era el bueno. Y si los sentimientos que se albergaban hacia esa persona variaban según el ángulo... Si él le hubiese invitado a cenar mientras estaba perdido, ansioso, sudoroso, ¿habría ella aceptado? No lo creo, había reconocido honesta. Le habría deseado buena suerte y me habría ido sin mirar atrás... Entonces, ¿en qué se basa el nacimiento de un sentimiento? ¿En una impresión fugaz, fluctuante, cambiante? ¿En un ángulo que se desplaza, dando lugar a una ilusión que proyectamos sobre los demás? El día en que le había pedido casarse con él había sido un día autoritario y viril. Ella había dicho sí. Eso le había atormentado mucho tiempo al principio de su matrimonio, tanto más porque el ángulo en el que aparecía Antoine cambiaba a menudo...

Hoy, ya no hay ángulo. Está muerto. Me queda la imagen de hombre confuso, pero de hombre amable y dulce. Habría necesitado otra mujer, quizás.

—¿Qué va a hacer usted ahora? —preguntó Joséphine a Mylène.

—Dudo. Quizás me vaya a China. No sé si las niñas se lo han dicho, pero he montado un negocio allí...

—Me lo han contado...

—Creo que voy a ir, podría ganar bastante dinero...

Su mirada había recuperado brillo. Se veía que pensaba en sus proyectos, sus pedidos, sus futuros beneficios.

—Debería intentarlo, en todo caso; cambiaría de aires...

—De todas formas, no tengo elección. Ya no tengo nada, le di todos mis ahorros a Antoine... ¡Oh! ¡Pero no le pido nada! No querría que pensara usted que he venido por eso...

Joséphine había hecho un imperceptible movimiento de repliegue cuando Mylène había hablado de dinero. Se había dicho durante una centésima de segundo: ha venido a pedirme que le devuelva las deudas de Antoine. Ante la mirada dulce y triste de Mylène, se arrepintió de haber pensado eso y buscó compensarlo.

—Mi padrastro tiene negocios con los chinos. Podría usted ir a verle, él le daría consejos...

—Ya utilicé su nombre una vez para conseguir un abogado —se sonrojó Mylène.

Calló un instante y jugó con el asa de su bolso.

—Es cierto que me vendría bien poder concertar una cita con él.

Joséphine le escribió la dirección y el teléfono de Chef sobre un trozo de papel y se lo entregó.

—Puede usted decirle que soy yo quien la envía. Marcel y yo nos queremos mucho...

Se le hacía raro llamarle Marcel. Cambiaba de ángulo, él también, al cambiar de nombre.

Sus pensamientos fueron interrumpidos por un tropel en la escalera, el ruido de una puerta que se abría de par en par, y Zoé apareció, roja, sin aliento, parándose de pronto ante Mylène. Su mirada pasó de su madre a Mylène preguntándose: pero ¿qué hace esta aquí?

—¿Y papá? —preguntó inmediatamente a Mylène sin decir hola ni besarla—. ¿No está contigo?

Se había colocado al lado de su madre y la agarraba por la cintura.

—Mylène estaba precisamente contándome que tu padre ha partido a buscar nuevos emplazamientos en el interior del país. Quiere ampliar sus parques. Por eso no habéis tenido noticias desde hace algún tiempo...

—¿No se ha llevado el ordenador? —preguntó Zoé, que sospechaba.

—¡Un ordenador en la sabana! —exclamó Mylène—. ¿Dónde has visto eso, Zoé? ¿Me das un beso?

Zoé dudó, miró a su madre y, después, se acercó a Mylène y besó prudentemente su mejilla. Mylène la cogió en sus brazos y la estrechó contra ella. La intimidad manifiesta entre Zoé y Mylène chocó primero a Joséphine, pero se repuso inmediatamente. Hortense se mostró tan sorprendida y distante como su hermana. Se han puesto de mi parte, se dijo Joséphine, que no estaba descontenta, es un pensamiento bastante bajo pero me reconforta. Deben de preguntarse qué hace aquí. Repitió lo que había dicho a Zoé. Mylène aprobaba con el mentón mientras hablaba.

Hortense escuchó.

—¿Tampoco tiene teléfono? —preguntó.

—Debe de haberse quedado sin batería...

Hortense no parecía muy convencida.

—¿Y tú, qué has venido a hacer a París?

—A buscar productos y a ver a mi abogado.

—Quería saber si podía llamar a Chef por lo de su negocio en China. Tu padre le dijo que se dirigiese a mí —intervino Joséphine.

—Chef —repitió Hortense con aire de sospecha—. ¿Qué tiene que ver él?

—Trabaja mucho con los chinos... —repitió Joséphine.

—Mmmm... bueno... —dijo Hortense.

Se retiró a su habitación, abrió sus libros y cuadernos, empezó a estudiar, pero la extrañeza de la situación, su madre en la cocina con Mylène, sus rostros arrugados y sus ojos enrojecidos no presagiaban nada bueno. Le ha pasado algo a papá y mamá no me lo dice. Le ha pasado algo a papá, estoy segura. Sacó la cabeza al pasillo y llamó a su madre.

Joséphine entró en su habitación.

—Le ha pasado algo a papá y no me lo dices...

—Escucha, cariño...

—Mamá, ya no soy un bebé. No soy Zoé, prefiero saberlo.

Había pronunciado esas palabras con un tono tan frío, tan determinado, que Joséphine quiso cogerla en sus brazos para prepararla. Hortense se soltó con un gesto seco y violento.

—¡Déjate de melindres! Ha muerto, ¿verdad?

—Hortense, ¿cómo puedes decir eso?

—Porque es verdad, ¿eh? Dime que es verdad.

Mostraba una expresión cerrada, hostil hacia su madre, provocando su cólera. Tenía los brazos pegados al cuerpo y toda su actitud la rechazaba.

—Está muerto y tienes miedo de decírmelo. Está muerto y estás cagada de miedo. Pero ¿de qué sirve mentirnos? ¡Tendremos que enterarnos algún día! Y yo prefiero saberlo ahora... ¡Odio las mentiras, los secretos, la gente que disimula!

—Ha muerto, Hortense. Devorado por un cocodrilo.

—Ha muerto —repitió Hortense—. Ha muerto.

Repitió esas palabras varias veces, sus ojos permanecieron secos. Joséphine intentó acercarse de nuevo, pasar su brazo alrededor de sus hombros, pero Hortense la rechazó violentamente y Joséphine cayó sobre la cama.

—¡No me toques! —gritó—. ¡No me toques!

—Pero ¿qué te he hecho yo, Hortense? ¿Qué te he hecho para que seas tan dura conmigo?

—No te soporto, mamá. ¡Me vuelves loca! Me pareces, me pareces...

Le faltaban palabras y suspiró, exasperada, como si todo el horror que le inspiraba su madre fuese demasiado grande para expresarse con palabras. Joséphine se encogió de hombros y esperó. Comprendía el dolor de su hija, comprendía su violencia, no comprendía por qué ese dolor y esa violencia se volvían contra ella. Hortense se dejó caer sobre la cama, a su lado, manteniendo una distancia con el fin de que Joséphine no la tocara.

—Cuando papá se quedó en el paro... Cuando iba de un lado a otro por la casa... tú ponías tu cara de monjita, tu cara dulce, para hacernos creer que todo iba muy bien, que papá estaba «buscando empleo», que no importaba, que la vida iba a volver a ser como antes. Nunca volvió a ser como antes... Tú intentaste hacérnoslo creer, intentaste hacérselo creer.

—¿Qué querías que hiciese? ¿Que le echase a la calle?

—Había que sacudirle, ponerle la realidad delante de las narices, ¡no alimentar sus ilusiones! Pero tú estabas allí, siempre con tu lalalá... ¡diciendo tonterías sin parar! Siempre intentando que todo se arreglase a base de mentiras.

—¿Es a mí a quien odias, Hortense?

—Sí. Te odio por tus aires bondadosos, dulces, ¡no te enteras de nada! Tu estúpida generosidad, tu gentileza idiota. Te odio, mamá, ¡no tienes ni idea de cómo te odio! La vida es tan dura, tan dura, y tú estás aquí pretendiendo lo contrario, intentando que todo el mundo se quiera, que todo el mundo comparta, que todo el mundo se escuche. ¡Y todo eso no son más que gilipolleces! ¡La gente se devora, no se quiere! ¡O te quieren cuando les das algo que comer! Tú no has entendido nada. Te quedas ahí como una idiota, llorando sobre el balcón, hablando con las estrellas. ¿Crees que no te he oído hablar con las estrellas? Tenía ganas de tirarte por el balcón. Debían de reírse bastante las estrellas escuchándote desvariar, de rodillas, las manos cruzadas. Con tu chándal asqueroso, tu delantal, tu pelo liso y caído. Y tú, lloriqueabas, pedías ayuda, creías que un ángel de la guarda iba a bajar del cielo a resolver tus problemas. Sentía piedad de ti y al mismo tiempo te detestaba. Entonces me iba a acostar y me inventaba una madre orgullosa, recta, sin piedad, una madre valiente, guapa, guapa, me decía: esa que está arrodillada en el balcón no es mi madre, esa madre que se sonroja, que lloriquea, que tiembla por tonterías...

Joséphine sonrió y la miró con ternura.

—Venga, vacíate toda, Hortense...

—Te detesté cuando papá se quedó en el paro. ¡Te de-tes-té! Siempre amortiguando, apagando fuegos; anda, ¡empezaste a engordar para amortiguar mejor! Te hacías cada vez más fea, más blanda, más... nada de nada, y él intentaba salir adelante, intentaba continuar, se ponía sus trajes, se lavaba, se vestía, lo intentaba, pero tú, tú le contaminabas con tu dulzura repugnante, tu dulzura pastosa, pegajosa...

—Sabes, no es fácil vivir con un hombre que no trabaja, que está todo el día en casa...

—¡No tenías que haberle tratado como a un niño! ¡Tenías que haberle hecho sentir que todavía valía! Tú le reblandecías con tu dulzura. No me extraña que fuese a buscar a Mylène. Con ella, de golpe, volvía a sentirse un hombre. Te detesté, mamá, ¡si supieras cuánto te detesté!

—Lo sé... Sólo me preguntaba por qué.

—Y tus grandes sermones sobre el dinero, sobre los valores de la vida, ¡tenía ganas de vomitar! Hoy no existe más que un valor, mamá, abre bien los ojos y trágate eso de una vez, no hay más que el dinero, si lo tienes eres alguien, si no lo tienes entonces... ¡Buena suerte! Y tú no has entendido nada, ¡nada de nada! Cuando papá se fue, ni siquiera sabías conducir el coche, te pasabas las noches haciendo cuentas, contando los céntimos, no tenías nada... Fue Philippe el que te ayudó con las traducciones, Philippe, que tiene dinero, relaciones. Si no hubiese estado ahí, ¿dónde habríamos acabado, eh? ¿Puedes decírmelo?

—Hay más cosas que el dinero en la vida, Hortense, pero eres demasiado joven.

—¡Dime ahora que soy joven! Porque yo he comprendido muchas cosas que tú, no. Y también te odiaba por eso, me decía: pero ¿adónde vamos con ella? No me sentía segura contigo y me decía: es demasiado pronto, pero un día yo tendré mi vida y me largaré de este sitio. Sólo pensaba en eso. Y todavía lo pienso, de hecho, comprendí perfectamente que sólo podía contar conmigo misma... Papá, si yo hubiese sido su mujer...

—¡Ya hemos llegado!

—¡Exactamente! Yo le hubiese puesto los puntos sobre las íes, le hubiera dicho: deja de soñar y toma lo que te ofrecen. Cualquier cosa, pero empieza por algo. ¡Le quise tanto a papá! Me parecía tan guapo, tan elegante, tan orgulloso... y tan débil a la vez. Lo veía pasearse por esta casa con sus ridículas ocupaciones, las plantas en el balcón, su partida de ajedrez, su flirteo con Mylène. Y tú no veías nada. ¡NADA! Me parecías tonta, tan tonta... Y, al mismo tiempo, no podía hacer gran cosa. ¡Me volvía loca de verle así! Cuando encontró ese trabajo en el Croco Park, me dije que iba a salir adelante. Que había encontrado un sitio donde poder realizar sus sueños de grandeza. Los cocodrilos acabaron con él. Le quería tanto... Fue él el que me enseñó a mantenerme recta, a ser guapa, diferente, fue él el que me llevaba a las tiendas y me vestía tan bien, después íbamos a un bar de un hotel de lujo en París y bebíamos una copa de champán escuchando una orquesta de jazz. Con él yo era única, era magnífica... Me dio ese pequeño algo de más, esa fuerza que él no tenía. Me la dio a mí, pero no supo dársela a sí mismo. Papá no tenía fuerzas. Era débil, frágil, un niño pequeño, pero para mí ¡era mágico!

—Te quería con locura, Hortense. Soy testigo de ello. A veces incluso me sentí celosa de ese lazo entre vosotros. Me sentía dejada de lado, con Zoé. Nunca miró a Zoé como te miró a ti.

—Al final ya no se soportaba. Bebía, se dejaba llevar, creía que no lo veía, ¡pero yo lo veía todo! Ya no soportaba en qué se había convertido: en un fracaso ambulante. Ya este verano, hubo momentos en los que era lamentable. ¡Por eso es mejor así!

Se mantenía derecha, en el borde de la cama. Joséphine se quedó a distancia, dejándola evacuar su pena como podía, con las palabras con las que quería expresar su tristeza.

De pronto se volvió y se enfrentó a su madre.

—Pero no quiero oír ni hablar, NI HABLAR, escúchame bien, de vivir como cuando él estaba en el paro. No quiero volver a sufrir eso ¡nunca más! ¿Te pasaba dinero?

—Bueno, sabes...

—¿Te daba dinero o no?

—No.

—Entonces, ¿podemos vivir sin él?

—Sí.

Con la condición de que se quede con el dinero del libro, pensó Hortense mirando a su madre. No es seguro que lo haga, que reivindique, que reclame.

—¿No vamos a volver a ser pobres?

—No, cariño, no vamos a volver a ser pobres, te lo prometo. Me siento con fuerzas para luchar por vosotras dos. Siempre he tenido esa fuerza. Nunca para mí, pero sí para vosotras.

Hortense la miró dubitativa.

—Zoé no debe enterarse, eso seguro. No debe enterarse... Zoé no es como yo. Habrá que decirle las cosas con cuidado. Pero eso te lo dejo a ti, que eres la experta...

Joséphine esperó y dijo:

—Se lo diremos poco a poco, llevará el tiempo que haga falta, aprenderá a vivir sin él.

—Ya vivíamos sin él —concluyó Hortense levantándose—. Bueno, no tiene nada que ver, pero yo tengo que preparar mi selectividad.

Joséphine abandonó la habitación sin decir nada y volvió a la cocina donde Mylène, Gary y Zoé estaban esperándola.

—Mylène... ¿puede quedarse a cenar con nosotros? Di que sí, mamá, di que sí...

—Creo que voy a volver al hotel, cariño —dijo Mylène besando en el pelo a Zoé—. Estamos todos muy cansados. Mañana me espera un día muy duro...

Dio las gracias a Joséphine, besó a Zoé. Parecía emocionada. Las miró por última vez, diciéndose: puede que no vuelva a verlas nunca más, nunca más.

* * *

A finales de junio, Hortense y Gary pasaron los exámenes de selectividad.

Joséphine se había levantado pronto para prepararles el desayuno. Preguntó a Hortense si quería que la acompañase, y le respondió que no, eso le minaría la moral.

Hortense volvió, el primer día, satisfecha, el segundo también, y la semana pasó sin temblores ni angustias. Gary era más flemático pero no parecía preocuparse. Había que esperar hasta el 4 de julio para conocer los resultados.

Shirley no vino a acompañar a su hijo. Había decidido instalarse en Londres y buscaba piso. Llamaba todos las noches. Gary se fue con ella en cuanto terminaron los exámenes.

Zoé pasó al curso superior en el cuadro de honor. Alexandre, también. Philippe los llevó a los dos a montar a caballo a Évian. Se cruzó con Joséphine el día de la partida en el andén de la estación, y la emoción que leyó en su rostro la conmovió. Él le tomó la mano y le preguntó «¿qué tal?». Ella comprendió: ¿sigues enamorada? Y respondió sí. Él le besó la mano y murmuró: «*Forget me not!*».*

Sintió unas ganas terribles de besarle.

Zoé no había vuelto a preguntar por su padre.

Hortense había llamado a la periodista de *Gala* y había obtenido unas prácticas de tres semanas como attrezzista en las sesiones de fotos. Salía a trabajar todas las mañanas, echando pestes contra el transporte público que le robaba todo el tiempo y repitiendo

* ¡No me olvides!

«pero ¿cuándo nos vamos a mudar, ahora que Shirley no está?, ¿qué esperamos para instalarnos en París?». Joséphine pensaba cada vez más en ello. Empezó a visitar pisos al lado de Neuilly para que Zoé no perdiese a todos sus amigos. Hortense había declarado que Neuilly le iba muy bien. «Hay árboles, un metro y autobuses, gente bien vestida y bien educada, ya no tendré la impresión de vivir en una reserva, de todas formas me voy a ir en cuanto tenga la selectividad, me iré a vivir lejos de aquí».

Había dejado de hablar de su padre. Cada vez que Joséphine preguntaba «¿estás bien, cariño, estás segura de que estás bien? ¿No quieres hablar de ello?», se encogía de hombros, exasperada, y añadía «ya nos hemos dicho todo, ¿no?». Había pedido que sacaran la tele del trastero, ahora que los exámenes habían pasado. Quería ver los programas de moda en las cadenas de pago. Joséphine se abonó como le pidió Hortense, contenta de ver a su hija pensando en otras cosas.

Fue ahí, un domingo de mediados de junio, estando sola en casa, mientras Hortense había salido y, esperando a que volviese, cuando Joséphine encendió la televisión. Hortense le había dicho: «Mira la Tres esta noche, puede ser que me veas... No te lo pierdas, no durará mucho».

Debían de ser las once y media de la noche y estaba pendiente de cada ruido en la escalera. Le había dado dinero para que volviera en taxi, pero era superior a sus fuerzas, no le gustaba que fuera por ahí sola de noche. Sola en el taxi, sola en las afueras, sola en la escalera. Cuando Gary la acompañaba, era distinto. Sólo por eso estará bien que nos mudemos. Neuilly es tranquilo, muy tranquilo. Me preocuparé menos cuando salga por la noche...

Miraba distraída a la pantalla, pulsando los botones del mando para cambiar de cadena, volviendo a la Tres por si veía a Hortense. Luca le había propuesto: «Puedo ir a hacerle compañía si quiere, ¡me portaré bien!». Pero no quería que su hija la viese en compañía de su amante. Todavía no conseguía mezclar sus dos vidas. La vida con Luca y la vida con sus hijas.

Cambió de cadena y creyó ver a Hortense. Se incorporó. Era Hortense. La entrevista apenas acababa de empezar. Su hija se comía la cámara. Estaba guapa, natural. Parecía muy cómoda. La habían maquillado, peinado, y parecía mayor, más madura. Joséphine soltó un grito de admiración. Se parecía a Ava Gardner. El animador la presentó, dijo su edad, explicó que acababa de examinarse de selectividad...

—¿Ha ido bien?

—Eso creo. Sí —dijo Hortense con los ojos brillantes.

—¿Y qué piensas hacer ahora?

Ya está, pensó Joséphine. Ahora contará sus ganas de dedicarse a la moda, evocará sus estudios el próximo año en Inglaterra, preguntará si algún diseñador no estaría interesado por su talento. Cuánto me supera en audacia. Es tan eficaz, tan precisa. Sabe exactamente lo que quiere y no se anda con falsos pretextos. Escuchó a su hija hablar, en efecto, de su deseo de entrar en el mundo tan cerrado de la moda. Procuró subrayar que se iba, en octubre, a estudiar a Londres, pero que si un diseñador parisino quisiese contratarla para unas prácticas en julio, agosto y septiembre, estaría encantada.

—Pero no ha venido sólo por eso —le interrumpió el presentador con un tono seco.

Era el mismo que había rapado a Iris. Joséphine fue asaltada de repente por una terrible sospecha.

—No. He venido para hacer una revelación en relación con un libro —vocalizó Hortense con sumo cuidado—. Un libro que ha tenido un gran éxito recientemente, *Una reina tan humilde*...

—Y ese libro, según usted, no habría sido escrito por su presunta autora, Iris Dupin, sino por su madre...

—Exactamente. Ya se lo he demostrado enseñándole el ordenador de mi madre, en el que se encuentran todas las versiones sucesivas del libro...

¡Por eso no lo encontraba esta mañana! Lo he buscado por todos lados. Había terminado pensando que lo había olvidado en casa de Luca...

—Y debo añadir —prosiguió el presentador— que hemos hecho venir a un notario, antes de la emisión, que ha podido constatar que el ordenador contenía efectivamente las diferentes versiones del manuscrito y que pertenecía a su madre, la señora Joséphine Cortès, investigadora en el CNRS...

—Especialista del siglo XII, que es precisamente el periodo tratado en el libro...

—Así pues, ese libro no habría sido escrito por su tía, pues hay que recordar que Iris Dupin es su tía, sino por su madre.

—Sí —afirmó Hortense con tono firme, los ojos clavados en la cámara.

—¿Sabe usted que esto va a producir un terrible escándalo?

—Sí.

—Quiere usted mucho a su tía...

—Sí.

—Y, sin embargo, se arriesga usted a destrozarla y a destrozar su vida...

—Sí.

Su calma no era una fachada. Hortense respondía sin dudar, sin sonrojarse, sin balbucear.

—¿Y por qué hace esto?

—Porque mi madre nos educa sola a mi hermana y a mí, porque no tenemos mucho dinero, porque se mata a trabajar, y me gustaría que los muchos derechos de autor que genera el libro fuesen para ella.

—¿Hace usted esto únicamente por el dinero?

—Primero lo hago para hacer justicia a mi madre. Y después, por el dinero. Mi tía, Iris Dupin, lo ha hecho para divertirse, seguramente no se esperaba que el libro consiguiera un éxito como el que ha tenido, encuentro justo devolverle al César lo que es del César...

—¿Cuando habla usted del éxito del libro, puede darnos cifras?

—Por supuesto. Quinientos mil ejemplares vendidos hasta hoy, cuarenta y seis traducciones y los derechos de la película adquiridos por Martin Scorsese...

—¿Se siente usted perjudicada?

—Es como si mi madre hubiese comprado un billete de lotería y mi tía hubiese cobrado el premio... Sólo que un billete de lotería se compra en treinta segundos, mientras que el libro a mi madre le ha costado casi un año escribirlo, y representa años y años de estudios. Creo que es justo recompensarla...

—En efecto —declaró el presentador—, de hecho ha venido usted acompañada por un abogado, el señor Gaspard, que representa también a numerosas estrellas del espectáculo, como Mick Jagger. Abogado Gaspard, díganos, ¿qué podemos hacer en un caso como este?

El abogado comenzó entonces un largo discurso sobre el plagio, el trabajo de negro, los diferentes casos de juicios que conocía, que había llevado. Hortense le escuchaba, derecha, la mirada siempre dirigida hacia la cámara. Llevaba una camisa Lacoste verde que destacaba el brillo de sus ojos, los reflejos cobrizos de su larga cabellera, y la mirada de Joséphine cayó sobre el pequeño cocodrilo que adornaba su pecho.

Después de que el abogado hablase, el presentador se dirigió una última vez a Hortense, que concluyó evocando la brillante carrera de su madre en el CNRS, sus trabajos sobre el siglo XII, su extrema modestia, que volvía a su hija loca de rabia.

—Sabe —concluyó Hortense—, cuando se es un niño, y yo era aún una niña no hace mucho tiempo, necesitamos admirar a nuestros padres, pensar que son fuertes, los más fuertes. Los padres representan una barrera contra el mundo. No queremos saber si son débiles, si están desamparados, si dudan. No queremos saber siquiera si tienen problemas. Necesitamos sentirnos seguros cerca de ellos. Yo siempre he sentido que mi madre no era lo bastante sólida para hacerse respetar, que toda su vida le pasaba por encima. Es lo que he querido hacer esta noche: protegerla a su pesar, ponerla en lugar seguro, que nunca le falte de nada, que deje de romperse la cabeza preguntándose cómo va a pagar el piso, los impuestos, nuestros estudios, la comida diaria... Hoy, si he roto el secreto, ha sido únicamente para proteger a mi madre.

La sala entera aplaudió.

Joséphine miraba fijamente a la pantalla con la mandíbula desencajada de sorpresa.

El presentador sonrió y, volviéndose de nuevo a la cámara, se dirigió a Joséphine felicitándola por tener una hija tan fuerte, tan lúcida.

Después, a modo de broma, añadió:

—¿Y por qué no le dice «te quiero» cuando está frente a ella? Sería más fácil que venir a decirlo a la televisión. Porque es una auténtica declaración de amor lo que acaba de hacer.

Durante un instante, Hortense pareció dudar, después se repuso.

—No puedo. Cuando estoy frente a mi madre, no puedo. Es más fuerte que yo.

—¿Y, sin embargo, la ama?

Hubo un momento de silencio. Hortense apretó los puños colocados sobre la mesa, bajó los ojos y dejó escapar en voz baja:

—No sé, es complicado. Somos tan diferentes...

Después se irguió y, apartando un gran mechón de pelo, añadió:

—Sobre todo estoy enfadada con ella por toda esa infancia que no he tenido, ¡esa infancia que me ha robado!

El presentador la felicitó por su valor, le agradeció haber venido, dio las gracias al abogado y presentó al invitado siguiente. Hortense se levantó y dejó el plató de televisión entre aplausos.

Joséphine permaneció un momento sin moverse en el sofá. Ahora todo el mundo lo sabe. Se sintió aliviada. Acababa de recuperar la propiedad de su vida. Ya no tendría que mentir, que esconderse. Iba a poder escribir. Con su nombre. Eso le daba algo de miedo pero se dijo también que no tendría ningún pretexto para no intentarlo. «No nos atrevemos a muchas cosas porque son difíciles, pero son difíciles porque no nos atrevemos a hacerlas». Era el viejo Séneca el que había dicho eso. Era la primera cita que había copiado cuando empezó sus estudios. Lo había hecho para darse valor... Y he aquí, se dijo, que voy a atreverme. Gracias a Hortense. Mi hija es la que me mete el pie en el estribo. Mi hija, esa extraña a la que no entiendo, me fuerza a ponerme en marcha.

Mi hija, que no respeta ni el amor ni la ternura ni la generosidad, mi hija, que aborda la vida con un cuchillo entre los dientes, me hace un regalo que nunca nadie me hizo: me mira, me sopesa y me dice, vamos, recupera tu nombre, escribe, ¡puedes hacerlo! ¡Mantente firme y adelante! A lo mejor, murmuró Joséphine, resulta que me quiere, me quiere. A su manera pero me quiere...

Su hija iba a volver, se encontrarían frente a frente. No debo llorar ni besarla. Todavía era demasiado pronto, lo sentía. La había defendido, en la tele, delante de todo el mundo. Le había devuelto lo que le pertenecía. ¿Significa eso que me quiere un poco a pesar de todo?

Permaneció sentada, un largo instante, reflexionando sobre la conducta que convendría adoptar. Los minutos pasaban. Podía oír girar la llave en la puerta, podía escuchar las primeras palabras de Hortense, ¿todavía estás levantada, no te has acostado, estabas preocupada por mí? ¡Mi pobre madre! ¿Qué te he parecido? ¿Estaba guapa? ¿Interesante? Tenía que decirlo, otra vez te iban a tomar el pelo... ¡Estoy harta de que te tomen el pelo! Se iría a su habitación y se encerraría.

Luchaba contra el desaliento que la invadía.

Abrió la puerta acristalada del balcón y se apoyó sobre la balaustrada. Las plantas estaban muertas desde hacía mucho tiempo, había olvidado quitar las macetas. Los tallos amarillos y negros se erguían como pobres trozos de madera calcinados, un viejo montón de hojas formaban una masa infame al pie de los tallos. Es todo lo que queda de Antoine, suspiró acariciándolas con la mano. Le gustaba tanto ocuparse de sus plantas. El camelio blanco... Pasaba horas con él. Dosificaba el abono, instalaba tutores, vaporizaba agua mineral. Me decía sus nombres en latín, me indicaba su época de floración, me explicaba cómo hacer esquejes. Cuando se fue, me recomendó ocuparme bien de ellas. Están muertas.

Se incorporó y percibió las estrellas en el cielo. Pensó en su padre y se puso a hablar en voz alta.

—No sabe, entended, es tan joven, todavía no ha vivido nada... Es la edad, es normal. ¡Hubiera preferido tener a Iris como madre! Pero ¿qué tiene Iris más que yo? Es guapa, es muy guapa, ha tenido una vida fácil... Es esa pequeña diferencia la que ve mi hija. ¡Y no ve más que eso! Esa pequeña cosa es tan injusta, que se recibe cuando se nace, no se sabe por qué, ¡y que facilita toda la vida! Pero la ternura, el amor que le he dado desde que nació... No lo ve. ¡Y, sin embargo, lo tuvo a mares! Ese amor que le he dado desde que era un bebé, ese amor que hacía que me levantase por la noche cuando tenía una pesadilla, que me producía un nudo en el estómago cuando venía triste del colegio porque le habían hablado mal, porque le habían mirado mal. Quería coger todos sus sufrimientos para que no tuviese penas, para que caminase hacia delante, despreocupada y ligera... Hubiera dado mi vida por ella. Lo hacía con torpeza, pero porque la amaba. Se es siempre torpe con la gente que amamos. Los aplastamos, los sobrecargamos con nuestro amor. No sabemos hacerlo bien. Se cree que el dinero lo puede todo, pero no es el dinero el que hacía que yo estuviese allí cuando volvía del colegio, todos los días, preparaba su merienda, preparaba su cena, que preparase sus cosas para el día siguiente para que fuese la más guapa, que me privaba de todo para que tuviese su bonita ropa, buenos libros, bonitos zapatos, un buen filete en su plato... que me borrase para dejarle todo el sitio. No es el dinero el que ofrece todas esas atenciones. Es el amor. El amor que damos a un hijo y que le da su fuerza. El amor que no se cuenta, que no se mide, que no se convierte en cifras... Pero ella no lo sabe. Es demasiado pequeña aún. Lo comprenderá un día... Haced que lo entienda y que la vuelva a encontrar, ¡que vuelva a encontrar a mi niña! La quiero tanto, daría todos los libros del mundo, todos los hombres del mundo, todo el dinero del mundo para que me dijese un día «mamá, te quiero, eres mi mamaíta querida»... Os lo suplico, estrellas, haced que comprenda mi amor por ella, que no me desprecie. No es difícil para vosotras hacerlo. ¿Veis todo el amor que tengo en el corazón? Entonces, ¿por qué no lo ve ella? ¿Por qué?

Dejó caer su cabeza entre sus manos y permaneció allí, apoyada en el balcón, rezando con todas sus fuerzas para que las estrellas la escuchasen, para que la pequeña estrella al final de la Osa Mayor se pusiese a brillar.

—Y tú, papá... ¿Cuánto tiempo me hizo falta para comprender que me habías amado, que no estaba sola, que obtenía mi fuerza de ti, de tu amor por mí? No lo supe cuando todavía estabas aquí, no pude decírtelo. Lo comprendí después... mucho después... No demasiado tarde, porque, ves, siento demasiada pena cuando ella me rechaza. Me duele una y otra vez, no me acostumbro.

Entonces sintió algo posarse sobre su hombro.

Creyó que era un efecto del viento, una hoja caída del balcón de arriba, que venía a posarse sobre ella para reconfortarla. Creía con tanto ardor que las estrellas la escuchaban.

Era Hortense. No la había oído entrar. Hortense, de pie, detrás de ella. Se irguió, la percibió, le dirigió una sonrisa penitente, sorprendida mientras se quejaba.

—Estaba mirando las plantas de papá... Están muertas desde hace mucho. He olvidado ocuparme de ellas. Debía haberles dedicado más tiempo, significaban tanto para él.

—Déjalo, mamá, déjalo... —dijo Hortense con voz dulce y suave—. No te excuses. Ya plantarás otras...

Añadió, cogiendo a su madre.

—Venga, vamos. Ve a acostarte, estás cansada... Y yo, también. No pensaba que pudiera ser tan cansado hablar como lo he hecho esta noche. ¿Me has escuchado?

Joséphine dijo sí con la cabeza.

—¿Y bien? —preguntó Hortense, esperando el juicio de su madre.

Durante el trayecto de vuelta en taxi, había pensado en su madre, en la idea que tenía de su madre, en la forma en la que había hablado de ella delante de toda esa gente que no conocía. De pronto Joséphine se convirtió en un personaje, en una desconocida que ella veía desde el exterior. Joséphine Cortès. Una mujer luchadora. Es ella la que lo ha escrito, sola, escondiéndose porque necesitaba dinero para nosotras, no para ella... No lo hubiese hecho por ella... En el taxi que avanzaba bajo las pálidas luces de las farolas, la había visto como si no la conociese. Había visto todo lo que su madre hacía por ella. Se había convertido en una evidencia que crecía a medida que se acercaba a su edificio.

Y después había entrado, la había escuchado hablar sola, había comprendido su abandono, su angustia.

—Me has defendido, Hortense, me has defendido... Soy tan feliz, tan feliz... ¡Si supieras!

Volvieron al salón. Hortense sostenía a su madre. Joséphine sentía cómo las piernas iban a derrumbarse, tenía frío, temblaba. Se detuvo y exclamó:

—Creo que no voy a poder dormir. Estoy demasiado excitada... ¿Nos hacemos un café?

—¡Eso seguro que nos va a despertar!

—Tú me has despertado... Tú me has despertado, ¡soy tan feliz! Si tú supieras... Me repito pero...

Hortense la interrumpió, le cogió la mano y le preguntó:

—¿Tienes ya una idea para tu próximo libro?

Agradecimientos

¡Ha viajado tanto este libro mientras lo escribía!

Lo empecé en Fécamp, lo continué en París, me lo llevé a Nueva York, a Megève, a la playa de Carnau, a Londres, a Roma. Cada lugar me ofrecía una atmósfera, una historia, un detalle que me apresuraba a robar. Me topé con los cocodrilos en Nueva York, en las páginas del *New York Times*, a Shirley en Londres en Fortnum and Mason, Marcel Grobz nació en Megève (¡¡!!), Hortense de una silueta entrevista en una tienda de zapatos, en la calle Passy, la historia de Florine en la casita de Carnau, en la playa... y Joséphine encarna todas las confidencias que las mujeres me murmuran al oído.

Así pues, gracias a Svetlana, Réjane, Michel, Colette, que han dejado que pusiera mi ordenador sobre la mesa de su cocina o de su salón...

Gracias a todos los que me soportan y me rodean cuando escribo: ¡Charlotte y Clément en primer lugar! Coco, Laurent, mi primer lector, Jean, Mireille, Christine y Christine (!), Michel, Michèle... Todos están aquí.

Gracias a Sylvie, que me ha leído a medida que escribía y me ha apoyado.

Gracias, Huguette, por la serenidad que me aporta (sin saberlo).

Gracias a *La Revue* de Pierre Bergé, que hojeo con placer y que me ha permitido tomar prestado muebles, joyas y cuadros para las necesidades de mis personajes.

Gracias a todos los que me escribís a mi página en Internet y que me enviáis amor, amor, amor y, a veces, ¡ideas! (¡Guiño a Hervé!)

Gracias, Jean-Marie, que velas por mí en las estrellas...